i

为了人与书的相遇

我忏悔

Jo confesso
Jaume Cabré

[西班牙] 乔莫·卡夫雷 —— 著　邱美兰 —— 译

广西师范大学出版社
·桂林·

本书译文由南方家园文化事业有限公司授权使用

图书在版编目(CIP)数据

我忏悔 / (西)乔莫·卡夫雷著;邱美兰译.

—桂林:广西师范大学出版社,2018.7

ISBN 978-7-5598-0058-9

Ⅰ.①我… Ⅱ.①乔…②邱… Ⅲ.①长篇小说 – 西班牙 – 现代

Ⅳ.① I551.45

中国版本图书馆 CIP 数据核字 (2017) 第 319066 号

广西师范大学出版社出版发行

广西桂林市五里店路9号 邮政编码:541004

网址:www.bbtpress.com

出 版 人:张艺兵

责任编辑:雷 韵

特约编辑:张亦非 李恒嘉

封面设计:山川 @ 山川制本 Workshop

内文制作:陈基胜

全国新华书店经销

发行热线:010-64284815

山东鸿君杰文化发展有限公司 印刷

开本:880mm×1230mm 1/32

印张:26.625 字数:567千字

2018年7月第1版 2018年7月第1次印刷

定价:128.00元

如发现印装质量问题,影响阅读,请与印刷厂联系调换。

目录

献给马加里达

<u>A capite</u>

第一章

起首

我终成虚无。

——卡莱斯·坎普斯·蒙多[1]

1　卡莱斯·坎普斯·蒙多（Carles Camps Mundó，1948—　），加泰罗尼亚诗人。

1

直到昨晚走在巴卡尔卡区湿淋淋的马路上，我才知道生在那样的家庭是不可原谅的过错。我突然领悟自己一直以来都是孤独的，不期待双亲能提供些什么，也未曾想过向上帝寻求答案。在成长过程中，我慢慢习惯将想法以及为自我行为负责的沉重感寄托在不太明确的信仰与广泛的阅读之中。昨天，星期二，在下着滂沱大雨的夜里，我从达尔毛医生那儿走回家，得出一个结论：这个包袱只属于我，无论对或错，都是我的责任，我一个人的责任。花了六十年才明白这一点。希望你能懂，能理解我的感觉是何其无助、孤单，对你的思念是何其绝对。尽管相隔千山万水，你一直都是我的榜样；尽管恐惧，现在却已无需攀上浮木保命；尽管时而察觉一些暗示，却始终无所信仰。没有神职人员与末日审判的标准助我排除障碍，步上一条不知通往何处的道路。我已年迈，拿着镰刀的王后邀请我追随她的棋局，她客气地挪移主教，鼓励我跟着走下一步，她明白我手上的卒子所剩无几。不论如何，黎明未至，且看还有什么棋可走吧，我独自一人面对这角色，这最后的机会。

你可别尽信我。仅为一位读者书写的回忆录极易流于谎言，我会尽量好好地书写，努力不过度捏造，让一切贴近事实，或者，比真实情况更糟一些。我知道这件事应该在许久之前就告诉你，这是我的责任，然而实在过于困难。当时还真不知从何说起。

追根究底，一切都要追溯到五百年前，一个心灵饱受折磨的男人，决定向布尔加尔（Burgal）的圣佩雷修道院申请入院说起。如果当时他没有这么做，或者修道院院长乔塞普·德圣巴托梅乌神父坚持拒绝的立场，现在我就不会在此为你写下这些欲言之事。我无法从那么久以前的故事开始谈起，只好从更近一点的、一些新近的事情开始。

"你的父亲······嗯······孩子······你爸爸他······"

不，不。我也不想从这里开始，最好还是以书房为开端，我正在这里写作，面前挂着你那幅令人印象深刻的自画像。这间书房是我的世界、我的一生，是一个除了爱以外几乎容得下一切的宇宙。当我还穿着短裤在家里四处晃悠，双手在秋冬寒意中生出冻疮的时候，除了特定时候，是不能进入书房的。一般来说，我得偷偷溜进去。我对书房的每一寸都了如指掌。有好几年的光阴，沙发后面是我的秘密基地。每次入侵结束后，我都会仔细收拾，免得被负责打扫的小洛拉察觉。当我获准进入书房时，总得表现出一副访客的模样，父亲给我看他最近在柏林一家破书店找到的手稿时，我的双手都背在身后。仔细看，注意你的手，我不想老是骂你。阿德里亚十分好奇地弯腰靠近手稿。

"这是用德语写的，是吗？"接着，他的手伸向手稿，一副非常感兴趣的样子。

"啧！眼睛看到哪儿就摸到哪儿！"父亲打了他的手指，"你刚才说什么？"

"我说，这是用德语写的，对吗？"他揉着挨打的手。

"对。"

"我想学德语。"

费利克斯·阿德沃尔骄傲地看着儿子说，孩子，你马上就能开始学了，我的孩子。

事实上，那不过是一包土黄色的文件，并非珍贵的手稿。第一页的字体颇具历史感，写着《被埋葬的烛台：一则传说故事》(*Der begrabene Leuchter. Eine Legende*) [1]。"斯蒂芬·茨威格是谁？"父亲用放大镜专注地看着第一段页缘上的校正内容，没有说他是一位作家，只说，嗯，就是十年前或者十二年前在巴西自杀的一个人。在那之后的很长一段时间，我唯一知道的关于斯蒂芬·茨威格的事情，就是一个十、十二、十三或十四、十五年前在巴西自杀的人。直到读得懂手稿时，我才对这个人有了更多的了解。然后，书房的拜访结束了，阿德里亚离开时被告诫不准发出半点声响。家里从来都不能奔跑、大声喧哗或弹舌头，因为父亲不是在拿着放大镜研究手稿、检视中世纪的地图，就是在思索哪里能够买到让他兴奋得双手发颤的新玩意儿。唯一被允许的声响是在房里练习拉小提琴，但我也不能整天反复练习《小提琴速度练习本》第二十三号的琶音吧。这种练习让我对特鲁略斯非常反感，但我并不讨厌小提琴。不，我不是讨厌特鲁略斯，但她真的很烦，尤其老是让我做二十三号练习。

"我只是想要有点变化。"

"这里，"她用琴弓敲打乐谱，"这一页浓缩了所有小提琴技巧，是非常好的练习。"

"可是，我……"

"我要你在星期五前能够完美地演奏第二十三号练习曲，包括第二十七小节。"

---

[1] 此书为奥地利作家斯蒂芬·茨威格 (Stefan Zweig, 1881—1942) 在 1937 年发表的作品。

一般而言，特鲁略斯还算随和，有时甚至过于随和，但某些时候她真的很固执。贝尔纳特也有一样的看法，在《小提琴速度练习本》时期我还未认识他，然而我俩对特鲁略斯的看法一致。就我所知，她应该算是很好的老师吧，尽管她的名字还未出现在历史书里。我应该更专注些，因为我正在把故事弄得混乱不堪。没错！有些事情你心里一定明白，尤其是在提到你的时候，你的灵魂里终究还有一些不为人知的边角。无论如何，要完全了解一个人是不可能的。

店铺比书房更有趣，可我还是比较喜欢家里的书房。可能是因为少数几次去店里的时候，我总觉得有人在监视吧。到店里最好的事莫过于能见到塞西莉亚，她美极了，我当时疯狂地迷恋她。她是一位发色金黄、如银河般闪亮的女士，头发梳得整整齐齐，嘴唇艳红丰厚，总是在商品目录与价目表之间忙碌着，或是写标价，或是微笑着招呼寥寥无几的客人，露出一口完美的牙齿。

"有乐器吗？"

询问的男人连帽子都未脱下，站在塞西莉亚面前看了一圈：台灯、枝形烛台、刻着精致雕花的樱木椅子、19世纪初的摇椅，以及各个时代不同大小的花瓶……根本没注意到我。

"不多，如果您愿意随我来……"

店里这些"不多"的乐器，包括两把小提琴及一把音色略差的中提琴，琴弦奇迹般健在，还有一支低音号、两支非常棒的小号与一支喇叭。当年，意大利东北部山谷的一位镇长曾没命地吹响它，通知邻近各村村民：帕内韦焦（Paneveggio）的森林着火了！帕尔达克（Pardàc）的村民们向邻村西罗尔（Siròr）、圣马蒂诺（San Martino），甚至还有不久前才遭逢一场火灾的韦尔施诺芬村（Welschnofen）求援，也向莫埃纳（Moena）和索拉加（Soraga）求助。1690 年这场骇人的大火散发出的味道，肯定也弥漫在这些村子里。那个时候，几乎所有人都相信地球是圆的，如果不知名的疾病、无信仰的野蛮人或海陆的猛兽、寒冷的冰雪、狂风暴雨都未能阻挡的话，在西方失踪的船只都会从东方回来，水手们顶多瘦了点，身材线条更明显，视线更模糊，夜里饱受噩梦惊扰罢了。公元 1690 年夏季，帕尔达克、莫埃纳、西罗尔、圣马蒂诺的所有居民都抛下豢养的牲畜，噙着泪水走出门外，亲眼目睹这场灾难如何残酷地吞噬他们的生路。村民眼睁睁看着骇人的火舌瞬间将一山又一山的美好木材化为乌有，他们无力抵抗，直到一场救赎的大雨浇熄地狱烈焰。帕尔达克村里的穆雷达家最警醒的第四子——亚基亚姆，在焦黑的森林中仔细地来回巡视，查看是否有幸免于难的角落，或是尚可利用的树干。他在前往熊谷的下坡途中，蹲在一棵黑炭般的小冷杉旁准备解大手。然而，眼前的东西令他便意全消：一块破布捆着几条饱含树脂的松明，散发出樟树味或其他奇怪的味道。他小心翼翼地拨开经历炼狱鬼火炙烧而残存的破布。这场火同时也烧毁了他的未来。破布下的东西使他眩晕，捆着松明的那块绿色布包又脏又破，覆着更肮脏的黄色滚边，是莫埃纳村的布恰尼耶·布罗恰平时穿的坎肩，还有两团完全烧烂的衣服，亚基亚姆顿时恍然大悟，知道布恰尼耶这个恶魔兑现了先前的恐吓——他要毁掉穆雷达一家，还有整座帕尔达克村。

"布恰尼耶。"

"老子不跟狗说话。"

"布恰尼耶。"

阴沉的声音让他不情愿地转过身。莫埃纳村的布恰尼耶是个胖子，假使再多活几年，一定会养胖肚子变成大肚腩，两只手臂放在上面应该很舒服。

"你他妈的要干什么？"

"你的披肩在哪里？"

"关你他妈屁事？"

"你没穿，在哪儿？让我看看。"

"去吃屎。你以为你们倒了霉，大家就得同情你们，听你们穆雷达的，是吗？"他的双眼透出毫不掩饰的憎恶，"我不会让你看的。滚远点，挡到老子晒太阳了。"

穆雷达家的第四子亚基亚姆带着冷酷的愤怒，将随身携带的剥树皮短刀拔出鞘，像刨枫树皮般刺入莫埃纳村的胖子布恰尼耶·布罗恰的腹中。布恰尼耶惊讶的双眼瞪得斗大，嘴巴也张开了，不是因为痛楚，而是出于意外——一个帕尔达克的下三滥竟敢对他下手。当亚基亚姆·穆雷达收回血红的、沾着黏稠恶心血水的刀子时，布恰尼耶应势倒下，仿佛扎破的伤口让全身都泄了气。亚基亚姆左右张望，见山路上毫无人烟，便立即拔腿跑向帕尔达克，经过莫埃纳村边的最后一户人家时，撞见磨坊的驼背女人拿着沉沉的湿衣裳，张口结舌地看着他。也许都被她看到了？他没有想到要抹去这名潜在的目击证人，只是更卖力地奔跑。他是最好的寻木人，总能找到最好、最响亮的乐器木材，他还未满二十岁，后半生却就此断送了。

亚基亚姆的家人反应得当，丝毫没有浪费时间，派人带着确凿的证据到圣马蒂诺村与西罗尔村，知会众人布恰尼耶就是纵火犯，他为了报复而放火焚烧大家的森林。然而，莫埃纳的村民决计不走法律程序，他们要不计代价地捉到亚基亚姆·穆雷达这个恶徒。

"儿子，"老穆雷达开口，目光比平时更加哀伤，"你得逃走。"他一边说，一边从自己在帕内韦焦森林中工作三十年所积攒的黄金中取出一半，放进袋子，让儿子带走。没有任何兄弟表示异议，老父亲如主持仪式般说，你是最好的乐器木材追踪者、最好的寻木人，亚基亚姆，我灵魂深处疼爱的儿子，这个受了诅咒的家族的四子，你的命比我们能卖出的所有枫树都值钱。这么做，你便能躲过我们这个家族接下来要面对的困境，布恰尼耶已经让我们一无所有了。

"父亲，我……"

"好了，走吧，快！往韦尔施诺芬的方向去，他们肯定会去西罗尔附近找你，我们会放出风声，说你躲在西罗尔或托纳迪希(Tonadich) 附近。你不能留在山谷，太危险了，走得远远的，远离帕尔达克。走！儿子，愿上天保佑你。"

"但是，父亲，我不想离开，我想在森林里干活。"

"小子，森林被烧了，怎么干活？"

"不知道。但是，如果离开这里，我会死的。"

"你今晚若不走我就亲手杀了你，听懂了吗？"

"父亲……"

"莫埃纳家的人绝对不能碰我的孩子。"

于是，帕尔达克村穆雷达家的亚基亚姆告别了父亲，他一一亲吻了兄弟姐妹们。先是已成家的兄弟：阿尼奥、延、马克斯和他们的妻子。接着是埃梅斯、约瑟夫、特奥多尔和米库拉。然后他亲吻了妹妹们：伊尔瑟、埃丽卡和她们的丈夫。最后是卡塔琳娜、玛蒂尔德、格蕾琴、贝蒂娜。兄弟姐妹聚齐一堂，安静地告别。走出门时，小贝蒂娜叫住了亚基亚姆，他转过头，看见小妹妹伸出手，拿

着母亲死前交给她的帕尔达克村的丘芙圣母[1]圆牌项链，亚基亚姆默
默地环视兄弟姐妹，然后定睛看向父亲，父亲一语不发地点了头，
临行的青年走近小贝蒂娜说，小家伙，我到死都会把这宝物带在身
上的。殊不知竟一语成谶。贝蒂娜双手抚着哥哥的脸庞，没有掉下
眼泪。亚基亚姆红着眼走出家门，在母亲坟前喃喃祷念几句经文后，
消失在幽暗的黑夜，步入永冻的白雪，去改变命运、历史与记忆。

"就这些？"

"这里是古董店，"塞西莉亚用让所有男人都感到羞愧的严肃语
气回答，并语带讽刺地说，"您何不去乐器行呢？"

我好喜欢塞西莉亚生气的模样，怒气令她更加动人，甚至比母
亲在她这年纪时还美。

从这里可以看见贝伦格尔先生的办公室，我留意听着塞西莉亚
把这名铩羽而归、直到离开前都还戴着帽子的客人送到门口。挂在
门后的铃铛响起，接着听见"再见，慢走。"贝伦格尔先生抬起头
来，朝我使了个眼色。

"阿德里亚。"

"请吩咐！"

"他们什么时候来接你？"他拉开嗓门问。

我耸耸肩。我从来都不知道自己什么时候会去哪里。父母不喜
欢让我一个人留在家，每当他们两人都得出门，就会把我带到店里。
这倒也好，看着那些曾经活跃一时、让人感到不可思议的物品如今
在店内安静端坐，耐心等待第二、第三、第四个机会，这非常有趣。

1　丘芙圣母 (Santa Maria Dai Ciüf)，是意大利东北山谷五村的传统信仰与天主教的结合。
该地区在八月中以花装饰圣母玛利亚，并祝福戴花的女性。

我乐于想象它们在不同人家度过的生活。

永远都是小洛拉匆匆忙忙地前来店里接我回家。她还得赶着准备晚餐，灶里的柴火却还没点燃呢。所以，当贝伦格尔先生问他们什么时候来接我时，我只能耸耸肩。

"过来，"他边说边拿起一张白纸，"坐到这张都铎桌边来画画。"

我画得糟透了，所以向来不喜欢画画。我什么都画不出来，因此崇拜你勾勒出的每道线条，这在我看来简直是奇迹。贝伦格尔先生让我画画，是因为见我无所事事而心里不舒服，其实才不是他想的那样，我一直都忙着思考。不过贝伦格尔先生不许别人唱反调，所以我坐到都铎桌前，随便做些什么让他不再唠叨。我把口袋里的黑鹰拿出来，试着描绘，可怜的黑鹰，要是看见自己在纸上的模样……对了，黑鹰还不认识卡尔森警长呢！因为黑鹰是那天早上我拿家里的魏斯口琴到二手旧货店和拉蒙·科利换来的，要是父亲知道，肯定非杀了我不可。

贝伦格尔先生是个大人物，笑起来时总让我觉得有些畏惧，而且他老是把塞西莉亚视为没用的女仆使唤，这一点实在无法原谅。然而，他却是最了解父亲的人。父亲之于我是个无解的大谜团。

2

九月的第二个星期四，一个雾蒙蒙的早晨，圣玛利亚号抵达奥斯蒂亚（Ostia）[1]。从巴塞罗那过来的这段海路，比埃涅阿斯为追寻命运与永恒荣耀而踏上的每段旅程都糟糕。海神涅普顿毫不仁慈，除了让他在圣玛利亚号上喂鱼外，也夺去了他作为普拉纳（Plana）乡下人该有的健康气色，让他蒙上了神秘幽灵般的苍白。

修道院的乔塞普·托拉斯·巴格斯院长发现这个聪明且认真求学的修士不但资质优异，而且年纪轻轻、心地仁慈、有教养、有文化，是个难得的人才，院长认为他的才华需在茂盛的花园里栽培，否则将会在比克镇这简陋的花圃里，在这个平庸、普通的修道院里凋萎，白白糟蹋上帝慷慨恩赐的完美智慧。

"院长，我不想去罗马，我希望献身研究，因……"

"我的孩子，正因如此，更要送你去罗马。我非常了解修道院，在这里你只会枉费资质。"

"可是院长……"

"主在召唤你，去实现祂的旨意吧。你的导师们也都如此热切要求。"他边说边戏剧性地摇晃手中的文件。

---

1 罗马西南方向的港口。

生于托纳山，长于当地典范家庭——杰斯庄园，父母为安德鲁和罗萨莉亚。六岁时已完成入学先修课程，成绩优异，并决定接受教会的教育，在贾辛特·加里戈斯的指导下开始修习拉丁文第一期课程。他的学业进展神速且引人瞩目，在开始学习修辞学时，便针对声名卓著的拉丁语演讲学进行研究论述。非常荣幸地，您也曾在此修道院学习，如您所知，在敝院中，拉丁语演讲是最高级的文学活动之一，教师们以此奖励在演说论述方面表现杰出的学生。该生才华之卓著，远超其幼小年纪，尤其与其孱弱身型相异。因此，若您在百忙之中得以抽闲，愿您垂听本院这名优异的拉丁文修辞学家费利克斯·阿德沃尔用古罗马诗人维吉尔的语言进行论述。此外，这位学士需要有地位崇高的引荐者将其引入众人之视听，亦包括其充满期盼的双亲及兄长。唯有如此，方能使费利克斯·阿德沃尔·吉特雷斯步上数学、哲学、神学的康庄大道，使其登峰造极，跻身本修道院声誉卓著的先辈巨擘之列，譬如诸位伟大的神父：乔莫·巴尔梅斯·乌尔皮亚、安东尼·马里亚·克拉雷特·克拉拉、贾辛特·贝尔达格尔·森达洛、乔莫·科列利·班塞利斯、教育家安德鲁·杜兰，以及您本人，令我们备感荣耀和骄傲的教区主教。

如上帝所示，"Laudemus viros gloriosos et parentes nosotros in generatione sua."[1] 我们对您的感谢如同对先祖的感谢般绵延无尽。我们坚信此荐举不至沦为谬误，因此满心期盼您核发许可

---

1 拉丁文，意为"现在让我们来赞扬那些著名的伟人，和我们历代的祖先。"出自《德训篇》第四十四章第一节。

本院修士费利克斯·阿德沃尔·吉特雷斯进入宗座额我略大学就读神学系。

"孩子，你别无选择。"

费利克斯·阿德沃尔不敢说自己讨厌坐船，他在出生和成长的过程中都远离大海。他因为不敢与主教争辩而不得不踏上旅途，如今在奥斯蒂亚港堆满腐烂木箱、蟑鼠横行的角落里，将自己的无能为力连同对过去的几乎全部记忆呕出来。他深呼吸了几秒钟才重新站直，用手帕将嘴巴擦干净，拉平差旅教袍，振作精神望向灿烂的未来。无论如何，他和埃涅阿斯一样，来到了罗马。

* * *

"这是宿舍里最好的房间。"

费利克斯·阿德沃尔诧异地转过身，门边站着一名微胖的小个子学生，穿着天主教多明我会的教袍，满头大汗，带着诚挚的微笑。

"我是来自比利时列日（Liege）的费利克斯·莫尔林。"陌生人踏进房里。

"我是西班牙比克（Vic）的费利克斯·阿德沃尔。"

"啊！我们同名！"他们一边笑，一边用力握手。

从第一刻起，他们就对彼此产生好感。莫尔林重申这是宿舍里最好的房间，然后问他的教父是谁。阿德沃尔不得不承认自己没有教父。他告诉莫尔林，宿舍门口的秃头舍监看了一眼文件，说："阿德沃勒？五十四号房间。"然后看都没看就给了他钥匙。莫尔林不相信，却仍笑得很开心。

开学前一个星期，莫尔林向阿德沃尔介绍了八到十个熟识的二年级学生，并建议他尽量别和宗座额我略大学、宗座圣经学院以外的学生打交道，免得浪费时间；莫尔林还传授他瞒着舍监偷溜出宿舍的方法；告诉他手边随时要备有便服，才有机会便服出巡；他为一年级学生当导游，介绍竖立在大学和宿舍之间的标志性建筑。他的意大利语混杂了法语口音，却说得相当清楚明白。接着，他长篇大论地讲述为何要与宗座大学里的耶稣会士保持距离，因为一个不小心，他们就会给你洗脑，就这样，涮！

开学前夕，来自各地的新老学生聚集在宗座大学总部加布里埃利－博罗梅奥宫（Palazzo Gabrielli-Borromeo）宽敞的活动宴会厅里。罗马学院宗座大学的达尼埃莱·丹杰洛神父以完美的拉丁文告诫学生，能在宗座大学的各系就读是何等的幸运、何等的优待等等等等。我们学校非常荣幸地出过几名圣徒，如近期令人思念的教宗利奥十三世。各位除了努力以外，还得努力、再努力。诸位到此，就是为了学习、学习、学习，并且向神学、教会法规、灵修、教会历史等领域的专业巨擘学习。

莫尔林做出一副事关重大的样子，在他耳边低语："我们都叫丹杰洛神父为丹杰洛丹杰洛丹杰洛神父。"

各位在完成学业以后，将回到各自的国家、各自的修道院、各自所属的圣职学院，没有圣职归属的人也会被分派圣职，诸位在此所学所得终将开花结果。等等等等。然后又说了十五分钟实用指导。虽不如莫尔林的建议实用，但在应付每日生活方面的确有用。费利克斯·阿德沃尔心想，还不算太糟，在比克修道院里的拉丁文演讲，通常比刚才听到的生活须知还要无聊得多。

* * *

　　课程开始的前几个月，一直到圣诞节过后，都没有太大起伏。费利克斯·阿德沃尔特别崇拜福卢鲍神父的才学，他是位一半斯洛伐克血统一半匈牙利血统的耶稣会神父，拥有深厚的圣经知识。阿德沃尔也钦佩皮埃尔·勃朗神父，他讲授启示与教会启示传递，虽然平时待人有些傲慢，却有种孜孜不倦的精神。尽管神父和莫尔林同是比利时列日人，但在期末考试时，神父仍然判这位小同乡写的圣母神学内容不及格。阿德沃尔也慢慢和德拉戈·格拉德尼克熟悉起来。他们俩在三门课上是同桌。德拉戈是高大的斯洛文尼亚人，来自卢布尔雅那修道院，脸庞红润，脖子像斗牛般粗壮有力，仿佛要撑破教袍衣领。虽然两人的拉丁文都说得相当流利，但都比较害羞，不常交谈，情愿把精力投注于各门学科的无垠世界。莫尔林的抱怨越来越多、交际圈越来越广，阿德沃尔却把自己关在宿舍最好的房间——五十四号房里，挖掘福卢鲍神父的莎草纸稿与古文典籍的世界，同时研究以古埃及文字、科普特文、古希腊语和阿拉姆语书写的圣经。福卢鲍神父教导修士们要爱惜文物，他还强调，对科学研究而言，残破的手稿毫无用途，所以要不计代价地修复，而文献修复者与研究文稿的学者一样重要。此外，他从来都不会说"等等等等"这类的话，因为他一直都清楚自己在说些什么。

　　"真蠢！"莫尔林听了以后说，"他们只要手里有放大镜，桌上堆满被蛀蚀的发霉纸张，就感到幸福快乐了。"

　　"我也是如此。"

　　"这些已经死去的语言能做什么呢？"莫尔林用他夸张的拉丁语说。

"福卢鲍神父说我们人类不是国家的国民，而是语言的国民，救回古代语言可以……"

"愚蠢、迂腐。拉丁语是唯一一种已经死去却还苟延残喘的语言。"

两个人走在圣伊尼亚齐奥大道上。阿德沃尔身穿黑长袍，莫尔林穿着教服。阿德沃尔看着这个朋友，第一次感到奇怪。他停下脚步，困惑地问莫尔林，他究竟信奉什么。莫尔林也停下脚步回答，他之所以皈依多明我会，是因为深切地渴望帮助他人、服务教会，没有任何事情能使他背弃这条路。他认为服务教会最好的方法就是担任圣职，去影响一些会被影响的人，而不是研究半腐烂的文件……他合上话匣子，突然说等等等等。两人开怀大笑。这时，卡罗琳娜第一次经过他身旁，但他们都没有注意到她。我和小洛拉回到家里后，她去做晚餐，而我应该开始练小提琴了。家里黑漫漫的，一盏灯都没开。我完全不喜欢这样，感觉随时都会有什么东西从门后跑出来，所以我才会在口袋里放着黑鹰。自从父亲下定决心后，家里已经好几年不放圣徒圆牌、不留护身符、不放神像、不摆祈祷经文了。阿德里亚·阿德沃尔需要隐形力量的帮助。有一天，我没有练小提琴，而是在餐厅里看着太阳光线出神，阳光沿着特雷斯普伊（Trespui）向西推移，魔幻般的色彩照在餐具柜上方的画作上，那是杰里（Gerri）的圣母修道院。我总是被这种光线吸引，它能激发我开展不可思议的奇幻旅程。我因而没听见大门开启的声音，直到父亲沉重的嗓音吓了我一大跳。

"你在这里浪费时间干什么？没有作业吗？不用练小提琴吗？没事做吗？嗯？"

阿德里亚心跳急剧加速，一溜烟缩回房里。他从不羡慕其他孩子总能得到父母的亲吻，对他而言，这世上没有这回事。

"卡尔森警长，我向您介绍，这是来自美洲的英勇原住民部落——阿拉珀霍族（Arapaho）的黑鹰。"

"你好。"

"依哟。"

黑鹰用父亲从不给予的亲吻礼向卡尔森警长招呼致意。然后两人与马一起被摆在床边柜上，这样他们就能好好地认识一下。

* * *

"你很没精神啊！"

"我们念神学已经三年了，"阿德沃尔思索道，"但我还没发现你真正感兴趣的东西。你对恩典教义感兴趣吗？"

"你没有回答我的问题。"莫尔林追问。

"那根本不是问题啊。你怎么看待基督启示的可信度？"

莫尔林没有回答，费利克斯·阿德沃尔继续问："如果你对神学没兴趣，为什么来宗座额我略大学呢？"

两人脱离了从大学回宿舍的学生队伍。两年来，他们学习基督论、救赎论、形而上学一、形而上学二、神圣启示，被严厉的教授苛责谩骂，尤其是教导神圣启示的莱温斯基，他认为费利克斯·阿德沃尔在这门学科中的进步远未达到人们的期望。在这两年间，罗马并没有太大的改变，尽管欧洲因战争而陷入动乱，这个城市也没有血流不止的伤口，只是变穷了一点。宗座额我略大学的学生们仍置身冲突之外，继续学习、获取智慧与美德。但也不尽然。

"那你呢？"莫尔林问。

"我对神正论与原罪已不感兴趣。我不想多说，但我无法接受上帝允许恶的存在。"

"我在几个月前就开始怀疑了。"

"你也是？"

"不。我是怀疑你陷进了泥潭。像我一样好好地观察这个世界吧！我在教会法规学院学得很开心。教会与民事社会法律关系、教会罚则、教会临时资产、终身献教机构之神授能力、教会惯例法……"

"什么跟什么……你在说什么啊？"

"理论学科完全是浪费时间，法规课程才实在。"

"不、不、不，"阿德沃尔抗议，"我喜欢阿拉姆语，喜爱钻研手稿，非常愿意去理解博赫坦新阿拉姆语及巴尔扎尼犹太教新阿拉姆语在文字形态上的差异，也想了解东叙利亚的科伊桑贾克语以及西叙利亚的梅拉索语形成的原因。"

"你知道吗？我根本不晓得你在说什么。我们是在同一所大学吗？是在同一个系吗？我们都在罗马？不是吧？"

"算了，反正只要不必忍受莱温斯基神父的课就好了。我乐于知道所有关于迦勒底人、巴比伦人和撒玛利亚人的历史，还有……"

"你知道这些有什么用？"

"那你知道仅完成仪式的婚姻、已圆房的婚姻、合法婚姻、假定婚姻、有效婚姻及无效婚姻之间的差别又有何用？"

两人在修道院路上大笑起来。一位身着暗色衣服的女士抬起头，看到两位年轻修士竟罔顾最基本的庄重教条而如此喧哗，感到些许惊讶。

"阿德沃尔，我现在认真问你，你为什么无精打采？"

"在你心底什么事情是真正喜欢的？"

"一切。"

"神学呢？"

"是一切的一部分。"莫尔林举起手，像是要为卡萨纳特图书馆及二十多个碰巧路过的人祈福，然后又快步向前。费利克斯·阿德沃尔几乎跟不上他的脚步。"你看欧洲的战争，"莫尔林指向非洲所在的方向，仿佛害怕被间谍听见般降低音量，"意大利说：'我们得保持中立，因为三国同盟只是防卫协定。'

'同盟国会赢的。'协约国搭腔。

意大利骄傲自矜地说：'我的承诺，一言九鼎。'

'我们可以把特伦蒂诺、伊斯特拉半岛以及达尔马提亚的未收复地区给你。'

意大利翻了翻白眼，更加骄傲地说：'再说一遍，意大利的中立攸关荣誉。'

'好吧，如果你现在加入，是现在，过期不候哦！你就可以拿回全部尚未收复的土地，包括上阿迪杰、特伦蒂诺、威尼斯朱利亚、伊斯特拉半岛、菲乌梅、尼斯、科西嘉岛、马耳他以及达尔马提亚。'

意大利立马回答：'要在哪里签字？'接着双眼闪耀地呼喊：'协约国万岁！中欧各国去死！'就是这样，费利克斯，这就是政治，不管哪一方都是如此。"

"那些伟大的理想呢？"

费利克斯·莫尔林停下脚步望向天空，准备说出他深思熟虑的论断："国际政治和伟大的国际理想无关，而是和伟大的国际利益有关。意大利非常明白这一点，它投靠到好人那一边——也就是我们这边，开始侵扰特伦蒂诺地区，扫荡那里圣洁的森林；反攻时，三十万人丧生于卡波雷托战役；皮亚韦河战役突破了维托里奥·威尼托战线；接着就是帕多瓦休战协定；然后有了塞尔维亚、克罗地亚与斯洛文尼亚王国，虽然现在已经被称为南斯拉夫，但其存在时间不会超过两个月。依我看，这些未收复的领土不过是用来诱驴前进的胡萝卜，盟军马上就会收回，到时意大利一定只能摸摸鼻子，连吭都不敢吭一声。战争不会就此结束的，各方一定会继续争执，等着看真正的敌人崛起吧。"

"谁是真正的敌人？"

"布尔什维克共产主义，在时机成熟时它就会抬头。"

"你怎么知道这些事情的？"

"看报纸、听关键的人发表言论，这就是建立有效人脉的精妙策略。要是你知道梵蒂冈在其中所扮演的角色有多悲哀的话……"

"那你什么时候学习灵魂圣礼的性灵效应或是恩典教义？"

"亲爱的费利克斯，我也会读书。我充实自己以求好好地服务教会。教会需要神学家、政治家，还有你这种用放大镜看世界的天才。你为什么无精打采？"

两人无言地低着头，沉溺在各自的思绪中，继续赶路。突然，莫尔林停下脚步说："不！"

"怎么了？"

"我知道你怎么了！我知道你为什么无精打采了！"

"是吗？"

"你恋爱了！"

费利克斯·阿德沃尔·吉特雷斯，罗马宗座额我略大学四年级学生，在罗马过着精彩的生活。大一、大二连获期末成绩优异奖。他正要张开口抗议却又闭上嘴，回想起圣周最后一天，也就是复活节过后那个星期一的情形：他已经准备好了关于维柯[1]的论文，正无所事事——论文主题是"El verun et factum reciprocantur seu convertuntur"[2]，以及认知绝对真实世界整体之不可能性；而费利克斯·莫尔林持反维柯的立场，他似乎了解社会上所有奇怪的动态。这时候，阿德沃尔在穿越石头广场时第三次看见她。真是亮丽夺目。约莫三十多只鸽子在两人之间形成一道藩篱，当他走向提着一个小包裹的她时，佳人微笑了，在笑容绽放的瞬间，世界顿时变得更加明亮、光洁、慷慨、纯净，他由此推论：美丽，这般美丽，不可能是恶魔的作为，而是神圣的。这天使般的微笑自然也是。他记起第二次见到卡罗琳娜时，她正在商店门口帮父亲从驴车上卸货。这么纤细的腰如何负荷装载过多苹果的粗糙木箱？他无法容忍，上前帮忙。驴子一脸讽刺地咀嚼饲料袋里的干草，纵容两人安静地卸下三箱苹果。阿德沃尔看着她眼里无尽的美丽风光，努力不让视线滑落至双峰沟渠的开端。萨韦里奥·阿玛托的店铺静谧无声，因为没有人知道该如何是好，大学里的神父，一位神职人员，一位修道院修士卷起黑色教袍的袖子，如工人般帮忙搬货，然后以无比黑暗的眼神盯着店主的女儿。在战时，三箱苹果可是天赐的福气，正如三段流连在美人身旁的美好时光。他环顾四周才发觉自己早已走进萨韦里奥·阿玛托的店里，于是赶紧道声午安并离开，不敢再看她一眼。她的母亲追出来，无论如何都要塞两颗苹果到他手里。他想，这不正是卡罗琳娜美丽的胸脯？两颗苹果的红晕染上他的脸庞。也许是

1　维柯（Giambattista Vico, 1668—1744），意大利哲学家、历史学家、法学家。他是近代历史哲学的奠基人，也是最早对社会科学基本原理和符号学进行阐述的学者之一。

2　拉丁文，意为"真实即创造之物，创造之物即真实"。

因为忆及第一次见到她的情景，卡罗琳娜、卡罗琳娜、卡罗琳娜、世上最美丽的名字属于当时走在前方的不知名女孩，突然，女孩扭到了脚，痛得呻吟不止。真可怜，差点就摔到地上了。当时他与德拉戈·格拉德尼克并肩而行。德拉戈在神学系的这两年里，又长高了足有半个手掌，多了六七公斤肉。此外，他这三天只为论证圣安瑟莫的本体论而活，仿佛世上没有其他证据能证明上帝的存在。然而，眼前这甜美至极的女子不正是吗？德拉戈·格拉德尼克不谙平复扭伤后的剧烈疼痛，因此费利克斯·阿德沃尔轻柔地握着阿达莱萨—贝阿特丽切—劳拉[1]的脚踝，帮她把脚撑在地上。碰触到她的瞬间，一股比世界博览会上的电弧更为强烈的电流窜过脊柱。他一边问她疼吗，一边想要扑上前占有她。他人生中第一次感受到如此急迫、痛楚、无情且令人恐惧的性欲。这时，德拉戈·格拉德尼克望着另一边，心里想着圣安瑟莫与其他更理性、更能证明上帝存在的方法。

"Ti fa male?"[2]

"Grazie, grazie mille, padre."[3] 她以甜美的声音回答，还有一双无限美丽风情的眼眸。

"如果上帝赐予我们智慧，那么我认为信仰和理性是相伴相随的，不是吗，阿德沃尔？"

---

1 均为文学作品中理想化的女性形象。阿达莱萨（Adalaisa）出自加泰罗尼亚诗人乔安·马拉加利（Joan Maragall，1860—1911）的《阿尔瑙伯爵》（El Comte Arnau）；贝阿特丽切出自但丁的《神曲》；劳拉出自彼特拉克的《歌集》。

2 意大利语，意为"疼吗？"

3 意大利语，意为"谢谢，真的很感谢您，神父"。

"Come ti chiami?[1]（我美丽的仙子）"

"Carolina, padre. Grazie." [2]

卡罗琳娜，多美的名字啊。亲爱的，没有别的名字更适合你了。

"Ti fa ancora male, Carolina?[3]（真是无药可解的美丽）"他焦急地再次询问。

"理智，理智地信仰。阿德沃尔，这算是异端邪说吗？嗯？"

害羞至极的妙龄女子确定母亲不久后将经过此处，他只得留她坐在长椅上，两名学生再次踏上散步路程。德拉戈·格拉德尼克以鼻音浓厚的拉丁语恣意论述，也许在生命中，圣伯纳德并非唯一，而德日进[4]的座谈会像是在邀请大家思考。而他突然惊觉，自己无意中把手伸到面前寻找女神卡罗琳娜肌肤的余味。

"我恋爱了？"阿德沃尔看见莫尔林满脸嘲讽地观察他。

"全部的症状都符合。"

"你怎么知道？"

"我经历过。"

"那你怎么挣脱的？"阿德沃尔的语调热切。

"我没有挣脱，而是争取。直到爱恋消逝，就结束了。"

"别吓我。"

"这就是人生。我是个罪人，我很后悔。"

---

1 意大利语，意为"你叫什么名字？"

2 意大利语，意为"卡罗琳娜。神父，谢谢"。

3 意大利语，意为"还疼吗，卡罗琳娜？"

4 德日进（Pierre Teilhard de Chardin, 1881—1955），法国哲学家、神学家、古生物学家、天主教耶稣会神父，曾长期居留中国，参与地质学与古生物学研究，在北京人化石的发现与研究中做出了重要贡献。

"爱恋是无止尽的，永远都不会结束，我就无法……"

"我的天啊，费利克斯·阿德沃尔，你看看自己！"

阿德沃尔没有回话。耶稣复活节后的星期一，内心的渴望驱使他穿过石头广场的鸽子丛林，来在卡罗琳娜身旁。她把小包裹递给他。

"Il gioiello dell' Africa."[1] 小姑娘说。

"你怎么知道我……"

"您每天都经过这里啊。每天。"

这时候，《马太福音》第二十七章第五十一节，忽然殿里的幔子，从上到下裂为两半。地也震动。磐石也崩裂。坟墓也开了。已睡圣徒的身体，多有起来的。

天主、天主肉身圣子的奥秘。

玛利亚，圣母，天主之母的奥秘。

基督信仰的奥秘。

凡俗、不完美却圣洁、永恒的教堂的奥秘。

年轻女子的爱的奥秘。直到第三天，我才有勇气打开两天前得到的馈赠，一直摆在五十四号房内书桌上的小包裹。一个小盒子。天主啊，我要堕入万恶深渊了。

* * *

他一直等到星期六。大部分学生都留在各自房里，一些去散步，一些分散在罗马不同的图书馆中愤慨地反复翻查，试图寻找答案来

1　意大利语，意为"非洲宝石"。

解释恶的本质以及上帝为何允许恶存在，解释恶魔存在的缘由，查询如何正确阅读圣典，或探索额我略圣咏与安布罗斯赞美诗里出现的圣灵意指。费利克斯·阿德沃尔独自待在五十四号房，桌上一本书也没有，所有物品整齐摆放。唯一能让他动气的，就是东西没放在正确的位置，任何东西若杂乱无章就会变成垃圾……他想，自己是不是有怪癖了。我想是的，一切就是从那时候开始的：父亲对秩序的偏执。我想他不太在意是否合乎逻辑，只要他看到书不在书架上而是在桌上，或是发现任何被遗忘在暖气叶片上的纸张，便是无须辩解的不可原谅之事。他不容许任何东西冒犯他的视线，家里的每个人必须一丝不苟，尤其是我。我必须每日整理玩具，唯独卡尔森警长与黑鹰例外，父亲不曾发觉它们每晚都偷偷地和我同床共枕。

如圣餐盘般整洁的五十四号房里，费利克斯·阿德沃尔伫立窗前看着外面身穿教服的人进出宿舍。一辆马车经过科尔索大道，里头装着无数不可告解的秘密；一个孩子拖着一个铁制小吊锅行走，制造出毫无必要且令人愤慨的巨响。事实上，他害怕得发颤，所以任何事物都会令他愤慨。那不寻常且命运未决的东西，卡罗琳娜送给他的绿色盒子，里边放着非洲宝石，他的命运就摆在桌上。他发誓在圣母堂敲响十二点钟的钟声前，不是扔掉盒子，就是打开。再不然，便了结自己。三选一。

为了学习而活着是一回事，但他是在令人激情澎湃的古文世界里拓荒斩棘，在古文稿的宇宙里学习那些已经无人述说的语言，它们数个世纪之前就被冰封在日渐腐朽的莎草纸里，而这些莎草纸是通往人类记忆的唯一窗口。他在这些腐朽文稿里辨别中世纪文字和古代文字，欣慰地想到这世界何其辽阔，如果觉得无聊，还可以探究梵文及亚洲其他文字。若哪天有了孩子，我希望……

现在为什么会想要有孩子？他生气了。不，他觉得有辱尊严。费利克斯·阿德沃尔再度看向孤零零摆在五十四号房光洁桌面的盒子。他拉扯黑色教袍上假想的线头，整理刺痛皮肤的教袍领襟，坐到桌边。再过三分钟，圣母堂就要敲响十二点钟了，他深吸一口气下定决心：暂时不会自杀。双手小心翼翼地拿着盒子，像孩子偷了树上的鸟巢，拿给妈妈看里头泛着蓝绿色的鸟蛋或可怜无依的小鸟。妈妈，你放心，我会喂它们吃很多蚂蚁的。哦，主啊，宛如口渴的乌鸦。基于某种理由，他知道接下来要采取的行动将为自己的灵魂染上无法还原的魅影。两分钟，颤抖的指头褪去系在盒子上的红色缎带，却越拆越紧，不是因为无辜的卡罗琳娜笨拙，而是他太紧张。不安地站起身，一分半钟，走到水盆边拿起刮胡刀。一分十五秒，残忍地切断缎带。这是他这辈子见过的最美丽的红色。虽然只有二十五岁，却已觉得年迈疲累，盼望别遭遇到任何曾发生在莫尔林身上的事情。看来他似乎可以把一切抛诸脑后而不至于……一分钟，口干舌燥，双手盗汗，汗滴从脸颊上滑过，虽然天气很……再过十秒钟，拉塔路的圣母堂就要敲响正午钟声了。与此同时，在凡尔赛宫的一帮人嚷嚷着战争已经结束了，正费尽口舌签署和平协议、谨慎地启动各种机制，好在几年内重新引爆更血腥、更邪恶的激烈战争。无论如何上天都不该允许这种事发生。费利克斯·阿德沃尔·吉特雷斯打开绿色小盒子，忐忑地拨开粉红色棉花，第一道钟声敲响了，Angelus Domini nutiavit Mariae.[1] 他哭了出来。

1　拉丁文，意为"主的天使向玛利亚报喜"。原句为三钟经经文。

* * *

偷偷离开宿舍反而很容易。莫尔林、格拉德尼克以及两三个比较熟识的同学，还有他自己，已经好几次全身而退。在罗马，身穿便服能敲开许多门……而如果身着黑教服，开启的门又有所不同。穿着俗世服，可以参观神职人员无法进入的博物馆，可以在圆柱广场喝咖啡，甚至，只是单纯地看着人来人往。有两三次，莫尔林带着阿德沃尔这位受老师钟爱的好学生去见一些他认为需要认识的人，向他们介绍这是费利克斯·阿德沃尔，是个精通八国语言的智者，在他眼前，没有任何古老书籍藏得住秘密。有些学者会打开保险箱，让他查看《曼德拉戈拉》[1]的手稿，多么美丽；或是关于马加比家族[2]的莎草纸手稿。然而，正值全欧洲和谈，智者费利克斯·阿德沃尔穿着毛衣，戴上帽子企图遮掩教士的气质，第一次背着朋友们偷偷离开宿舍。他直接来到阿玛托先生的水果店站岗，一站就是几个小时，口袋里放着小盒子。看行人自由自在地往来是何其开心，没有人像他一样怀着同样的狂热。他也看到卡罗琳娜的母亲与妹妹，什么人都看到了，唯独不见心爱的人。非洲宝石，一个粗糙的圆牌项链上，几笔简单线条刻画出圣母像，旁边是一棵冷杉大树。背面刻着"帕尔达克"，非洲的？难道是科普特人的项链？明明不可以，为什么会说"我心爱的"？清冽的空气令人难以呼吸。钟响了，费利克斯不知这时为何敲钟，还以为全罗马的教堂在向他这份偷偷摸摸、秘密、罪恶的爱情致敬。人们觉得奇怪，纷纷停下脚步，难道

1　《曼德拉戈拉》(*La Mandragora*)，意大利著名政治家、历史学家马基雅维利 (Niccolò di Bernardo dei Machiavelli，1469—1527) 的剧作，文艺复兴时期的经典剧目之一。

2　公元前 2 世纪兴盛的犹太教祭司家族。

是为了寻找阿伯拉尔[1]？但是，人们没有看他，也没对他指指点点，而是互相询问怎么回事，怎么了，为什么全罗马的钟在午后三点飞旋般敲响。不是敲钟的时候啊！发生什么事了？天啊！难道战争结束了？

这时候，卡罗琳娜·阿玛托出现了。她走出家门，风轻抚着佳人的长发，她穿过街道，来到费利克斯站岗的位置。他以为自己的伪装相当完美。她站在跟前，露出灿烂的微笑，不发一语地看着他。费利克斯吞了口水，压着口袋里的小盒子，张开口却说不出话。

"我也是。"她回答。数响钟声敲过后："你喜欢吗？"

"我不知道能否收下。"

"这条项链是我的。我出生时桑德罗叔叔送的，他从埃及带回来的。现在是你的了。"

"可是你父母会怎么说？"

"这是我的首饰，东西是我的，我送给你，他们不会说什么的。"

接着，她牵起他的手。这一刻，地坍天崩了。阿伯拉尔专注于他和埃洛伊兹肌肤的触碰，她拉着他到不知名的小巷，巷子里满是脏东西，却弥漫爱的玫瑰芬芳，她领着他到一幢敞开大门的房子，里头空无一人。漫天洪钟继续响着，一个女邻居向窗外呼喊："Anuntio obis gaudium magnum.[2] 伊丽莎白，战争结束了！"两个恋人却正要展开一场攸关存亡的战役，无法听见她的停战宣告。

1　皮埃尔·阿伯拉尔（Pierre Abélard，1079—1142），法国哲学家、神学家，因其神学观点与教会当局不同而备受排斥。他在巴黎圣母院担任讲师时，与教士菲尔贝（Fulbert）的侄女埃洛伊兹（Héloïse）秘密相爱，终被菲尔贝派人陷害，施以宫刑。

2　拉丁文，意为"我向诸位宣告一个大喜讯。"这句话是教宗选举出炉时，固定使用的开头宣告语，接着便介绍当选教宗者。

第二章

始于童稚

好战士不能对遇到的每个女人都一见钟情，
哪怕她们因战斗彩妆而变得美丽。

——黑鹰

3

别这样看我，我知道我在编故事，但都有事实依据。比方说关于我的旧房间，也就是现在放史地书籍的那一区，我最早的记忆是想要在床底下盖房子。我完全没觉得不舒服，重点是真的很有趣。我看到人们的脚，他们走进来说，阿德里亚，儿子，你在哪里？或是，阿德里亚，吃点心喽！跑哪去了？我真的觉得很有趣。是啊，我家的房子还有我的家人都不适合孩子。我总是觉得无聊，母亲不说故事，父亲只顾着买卖，看他抚摸那些版画或瓷花瓶，真让人羡慕。母亲……好像总在四下张望，一副紧张戒备的样子，小洛拉也一样。直到现在我才知道，父亲不许母亲像住在自己家里一样轻松自在，这是父亲的房子，他是出于同情才让她住在这里的。父亲过世后，她终于松了一口气，不安的神情消失了，但也变了个人，总是回避我的眼神。我心里感到纳闷，也怀疑父母为何要结婚。我想，他们从没爱过对方，这个家里也从没有爱，我不过是他们生命中的某些情况所造成的结果。

真奇怪，想告诉你一些事情，却不断分心离题。弗洛伊德肯定会对这个案例感兴趣，因为，这一切都是我与父亲之间的关系导致的——父亲可能是因为我而死去的。

记得那时候我已经挺大了，好不容易秘密征服了父亲书房沙发与墙壁之间的空隙，把那里变成我的好朋友——印第安人及牛仔的豪宅。有一天，父亲走进书房，跟着进来的是一个熟悉的声音，有时听起来和气，有时也令人汗毛直竖。这是我第一次在古董店以外的地方听见贝伦格尔先生说话，似乎有些不一样了。从那时起，我不再喜欢他的声音，无论在店里还是店外都不喜欢。我按兵不动，把卡尔森警长放在地上，黑鹰的棕马通常很安静，那时却掉下来，还发出声音，吓了我一跳，幸好敌人没有听见。然后父亲说，我不需要给您任何解释。

"我认为有这个必要！"

贝伦格尔先生坐到沙发上，沙发因此向后退了一些。我英勇地想象自己被发现时已在岩壁间夹扁。我听见贝伦格尔先生敲出了几声声响，接着父亲用冰冷的声音说，这房里不准抽烟。贝伦格尔先生坚持要得到一个解释。

"我是老板，"父亲用讽刺的口吻说，"不是吗？"

"可是，是我发现了这十幅版画。是我安抚那些当事人，让他们不再抱怨连连。是我独自带着这些版画闯过三国边境。你都没有知会我一声，就把它们卖了，其中一件是伦勃朗的，知道吗？"

"我们是做买卖的，得靠做买卖来养活这条贱命。"

这是我第一次听见"贱命"这个词，感觉不错！父亲把"贱"这个音说得咬牙切齿。贱命。我想他生气了。我意会到贝伦格尔先生笑了。那时，我已经学会解读沉默，所以能确定贝伦格尔先生笑了。

"啊，贝伦格尔先生，您好！"是母亲的声音，"费利克斯，你看到孩子了吗？"

"没有。"

拉警报了！这下我该如何从沙发后面溜出去，装出一副若无其事、什么都没听见的样子出现在另一边？我询问卡尔森警长及黑鹰，但它们也无计可施。这时，男士们不发一语，肯定是在等母亲离开书房并关上门。

"祝您安好。"

"也祝您安好，夫人。"然后贝伦格尔先生仍以刚才争执时那种酸溜溜的语气说："我觉得受骗了。我要求额外的佣金。"父亲沉默不语。"我要佣金。"

我可是一点也不在意"佣金"的话题。为了冷静下来，我开始在脑海里把对话翻译成自己发明的法语。那会儿我大概有七岁了吧，这么做有时候能让我冷静下来。我一紧张，脚就会不由自主地动起来，书房那么安静，乱动的话，他们一定会听见。Moi, j'exige ma comission. C'est mon droit. Vous travaillez pour moi, monsieur Berenguer. Oui, bien sûr, mais j'ai de la dignité, moi![1]

后方传来母亲的呼喊，阿德里亚！儿子！小洛拉，你知道他在哪里吗？Dieu sait où est mon petit Hadrien![2]

我记不太清楚，但贝伦格尔先生好像是负气离去的。父亲好话坏话都说尽了，好不容易摆脱他。这些我不知道该怎么翻译，还有，若是母亲真的唤我为"mon petit Hadrien"的话，今生就别无所求了。

时候到了，可以离开藏身处了。父亲送客人到门口的时间足够让我销毁所有证据。在家里过游击战一般的生活，使我的乔装功力修炼得极为高超……我几乎无所不在。

---

1 法语，意为："我要我的佣金，这是我的权利。""贝伦格尔先生，你是替我工作的。""没错，但我有我的尊严！"
2 法语，意为："天晓得我的小哈德良跑哪儿去了！"哈德良是阿德里亚在法语中的称谓。

"你在这儿啊！"母亲走到阳台，发现我正注视着往来的车辆陆续开启车灯。记忆中，那时的生活总披着渐渐低垂的无尽夜幕。"没听见我在叫你吗？"

"什么？"我一手抓着卡尔森警长与它的棕马，装出一副懵懂出神的模样。

"你得试穿学校的制服。没听见我在叫你吗？"

"制服？"

"安杰莱塔太太改好袖子了，"母亲说话的同时做了命令的手势，"走！"

在衣物间里，安杰莱塔太太双唇含着几根大头针，专业地看着新袖子垂坠的模样。

"孩子，你长得真快。"

母亲去向贝伦格尔先生道别，我像小时候一样试穿没有袖子的制服，小洛拉走进衣物间来找干净的衬衫。

"你看，手肘这里磨得特别厉害。"安杰莱塔太太补了一句。当时她差不多有一千多岁了吧。

楼梯间的大门关上后，父亲的脚步声朝书房方向远去。安杰莱塔太太如白雪的头动了一下："最近好像有很多访客？"

小洛拉装作没听见，不答声。安杰莱塔太太一边别上袖子，一边说："偶尔还会听见有人大声说话。"

小洛拉拿了衬衫仍未吭声，安杰莱塔太太不愿罢休。

"不知道都在说些什么呢？"

"在说贱命。"我想都没想就说了。

小洛拉手里的衬衫掉到地上，安杰莱塔太太拿针扎了我的手臂一下，黑鹰转了半圈，用几乎闭着的双眼勘查干瘪的地平线，它比谁都要先看到那片烟尘云团，甚至比飞兔还早。

"有三个骑士过来了。"黑鹰说，但无人回应。在岩洞里，夏天的酷热对族人们还稍留些情面，但是没有人、没有任何女人或孩子对这三个外来者感兴趣，或对他们来此的目的感兴趣。黑鹰使了一个几乎察觉不到的眼色，三个战士便朝马群的方向趋近，黑鹰跟在他们后方，保持一定的距离，监视这团尘烟，不让它在眼前消失。三个战士丝毫不遮掩，径直朝岩洞而去，三个战士与黑鹰向西而行，像鸟一样，使尽各种手段分散掠劫者的注意力，企图引开这些不速之客。两方人马在五棵橡树附近交会。外来者是三名白人：一个金发，另外两个发色较黑，其中一个还留着夸张的胡子。他双手离身，敏捷地跃下马，微笑道："你是黑鹰。"他双手没有收回，姿态恭敬。

黄鱼沃希塔（Washita del Peix Groc）河岸以南的土地上，印第安阿拉珀霍族的伟大酋长坐在马背上，居高临下，以无可察觉的姿势点头，连一根发丝都没有牵动地问，来者何人？大胡子再度微笑，用可笑的姿势做出一副假意敬礼的样子，说，我是卡尔森警长，来自罗克兰镇（Rockland），到你们这里骑马要两天的时间。

"我知道你们在哪里建立了罗克兰镇，"传奇的伟大酋长冷峻地回答，"在波尼族（Pawnee）的土地上。"然后不屑地朝地上吐了一口痰。

卡尔森搞不清楚那口痰是对谁吐的，他说："他们是我的助手，我们在找一名逃犯。"他也吐了一口痰，感觉挺舒坦的。

"这人做了什么？为什么被当成逃犯？"阿拉珀霍族的头目问道。

"你认识这人？看见过他？"

"我问他究竟做了什么被当成逃犯？"

"他杀了一匹母马。"

"还侮辱了两个女人。"金发男人说。

"对，没错。"卡尔森警长确认。

"为什么在这里找他？"

"他是阿拉珀霍人。"

"我族领土广大，往东往西往北都是骑好几天马的距离。为什么特意来到这里？"

"你知道犯人是谁的话，请把他交出来伏法。"

"卡尔森警长，你错了，你要找的逃犯不是阿拉珀霍人。"

"哦，不是？你怎么知道？"

"阿拉珀霍人是不会杀母马的。"

然后灯亮了，小洛拉打手势让他离开食物储藏间。阿德里亚的母亲脸上画着美洲原住民的战斗妆，没有看着他也没有往地上吐痰，只是对小洛拉说，用水和肥皂把他的嘴洗干净，必要的话加几滴漂白水。

黑鹰忍受了这番虐待，没发出一丁点呻吟。小洛拉用刑完毕，让他用毛巾擦干嘴的时候，他看着她的眼睛问，小洛拉，你知道侮辱女人是什么意思吗？

* * *

七八岁的时候，我觉得能为自己做决定了，其中一个非常明智的决定，就是把我的教育托付到母亲手中。然而，事情并非如我想象。发现这一点是因为那天晚上，我想知道父亲对我白天那个小差错的反应，于是在客厅搭起监听装置。这并不复杂，因为我的房间和客厅只有一墙之隔。理论上，我早早就上床了，所以父亲到家时，我应该已经熟睡，这是逃过严厉责备的最好方法。因为如果我辩解说"贱命"是从他那里听来的，就不是我的嘴巴很脏、得用蜥蜴牌肥皂洗干净那么简单了。他一定会追问，你怎么知道我说过什么贱命，嗯？说谎。不要脸。你说啊，你怎么知道的？啊？啊？难道你偷听我说话？无论如何，我都不能摊出窃听的牌，装傻归装傻，我可是家里唯一掌握所有角落的人，也是唯一对所有对话与争吵，以及不可解释的哭泣都了如指掌的人。就好像，有一次小洛拉哭了一整个星期，但她一离开房间就利落地掩饰了不愉快。那应该是很大的不愉快吧。我花了很多年的时间才知道她那时候哭泣的原因。但是，当时我意识到的是有些苦恼竟然可以持续整整一个星期。这使得我对生活感到有些害怕。

那天，我把耳朵附在贴着墙壁的杯底上，偷听父母的对话。父亲说话的声音显示他相当疲惫，所以母亲便长话短说，只说了我很烦人。父亲对我鸡毛蒜皮的烦人事不感兴趣，接着说，就这样决定了。

"决定了？决定了什么？"母亲讶异地问。

"我已经给他注册了卡斯普路上的教会学校。"

"可是，费利克斯……这……"

我这才发现原来做决定的人是父亲，我的教育全由他做主。我在脑海里记下要查查《不列颠百科全书》，看看什么是教会。父亲沉默地看着母亲，她最后决定说出口："为什么要念教会学校？你又不是信徒，也不是……"

"是为了教育品质。我们得讲求效率，毕竟只有一个儿子，不能搞砸他的教育。"

看吧，没错，他们只有一个孩子，或许不只一个。不过这不是重点，重点是，他们不能冒险。所以，当父亲提出语言的事情时，我承认这确实让人非常雀跃。

"你说什么？"

"十种语言。"

"这孩子又不是怪物。"

"他学得来。"

"为什么要学十种？"

"因为宗座大学的莱温斯基神父会说九种语言，我们的孩子要超越他。"

"为什么？"

"因为他当着全班的面骂我没用。没用。就因为和福卢鲍上了一整年的课，导致我的阿拉姆语停滞不前。"

"别开玩笑了，我们可是在谈孩子的教育。"

"我没开玩笑，我是在谈我孩子的教育。"

我知道母亲很不喜欢父亲当着她的面说"我孩子"。她开始说不希望我变成怪物。我想她不喜欢的应该是别的事。母亲异常能言善道。听见了吗？我不希望孩子被逼着超越鲁沃斯基神父，最后变成市集里的怪物。

"是莱温斯基。"

"怪物莱温斯基。"

"他是杰出的圣经研究者、神学家，一个知识渊博的怪物。"

"不行，这得冷静下来好好谈。"

我不懂，他们不正在这么做吗？正在冷静地谈论我的未来。我特别冷静，因为"贱命"这件事完全没出现在对话中。

"加泰罗尼亚语、西班牙语、法语、德语、意大利语、英语、拉丁语、希腊语、阿拉姆语、俄语。"

"这些是什么？"

"是他要学的十种语言，前三个他已经会了。"

"没有，法语他是自己乱说的。"

"但是他会说，别人也听得懂。我儿子啊，只要跟他说，他都做得到。再说，他学语言特别得心应手，十种语言，能学得来。"

"他也得玩啊。"

"他已经长大了。在上大学前，应该就能学会这十种语言了，"父亲疲倦地叹了口气，"好了，我们改天再谈吧，好吗？"

"他才七岁，我的天啊！"

"我不会要他马上学阿拉姆语，"父亲用手指轻敲桌子，一副谈话结束的样子，"先从德语开始学吧。"

我喜欢这个主意。如果有字典的话，我就能自己看懂《不列颠百科全书》，一点问题都没有！但是德语就无法参透了：这种有词汇变格、词尾随着词汇在文句中的功能而变化的语言非常吸引我。当时我还不会用这些说法，但也差不多了。可真是书生气十足。

"不，费利克斯，我们不能犯这种错误。"

突然听见一声小小的吐痰声。

"是吗？"

"阿拉姆语是什么？"卡尔森警长压低声音问。

"不太清楚，得调查一下。"

我承认，我的确不像普通的孩子。现在，我能够回想起当时如何紧抓着卡尔森警长和伟大且勇敢的阿拉珀霍酋长，努力不露痕迹地偷听他们谈论我的未来。好像不只是不普通，而是相当怪异。

"不会错的，我找过德语老师了，开学第一天他就会来给孩子上课。"

"不。"

"老师叫罗梅乌，是个很不错的年轻人。"

这就让人忐忑不安了，家教老师？我家是我的家，我是对家里头所有大小事情了如指掌的人。我可不要有什么让人不舒服的目击者，不要这个叫什么罗梅乌的人来家里多管闲事，不要有人来说，真好，七岁的孩子就有自己的书房！或是像其他大人来家里时都会说的傻话。门儿都没有！

"他要修三个学位。"

"什么？"

"法律和历史。"一片静默。"还有他自己选的科系。法律尤为重要，游走在这个充满鼠辈的世界，法律最能派上用场了。"

踢、踢、踢、踢、踢、踢、踢、踢。脚不由自主地动起来了。踢、踢、踢。我讨厌法律，你无法想象我有多讨厌，虽然不确定那到底是什么，但我讨厌死它了。

"Je n'en doute pas," disait ma mère. "Mais est-ce qu'il est un bon pédagogue, le tel Gomeu?" [1]

"Bien sûr, j'ai reçu des informations confidentielles qui montrent qu'il est un individu parfaitement capable en langue allemagne. Allemande? Tedesque? Et en la pédagogie de cette langue. Je crois

---

1　法语，意为："'我不怀疑，'母亲说，'但是，这位什么葛梅乌是个好老师吗？'"

que..."¹

　　我慢慢地冷静下来，脚也不再不听使唤地乱动了。我听见妈妈站起来说："那小提琴呢？放弃吗？"

　　"不放弃，但没这么重要了。"

　　"我不同意。"

　　"晚安，亲爱的。"父亲边说边打开报纸开始阅读。他总是在这个时候看报纸。

　　也就是说，他们要让我转学。真讨厌，好可怕，还好有卡尔森警长和黑鹰陪我，小提琴没这么重要了？为什么要那么晚才开始学阿拉姆语？那一夜，我很晚才入睡。

＊ ＊ ＊

　　我肯定是把所有事情都混淆在一起了。不知道那是七八岁还是九岁时候的事情。总之，我学语言非常得心应手，父母也察觉到了，因而不想错失时机。我开始学法语是因为有一年，我到法国南部佩皮尼昂的奥萝拉姑姑家过了一个夏天。在那里，事情只要稍微变得复杂，大家就不再说重喉音的加泰罗尼亚语而改说法语。于是，我学了一口南法口音的法语。我对这种口音还挺得意的，所以一辈子没有改变。不记得那是几岁了，后来我开始学德语，然后是英语……不太确定，我想应该是更晚之后。不过，不是我去学习语言，而是语言来学习我。

1　法语，意为："当然，我有可靠的消息表明这个人的德语水平很高。得语？特语？而且擅长教学，我想……"

现在我试着回忆，告诉你一些童年生活的片段，就像是一个穷极无聊的星期天午后，我如往常在家里逛过来走过去，千方百计试着溜进父亲的书房，心想要是我有一个兄弟，一切会变得更加有趣。阅读总有累的时候，伊妮德·布莱顿[1]的小帽子[2]也会让人烦腻。最糟糕的是，隔天就要上学了。尽管我不害怕学校、老师和神父，小朋友们却让我害怕。学校里的孩子把我当怪物看待，这让我觉得恐惧。

"小洛拉。"

"什么事？"

"有什么我可以做的事吗？"

小洛拉擦完口红，正在晾干双手的指甲油，她看着我。

"我可以跟你一起去吗？"阿德里亚满脸期待。

"不，不行，你会很无聊的。"

"待在这里才无聊。"

"听广播吧。"

"广播好无聊。"

小洛拉拿起外套走出这个闻起来永远都是小洛拉味道的房间，小声地对我说，去和你妈说，叫她带你去看电影。接着大声说，玩得开心点儿，回头见！她打开门，对我眨眨眼睛后就离开了。星期天下午她可以开开心心地出门去玩个痛快，谁知道她要怎么玩，反正不像我，只能待在家里，像只被囚禁的孤魂，漫无目的地飘荡。

"妈妈。"

---

1 伊妮德·布莱顿（Enid Mary Blyton，1897—1968），英国儿童文学作家。
2 布莱顿笔下的故事主角诺迪（Noddy），通常都带着一顶尖帽子。

"什么事？"

"没有，没事。"

母亲将视线从杂志上抬起，喝下最后一口咖啡，越过杂志看着我说：“儿子，说啊。”

我不敢要求她带我去看电影。我很怕她，至今仍不知原因。我的父母都很严肃。

"我觉得无聊。"

"去看书啊，如果你愿意的话，我们来复习法语。"

"我们去蒂比达博¹吧。"

"哎呀，要是你早上就说的话……"

我们从没去过蒂比达博。从来没有。无论是星期天上午还是下午，我只能通过朋友的描述，想象那里的样子。粗陋的机械装置、神秘的机器人、瞭望台、碰碰车……还有许多我不知道的游乐设施。可是，得要父母带你去才行。他们也不带我去动物园或到防波堤上散步。索然无味的父母……我觉得他们不爱我，至今在心里仍反复琢磨，他们为什么生下我？

"我要去蒂比达博！"

"叫什么？"父亲的抱怨从书房传来，“别逼我教训你！”

"我不想复习法语。"

"我再说一次，别逼我教训你！”

黑鹰对我和卡尔森警长说，它认为这种待遇极不公平。为了不无聊致死，尤其是为了别被处罚，我开始练小提琴琶音。琶音的优点就是难拉，因此，要拉得好听就更难了。实际上，在认识贝尔纳

---

1 蒂比达博 (Tibidabo)，西班牙巴塞罗那附近的丘陵，海拔 512 米，建有教堂及儿童乐园。

特以前，我都拉不好琶音。拉到一半我就不拉了。

"父亲，我能摸摸斯托里奥尼小提琴[1]吗？"

父亲一如往常地，用照明放大镜在看着奇怪的纸张，抬起头说："不行。"接着指着桌上的东西说："你看，多漂亮。"

那是一张非常古老的手写稿，上头用我不认识的字母写着一段短文。

"这是什么？"

"《马可福音》的片段。"

"可是，是用什么语言写的？"

"阿拉姆语。"

黑鹰！你听到了吗？阿拉姆语！阿拉姆语是很古老的语言，写在莎草纸和羊皮纸上的文字。

"我可以学吗？"

"时候到了再学。"他回答时非常得意。显然我学什么都行。他喜欢炫耀自己有个聪明的儿子。

我试着把握这个机会问道："我可以摸斯托里奥尼小提琴吗？"

费利克斯·阿德沃尔推开立地放大镜，静静地看着儿子，阿德里亚跺着脚说："就一次，求您了，父亲……"

父亲生气起来的目光令人恐惧，阿德里亚与父亲对视了几秒钟后，不得不低下头。

"你不懂什么叫不行吗？ Niet, nein, no, ez, non, ei, nem，懂吗？"

---

1 斯托里奥尼(Storioni)，著名意大利小提琴品牌。其创始人洛伦佐·斯托里奥尼(Lorenzo Storioni，1744—1816) 是意大利克雷莫纳的制琴大师。

"ei 和 nem 是什么？"

"芬兰语和匈牙利语的'不行'。"

阿德里亚离开书房，转了半圈，愤怒地威胁："我不学阿拉姆语了！"

"我要你做什么你就做什么。"父亲语气沉着地警告，他清楚自己的意念将一直被奉行，接着又继续埋首于手稿、阿拉姆语及放大镜的世界。

这一天，阿德里亚决定过上双重生活。那时候他已经有几个秘密藏匿处，但他决定将秘密王国扩大，于是定下一个远大的目标：找出保险箱的密码，利用父亲不在的时间练习斯托里奥尼。完全不会有人发现，时间绰绰有余，足够他把小提琴收回琴盒，放回保险箱，清除所有犯罪证据。为了不让人察觉这个念头，他回去继续练习琶音，也没告知警长与阿拉珀霍族的伟大酋长，那时，他们正在床头柜上睡午觉呢。

4

　　回忆中的父亲总是老先生的模样，而母亲，就是我母亲的样子。可惜的是，他们不爱我。关于母亲，阿德里亚唯一知道的事情就是，同样名叫阿德里亚的外公像所有年纪轻轻就成为鳏夫的男人一样，抱着幼女四处张望，期盼能有人给他们一本指导手册，教他们如何让女儿融入自己的生活。比森塔外婆相当年轻就去世了，那时母亲才六岁，因此也只留下模糊的印象。我手上仅有的就是两张照片，一张在卡萨卡里亚摄影工作室拍的结婚照片：两个人都既好看又年轻，穿着只在拍照时穿的非常夸张的正式服装；另一张是外婆抱着母亲，脸上挂着破碎的笑容，仿佛自知将看不到女儿第一次恭领圣体，自问为何如此年轻就不得不离世，只能成为外孙手中一张墨鱼色的老照片，虽然永远都无法认识外孙了，但他似乎是个天资聪颖的孩子。因此，母亲独自长大，从来没有人带她去蒂比达博山玩，或许因此，她才从没注意到我想要知道那些自动机械游乐设施究竟是什么玩意。据我所知，只要投入一个硬币就会产生魔法，机器就会像有血有肉的人一样开始动起来。

　　母亲是独自一人长大的，在二十年代，光天化日之下，大街上常发生杀人事件，那时候的巴塞罗那是墨鱼色的，普里莫·德里韦拉¹的独裁统治让巴塞罗那人的眼神都蒙上一层苦楚。当阿德里亚外公发现女儿长大了，是时候该向她解释一些他自己都不太清楚的事情时，立刻把比森塔外婆最信赖的帮手洛拉的女儿请到家里。洛拉照旧从早上八点到晚上八点张罗家里的大小事，就像夫人在世时一样，她的女儿比我的母亲年长两岁半，也叫作洛拉，所以，人们管母亲洛拉叫大洛拉，可怜的她，还没见到共和国建立就去世了。在临死的床榻上，她要女儿做民主政治的见证者，还交代她要把照顾卡梅当成自己的使命。所以，小洛拉从未离开母亲身边一步，直到她离开我们家。我们家的洛拉，因过世而离开，同时出现另一位新的洛拉。

共和制被寄予厚望，国王遁逃，建立加泰罗尼亚共和国的声浪此起彼伏，中央政府的管控时紧时松，巴塞罗那从墨鱼色走入全然的灰色。人们走在大街上，总是把手插在口袋里，仿佛天气非常寒冷。不过，人们还是会彼此打声招呼，男人互请抽烟，需要的话也会微笑，因为终究还是有希望的。不知道究竟为何，人们还是怀抱希望。费利克斯·阿德沃尔不理会墨鱼色或是灰色，他带着价值不菲的物件四处旅行，目的只有一个：增加手中的古董物件。与其说他是一位藏家，不如说是位征收者，这是他的使命，墨鱼色或灰色的氛围都无所谓，他的目光只投向可以累积收藏之处。因此，他才注意到巴塞罗那大学的古文书巨擘，阿德里亚·博施教授。据传，他能够毫不犹豫地准确断定一件古物的年代。他们建立了一种互利关系。费利克斯·阿德沃尔频繁地出现在博施教授的办公室引起不

---

1 普里莫·德里韦拉（Primo de Rivera, 1870—1930），西班牙军官、政治家、独裁者，曾于 1923 年领导政变，建立独裁政权。长枪党创始人何塞·安东尼奥是他的儿子。

少兼任教授的猜疑。无论如何，他比较喜欢去博施家里见他。踏进大学校园让他浑身不自在，在那里可能会遇见以前宗座额我略大学的旧识，或者更糟糕，碰到以前比克修道院的两位教士或哲学老师。他们若是看到他如此频繁地涉足这位古文书巨擘的办公室，一定会感到惊讶，也一定会诚挚地询问阿德沃尔，你现在从事什么工作？或者问，你真的为一个女人抛下了一切？你真的为石榴裙放弃了在神学与圣经领域的大好前景？是吗？你当初引发了多大的话题呀！要是你知道人们都说了什么的话……阿德沃尔，那个有名的意大利女人是怎么回事？

＊＊＊

当费利克斯·阿德沃尔对博施教授说"我想与您谈谈您女儿的事"时，时间已经过去六年，从阿德里亚外公在家里接待费利克斯·阿德沃尔先生开始，这个女孩就在注意他了，通常都是她替他开门的。战争爆发前不久，她已经满十七岁了，她发现自己喜欢阿德沃尔先生向她脱帽行礼的样子，而且他总是说，你好吗，美丽的小姐？她很喜欢这句话，你好吗，美丽的小姐？所以她开始观察阿德沃尔先生眼睛的颜色，浓郁的栗子色，在英国薰衣草的味道中散发着迷惑人的芳香。

波澜掀起了。三年的战争，巴塞罗那不再是墨鱼色或灰色，而是烈火、饥饿、轰炸、死亡的颜色。费利克斯·阿德沃尔离开了，在沉默中旅行了几周。大学仍旧敞开大门抵抗，威胁笼罩着各间教室。情势再度稳定，这是一种麻木的稳定，佛朗哥[1]净化了大多数没有逃亡海外的教授。大学里，人们开始说起西班牙语，毫无顾忌地开起了无知的盛宴。尽管如此，还是有几个科系幸免于难，古文书系正是其中之一，因为征服者认为这个科系无关紧要。费利克斯·阿德沃尔先生带着更多物件，继续会见教授。他们俩把古文书分类、标注日期、辨识真伪。费利克斯到全世界各地买卖，他俩分摊利润。在那个物资匮乏的时代，他们的收益算是相当可观。逃过佛朗哥摧残的教授们开始怀疑这位宛如教授般频繁出入学院的商人。

战争期间，卡梅·博施几乎没见到他。然而，战争一结束，阿德沃尔先生马上又频繁地造访她父亲。两人关在书房里，她则继续做自己的事情。她跟小洛拉说，我现在不去买凉鞋了。小洛拉知道这是阿德沃尔先生在家里与先生讨论古老纸张的缘故。她掩饰着微笑说，随便你吧，卡梅。后来，她的父亲连问都没问，直接帮她在重新开学的图书馆学院注册，这个学院就在家门口。当时，他们住在安杰尔斯路。接着是她生命中最快乐的三年，她和一些同学结下深厚的友谊，承诺无论生命有多么曲折，无论结婚或是发生任何事情，都要一直保持联系，然后，就再也没见过她们，连佩皮塔·马斯列拉也没再见过。她开始在大学的图书馆里工作，推着推车运送书籍，努力适应卡尼娅梅雷斯女士的态度，巧遇阿德沃尔先生两三次。碰巧那阵子他常到图书馆，遇见她的时候，同样

用"你好吗，美丽的小姐"问候她。她想念一些同学，尤其想念佩皮塔·马斯列拉。

"深栗色不存在。"

小洛拉讽刺地看着卡梅，等待回复。

"哎呦，好看的栗子色，像深色的蜂蜜，桉树的颜色。"

"他和你父亲一样大。"

"哪有！他比我父亲小七岁半。"

"那我无话可说了。"

政府开始推行净化运动。阿德沃尔先生也怀疑起一些新老教授。他们或许不会贸然问及私事，因为对他一无所知，但是他们一定会想警告他：朋友，留意脚步，你正走在冰上呢。而费利克斯·阿德沃尔想要避免的就是做出不必要的解释，这些人的目光虽然有教养却充满讽刺，默然无声却让人明白，他们并未要你多做无益的解释。直到有一天他说，够了，我不能再背负这个十字架了。于是，他到拉耶塔纳大街，说出了古文书系蒙特利斯教授的名字。

"谁？"

"古文书系的蒙特利斯教授。"

"古文书系的蒙特利斯教授，"警察慢慢地写下，"名字呢？"

"埃洛伊，母姓是……"

"古文书系的埃洛伊·蒙特利斯，这样就够了。"

普拉森西亚警察局办公室涂着肮脏的橄榄色，档案柜已生锈，佛朗哥与何塞·安东尼奥[1]的画像挂在斑驳的墙上。透过污浊的玻

---

1 何塞·安东尼奥·普里莫·德里韦拉（José Antonio Primo de Rivera，1903—1936），西班牙政治家、长枪党创始人。西班牙内战初期被西班牙第二共和国政府逮捕并枪决。

璃可以看到拉耶塔纳大街上往来的车辆。费利克斯·阿德沃尔先生可没有心思欣赏风景，他正在写蒙特利斯博士的全名，看来，他的母姓是休拉纳，他是古文书系的副教授，也一度在宗座额我略大学念书。每当费利克斯·阿德沃尔有事到系里拜访博施教授时，蒙特利斯博士总带着狐疑的眼神。但是这些事，是任他怎么想也无法插手的。

"你说他怎样？"

"他是加泰罗尼亚主义者、共产主义者。"

警察吹了声口哨说，哎呀，哎呀，哎呀，哎呀……"我们怎么会漏掉他呢？"因为这是反诘修辞，阿德沃尔先生并未回话，况且他也不好说纯粹是因为警察效率低的缘故。

"这是您向我们举报的第二位教授了，真奇怪，"警察用铅笔尖敲着桌子，好像在打摩斯密码般，"因为，您不是教授，对吧？为什么这么做呢？"

为了肃清障碍，为了行动自由，为了摆脱这些人张扬的批判目光。

"因为爱国。佛朗哥万岁。"

还有更多人被检举，三四个吧，他们都是加泰罗尼亚主义者与共产主义者。所有被举报的教授都滔滔不绝地辩称自己如何无条件地支持戒严管制，并诧异地说，我？共产主义者？然而，无论他们如何在警官面前高呼"佛朗哥万岁"都于事无补。因为，莫德尔监狱的运作不能停歇，那里关了一批被抛弃之人，他们罔顾大元帅慷慨无私的提议，偏执于自己的谬误。这些合时合宜的举报将博施教授身边的人清理了一些，但博施教授浑然无知，还为这个看起来很热心、很崇拜他的举报者提供各种消息。

在几名被举报的教授都被逮捕后，费利克斯·阿德沃尔为了避免节外生枝，不再出入博施教授的大学办公室，只到他家里拜访。这让卡梅·博施相当开心。

* * *

"你好吗，美丽的小姐？"

这位小姐越发出落得动人，她对每一次问候都低垂视线报以微笑，她的双眸变成了最吸引人的奥秘之一，让费利克斯·阿德沃尔迫不及待想要探索。简直像无主的歌德手稿般让人激情澎湃。

"我今天带来了更多的手稿，报酬也比较多。"他才踏进博施教授的书房便单刀直入。阿德里亚外公已经准备好开始鉴定、验证真伪、收钱、什么都不多过问。但是，费利克斯，你究竟是从哪弄来这么多的手稿？你是怎么搞定的？呃？

他们一个忙着拿出文稿，另一个则利用这点时间擦拭夹鼻眼镜。文稿安放在桌上后，工作便正式展开。

"哥特斜体字的外交法律古文书。"博施教授戴着眼镜，贪婪地注视桌上的手稿，他拿起文件看了又看，不遗漏任何角落。

"不完整。"打破良久的静默。

"是 14 世纪的吗？"

"对，你也慢慢学会了，是吧？"

这个时候，费利克斯·阿德沃尔已经在欧洲许多地方布下搜寻文件的网络，在档案室、图书馆、文化机构、市政府或教堂书架上寻找各种零散、满布灰尘的莎草纸、羊皮纸、卷宗等等。年轻的贝伦格尔先生是搜寻者的杰出典范，他一一造访每个地方，初步评估，然后用当时还弱不禁风的电话线告知有哪些新货，并根据决策行动，只有在无法偷到的情况下，他才会付给物主极低的报酬换取宝物，然后交给阿德沃尔，最后由博施博士协助鉴定。所有人都从中得到好处，甚至连这些物品的记忆也是。即便如此，最好还是不要让人知道这些事情。十年下来，他找到许多东西，其中有不少破铜烂铁，偶尔也能找到真正的珍宝，像是配有马内插画的 1876 年版《牧神的午后》（*L'Après-midi d'un faune*），他在书页间发现了一些马拉美的手稿，正是诗人最后的字迹。这个宝贝肯定在瓦尔万市立图书馆的阁楼上沉睡了好一阵子；要么就是奇迹般地从哥德堡的一场遗产拍卖会上拯救出三份保存良好的胡安二世时期外交文书。每年总能找到三四件珍宝，一旦找到它们，阿德沃尔便日夜神魂颠倒。渐渐地，在巴塞罗那扩展区租来的宽敞公寓中，在无边的孤独中，开间古董店、贩售这些珍宝之外其他古董的想法慢慢形成。这个决定促使他做了另一个决定：除了接收手写稿，也收集花瓶、邦戈鼓、齐本德尔式家具、伞桶、武器等成批的遗产物品，或任何很久以前制作且实际上毫无用处的东西。就这样，第一件乐器进了他的家门。

过了几年，我的父亲阿德沃尔先生去拜访博施教授，我很小的时候见过的外公。那时母亲已满二十二岁了。那一天，费利克斯·阿德沃尔对他的工作伙伴说，想谈谈他女儿的事。

"她怎么了？"博施博士有点吃惊，取下夹鼻眼镜，看着他的朋友问道。

"您不反对的话，我想和她结婚。"

博施博士有些迷惘，他站起身，走到幽暗的玄关擦拭眼镜。几步之外的阿德沃尔定定地看着，度过起跑线上紧张的几分钟时间。外公转过身看着阿德沃尔，却没看到他深栗色的眼睛。

"你几岁了？"

"四十四岁。"

"我算算，卡梅大概十八或十九岁吧。"

"二十二岁半，您的女儿已满二十二岁了。"

"你确定？"

博施博士沉默不语，再次戴上眼镜，一副要鉴定自己女儿年纪的模样。他张开口看着阿德沃尔，眼神迷蒙，仿佛在欣赏马其顿托勒密王朝的莎草纸般自言自语地赞叹，卡梅已经二十二岁了……

"满二十二岁已经好几个月了。"

这时，大门打开了，卡梅和小洛拉进门，小妇人看见两位男士站在玄关不发一语，小洛拉带着篮子消失了，卡梅脱下外套时转身看向他们。

"发生什么事了？"她问。

5

　　尽管父亲个性孤僻，但有好长一段时间，我极度崇拜他、渴望讨好他，尤其希望他赞赏我。他粗鲁、脾气不好，而且一点也不爱我，但我就是崇拜他。对我而言，描述他这个人非常困难，既要不流于辩护，又要避免批判。

　　只有少数几次，或者说只有一次，他赞同我、对我说"很好，我认为你说得对"，我把那份记忆像宝物般存放在小盒子里。因为，犯错的总是别人，而我们就是这些"别人"。我现在理解母亲为何只能在阳台上看着日子流逝了，不过我还小的时候，总希望自己是所有人关注的焦点，所以当父亲为我设定那些不可能达到的目标时，我一开始还觉得很好。虽然那些主要的目标没有达成，我没有学法律，只有一个学位，但是，我一辈子都在念书；我没能学会十种、十二种语言以打败宗座额我略大学的莱温斯基神父，但也顺利且毫无困难地学了几种自己想学的语言。虽然觉得亏欠父亲，但我不求不知身在何处的他——早已不在人世的他——为我感到骄傲。同时，我继承了他的无信仰，也不相信生命的永恒。总是退居二线的母亲为我制定的计划也没有达成。一直到后来，我才知道原来母亲背着父亲为我做了一些打算。

　　也就是说，我是独子，我的父母渴望炫耀他们有个聪明的儿子，他们的视线从未从我身上移开过。我们可以为我的童年下一个定论：

高材生。各方各面的高材生。包括吃饭时不张开嘴，不把手肘撑在桌上，不打断大人的谈话等等。当然，我的脾气爆发时是个例外，这种时候可是连卡尔森警长与黑鹰都安抚不了的。所以，每次小洛拉去哥特区办事时，我都趁机陪她去，在她办事时，我就能待在古董店里。

我年纪越大，便越喜欢古董店里令人忐忑的宁静氛围，家里简单地称其为"店里"，因为这不仅是一家古董店，更是一个以四面墙隔离外面世界的地方，它独立为一个完整的宇宙。大门开在帕利亚路上，对面是一堵破落败坏的教堂墙面，主教不理睬，市政府也不管。打开古董店的门时，系在门上的铃铛叮铃作响，告知塞西莉亚与贝伦格尔先生有人来了。那铃铛声仿佛至今都还回荡耳际。进门后就是视觉与嗅觉的飨宴，但是不能拥有触觉的享受，在那里什么都不能摸。你！眼睛看到哪儿手就摸到哪儿，要是摸了什么东西，你就要倒大霉了！阿德里亚，什么都别摸，好吗？小家伙，知道吗？因为什么都不能摸，所以双手插在口袋，在狭窄的走道里漫无目的地乱晃。看着一个色彩缤纷却已斑驳的天使，以及法国皇后玛丽·安托瓦内特的镀金脸盆，还有阿德里亚在老死前一定要摸到的：一个价值连城的明朝的锣。

"这是做什么用的？"

贝伦格尔先生看了那把日本短剑，对着我笑道："这是日本武士的怀剑。"

阿德里亚听得嘴都合不上。贝伦格尔看了正在擦拭铜杯的塞西莉亚一会儿，弯腰到孩子的耳边，口气不太友善地低声道："这是日本女武士用来自杀的短剑。"贝伦格尔盯着孩子看他的反应，这孩子却一副无所谓的模样，于是他又说："17世纪，是江户时代的。"

阿德里亚虽然非常惊讶，但约莫八岁的他已懂得掩饰情绪了，就像父亲把自己关在房里用放大镜看手稿时，母亲所做的一样。因为父亲关在书房时，家里不能有任何声音，大家也不知道他究竟几点才会出来吃饭。

"在他有动静前，别下菜。"

小洛拉咕哝着走回厨房，我会好好地教教他，全家人都仰赖那支放大镜。要是我能够站在这位仁兄身旁，会听见他念：

> A un vassalh aragones.
>
> Be sabetz lo vassalh qui es,
>
> El a nom. N'Amfos de Barbastre.
>
> Ar aujatz, senher, cal desastre
>
> Li avenc per sa gilozia.

"这是什么？"

"《嫉妒者的责难》（*La reprensio dels gelosos*），一部小说。"

"这是古加泰罗尼亚语吗？"

"不，是奥克语[1]。"

"它们很像。"

"是，非常像。"

"嫉妒是什么意思？"

"作者是 13 世纪的拉蒙·比达尔·德贝萨卢。"

1　奥克语是印欧语系罗曼语族的一种语言，主要通行于法国南部（特别是普罗旺斯与罗亚尔河以南）、摩纳哥、意大利的奥克山谷与西班牙的阿兰山谷。

"这么古老！嫉妒是什么意思？"

"卡尔斯鲁厄诗歌集的第 132 页。在巴黎国家图书馆有另一本，这本是我的，也就是你的。"

阿德里亚以为这是许可，便伸长手，父亲连"眼睛看到哪儿手就摸到哪儿"也没说，硬生生地打了我一下，好痛。他一边拿着放大镜继续一行一行地读着，一边说近来生活特别愉快，是什么原因呢？

阿德里亚推测，一定是拜女人用来自杀的日本短刀所赐。他继续漫游到瓷器区，把版画与手稿留到最后，这些物件让他心存敬畏。

"你什么时候来帮我们，这里有许多事得做。"

阿德里亚看着空荡荡的古董店，有礼貌地向塞西莉亚报以微笑。

"父亲准我来的时候就来。"他说。

她原本打算回应，却张着嘴好一会儿都不说话，最后打消了念头，用明亮的双眼对着我说，过来，亲我一下。

在那儿不方便上演别扭的戏码，只能顺从。记得去年，我还为她神魂颠倒。现在，她依旧年轻，我却像那些已经十二三岁、刚进入对亲吻礼极度反感的大孩子一样，觉得这样很烦人。在这些无关紧要的事情上，我总是跑在最前头，反亲吻礼的高烧从八九岁开始一直持续到……反正你知道的。可能你到现在还不知道。对了！你对卖百科全书的那个业务员说"我已经有新生活了"是什么意思？

阿德里亚和塞西莉亚看了一会儿店外头来来往往且未留意店面橱窗的行人。

"总是有事情得做，"塞西莉亚好像读到他的心思似的说，"明天我们得清空一个有书柜的楼层，清扫房子要做的准备可多了！"

然后，她继续擦拭铜器，内托尔牌清洁剂的味道渗入阿德里亚的脑袋，他因而飘到天外，想着为什么日本女人要自杀？

现在我好像很少在店里乱翻了。乱翻不过就是个说法，我觉得最可惜的就是不能碰那些乐器。稍微大一点的时候，我有一次试了一把小提琴，但余光看见后方的贝伦格尔先生沉默的目光，我发誓，那时我打心里害怕起来，从此再也没试过任何乐器，除了几把柔音号、低音号及小喇叭，还有至少十二把小提琴、六把大提琴、两把中提琴与三座古老的钢琴，以及那面明朝的锣、埃塞俄比亚鼓，还有一把像极了大蟒蛇，无法搬动也吹不出声音的东西，后来我才知道那是蛇号。我确定乐器一定在被买进卖出，因为陈设品一直在变换。但是我记得数量大致就保持那样。有一段时间，几名在巴塞罗那利塞乌剧院演奏的小提琴家来到店里，试图议价买走一些乐器，不过他们都空手而归。父亲不喜欢音乐家顾客，因为他们并不阔绰。父亲有兴趣的是收藏家，他们迫切地希望拥有这些古董，如果买不到的话，甚至不惜偷窃。这些才是我的客人。

"为什么？"

"因为我们开价他们就付钱，然后满意地离开，过几天又回来想买更多。"

父亲无所不知。

"音乐家买古董乐器是要弹奏的，他们如果拥有了就会使用。收藏家不需要，他们可以同时拥有十把乐器，但也只是摸一摸、看一看就满足了。他们不弹奏乐器，摸摸而已。"

父亲很聪明。

"一位收藏家兼音乐家？那样就太好了，不过，我一个也不认识。"

这时候，趁着两人稍稍建立起来的热络，阿德里亚告诉父亲，罗梅乌先生比星期天的下午还要无聊。父亲用几乎是钻孔机般的眼神瞪了我一眼。到现在，我已经七十岁了，想到那一眼仍觉得不自在。

"你说什么？"

"我说罗梅乌先生……"

"不，他比什么更无聊？"

"我不知道。"

"你知道的，你刚刚才说出口。"

"比星期天下午还要无聊。"

"好。"

父亲总是对的。他安静得像在把我说的话塞进口袋里当作自己的收藏品般，安放好后才继续对话。

"为什么无聊？"

"他上课总是让我背动词变位或词尾变化，这些我早就背熟了。他整天一直叫我重复说'这个牛奶起司很好，你在哪里买的？'不然就是'我住在汉诺威，我叫库特，你呢？你住在哪里？你喜欢柏林吗？'"

"不然你想学什么？"

"不知道。我想读有趣一点的，我想读德语版的卡尔·迈[1]。"

"好，我认为你说得对。"

我再说一遍，他说了："好，我认为你说得对。"更重要的是，在我这辈子中，那是他唯一一次认同我说的话。如果我有恋物癖，

1　卡尔·迈（Karl Friedrich May，1842—1912），德国作家，多部作品被改编为电影、舞台剧、广播剧和漫画。

肯定会爱上这个句子，会把这件事发生的日期与时间做成黑白照片留存。

那天之后的星期二不用上德语课，因为罗梅乌先生被辞退了。阿德里亚因此自以为是个重要人物，仿佛命运都掌控在自己手中。多么光明灿烂的星期二啊！像这种时候，我就对父亲总是让每个人各居其位、各司其职感到开心。那时我大概九岁、十岁了吧，自尊心却特别强烈，或者应该说是特别荒谬吧。尤其现在回头看，阿德里亚·阿德沃尔明白了，自己从没真正地当过孩子，各方面都染上早熟病，就像别的孩子被传染各种咳嗽或感冒一样。连我自己都觉得可怜。那时候，有许多事情的细节我没注意到，如今才逐一拼凑起来。比如说，古董店刚开张时，店里的条件并不算好。塞西莉亚正学着如何把头发梳得更好看。店里来了一位客人，说要和父亲谈事情，父亲领着这个人到办公室，这个陌生人告诉阿德沃尔先生，我不是来买东西的。父亲注视着这个人的双眼，起了戒心。

"那么，请讲，你的目的是什么？"

"来告诉您，您有危险了。"

"哦，是吗？"父亲露出不耐烦的微笑。

"没错。"

"为什么？可以知道原因吗？"

"比方说，蒙特利斯教授已经出狱了，您知道吧？"

"我不知道您说的是谁。"

"他对我们说了一些事情。"

"我们指的是什么人？"

"因为您举报他是加泰罗尼亚主义者与共产主义者，让我们对您很不高兴。"

"我举报他？"

"是的。"

"我可不是告密者。您还需要什么吗？"父亲一边说，一边站起身。

陌生人依然坐在椅子上，而且坐得更沉了。他以熟练的手法卷一根烟，点了起来。

"这里不能抽烟。"

"我可以，"他拿着烟比划道，"我们也知道，您还检举了另外三个人。大家都从牢里、家里向您问候。从现在起，您要小心路上的转角了，会很危险的。"

他在桌上压熄香烟，好像桌子是个大烟灰缸，接着站起身把烟吐在阿德沃尔先生的脸上，走出办公室。费利克斯·阿德沃尔看见桌上一块焦黑，仿佛赎罪似的，没做出任何举动来避免这件事。

晚上回到了家里，可能为了补偿这件事所造成的不愉快吧，他把我叫进书房，作为奖励，尤其作为先发制人的奖励。我儿子就该这么做。父亲给我看一张两面都写着字、对折起来的羊皮纸。是布尔加尔的圣佩雷修道院的创办文件。他说，儿子，你看（由于我们建立起了牢固的伙伴关系，我真希望他在"儿子"后面可以接着说，我所有的希望都投注在你身上了），这份文件是一千多年前写的，现在，就在我们的手中……别动，别动，冷静，我拿着就好。很漂亮，对吧？是这家修道院成立时写的。

"在哪里？"

"在帕利亚斯（Pallars），你记得餐厅里乌尔杰利[1]那张画吗？"

---

[1] 乌尔杰利（Modest Urgell i Inglada，1839—1919），加泰罗尼亚风景画家、剧作家。

"我记得，画的是杰里的圣母修道院。"

"对！对！布尔加尔修道院还要更高一些，大概再往上走二十公里，在更冷的地方。"接着，他解释这张羊皮纸的来历，说这是布尔加尔的圣佩雷修道院的创办文件。德利加特神父请求托洛萨伯爵拉蒙赋予这所小小的修道院豁免权。这修道院小归小，也存活了几百年。手里握着如此久远的历史，让我非常激动。

我同时想象着父亲对我说的话，不难想见在他眼里，这个圣诞节的天气也太春光明媚了。主教乔塞普·德圣巴托梅乌刚被埋葬在窄小又简陋的圣佩雷修道院里，生命原如土地上覆盖着柔软湿润的嫩草、到处是多彩美丽花苞的春天，如今却深藏于冰层底下长眠。主教乔塞普·德圣巴托梅乌刚下葬，所有使修道院大门持续开启的各种机会也随之入土。在较早的年代，冬天还会下大雪之时，布尔加尔的圣佩雷修道院就成了一个与世隔绝的修道院；从德利加特神父的遥远年代开始，它历经了各种不同的变化。巅峰时期有三十位修士在那里日日欣赏诺格拉河与背后波塞斯森林的壮丽景致。修士们赞颂天主，感谢祂的杰作，诅咒恶魔带来的坏天气，这天气不仅造成身体的苦难，也让整座修道院的教众灵魂萎缩了。同样地，在低靡时期，只有六七个年老又病弱的修士，磨坊里连一颗能磨的麦子都没有。

修士们步入修道院后，直到被送入墓园才得以离开。如同这位院长。问题是，这么多的回忆，留下的只是一个棺位。

简短的悼亡经，匆忙且令人沮丧的祈福，接下来葬礼主持人朱利亚·德萨乌修士向五位埃斯卡洛（Escaló）村民示意下葬，他们前来协助操办这悲伤的葬礼。这时候，杰里的圣母修道院中的修士们还不见踪影。他们本该到场确认修道院正式关闭的。在最需要他们的时候，这些人总是迟到，要么就是来得不情不愿，或者干脆缺席。

朱利亚·德萨乌修士走进这所小小的圣佩雷修道院，双眼充满泪水，握着榔头和凿子将主讲台上的祭坛凿了个洞，拿出一个放着圣徒遗骨的木制容器。一阵突如其来的沮丧涌上心头。这是他这辈子第一次孤身一人。孤身一人。没有任何修士同伴的脚步声回荡在狭窄的走廊，他看了一眼空荡荡的食堂，一张长凳磨着墙壁，把脏污的涂料弄得剥落了。他没将凳子摆好，而是落下一滴泪水。他走向自己房间，从那里看着再熟悉不过的心爱景色与每一棵树。简陋的床上放着保存修道院创立文件的圣盒，现在也必须收进这些他不认识的圣徒的遗骨盒。这些圣徒数世纪以来陪伴人们经历无数弥撒、唱诵每日圣诗。教会的圣杯、圣餐盘，还有布尔加尔的圣佩雷修道院仅有的两把钥匙。这么多年为天主唱诵诗歌，如今只剩下一个桧木盒，从这天起，它就要成为这个即将关闭的修道院所有历史的唯一见证。草垫的另一边，挂着随身行李大布巾及两件衣服，像是两条粗糙的围巾，还有记事本、装着冷杉与枫树果实的袋子，让他忆起过去那段丝毫不值得眷念的生活。那时，他叫作米克尔修士，在多明我会担任圣职。萨尔特斜眼人的妻子在主教宅邸的厨房附近叫住他，米克尔修士，拿去，这是松树和冷杉的种子，还有枫树的树果。

"我拿这个做什么？"

"这是我唯一能给您的东西。"

"我为什么要拿你的东西？"米克尔修士不耐烦地问。

女人低下头，以几乎听不到的微弱声音说，主教侮辱我，我要自杀。这样我的丈夫永远都不会知道。如果他知道了，会杀了我的。

米克尔修士惊讶万分，不得不在走廊的黄杨木椅上坐下。

"你说什么？"他向站在眼前的女人问道。

女人不再开口，该说的都说了。

"我不相信，信口开河的骗子，你要的是⋯⋯"

"我在斑驳的横梁上吊时，您就会相信吧？"她用令人害怕的双眼看着修士。

"可是，孩子⋯⋯"

"我希望您聆听我的忏悔，因为我想结束生命。"

"但我并非神父。"

"如果愿意的话，您可以的⋯⋯我只剩死这条路了，但不是我的错，我想上帝会原谅我的。对不对，米克尔修士？"

"自杀是罪，你走吧，离开这里。"

"您要一个孤苦无依的女人上哪去？"

这时候，米克尔修士希望自己身处非常遥远的地方，身处世界的尽头，尽管在宇宙那野蛮的边界，危险依旧虎视眈眈。

布尔加尔的圣佩雷修道院，朱利亚修士在房间里看着掌心的种子。给他种子的女人彻底绝望，让他不知该如何安慰。第二天，人们在主厅斑驳的横梁上发现一具上吊的遗体。她用主教那串通常挂在教袍上、但两天前宣布丢失的十五神迹念珠吊死了自己。主教命令不准依圣礼埋葬死者，并且以放任妻子做出扰乱圣殿恶行的理由，将萨尔特斜眼人驱逐出修道院。萨尔特斜眼人在清晨发现妻子的尸体，他硬生生扯断念珠串，期望太太还有一丝气息。当米克尔修士听闻噩耗时，痛彻心扉地哭泣，违背上头的命令，为受苦的死者祈祷，希望救赎她的灵魂，并对上帝发誓将会保存这些种子和树果，永远提醒自己，他当时的沉默是何其懦弱。二十年后的今日，在生离死别带来的决裂面前，在他即将到杰里的圣母修道院当修士时，他再一次看着手心里的种子。他把种子放进多明我会教袍的口袋，看向窗外，他们也许在不远处吧，但他的视力已看不到远处的动静了。他把随身行李用大布巾绑成包袱。今晚，不会有任何修士在布尔加尔的修道院里过夜。

他紧抱着圣盒，走过所有房间：马塞尔修士、马尔蒂修士、阿德里亚修士、拉蒙神父、巴西利神父、乔塞普·德圣巴托梅乌神父，以及狭窄走道尽头他自己的简朴房间。那里离小小的回廊与修道院大门最近，因此自从进入修道院后，他理所当然成为看门人。然后他走到洗衣间、小小的教堂、厨房，接着又回到食堂，那里的长凳仍在啃噬墙壁。走到回廊时，所有的忧伤爆发为深切的哭号。这一切竟是天主的旨意，他不知道如何接受。为了平复情绪，为了正式告别数十年的本笃会生活，他抱着圣盒到礼拜堂，在台前跪下，最后一次欣赏拱顶绘画里的先知、大天使、圣彼得、圣保罗、圣约翰与其他圣徒，欣赏圣母爱怜的姿态，欣赏周围的大天使们与庄严全能的天主。一时间他心中充满罪恶感，因布尔加尔这座小小的修道院关闭而感到罪恶。他用空着的手捶打胸口，大喊，Confiteor, Domine. Confiteor, mea culpa.[1] 他把圣盒放到地上，俯身亲吻一代代称颂全能上帝的修士们都曾踏过的地面。全能的天主无动于衷地俯瞰着他。

他再度抱起圣盒并站起身，最后一次看着这些圣哲们的画作，并慢慢倒退着走向门口，走出小教堂，乍然关上两扇门，最后一次使用钥匙锁上，将钥匙收入圣盒，再也没有任何凡人的视线能落在

1　拉丁文，意为："我忏悔，天主。我忏悔，都是我的错。"

教堂里那些受人钟爱的圣徒画像上。直到三百年后，帕尔达克的亚基亚姆才再度用手掌推开那两扇腐朽的门。

朱利亚·德萨乌修士想起当时渴望又疲惫的双足，将他带到圣佩雷修道院的门前，紧握的拳头敲响大门。那时，修道院里住着十五位修士。神啊，荣耀的天主，多么令人怀念，尽管他也许不该缅怀一个自己未曾经历过的时代，那时候，每位修士各司其事。那天，敲门要求进入修道院时，他已远离安宁，在恐惧的国度浮沉数载，尤其在怀疑自己可能做错时，恐惧更是紧贴着这名逃亡者。因为耶稣告诉我们要爱、要行善，但是我没有彻底实践祂的教导。但是，他曾经做到了，是的，因为尼古劳·埃梅里克[1]神父，宗教裁判所审判官，他的上司，所有的一切都以天主之名、为教会利益、因真实的信仰而发生。然而，是我做不到，因为耶稣离我过于遥远。米克尔修士，您又是谁呢？不过是个糊涂虫，一名杂役修士，凭什么问耶稣何在？我们的天主居于全然盲目、无条件的尊崇之中。米克尔修士，天主与我同在，所以不与我为伍便是反对我，我说话的时候看着我！不与我为伍便是反对我。然而，米克尔修士情愿逃离、情愿颠簸不安、情愿选择地狱也不愿获得良心不安的救赎，他脱下多明我会教袍逃走了，走入恐惧的国度，流浪到圣地，为自己的各种罪恶寻求宽恕，仿佛宽恕在现世或是死后有可能实现，如果那称得上是罪恶的话。他披着朝圣者的外衣目睹许多不幸，悔恨推着他蹒跚前进、做出各种难以履行的承诺，却始终难觅平静。耳不闻救赎之音，灵魂岂能安宁？

---

1 尼古劳·埃梅里克 (Nicolau Eimeric，约 1316—1399)，天主教神学家、14 世纪下半叶阿拉贡王国宗教法庭最高法官。

"可以拜托你的手不要乱动吗？"

"可是，爸爸，我只是想摸摸羊皮纸，你刚刚说了，这也是我的。"

"用这个指头，小心。"

阿德里亚腼腆地伸出一个指头碰触羊皮纸，他觉得自己仿佛走进了那座修道院。

"好，够了！你可能会弄脏它。"

"再摸一下嘛，爸爸。"

"你听不懂'够了'，是吗？"父亲大吼。

于是，仿佛羊皮纸会电人般，我缩回手。当修士终于结束周游，带着老去的灵魂从圣地归来时，他躯体干瘪，容颜黝黑，目光如钻石般坚硬，心里的地狱火焰却尚未止息。他不敢靠近父母的家——如果他们还活着的话。他在满是朝圣者的路上徘徊，乞讨人们的施舍，然后把钱花在旅店里最烈的酒上，仿佛急于消失、急于遗忘所有的记忆，也鬼迷心窍地沉沦在肉体的罪恶中，寻找连忏悔也成全不了的救赎，他成了十足的孤魂野鬼。他到拉格拉斯的一所本笃会修道院请求留宿一晚，度过寒冷的冬夜。突然间，守门修士朱利亚·德卡尔卡索纳的微笑出乎意料地照亮了他的道路。一晚的歇息变成十天的停留，他在修道院里离厅堂椅子最远的墙边跪地祈祷。在拉格拉斯的修道院，他第一次听闻布尔加尔的圣佩雷修道院，人们说那里远得连雨水抵达时都累了，连沾湿人们皮肤的力气都不剩。他将朱利亚修士的微笑当作深埋的秘密宝藏收藏起来，那微笑恍若来自幸福之源，然后踏上旅途。依拉格拉斯修道院修士们的建议，他先来到杰里的圣母修道院，在包裹中装满慈爱的食物与秘密的幸福微笑。他走向常年积雪的山岭、永恒的寂静世界。在那里，如果幸运的话，也许能寻得救赎。穿过山谷、山岭，破烂的便鞋踩过刚从冰雪中融出的冰冷河水，在杰里的圣母修道院时，修士们告诉他，布尔加尔的圣佩雷修道院多么遥远、多么与世隔绝，他们不确定信息是否能完整地传递过来，但无论如何，那里的院长对你所做的决定，这里的神父一定会认同。

如此，他步行了几个星期，不到四十岁却显垂垂老矣，热切地敲响圣佩雷修道院的大门。那是寒冷且昏暗的薄暮时分，修士们完成了午后的工作，正要准备晚餐，如果一碗热水称得上是晚餐的话。他们给了他住宿的房间，问他要做什么。他提出进入修道院与大家同修的要求，而未提及心里的煎熬，只说要献身圣母殿堂，做谦卑无名的劳役服务，做杂役修士，院里最低阶的修士，希望获得天主垂怜。那时，已居院内最高位阶的乔塞普·德圣巴托梅乌神父看着他的双眼，发现了他灵魂的秘密。他在修道院一个简陋的茅屋里住了三十天，但是，他要的是教袍的保护，是遵从本笃会教条生活的庇护，它能转化人心，赐予奉行教条的人们内在的平静。他请求了二十九次成为修道院的一员，最高位阶的神父看着他的双眼，拒绝了二十九次。直到一个下着雨的星期五，他提出第三十次请求。

"妈的，别碰！看到想要的东西就动手！"

与父亲的战友关系就算还未破裂，恐怕也摇摇欲坠了。

"可是，我只是……"

"别在那儿可是可不是的，不想挨揍的话，就小心点！懂了吗？"

那个星期五过后，他以见习神职人员的身份进入修道院。三个寒冬后，他借用朱利亚修士的名字正式成为杂役修士，以此纪念那个让他转变的笑容。他学会与自己的心灵和平共处，澄净性灵，爱护生命。尽管乌格·罗杰公爵和卡尔多纳伯爵的手下经常入侵山谷，破坏不属于他们的领地，但是置身于这崇高的修道院，他离天主及天主所赐的平静更近了。他意志坚定地踏上通往智慧的道路，虽然举目所及不见幸福的踪影，却也能达到全然平静。一步一步地通往心智的平衡，再次学会了以往曾有的微笑，甚至有不少修士都认为朱利亚修士已步入圣途。

　　高挂的日头徒劳无功地试图温热空气，从杰里的圣母修道院而来的修士们还没抵达，他们可能在索雷尔（Soler）过夜吧。未见太阳探头，布尔加尔的圣佩雷修道院集全世界的寒冷于一处，埃斯卡洛村的村民们离去已有好几个钟头，这些人双眼哀伤，不求回馈。他以看门修士的身份用大钥匙关上修道院的大门，这副钥匙已带在身上好几年了，而现在得把它交给杰里的圣母修道院。Non sum dignus.[1] 他一边念叨，一边按着钥匙，这上面凝结了布尔加尔修道院延绵几世纪的历史。他将自己锁在门外，独自坐在核桃树下，抱着圣盒等待杰里修道院的修士们。我没有资格。要是他们想在修道院过夜呢？按照本笃会的规定，僧人不准独自住在修道院，因此，院长神父生病后，便通知杰里的圣母修道院，让他们采取必要的决策。在那之前，院长和朱利亚修士在布尔加尔修道院做伴已有十八个月之久，院长讲弥撒，他专注谛听，两人一起进行教时祷告，却不再唱圣歌了，因为麻雀的啾鸣都比两个僧人磨损不全的嗓音响亮。前日的下午，敬爱的院长神父在高烧两天以后过世，他再次孤单一人。我没有资格。

　　有人从埃斯卡洛陡峭的小路走来，因为冬天要从埃斯塔隆

1　拉丁文，意为："我没有资格。"

(Estaron) 村过来是不可能的。终于，他站起身，拍拍教袍，抱起圣盒，从斜坡上走下几步后停下脚步。该打开大门表示欢迎吗？他只记得院长神父过世前，在床上嘱咐他得将历史久远的修道院大门关好。杰里修道院的修士们拖着疲惫的步伐，慢慢地走上来。一共三人。他满眼泪水，半转过身，向修道院告别，开始往下走，免得三人再爬最后这段陡坡。布尔加尔修道院遥远的二十一年回忆就在这个动作里宣告终结了。再见了，圣佩雷。再见了，回荡着冰冷雪水声响的悬崖峭壁。再见了，回廊里的修士们与几个世纪的圣诗唱诵与祈祷。

"兄弟们，在主圣诞的日子里，愿和平与您们同在。"

"也愿和平与您同在。"

其中一位修士脱下连身帽，露出贵族般的额头。可能是位皈依神父、代理神父，也可能是见习修士，向他展露惬意的一笑，就像当年的朱利亚修士，他的外衣下不是教袍，而是骑士的铠甲。与他同行的是杰里的马特乌修士及毛尔修士。

"过世的修士是哪位？"骑士问。

"是院长神父，过世的是院长，不是通知过您们……"

"他叫什么名字？他生前叫什么名字？"

"乔塞普·德圣巴托梅乌。"

"称颂天主，那您就是米克尔·德苏斯克达修士了。"

"我是朱利亚修士，我叫朱利亚。"

"米克尔修士，你这多明我会的叛徒。"

"晚餐好了。"

小洛拉把头探进书房，父亲以冷淡无声的姿态回应，而阿德里亚继续念着乍看之下不知所云的创院文件。为了回应小洛拉，父亲说："你接着念。"

"这个字很怪……"

"念就是了。"父亲不耐烦地说，并对儿子的平庸感到绝望。虽然不完全懂，也无法放下刚刚胡思乱想的故事，阿德里亚还是高声念出德利加特神父流利的中世纪拉丁文。

"好吧……米克尔修士是上辈子的名字，多明我会在我的记忆中非常遥远。我是另一个人了，不同的人。"他像院长神父般，看着骑士的眼睛问："您要什么呢，这位修士？"

长着贵族般前额的修士跪倒在地，用简短而低沉的祷词感谢上帝，虔诚地画十字，同行的修士也恭敬地画起十字，骑士站起身说："我花了许多年的时间才找到您，一位神圣的教廷法官命令我以异教徒的罪名处决您。"

"您搞错了。"

"先生们，兄弟们，"其中一位同行的修士，也许是马特乌修士，非常震惊地说，"我们是来拿布尔加尔的圣佩雷修道院的钥匙与圣盒的，然后陪同朱利亚修士去杰里修道院。"

朱利亚修士突然记起，赶紧将手里的圣盒交给他。

"不用陪他去了。"长着贵族般前额的修士说。然后他对朱利亚修士说："不，我没有搞错，您必须要知道是谁判您死罪。"

"您都看见了，我是朱利亚·德萨乌修士，我是本笃会的修士。"

"是尼古劳·埃梅里克神父给您定罪的，他命令我把他的名字告诉您。"

"您弄错了。"

"虽然尼古劳·埃梅里克神父很久以前就过世了，但我仍活着。以上帝之名，终于可以让我不安的灵魂归于平静了。"

在杰里修道院两位修士激动的目光下，布尔加尔的圣佩雷修道院最后一位修士，一个早已不同的、崭新的、经多年苦修终获庄严平静的修士，在冬季微弱且越来越不明朗的日光下，看见骑士的短剑出鞘，刺入自己胸膛。他别无选择地吞下旧仇的袭击。骑士执行圣令后，用同一把短剑割下死者的舌头，放进一个染成红色的象牙盒里，用干核桃树叶清洁刀刃，同时以权威有力的语气说："他无权埋葬在圣土中。"

接着他冷冷地环顾四周，指着修道院的空地说："就是那里！不准放十字架，这是上帝的旨意。"

修士们恐惧到呆若木鸡，对长着贵族般前额的修士所说的话没有反应，他站在他们面前，几乎是踏着朱利亚修士的遗体，口气轻贱地喊道："埋了这堆腐肉！"

读完文件上德利加特神父的签名后，父亲小心翼翼地折起文件说，摸到这张羊皮纸时，会开始想象那个时代，是吧？

听他这么一说，我用五根热切的手指头碰了它，父亲立即赏我一记又痛又羞辱的耳光，我忍着不落下一滴眼泪。父亲冷淡地收起放大镜，将羊皮纸收到保险箱里。

"走！去吃晚饭了！"他说，没有想要跟会读中世纪拉丁文的儿子达成和平协议。在到饭厅前，我只得擦去偷偷落下的两滴眼泪。

6

是的，出生在这样的家庭是不可原谅的错误。虽然这个时候，还没有什么重大的事情发生。

"我还挺喜欢罗梅乌先生的。"

他们以为我已经睡着了，便放开音量说话。

"你说的是什么傻话！"

"当然了，我最没用，在这个家里只能当一头做苦力的驴子！"

"我才是为了阿德里亚做出牺牲的人！"

"我呢？"母亲的声音里带着讽刺和心痛，她低声说，"别这么大声说话。"

"你说话才大声！"

"难道我没为孩子牺牲吗？"

沉默凝结得几乎可以触碰，父亲脑中思绪的运作也清晰可闻。

"当然，你也有。"

"哦，谢谢你承认这一点。"

"但不代表你是对的。"

我有预感将需要一些心理上的支援，于是抓起卡尔森警长，为了安全起见也叫上黑鹰，小心翼翼地打开房门，开启一道小小的门缝，倒也不是非得冒着天大的风险到厨房拿杯子，好将他们的对话听得更清楚，虽然黑鹰觉得这个主意很好，但卡尔森警长不作声，继续嚼着口香糖。我想它是在嚼口香糖吧，虽说实际上它嘴里叼的是烟。

"好、好、好，就让他学小提琴。"

"听起来好像是你饶我一命的样子。"

"啊，你怎么这么说呢？"

"好、好、好，就让他学小提琴。"我承认母亲学父亲说话的时候太过浮夸，可是我喜欢。

"你要是这样的话，就别学小提琴了，让他学别的正经东西。"

"你敢不让他学小提琴！"

"不要威胁我。"

"你也不要威胁我。"

一阵沉默。卡尔森朝地上吐了一口痰，以无声的姿态咒骂了一下。

"这孩子得学些实际的东西。"

"什么是实际的东西？"

"一开始先学拉丁语、希腊语、历史、德语与法语。"

"费利克斯，他只有十一岁。"

十一岁，我刚才好像说八九岁，在这些纸张里，时间都溜走了。还好，母亲记得很清楚。我啊，还是像年轻的时候一样，不管写什么都是快速地写完，既没有时间也没有心情修正。母亲又说了一遍："他只有十一岁，而且，他已经在学校学法语了。"

"J'ai perdu la plume dans le jardín de ma tante.[1] 这可不算法语。"

"那算什么？希伯来语？"

1　法语，意为："我在婶婶的花园里丢了一支笔。"

"在他会读让·拉辛的作品以前，都不算……"

"我的上帝啊！"

"上帝不存在。而且，他的拉丁文本来可以更好。他在那个教会学校都学了些什么啊，见鬼！"

这对我的影响就比较直接了，黑鹰和卡尔森都保持缄默，他们都没去过卡斯普路上的教会学校。我不知道它好不好，可父亲的意思好像是嫌学校里拉丁文教得不好。他是对的，我们那时正在学第二变位，无聊透顶，同学们连所有格和与格的概念都搞不清楚。

"你又想让他转学？"

"你觉得法语学校怎么样？"

"别这样，卡斯普路的这所学校就可以了。费利克斯，他就是个孩子，不能像对你哥养的牛羊一样，一会儿赶到这里，一会儿赶到那里。"

"好，当我什么都没说，反正向来都是听你的。"父亲口是心非地说。

"运动呢？"

"这最不重要了，学校里有很多庭院，不是吗？"

"还有音乐。"

"好了，好了！该优先的事情就要优先，阿德里亚首先要成为一个大学问家。就这样定了，我要找人来接替卡萨尔斯。"

他是那个替代罗梅乌先生的人。在上了五节不怎么样的德语课后，他自己也因为解释不出德语复杂的文法而卡住了。

"不用了，你让孩子喘口气吧。"

两天以后，母亲坐在书房沙发上，后面就是我的秘密情报基地，父亲把我唤到身边。我就在那里，双脚站稳，听着关于自己未来的大小计划。注意，因为我只说一次。我是个聪明的孩子，必须善用我的才智，如果学校的理科老师不清楚我的资质，那他就亲自去跟他们说明白。

"我倒觉得奇怪，你这人并不是太讨厌。"有一天你这么对我说。

为什么呢？因为大家认为我很聪明吗？我很清楚这一点，好像每个人都知道自己的高矮胖瘦，或是头发的颜色。不过这对我而言无关痛痒，就像那些需要用天大的耐心来忍受的弥撒或传教布道一样。但是这对贝尔纳特的影响可就大了。我好像还没跟你提过关于贝尔纳特的事情。那时，父亲秀出手里的王牌："现在我们可要好好地上德语家教课了，跟一个真正的老师学习，不是什么罗梅乌、卡萨尔斯，也不是什么天方夜谭的……"

"可是，我……"

"然后加强法语。"

"父亲，可是我想要……"

"你没有什么想要的，"他像手里拿着枪似的指着我，"我告诉你，最后要学的是阿拉姆语。"

我看向母亲寻求支援，她却低着头，仿佛对地砖很感兴趣似的。我只好独自面对并大喊："我不学阿拉姆语！"这是骗人的，但是我已经看到大量的作业雪崩般压过来。

"我敢说你会学。"他的声音低沉、冰冷且无情。

"不学。"

"别跟我唱反调。"

"我不学阿拉姆语。我什么都不想学！"

父亲把手放在前额，头疼欲裂的样子。他一边看着桌子，一边用非常低沉的声音说："你看看，为了让你成为巴塞罗那有史以来最优秀的学生，我为你做了多少牺牲，现在你是怎么回报我的？"
他大吼："你不想学阿拉姆语？"他的嗓子都嘶哑了，"嗯？"

"我想学的是……"

一阵安静。连母亲也抬起头，充满期待。口袋里的卡尔森也
充满好奇地骚动起来。我不知道想学什么，我只知道不想这么早就
背上重担，那几秒钟的思索极为痛苦，最后，只好不按牌理出牌：
"……我想当医生。"

又是一阵沉默，父母都露出迷惘的样子。

"医生？"

父亲想象了一会儿我成为医生的景象，我猜母亲也是。而我，
光想到那些血，就头昏了。我想我搞砸了！又一会儿，父亲走近桌
边的椅子，准备继续阅读。

"门都没有，不当医生也不当修士，你就当一位杰出的人文学
家，就这样。"

"爸爸。"

"好了，儿子，我还要工作，去练小提琴吧。"

母亲又像刚才一样，兴趣浓厚地盯着地板上的地砖。叛徒。

* * *

律师、医生、建筑师、化学家、道路工程师、牙医、律师、工
业工程师、光学工程师、药师、律师、生产商、纺织工程师、银行
家，这些都是父母想让孩子们从事的职业。

"你重复说了好几次律师。"

"是啊，这是文学系唯一相关的职业，但是一般孩子们想要当

的都是烧炭工人、画家、木匠、路灯管理员、水泥匠、飞行员、牧人、足球运动员、巡夜人、登山者、园艺师、火车驾驶员、伞兵、轻轨电车驾驶员、消防员或是罗马教宗。"

"从来没有一个父亲会说，孩子，你长大后要当人文学家。"

"从来没听过。我们家的人都很怪，你们家也是，也有点怪。"

"啧……"你的回应像是在承认什么不可原谅的缺点，又不想进入细节。

* * *

日子一天天过去，母亲什么都没说，好像是在匍匐着，等待机会的到来。也就是说，我又重新开始上德语课了，跟第三个德语老师奥利韦雷斯先生上课，他是一名很年轻的男士，在我上学的教会学校工作，通常教大一些的孩子，但是我一下就认出他了。可能是为了赚点外快吧，他总是在星期四下午看管迟到被留校处罚的学生，他利用这时间看书。他教语言的方法很有效。

"Eins."

"Ains."

"Zwei."

"Sbai."

"Drei."

"Drai."

"Vier."

"Fia."

"Fünf."

"Funf."[1]

"不对，是'fünf'。"

"Finf."

"不对，是'füüüünf'。"

"füüüünf."

"非常好！"

我试着忘掉跟罗梅乌先生与卡萨尔斯先生浪费的时间，很快地重拾德语的精华。我非常喜欢德语，有两个原因：首先，德语不是拉丁语族的语言，它对我来说是全新的，却像拉丁文一样需要做词尾变化；还有就是奥利韦雷斯先生惊奇的表情，他那副对亲眼所见难以置信的样子。没多久，我就开始向他要文法作业，他觉得不可思议。说穿了，只要会做几个手势就可以问时间了，但是我向来都喜欢直接进入语言的困难核心。没错，我喜欢学习语言。

"德语课上得怎么样？"上完奥利韦雷斯先生的第一堂课后，父亲就迫不及待地问。

"Aaaalso, eigentlich gut."[2] 我事不关己地回答。虽然没正眼瞧见，但是眼睛的余光瞄到父亲笑了。我得意得几乎都要掀起天花板了。虽然从未承认过，但那时的我渴望让父亲惊讶。

"但是你以前从来都没做到过。"

"我以前没时间嘛。"

原来，奥利韦雷斯先生是个有文化素养的人，他腼腆、说话音量很小，从来都没有好好地修剪胡子，还偷偷写诗、抽又臭又辣的

---

1 分别为德语数字一到五。

2 德语，意为："啊，其实还不错。"

烟，却懂得从骨子里解释一种语言。他在第二堂课上就给我讲解助动词。第五堂课时，仿佛在传递色情图片般，小心翼翼地给我一首荷尔德林[1]的诗。父亲请奥利韦雷斯先生测试我的法语，看需不需要加强，他说不需要，我的水平比当时学校教的高出许多，所以，还有半个钟头的时间⋯⋯

"奥利韦雷斯先生，您的英语怎么样？"

* * *

对，出生在这样的家庭是个错误。原因很多，让我感到苦痛的是，父亲只知道我是他儿子，却一直没发现我是个孩子；而母亲，只会看着地砖，丝毫没注意到我们父子之间的战争。至少，我是这么认为的。还好有卡尔森与黑鹰，他们一直都支持我的想法。

1　荷尔德林（Johann Christian Friedrich Hölderlin，1770—1843），德国浪漫主义诗人。

7

那是个午后。特鲁略斯老师正在给一群学生上课，迟迟没结束，我等待着。一个比我高的男生坐到我身边，脸上已有胡子的影子，腿上也有四五根毛。他比我高很多，抓着小提琴的样子就像是抱着它。为了避免四目交接，他看着我的额头。阿德里亚向他打招呼。

"你好。"贝尔纳特回答的时候没看着他。

"你上特鲁略斯的课吗？"

"嗯。"

"第一级吗？"

"第三级。"

"我也是，那我们会一起上课。给我看看你的小提琴，好吗？"

那时候，因为父亲的关系，我对琴本身比对它能演奏的音乐更感兴趣。贝尔纳特狐疑地看着我，有好一会儿，我以为他拿着一把瓜尔内里[1]小提琴，所以才不给我看。我打开小提琴盒，给他看了我的深红色练习琴，声音非常一般。他也打开他的琴盒，我模仿贝伦格尔先生的语气说："法国小提琴，本世纪初制成的。"然后看着他的眼睛说："是进献给安古莱姆公爵夫人的小提琴。"

"你怎么知道？"贝尔纳特相当震惊困惑，张口结舌。

1　Guarnerius，17、18 世纪意大利克雷莫纳的知名制琴家族。

从那天开始，他就很崇拜我，却是出于所有理由中最愚蠢的一个——你怎么知道？当你有一个为这些事物疯狂的父亲时，知道如何给藏品归类、命名便相当容易。

"它的亮光漆、形状与整体的样子……"

"所有的小提琴长得都一样。"

"才不是，每一把都不同。而且，每把小提琴还要算上做出它的工匠和用它演奏过的提琴手，它不属于你。"

"它当然是我的！"

"不，应该倒过来。你看。"

我爸有一次带着惋惜把斯托里奥尼小提琴拿给我，话说得不太清楚，就是要我小心谨慎。他说那是世界上唯一一把。我接过来时，觉得那把琴是有生命的，我感觉到柔软而私密的脉动，爸爸的双眼闪闪发亮，他想让我知道这把琴有过我们所不知道的经历，它在我们没有机会拜访的厅堂、房子里演奏过，见证了所有弹奏过它的小提琴手的生命悲喜，它听过的对话、演奏过的音乐……他用一种犬儒主义的腔调总结，我确信它能向我们诉说很多温馨的故事。而我当时还不太能察觉他的态度。

"爸爸，让我摸摸它。"

"不行，等你练完第八级，到时候这把琴就是你的了。听到了吗？就是你的了。"

我发誓，听到这些话的时候，那把斯托里奥尼琴的脉动更强烈了，但我不知道它是高兴还是悲伤。

"你看，这琴……怎么说呢？看，它是有生命的，还有自己的名字，就像你我一样。"

阿德里亚有些疏远地看着父亲，盘算着他是不是在拿自己开玩笑。

"自己的名字？"

"对。"

"那它叫什么名字？"

"维亚尔。"

"维亚尔是什么意思？"

"阿德里亚是什么意思？"

"就……阿德里亚努斯是一个来自亚德里亚海岸哈德里亚的罗马家族。"

"我不是这个意思，真是的。"

"你问我是什么意思的。"

"对、对、对……反正这把小提琴叫作维亚尔，就这样。"

"可是，为什么叫维亚尔？"

"儿子，你知道我学到什么了吗？"

阿德里亚失望地看着他，因为父亲在逃避问题，他不知道答案却不肯承认，还试图掩饰自己只是个凡人。

"你学到什么了？"

"这把小提琴不属于我，反而是我属于它。我是曾经拥有过它的许多人之一，它一生中曾被许多音乐家服侍。今天它是我的，但我只能欣赏它，所以我才希望你会拉小提琴，这样才可以延续它的生命轨迹。这就是你必须学小提琴的原因，阿德里亚，这是唯一的理由，你不需要喜欢音乐。"

父亲曲解事情的方式多么优雅，好像我学小提琴是出于他的愿望而不是母亲的意思。他摆布别人命运的方式多么优雅。然而那时，我却激动得颤抖，虽然很清楚父亲那句刺耳的结语——"你不需要喜欢音乐"的意思。

"这是哪一年制作的？"我问。

父亲告诉我从缝隙里看。Laurentius Storioni Cremonensis me fecit 1764.[1]

"让我拉一拉。"

"不行，你只能想想这把小提琴所负载的历史，但不能摸它。"

亚基亚姆·穆雷达让两辆前往拉格拉斯的马车先行通过，那是布隆·德卡齐亚克带领的。他自己则躲到角落大解，享受片刻平静。他望向修道院和被雷击中后坍塌的墙面，以及远处载着木头的马车缓缓驶离。他为了逃避莫埃纳村那些人的仇恨，躲到卡尔卡索纳（Carcassona）已三个夏天了，命运正要逆转。他习惯了奥克语柔软的声调，习惯了每天没有吐司。最困难的是在山林之外生活，虽然这里也有山，却遥远得不像真的山。大解到一半，他突然领悟到自己思念的不是帕尔达克的景色，而是他的父亲，帕尔达克的穆雷达，他想念的是整个穆雷达家族：阿尼奥、延、马克斯、埃梅斯、约瑟夫、特奥多尔、米库拉、伊尔瑟、埃丽卡、卡塔琳娜、玛蒂尔德、格蕾琴，还有小贝蒂娜，是她送给我帕尔达克守护女神——丘芙圣母的项链。想念他们让我觉得不是孤单一人。在大解、想念家人之际，他哭了，并解下项链，神圣的玛利亚面朝他站着，抱着小小的婴儿，身后是一株茂盛的冷杉，让他想起帕尔达克的特拉维尼奥洛（Travignolo）河边的景色。

修筑城墙是项困难的工作，因为要先清除不稳固的部分。他在两天的时间里，搭起壮观的鹰架，赢得了修道院木匠加夫列尔修士的称赞。加夫列尔修士专门刨木头和钉木头，双手粗糙得像脚一样，

1　拉丁文，意为："克雷莫纳制琴师洛伦佐·斯托里奥尼于 1764 年制。"

但在需要测量木头时，又变得像双唇般柔软。他们俩立即惺惺相惜。投身木工活计的修士非常健谈，当他问亚基亚姆为何如此了解木头时，亚基亚姆终于挣脱被报复的恐惧，在逃亡后第一次向他人坦白：我不是木匠，加夫列尔修士。我砍木柴、听树木，我的职业是寻木人，依用途挑出最合适的树木，拣选树干的各个部分，然后交给制琴师傅打造最顶级的乐器，可能是中提琴或是小提琴。

"哦，天主的子民，那你为什么跟着工程师傅做事呢？"

"很复杂，但世间事就是如此。"

"你在逃避。"

"我不知道。"

"我没有资格管别人的事情，不过你要当心，别逃避自己。"

"没有，不是这样的。为什么这么说？"

"因为逃避自己的人，敌人的影子总是如影随形。这样的人只能不停地跑，直到累死为止。"

"所以，你爸爸是小提琴家？"贝尔纳特问。

"不是。"

"哦，那……反正，这小提琴是我的。"他归结。

"我没有说不是你的，我的意思是你属于这把琴。"

"你说的话好奇怪。"

两人沉默下来，同时听见特鲁略斯抬高音量，让一个拉琴走音的学生停下。

"好恐怖。"贝尔纳特说。

"对啊。"又一阵沉默。"你叫什么名字？"

"贝尔纳特·普伦萨，你呢？"

"阿德里亚·阿德沃尔。"

"你支持巴塞罗那队还是西班牙人队？"

"巴塞罗那，你呢？"

"我也是。"

"你收集图卡吗？"

"收集汽车卡。"

"哇！你有法拉利三连卡吗？"

"没有，没人有。"

"你觉得根本没有？"

"我爸是这样说的。"

"天啊！天啊！天啊！"他悲痛地喊道，"你确定吗？"

两人安静下来，想着范吉奥[1]的法拉利赛车，还有可能不存在的三连卡组合，这让他们的心里感到空虚。两个男人安静地看着教堂的围墙因亚基亚姆建造的坚固鹰架再次笔直地竖立起来，过了好一会，修士问："你用什么木材做乐器？"

"我不做乐器，从来没做过。我只提供木材，上好的木材。克雷莫纳[2]的制琴师到我家取材，他们很信赖父亲和我挑选的木材。如果他们需要没有树脂的木材，我们就在一月里挂着新月的夜间取木；如果需要强健有力的音色，我们就提供盛夏的木材。父亲教我如何从千百棵树木里挑选音色最好的木材。对，是我父亲教我的，他的父亲也曾教过他。我的祖父当年曾为阿马蒂家族工作。"

"我不知道那个家族。"

1　胡安·曼努埃尔·范吉奥（Juan Manuel Fangio，1911—1995），意大利裔阿根廷赛车手，五届世界一级方程式锦标赛（F1）年度冠军。

2　克雷莫纳（Crenoma），位于意大利北部伦巴第波河平原，是历史悠久的提琴制造重镇，聚集了许多优秀的制琴师，并产出品质优良、享誉世界的提琴。

于是，帕尔达克的亚基亚姆给他讲自己的父母与兄弟姐妹，给他讲在阿尔卑斯山提洛尔地区的林地风景，还有帕尔达克，南边的人称那里为普雷达佐（Predazzo）。讲完这些他平静了许多，仿佛对这位杂役修士做了告解一般，仿佛他已经说出了逃亡的秘密和身处的危险。然而他毫不后悔犯下杀人之罪，因为莫埃纳的布恰尼耶是个低劣的杀人犯，只因嫉妒就把大家的未来付之一炬。如果可以，再划破他的肚皮千百次也不为过，亚基亚姆依旧执着于此。

"亚基亚姆，你在想什么？你的脸上浮现出仇恨。"

"没什么，我很难过。回忆。想到我的兄弟姐妹。"

"你说有好多个兄弟姐妹。"

"对，我们家有八个男孩，因为他们想要女儿，所以后来有了六个妹妹。"

"几个活下来了？"

"全都活下来了。"

"真是奇迹。"

"也还好，特奥多尔不能走路；埃梅斯傻傻的，但心地善良，贝蒂娜，我亲爱的小妹，我们家最小的孩子，她看不见。"

"可怜的母亲。"

"她过世了，难产过世的，肚里的孩子也死了。"

加夫列尔修士沉默下来，也许是在悼念难产而亡的妇人，为了让对话轻松点，他说："你还没告诉我，做乐器的木材要从什么树上取？"

"克雷莫纳的制琴师会用好几种不同的木材制作乐器。"

"你不想告诉我。"

"是的。"

"没关系，我自己会查出来的。"

"什么？"

加夫列尔修士对他眨眨眼便回修道院。泥水匠与工人们趁完成了一整天搬运石块、用滑轮运送石块的工作后，到鹰架下方休息，等待天黑，等着吃不算多的大锅饭，等着一场无梦的酣眠，如果这有可能的话。

"有一天我要带斯托里奥尼小提琴去上课。"

"可怜的家伙，你要是敢，就会尝到后脑勺被打的滋味。"

"不然我们要这把小提琴做什么？"

父亲把小提琴放到桌上，两手叉腰看着我。

"我们要这把小提琴做什么？要它做什么？"他模仿并戏谑我。

"对啊，"我生气道，"如果一直把它收在琴盒里、锁在保险箱里，看都看不到的话，要它做什么？"

"因为我就是要它，懂吗？"

"不懂。"

* * *

"有乌檀，有这里不生长的一种冷杉，还有枫木。"

"谁告诉你的？"帕尔达克的亚基亚姆非常惊讶。

加夫列尔修士带亚基亚姆到修道院的圣器室，角落里有个套子，包裹着一把浅色的中提琴。

"这里怎么有这种东西？"

"它在休养。"

"在修道院里休养？"

加夫列尔修士用一个不甚明确的姿势表明自己不想透露太多细节。

"但是，你怎么猜到的？"

"我从来都没有对制作乐器的木材种类感到好奇。"他回答，并对自己的懒散感到不可思议。

"那，是怎么猜到的？"

"闻出来的。"

"不可能，这木材很干，而且亮光漆会遮掩它的味道。"

那一天，在圣器室里，加夫列尔修士教亚基亚姆·穆雷达分辨各种木材的气味。他想多可惜啊，不能告诉家人，尤其不能跟父亲说这些。要是知道我遇到了什么事情，他一定会伤心死的。阿尼奥、延、好几年没在家里住的马克斯、理解力不好的埃梅斯、约瑟夫、不能走路的特奥多尔、已婚的米库拉、伊尔瑟、嫁了人的埃丽卡、卡塔琳娜、玛蒂尔德、格蕾琴、还有我的小盲女，把母亲的项链送给我的小贝蒂娜，她一定也会很难过，这项链就像一小片故乡，陪我四处流浪。

* * *

六个星期后，当大家开始拆鹰架时，加夫列尔修士才告诉他，有件事情，我觉得你一定会想知道。

"什么事？"

两人离开正在拆除鹰架的人群，修士几乎是贴在耳朵边告诉他，他知道有一个很古老的、已经废弃的修道院，那里离上帝掌控的土地非常遥远，废墟的边上长着一片冷杉林，是你喜欢的那种红色冷杉。

"有一片林子？"

"是，一片冷杉林，大概有二十棵冷杉和一棵很大的枫树，这些树林不属于任何人，已经五年了，依旧无人过问。"

"怎么会是无主的？"

"那是一个废弃的修道院的树林，"修士低声道，"无论是拉格拉斯修道院还是杰里的圣母修道院都不会在意少了几棵树的。"

"你为什么告诉我？"

"你不想回去做老本行吗？"

"当然啊，我想回我父亲家，希望他还健在。我想再见到阿尼奥、延、好几年没在家里住的马克斯、理解力不好的埃梅斯、马克斯⋯⋯"

"对、对、对，我知道，还有约瑟夫和其他人，对。一批木材应该会对你们的生活有所帮助。"

* * *

亚基亚姆没有回卡尔卡索纳，他在布隆·德卡齐亚克和几个男人的陪同下，带着五头拉着车的母骡，以及他从逃亡开始就带在身上的路费，从阿列日（Arieja）与萨劳（Salau）关口附近展开了旅程，一段梦的旅程。

* * *

在夏季将要结束之时，他们花了七八天的时间才从埃斯卡洛的小路到达布尔加尔的圣佩雷修道院。花费的时间和他们的先祖在严寒中上山帮忙送葬时一样多。山上，修道院的墙壁如废墟般倾颓，在巡视建筑物一周后，亚基亚姆非常惊讶，自己像是站在火灾前帕内韦焦最好的树林里。眼前是一片惊人的冷杉林，有十一二棵高大的冷杉，还有一棵枫树如女王般伫立中央。一行人试图从旅途的疲劳中恢复时，亚基亚姆赞美着拉格拉斯修道院加夫列尔修士的名字，他巡视、拍击这些树木，用父亲教他的方式弄响树木，用加夫列尔修士教他的方式嗅闻木材。真是幸福的时刻。后来，同伴们休息午睡时，他查看了废弃的修道院，用手掌推开两片上了锁但已腐朽的大门。里头很暗，他随便看了两眼就回去和同伴们一起午睡。

他们在孤立的修道院墙边，长满苔藓且几乎倾颓的屋顶下扎营，向埃斯卡洛与埃斯塔隆的村民买了些食物与日用品。没有人知道他们去布尔加尔修道院的废墟做什么。他们花了一夜的时间在河边较平的地方建造结实的车子，准备运送木材到山下，砍掉比较低的树枝后，亚基亚姆抱过每一根生气盎然的树干，在同伴们的怀疑中和惊讶的沉默中，拍击树干并倾听它们的声音。伙伴们做好拉车的同时，亚基亚姆也决定了除枫树以外，还有哪几棵树要砍。他确定这些树是在气候条件异常稳定的状况下成长的，虽然他有好几年没干这活儿了，但仍然熟知上好木材唱出的声音。他花了几个小时的时间欣赏教堂后殿的圣徒画像，这里有许多他所不知的过往。看着先知、大天使、圣彼得、当地的守护神、圣保罗、圣约翰以及其他圣徒，看着圣母怜悯的姿态，看着身边围绕着祂的大天使及庄严神圣的天主，他未觉良心不安。

男人锯下选好的冷杉。没错，的确是在稳定的条件下长成，是在寒冷的气候中、在连年持续的酷寒中长成的树材。虽然是百年老树，成长的年轮竟呈现同样的密度。天啊！多好的木材！砍下树木

始于童稚 ⋯⋯95

后，同样在帮手伙伴们怀疑的眼神中，他拍打、嗅闻、敲击树干以决定最好的部位，并用粉笔做记号，一段十二尺长，另一段十尺，这两处是最响亮的地方。他们把树锯下，知道这不是一月份的新月之夜，许多人说，那是为上等小提琴取材的最好时机。因为穆雷达家的人发现，虽然可能会有蛀虫，但倘若树干能保留一些树脂，可以让需要长途运送的木材保持新鲜。

"我觉得你在耍我。"贝尔纳特说。

"随便你怎么想。"

两人同时沉默，那个拉琴走音的学生依旧在走音。他们一安静下来反而听得更清楚。过了一会儿，阿德里亚说："随便你怎么说，不过，这样想有趣多了，主角是小提琴，因为它有生命。"

* * *

他们休息几天后，开始锯枫树。枫树很大很老，或许有两百岁了吧。叶子已经因为新雪而发黄，这雪今年不会覆盖大树了。他知道靠近树根的地方是最好的部位，所以他们得紧挨着地面锯。男人们已经非常疲倦了，觉得锯这么低相当费事，而且也没有用处。他只得承诺在开始运木材前，让大家多休息两天。他们继续沿着地面锯。贴近地面的距离让布隆·德卡齐亚克看见树根所在的地方有个地洞，他激动地大叫："你快来看！"亚基亚姆每天欣赏后殿中神奇画作的行程就此被打断。

工程队几乎把树的根冠完全拔起，树根之间惊现人骨与头发，还有已经被湿气泡烂的黑糊糊布块。

"怎么会有人想到把尸体埋在树底下。"几个男人议论纷纷。

"这已经很久了。"

"不是把尸体埋在树下。"布隆·德卡齐亚克说。

"不是吗？"亚基亚姆看着他，不明就里。

"你没看见吗？树是从这个人的身上长出来的。如果这是个人的话。树吸收了这人的血肉。"

是啊，看起来像是树从这副骨骸的腹部长了出来。阿德里亚靠近父亲的脸，让他看见，让他回话。

"父亲，我只想拉一下，听听音色，四个小节就好，一点点就好，好吗？爸爸……"

"不行，不行就是不行。够了，"阿德沃尔拒绝并逃避儿子的目光，"你知道吗？这个书房是我的世界，就像小提琴一样，它的生命中也曾有很多人——我父亲、我、你，因为你也在这幅画像里。谁知道还会有谁，未来的事无人知晓。所以，阿德里亚，不行，不行就是不行。"

"你不知道不行就是可以的意思吗？"几年以后，贝尔纳特很生气地对我说。

"你看？"父亲换了音调，我请他把小提琴转过来，想看看乐器的背后。他没碰到小提琴，而是悬空指着一处："这个细细的刮痕……是谁弄的呢？发生过什么事？是敲的？还是故意这样做的？什么时候弄的？在哪里弄的？"

父亲谨慎地拿起乐器，梦呓般自言自语，这样我就感到幸福满足了，所以我才希望……他的头微倾，意指整间书房与这里收藏的所有奇迹，然后又把维亚尔收到琴盒里，放回那名为保险箱的地牢。

这时，特鲁略斯教室的门开了，贝尔纳特不让老师听见，低声道："天大的傻话。我才不是小提琴的，这小提琴是我的，是我爸爸在帕拉蒙乐器行花了一百七十五比塞塔[1]买给我的。"

然后关上盒子。真不友善，还这么年轻就不喜欢神秘的事情，不可能跟这种人做朋友。删掉，决裂！后来我才发现，他也上卡斯普路的教会学校，比我高一年级，名叫贝尔纳特·普伦萨·蓬索达。我刚刚可能已经说过，他长得很高，像是在发胶大锅汤里煮过，没冲洗干净的样子。十六分钟后，我不得不承认，这个名叫贝尔纳特·普伦萨·蓬索达的男孩，尽管拒绝神秘主义、不友善、永远都不会是我的朋友，但不知道为什么，可以把他爸爸在帕拉蒙乐器行花了三十五杜罗[2]买给他的小提琴拉得这么细腻动人。那是我始终办不到的。特鲁略斯满意地看着他，我则想着，我的琴简直是垃圾。就是那时候，我发誓要让他、他那把安古莱姆女爵小提琴，还有他用来泡澡的发胶永远闭上嘴。如果当时这个想法没有冒出来，对大家都会比较好。现在，姑且让故事慢慢地发展。这感觉很不可思议，有些天真无知的事情竟会酿成最不可预料的悲剧。

1　比塞塔（peseta），19世纪成为西班牙的法定货币，2002年被欧元取代。
2　面值为五比塞塔的硬币俗称杜罗（Duro）。

贝尔纳特在楼梯上，摸着口袋掏出手机。特克拉。他迟疑了几秒钟，犹疑不定地闪开让一个匆匆下楼的女邻居过去。他像傻瓜般看着发亮的手机屏幕，像是看到特克拉气急败坏的模样，有种不可告人的快感。他把手机放回口袋，几秒钟后发现已经停下来了，特克拉肯定在跟语音信息操作员纠缠各种小细节。她可能说到良萨（Llançà）的房子，每个人住半年。操作员回答，您以为您是谁？您连一只脚都没踏进过那间房子，就算踏进去了，也是一脸不爽的样子。您就是爱摆张臭脸，让可怜的贝尔纳特日子难过。他在楼梯间停了几秒钟，喘息着，然后按下门铃。

"铃铃铃……"

过了一会儿才听见房子里有动静，让他又有时间想到特克拉、想到良萨、想到昨天晚上不愉快的对话。窸窣的脚步声轻轻地拖动，门锁嘎地响起，门打开了。阿德里亚半开着门，越过窄窄的阅读眼镜盯着他，他打开玄关的灯，光映射在秃了的头顶上。

"楼梯间的灯又烧坏了。"贝尔纳特打招呼说。

贝尔纳特拥抱阿德里亚，但他没有回应，只是摘下眼镜，一边说谢谢你跑一趟，一边邀请他进门。

"你还好吗？"

"不好，你呢？"

"不好。"

"想喝点什么吗？"

"不用。对啊，我已经不喝了。"

"我们已经不喝了、不做爱了、不吃得像猪一样了、不看电影了、什么书都不喜欢了、觉得所有女人都太年轻了、翘不起来了，也不相信那些说要拯救这个国家的人了。"

"这听着真不错！"

"特克拉好吗？"

贝尔纳特被带进书房，一如往常地四处张望，毫不掩饰崇拜的目光。他视线在墙上的自画像上停留了一会儿，但没做任何评论。

"你说什么？"

"特克拉好吗？"

"很好，好极了！"

"真替你高兴。"

"阿德里亚！"

"干什么？"

"别开玩笑了！得了吧，你！"

"怎么这么说？"

"我两天前才告诉你，我们要分手了，吵得不可开交……"

"天啊！"

"你不记得了？"

"不记得，我很专注，所以……"

"你是个忽略生活琐事的智者。"

阿德里亚没有回应，为了打破沉默，贝尔纳特说，我们要分手了，都这个年纪了才要分手。

"真遗憾，可是，你们做得对！"

"如果要说实话的话，我是完全无所谓，真是受够这一切了。"

贝尔纳特坐下来敲打着膝盖，虚假地振作精神说，你有什么事需要我这么快赶到，这么急？

阿德里亚盯着他足足有一分钟之久。贝尔纳特迎着他的目光，最后意识到，虽然阿德里亚的眼睛眨都没眨一下，实际上，他却在相当遥远之处。

贝尔纳特的思绪停了下来，另一个人却还在九重天之外。"你怎么了？阿德里亚！"他吓得失魂落魄，问道，"你到底怎么啦？"

阿德里亚咽了一下口水，焦虑地看着他的朋友，眼神转往别处，然后说："我病了。"

"怎么会？"

沉默。贝尔纳特心想，当珍爱之人对你说，他病了，你的眼前会突然闪过这一生中两人共处的时光。而阿德里亚，仿佛已不在场。贝尔纳特努力忘记特克拉这个巫婆几秒钟，她折腾我一整天、一整个星期、一整个月了，真是个坏女人。他问，你是什么意思？你怎么了？

"有效期限到了。"

沉默，又一次长长几秒钟的沉默。

"但是你到底怎么了？妈的，你要死了吗？有多严重？我能做些什么？我不知道，告诉我啊！说啊！"

事实上，要不是因为与特克拉离婚的这件烦人事，贝尔纳特可能永远都不会有这种反应。他很抱歉自己如此咄咄逼人，不过这对阿德里亚好像没有多大的影响，因为他微笑道："有，有一件事你可以做，帮我一个忙。"

"当然！这还用说！可是，你到底怎么了啊？你生什么病？"

"这不太容易说清楚，我得住进一家医疗中心或什么的。"

"可是你好好的啊！比春天的花园更生气盎然。"

"你得帮我个忙。"

他站起身来消失在房子的五脏六腑内。贝尔纳特心想，要有多大的耐心啊！一边是特克拉，一边是这个总有一大堆秘密与疑病症的阿德里亚。

话说回来，他的疑病症比以往更加严重了。阿德里亚拿着好几堆神秘的文稿再度现身，他把纸堆放在贝尔纳特前方的茶几上。

"就是这个，别弄丢了。"

"我看看，我看看，等等……你从什么时候开始生病的？"

"我早跟你说过了，很久以前。"

"我不知道。"

"我也不知道你和特克拉分手了，虽然我早就建议过好几次了。我总是一厢情愿地认为你们的问题已经解决了。我可以继续说吗？"

当两个人成为灵魂之交，便懂得怎么生气、怎么和解，也懂得某些事情不要明说，况且随时都可能需要另一个人的帮忙。这些事在三十五年前，阿德里亚就说过了，贝尔纳特记得非常清楚，他顺势咒骂命运造成多少死亡。

"不好意思，我有点……当然可以，你继续说，继续。"

"几个月以前，他们发现我的头脑在退化。现在看来，退化好像加速了。"

"怎么会？"

"没错。"

"你可以早一点告诉我啊！"

"难道你能治好我？"

"我是你的朋友啊。"

"所以我才打给你。"

"你能自己过日子吗？"

"小洛拉每天都过来帮我。"

"是卡特丽娜。"

"对，对。她待到很晚，做好晚餐才走。"

阿德里亚指着那堆文稿说，你除了是我的朋友，也是位作家。

"一个失败的作家。"贝尔纳特干巴巴地补充。

"只有你自己这么说。"

"我当然要这么说，你也总是不厌其烦地提醒我这一点。"

"我老是批评你，没错。不过你知道，我可从没说过你失败。"

"你想过。"

"你哪知道我脑袋里发生什么事？"阿德里亚说着，突然生气地用两只手拍打额头。

"我好几年没出书了。"

"你一直都在写呀，不是吗？"

沉默。阿德里亚接着说："四天以前，你才跟大家说你在写一部小说，不是吗？"

"又是一部失败作品，我没有继续写，"他深深叹了口气，继续道，"好了，你让我怎么帮你？"

阿德里亚拿起那堆文稿，看了一会儿，好像第一次看见它们似的。他看向贝尔纳特，并把袋子交给他。这时贝尔那特才看清楚，袋子里是一堆双面写满字的文稿。

"只有这一面才是。"

"绿色墨水的那面吗？"

"嗯！"

"另一面呢？"他看着第一页，写着："罪恶的问题。"

"不，是乱写的，没有用。"阿德里亚困扰地说。

贝尔纳特看着绿色墨水的那面，有些疑惑并试着习惯朋友复杂的字迹。"这是什么？"最后，他抬起头问。

"不知道。我的生平。我这辈子发生的事和一些虚构的故事。"

"你什么时候开始……我不知道你还有这一面。"

"是啊，没有人知道。"

"是让我给你意见吗？"

"不，呃，贝尔纳特，你能给我意见就太好了。但是，我要请你帮忙的，请你帮我打到电脑里。"

"你还没开始用我送你的电脑啊。"

阿德里亚没有明确地回复："不过略伦斯倒是帮我上了几堂课。"

"这些课没派上用场，"他看着袋子里的文稿，"绿色的这面没有标题。"

"我不知道要起什么标题，也许你能帮我。"

"你让我起标题？"贝尔纳特抬起头问。

"嗯……问题不是我要不要，还是说我不想要。这是我第一次写……"

"你真是太让我惊讶了。"

"我也很惊讶，但我得写。"

阿德里亚靠在安乐椅上，贝尔纳特继续看着这些手稿，然后把它们放到茶几上。

"告诉我，你觉得怎么样。还有什么是我能做的……"

"没有了，谢谢。"

"可是，告诉我你觉得怎么样了？"

"现在挺好的。可是，加速了，可能……"

阿德里亚犹豫着是否说出口。他看着前方，两个好友背着背包的照片挂在墙上，那时候，他们还有头发，没长出大肚腩，在贝本豪森（Bebenhausen），也还会对着相机微笑。再往上，墙上的荣耀位置如圣坛般挂着一幅自画像。他低声道："可能几个月后，我就不认得你是谁了。”

"不会吧！”

"就是这样。”

"太糟了。”

"是啊。”

"那你要怎么安排？”

"我再跟你说吧，别担心。”

"好，”贝尔纳特用手指敲了几下纸袋，"我不确定能不能看懂你的字，不过别担心。你想过要拿它们做什么吗？”

阿德里亚又神游了一下子，几乎没看他。贝尔纳特看着他，感觉在像看一个正在告解的忏悔者。话一说完，两人陷入良久的沉默，夜幕在此时也缓缓落下，或许各自在想着不是那么平静的一生吧，想着他们曾经对彼此说过的重话，或其他时候的争吵与辱骂，还有那些不相往来的岁月，想着为什么生命总是用人们不喜欢的方式结束？贝尔纳特心想，为了你，我什么都会做。阿德里亚则不知道在想什么。贝尔纳特的手机此时在口袋里响起，让他觉得很不礼貌。

"那是什么？”

"没什么，是手机。我们人类是会用好朋友送的电脑，也会用手机的。”

"那就接啊。真是，电话就是要接啊。”

"不要，一定是特克拉打的，让她着急去吧。”

两人又回到沉默之中，等着顽固的震动声停止。这简直是在侵扰他们的沉默对话。贝尔纳特心想，一定又是特克拉在烦人。震动终于停止，慢慢地，思绪才又安插进两个男人的沉默之中。

8

"可是我们家连一张手写稿都没有！"贝尔纳特抗议道。我们在音乐学院的门口，布鲁克路与巴伦西亚路的交叉口，走向两人的住家，准备在路上决定去谁家玩。

"照我跟你说的做就对了。"

"可是，跟你家比我家很小。"

"没错，可是你家有个很棒的露台，这又怎么说？"

"我想要个弟弟。"

"我也是。"

两个人又开始安静地走路，在转向阿德里亚家前，又一次朝着贝尔纳特家的方向走。这是他们第二次用这个方法延长分别的时刻，两人沉默地思念着他们没有的弟弟，想着罗齐、鲁利、索莱尔和帕米埃斯家里有三个、四个、五个或六个兄弟的神奇事迹，他们却一个也没有。

"对，但是鲁利家里总是乱糟糟的，四个人睡一个房间，用上下铺，所有人说话都靠吼。"

"好吧、好吧，我同意，不过，那样比较有趣。"

"不一定吧，老是有个弟弟在闹。"

"对啊。"

"或是哥哥。"

"也有可能……"

阿德里亚想说的是，当他们到贝尔纳特家时，他的父母……不知道，不会整天在那儿烦你。

"噗，会的！要么是'贝尔纳特！你今天没有练小提琴！'要么就是'你还没做功课啊，怎么可能没有功课？孩子！你怎么把鞋子磨成这样？像匹脱缰的小马……'每天都一样。"

"我家更糟。"

"怎么说？"

在两家之间绕了第三圈后，他俩的结论是，没法决定谁家更让人不开心。但我知道，到贝尔纳特家的时候，他母亲会来开门，会对我微笑，对我说"阿德里亚，你好"，会用手拨弄我的头发。我的母亲几乎连"阿德里亚，你好不好"都不说，因为来开门的总是小洛拉，她只会捏捏我的脸颊，家里永远寂静无声。

"你看到没？你妈妈补袜子时会唱歌。"

"所以呢？"

"我妈不会，我家不准唱歌。"

"不会吧！"

"就是啊，我很不幸！"

"我也是。可是你每个科目都得十分，或者拿最高荣誉。"

"这又没有用，读书很容易。"

"才不是。"

"好吧，小提琴除外。"

"我不是说小提琴，我是说学校，语文、地理、理化、数学、自然科学，还有烦人的拉丁文，这一类功课。小提琴倒很容易。"

时间我有点搞不清楚了，不过，这样你就知道，我说我们很不幸是什么意思。现在告诉你之后，我才觉得自己比起不幸的孩子更是个不幸的青少年。我们在我家与他家之间的路上，扩展区的中心，远离川流不息的交通——巴伦西亚路、柳里亚路、布鲁克路、赫罗纳路、马略卡路——散步时聊过这个话题，除了旅游的时候，这个地方至今仍是我生活的宇宙中心。我还知道，贝尔纳特有电动火车，我没有；而且，他学小提琴是因为他想要学；尤其是当他的父母问"长大后想要做什么"时，他竟然可以回答"我还不知道"。

"那要开始想想了。"一副好人模样的普伦萨先生说。

"好的，爸爸。"

然后，他们就放他一马，不再继续追问他了。你能想象吗？他的父母问他长大要做什么。而我，却是由父亲告诉我，你注意听，因为我只说一次，我告诉你，你长大要做什么。然后把我所有的路，包括最后一个转弯的细节都规划妥当。这还没有算上母亲的干涉，若加入母亲干涉，不知道是否会更糟。不过，我并非埋怨，只是写出来，让你知道。只是，弦绷得太紧了，紧到我连想要告诉贝尔纳特都提不起劲。真的，我最近已经有好几堂德语课没有完成作业，特鲁略斯让我练至少一个半钟头，才能克服双弦最初的几个障碍，我好讨厌双弦。每当你只想让一条弦响的时候，三条都会响，要双弦齐响时，就只响一弦。指法越来越复杂，复杂到让人想把小提琴砸到墙上。亚莎·海菲兹[1]在黑胶唱片里出神入化的技巧令人心往神驰。我想成为亚莎·海菲兹有三个原因：首先，他的特鲁略斯老师肯定不会对他说"不是！不是这样的，亚莎！第三指要跟着手一起滑，不能把它留在中间，天啊！亚莎·阿德沃尔！"第二，因为他

---

1 亚莎·海菲兹（Jascha Heifetz，1901—1987），俄裔美籍小提琴家。

总是拉得好极了！第三，因为他的父亲不像我的父亲。第四，因为他相信身为天赋异禀的儿童等于身患重大疾病，他却因为种种理由而挺过来了，我也一样，只是父亲再怎么不满意，我也不是真的天才儿童。

"哟！"

"黑鹰，怎么了？"

"你刚刚说三个的。"

"三个什么？"

"你想成为亚莎·海菲兹的三个原因。"

偶尔我会有些涣散。就像现在，写作的当下，好像越来越容易涣散，不知道能否写到最后。

* * *

我那黑暗的童年记忆里，最清晰的就是父亲强大的教学能力。有一天，小洛拉试着帮我解围。父亲说，你在说什么！德语、小提琴，因为这些就不能学英语了？呃？难道我儿子是牛油做的？而且，谁准你插手的……我不知道为什么跟你讨论这事！

小洛拉愤愤地走出书房。这都是因为父亲说我得把星期一的下午空出来跟一个很棒的年轻人，一位普拉茨先生上英语课的缘故。听完之后，我嘴巴开开的不知道该说什么才好。我知道自己很想学英语，可是我不希望父亲……我一边看着母亲，一边安静地吃完烫青菜，小洛拉把空碗带回厨房，母亲仍旧没有开口，只留我一个人孤军奋战。我接着说，我需要时间练小提琴，因为双弦……

"借口！双弦……你随便看一般的小提琴手是怎么拉的就好了。

别告诉我你做不到。"

"我时间不够。"

"胡说，你还很年轻。如果不行的话，就别学小提琴了。听清楚了吗？"

隔天，小洛拉和母亲吵架了。但我没听清楚她们在吵什么，因为我没有在衣物间安置监听设备。那之后的几天，小洛拉和父亲正面对峙。就是她气恼地走出书房的那天。但是，她是家里唯一一个敢和父亲对峙且不害怕报复的人。结果是圣诞节假期前的星期一我无法到街上跟贝尔纳特碰面，因为⋯⋯

"One."

"Uan."

"Two."

"Tu."

"Three."

"Zrii."

"Four."

"Foa."

"Four."

"Fuoa."

"Fffooouur."

"Fffoooa."

"It's all right!"

我很喜欢英语的发音，和拼写比较的话，英语发音总是出乎意料地让人惊奇。我对它简单的形态变化感到非常惊讶，还有英语与德语之间微妙的词汇关联。普拉茨先生非常腼腆，害羞到连要求我高声朗读时也不看向我的眼睛。碍于品味，我就不告诉你当时念什么文章了。不过，我会粗略地让你知道这篇文章的内容，大概就像是在找铅笔盒，不知道它在桌上还是桌下，最后剧情急转直下，发现它原来就在我的口袋里。

"英语课上得如何？"上完第一堂课的十分钟后，父亲急切地在晚餐时间问我。

"还可以。"我一副事不关己的样子。我生气的是，虽然心里不喜欢父亲这个样子，却仍旧渴望知道阿拉姆语的一、二、三、四怎么说。

"可以给我两个吗？"贝尔纳特总是多要一些食物。

"当然可以。"

小洛拉给他两盎司的巧克力，迟疑了半秒钟之后，也给我第二盎司巧克力。这是我这条贱命第一次不用偷就能得到它。

"不要让碎屑掉在地上哦！"

两个孩子走回房里的路上，贝尔纳特说，告诉我吧，是什么？

"这是个天大的秘密。"

到了房间里，我把赛车的卡片册从中间那几页打开。我没有看图册，而是盯着他的脸。很幸运地，他一双眼睛瞪得斗大。

"不会吧！"

"没错！"

"所以，是有的！"

"没错！"

那是范吉奥驾驶法拉利的三连卡。是的，亲爱的，就是你听到的，范吉奥的三连卡。

"让我摸摸！"

"要小心哦！"

跟贝尔纳特是无法商量的：他喜欢的东西，就非摸到不可。他一直都这样，到现在也是，就像我一样。阿德里亚满意地看着他的朋友用指尖触摸范吉奥三连卡时的羡慕模样。顺便一提，如果不把未来列入考量的话，那算是有史以来最快的红色法拉利赛车了。

"不是说过没有的，你怎么弄到的？"

"人脉。"

我小时候就是这么牛。可能是想模仿父亲或贝伦格尔先生吧，当然，实际上，我口中的人脉，其实指的是星期天花一整个上午，在圣安东尼旧货市集的所有摊子仔细搜寻。那里什么都有，甚至可以找到命运里一个不留意的瞬间。从约瑟芬·贝克的内衣到乔塞普·马里亚·洛佩斯·比科[1]献给杰罗尼·桑内[2]的诗集都有。根据当时的传言，在巴塞罗那没有任何孩子拥有范吉奥的三连卡。父亲带我去那里的时候，总是设法让我有东西可以玩，他才可以和几个叼着烟嘴、眼神鬼祟的男人交换秘密，然后把这些秘密写在小笔记本里，放到神秘的口袋里。

他们叹息地合上图卡集册，在房里耐心潜伏、等待。他们总得聊些什么，而贝尔纳特想问一件事，虽然明白人们说有些事情最好别翻箱倒柜地问，但这件事他已经放在心上很久了，所以仍开口问道："你为什么不去望弥撒？"

"我有许可。"

"谁的许可？上帝？"

1　乔塞普·马里亚·洛佩斯·比科（Josep Maria López Picó，1886—1959），著名加泰罗尼亚诗人。

2　杰罗尼·桑内（Jeroni Zanné，1873—1934），加泰罗尼亚现代主义诗人、作家。

"不，是安格拉达神父的许可。"

"哇！你从来都没听过弥撒吗？"

"我不是基督徒。"

"这样啊⋯⋯"一阵迷惑的沉默，"可以不当基督徒吗？"

"我想可以吧，我就不是。"

"那，你是什么？佛教徒？日本人？共产主义者？啊？"

"我什么都不是。"

"可以什么都不是吗？"

我还小的时候，从来都不知道该如何回答这个问题，这实在是个让人打冷战的话题，可以什么都不是吗？我就什么都不是。我希望像零一样，不是自然数，不是整数，不是有理数，不是真数，也不是复合数，而是两个数加总后的结果，但恐怕连这都不是。如果不是，那我的存在也没有必要了。如果曾有过必要的话。

"哟！我听不懂。"

"好了，别捣乱！"

"才没有，要是我的话⋯⋯"

"那就闭嘴，黑鹰。"

"我相信马尼图[1]的伟大神灵，祂让草原充满野牛，让雨水和雪飘降到村落里；祂驱动太阳温暖我们，在该睡觉的时候就让它消失；祂让风吹拂大地、引导河床上的流水、指示老鹰的眼睛看见猎物、让战士充满勇气，为族人而死。"

"喂！你在哪里？阿德里亚！"

阿德里亚眨眨眼睛说，在这里啊，在和你聊上帝呢。

---

1 马尼图（Manitú）在北美印第安阿尔冈昆文化中是世界的创造者、生命的赋予者。

"有时候你好像整个人都出神了。"

"我？"

"我家人说这是因为你很聪明的关系。"

"我要是聪明才见鬼。我想要……"

"喂！快别说了。"

"他们爱你。"

"他们不爱你吗？"

"不爱。他们一直在打量我，估算我的智商，说要把我送到瑞士一所特殊学校，帮我注册三个科系。"

"哇，不错啊！"他说。我瞪了他一眼。"难道不好吗？"

"才不好，他们会因为我吵架，可是一点都不爱我。"

"啊。我家人对我就是亲来亲去的，恶心……"

* * *

当母亲让小洛拉去罗西塔店里买几件围裙时，我就知道是时候了，可以秘密进入不可侵犯的圣地了，我们像两个小偷一样，最终天主一定会来找我们算账的！我们安静地溜进父亲的书房，留意屋子后方的母亲与安杰莱塔太太修改衣服的声音，经过好几分钟，我们才适应了书房的漆黑以及屋里永远存在的凝重空气。

"闻起来好奇怪。"贝尔纳特说。

"嘘！"我戏剧性地低语，尤其现在，我们成了朋友，我想要给贝尔纳特留下深刻的印象。我告诉他，这不是味道，而是收藏品身上背负的悠久历史。他听不懂，我自己肯定也没有全然理解，原来自己当时说的都是真的。

我们的眼睛习惯黑暗以后，阿德里亚所做的第一件事情就是满意地欣赏贝尔纳特惊讶的表情，他闻到的已经不是奇怪气味了，而是这些已经能够慢慢看见轮廓的收藏品在历史中的分量。书房里有两张桌子，其中一张摆满古老的手稿，还有一盏非常特别的桌灯，同时也是……这是什么？啊，一个放大镜，哇！一堆很旧的书，最后面有一个书架上摆满更古老的书，左边的两面墙壁则挂满了画作。

"这些画很值钱吗？"

"唔！"

"唔什么？"

"这是巴伊雷达[1]的速写。"阿德里亚骄傲地指着一幅未完成的画作。

"啊。"

"你知道巴伊雷达是谁吗？"

"不知道，很值钱吗？"

"值很多钱。这是伦勃朗的版画，不过这不是唯一的，而是……"

"嗯哼。"

"你知道伦勃朗吗？"

"不知道。"

"这个这么小的……"

"好美哦！"

"对啊，这是最值钱的。"

贝尔纳特靠近亚伯拉罕·米尼翁[2]画的浅黄色栀子花，仿佛要闻

1　巴伊雷达（Joaquim Vayreda i Vila，1843—1894），19 世纪知名的加泰罗尼亚风景画家。

2　亚伯拉罕·米尼翁（Abraham Mignon，1640—1679），荷兰黄金时期画家，擅长花卉静物画。

嗅似的，嗯，闻它的价格吧。

"多少钱？"

"好几千比塞塔。"

"哇，天啊！"他算了一下，"几千？"

"不知道，好几千。"

我宁可让留他在不确定之中。好了，开场够了，现在只需要好好收尾。于是，我带他去看玻璃橱柜，他立刻说，哇，这是什么？

"一把女武士的怀剑。"阿德里亚骄傲地说。

贝尔纳特把玻璃橱柜的门打开，我不安地看着书房的门，他拿起和店里一样的女武士怀剑，好奇地看着，他靠近阳台想看得更清楚，并褪下刀鞘。

"小心！"我用神秘的语气说，但好像没让他太惊讶。

"女巫师的坏剑是什么意思？"

"就是日本女战士用来自杀的短剑，"我低声道，"自杀的工具。"

"她们为什么要自杀？"这个笨蛋既不讶异也不激动。

"因为……"我挤压想象力，脱口而出，"如果生活中有什么事情不顺利，比方说战败的话……"然后为了把结尾推向高潮，我说："这是江户时代的东西，17世纪的。"

"太不可思议了！"

他直直盯着，脑海中肯定在想象一个女武士自杀的情景。阿德里亚拿回短剑，套回刀鞘，用非常夸张、小心的动作无声无息地重新放回珍稀物品的橱柜里。在此之前他都还心存迟疑，但现在他决定要撂倒奋力抵抗的朋友，也因而迷失了战战兢兢的意识。我把手放在嘴唇上，要求绝对的安静，然后打开角落的黄灯，拼出保险箱的密码：六、一、五、四、二、八。父亲从不用钥匙上锁，只用密码。我打开了图坦卡门的宝库。里头有几个文件堆、两个紧闭的盒子、好几个信封与文件、边上有三叠纸钞，在最下方，一个小提琴盒，盒子上有不太清楚的污渍。我谨慎地拿出盒子并开启，光芒万丈的斯托里奥尼小提琴出现了，这是空前绝后的耀眼光芒。我拿到有光线的地方，把 F 孔放到他眼前，我命令道："你看。"

"Laurentius Storioni Cremonensis me fecit."他抬起头来，诧异地问："什么意思？"

"全部看完。"我耐心地照亮孔内的文字。

贝尔纳特看着小提琴的回音孔，再一次瞧向里头。他把盒子放好才看到一、七、六、四。

"1764 年，"阿德里亚说，"我的妈啊！让我拉一下，听听它的声音。"

"好，然后我爸就会罚我们俩一辈子做苦役。你只可以用一根指头摸。"

"为什么？"

"这是家里最贵重的物品，知道吗？"

"比谁画的那张不知道多少钱的黄花的画还值钱吗？"

"值钱太多了！"

聊胜于无，贝尔纳特用一根指头摸了摸。但我一个不小心，让他按到了 Re 音，听起来很柔和，像绒布般柔软。

"有点太低了。"

"难道你有绝对音准？"

"什么？"

"你怎么知道音太低？"

"因为 Re 音要再高一点。没什么，就高一点点而已。"

"真的好羡慕你。"虽然我企图要让贝尔纳特张口结舌，却由衷地对他发出赞叹。

"为什么？"

"因为你有绝对音准。"

"这是什么意思？"

"算了，"我想回到刚才的话题，"1764年，你知道吗？"

"1764年啊……"他真心崇敬地说，这让我很开心。他再度温柔地抚摸琴，就像小提琴完成时，制琴师所做的一样。制琴师说，我完成了，玛丽亚，亲爱的。她低语，我为你感到骄傲。洛伦佐抚摸乐器的皮肤，感觉到它的悸动，玛丽亚则感到一丝丝的嫉妒。制琴师在抚摸乐器的同时也赞赏它的曲线。他把琴放在工作室的桌上，自己站到远处，站到闻不到冷杉、闻不到枫树那奇迹般的浓郁香味的地方，骄傲地欣赏自己的作品。佐西莫师傅教导他，一把好琴，除了音质好外，外形上也必须给人以愉快的视觉享受，应当符合比例，这样才有更高的价值。他为此感到非常满意。其中还有个小小的疑虑，他不知道要为木材付多高的价码。不过他很满意，事实上，这是他第一把从头至尾亲力亲为制作的琴，而且他知道这是一把很好的琴。

洛伦佐轻松地微笑，完成上亮光漆的程序后，音色会获得应有的色彩。他犹豫是先拿给佐西莫师傅，还是直接拿到拉吉特先生那里，听说他已经受够克雷莫纳的人，很快就要回巴黎了。对师傅的忠诚驱使他拿着乐器去佐西莫·贝尔贡齐[1]的工作室，这把琴像是躺

1　佐西莫·贝尔贡齐（Zosimo Bergonzi，1724—1773）是知名制琴世家贝尔贡齐家族的第二代成员，也是卡洛·贝尔贡齐（Carlo Bergonzi，1683—1747）的大儿子。

在临时棺木里的苍白尸体。他一进门，三个沉溺在各自工作中的头抬起来。师傅懂得他这位学生的微笑意味着什么，于是将手中正在抛光的大提琴背板搁在一旁，把洛伦佐带到沿街的窗边，那里有充足的光线，可以仔细地观看乐器。洛伦佐安静地把小提琴从松木制的盒子拿出来给师傅看，佐西莫·贝尔贡齐做的第一件事就是抚摸琴的背脊与面板。几个月前，他偷偷把几片罕见的上好木材送给徒弟洛伦佐，让徒弟试试是否学会了他的手艺，现在，他确定一切都如当时的预期。

"您真的要送给我吗？"

"差不多吧。"

"但这木材是……"

"是啊，是帕尔达克的亚基亚姆的，现在这时间点最好。"

"师傅，我想要知道它的价格。"

"我跟你说了，别在意价格。等第一把琴做好了，我再告诉你。"

木材向来都不是免费的。公元 1705 年，那是好久以前了，在年轻的斯托里奥尼出生前的许多年，那时地球越来越圆，来自帕尔达克的固执的亚基亚姆在布隆·德卡齐亚克等人的陪同下，拉着车来到克雷莫纳，里边装满看起来毫无价值的木材。这替他们的遥远路途省下不少无谓的惊扰，那时亚基亚姆已经三十多岁，身强力壮，瞳孔因对生命的坚定和执着显得黝黑深沉。他让布隆·德卡齐亚克在离市中心一段距离的地方看守木材，自己则快速地到制琴师家里拜访，途中经过一片圣栎木林时，他往里头走了几公尺，发现一个可以好好解放的地方，就在他蹲着的时候往前看，发现几块废弃褴褛的破布，这些不知名的破布让他想到莫埃纳该死的布恰尼耶的披肩与帕尔达克的穆雷达家所遭遇的一切。或许现在，他可以重拾当初家人们希望追寻的财富。他一边大解，一边哭泣，无法压抑激动的情绪。当他平复下来，肚子排泄干净，也重新穿好脏兮兮的衣服后，便步入市中心，像还是小伙子时那样直接到斯特拉迪瓦里[1]的工作室，他直接找安东尼奥师傅，告诉他，因为帕内韦焦十五年前的那场大火，木材短缺的问题很快就会出现了。

"我从别的地方买木材。"

"我知道，是从斯洛文尼亚的森林里取的，做成乐器的时候你就会发现，那里的木材声音听起来闷闷的。"

"没别的选择了。"

"有，我可以提供别的选择。"

斯特拉迪瓦里的处境必然不妙，因为他跟着这名陌生人来到克雷莫纳郊外的隐匿之处，陪同前往的还有他的儿子当中最安静的一个，奥莫博诺，以及工作室里一个叫作贝尔贡齐的学徒，他们三人察看木材，切下一小块咀嚼几口，鬼祟地交换几个眼神，穆雷达的儿子亚基亚姆对自己的工作非常有自信，满足地看着他们反复察看他的木材，安东尼奥师傅询问亚基亚姆的时候天已黑了。

"这些是从那里来的？"

"很远的地方，来自西边一个很冷的地方。"

"我怎么知道你不是偷来的？"

"您只能相信我了。我这辈子就靠木材维生，我会唱木，会嗅，会选好木材。"

"这木材很好，也备得很好。你是从哪里学来这手艺的？"

---

[1] 安东尼奥·斯特拉迪瓦里（Antonio Stradivari，约1644—1737），意大利提琴制作大师，他确立了提琴的最佳规格，成为后代仿效的典范，并将提琴的形式、比例、油漆及音色等发展到极高的境界。

"我是帕尔达克穆雷达家的儿子，你可以派人去问我父亲。"

"帕尔达克？"

"就是那里，平地之处就是你们称为普雷达佐的地方。"

"普雷达佐的穆雷达早已逝世了。"

这个震撼的消息扯出亚基亚姆出乎意料的两行泪水。心痛。我的父亲已经死了！他看不到我带着十袋黄金回家、让他再也不用工作的光景了。不只他看不到，我的兄弟姐妹们也都看不到了：阿尼奥、延、马克斯、脑筋不灵光的埃梅斯、约瑟夫、不能走路的特奥多尔、米库拉、伊尔塞、埃丽卡、卡塔琳娜、玛蒂尔德、格蕾琴还有小贝蒂娜，我的小盲女，送我丘芙圣母项链的妹妹，那是妈妈死前留给她的。

"我父亲死了？"

"都是因为那场烧光森林的大火以及他儿子的死亡，忧愤所致。"

"哪个儿子死了？"

"亚基亚姆，穆雷达家最优秀的那一个。"

"我就是亚基亚姆啊！"

"火灾后，亚基亚姆溺死在福尔特布索（Forte Buso）的水井里了，"他用讽刺的眼神看着亚基亚姆，"如果你是穆雷达的儿子的话，一定记得。"

"我才是亚基亚姆，帕尔达克的穆雷达的儿子。"亚基亚姆坚称。当时，布朗——也就是布隆·德卡齐亚克津津有味地听着，不过有些时候还是漏掉一些字，对他来说，他们说话的速度太快了。

"我知道你在骗我。"

"没有，师傅，你看。"他取下脖子上的项链给斯特拉迪瓦里师傅看。

"这是什么？"

"帕尔达克的丘芙圣母像，所有以木材维生者的守护女神，也是穆雷达的守护神，这是我母亲的。"

斯特拉迪瓦里拿起项链细看，一尊庄严神圣的圣母玛利亚与一棵树。

"师傅，这是一棵冷杉。"

"后面是一棵冷杉，"师傅将项链还给他，"能证明什么吗？"

"能够作为证据的是我带来的木材，安东尼奥师傅，如果你们不要的话，我就卖给瓜尔内里或别的制琴师了。我很疲倦，想回家看看弟弟妹妹们是否都还健在。我想看看阿尼奥、延、马克斯、脑筋不灵光的埃梅斯、约瑟夫、不能走路的特奥多尔、米库拉、伊尔塞、埃丽卡、卡塔琳娜、玛蒂尔德、格蕾琴还有送我丘芙圣母项链的妹妹小贝蒂娜是不是都还活着。"

瓜尔内里可能将受惠于这批木材的暗示刺激了安东尼奥·斯特拉迪瓦里，他慷慨地支付了优渥的酬金，买下一整车木材，这些木材在仓库里度过一段安静岁月后，替他省下了不少汗水，未来也有了保障。拜此所赐，二十年后他所制作的提琴是世上最好的琴，虽然现在他还无从知晓，但是，在这位师傅过世后，奥莫博诺与弗朗切斯科就知道了。那时，他们还保有一部分来自西边的木材，特别节省地小心使用。当他们都逝世后，这间工作室与收藏着秘密的角落都传到卡洛·贝尔贡齐[1]手中，贝尔贡齐再把这个秘密递交给他的儿女。佐西莫师傅就是贝尔贡齐最小的儿子，在工作室靠近库恰塔路的窗户边，他仔细看着年轻的洛伦佐制作的第一把琴，提琴标签

---

1 卡洛·贝尔贡齐（Carlo Bergonzi, 1683—1747），18世纪克雷莫纳最著名的制琴师之一。

注明："Laurentius Storioni Cremonensis me fecit 1764."

"为什么在 Cremonensis 下面划底线？"

"我为身为克雷莫纳人而感到骄傲。"

"这是制琴师的签名，以后你做的琴都要用一样的签名。"

"佐西莫师傅，我一辈子都会因身为克雷莫纳人而感到骄傲的。"

师傅非常满意，将尸体还给创造者，他将它放回棺木中。

"永远都别向任何人提起这木材的来源。还有，如果你希望未来有保障的话，几年后，无论身在何处，都要不计代价买回它。"

"好的，师傅。"

"上亮光漆的时候小心些。"

"我会的，师傅。"

"我知道，我是提醒你别搞砸了。"

"那么，师傅，这木材我需要付您多少钱？"

"你只要帮我个忙就好了。"

"请尽管开口。"

"离我女儿远一点，她还很年轻。"

"什么？"

"你听见我的话了，别逼我再说一次，"师傅的手伸向琴盒，"如果做不到的话，就把琴与剩下的木材都还给我。"

"可是……"洛伦佐的脸色与自己的第一把琴一般苍白，他不敢回应师傅的目光，安静地离开佐西莫·贝尔贡齐的工作室。

洛伦佐·斯托里奥尼把自己关起来几个星期，沉浸在上亮光漆的程序之中。全新的小提琴诞生后，他斟酌佐西莫师傅要求的代价。那时候，还在克雷莫纳游走的拉吉特先生得到梦寐以求的琴音，兴致盎然地看着这把亮光漆偏暗的琴，这点使它成为一把与众不同的斯托里奥尼。他把琴拿给一旁寡言孱弱的年轻人，这人拿起琴弓弹奏起来，令洛伦佐·斯托里奥尼落下两行泪水：比他自己拉的好听许多。这泪水也是为了玛丽亚而落下。玛丽亚，我爱你。这么多的泪水、这么多的佛罗林[1]是始料未及的。

"一千佛罗林，拉吉特先生。"

拉吉特看着他长达十秒钟之久，让他极度不舒服，然后又看向孱弱寡言的年轻人，年轻人垂下眼睑示意认可。斯托里奥尼心想，若多要一些，他们一定也会答应的。他在这方面要学习的还多着呢。

"我们不能再见面了，亲爱的玛丽亚。"

"这是非常大的一笔钱。"拉吉特的脸上写着反对。

"您知道这把琴值这个价，"洛伦佐把琴拿回来，姿态高傲且勇敢，"如果您不想要，我下个星期还有其他买家。"

"洛伦佐，亲爱的！为什么？"

"我的客户想要斯特拉迪瓦里或瓜尔内里的琴······您还默默无闻呢。斯托里奥尼？ Connais pas.[2]"

"十年内，全世界都会希望自己家里有一把斯托里奥尼的。"他把琴放进琴盒。

"你的父亲不准我们再见面，所以才送给我那些木材。"

"八百。"法国人说。

"不！我爱你！我们彼此相爱啊！"

"九百五。"

"是的，我们相爱，可是你父亲不希望······我不可以······"

---

1 佛罗林（Florin），意大利古金币名称。
2 法语，意为："不知道。"

"九百，要不是我急着离开了。"

"我们逃走吧，洛伦佐。"

"好吧，九百。"

"逃走？我怎么能逃离克雷莫纳？我还要在这里开小提琴工作坊呢！"

他是真的急了。拉吉特先生想带着买到的小提琴离开克雷莫纳了，这里除了黑发热情的卡丽娜，没有值得留恋的。况且，他认为这把琴很适合勒克莱尔先生。

"可以去别的城市开工作坊啊！"

"克雷莫纳以外的地方？不可能！"

"洛伦佐，你这个叛徒！洛伦佐，你是个懦夫！你不爱我了！"

"如果明年我回来多跟你订两把琴的话，价格得再商议一下，给我好一点的优惠。"

"玛丽亚，我爱你。我用生命爱着你。但你不了解我……"

"好啊，拉吉特先生。"

"你有别的女人了，是不是？叛徒！"

"没有！没有！你了解你的父亲，他绑住了我的手脚。"

"懦夫！"

拉吉特不再议价，付了钱，他确定在巴黎的勒克莱尔先生会不痛不痒地多付五倍以上的价钱，还会恭喜他找到这么好的琴。唯一的坏处就是，这是和卡丽娜一起过夜的最后一周了。

斯托里奥尼恭喜自己杰出的表现，同时也感到悲伤。直到现在他才发现，原来，卖琴意味着永远见不到自己的作品了，制造这把琴连带让他也失去了爱情。再见了玛丽亚。懦夫！再见了，我的爱。你不守信用！再见了，我会永远记得你！你拿我换上等木材！洛伦

佐，如果这是真的，你将不得好死！再见了，玛丽亚，你不知道我
有多遗憾。若真如此，我咒你的琴烂掉或被火烧掉！然而，依转卖
这把琴的人所言，发生在巴黎的那个叫作让－马里·勒克莱尔[1]，老
勒克莱尔或勒克莱尔舅舅身上的事情比所有的诅咒都更恐怖。他支
付了一笔夸张的天价，却从来都没有——让我们这么说好了——从
来都没有机会听见贝尔纳特不经意间在这把琴上拨弄出的甜美、丝
绒般的 Re 音。

　　这是我一生中少数几次因疯狂的驱使而任由事情发展。我利用
贝尔纳特在音乐方面的天资来获利，但要达到此目的，必须做出一
些惊世骇俗的事情。在纵容我新结交的朋友用指头抚摸斯托里奥尼
的面板时，我竟突发奇想，要是他教会我拉颤音，就让他把琴带回
家一天。

　　"真的吗！"

　　贝尔纳特笑了，几秒钟之后却严肃起来，看起来有些沉痛。

　　"不可能。颤音是没法教的，要自己找到方法才行。"

　　"可以教。"

　　"要自己找到方法。"

　　"那我不借你斯托里奥尼了。"

　　"我教你颤音。"

　　"现在就教。"

　　"那就现在，可是等一下我就要把它带回家。"

1　让－马里·勒克莱尔（Jean-Marie Leclair，1697—1764），法国小提琴家、作曲家。
　　勒克莱尔吸收了意大利小提琴音乐的表现形式及演奏技术，并结合法国音乐的风格
　　创作出许多成功的小提琴曲。1758 年他与第二任妻子离婚；1764 年遭遇暗杀，凶手
　　不明，据推测与其前妻有关。

"今天不行！我得准备一下才行。改天。"

沉默。我们的目光没有交流，小脑袋瓜都在运转。贝尔纳特想象魔幻般的琴音时，也在质疑我所说的话。

"说改天等于没说一样，到底是什么时候？"

"下个星期，我发誓。"

* * *

在我的房里，谱架上放着谢夫奇克[1]的音阶及琶音教学乐谱，打开的那一页是该死的三十九号练习。根据特鲁略斯的说法，这里是极为精细的练习，涵盖所有技巧，也是这辈子在练习双弦之前或之后一定要学会的技巧。贝尔纳特拉长一个甜美且稳定的颤音，阿德里亚观察发现贝尔纳特专注地闭起眼睛，心想要让琴音颤动必须闭上眼睛，尝试闭上眼……拉出的声音却单薄、可笑，如破锣般。他闭上眼睛，用力闭紧眼皮，琴音总是打滑溜走。

"你知道吗？你太紧张了。"

"你才是。"

"我？你在说什么？"

"本来就是，如果你没教会我，做梦都别想把斯托里奥尼带回去，也别妄想下星期，永远都不用想了。"

这是精神勒索，但贝尔纳特不知道，贝尔纳特该怎么回应？他再也不提颤音没法教、要自己找到方法。他说，注意力得集中在手

---

1 谢夫奇克（Otakar Ševčík，1852—1934），捷克小提琴家，也是当时影响力颇大的小提琴教师。

的位置、手的动作的连续性上。

"不是这样，不是用弦来磨咖啡的意思，好吗？你放轻松点！"

阿德里亚不太清楚放轻松是什么意思，但是他放松了，闭上双眼，在第二弦一个长长的 Do 音尾声中找到了颤音。我这辈子都会记得的。那感觉像是学会如何让琴声微笑或悲泣，若不是因为贝尔纳特还在我面前，家里也不允许，我真想开心地大叫。

虽然对当时的神迹仍难以忘怀，虽然对这刚刚结交的新朋友充满无限的感激，但我还是没有勇气把阿拉珀霍族的伟大酋长以及咀嚼香烟的卡尔森警长介绍给他。因为这对一个已经十一二岁，还被公认为天赋异禀的大孩子而言，实在太不合适了。想起那个时刻，小提琴拉出的声音至今仍让我张口结舌，那时候用的是第二弦第一指位，拉响的声音是 Do。阿德里亚用第二指使琴音颤动，那是 1957 年的秋天或冬天，不记得哪一天的晚上七点，在巴塞罗那的巴伦西亚路上，扩展区的心脏，世界的中心。我以为触摸到天堂，却浑然不知，地狱正步步逼近。

9

那个星期天是值得纪念的日子，因为父亲带着好心情起床，父母邀请了普鲁内斯博士到家里喝咖啡。根据父亲所言，他是世界上仍活着的最好的古文书专家，而他的妻子，是世界上还活着的最好的古文书专家的妻子。父亲对我眨了一只眼睛，虽然我清楚眨眼指涉某种关键含意，但由于缺少来龙去脉，我不明白父亲的暗示。刚才已经告诉你了，我是个文绉绉的孩子，思考事情的方式与现在和你说的话差不多。

他们聊咖啡、瓷器，精致的容器让咖啡品尝起来更加美味。也聊一些古手稿，偶尔也用尴尬的沉默来调和谈话的节奏，父亲负责将茶几上的谈话推向高潮，为了让在房间里的我也能听到，他大声命令："孩子，过来。听见了吗？"

阿德里亚怎么会没听见呢？但是他惧怕这样的大灾难。

"孩子！"

"干什么？"他的声音听起来像从非常遥远的地方传来。

"来这里！"

阿德里亚不得不过去，父亲的眼睛闪耀着白兰地的光芒，普鲁内斯夫妇和蔼地看着孩子，母亲为大家倒咖啡，完全不理解我正要面临天大的灾难。

"你们好，早安。"

两位访客低语回应早安，几许期盼地看着阿德沃尔先生，父亲指着我的胸膛命令道："来！用德语数数。"

"爸爸……"

"听话。"他的眼睛燃烧着白兰地的火焰。母亲倒咖啡，注视着薄到让咖啡更好喝的瓷杯。

"Eins, zwei, drei."

"慢一点，好好地说，"父亲打断我，"重新开始。"

"Eins, zwei, drei, vier, fünf, sechs, sieben, acht, neun, zehn."我停了下来。

"还有呢？"父亲严肃地问。

"Elf, zwölf, dreizehn, vierzehn."

"等等等等……"父亲像丹杰洛神父般说，接着又换上命令的口吻，"现在用英语说一遍。"

"够了，费利克斯。"母亲终于开口了。

"我说，用英语说一遍，"父亲对母亲说，非常严肃，"不行吗？"

我等了几秒钟，但母亲没有回应父亲。

"One, two, three, four, five, six, seven, eight, nine, ten."

"很好！孩子。"世界上仍活着的最出色的古文书专家充满热忱地回应。他的妻子无声地拍手，直到父亲打断我们说，等等等等。然后又指着我。

"现在，用拉丁文。"

"不会吧……"世界上仍活着的最好的古文书专家钦佩地看着我。

我看着父亲，看着跟我一样不舒服但只会盯着咖啡的母亲，然后说："Unus una unum, duo duae duo, tres tria, quattuor, quinque, sex, septem, octo, novem, decem,"接着祈求般地说，"爸爸……"

"安静。"父亲冷冷的一句打断我，并看向真心佩服、不停说着了不起、了不起的普鲁内斯博士。

"真迷人。"普鲁内斯博士的妻子说。

"费利克斯……"母亲说。

"爸爸……"我说。

"安静！"父亲说，然后向访客说，你们还没真正见识到呢！接着他弹着指头，干巴巴地指着我："现在，希腊语。"

"Heis mia hen, duo, treis tria, tettares tessares, pente, hex, hepta, octo, ennea, deka."

"太——惊——人——了！"普鲁内斯夫妇融入我的演出，热烈地鼓掌。

"哟！"

"现在不行，黑鹰。"

父亲用手上下比着我，仿佛在炫耀刚刚钓到的欧洲鲈，骄傲地说："十二岁。"然后看都不看我一眼："好了，可以离开了。"

我关回房间里，责怪母亲连根指头都没有动，完全没有尝试把我救出那个荒谬的困境。于是我沉进卡尔·迈的小说世界以遗忘悲惨遭遇，任由那个星期天的下午与夜晚无声流逝，黑鹰及勇敢的卡尔森警长都不敢打扰我的苦恼。

后来有一天，我才认识到塞西莉亚的真面目。我花费许多时间试图理解。古董店门口的铃铛响起，是阿德里亚。母亲以为阿德里亚跟着学校的手球二队练球去了，事实上，他在店内的手稿角落。贝伦格尔先生以为他在写作业，事实上，他在偷偷检视一份 13 世纪用拉丁文书写的羊皮纸手稿，上头写的东西几乎完全看不懂，我却非常心动。门铃叮当作响，我以为是父亲出乎意料地从德国回来，现在可有好戏瞧了。可惜我费心布置的三方谎言，当我看向门口，却是贝伦格尔先生正在穿外套，并且相当急促地与刚出现的塞西莉亚说话，然后拿起帽子，一脸愤怒，匆匆忙忙地不说再见就走了。塞西莉亚在门口呆站了一会儿，外套还未脱下，若有所思的样子。我不知道该打招呼还是等她看见我再说，不，还是先打招呼吧。不过，她会觉得奇怪，刚刚怎么没见到我。还有这手稿呢。算了。不！还是躲起来好了……或许，等一下看情况吧……我不得不开始用法语思考。

塞西莉亚叹了一口气，于是他决定自己应该躲起来。她褪去外套走入办公室，不知为何，那天的气氛很凝重，塞西莉亚一直不出来。突然，我听见哭声，塞西莉亚在办公室里哭泣。我真想消失不见，现在既无法溜走，也不能被发现，因为我听见她偷偷地哭了。大人们偶尔会哭。如果我去安慰她呢？她好可怜，家人很敬爱塞西莉亚，连妈妈总是批评的女人们，就是父亲经常去拜访的那些人，也都只说她的好话。而且，看见大人流泪对孩子来说是非常震撼的事情。总之，阿德里亚希望地上有个洞好让他钻进去。哭泣的女人愤怒地拨了一个电话。我想她一定很生气，愤怒却并未注意到我。但是，现在处境危险的人是我，因为要是他们毫无预警地关门，我就会被锁在里头，活生生地被囚禁起来。

"你是个懦夫，不！不！让我说，你这个懦夫，五年了，你的说词都一样，都是同一套：塞西莉亚，下个月我就跟她摊牌，我发誓。懦夫，你哄我五年了，五年！我不是个孩子！"

这点我也赞同。但我不太清楚是怎么回事。这时候，黑鹰正在家里的床头柜上安稳的睡午觉呢！

"不！不！不！现在换我说，我们永远都不会住在一起，因为你不爱我，不！闭嘴！现在换我说了！我叫你闭嘴！把你所有的甜言蜜语都吞回去！结束了！听见了吗？什么？"

在手写稿的桌上，阿德里亚不知道是什么结束了，是否跟他有关，不知道为什么大人总是因为你不爱我而生气。但渐渐地，他发现爱、亲吻，还有其他的东西都很烦人。

"不！什么都不要再说了。什么？因为我高兴的时候就挂电话！不！先生，应该是我爽的时候就挂电话。"

这是我第一次听见"我爽"，爽，拉丁文是"Ructare"，反复动词是"rugere"，听到身边最有教养的人说这话感觉很奇怪。随着时间推移，就会变成"ruptare"——破裂，然后继续发展。塞西莉亚非常用力地挂掉电话，我想她一定把座机砸了，接着她非常严肃地戴起眼镜，开始在新的古董上贴标签，并记录在两本新进货品册子上，刚才的灾变不留丝毫踪迹。我从小门溜出去，再从正门进来向她打招呼，你好，顺便确认她的脸上是否还留着泪痕，不是一件容易的事。

"你怎么来了，小帅哥？"她对我微笑。

而我张口结舌，因为，这简直是另一个人。

"你跟三王 ¹ 要了什么礼物啊？"她好奇问道。

我耸耸肩。我们家不庆祝三王节。实际上三王就是父母，而且沉迷于未开化的迷信是不好的。因此，从我第一次知道三王节开始，

---

1 1月6日是西班牙的传统天主教节日东方三王节。根据传说，三位来自东方的国王会把礼物送给孩童，这一天也因此成为西班牙的儿童节。

就没再期待三王那些让人惊喜的礼物，而只是收下父亲为我好意挑选的东西。而且，这些都和学校里的优异表现无关，因为那是理所当然的；跟我的乖巧懂事也无关，因为那是应该的。总而言之，相较于家里的严肃氛围，我也收到过几个天真烂漫的礼物。

"我要了一个……"我想起父亲说过要送给我一辆卡车，装有会响的警笛。但是，假如我在家里弄出什么噪音的话……"一辆有警笛的卡车。"

"来！亲我一下。"塞西莉亚笃定地说，伸手将我拉近她。

* * *

一个星期后，父亲从不莱梅带着一个迈锡尼的花瓶回来，这花瓶在店里待了好几年；他也带了一些有用的文件，两本自传的初版或手稿，还有14世纪的手稿。父亲说，这可位列他特别偏爱的珍宝之中。家里、店里都接到了几个要找他的神秘电话，父亲却对几天后将要发生在他身上的事浑然不知，对我说，你看、你看、你看，这多漂亮。他拿了几本笔记簿给我看，是普鲁斯特写的《追忆似水年华》最后一部的手稿。一团难以辨识的文字、页缘上一段段的标注、笔记、箭头、用订书机装订的小纸片……你看，念这句。

"我看不懂他的字。"

"你试试看！这是最后，最后一页，最后一句。别告诉我你不知道《追忆似水年华》的结尾。"我没有答话。父亲发现自己可能太过分了，于是用他特有的优雅，给自己台阶下："别告诉我你还不懂法语！"

"我当然会，可是我看不懂他的字！"

我肯定答错了，父亲不再说话并合上笔记簿，收进保险箱，一边喃喃自语说我得做个决定，家里的宝贝太多了。我误听为家里死去的人太多了。

10

"你的父亲……嗯……孩子……你爸爸他……"

"怎么了？爸爸怎么了？"

"父亲上天堂了。"

"天堂不存在！"

"你父亲过世了！"

母亲极度苍白的脸比这个消息更令我关注，仿佛死去的人是她。她像年轻的洛伦佐那把还未上亮光漆的小提琴一样苍白，眼里满是痛楚。我从没听过母亲的声音如此破碎，她没看我，而是望着床边墙壁上的那片污渍说，他离开的时候，我没有亲吻他，也许我的吻可以救他。或许我听错了，但好像听见她小声地说，他活该。

我不太明白母亲的意思，我把自己关在乱七八糟的房间里，抓着三王带给我的红十字卡车坐在床上，按照家里贯有的行事风格，默默地哭泣。父亲不是在研究手写稿就是在看书，不然就是正在死去。

我什么也没问母亲，也不能去看过世的父亲。他们告诉我，父亲出了意外，在阿拉瓦萨达公路被卡车撞了，不是在阿特内乌路。很遗憾，但是，你不能见他，无论如何都不行。我痛苦至极，天塌了下来，我被关进牢里前，得先见贝尔纳特一面。

"孩子，他为什么带着你的小提琴？"

"呃？什么？"

"为什么你的父亲会带着你的小提琴？"小洛拉重新问了一次。

现在一切都要真相大白了，我真的非常害怕，却还有胆子说谎："他跟我要的，我不知道他要做什么，他没有说，"然后对着绝望的她说，"爸爸很怪。"

说谎的时候，我觉得大家都发现我在说谎，因为血都冲到脸上，应该是脸红了，而且一边捏造故事，一边左顾右盼地在虚构的故事里寻找不合逻辑之处……我的把柄就在别人的手中，却总是无人察觉，这让我感到非常意外。母亲没发现就算了，我确信小洛拉只是假装不知道。谎言真的很奇妙，现在年纪大了，说谎时我仍会脸红，然后就会听见安杰莱塔太太的声音。有一次她抓着我的手，让我摊开，让母亲和小洛拉看手掌里一片有损名誉的巧克力污渍，她像盖起一本书似的合上我的手掌，说，阿德里亚，小偷其实比瘸子更惹人注意，别忘了这句话。现在我都满六十岁了，仍记得一清二楚，安杰莱塔太太，我的记忆可是都刻在大理石上的。但现在不是偷拿一盎司的巧克力了，我毫不费力地装出难过的脸，因为我很难过也很害怕。我说自己什么都不知道，然后开始哭泣，因为我父亲死了，而且……

小洛拉走出房间，我听见她在和别人说话。一个说着西班牙语，烟味很重，没有脱外套，手里还拿着帽子的陌生人，进房里来问我：你叫什么名字？

"阿德里亚。"

"你父亲为什么带着你的小提琴？"就这样，像是令人疲惫的审问。

"我不知道，我发誓。"

男人给我看练习小提琴的一小片碎片。

"你认得吗？"

"嗯，认得，这是我的小提琴……我的小提琴。"

"他跟你要的？"

"对。"我说谎。

"没有多解释？"

"没有。"

"他拉小提琴？"

"谁？"

"你父亲。"

"不会，他才不会拉。"

我努力压抑，免得露出戏谑的微笑，想到父亲拉小提琴的样子就想笑。穿着外套，戴着帽子、烟味浓厚的男人看向静静点头的母亲及小洛拉，用帽子指着我手里的红十字卡车说，卡车很漂亮，然后走出房间，把我和我的谎言留在房里，搞不懂究竟是怎么回事。黑鹰从救护车里对我投以怜悯的目光，我知道他不屑说谎的骗子。

* * *

葬礼非常黑暗，许多严肃的男士拿着帽子，很多女士用薄纱遮住脸庞，爸爸住在托纳镇、安波斯达的博施家的堂兄弟们，还有一些表兄弟姐妹们都来了。这是第一次，我发现自己是众人瞩目的焦点。我穿着黑色衣服，头发梳得非常整齐，因为小洛拉替我用了两倍的发胶，还说这样很帅。她像母亲不曾做过的那样，亲吻我的额头。母亲现在都不看我了，更不用说亲我了。他们说父亲在黑木箱里，但我无法确认，小洛拉说父亲的样子不太好，最好别看。可怜的父亲，整天都低头看书或那些奇怪的东西，就这样离开了，尸首还被撞坏，生命是何其愚蠢。如果是店里的怀剑造成的伤痕呢？不，他们说是交通事故。

家里的窗帘垂落着，已有好几天都未拉起，身边的絮语围绕着我。小洛拉格外地注意我，母亲坐在以前他们喝咖啡的椅子上，对着父亲死前习惯的位子，一坐就是好几个钟头，但是她没有喝咖啡，时间不对。这个情况对我来说有点复杂，我不知道自己该不该坐到另一张椅子上，母亲不看我，任凭我再怎么叫妈妈，她都只是牵着我的手，继续盯着墙上的壁纸，什么也不说。所以我想，算了，我不坐父亲的椅子了，并把所有的哀伤都归咎于那张椅子。虽然我也很难过，却仍旧东张西望。那几天痛苦极了，因为母亲的眼中没有我，后来我也习惯了。从那之后，母亲似乎再也没正眼看过我，她肯定查过，知道一切都是我的错，才不再理会我。偶尔她看我只是为了给予一些指示，那时全由小洛拉照顾我。

有一天，母亲毫无预警地带了一把新的练习小提琴回家，比例和声音都很好。她将它拿给我，什么都没说，也没看我的眼睛，她看起来很涣散，似乎是依着惯性行动，好像在想着那之前或之后的事情，总之就是不在当下。我花了许多时间才理解。于是我又开始练习好几天以前被迫暂停的小提琴。

有一天，在房里练琴调音时，我转调音钮太用力，拽断了弦，便索性再弄断两根弦，然后走到客厅对母亲说，妈，你得到贝多芬店里帮我买琴弦，我没有 Mi 音了。她看向我，大概是往我的方向看，一言不发。我又说了一遍，我得买新弦。小洛拉随即从一块窗帘后走出来，对我说，你跟我去吧，你得告诉我是什么弦，在我看来都长得一样。

我们搭乘地铁去买琴弦，小洛拉说她是在小巴塞罗那出生的，和朋友们出门玩的时候，总是说我们到巴塞罗那玩吧！十分钟后，就到了兰布拉大道靠海港的那一侧，她们沿着兰布拉大道像傻子般上上下下地散步，笑的时候都用手捂住嘴，男孩子才不会看见她们在笑。听小洛拉说这些故事比看电影还要有趣。她无法想象这种又小又黑的店里竟然卖小提琴弦。我要了一条皮拉斯特罗牌的 Sol 弦，两条 Mi 弦，一条 La 弦。她说，这么容易？早知道叫你写在一张纸上，我自己来买就好了。我说，不行，母亲向来都是让我陪她来买的，以防万一。小洛拉付了钱，我们走出贝多芬的店，她弯下腰亲吻我的脸颊，充满思念地看着兰布拉大道，但没有遮住嘴，因为她并没有笑得像个傻瓜。那时，我突然察觉到，也许，我连母亲也失去了。

葬礼后的两个星期，又来了一个说着西班牙语的先生。母亲的脸色变得如死人般苍白。母亲与小洛拉之间的低语再次展开。我觉得她们刻意疏远我，于是鼓起勇气问母亲发生什么事了。这是这么多日子以来，母亲第一次正眼看我，她说："太严重了，孩子，事情太严重了，最好还是别……"然后小洛拉进来把我带去学校。学校里一些孩子看我的方式很奇怪，比平时更奇怪。列拉在休息时，靠近我问："他们把那个也埋了吗？"我则反问："哪个？"他又说了一遍："那个啊，是不是把那个也埋了？"我说："埋了哪个？"列拉回以一个够了的笑容说："很难受，是吧？看到一颗头在那里。"然后又说："应该也埋了吧？呃？"我完全听不懂。为了以防万一，我走到有阳光的角落看着在那里交换图卡的学生。从那时候起，我就避着列拉了。

　　我一直无法把自己弄得像别的孩子一样，因为，我不是孩子。照普约尔的说法，我最严重、最无法解决的问题就是喜欢读书。我喜欢学历史、拉丁文和法语，还喜欢去音乐学院，享受特鲁略斯的技巧练习。在练习大调指法时，我想象自己站在满席的包厢中，如此，技巧练习听起来就好一些。好听的秘密就在琴音中，手不是重点，因为练习几个小时以后，手就会自己动了，有时候还会即兴演出，这些我都很喜欢。我喜欢拿着《埃斯帕萨百科全书》(*Enciclopèdia Espasa*) 一条一条浏览，因此，在学校里，当巴迪亚老师提出任何问题时，普约尔就会指着我说，负责回答问题的人是他。这时我就会不好意思回答了，感觉像被当猴耍，感觉他们像我的父亲。埃斯特万坐在我后面，每当我正确回答问题，他总是说"好女孩"。直到某天我对巴迪亚老师说我不记得一百四十四的平方根，然后跑去厕所呕吐。埃斯特万走进来说，看吧，你就是个女孩。然而，父亲过世后，我发现他们看我的眼神不同了，不知道是什么，但就是不一样了，好像我升了一级似的。尽管如此，我还是羡慕所有的孩子，羡慕他们不爱念书，羡慕他们偶尔有几科会考不及格。在音乐学院就是另外一回事了，一进去就得抓起小提琴开始准备拉出好听的 Sol，不、不是，不是这样，这听起来像沙哑的鸭子，听！要这样。然后，特鲁略斯拿着我的琴，拉出完美的 Sol，虽然她年纪太大也太瘦了，我却差点就爱上她。那琴声如丝绒般，闻起来像某种不知名的花一样芬芳，直到现在我还记得。

　　"虽然我已经会拉颤音，却怎样都拉不出这种声音。"

　　"一步一步慢慢来。"

　　"对，可是我永远都不可能拉出来的。"

　　"没有不可能的事，阿德沃尔。"

无论是从音乐还是从理性的角度来看，这肯定是最糟的建议了，但这却是我在巴塞罗那与德国听到的建议中，影响最深的一个。一个月后，我的琴音有显著的改善，虽然还不至于散发出芳香，但听起来已经有点像丝绒了。现在回想起来，我当时并没有立刻回到学校或去音乐学院上课，而是先去托纳镇跟堂兄弟们待了几天，回来的时候，则试着了解究竟发生什么事情。

* * *

1月7日，费利克斯·阿德沃尔博士不在家，因为他跟一个刚好到巴塞罗那的葡萄牙友人约碰面。

"哪里？"

阿德沃尔博士跟阿德里亚说，他回来的时候，要看到房间是整整齐齐的，因为隔天假期就结束了，然后看着妻子。

"你说什么？"他戴上帽子的同时，以教授般的严肃口吻问。而她像学生般吞咽口水，又问了一遍："你跟皮涅罗的约见定在哪儿？"

小洛拉在这时走进餐厅，察觉气氛不对，一个转身就进厨房了。费利克斯·阿德沃尔等了四五秒都没答话，这对她来说几乎是种羞辱，也给了阿德里亚时间盯着父母，发觉有些不对劲。

"你为何要知道？"

"我……我……当我什么都没说好了。"

母亲并未给父亲一个预留的亲吻，而是往里面走，走到头，走到安杰莱塔太太的势力范围时，终于听见了——我们约在阿塔内乌。然后他讽刺地说，你应该没意见吧。接着又以惩罚的姿态回复这少有的干预："我不知道什么时候回来。"

父亲进了书房一会儿，然后立即出来，我们都听见了楼梯间大门打开后从外面关上的声音，也许比平常更大声一点吧，然后便一片沉寂。阿德里亚非常惊慌，呀！我的天啊，父亲带着小提琴盒出门了，里面装着的是我的练习琴！他凭着直觉跳起来备战，阿德里亚逮到合适的时机，小偷般地潜入书房，像天神一样进入你家，虽然上帝不存在，我依旧向上帝祈祷，希望母亲千万别在这个时候来书房，嘴里喃喃念着六一五四二八，然后打开保险箱，我的小提琴不在，好想死！我小心地将一切恢复原状，然后把自己关进房间，等着愤怒的父亲回来骂我怎敢造次，是谁打探到保险箱密码的，啊？小洛拉吗？

"我又不……"

"卡梅！"

"我的天啊，怎么会！费利克斯。"

然后他就会看着我这边说，阿德里亚！我会像平时一样，用拙劣的技巧撒谎，父亲会看穿一切，虽然我俩只有两步之隔，他会像站在布鲁克街上一样大吼，让我过来，我肯定会吓得动弹不得，他一定会更加狂怒地大吼，我叫你过来！可怜的阿德里亚会低着头走过去，努力试着演出无辜的戏码，那将会是难以度过的生死劫数、惨绝人寰的浩劫。可是这浩劫没有降临，一个电话后，母亲进房里来说，你的父亲……嗯……孩子……你爸爸他……他问，怎么了？父亲怎么了？她说，你父亲上天堂了。这孩子竟然差点要回答，天堂又不存在！

"你父亲过世了！"

那时，我感觉自己先松了一口气。如果他死了，就不会来骂我了。随即意识到自己的想法真是天大的罪过！还有，虽然天堂不存在，我还是能当个该死的罪人，因为我非常确定父亲是因为我的关系而死去的。

阿德沃尔夫人不得不正式、悲痛、哀伤地认领一具没有费利克斯头颅的遗体，在⋯⋯有一个胎记，是的，就是这个胎记，对，有两颗痣。而已经冰冷，不能再责备任何人的尸首，没错，是的，是我丈夫，费利克斯·阿德沃尔先生，是的。

"谁说的？"

"皮涅罗，科英布拉（Coimbra）人，一位科英布拉的老师。是的，奥拉西奥·皮涅罗。"

"你认识他吗？夫人。"

"我见过他两次，他来巴塞罗那的时候，习惯下榻哥伦布旅馆。"

普拉森西亚警官对留着小胡子的男人比了个手势，男人便静静地离开了，然后看着寡妇，新寡妇还来不及戴孝，半个钟头前他们才来找她说最好去一趟警局。她问，怎么了？怎么回事？两位男士说，很抱歉，奉命不能多说什么。而她，急促却优雅地穿上外套，告诉小洛拉帮孩子准备下午的点心，我马上回来。现在，她穿着红色的外套，在警局里的桌子前坐着，对桌上的裂痕视而不见，心想，这是不可能的事情，然后大声地恳求，可以请你们告诉我，究竟发生什么事吗？

"警官，一点蛛丝马迹都没有。"小胡子警察说。

阿塔内乌没有，哥伦布旅馆也没有，都没有皮涅罗博士的踪迹。当他们打电话到科英布拉时，确实听见奥拉西奥·达·柯斯塔·皮涅罗博士惊讶地只说得出：阿德沃尔博士？怎⋯⋯怎⋯⋯怎⋯⋯怎么会⋯⋯会⋯⋯他⋯⋯他⋯⋯哦！真是太可怕了！他⋯⋯他⋯⋯会不会弄错了？断头？你们怎么知道他……这会不会是……这、这不可能！

* * *

"你的父亲……孩子，你的父亲上天堂了。"

于是，我才了解父亲因为我的过错而死去。我不能告诉任何人。母亲、安杰莱塔太太与小洛拉帮死者找衣服穿的时候，不停地哭泣。我觉得凄惨、懦弱，感觉自己是杀人凶手，是其他许多我已记不得的东西了。

葬礼隔天，母亲苦恼地搓揉双手，突然静止不动，然后对小洛拉说，给我普拉森西亚警官的名片。阿德里亚听见她对着电话说，我们家有一把非常值钱的小提琴。警官来到家里，母亲打电话给贝伦格尔先生，让他来帮忙。

"没有人知道保险箱密码吗？"

警官转过头看着母亲、贝伦格尔先生还有小洛拉。而我，在父亲书房外头盯着他。

贝伦格尔先生问了母亲及我的生日后，试了几组不同的密码组合。"都不行。"他担忧道。而我就在走廊上，差一点就脱口而出，六一五四二八，但我不能说，否则我会变成杀人嫌疑犯的。我不是嫌疑犯，只是罪魁祸首，我什么都没有说，不露口风是非常困难的。警官打电话回警局，几分钟后，一个身形状壮硕的男人在家里设法打开了保险箱，他汗流浃背，看起来似乎因为蹲着工作的关系让他特别疲累，尽管如此，碰触任何东西时都是小心翼翼的。他用听诊器在非常安静的环境下找到复杂的密码组合，写在一张神秘的纸条上，仔细地用一个夸张的姿势满意地打开保险箱，接着百般困难地站起身，让其他人检视保险箱。保险箱里的斯托里奥尼光溜溜的没有用盒子装着，讽刺地望着我。然后轮到贝伦格尔先生了，他戴着手套谨慎地拿起小提琴，在桌灯的照明下细细检视，他抬起头扬起眉毛，对母亲、警官、擦着额头上的汗的胖先生、阿拉珀霍族的伟大首领黑鹰、卡尔森警长，还有站在门的另一边的我说："毫无疑问，这把就是叫作维亚尔的小提琴，是洛伦佐·斯托里奥尼制作的。"

"没有琴盒？他通常没有用琴盒保存这琴吗？"满身烟味的警官问。

"好像有啊，"母亲说，"好像是保存在一个琴盒里，一起放在保险箱里的。"

"为什么他要那琴盒，把琴直接放在保险箱里关着，然后跟你儿子要练习琴，放在真琴的盒子里呢？啊？"

他四下环顾后看着站在门框下，强自掩饰恐惧而颤抖的我。恐惧的颤抖。几秒钟后，他的眼神显示已查出谜题的答案，而我，看到了自己这辈子都必须说法语的贱命。

我不知道究竟发生了什么事情，不知道父亲要做什么，也不知道为什么他要去阿塔内乌却在阿拉瓦萨达公路被发现，只知道是我将他推向死亡的。今天，五十年后，仍然这么想。

11

有一天，母亲突然走出阴郁，双眼开始留意所有事情。当她跟我以及小洛拉共进晚餐时，她盯着我看了好几秒钟，仿佛要告诉我什么事情。我开始发抖，确信她要说，我都知道了。我知道都是因为你的错，你的父亲才会去世。现在我要到警察局去告发你，你这个凶手。而我说，可是母亲，可是我、我不是故意的，我不是……然后小洛拉试图平复我们激动的情绪，因为她负责平抚这个寡言家庭的情绪，她当和事佬的时候，话不多且姿态委婉。小洛拉，我应该把你留在身边一辈子的。

母亲继续看着不知所措的我。父亲过世前，她对我没有什么感情；父亲过世后，她好像开始恨我。很奇怪，家里的人为什么对彼此都这么冷漠？现在回想，应该是父亲带大家过日子的方式所致。总之，那天晚上，应该是四五月吧，晚餐的时候，母亲盯着我一声不响。哪一个比较糟糕呢？看都不看你一眼的母亲，还是要告发你的母亲？终于，她抛出控诉了："小提琴课上得如何？"

老实说，一时间我真不知该如何回答，只记得心里捏了一把冷汗。

"很好，跟之前一样。"

"很好，我很高兴，"现在，她开始用眼神穿凿我了，"你跟特鲁略斯女士学习还开心吗？"

"开心，很开心。"

"那把新的小提琴怎么样？"

"嗯哼⋯⋯"

"嗯哼是什么意思？你喜欢吗？"

"可以。"

"可以还是喜欢？"

"喜欢。"

一阵安静，我低下视线，小洛拉利用这时间拿走原本装四季豆的空碗，好像厨房里还有很多事要忙似的。胆小鬼。

"阿德里亚。"

我像即将被屠宰的羔羊般望着母亲，她用许久以来不曾有过的方式看着我："你还好吗？"

"还好。"

"你很难过。"

"有一点。"

现在她就要举起手指向我黑暗的灵魂了："我最近不太关心你。"

"没关系。"

"有，有关系。"

小洛拉拿着一盘炸鲭鱼回来，这是日常生活中我最厌烦的一道菜了，母亲看到时，脸上浮出一丝生硬的微笑说，好棒啊，鲭鱼。

对话与控诉就此结束。那天晚上，我吃光盘里的鲭鱼，餐后甜点是一杯牛奶。上床睡觉时，我听到母亲在父亲书房里翻箱倒柜。父亲过世后母亲好像第一次这么做，我不由自主走过去一探究竟。对我而言，不管用什么借口，只要能到书房看看就好，不过我还是带上卡尔森警长以防万一。母亲蹲在保险箱前翻找，她已经知道保险箱的密码了，维亚尔斜靠在保险箱外面，她把文件逐次拿出来，无关紧要地大略地看过，然后整齐地放在地上。

"你在找什么？"

"文件，店里和托纳的文件。"

"需要的话，我可以帮你。"

"不用，因为我也不知道在找什么。"

我很高兴。母亲和我有了对话，虽然简短却完整。那时我脑海浮现不幸的想法：庆幸父亲逝世让我可以和母亲说话了。我不是故意这样想的，是这些想法无预期地浮现。不过，那天之后，母亲的眼睛真的开始闪闪发亮。

她拿出了三四个小盒子放在桌上，我靠近并打开其中一个：一支黄金笔尖的黄金钢笔。

"哇！"我惊奇地赞叹。

母亲关上盒子。

"是黄金的吗？"

"不知道，我想是吧。"

"我从没见过。"

"我也没有。"

话一说完，母亲便咬着嘴唇，把她不知道的黄金钢笔收起来，接着打开另一个比较小的绿色盒子，用颤抖的指头拨开粉红色棉花。

＊ ＊ ＊

随着年纪增长，我了解到生活对母亲而言并非易事。无论父亲是如何摘下帽子，以一贯的优雅打招呼，对她说，你好吗，美丽的小姐？与父亲结婚应该都不是个正确的决定。和一个偶尔无理、会做错事、没有理由也能纵声大笑的男人在一起，肯定会更幸福的。在家里，父亲以尖酸刻薄装饰严肃，并支配我们的生活。我是个懂得察言观色的孩子，但不得不承认，就算整天观察他，也只是略有所闻。听到雷声，却不知落在哪儿。所以，今晚这个耸动无比的篇章让我以为重新寻回了母亲。我说，我可以用维亚尔练习吗？母亲怔住不动，看了墙壁好一会儿。我想，又来了，她这辈子不会再看我一眼了。但是，她腼腆地微笑着说，让我考虑一下。那时，我发现事情似乎开始转变了。变了，虽然不如所愿，但确实在改变。当然，如果不是这样的话，我也不会认识你。

你是否意识到生命是多么巧妙的因缘际会？千百万个精子，只有一个能让卵子受精，你的出生、我的出生，都是天大的巧合，我们可能是出生的千百万个人里头，既不是你也不是我的其他人。我们俩都喜欢勃拉姆斯也是非常凑巧的事。你家里有这么多人亡故，存活下来的人这么少，全是巧合。如果基因的路径，以及在生活中的千百万个十字路口，只要有一个方向改变，我就不可能在这里，写这些不知道谁会读到的事情。真是惊人。

* * *

那天晚上过后，事情开始转变，由于六一五四二八已成为公有资产，母亲就像父亲一样，天天关在书房里好几个小时，不过她没有用放大镜，只是在里头来来回回地研究保险箱内的文件。我一度看轻父亲的行事风格，他连换保险箱密码都未曾想过，虽不知就里，但对于这点我倒是很感激。慢慢地，她花更多时间检视这些文件，与一些不认识的男士谈话，他们一会儿戴上眼镜看文件，一会儿脱掉眼镜看着我母亲与她谈话。他们说话的音量都很小，而且都非常严肃。因此无论是卡尔森警长、我，还是安静的黑鹰，都无法听见任何重要的事情。几个星期的交口接耳、建议、诧异地扬起眉毛、简短而斩钉截铁的意见，母亲将所有文件悉数收进保险箱中，六一五四二八，然后把一些文件放进黑色文件夹里。就在这时，她更换了保险箱密码，然后在一身黑色套装上穿上黑外套，深吸了一口气，拿起黑色资料夹，出乎意料地在店里现身。塞西莉亚向她说，早安，阿德沃尔夫人。她没有询问就直接走进阿德沃尔先生的办公室，她的手轻轻地按下贝伦格尔先生正在讲电话的话筒，挂断电话，他惊呆了。

"你，妈的，这是……"

阿德沃尔夫人微笑地在贝伦格尔先生的对面坐下，而他则坐在费利克斯的灰色大椅上，脸色相当不友善。她把黑色资料夹放到桌上说："早安，贝伦格尔先生。"

"我刚刚在和法兰克福通话，"他生气地拍了下桌子，"好不容易才联系到他们，真是！"

"这就是我想避免的，您和我，我们得谈谈。"

他们什么都谈了。原来母亲知道的事情比他预料的还多。店里的古董，差不多有一半是我的。

"您的？"

"我个人的，我父亲阿德里亚·博施博士的遗产。"

"这我可不清楚。"

"一直到几天前我也不清楚，我先生忽略了一些细节，我有文件可以证明。"

"那已经卖掉的东西呢？"

"收益自然是我的。"

"但是，这生意是……"

"我就是来跟您谈这个的。从现在开始，由我掌管这家店。"

贝伦格尔先生瞠目结舌地看着她，她带着毫不开心的微笑说，我要看账本，现在。贝伦格尔先生迟疑了几秒钟才有所反应，他站起身到塞西莉亚的领地，跟她迅速地说了几句话，迅速地给了几个指示后，拿了一叠账册回到办公室时，阿德沃尔夫人已经坐在费利克斯的灰色大办公椅上，使了一个手势允许他进来。

* * *

她颤抖地回到家里，关上门、脱下外套后就没有任何力气把它挂起来了，便索性让外套留在玄关椅子上直接回房里。我听见她在哭，但觉得别插手理会不知道的事情。后来，她到厨房跟小洛拉聊了好一会儿，她牵着母亲的手，仿佛在帮她打气。我花了好几年的时间才拼凑起这个影像，如今看起来仍像爱德华·霍普[1]的画作般。童年时期，家里的影像就像霍普的画，弥漫着同样神秘且具感染力的孤寂，一张一张地刻画在脑海，我看见自己身处其中，像是坐在杂乱床上的人物，一本书丢在旁边光溜溜的椅子上；或是正望着窗外；或是坐在一张干净的桌子旁，看着空无一物的墙壁。在家里，一切都用低语解决，所以除了小提琴的滑音以外，听得最清楚的就

---

1 爱德华·霍普（Edward Hopper，1882—1967），美国现实主义画家，以描绘美国生活风景闻名。

是母亲踩着高跟鞋准备出门的声音。如果霍普说他画画是因为无法用语言表达，那么我用文字书写则是因为即便脑海里的图像清晰可见，却无法描绘出来。我看见的影像和他一样，不是透过窗户，就是半开的门，最后，我总能知道他所不知的事情，不知道的就虚构，不过也是真的。我知道，你会了解，会原谅我的。

两天后，贝伦格尔先生将他的东西归还到办公室，放在日本武士刀旁，塞西莉亚竭尽全力掩饰称心如意，佯装不把这些东西当回事。后来与法兰克福通话的人是我母亲。我想象她调兵遣将，一步步重新调整古董的经销路线，促使贝伦格尔先生不得不采取最后的行动。我们可以视其为急暴、绝望的反击，她向帕利亚路的古董店的沉重包袱宣战了，无所不用其极。

母亲一直都在牺牲，她逆来顺受、低调，除了对我以外，对任何人都不曾提高音量说话。但是，父亲死去后，她变了个人，成了一个杰出的组织者，严厉、无情，让人始料未及。没多久，她就将店里的经营方针转到另一个方向，高级古董修复、古董买卖，以求有更丰厚的收入。贝伦格尔先生不得不感谢敌人在没有要求的情况下自动调升他的薪资，却伴随一句，我们很快会再次好好地、深入地谈话。母亲卷起衣袖，看看我，深吸了一口气，于是我清楚明白自己生命艰辛的时期就要开启了。

* * *

那时，我还不清楚母亲的秘密行动，直到很晚才知道。这是因为我们只有在别无选择的情况下才交谈，通过书写的方式交付彼此的信任，避免视线的赤身肉搏。许久之后，我才知道她像玛格达莱娜·吉拉尔特[1]般行动，不过她并非为了拿回丈夫的头颅，因为他们一发现遗骸首级就立刻交给她了，她追讨的是凶手的首级。每个星期三，无论店里或家里有什么事情，她都会穿着丧服到柳里亚路负责这案子的警察局，去见普拉森西亚局长。他请她进入烟味重到可以把人驱离的办公室，黑衣寡妇要为从未爱过她的丈夫讨回公道。打过招呼后，她总是问，阿德沃尔一案有没有新进展？局长总是刻板地回答，没有，夫人。也不请她坐下。记得我们说好了，如果有进展会主动与您联系的。

"不可能就这么砍了一个人的头，却没留下任何线索。"

"您的意思是警方调查不力吗？"

"我考虑找更高一级的单位。"

"这是威胁吗？"

"祝您安好，局长。"

"也祝您安好，夫人。记得，如果有消息我们会通知您的。"

黑衣寡妇走出办公室，局长愤愤地拉开桌子的第一个抽屉后甩上。督察员奥卡尼亚走进办公室说，讨厌的家伙又来了。虽然他们曾数次放肆嘲笑这名优雅女人怪腔怪调的西班牙语，这次局长却没有答腔。每个星期三一定会出现。每个星期三，当领导人在帕尔多宫（Palacio del Pardo）、庇护十二世在梵蒂冈接见访客的同一时间，普拉森西亚警官则在警局接见黑衣寡妇，听她说话，等她离开，愤

---

1 玛格达莱娜·吉拉尔特（Magdalena Giralt），为马斯将军（Josep Moragues i Mas, 1669—1775）的第二任妻子。马斯将军在西班牙王位继承战争中与法国波旁王朝对峙，因抵抗法军入侵被视为加泰罗尼亚的民族英雄。最终法国波旁王朝获胜，马斯将军被处极刑，头颅被挂在城墙上示众长达十余年，其遗孀玛格达莱娜·吉拉尔特曾向当时的加泰罗尼亚政府讨还将军首级未果。

怒使劲地打开、甩上桌子的第一格抽屉。

阿德沃尔夫人厌倦了，于是聘请世界上最好的侦探，那个小到让人出荨麻疹的会客室里的广告折页上是这么宣称的。世界上最好的侦探要求预付一个月，一个月的办案时间，以及一个月都不去找警长。阿德沃尔夫人付了钱，耐心等待也不去找警长。一个月后，在会客室里安静、耐心地漫长等待，依旧是世界上最好的侦探第二度接待她。

"阿德沃尔夫人，请坐。"

世界上最好的侦探没有站起身，而是等着客户安稳地坐在大椅子上，两人中间隔着办公桌。

"有什么进展？"她非常关心地问。

世界上最好的侦探，在桌上轮流敲着指头达一分钟之久，可能随着思绪的节奏吧，也或许不是，因为世界上最好的侦探的思绪是不可理解的。

"那么……有什么新进展吗？"母亲心神不定地再问了一遍。

然而，那人继续以威胁的指头在桌上敲了一分钟。她干咳了一下，清清喉咙，以干涩的口吻，像在和贝伦格尔先生说话般：拉米斯先生，您为什么打电话叫我来？

拉米斯，世界上最好的侦探叫作拉米斯，我一直想不起来他的名字，直到现在跟你说时才想到。拉米斯侦探看着他的客户说，这个案子我不接了。

"什么？"

"您听见了，我不接了。"

"但您四天前才接下的！"

"是一个月前，夫人。"

"我不接受，我付了钱，我有权……"

"如果您看过合约的话，"他硬生生打断她，"就知道附件第十二条指出，双方皆有权中止合约。"

"那是为什么呢？"

"我的案子太多了。"

办公室里一阵沉默，整间公司里鸦雀无声，没有任何打字机的声音。

"我不相信。"

"什么？"

"您说谎，为什么不接了？"

世界上最好的侦探站起身，从信件夹里取出一个信封放到母亲面前。

"我把您支付的钱还您。"

阿德沃尔夫人突然站起身，不屑地盯着信封，连碰都不碰，精力过人地踏着高跟鞋走出办公室，离开时重重甩上门，听见随之而来的巨响，知道门上的玻璃脱落在地上，摔成碎片了，她很满意。

* * *

这一切，还有一些现在我不记得的细节都是后来才知道的。我记得，那时候我已经在阅读相当复杂的德语及英语文章。他们说我的语言能力非常惊人，对我而言，这一直都是世界上最正常的事。我的法语没有任何问题，意大利语虽会标错重音，但书写流利，精通拉丁文的《高卢战记》，还有加泰罗尼亚语及西班牙语。我还想学俄语或阿拉姆语。但是，母亲到我房里说，想都别想，我已经会很多语言，是时候该做些其他事了，不能只像鹦鹉一样学说话。

"妈妈，什么是像鹦鹉一样？"

"一种说法而已，你非常清楚我的意思。"

"不懂，我不懂。"

"那就试着搞懂！"

于是我照做了。不过我怕的是她要给我生命的新方向。显然地，她想要抹去父亲在我的教育中留下的痕迹，她所做的就是用了只有她知道的新密码——七二八零六五——保险箱里的斯托里奥尼小提琴放到我手里，告诉我，下个月开始不用再到音乐学院去上特鲁略斯小姐的课了，开始跟乔安·曼柳先生上课。

"什么？"

"就是你听到的。"

"乔安·曼柳是谁？"

"他是最好的老师，你得开始提高音乐修业生涯的造诣了。"

"我不要什么生……"

"你不知道自己要什么。"

她错了，我知道我要什么……虽然父亲的规划并非完全满意，我不想一辈子学世界上各种书写方式、贴近文化、思索文化，不，我不满意。但我喜欢阅读，喜欢学习新的语言，还有……总归一句，好吧，我不知道我要什么，但是我知道我不要什么。

"我不想要提高音乐修业生涯的造诣。"

"曼柳老师说你有天赋。"

"他怎么知道？他会魔法？"

"他听过两次你的练习。"

原来，母亲巨细靡遗地安排了每个步骤，让曼柳老师接受我这名学生。她在下午茶时间邀请他到家里几次，非常低调地，两人交谈得少听得多。曼柳老师很快就发现可以任意开价了，母亲一声未吭就聘请他，非常匆忙，完全没想到要问阿德里亚的意见。

"那我要怎么跟特鲁略斯说？"

"特鲁略斯小姐已经知道了。"

"啊，是吗？那她说什么？"

"她说，你是一块未经雕琢的璞玉。"

"不，我不想拉琴，不想吃苦头，绝对不行，我说不行就是不行，"这是少数几次我对母亲大吼，"妈妈，你懂了吗？不行！"

到了下个月，我开始跟曼柳老师上课。

"你会是一个杰出的小提琴家，就这样。"她这么说，我说服母亲在我浪迹天涯时把斯托里奥尼琴留在家里以防万一。 阿德里亚·阿德沃尔委屈地开始了另一个教育阶段，在某些时候也动过离家出走的念头。

12

　　由于种种原因我请假缺了很多课，主要是父亲过世，以及到托纳和我的堂兄弟们住了一段奇怪的时间。他们异常安静，在以为我没有看他们的时候，狐疑地盯着我。有一次，我撞见谢维和基科悄悄说断头之类的，说得非常起劲，任谁都能听见他们的对话。早餐时，罗萨会先给我最大片的面包，免得被她的哥哥们拿光。莱奥伯母不下数十次地拨弄我的头发。曾有一度我想，为什么我不能住在托纳，和莱奥伯母一起，好像人生就只是一个远离巴塞罗那的无止境夏天般。在这个奇妙的地方，我不会因弄脏膝盖而挨骂。辛托伯父回到家时，不是浑身都是打谷场的灰尘，就是泥巴或粪肥的污渍，他总是垂着双眼，因为男人不能哭泣，但弟弟的死亡，还有周边环绕的疑云谜雾都让他很难受。

　　回到家里时，就在乔安·曼柳老师被密谋策划将要进入我的生活的同时，我重返校园并正式上演无父的孤儿戏码。克利门特修士陪我到教室，用被鼻烟熏黄的手指捏疼我的肩膀，那是他表露情感、同理心及哀悼的方式。到了教室后，他以高尚宽容的姿态邀请我进去，对我说，现在正在上课，但没有关系，老师该知道的都知道了。我走进去，四十三双眼睛好奇地盯着我，巴迪亚老师留着空气中的句子，让我知道他正在解释主词与直接宾语的差别，他中断讲解说，阿德沃尔，进来，请坐。黑板上写着：胡安写给佩德罗一封信。我得穿过全班学生才能抵达座位，让我非常害羞。真希望贝尔纳特在我的班上，但是不可能，他已经上二年级了，而我还在一年级跟那些愚蠢的直接宾语、间接宾语无聊地耗着。拉丁文课教的内容也一样，竟然还是有同学弄不懂。鲁利，你说哪个是直接宾语？

"胡安。"鲁利回答，但巴迪亚老师不动声色地看着他。鲁利不太确定，觉得好像有陷阱，沉入深深的思索，然后抬起头："佩德罗？"

"不，糟透了，你完全没听懂。"

"啊，不是，是'写'！"

"坐下，真是无药可救。"

"我知道了，嘿！老师！我知道了；是'信'！对了吧！"

在透彻地讲解了直接宾语的概念后，课程进入间接宾语的迷雾。我注意到有四五个孩子从刚刚就一直盯着我。就座位看来，应该是马萨纳、埃斯特万、列拉、托雷斯、埃斯卡约拉、普约尔，还有，我后脑勺有点痒，所以应该还有坐在后面的博雷利吧。我猜他们都投来了……崇拜的眼神？或许应该说是一种奇异的混合吧。

"喂，孩子……"博雷利在操场上对我说，"跟我们一起玩。"为了避免招惹麻烦又加了一句："但是你站在中间挡人就好，可以吗？"

"我不喜欢足球。"

"你看吧？"大使团之一的埃斯特万马上说，"阿德沃尔喜欢小提琴，跟你说他是娘炮玛莉卡了。"

他们很快地跑走，因为大家不等大使团就开始比赛了。屈从的博雷利拍拍我的背，安静地离开。我在一、二、三年级混杂的学生中寻找贝尔纳特。学生按地上的线踢着各自的球赛，有十二场球赛，通常没有人踢错球。娘炮玛莉卡，除了娘炮这个词以外，还有玛莉卡，俄罗斯人通常把名叫玛丽亚的女孩们称为玛莉卡，但我确定埃斯特万不会俄语。

"玛莉卡？"贝尔纳特看着远方，无视足球选手的咆哮嘶喊。

"不是，这是俄语的玛丽亚。"

"这我知道。"

"不然你查字典，是不是要让我跟你解释所有的……"

"你是知道还是不知道它的意思啊？"

天气很冷，大家的手和腿都冻得发红，除了贝尔纳特与我。因为特鲁略斯小姐命令我们得一直戴着手套，要是手上冷出冻疮的话，拉小提琴会变成难以忍受的刑罚。然而，冻红的大腿却不太有人在意。

* * *

在父亲过世后，回到学校的前几天很特别，尤其是在列拉公开说了死者首级的事情，我立刻得到无上的声誉，他们不再在意我的分数，我终于成为和别人一样的孩子了。普约尔不再说我是负责回答问题的人，所以当老师问问题时，变成大家一起装傻，于是瓦雷罗神父只好说，那，阿德沃尔，你说说看。最后还是由我回答，但是，这是不一样的。

尽管我不承认不知道"娘炮"的意思，自从父亲死后，我的参考对象就成了贝尔纳特。他陪我、帮我适应生活。事实上，他也有点奇怪，不像别的孩子会打架、考不及格。至少，有几个孩子在五年级留级，甚至也有四年级就留级的；或是抽烟，很多孩子会躲在学校里抽烟。我们的友谊相对而言是秘密、非正式的，因为我们不同年级，在学校里也不常见面。但是，那一天他坐在我床上，目瞪口呆，两眼充满泪水。因为我刚刚告诉他的事情非常震撼，他怀恨地看着我说，这是背叛。我说，不是，贝尔纳特，这是我母亲决定的。

"不能反对吗？你不能说你一定要去特鲁略斯那里，不然的话……"

他想说不然的话，我们就不能一起上课了。因为听起来太幼稚而说不出口。叛逆的泪水比所有解释都更善于表达。身为一个孩子，试图假装自己是大人，是很困难的事情。就像现在，要装出一副对大人而言分文不值的事对你也毫不重要的样子，却又发觉其实对你而言真的很重要，却必须掩饰，因为如果其他人发现你有那么一点、两点或三点在意的话，就会被笑，会被说你是个毛头小鬼。贝尔纳特、阿德里亚是小孩，或是小女孩；或者对埃斯特万来说，不只是小女孩。不只，现在他会说是娘炮，比娘炮还娘炮。我们生出最初的几根胡子了，还有一些证明生活确实艰辛的证据，不过也不算非常困难，因为那时我还不认识你。

我们安静地吃点心，小洛拉总是各给我们两盎司的巧克力，我们安静了好一会儿，坐在床上吃面包，看向复杂的未来。忽然间，我们开始拉小提琴。虽然乐谱上没有这么标注，但是贝尔纳特拉主奏我拉合奏，这是我们练习小提琴时比较有趣的方式，虽然心里很难过。

"你看！你看！你看！你看！"

贝尔纳特张着嘴巴，把琴弓放在谱架上，走向房间的窗户。世界变了，刚才的不愉快并没有那么严重，朋友爱怎么换小提琴老师就怎么换，血液又重新流回血管了。贝尔纳特看着对面的房间，天井另一头的房间灯泡亮着，一层薄薄的窗帘拉起，出现一个上半身裸体的女人身影。裸体？是谁？啊？

是小洛拉，那是小洛拉的房间，小洛拉裸体，天啊，上半身全裸，她在换衣服，一定是要出门，裸体？阿德里亚觉得……看不太清楚，但是拉起来的窗帘更让人觉得刺激。

"是邻居，不认识。"阿德里亚冷淡地回答，又开始练习第十八小节的弱音。于是贝尔纳特就得拉回音了："喂，来啦！看现在能不能拉好。"

贝尔纳特一直等到小洛拉穿好衣服后，才回到谱架前。我们练习得很好，但是阿德里亚对朋友的热忱有些不悦，而且他不喜欢小洛拉被看到……女人的胸部真是……那是他第一次看到，如果窗帘没有……

"你看过裸女吗？"练习结束后，贝尔纳特问我。

"你刚刚才看到的，不是吗？"

"嗯，那个和没看一样。我的意思是全身赤裸的。"

"你幻想特鲁略斯裸体的样子？"

我这样说希望能转移他对小洛拉的注意。

"别说傻话了！"

我幻想过几百次，不是因为她漂亮。她年纪很大，很瘦，指头长长的，但是声音甜美，说话的时候会看着你的眼睛。当她拉小提琴的时候，我幻想她是赤裸的，因为她的琴声是如此美妙、如此……我这辈子都把事情搅和在一起。我并不得意，而是存着一份压抑的委屈，无论他人如何建议，我就是不懂得把每件事情都放在专有的隔间。所有事情都搅和在一起，就像现在我写信告诉你的事情，泪水、墨水也搅在一块了。

"阿德里亚，别担心，"特鲁略斯说，"曼柳是位伟大的小提琴家。"她用手拨弄我的头发，然后，让我拉勃拉姆斯《第一奏鸣曲》的慢拍，最后在额头上给了我一吻。特鲁略斯就是这样，我没注意到她说曼柳是位伟大的小提琴家，事实上，她也没说阿德里亚，别担心，曼柳是位伟大的老师。贝尔纳特一脸生气的模样掩饰想哭的情绪，我倒是掉了三四滴眼泪。我的天啊，一定是心情不愉快，让阿德里亚在贝尔纳特家门口时说要把斯托里奥尼送给他，贝尔纳特说真的吗？阿德里亚说真的、真的，让你好好记得我。真的吗？他又难以置信地问了一次，阿德里亚回说真的，我是真心诚意的。那你母亲会怎么说？她根本不会知道，她整天都在店里。隔天，贝尔纳特回到家时，心脏都快从嘴里跳出来了，砰、砰砰、砰，像康塞普西奥（Concepció）教堂十二点的钟声，当他一看到母亲，立刻说，妈妈！妈妈！我有个惊喜！他打开琴盒，普伦萨太太闻见古董不可混淆的芳香，心悬着问儿子，这把小提琴从哪来的？他装出不甚关心的样子，模仿卡西迪·詹姆斯回答多萝西的问题，她问他这匹马是从哪儿来的，而他答道："说来话长。"

确实，整个欧洲都充满火药与倾颓墙壁的味道，罗马更是如此。他闪开让一部在残垣断壁间高速行驶、沿路颠簸的美国吉普车通过，这辆车经过十字路口时没有停下来，继续疾驰到圣萨维纳（Santa Sabina）。在那里，莫尔林给他一个信息：司法与和平办公室，看门人法莱尼亚米。小心，这人可能很危险。

"怎么说？"

"因为他不是表面上的那样，现在正在热锅上。"

费利克斯·阿德沃尔一下子就找到了在梵蒂冈附近、罗马博尔戈区（Borgo）的办公室，一个很胖、很高、鼻子很大、视线忐忑不安的男人打开门，问他要找谁。

"我怕是要找你，法莱尼亚米先生。"

"你为什么说怕？你怕我吗？"

"只是个说法而已，"费利克斯·阿德沃尔试图微笑，"您似乎有些有趣的东西要给我看。"

"办公室下午六点关门，"他边说边用手指着透出悲伤光线的玻璃门，"您在外面等吧。"

六点钟，三个男人离开了，其中一个穿着教袍。费利克斯觉得像是要去赴情人的秘密约会般，就像几年前在罗马，他还怀抱希望梦想的时候，阿玛托先生水果店里的苹果暗示了世间的乐园。然后，视线不安的男人探出头，打了个手势，指示他进办公室。

"不去你家吗？"

"我住这里。"

他们摸黑走上几层楼，男人气喘如牛，脚步声回响在这奇特的办公室。到了三楼，有条长长的走道。突然，男人开了一扇门，打开微弱的灯光，一股密闭空间的气味冒出来迎接，令访客倒退三步。

"请进。"男人说。

一张窄窄的床，一个暗色的衣柜，一扇用布遮起来的窗户以及一间浴室。男人打开衣柜，从最底下拿出一个小提琴盒，把床当桌子，打开琴盒与护套。那是费利克斯·阿德沃尔第一次看到它。

"这是一把斯托里奥尼。"眼神不安的男人说。

斯托里奥尼？费利克斯像刚才一样毫无反应。他没听过斯托里奥尼，不知道刚完成这把琴的时候，洛伦佐抚摸它的皮肤，感觉琴身的悸动，于是决定把琴拿给伟大的师傅佐西莫看。

眼神不安的男人打开桌上的桌灯，请费利克斯靠近琴，他高声

念出 "Laurentius Storioni Cremonensis me fecit 1764"。

"我怎么知道这是真的？"

"我要五万美元。"

"这不能证明什么。"

"这是它的价值。我有困难，还有……"

他认识很多有困难的人……但是 1938 到 1939 年间有困难的人和大战末期的那些不一样。他把斯托里奥尼还给男人，突然觉得心里一空，就像六七年前，那时他手里拿的是尼古拉·吉里亚诺的中提琴。渐渐地，越来越常发生这种情况：拿在手中的古董会将自己的价值告诉他，也是真伪的证明。但这牵涉到一笔巨款，阿德沃尔先生不愿只凭直觉与诗意的心跳判断。他努力冷静，估算了一下，微笑道："明天给你答复。"

与其说是答复，不如说是下战书。他在布拉曼特的房间安排莫尔林神父与一名叫作贝伦格尔的高瘦、严肃、谨慎、有出息、精通许多事情的年轻人一起开会讨论。

"小心啊，阿德沃尔。"莫尔林神父坚持。

"亲爱的，我知道路该怎么走。"

"外表是一回事，事实又是另一回事。跟他协商吧，你是要讨生活，但别侮辱他，很危险的。"

"我知道自己在做什么，你确认过几次了，对吧？"

莫尔林神父不再坚持，在会议中再也没说过一句话。贝伦格尔这名有出息的年轻人认识三位罗马制琴师，却只信任其中一个叫作萨韦里奥·诺塞克的人，其他两个……

"明天带他过来。"

"请您对我用敬称，阿德沃尔先生。"

　　隔天贝伦格尔先生、费利克斯·阿德沃尔与萨韦里奥·诺塞克敲了眼神不安的先生的房门。他们带着一致的微笑走进房间，克制地忍耐房里的臭味。萨韦里奥·诺塞克先生嗅闻着琴、用放大镜细查，又用医生包里的工具做了一堆无可解释的事，长达半个多钟头。

　　"莫尔林神父说您们是可以信任的。"法莱尼亚米不耐烦地说。

　　"是啊，但不想被耍。"

　　"这价格不会过高，这把琴值这个价钱。"

　　"我会付给你这把琴所值的金钱，而非您出的价。"

　　法莱尼亚米拿出他的笔记簿写了些东西，合上后看着不耐烦的阿德沃尔。这里没有窗户，两人都盯着萨韦里奥·诺塞克博士。这时，他正戴着听诊器，轻轻敲着琴身及琴背的木头。

　　他们走出猪圈般的小房间已经天黑了。萨韦里奥·诺塞克走得很急，看着前方自言自语，费利克斯·阿德沃尔斜瞄假装对这笔生意毫无兴趣的贝伦格尔先生。到了克雷斯森鸠路的时候，贝伦格尔摇摇头，停下脚步，另外两个人也停了下来。

　　"怎么了？"

　　"不行，很危险。"

　　"那是真正的斯托里奥尼，"萨韦里奥·诺塞克热切地说，"而且，我敢说……"

　　"贝伦格尔先生，您为什么说危险呢？"费利克斯·阿德沃尔开始喜欢这个外表骄傲的人。

　　"一只被关起来的野兽会想尽办法脱困，一旦脱困可是会咬人的。"

　　"萨韦里奥·诺塞克先生，您刚刚想要说什么？"费利克斯·阿德沃尔回过头冷冷地看着他。

"我接着说。"

"嗯，您说吧。"

"这把小提琴有个名字，叫作维亚尔。"

"您说什么？"

"它是维亚尔。"

"现在我真的不懂了。"

"那是琴的名字，叫维亚尔，有些乐器会有自己的名字。"

"这会让它更有价值吗？"

"这不是重点，阿德沃尔先生。"

"我想也是，那么，会因此更有价值吗？"

"那是他做的第一把琴，自然很有价值。"

"谁做的？"

"洛伦佐·斯托里奥尼。"

"那，名字呢？为什么叫这个名字？"贝伦格尔先生好奇地问。

"因为纪尧姆－弗朗索瓦·维亚尔是杀了让－马里·勒克莱尔的凶手。"

* * *

萨韦里奥·诺塞克做了一个非常个人化的姿势，让费利克斯想起圣多明我在布道坛上向大众解说圣善浩瀚的模样。纪尧姆－弗朗索瓦·维亚尔向前一步走出阴影，让车上的人看见他的脸孔。车夫把马停在他跟前，车门打开，维亚尔上了马车。

"晚安。"拉吉特说。

"可以给我了，拉吉特先生，我舅舅同意价格了。"

拉吉特内心笑着，对自己的预期感到骄傲。他为了确定说：
"五千佛罗林。"

"是的，五千佛罗林。"维亚尔先生安抚道。

"明天您就会拿到这把有名的斯托里奥尼琴。"

"您不会骗我吧？斯托里奥尼的名声并不响亮。"

"在意大利、那不勒斯、佛罗伦萨……都只谈他。"

"克雷莫纳呢？"

"贝尔贡齐与同等级的工作室非常不喜欢这个新的工作坊，大家都说斯托里奥尼是新一代的斯特拉迪瓦里。"

接着两人冷漠地聊了其他话题，仿佛这样做也许会让乐器的价格再下降一些。太昂贵了。您说得对。接着，他们告别，维亚尔下了拉吉特的马车，相信这次一定能成。

"亲爱的舅舅！"隔天一大早，维亚尔闯入大厅喊道。让-马里·勒克莱尔连头也没有抬起，看着壁炉的火焰。"亲爱的舅舅！"纪尧姆-弗朗索瓦·维亚尔的语气冷淡了些。勒克莱尔回头，无视外甥的眼睛，问他琴带来了吗？维亚尔把琴放在桌上，勒克莱尔的手指立即向乐器发射，墙上的画里走出一名大鼻子佣人，拿着一把琴弓，勒克莱尔拉了三段《奏鸣曲》，寻找这把斯托里奥尼琴的各种声音潜力。

"非常好，"勒克莱尔问道，"你花了多少钱？"

"一万佛罗林。此外还要五百个金币，作为帮您找到这件珍宝的奖励。"

勒克莱尔以一个威严的手势要佣人出去，并把手放在外甥的肩上，微笑道："你这混账，真不知道是像谁的？混账东西。是像你母亲，还是你那个败家子、小偷、骗子父亲？"

"怎么了？我又……"两人的视线如击剑交战，"好吧，我不要奖励。"

"这么多年来你不断欺骗我，觉得我还会信任你吗？"

"那，您为什么委托我……"

"试验啊，你这丧心病狂的蠢货，这一次你肯定要坐牢了。"几秒钟后，他总结道："你无法想象我有多么期待这一刻的来临。"

"您一直都希望我被挫败，舅舅，您嫉妒我。"

勒克莱尔无法理解地看着他，好一会后才说："你觉得我羡慕你什么？你这邋遢肮脏的烂货。"

维亚尔脸红得像红辣椒，迷惘困惑且无法反应。"我们最好还是别往细节里钻。"为了不沉默以对，他回道。

勒克莱尔鄙视地看着他："我无妨，就说说细节吧。比外表？比体态？比交际？比友善？比才华？比道德？"

"我们的谈话结束了，舅舅。"

"我说结束才结束。比智能？比文化水准？财富？健康？"

勒克莱尔拿起小提琴即兴地弹奏，并尊敬地看向他。

"这把琴非常完美，但是我不在乎，懂吗？我要的是把你关进牢里。"

"舅舅，你太恶毒了。"

"你才是，我好不容易才揭穿你的真面目，知道吗？"他夸张地微笑，脸贴近外甥只剩半个手掌的距离，"小提琴我留下了。不过，我只付吉特告诉我的价钱。"他拉了铃铛的带子，大鼻子佣人从后方的门走进来。

"去报警，请他们尽快过来，"接着对他外甥说，"坐下，我们等贝亚先生来。"

当纪尧姆－弗朗索瓦·维亚尔准备坐下时，他走到壁炉旁，拿起火钳插进亲爱的舅舅头上，让－马里·勒克莱尔没张开嘴，一声不吭地倒下了。他的头颅插着火钳，一滴血喷溅到小提琴的木盒上，维亚尔急促地呼吸，虽然双手并未弄脏，仍不断地在外套上擦手。你无法想象他多么期待这一刻，舅舅。他看了四下，拿起小提琴放进喷溅到血渍的琴盒，走出露台，在光天化日下逃走了。他想，应该要出其不意地去拜访拉吉特才是。

"就我所知，"诺塞克先生在马路上继续说道，"从来没有任何小提琴家成系统地演奏过这把琴，就像斯特拉迪瓦里的弥赛亚，您知道我的意思吗？"

"不知道。"阿德沃尔有些着急地说。

"我想说的是，因为如此，这把琴更有价值了。在制作完的同一年就销声匿迹，从纪尧姆－弗朗索瓦·维亚尔的手里消失，即便没有证据，但很可能从那时开始就没有人拉过这把琴。它突然出现在这里。这把琴的价值是无法估算的。"

"这就是我想要知道的，亲爱的博士。"

"它真的是第一把吗？"贝伦格尔先生闪出一个好奇的问题。

"是。"

"我不会买，阿德沃尔先生，这太贵重了。"

"它值这钱吗？"费利克斯·阿德沃尔看着诺塞克。

"如果有钱的话，我会毫不犹豫地付这笔钱。琴音听起来非常美妙。"

"我可不在意它的琴音。"

"还有独一无二的象征意义。"

"这我觉得比较重要。"

"我们现在就把琴归还它的主人。"

"可是他送给我了啊！真的，我发誓！爸爸！"

普伦萨先生穿上外套，看到妻子迷惑地转着眼珠，拿起琴盒，用力地拽了头，示意贝尔纳特一同前往。

贝尔纳特黑暗的想法领着沉默的葬礼仪队，带着小小的灵柩前进，一次又一次诅咒为什么父亲在他向母亲炫耀小提琴的那一刻回家，母亲于是说，乔安，你看孩子拿了什么回来。普伦萨先生看了，很仔细地看，沉默了几秒钟后问，这把琴从哪里弄来的？

"很好听哦，爸爸。"

"对。但是我问你琴是哪里来的？"

"乔安，拜托！"

"说啊！贝尔纳特，这不是在开玩笑，"普伦萨先生不耐烦地问道，"你从哪弄来的？"

"不是从哪里弄来的，是人家给我的。它的主人送给我的。"

"谁是这个笨蛋主人？"

"阿德里亚·阿德沃尔。"

"这是阿德沃尔家的小提琴？"

一阵沉默，贝尔纳特的父母很快地交换眼神，父亲再次叹气，拿起小提琴放进琴盒说，走，现在马上把琴还给它的主人。

13

我打开门，是一个比母亲更年轻的女人，颀长，眼神柔和，涂着唇膏。她友善地看着我，我对她一见钟情。鬼迷心窍、天长地久地爱上她，非常非常想要看到她的裸体。

"你是阿德里亚吗？"

你怎么知道我的名字？你的口音好奇怪。

"是谁？"小洛拉从屋内最底端问道。

"不知道。"我说，对眼前显现的圣灵微笑。她眨一只眼对我微笑，问我妈妈在不在家？

小洛拉走到玄关，从圣灵的表情来看，她大概以为小洛拉就是我的母亲吧。

"这是小洛拉。"我告诉她。

"阿德沃尔夫人吗？"天使般的声音问道。

"你是意大利人！"我对她说。

"好棒！他们告诉我，你是个聪明的孩子。"

"谁跟你说的？"

原来母亲从一大早就在店里掀起一场又一场的战事，重整店铺大小事的秩序。圣灵显现的天使对小洛拉说，没关系，该等多久就等多久。小洛拉请她坐在凳子后便消失了。她坐下，看看我，脖子戴着一条闪闪发亮的十字项链，对我说："Come sta?"[1] 我用和她一样迷人的微笑回答："Bene."[2] 我拿着小提琴盒，正准备去上曼柳老师的课，老师最讨厌迟到了。

"再见！"我打开大门时害羞地道别，而我的天使坐在凳子上，从空中送来一个飞吻撼动我的心头。她的红唇无声地说再见，那是直到心底都能清楚听见的最好方法，我试着安静无声地关上门，以免奇迹消失。

* * *

"不要这样拖手指头！这样会拉出像黑人音乐、疯疯癫癫、像管乐器才会有的节奏。"

"什么？"

"你看，你看，你看！"

曼柳老师抢过小提琴，做了一个我没有做，而且非常夸张的指法，他拿着小提琴说，这是垃圾，就是这样，懂了吗？这是发癫、发神经，简直就是垃圾、杂碎！

曼柳老师的第三堂课才上了十分钟，我就开始思念特鲁略斯老师了，我一直很想念她。然后，肯定是为了要让学生拜倒在自己炫目的才华之下，曼柳老师说他在这个年纪的时候，是啊，在你这个年纪的时候，我真是个天才儿童，不用人教就已经会拉马克斯·布鲁赫[3]的作品了。接着，又抢过小提琴，开始拉 Soooooolsiresolsiiila#

faasoool 还有 Siresolsiiii 等等等等。真的很好听。

"这是音乐会，不是愚蠢的练习课。"

"我可以开始拉马克斯·布鲁赫的作品吗？"

"孩子，你连自己擤鼻涕都不会，怎么拉布鲁赫的作品？"曼柳老师把小提琴还给阿德里亚，并靠近到半个巴掌的距离，大声地说："我是不能复制的。"接着干巴巴地说："第二十二号练习曲。阿德沃尔，别多想了，布鲁赫不过是个在无意间满足大众喜好的平庸音乐家罢了。"然后又摇摇头，仿佛痛惜生命的无奈一般："要是我能够多谱写曲子的话……"

指法练习第二十二号是为了学习指法的，还没听完第一节，曼柳老师又大惊小怪，再一次说自己早熟的天赋、他的巴托克演奏会，十五岁的时候他已经能够非常熟练地掌握，毫不犹豫。

"你要知道，一个好的演奏家除了要有一般人的记忆外，还得开发一个特别的记忆来记住所有独奏的乐谱及管弦乐团里所有人的乐谱。做不到的话，就什么都不必做了，直接去卖冰棒或点街灯吧，可别忘了天亮前熄灭街灯。"

于是，我选择不用指法练习谱练习指法，为了有个平静的假期。放假期间我在家里练习，布鲁赫是个中庸的音乐家。怕我还不够清楚，曼柳老师用上课的最后三分钟在他家玄关对站着、脖子上围着围巾的我咆哮，向那些在夜店、酒吧的吉普赛小提琴手炮火全开，说这些人对年轻人产生了多么不好的影响，让年轻人只顾着玩指法。一听就会立刻发现那不过是为了引起女人的注意，像这一类的指法是娘炮才要的。下个星期五见了，孩子。

"老师晚安。"

"用烧红的铁把我现在跟你说的，还有以后告诉你的话，牢牢地烙在脑袋里。可不是每个人都有福气能跟着我学琴的。"

至少，他刚刚证实了娘炮这概念和小提琴是密切关联的。就算查字典也没有用，因为没有这个字。我的疑问仍然未解。我想，布鲁赫应该是个平庸的娘炮吧。

在那个时期，阿德里亚·阿德沃尔是个耐心十足的圣徒，不像现在告诉你的时候，觉得曼柳老师非常糟糕。我依照他的指示，记下他身边那些年被压迫的每一分一秒，尤其是，在上了两三堂课后，一个从来没有厘清的问题开始萦绕在我的脑海：世人对一名音乐演奏家所要求的只是完美的演奏，就算是个很糟糕的人，演奏时也一定要完美，就像曼柳老师。我想各种可能的缺点他应该都有，不过，他小提琴拉得真好。

话说回来，将他和贝尔纳特做了比较后，我好像发现了曼柳的完美以及贝尔纳特的真挚之间的差异。也因此，我对音乐比以前更感兴趣。我不懂为何贝尔纳特不满意自己拥有的音乐天分，偏要固执地把一本本书砸向再清楚不过的无力。对于找到生命中不满足的部分，我们还真是熟练。

"可是你看，你从不会犯错！"五十年前我向他透露这个疑惑时，贝尔纳特大惊小怪地对我说。

"可是我得知道自己是可以犯错的，"他迷惘地沉默，"你听不懂吗？"

就是出于这个原因我才放弃小提琴的，不过这是另一回事了。上学的路上，我详尽地将曼柳老师上课的细节告诉贝尔纳特，一段路走得没完没了，因为贝尔纳特在阿拉贡路上，在汽车与被熏黑的大楼中间，没有拿小提琴模仿曼柳老师的各项指导，路上的行人奇怪地看着我们。回到家后，贝尔纳特也试着照做。他简直成了伟大的曼柳老师每周三及周五小提琴课的第二位学生，只不过他不用缴学费。

"先生们，这是十五天以来第三次迟到了。星期四下午留校察看。"校门口留着金色胡子的校工因为逮到我们迟到而满意地微笑。

"可是……"

"什么理由都没有用的。"他摇着讨人厌的迟到记录簿，从围袍拿出铅笔。"来，几年级几班？什么名字？"

曼柳老师时代的星期四下午，我们不是在家里偷偷地躲起来看在天国长眠的父亲的文件，也不是在我家或贝尔纳特家练小提琴，而是必须要在学校二年 B 班的教室，与其他十二到十五名不幸的同学，在奥利韦雷斯老师或罗德里格老师一脸无聊的监督下安静看书，为迟到悔过。

回到家里，母亲审问曼柳老师，想知道小提琴课的情况，能不能尽早安排一场音乐独奏会，听见了吗，阿德里亚？演奏曲目都得是评价最高的曲子。看起来，曼柳老师好像对母亲做出了承诺。

"哪些曲子？"

"《克罗采奏鸣曲》或是勃拉姆斯。"有一天，她说。

"妈，这是不可能的！"

"没有不可能。"她回答。就像某一次，特鲁略斯老师对我说，阿德沃尔，永远别说不可能。虽然基本上是同样的建议，对我却毫无作用。

"妈，我拉得没有你想象的那么好。"

"你拉得很完美。"

完美一词是模仿父亲说话的坏习惯，为了让别人无法唱反调。接着她走出我的房间。我还来不及对她说，对演奏家要求完美演奏其实是很无聊等等等等，她就走到安杰莱塔太太的领地了。这让我有些难过，因为，虽然母亲再次跟我说话了，但她不对着我的眼睛说话，她对我练小提琴的进展比对我无法克制想看女人裸体的欲望或床单上奇怪污渍更感兴趣。不过话说回来，我怎么会有兴趣跟母亲聊这些话题呢？现在，我在家里要怎么才能不练习指法呢？

到家了？到了楼下大门的时候，我再次想起我的天使，那名因曼柳老师关于黑人特有节奏的小提琴课而被我残忍道别的天使。我两级两级地跑上楼，想着：天使不会飞走了吧……我刚刚竟然还在路上逗留，要真是如此，我不会原谅自己的！我急忙地按门铃，小洛拉帮我开门，我推开她朝凳子看，红色的微笑再次以甜蜜极的"你好"迎接我，让我成了世界上最快乐的小提琴家。

奇迹圣灵显现的三个小时之后，母亲一脸烦躁地回到家，看到坐在那里的天使，又看了看帮她开门的小洛拉，然后做了她明白是怎么一回事的表情，省去深入的相互介绍直接带着她去父亲的书房。三分钟后，咆哮声便传到耳际。

* * *

对话听得不够清楚是一回事，要了解对话内容又是另外一回事。在我慢慢长高、体重增加后，窃听书房的对话内容的方法需要改良了，变得有些复杂，因为我已经无法躲进沙发后面的小角落了。听到最初几声咆哮后，我便知道必须想办法保护天使不受母亲愤怒的侵袭。衣柜间的门通往后院的室内阳台以及洗衣间，前方是一扇磨砂窗户，通往父亲书房但未曾敞开过。除了阳台，书房里稀少的光线就是从这里透进去的。躺在这扇窗户底下就像置身书房，一样可以将她们的对话听得一清二楚。

在家里，我几乎无所不在。刚读完信的母亲脸色苍白，呆望着墙壁。

"我怎么知道这是真的？"

"因为我已经继承了托纳的坎卡西克大宅。"

"什么？"

我的天使给母亲看另一份文件：公证人加洛雷拉·德比克公证了房子、谷仓、水塘、打谷场、三块梯田的所有权以及所有法律权利，转移至生于 1919 年 12 月 28 日的达妮埃拉·阿玛托名下，其母为卡罗琳娜·阿玛托，其父不详。

"托纳的坎卡西克大宅，"母亲肯定地说，"不是费利克斯的。"

"是他的，现在则是我的。"

母亲拿着文件的手颤抖着，但她努力掩饰并以不屑的姿态将文件还给主人。

"我不懂现在是怎么一回事，你想要什么？"

"古董店，我也有权利。"

听着她的声调，我可以想象我的天使是以甜美的微笑说出口的，让人恨不得吻遍她的脸庞。如果我是母亲的话，只要她永远保持笑容，我会立刻把古董店或任何她想要的东西都奉上。但是母亲什么都没有给她，反而好像发自内心地放声大笑，那是母亲才刚学会的假笑，因为还不习惯母亲冷酷无情、厌恶天使的这一面，我开始感到害怕，以前她总是在父亲面前低垂视线，就算是守寡的最初几天，重新规划我的未来时，也是一副出神、冷漠的模样。我从没看过她敲着指头，严厉地再次要求坎卡西克大宅的主人让她再看一次文件的样子，也没听过她在看完文件的一阵沉默后说话的样子：我才不管这文件上他妈的写些什么。

"这是法律文件，我有权拥有古董店的部分资产，所以我才来的。"

"我的律师会通知你，我拒任何要求。所有的要求。"

"我是您先生的女儿。"

"对我而言，这就像是拉克尔·梅勒[1]的女儿一样，都是自己说的。"

我的天使说，才不是，阿德沃尔夫人，我没有胡说。她四下看了一眼，再说一次，我没有胡说，我十五岁的时候来过这里，就是这间书房，你们也没请我坐下。

"卡罗琳娜，真是太意外了！"茫然的费利克斯·阿德沃尔说，张口结舌，声音都吓哑了。他请两位女士进入屋内，带她们到书房，忙着安置卡梅嫁妆的小洛拉还未注意到这两位不请自来的访客。

他们三人在书房里站着。房子里的其他角落都正忙着，几个小伙子拉着绳索把母亲的家具吊上来，奶奶的抽屉柜与玄关摆着费利克斯同意放在衣柜间的镜子，许多人进进出出的。小洛拉才刚来到这儿两个钟头，却已经对阿德沃尔先生的房子了如指掌。我的天啊，这孩子以后要住的房子多么气派！书房的门关着，她不太喜欢房内的访客，但是她不能插手过问费利克斯先生的事。

"你在忙吗？"年纪大的女人问。

"很忙，"费利克斯抬起手臂，"正忙得乱糟糟的。"然后他严肃地问："有什么事吗？"

她开朗地笑着，他不知道该看哪里，为了消解这令人不舒服的

1　拉克尔·梅勒（Raquel Meller，1888—1962），西班牙知名女歌手。

情景，费利克斯用头指向年轻的女孩，虽然他已经知道答案了，仍问道，这个漂亮的小女孩是谁？

"费利克斯，这是你的女儿。"

"卡罗琳娜，我……"

当她要他用手拍拍自己的肚子，双眼如好人般澄净的修士却懦弱地耸起肩膀时，她就明白了。

"但是，我们不过就上了三四次床而已！"他不安、苍白、害怕、恐惧地流着汗。

"十二次，"她严肃地回答，"不过，其实一次也就够了。"

他们以沉默掩饰惊慌，看向未来，试着找寻一条可能的出路，他看着女孩，看她闪耀着双眼的喜悦，你也很开心吧，费利克斯？

"当然。"

"我们要有孩了了，费利克斯。"

"太好了！真是太让人高兴了！"

第二天，他抛下未完成的学业逃离罗马，他最惋惜的是错失了福卢鲍神父的最后几堂课。

"费利克斯·阿德沃尔？"穆尼奥斯主教张口结舌地问，"费利克斯·阿德沃尔·吉特雷斯？"他摇摇头又说："不可能。"

他，坐在办公室的书桌前，阿亚茨神父站着，拿着一个文件夹，谦逊的态度更激怒了修道院长，嘎嘎作响的马车声传到大学宫殿的阳台，想必载满了货物，一个女人大声地骂着孩子。

"可能……"主教秘书不懂得如何掩饰声音中透露的满足感，"非常不幸地，他确实做了这种事，他让一个女人怀孕了，而且……"

"不用告诉我细节。"主教说。

在明白来龙去脉、所有大小细节后，穆尼奥斯主教退下祷告，他的心灵感到迷惘且惊愕，同时也庆幸托拉斯·巴格斯主教不必面对大家眼里的主教区奇葩曝出如此不名誉的丑闻。阿亚兹神父谦逊地低垂下视线，很早以前他就知道阿德沃尔不是什么奇葩，甚至差得远了。虽然他很聪明，很有哲理，很这个、很那个，却是个不折不扣的无耻之徒。

"你怎么知道我明天要结婚了？"

卡罗琳娜没有回答，她的女儿目不转睛地观察这名母亲说是她父亲的男人，完全没有留意他们的对话内容。女人看着费利克斯说："你胖了，不像当年那么迷人，也老了、黑了，眼睛有皱纹了。"她掩饰微笑，显然地，她不会泄漏消息的来源。

"你的女儿叫作达妮埃拉。"

达妮埃拉就像她母亲当年的模样，一模一样。

"那天也是在这个房间，"我的天使说，"您的丈夫签下了坎卡西克大宅赠予文件。当你们从马略卡岛（Mallorca）回来后，完成了赠予手续。"

当他们夫妻俩到马略卡岛旅游几天后，她的丈夫与她擦身而过时，已不脱帽致意了，因为他们一天到晚都在一块，所以，也不再对她说，你好吗，美丽的小姐？也许还是可以这么说，不过他没有。一开始，他很留意她做的每件事情，慢慢地，他更在意自己无声的思绪。孩子，我从来都不知道你父亲整天到底在做什么，总是若有所思，不发一言，一辈子都在想事情，一辈子都不说他在想什么。偶尔，他会对身边最近的人大吼或赏脑袋一巴掌，也许是因为想起某个魂牵梦萦的意大利女人吧。所以，无论是坎卡西克大宅或任何东西，他都会送给她。

"你怎么知道我先生过世了？"

我的天使看着母亲的双眼，好像没听见般："他承诺……他发过誓，我会分得他一部分的遗产。"

"到了这个节骨眼，你就知道不是这样的。"

"我没有想过他会这么早过世。"

"祝你安好，代我问候你的母亲。"

"她也过世了。"

母亲没说真遗憾或类似的话，而是直接打开书房的门。我的天使离开书房时，转向母亲坚称："店里的资产有一部分是我的，无论如何，我都一定会争……"

"祝你安好。"

楼梯间的大门重重关上，就像父亲出门被杀害的那一天。事实上，我除了不明白外，还有一丝丝不知道针对什么的怀疑之心。在那个时期，拉丁语的夺格对我毫无秘密可言，生活则不然。母亲回到书房，把自己紧紧地关在里头，在保险箱里搜了一顿，拿出绿色的小盒子，拨开粉红色棉花取出一条美丽的金色圆牌项链，又把项链放回盒子并丢到纸篓，坐到沙发上，将从结婚那天的所有压抑放声宣泄而出。那是一场酸甜的哭泣，因混杂了愤怒与痛楚而流下辛辣的泪水。

* * *

我很机敏，加上精明的黑鹰替我掩护（对，我已经很大了，但偶尔还是需要一些精神上的支援）。大家都入睡时，我静悄悄地溜到父亲的书房，摸黑在纸篓里找到小盒子，我拿起来，阿拉珀霍族的伟大酋长举起手，防止我犯下粗心的错误。我按照它的指示，打开放大镜的灯，打开盒子并拿出圆牌项链，最后盖上盒子，安静地放回纸篓深处。阿德里亚关上灯，带着战利品回到卧房，违反家里只能合上不能关上门的不成文规定，打开床头灯，对黑鹰比了一个感激的姿势，兴致勃勃地欣赏圆牌项链。他的心跳加速。那是一个线条简单的圣母像，想必是罗马时代雕刻的复制品，有点像黑脸圣母[1]，抱着圣子耶稣，身后是一棵茂盛的大树，非常奇特。他翻到背面，期待能看到这条神秘项链的关键，却什么也没有，除了底下粗糙地刻着"帕尔达克"外，什么都没有。我甚至还闻一闻，寻找是否遗留天使的余味，我不知道任何原因，但确定这条项链一定和我伟大、唯一、永恒的意大利挚爱有所关联。

1　黑脸圣母（Moreneta）为加泰罗尼亚的守护圣母，供奉于加泰罗尼亚圣山蒙特塞拉特（Montserrat）的蒙特塞拉特修道院。

14

　　母亲早上通常都待在店里。一进店内就皱起眉头直到离开时才放松。一进店内，就把所有人当敌人，谁也不相信。这方法似乎奏效了。她首先攻击贝伦格尔先生并赢得竞赛。突如其来的意外出击，撂倒毫无防备的贝伦格尔。他在年迈时，亲口告诉我的，而且似乎对他亲密的敌人有几分赞许：我从没想过你母亲会知道什么是到期支付欠条，或乌檀与樱木的差别。但她就是知道，她还知道许多你父亲见不得人的操作。

　　"见不得人？"

　　"这么说吧，黑箱作业。"

　　也就是说，母亲开始掌管古董店，开始发落你做这个、您做那个。而且不需要看着他们的眼睛。

　　"阿德沃尔夫人。"一天，贝伦格尔先生发难了。他走进原本期望永远成为自己办公室的阿德沃尔先生的办公室，声音充满愤怒。阿德沃尔夫人抬起单边眉毛，静静地看着他。

　　"我想，我应该有某些权利。我才是店里的专家。是谁在外游走、比较、了解市场行情？是谁在需要的时候去议价、拐骗？是我。您的先生向来信任我！现在这样很不公平……我知道该怎么做自己的工作！"

　　"那就好好做。只是从现在起，由我来告诉您工作内容。比方说，都灵那三张小桌子，如果人家不送你第三张的话，买两张就好。"

"最好还是买三张，这样价格比较…"

"就两张。我已经跟奥塔维亚尼说你明天会过去了。"

"明天？"

这不是出差的问题。说实话，他很喜欢出差，只是到都灵两天，意味着把古董店交到这巫婆手里。

"后天，对！今天下午塞西莉亚就会帮您订机票，您后天回来。假使要变更我们的决定，请打电话问我。"

店里的事情变了。贝伦格尔先生已经好几个星期困惑地张口结舌，塞西莉亚在这段期间里，努力不露出她那像是从没打破盘子般的得意微笑，或者尽量不要太明显，却还是可以看得出来一些。因为，她希望贝伦格尔先生知道，命运第一次倒向正义的一方，复仇的滋味有多么甜蜜。

然而，贝伦格尔先生的观点就不同了。这一天，阿德沃尔夫人到店里把所有事情都搞得天翻地覆以前，他站在塞西莉亚面前，手撑在桌上，身体倾向她问："到底有什么好笑的？"

"没有啊，我只是很开心终于有人把店里整顿一番，好好地管管你。"贝伦格尔先生犹豫是要给她一巴掌，还是勒死她。她看着他的眼睛说，我觉得这样很可笑。

这是贝伦格尔少数几次的失控，他绕过桌子粗暴用力地抓起塞西莉亚的手臂，害她重心不稳且疼痛大叫。因此，当十点的钟声敲响，阿德沃尔夫人走进店里，里头的安静无声严密到只有刮胡刀片才割得开，似乎任谁一开口都会遭受巨大伤害。

"早安，阿德沃尔夫人。"

塞西莉亚没机会一直留意老板娘的状况，因为来了一位女客人急着要找两张椅子以搭配照片里的置物柜。您看到了吗？就是要这种椅脚，看到了吗？

"贝伦格尔先生，请到我办公室来一下。"

都灵出差的事五分钟就谈完了。接着，阿德沃尔夫人打开阿德沃尔先生的公文包，拿出一个文件夹放在桌上，不看受害者，只听见她的声音：现在请您解释一下，为什么这些东西不合？买家付二十元，收银机却只收到十五元。

阿德沃尔夫人用手指敲着桌子，刻意模仿世界上最好的侦探，然后看着贝伦格尔先生，递给他"这些东西"，那是店内上百件古董买卖的造假资料，贝伦格尔先生恶心地看着前面几笔资料就不再往下翻了。这个女人是怎么弄到……

"是塞西莉亚帮我的，"就像对我一样，母亲似乎看透了他的心思，"我自己可做不到。"

这两个巫婆。都是因为和女人共事，他妈的。

"您从什么时候开始罔顾古董店的利益，进行这种不法操作的？"

他的沉默问心无愧，就像面对彼拉多[1]的耶稣。

"一直以来都是如此吗？"

更加问心无愧的沉默，简直超越耶稣。

"我不得不提告了。"

"这是阿德沃尔先生允许的。"

1　彼拉多（Pilato），罗马帝国犹太行省总督（26—36 年在任）。他曾判决将耶稣钉上十字架。

"还有呢？"

"您不相信我？"

"当然不信，我先生为什么要允许您欺骗我们？"

"这不是欺骗，是调整价格。"

"为什么我先生会允许您调整价格？"

"因为他知道就我为店里所做的事情而言，薪资过低了。"

"为什么不加薪？"

"这您就要问他了，不过就是这样。"

"有什么文件可以证明吗？"

"没有，都是口头承诺。"

"那么除了告您以外，没有其他选择了。"

"您知道塞西莉亚为什么给您这些收据吗？"

"不知道。"

"因为她想击倒我。"

"为什么呢？"母亲兴致浓厚地靠在大办公椅上探询。

"都是过去的事了。"

"您坐下吧，我们还有时间，是下午的班机。"

贝伦格尔先生坐了下来，阿德沃尔夫人手肘撑在桌子，手托着下巴，用眼睛邀请他继续说话。

"塞西莉亚，来！没时间了。"

塞西莉亚笑盈盈地，只有没人在的时候她才会这么笑，她让阿德沃尔牵着走进办公室。

"贝伦格尔先生在哪儿？"

"在萨里亚（Sarrià），清空佩里卡斯－萨拉的公寓。"

"不是派了科尔特斯去吗？"

"他不信任那些继承人，他们总是想把东西藏起来。"

"真是可悲。来，把衣服脱了。"

"门还开着呢！"

"这样更刺激，把衣服脱了！"

塞西莉亚就在办公室脱下衣服，低垂着视线，露出从来没打破过盘子的天真微笑着。然而，我没有去清空佩里卡斯－萨拉家的公寓，物件清单非常有限，就算少了一个图钉，我也会跟他们要到手的。那个狐狸精，就坐在办公桌上跟您先生乱搞。

"你越来越过分了！"

"搞不好有人会进来。"

"你专心做自己的事，要是有人进来，我来接待就好了。你能想象要是有人进来吗？"

两个人像疯子般大笑，弄得乱七八糟，也翻倒墨水瓶，到现在都还能看到桌上的污渍。您看见了吗？

"我爱你。"

"我也爱你，跟我一起去波尔多。"

"那谁看店呢？"

"贝伦格尔先生。"

"他连什么东西在哪都……"

"别停！跟我去波尔多，我们可以夜夜春宵。"

门铃响了，一个客人要来买日本的刀子，他上个星期就看过了，非常感兴趣。费利克斯接待他时，塞西莉亚正在办公室里整装。

"塞西莉亚，您可以接待这位先生吗？"

"稍等一下，阿德沃尔先生。"

她没穿内衣，试图擦去沾满脸的口红。塞西莉亚走出办公室时满脸通红，比了个手势，请客人随她而去，费利克斯则有趣地看着这情景。

"贝伦格尔先生，为什么告诉我这些？"

"让您知道这一切，他们已经偷情好多年了。"

"我一句话也不相信。"

"还不止这些，我们都受够了这老剧码。"

"您说，我刚说了，我们有时间。"

"你是个懦夫，不！不！让我说，你是个懦夫，五年了，你的说词都一样，就是：塞西莉亚，我下个月就跟她摊牌，我发誓。懦夫！你哄我五年了，五年！我不是小女孩！⋯⋯不！不！不！现在换我说了，我们永远都不会住在一起，因为你不爱我！不！闭嘴！现在换我说了！我叫你闭嘴！把你所有的甜言蜜语都吞回去！结束了！听见了吗？什么？⋯⋯不！什么都不要再说了。什么？因为我高兴的时候我就挂电话！不！先生，是我爽的时候我就挂电话。"

"我说了，我一句话都不相信。我知道自己在说什么。"

"随便您，我想我得另谋高就了。"

"不，您可以继续在这里工作，不过得按月偿还偷走的钱。"

"我宁可离开。"

"这样的话，贝伦格尔先生，我得告您。"

母亲从公文包拿出一张写满数字的纸。

"这是您今后的薪资，这部分是您需要偿还的。我希望您连最后一分钱都全数还清，如果去坐牢的话，就无法还钱了。是这样没错吧？贝伦格尔先生。"

贝伦格尔先生像鱼一般，张开嘴又闭上嘴，说不出一句话，还得忍住免得对阿德沃尔夫人发脾气。她站起来靠在桌子上，用柔软的声音说，要是我发生什么奇怪的事情，希望您知道，我在巴塞罗那一个公证人的保险箱里准备好了警察需要的信息与指示，1958 年3 月 20 日，卡梅·博施·阿德沃尔签名。某某某，以公证人之名证明。在又一次的沉默中，又说了一遍：是这样没错吧？贝伦格尔先生。

因为无人阻止，她也不再害羞了，顺着这股冲动，一股劲儿地申请约见巴塞罗那民政长官——可恶的阿塞多·科伦加 [1]，卡梅·博施·阿德沃尔扮演马斯将军遗孀的角色，向民政长官秘书讨公道。

"夫人，您要讨什么公道？"

"我先生被杀害了。"

"我得仔细看这个案子，才知道您在说什么。"

"在我请愿见民政长官的申请书中，写了要求审讯的原因，写得非常详细，"她暂停了一下，"您看过了吗？"

民政长官秘书看了一下桌上的文件，开始细读，穿黑衣的寡妇努力放缓呼吸，心想：我在这里做什么，为了一个从不在意我，一辈子没爱过我的男人送命吗？

"很好，"秘书说，"您想要怎么样呢？"

"我想和民政长官谈谈。"

"您已经在和我谈了，是一样的。"

"我想和民政长官亲自面谈。"

"不可能的，打消这念头吧。"

"可是……"

---

1 阿塞多·科伦加（Acedo Colunga, 1896—1965），佛朗哥统治西班牙期间的巴塞罗那民政长官。

"不可能。"

是呀，确实不可能。从民事政府办公室离开时，她愤怒地颤抖，决定忘了这件事。她担心我的守护天使再次奇迹般地显现，可能比轻视民政长官来得更多。还有那些狡猾的人，把费利克斯说成通奸者，天知道会不会到最后根本不值得为这个一辈子对她都不公平的男人讨公道呢？会还是不会，不知道，因为在认识你以前，我生命中无法看清的大谜团除了父亲之外，就是母亲了。除此之外，两天以后，事情发生了小小的变化，让母亲改变原计划。这我不用虚构了，可以告诉你第一手事情。

"铃、铃、铃。"

我开了门，母亲才刚从店里发起大战回到家，那时好像在洗手间里，普拉森西亚警官的烟臭味先冲进家里。

"阿德沃尔夫人在吗？"他对我做了一个表情，大概是微笑吧，"你知道我是谁，对吧？"他说。

母亲请警官与他的气味到书房。心跳加速，砰、砰、砰、砰，我也一样，砰、砰、砰，于是我紧急召见了黑鹰与卡尔森，为了避免制造噪音，两人都未乘坐骑。小洛拉在书房窗户的室内阳台，所以我不得不做出疯狂的举动，像个小偷般，当母亲与警官坐下，椅子发出声响时，我悄悄地躲到沙发后面，那是我最后一次以沙发当情报基地了，因为我的腿变长许多。母亲又出去了一会儿，吩咐小洛拉就算店里失火也别让人打扰我们，听见了吗？小洛拉。然后，再次关上门，把我们五个关在里头。

"请说，警长。"

"看来您好像到民政长官那里去告我的状了。"

"我不是去告您的状，也不是去批评任何人，只是想得到应有的信息。”

“那么现在我就来告诉您，看您是不是能理解目前的情况。”

“请说。”她讽刺道，像世界上最好的古文书学家的妻子般无声地拍手。

“很遗憾，我们在您丈夫的生活里翻找，发现了许多让人不太愉快的事情。您想听吗？”

“当然。”

我想在我的意大利天使奇迹般显现之后（我充满爱意地抚摸偷偷挂在脖子上的圆牌项链），母亲对任何事都无所谓了。她还对警官加了一句：尽管说。

“我说的这些，您是不会相信的，会说是我凭空捏造的。”

“试试看吧。”

“很好。”

警官暂停了一会儿，开始对她说实话，全部的事实。他说阿德沃尔先生是名罪犯，他在巴塞罗那经营着两间窑子，还卷进一桩诱拐未成年女子卖淫的案件。您知道什么是妓女吗，夫人？

“请继续说。”

“阿德沃尔夫人，您的丈夫过着双重生活很久了，除了两间窑子，更糟的是，那里都是十五六岁的年轻女孩。我很遗憾不得不告诉您这些事情。”

我的脚不再颤抖，真是太幸运了。因为那天有个字，我不知道法语该怎么说，而且要跟上警官嚼在嘴里的西班牙语有点困难，卡尔森警长看到我安抚抖动的脚时，似乎在对我眨眼睛。

“我还要继续说吗，夫人？”

“请。”

"看来，杀害您先生的是窑子里一个女孩的父亲，您先生经常嫖她。在把女孩们关进窑子前，他都亲自试过。懂吗？"警官加重语气，"他为这些女孩破处。"

"哼。"

"是的。"

"两个词。"

"是，窑子与破处。"

"听来很不可思议，真是太可怕了，您站在这些女孩或是女孩父亲的立场想想，我可以抽烟吗？"

"想都别想，警官。"

"如果您愿意的话，我们可以更深入调查，搜寻一下这名绝望的父亲。他在亲自主持正义后就消失了。如此一来，无论我们做什么，您丈夫不可取的生活全会见光。"

房内鸦雀无声。我的脚又开始乱动了。唯一的声音可能是警官正收起有志难酬的小雪茄。突然母亲说："警官，您知道吗？"

"什么？"

"你说得对，我一句话都不信。这都是捏造的。我现在想知道您为什么这么做？"

"看吧，您看吧！我告诉您了，"警官提高音量，"我跟您说过了吧，啊？"

"这不是理由。"

"如果您不害怕结果的话，我可以继续追查，不过只有您先生才知道还有什么丑闻会因此曝光。"

"祝您安好，警官。我承认您这次的尝试还不错。"

母亲像"老破手"般说话，有点傲慢，我很喜欢，卡尔森警长与黑鹰都相当惊愕。晚上，黑鹰让我改口叫它"温尼图"[1]，但我拒绝了，母亲跟他说，祝您安好……也没有起身送他。自从她开始在古董店甩开长鞭后，落下剧幕的功力有长足的进步。普拉森西亚警官不得不站起身，说了几句粗话，然后离开。我仍对警官刚才说的关于父亲的事情感到疑惑。是真的吗？

"哟。"

"对，窑子，另一个词是什么？"

"破除？"卡尔森警长乱猜。

"不知道，类似。"

"那我们查窑子，去《埃斯帕萨百科全书》里查，对。"

"窑子：妓院，妓女户或红灯户。"

"哇，要查妓院那本，这里。"

"妓院：红灯户，妓女户，重世俗享乐女子的公共大院。"

一阵沉默，三个人都非常困惑。

"那妓女户呢？"

"妓女户：妓院，红灯户，窑子。哎哟，真烦人。生活不检点者的藏身处或房子。"

"现在查红灯户。"

"红灯户：妓院，妓女户。"

"天啊。"

"喂，等等，是嘈杂混乱，有失体面尊严的地方或房子。"

也就是说，因为我父亲拥有妓院，一个嘈杂的公共场所，所以

---

1 德国作家卡尔·迈曾以德国男子"老破手"（Old Shatterhand）及阿帕契族战士温尼图（Winnetou）为主角撰写西部故事。

他被杀害了？

"如果我们查破除呢？"

"破除的西班牙语怎么说？"

它们好一会儿都不说话，阿德里亚很困惑。

"哟。"

"你说。"

"应该不是指嘈杂，而是指性。"

"确定？"

"确定。战士们成年时，部落的巫师会跟他们说性的秘密。"

"我成年的时候，没有任何人告诉我性的秘密。"

有点苦楚的沉默。我听见短促的吐痰声。

"卡尔森，你说。"

"要是我说的话⋯⋯"

"你就说吧！真是！"

"不是，就某些事而言，你的年纪还不到。"

卡尔森警长说对了，我的年纪向来都还不到，不是太小就是太老。

15

"把手泡进温水里，拿出来，拿出来，别泡太软。好了，别紧张。冷静地走过来，继续走，深呼吸，停。就这样，很好，想象开头时，想象你走进音乐厅，正对大家敬礼。非常好，现在敬礼，不是，好了，不是这样敬礼的，真是的。你要弯腰，要对观众致敬，听着，不是投降，是敬礼，让他们以为你拜倒在他们脚下，但是，一旦你到达巅峰，到达跟我一样的高度，就知道自己高人一等，是别人要在你面前跪下。已经跟你说了，别紧张，把手擦干！你想感冒，是吗？拿着琴，抚摸它、掌控它，想着是你让它做所有你想要做的事，想着最前面的几个小节，这样就好，不用拿琴弓，做出好像在拉琴的样子，很好，好了，你可以继续练音阶了。"

曼柳老师从后台像布丁一样走出来，我终于可以呼吸了。他进来之前我还比较从容呢，练着音阶，毫无困难、自若地拉出琴音，琴弓的动作也相当顺畅，稳重地磨着树脂，呼吸。于是，阿德里亚心想，再也不要这样了，简直像殉道，他不愿在像舞台般的橱柜里，像是展示商品般，等着人们用几个掌声买单。此时，一首弹奏得非常完美的肖邦《钢琴曲》序曲传进后台，他想象是一名非常美丽的女孩，抚摸着钢琴的琴键，情不自禁地把小提琴放入琴盒，走到几层布幔中间看到她，一个比美极了还要美丽的女孩。他疯狂、迫切地爱上了她，在那一瞬间，他渴望自己是那架平台式钢琴。女孩弹完琴后，以一个非常……的姿态离开舞台，真是可爱极了，阿德里亚开始疯狂鼓掌，一只手不安分地碰了他的肩膀。

"你他妈的在这里做什么？换你上台了！"

回到后台的路上，曼柳老师咒骂着我这十二三岁孩子的不专业，怪我不情不愿地准备个人首次公开演奏会。你也不想想，我和你母亲费了多少心血，你却心不在焉。

这又让我紧张起来，他让我去跟马利教授打声招呼，她在后台等着（看到了吗？这才是真正的专业音乐家），马利教授对我眨眼睛，让我别担心，说我拉得很好，上台后会拉得更好。进前奏时不要太急，我是主角，她会配合我，别急，就像最后一次彩排那样。然后，阿德里亚的后脑勺感受到曼柳老师的口气："呼吸，不要看观众，优雅地敬礼，双脚微微分开，看着音乐厅的最后面，不用等伴奏的马利教授准备好你就可以开始，因为你才是主角。"

多么希望认识那个在我之前的女孩，我想要问候她，我想要给她一吻，或是抱着她，闻闻她的发丝。不过，看来，演奏完的人要从另一边离开。我听见年轻、才华洋溢的阿德里亚·阿德沃尔·博施与安东尼娅·马利教授配合演奏。也就是说，我们要上台了。我看见贝尔纳特，他发过誓，让我别担心。我发誓，你放心，我不会来，真的。这个死娘炮，竟然坐在第一排，而且他的父母也来了。真是……我的母亲，身边陪同两个我没见过的男士，曼柳先生走过去与他们会合，在母亲耳边说了些话。音乐厅的座位已满了一半，都是不认识的人，突然产生了不可抑制的尿意，我在马利教授耳边细语，我要去上厕所。她回答，没关系，在听到你演奏前，听众不会离开的。

阿德里亚·阿德沃尔没有去上厕所，他来到后台，把小提琴放进琴盒，然后跑到出口，撞见贝尔纳特惊愕地看着他问，你要去那里？你这野兽。他回答，我要回家。贝尔纳特说，你疯了！阿德里亚说，你一定要帮我！就说我被送到医院了，或随便什么理由都好。然后便跑出梅杰艺术中心了，奔向车水马龙的拉耶塔纳大道，他夸张地冒着汗走回家。直到一个小时后，他才知道贝尔纳特真的尽了好友的义务，他回到音乐厅告诉母亲我不舒服被送到医院了。

"哪家医院？圣灵医院吗？"

"我不知道，出租车司机才知道。"

曼柳老师在走道中央不停下达相互矛盾的指令，近乎精神错乱，他身边的陌生人笑个不停。贝尔纳特正巧挡住，避免宾客看见我在拉耶塔纳大道上狂奔的样子。

不到一个钟头他们就回到家里了，小洛拉看到我狼狈地回家时，立刻打电话到梅杰艺术中心。真讨厌——大人之间都会互相帮忙——母亲让我和曼柳老师跟她进书房，并关上门。里头惨烈至极。母亲说，你以为自己在做什么？我说，我不想再试了。母亲说，你以为自己在做什么？曼柳老师高举着双手说，真是难以置信！难以置信！我说，我不要，我受够了，我需要时间读书！母亲说，免谈，你就是要练小提琴，等长大了你才能说自己想做什么。我说，我已经决定了。母亲说，才十三岁，你没有能力做决定。我气愤地说，十三岁半了！曼柳老师高举双手说，难以置信！难以置信！母亲继续重复道，你以为自己在做什么？并加上一句，我花了多少钱请老师帮你上课，你却……曼柳老师突然惊觉，并强调价格不高，是不便宜，不过只要想想他是谁就不会觉得贵了。而母亲说，就是很贵，非常昂贵。曼柳老师说，如果您认为很贵的话，请您跟令公子弄清楚了再决定，又不是奥伊斯特拉赫。母亲回答，话不是这么说，您当初说他有天分，可以把他调教成优秀的小提琴家。同时，我慢慢恢复平静，因为现在是他俩在互丢烫手山芋，不用把他们的对话翻译成我的法语。小洛拉这个爱告密的家伙探进头来说，梅杰艺术中心打来一个紧急电话。母亲去接时交代，都别走开，我马上回来。曼柳老师靠近我的脸到只剩半个巴掌，然后说，你这个不成材的懦夫，对《奏鸣曲》都了如指掌，还怯场？我说，我才不管，我不想在大家面前演奏。他说，贝多芬会怎么想？我说，贝多芬早就死了，他不会知道的。他说，不教！我说，娘炮！然后陷入非常厚重、灰暗的沉默之中。

"你说什么？"

两个人面对面，一动也不动。母亲回来时，曼柳老师仍目睁口呆，还没反应过来。母亲罚我除了上学、上提琴课以外，一律禁足。现在立刻回房间，等等再看今晚要不要让你吃饭，进房去！曼柳老师仍高举双臂站着，嘴还没闭上。他的反应相对于我和母亲的愤怒而言，实在太迟缓了。

我冲动且叛逆地甩上门，如果妈妈不开心，就任她叨念吧。我打开藏着所有秘密的宝盒，卡尔森与黑鹰不在里头，它们是自由之身。我想起玛莎拉蒂跑车的双套图卡、梦幻玻璃珠，还有我的天使的圆牌项链。我那时没有戴在身上，那是天使用红色的微笑对我说"阿德里亚，你好"的纪念品。阿德里亚想象自己回答她："你好，我的天使。"

* * *

他们在另一栋教室，老师叫他进去满是灰尘的教室，低年级的学生在那里上音乐歌唱课，走入幽暗的走道时，地上安定且过厚的灰尘似乎隔绝了不少阳台上学生打球玩闹的嘈杂声，在走道底端的最后一个教室里，一盏小小的灯亮着。

"音乐家来了。"

巴特里纳神父骨瘦如柴，却非常高大，教袍显得过短，里头的裤子也破破旧旧的。他总得弯下腰来说话，仿佛就快跌到和他说话的学生身上了。然而，他非常慈爱，认为所有学生应该对视谱歌唱不感兴趣，但他是音乐老师，所以他教乐理，就这样。问题是，该如何维持他的威严，因为，即使五音不全，就算不知道五线谱上的Fa该写在哪里，没有任何学生，没有任何人的音乐课被当掉重修。因此，他只好向生命耸耸肩，继续向前，面对用红色画着四道五线谱的大黑板，在上头写着黑（用粉笔画出来是白色的）与白（白线圈及黑板的底色）的差异，如此一直看着学生们来来去去，看着生命来来去去。

"你好。"

"他们说你会拉小提琴。"

"对。"

"也说你不想在梅杰艺术中心演奏。"

"对。"

"为什么？"

于是，阿德里亚说了自己对演奏家完美演出一事的想法。

"别再想完美演出这件事了，应该是因为'特拉克'（trac）吧。"

"什么？"

于是巴特里纳神父给他讲解'特拉克'理论，那是他从一本英文的音乐杂志上看到的。不，我觉得不一样，我不太能够让他明白我的意思。我不是害怕，我是对完美演出这件事不感兴趣。我不想要献身于不容许错误或迟疑的工作之中。

"错误、迟疑和演奏家是不可分割的，但是这些都保留在练习的时候，当他站到众人面前时，就克服所有犹豫，然后，就结束了。"

"骗人。"

"你说什么？"

"不好意思，可是我不同意，我很喜欢音乐，不希望它因为一根指头没放好就毁了。"

"你几岁了？"

"十三岁半。"

"别像孩子一样说话。"

你在责备我吗？我勘查他的视线，什么澄净的东西也没有。

"为什么从来不去听弥撒？"

"我没有受洗。"

"天啊！"

"我不是基督徒。"

"那你是什么？"神父小心地问，"新教徒？还是犹太人？"

"什么都不是，我家什么都不信。"

"这个等我们有时间，可以好好谈谈。"

"学校对我父母承诺过，不会跟我谈这些的。"

"我的天啊！"神父自言自语，"我得查一查。"接着以控诉的语气说："他们说你每一科都拿最高分。"

"是，不过这不重要。"我捍卫道。

"为什么？"

"因为很简单啊，我的记性很好。"

"是吗？"

"对，我什么都记得。"

"你可以不看谱拉琴吗？"

"当然可以啊，我看过一次就记住了。"

"太棒了！"

"并不是，因为我没有绝对音感。但是普伦萨有。"

"谁？"

"四年级 C 班的普伦萨，他跟我一起学小提琴。"

"普伦萨？高高的，金头发的男孩？"

"对，就他。"

"他会拉小提琴？"

这个人想做什么？为什么问我这么多事？他有什么目的？我点头，心想泄露机密也许会害了贝尔纳特。

"他们还说你会很多语言。"

"没有啊。"

"没有？"

"嗯，我会法语……课堂上有教。"

"对，一年前开始教了，但在那之前你就会了。"

"因为……"我现在该说什么？

"还会德语。"

"嗯，我……"

"还有英语。"

他像逮到现行犯一样，硬是把手指头按在嫌犯的伤口上。阿德里亚武装起自己，不得不承认自己会德语也会英语。

"而且是你自己学会的。"

"不是！"我松了一口气，"才不是这样，我在上课。"

"别人跟我说……"

"不是英语，是意大利语，"我难过内疚地说，"我在自学意大利语。"

"真是不可思议。"

"没什么，很容易的，都是罗曼语族，如果会加泰罗尼亚语、西班牙语、法语，随便就会了。我的意思是很容易啦。"

巴特里纳神父斜眼看他，仿佛在估算这个流着鼻涕的小子是不是在骗他。阿德里亚为了巴结他，说："但我的意大利语发音一定不对。"

"哦，是吗？"

"对啊，他们在我永远都想不到的地方放重音。"

在长达一分钟的沉默以后，神父问："长大后，你想做什么？"

"不知道，我喜欢阅读、学习，我不知道。"

再度静默。神父巴特里纳走几步到阳台上，从教袍深处掏出一条非常白净的手帕擦嘴，若有所思。柳里亚路上的交通连绵不绝，有时甚至非常拥挤。巴特里纳神父转过身，看着还站在教室中央的孩子，可能直到这时他才发现，赶紧说："坐下、坐下。"

我坐在椅子上，不太清楚这个人到底想要做什么。他走过来，坐到旁边的椅子，看着我的眼睛说："我会弹钢琴。"

然后再次沉默。我想也是，因为上课，当我们一边睡一边唱谱时，他弹的是钢琴和弦，这样也能避免我们唱歌把声调降低。他好像很难继续，但最后还是决定说了："我们可以练《克罗采奏鸣曲》，在学期末成绩单的递交典礼上表演。你觉得怎么样？在音乐宫！你不想在音乐宫演奏吗？"

我缄默不言。想象自己全力在舞台上要做出完美演奏时，所有的孩子叫我娘炮的场景，简直是世界上最大的地狱。

"那是你在梅杰艺术中心要表演的曲子，应该记得吧？"

他挤出笑容试图帮我打气，想要说动我，让我接受。我还是不说话，因为突然之间，一个很棒的想法蹦出，既然他是音乐家，应该可以帮我。所以我问巴特里纳神父：他们也叫您娘炮吗？

阿德里亚·阿德沃尔·博施，勒令停课三天。原因不明。校方不愿对母亲多做解释，对学生的说法则是感冒喉咙发炎，对贝尔纳特的说法是：当我问他是不是跟我一样是个娘炮的时候，他暴怒了。

"你是娘炮？"

"我不知道！埃斯特万说因为我拉小提琴，也就是说，你也是娘炮。如果会弹钢琴也算的话，那巴特里纳神父也是。"

"还有亚莎·海菲兹也是。"

"对，我想是吧，还有帕乌·卡萨尔斯[1]。"

"对吧，可是没有人这样叫我。"

"因为没有人知道你会拉小提琴，巴特里纳神父就不知道。"

两个朋友在抵达音乐学院大楼前停下脚步，无视布鲁克路上繁忙的交通，贝尔纳特想到一个点子："为什么不问你妈？"

"为什么不问你妈或你爸，你有爸爸，啊？"

"可是叫神父娘炮而被停课的人又不是我。"

"如果我们去问特鲁略斯呢？"

1　帕乌·卡萨尔斯·德菲略（Pau Casals i Defilló, 1876—1973），西班牙大提琴家、作曲家、指挥家。

* * *

这一天，阿德里亚决定去上特鲁略斯老师的课，看看能不能气死曼柳老师。老师看到他非常高兴，也证实他的技术有所进步。但是没有提到梅杰艺术中心事件，她肯定知道。他们也没有问老师那个神秘的词汇——娘炮——是什么意思。女老师抱怨他们故意走音只为了吓她，才不是呢！在我们进教室前，一个比我们还小的孩子，好像叫作克拉雷特吧，他只是过来看看，不知道要做什么，他的小提琴拉得像二十岁的人一样好这些事情，不会让我振奋，反倒使我胆怯。

"啊，我不会。我会生气，然后更努力练习。"

"所以你会成为伟大的小提琴家，贝尔纳特。"

"你也会。"

* * *

在贝尔纳特与阿德里亚这年纪的孩子有如此重要的对话，不是寻常的事情，但是手中拿着小提琴是会让人改变的。

晚上，阿德里亚欺骗母亲说被勒令停课三天是因为有一个老师不知道一件事情，他嘲笑了老师。母亲，脑子里只想着古董店的事情，以及我的微笑天使达妮埃拉天使般的阴谋，她以浓厚的功利主义与薄弱的信仰为轴心，教训阿德里亚一顿。她说，上天赐予你特别的智慧，你应该觉得这并非自己的功劳而是上天的功劳。阿德里亚发现了，父亲过世后，虽然母亲把上帝与自然混为一谈，但她又开始提到上帝了，搞不好最后的结论是：上帝是存在的，而我一无所知。

"是的，妈妈，我不会再犯，对不起。"

"不是我，你应该要向那位老师道歉。"

"是的，妈妈。"

她没问是哪一位老师，也没问我究竟说了什么，更没问老师如何回答。她不闻不问。吃完晚餐，她关进父亲的书房，去看摊在书桌上的账本。

小洛拉开始撤掉桌上的菜肴，在她清理厨房时，阿德里亚佯装帮忙，以避开其他家事，当母亲进入书房后，我走进厨房并合上门，在被羞涩击败前开口问，小洛拉，你可以告诉我，为什么在学校他们都叫我娘炮吗？

想着该如何描述贝尔纳特的无知让我整晚都睡不着，因为只要无关课业，他都是无所不知的那个人，直到康塞普西奥教堂敲响十一点的钟声时都还未入睡。巡夜人的拐杖敲到坎索拉大宅铁门的声音在邻近区域回响。在佛朗哥统治时期，对我们而言，地球又变回平的，在我认识你以前的孩提时期，夜灯初上的那个时期，巴塞罗那还是座需要上床就寝的城市。

Et in Arcadia ego

第三章

于阿卡迪亚吾亦常在

年少时贪于展现自我本色，

而今吾仅乐守本分。

——莫雷勒斯[1]

---

1 乔赛普·马里亚·莫雷勒斯（Josep María Morreres，1952—　），加泰罗尼亚作家，著作涵盖小说、戏剧、文学批评等。

16

时间没有枉然流逝，阿德里亚成熟许多，已经知道娘炮的意思，也查询过自然神学的意思，在摆着萨尔加里[1]、卡尔·迈、赞恩·格雷[2]、儒勒·凡尔纳的书架上，阿拉珀霍族的首领黑鹰与强大的卡尔森警长披覆着荒芜沙漠的灰尘，仍无法挣脱母亲严格的监护。拜服从所赐，我成为技术优秀的小提琴手，却缺乏内在灵魂，就像二流的贝尔纳特。连曼柳老师都接受了我第一次公开演奏会半路脱逃的耻辱，只当是我天真的表征。尽管如此，我们之间的关系并未改变，那一晚过后，他自以为有权在该骂人的时候就辱骂我。曼柳老师与我从来都不谈音乐，我们的话题只限于小提琴曲目，还有那些小提琴家：维尼亚夫斯基、纳尔迪尼、维奥蒂、恩斯特、萨拉萨特、帕格尼尼，尤其是曼柳、曼柳还有曼柳。这让我很想对他说，老师，我们什么时候才要开始演奏真正的音乐？我也知道一旦说出口，将会引发不堪设想的暴风雨。因此，我们只谈小提琴家的曲目，他喜爱的小提琴家的曲目。我们谈手的姿势、双脚的位置，以及适合练小提琴的服装。我们谈萨拉萨特—索雷、维尼亚夫斯基—威廉密或者伊萨伊拉琴的站姿是否恰当，是不是只有某些天赋异禀的人才适

---

[1] 埃米利奥·萨尔加里（Emilio Salgari, 1862—1911），意大利冒险小说作家。

[2] 赞恩·格雷（Zane Grey, 1872—1939），美国冒险小说作家。

用，像是帕格尼尼—曼柳的姿势，你一定要试试帕格尼尼—曼柳的姿势，因为我要你成为万中选一的小提琴手。虽然很遗憾的，我太晚进入你的生命，使你无法成为天才儿童。

性格懦弱且盲目的天才少年于首次公开演奏会上逃脱，冒犯了有心引领他的天才教师，为了使小提琴课再度重新开始，阿德沃尔夫人提高授课津贴作为央求手段。一开始，课程在沉默中度过。渐渐地，因拉琴的各种指示与修正，课程才慢慢地回归到老师健谈的言论当中。有一天，他要求学生带斯托里奥尼来上课。

"为什么呢，老师？"

"我想听听它的音色。"

"我必需得到母亲的允许才行。"阿德里亚在经历诸多不幸之后，以谨言慎行为原则。

"你告诉她是我要求的，是我向你表达的心愿。她会答应的。"

母亲说，你疯了，你以为你是谁？你用练习琴就非常足够了。阿德里亚一再乞求，母亲说，我说不行就是不行。最后，他才说，是老师要求的，这是他的心愿。

"不早说！"母亲严肃地说，非常严肃。这对母子之间的战争已持续多年，任何场合、任何事情都能争执。甚至有一天，阿德里亚说，等成年了就要搬离这里。她问，你要靠什么生活？他回答，靠我的双手或父亲的遗产，我不知道。她说，你最好在离开前搞清楚。

下一个星期五，我带着斯托里奥尼去上课。与其说是要听听琴的音色，不如说他是想比较。他用我的斯托里奥尼小提琴拉了维尼亚夫斯基的《塔朗泰拉舞曲》，非常、非常动听。演奏结束后，他的双眼散发着光芒寻找着我的回应，他向我展示了一个秘密：一把

1702 年制造、属于费利克斯·门德尔松的瓜尔内里琴。他用这把琴拉了同一首《塔朗泰拉舞曲》，非常、非常动听。他带着胜利的神情说自己的瓜尔内里琴比我的斯托里奥尼琴好听十倍，以私密的满足姿态将琴还给我。

* * *

"老师，我不想当小提琴家。"

"闭嘴，练琴。"

"老师，不要。"

"你的对手会怎么想？"

"我没有对手。"

"孩子，"他坐在倾听的大椅子上说，"在这一刻，所有和你一样进修高级提琴技法的人都是你的对手，他们正无所不用其极想要击溃你。"

我们回到颤音吧，颤音加转音，顿弓、震音……我则日渐哀伤。

"妈妈，我不想当小提琴家。"

"儿子，你已经是小提琴家了。"

"我不想再当小提琴家了。"

母亲在巴黎为我组织了首场公开演奏作为回复，好让我明白，作为小提琴家的精彩生涯正等着你呢，儿子。

"我八岁的时候就举办首场公开演奏会，"曼柳老师回忆，"你却要等到十七岁。虽然永远都追不上我，但还是要努力仿效我的成就，我会激发出你最深层的潜力。"

"可是我不想当小提琴家。我想读书，而且我没有深层潜力。"

"贝尔纳特，我不想当小提琴家。"

"不准再这么说，我可要生气了。你拉得很好，完全不费吹灰之力，这就是深层潜力。"

"拉小提琴很好，但我不想当小提琴家。我不想。我没有深层潜力。"

"随便你想做什么，就是别停止。"

这倒不是贝尔纳特对我的内心或未来有多关心，而是因为他想继续上曼柳老师的二手课。他的技巧因此不断精进，还不需要与老师交际，更无需忍受上课的无聊时刻，不用厌恶乐器，也不用抵御胃酸侵袭。何况，他现在通过特鲁略斯老师的推荐，跟着马西亚老师上课。

很多年以后，面对着枪决的刽子手，阿德里亚·阿德沃尔了解到，抗拒、不上小提琴独奏的经历是他唯一能够对抗母亲与曼柳老师的资产，当声音无法控制地开始变粗，他对曼柳老师说，我想演奏乐曲。

"什么？"

"我想演奏勃拉姆斯、巴托克与舒曼的曲子，我受不了萨拉萨特的曲子。"

接下来的几个星期，曼柳老师都很安静，上课时只用动作教学。直到某个星期五，他将一堆约有一个手掌高的乐谱放在钢琴上说，来吧，我们来看曲目。那是这一生中，曼柳老师唯一一次认同他。他的父亲认同过他一次，也坦诚地表露赞许，曼柳老师却只说，来吧！作为对这次认可的报复，他说，下个月的二十号，你要在巴黎的德彪西音乐厅，演奏《克罗采奏鸣曲》、塞萨尔·法朗克的曲子、勃拉姆斯的《第三奏鸣曲》，只演奏一点点帕格尼尼与维尼亚夫斯基，用来加演。满意了吗？

然而，"特拉克"的幽灵仍在，我的"特拉克"非常严重，它巧妙地隐藏在我钟爱音乐这个借口身后。"特拉克"的幽灵再次出现，阿德里亚开始冒汗。

"谁来弹钢琴？"

"随便找一个伴奏，我会帮你找。"

"不行，要找一个……钢琴不是伴奏，弹钢琴的要像我一样。"

"胡说，是由你主导。对不对？我会帮你找个合适的钢琴师，安排三场排练，现在我们来看谱，从勃拉姆斯开始。"

* * *

阿德里亚开始相信，也许拉小提琴是理解生活的一种方式，让他理解寂寞，理解现实永远都无法回应愿望而产生羡慕，让他理解自己想要明白父亲究竟发生了什么事情的那份渴望。

卡斯特利斯老师就是那位合适的钢琴伴奏，一位腼腆、优秀的演奏家。曼柳老师再小的责难都会令他羞愧地躲到钢琴键底下。阿德里亚立即了解这一切都是阿德沃尔夫人野心勃勃的金钱运作所搭建的舞台。她投资大笔金额让儿子能在巴黎开演奏会，在容纳百人的普雷耶尔路上的音乐厅里演奏。演奏会当天，坐了四十多人。演奏的音乐家们自行到工作的地方碰面，卡斯特利斯老师则与阿德里亚搭第三级车厢，曼柳大师坐在头等车厢，为了静心思考并负责各项重要工作。音乐家们读着乐谱对抗失眠，阿德里亚觉得卡斯特利斯老师用唱谱并要他跟着唱开场的练习方法很有趣，仿佛用歌唱演奏般。这时，一位服务员进来备床，离开时心里一定认为这两个人都是疯子。过了里昂，在黑暗中，卡斯特利斯老师坦言曼柳老师处处限制他，所以拜托我一定要在演奏会开始前要求曼柳老师让大家去散步，因为……我得去见我妹妹，但是曼柳大师不喜欢把公私事混为一谈，你知道吧？

巴黎的演奏会是母亲为了让我改变决定，继续拉小提琴所设下的圈套。她始料不及的是，我的一生竟也因此改变了。我就是在那里认识你，虽然是拜这个圈套所赐，不是在音乐厅，而是在演奏会开始前，与卡斯特利斯先生半秘密开溜时认识你的。在伯爵咖啡厅，他与妹妹约见的地方，同时还有一个外甥女陪同前来，就是你。

"萨加[1]·沃尔特斯－爱泼斯坦。"

"阿德里亚·阿德沃尔·博施。"

"我画画。"

"我阅读。"

"你不是小提琴家吗？"

"不是。"

你笑了，天空因而延伸进伯爵咖啡厅里，你的舅舅、阿姨并未察觉，他们聊天、诉说彼此的近况。

"请你不要来听演奏会。"我祈求道。这是我第一次诚实表露自己的情感。低声说我很害怕，而你让我最喜欢的地方就是，你真的没有出现。就是这点征服了我，我从来没有告诉过你。

演奏会非常顺利，阿德里亚表现得与平常一样，毫不紧张。他知道这辈子不会再见到这些听众，而且卡斯特利斯老师是一名完美的伴奏，有几次我迟疑的时候，他都能灵巧地替我掩盖。阿德里亚

1　法国口音使萨拉（Sara）听起来像萨加（Saga）。

心想，或许，如果他是我的老师，我就能真正地演奏。

我和萨拉，在三四十年前认识。她是照亮我生命亦是让我痛哭的人。一个十七岁的女孩，一头深色的头发绑成两条辫子，说着一口夹杂法国口音的加泰罗尼亚语，可能是南法鲁西隆地区。她的口音从未改变。萨拉·沃尔特斯-爱泼斯坦，一个在我生命里断断续续出现的人，一个一直让我魂牵梦萦的人。六十年代的某个 9 月 20 日，在伯爵咖啡厅短暂相遇的两年后，我们才在一场音乐会中再度相见，也是巧遇。

于是谢尼娅转过身面对他说，我很乐意。

贝尔纳特看着她黑得正好与深夜搭配的双眼，谢尼娅，他的答复是：好，好的，那么上楼来我家吧，我们从容地聊个痛快。谢尼娅。

贝尔纳特和特克拉分开已经好几个月了。离婚的过程对双方而言都细琐且杂乱无章，仅为了让分手成为沸沸扬扬、创痛、无用、痛苦、愤怒且充满卑劣低下行径的大事件，尤其是她那一方。你知道吗？我实在不明白当初怎么会对这种女人感兴趣，还跟她一起生活，我都为自己感到惊讶不已。然而，根据特克拉的说法，离婚前最后几个月的共同生活，简直是地狱。因为贝尔纳特整天都在镜子……不，不是，我的意思是，他眼里只有自己。一如往昔，在家里，只有他的事才重要，他只在意演奏会是否成功。乐评家越来越平庸了，你看，完全没有提到我们崇高、优美的演出。不然就是，小提琴收好了吗？那是我们家最重要的东西，听见了吗，特克拉？如果你不把这事放在心上的话，早晚会出问题的。让我心痛的是，他对略伦斯一点都不亲切、不圆融。这是我无法容忍的，于是，我才开始抵触他，直到几个月前，断然做了决定。他无可救药地自我中心，自以为是伟大的艺术家，事实上不就是个愚蠢的穷光蛋，整天不是拉小提琴就是找别人麻烦，自以为是世界上最好的作家。那个家伙，老是在说，拿去，读了它，你觉得怎样？我真是可怜他，若意见不合，他就会连着好几天试图说服我，说我完全错了，好像他是唯一了解世事的人。

"我不知道他还在写。"

"没有人知道，他的出版社也不知道。这样懂了吧？他写的都是垃圾，无趣、浮夸……总而言之，我不懂自己怎么会对这种男人有兴趣，甚至还跟他一起生活！"

"你后来为什么不弹钢琴了？"

"慢慢就没有弹了，也没注意。一部分原因是……"

"贝尔纳特还继续拉小提琴。"

"我后来不弹钢琴就是因为在家里最重要的就是贝尔纳特的事业，懂吗？好几年前就这样了，有略伦斯以前就这样了。"

"又是个典型案例。"

"别又搬出女性主义那一套。我可是把你当朋友在说事情的，别故意惹恼我，好吗？"

"可是，你觉得到了你们这年纪，离婚这事……"

"这年纪又怎样？年轻的话，就是因为太小了；年纪大的话，就是因为年纪太大了。动辄得咎。我这辈子还长着呢，还有下半辈子要过，好吗？"

"你好激动。"

这很正常：在计划得如此美好的分手过程中，贝尔纳特努力争取让她成为离开房子的那个人，而她回敬的方式就是把他的小提琴丢到窗外。四个小时后，她收到丈夫寄出的诉讼通知，控诉她严重毁坏个人资产，使她不得不立刻去找律师。律师当她是个小女孩似的责备她，警告她别把离婚当儿戏，普伦萨太太，这是很严肃的事，如果您希望，我可以受理这个案子，但您得照我说的做。

"如果再看到那把天杀的小提琴，我一样会把它丢到窗外，就算被关进牢里也一样。"

"不能这样做，您还想让我处理这个案子吗？"

"当然要，所以才来找你啊。"

"那么我告诉你，如果是吵架、仇恨对方，往彼此头上摔盘子都没问题。但是，是摔盘子，不是小提琴，这是很严重的错误。"

"我就是要让他心痛。"

"你让他心痛了，也很愚蠢地危害到自己，请原谅我的直接。"

接着，律师向她说明接下来要遵守的策略。

"因为你是我最好的朋友，才跟你说我不幸的遭遇。"

"你别担心，哭吧。这样能宣泄情绪，我已经哭够了。"

"法官也是女人，什么都判她有理，司法竟如此不公，摔烂小提琴的事只开一张罚单，而且她没有赔偿，她永远不会赔偿的。琴在巴格工作室修了四个月，我觉得听起来已经不一样了。"

"是一把很好的乐器吗？"

"当然是，19世纪末法国米尔古（Mirecourt）的。一把图弗内尔（Thouvenel）琴。"

"为什么不索赔？"

"我不想跟特克拉有任何瓜葛，现在真的恨她恨到心底深处了。她甚至还挑拨我和我儿子，这与摔坏琴一样不可原谅。"

沉默。

"我意思是倒过来的。"

"我懂你的意思。"

所有的大城市偶尔都会有些小巷子，都会有安静的景致，脚步声在夜晚的沉寂中回响，仿佛一切如同往昔，人数不多，大家都认识彼此，在街上会互相打招呼，就像巴塞罗那也曾在夜里就寝的那段岁月。贝尔纳特与谢尼娅穿过无人的培尔曼纳尔路，仿佛到了另一个世界，只听见他们的脚步声。谢尼娅穿着高跟鞋，盛装打扮，对于一次几乎是即兴的采访而言太盛装打扮了，高跟鞋在与她双眼一样乌黑的夜里回响，她很漂亮。

"我了解你的痛苦。"到柳里亚路时，一辆出租车疾驶过的呼啸声迎接他俩。"但是别再想了，最好也别到处说。"

"是你问我的。"

"我怎么会知道······"

* * *

贝尔纳特开门时说落叶还是归根了，并告诉谢尼娅自己小时候住在这一区，现在离了婚，又回到这里。我很高兴回来，这里堆砌许许多多的回忆，你要威士忌吗？还是别的？

"我不喝酒。"

"我也不喝，但我还是为了访客备着。"

"就水吧。"

"你看，这坏心眼的人，让我连住在自己家里的选择都没有，不得不另寻出路，"他张开双手仿佛要一口气展现整间公寓般，"不过我很开心回到这里。来，这边请。"他为谢尼娅指示方向，自己走在前方，打开另一个房间的灯。

"我认为人总是在往返的路程上。一直都是这样的，如果没有死亡阻隔的话，人的一生总会回到最初的起点。"

那是一个很大的房间，应该是客厅，有一张沙发及一张大椅子，对着一张圆形茶几，两个摆着乐谱的谱架，一个放着三把琴的柜子，还有一张摆着电脑与一堆纸的桌子。最底端的墙壁，有乐谱与各式各样的书籍。

谢尼娅打开包，拿出一台录音机，放到贝尔纳特面前。

"就这样，还没打理好。不过，这里我想布置成起居室。"

"很舒适。"

"坏心的特克拉连一个家具都不让我带走。全部都是宜家的，我都这年纪了还用宜家的东西，天啊！你在录音吗？"

谢尼娅关掉录音机，用一个对话中从未流露过的语气说："你想谈你的贱人前妻，还是聊你的书？这样我才知道要把录音机收起来还是继续。"

两人沉默了一会儿，像在无人街上听着自己的脚步声回响，只是他们不在无人的小巷漫步。贝尔纳特注意到自己的心跳，突然一股强烈的荒唐感袭来，他等着柳里亚路上一辆摩托车行驶的声音消失。

"Touché." [1]

"我不会法语。"

贝尔纳特羞耻地走出房间，拿着一瓶她从没见过的水瓶与两个宜家的杯子回来。

"塔斯马尼亚云端的水，喝了就知道有多好喝。"

他们大概聊了半个小时，谈论在创作过程中遇到的挑战，两人都认为已出版的作品中，第三本与第四本是最好的。小说？不、不，我喜欢短篇。同时，也提到自己把前妻的事拿来小题大做感到惭愧，但是每次提到都更加严肃，因为对他而言，这还是很新近的事，而且他无法相信在付给律师这么多钱以后，他们仍然把一切都判给特克拉。这让我非常慌乱，很抱歉对你说这些事，不过，如此一来，你会更了解作家、艺术家，一般而言，我们也是人。

"我从没怀疑过。"

---

1 法语，意为："触及。"

"Touché pour la seconde fois." [1]

"我跟你说了，我不懂法语。你想谈谈酝酿创作的过程吗？"

他们广泛且深入地谈了一会儿。贝尔纳特告诉她创作的开端，开始写作时，不疾不徐地创作，已是很久以前，许多年了。我要结束一本书的时候是非常缓慢的，像写《原生质》就花了整整三年。

"这么久！"

"是啊，故事自己延展开来，我不知道该怎么描述……"

他们静默无语，度过了两个消失，塔斯马尼亚云端的水也喝尽了。谢尼娅陶醉地听着，柳里亚路上还有车子驶过，家里很舒服，这些月来的第一次，贝尔纳特在这个家里感到舒服。有个不会批评他的听众，与阿德里亚完全相反。

突然，他因为连续聊了数个钟头的紧张带来虚脱感，他的年纪大了。谢尼娅舒适地坐在宜家的大椅子上，伸长手要关掉录音机，但还没按下录音就停止动作了。

"我想再跟你聊聊……双重人格，作为音乐家与作家的双重身份。"

"你还不累？"

"累，但是好久没有采访到这么……如此的人了。"

"谢谢你。还是把问题留到明天吧，我……"

他知道如此一来就粉碎了这一刻的魔力，但他无法避免。他们安静地坐了几分钟，她收拾东西，两人算计着该向前一步，还是谨慎一些？直到贝尔纳特开口说，很抱歉，除了水以外没其他东西能招待你。

1　法语，意为："第二次触及。"

"这样很好了。"

我想要的是带你上床。

"我们约明天？"

"明天不行，后天吧。"

现在就上床去。

"好，那么，如果你方便的话，我们这里见。"

"好的。"

"聊什么都可以。"

"什么都可以。"

两人再次安静不语。她微笑着，他也是。

"等等，我帮你叫辆出租车。"

他们的处境危险，无语地看着对方。她，视线里有着沉静的黑夜；他，眼里有无尽不可告人的神秘的灰。尽管如此，她仍乘着总是破坏一切、该死的出租车离开了。离去前，谢尼娅在他脸颊很靠近嘴唇的地方给了偷心的一吻，她得踮起脚尖才亲得到。真甜美，踮着脚尖。他陪她走到街上，看着出租车把她带离他的生命至少两天，他摸着脸上确切的位置，靠近嘴唇的地方，微笑了，已有漫长的两年没笑过了。

* * *

第二次碰面就容易多了。谢尼娅没问就脱下外套，录音机放在茶几上，耐心地等待拿着手机退到房子另一端的贝尔纳特与某人结束一场没完没了的争执，很可能是律师，他们低声谈话，好像都压抑着愤怒。

谢尼娅看着一些书本的书背，看到贝尔纳特·普伦萨出版过的五本书放在角落，她没读过最早的两本。她拿起第一本，第一页上的致献词是：献给我的缪思，我亲爱的特克拉，谢谢你协助我编织出这些故事。巴塞罗那1977年2月12日。谢尼娅无法克制地微微笑了出来，将书放回原处与贝尔纳特·普伦萨系列作品的其他同伴们在一起。

工作桌上的电脑处于休眠状态，屏幕是黑的。她移动了鼠标，屏幕随即发亮，正打着一篇文章，七十页之长。贝尔纳特在写小说，却什么都没对她说，而且完全相反，他说自己不会写小说。她望向走道，可以听见贝尔纳特的声音还在底端，还在低声说话。她坐到屏幕前读了起来。买了门票后，贝尔纳特把票收进口袋，他们看着一场演奏会的广告海报，一旁男人的脸几乎被帽子完全遮掩住了，他抱着围巾，兴致浓厚地看着当晚节目表的同时，在地上跺脚对抗寒冷。另一个比较胖的男人裹着穗形图样的外套，因为某些原因要求退还门票的费用。他们在圣彼得广场逛了一下，回到音乐宫时，事情已经发生了。他们没有看到事情发生的经过，在宣传由海菲兹领衔、爱德华多·托尔德拉指挥、管弦乐团演奏的普罗科菲耶夫《G小调第二号小提琴奏鸣曲》演奏会海报上，有人挑衅地用沥青写了"犹太人滚蛋"，并画上一个右旋黑色十字，十字两翼还流着未干的沥青泪痕。现场气氛变得相当诡异，人们避免正视彼此的眼睛，地球变得更扁平了。后来别人告诉我，是一群长枪党员做的。巧合的是，这个时候，守在拉耶塔纳大街上的两名站岗警察正好远离音乐宫去喝咖啡了，这让阿德里亚顿时萌生离开西班牙到北欧去定居的渴望。听说那里的人既爱干净有文化又自由，人们警醒而快乐，父母爱子女，不会因为你的过错而去世。我们怎么生在这么差劲的国家呢？他看着还在流淌憎恶仇恨的沥青涂鸦说。接着，穿着灰色制服的警察来了，无关痛痒地说，散了，散了！别挤着不动，别站成一团团的，走了，走了！散了！阿德里亚、贝尔纳特与其他好奇的人们一样，为了避免池鱼之殃而散了。

音乐宫的演奏厅高朋满座，却凝结一股沉重的静默。我们好不容易走到座位，银坐，几乎是在正中央。

"你好。"

"你好。"我们的座位旁，一个非常美丽的女孩微笑地向他打招呼时，阿德里亚腼腆地回应。

"阿德里亚，你是阿德里亚什么的？"

那时，我才认出你，你没有绑辫子，像个真正的女人。

"萨拉·沃尔特斯—爱泼斯坦！"我崇敬地看着你，"你怎么会在这里？"

"你说呢？"

"不，我是说……"

"对，"她笑道，不假思索地碰了我的手，传来致命的电击，"我现在住在巴塞罗那。"

"这是贝尔纳特，我的朋友，她是萨拉。"我看了两边说。

贝尔纳特和萨拉彼此礼貌地点头打招呼。

"太野蛮了，不是吗？海报……"阿德里亚以出类拔萃的搞砸能力脱口而出。萨拉回以一个不太明朗的表情就开始看演奏节目表，她的视线没离开表单。

"你的演奏会如何呢？"

"巴黎那一场吗？"阿德里亚有点害羞，"还可以，普普通通。"

"你还继续阅读吗？"

"是啊，你还继续画画吗？"

"是啊，我要办展了。"

"在哪里？"

"在一个教区……"她微笑了，"不行、不行，我不要你来。"

不知道她是认真的还是开玩笑，阿德里亚害羞得不敢看她的脸，只是腼腆地笑着。这时灯熄了，观众开始鼓掌，托尔德拉大师走到舞台上。贝尔纳特的脚步声从房子的另一端传来，谢尼娅按下休眠键，从椅子上站起来，假装在看书柜上的书。贝尔纳特走进书房时，她摆出无聊的表情。

"不好意思。"贝尔纳特说边指着手机。

"还有问题？"

他皱起眉头，显然没有心情告诉她，也或许他已经知道谢尼娅其实不想聊这些。他们坐下，共度了几秒钟不舒服的沉默，可能因为不太自在的缘故，两人没看对方，只是微笑着。

"那么，身为一个从事文学创作的音乐家是什么感觉？"谢尼娅边问边把体积极小的录音机放到圆茶几上。

他望着她但不是真的在看她，脑子回想前天夜里那个偷心的吻，多么靠近嘴唇。

"不晓得，一切都是自然而然，无可避免地发生。"

这真是天大的谎言。事实完全相反，一切都缓慢发展让他气急败坏，毫无根据而且任性。他渴望一蹴而得，因为他已经写作好多年了，阿德里亚却总是批评他的故事没有任何意义、贫瘠、情节的可预见性过高、可有可无。总而言之，不是什么有必要存在的书写。听着，你若不想知道我是什么意思，就自己看着办。

"就这样？"谢尼娅有点困扰地问，"一切都自然而然、无可避免地发生了。就这样？想让我把录音机关掉吗？"

"什么？"

"你刚在哪里？"

"在这里，和你在一起。"

"没有。"

"好吧，这是演奏会后的创伤症候群。"

"什么？"

"我六十多岁了，是专业的小提琴家，知道自己的水平能与管弦乐团配合且没有任何问题。但是，我想要当作家。你懂吗？"

"你是作家。"

"但不是我想要当的那种作家。"

"你在写什么新作品吗？"

"没有。"

"没有？"

"没有。怎么了？"

"没有，没什么。'不是我想要当的那种作家'是什么意思？"

"我想要谈恋爱。"

"但是小提琴……"

"是五十个人一起拉，我不是独奏小提琴家。"

"可是，有时候你会在小音乐厅里独奏。"

"偶尔。"

"那你为什么不是独奏小提琴家？"

"想要不见得都能做到。我的能力不够，没有胆量去尝试。然而作家就是独奏者。"

"这是自我实现的问题吗？"

贝尔纳特·普伦萨拿起谢尼娅的录音机，端详并找到按钮关掉了，把它放回桌上的同时开口说，我就是平庸的活生生写照。

"你别相信那个笨蛋说的……"

"不只那个笨蛋，还有在各种媒体上好心对我坦承这件事的人。"

"你知道评论家都是……"

"都是什么？"

"一些娘炮。"

"我是说真的。"

"现在我懂你歇斯底里的那一面了。"

"天啊！你一开枪就要人命。"

"你想要完美，一旦无法完美，就变得酸溜溜的。或是，你要求的是身边的人都要完美？"

"你是特克拉派来的吗？"

"特克拉是禁忌话题。"

"现在是什么惹到你了？"

"我只是想让你有反应，"谢尼娅回答，"因为你得回答我的问题。"

"什么问题？"

贝尔纳特看谢尼娅再次打开录音机，小心翼翼地放到茶几上。

"作为一个从事文学创作的音乐家是什么感觉？"她重复道。

"不知道，一切都是慢慢地发生，无可避免。"

"这刚刚已经说过了。"

事实上，一切都缓慢到令人气急败坏。然而，他却希望一切都一气呵成。贝尔纳特写作好几年了，阿德里亚却总是说他写的东西没有任何意义、贫瘠、可预见性高、可有可无。总而言之，都是阿德里亚的错。

"我要和你断绝关系，我不喜欢让人无法忍受的人，这是第一次也是唯一一次告知。"

这是认识她以后，他第一次看向她的双眼，而她用如沉静夜晚的乌黑视线回应。

"我受不了当个让人无法忍受的人，不好意思。"

"我们可以工作了吗？"

"来吧，谢谢你的告知。"

"第一次也是唯一一次。"

我爱你，他心想。也就是说，假使他想要如此美丽的眼眸继续待在眼前几个钟头，他就必须完美。我爱你，他再一次这么想。

"身为一个创作文学的音乐家是什么感觉？"

我正在爱上你的固执。

"感觉是……感觉……是两个世界，我很惊讶自己竟然不知道哪一个比较重要。"

"这很重要吗？"

"不知道，因为……"

那一夜，他们没有叫出租车。但是两天后，贝尔纳特振作精神去见他的朋友，卡特丽娜身着外出服为他开门，还没让他来得及喘息就低声说，他不太好。

"怎么了？"

"我得把前一天的报纸藏起来。"

"为什么？"

"要是一不注意，他会前前后后读三遍都看不懂。"

"真糟……"

"看他这么认真，却一直浪费时间在重复读同样的东西，我心里都替他煎熬。你懂吧？"

"你做得对。"

"你们在密谋什么？"

他们转过身，阿德里亚正从书房走出来，看着他们窃窃私语。

"铃铃铃……"

卡特丽娜利用这个机会省下解释或托辞，去帮普拉西达开门。这时，阿德里亚领着贝尔纳特到书房，女士们低声交接，然后卡特丽娜高声道，明天见，阿德里亚！

"怎么了？"阿德里亚问。

"我一有时间就用电脑打字，不过进度很慢。"

"你都懂吗？"

"差不多，我很喜欢。"

"为什么说差不多？"

"因为你的字和医生的一样，而且又小，每一段都要读两遍，免得出错。"

"哎呀，真不好意思。"

"不、不，没什么。我很乐意。但是，我无法每天都抽出时间。"

"我让你受累了，是吧？"

"不，才没有。"

"晚安，阿德里亚！"一名不认识的年轻女性把头探进书房，带着微笑说。

"你好，晚安。"

"这是谁？"女人离开后，贝尔纳特好奇地低声问道。

"也不知道为什么，现在无论白天或晚上都不让我自己一个人了。"

"真是。"

"是啊，结果你看，这里和兰布拉大道一样热闹。"

"不过，你最好还是不要一个人，对吧？"

"是啊，还好有小洛拉，打理好一切。"

"是卡特丽娜。"

"什么？"

"没有，没事。"

两人安静了好一会儿。贝尔纳特问他最近在读些什么，他看了看周围，摸着桌上一本书，做了一个他的朋友也不知如何诠释的表情。贝尔纳特站起身拿起书。

"哇，是诗集。"

"怎么？"

贝尔纳特在空中晃着书。

"你在读诗。"

"一向如此。"

"我可没有。"

"这样你的头发会更亮。"

贝尔纳特笑了，面对生病的阿德里亚实在无法生气，于是又开口说他会尽其所能，但是，因为你的字迹过于凌乱，真的无法更快了。

"好……"

"要把这件事交给专业的人吗？"

"不！"在这个瞬间，阿德里亚的姿态、表情，还有气色又活络起来，"无论如何都不能由外人做，这种事情要有交情才做得来。况且，我不希望……你知道的，这相当私密，可能，当所有东西都输入进电脑后，我又念头一转，不愿意出版了。"

"不是说要给包萨看吗？"

"再看看吧，到时候再说。"

两人沉默下来。房子里的某个角落，不知道叫什么名字的女孩正翻箱倒柜，或正在弄什么东西而发出声响，可能是在厨房吧。

"普拉西达，对、对！她叫普拉西达，这个女孩，"阿德里亚满意地说，"看吧，不管他们怎么说，我的记忆力还是很好的。"

"啊！"贝尔纳特仿佛记起什么事了，"手稿另一面写的东西也很有趣，你知道吗？"

阿德里亚迟疑了一下，有点受到惊吓地问："什么东西？"

"关于恶的省思，或者，我会说是一个关于恶的历史研究，你起的标题是罪恶的问题。"

"哦！不！我都不记得了，不行，这个很……不知道，没有灵魂。"

"不会的。在我看来，你应该也出版它。我也可以帮你打字，如果你想要的话。"

"想都别想！这是我哲学方面的败笔。"在长长几秒钟的时间里，他什么也没说，脑袋里想的东西多半无法说出口。

阿德里亚拿起诗集，打开来，觉得不太舒服，又合上书，把书放回桌上，最后说，所以我才把别的东西写在另一面，好歼灭它。

"为什么不丢了就好？"

"我从来不丢纸张的。"

星期天的午后，两个老朋友之间铺陈着一段漫长而缓慢的沉默，一段几乎缺乏意义的空白沉默。

17

念完中学可以说是解脱。贝尔纳特去年就毕业了，不太笃定地注册文学院，全心全意地将身心灵奉献给小提琴。阿德里亚进入大学，想着从此刻起，一切将更轻松愉快，实际上却踩进不少裂缝里，走入不少荆棘中。同学们的素质低落，维吉尔和奥维德都令他们恐惧不已，警察的身影徘徊于大学校园，教室内的革命波涛汹涌。有一段时间，他与一位对文学有浓厚兴趣，名叫珍萨娜的同学维持朋友关系。当她问我以后想做什么时，我回答研究思想与文化历史，竟使她惊讶地合不上嘴。

"喂！阿德里亚，没有人会想当研究各种思想的历史学家。"

"我想。"

"你应该是我认识的人当中，第一个有这种想法的人。哇，思想与文化历史学，"她狐疑地看着我，"你在吓唬我的，对吧？"

"不是，我想要知道一切，现在与前人所知道的事我都想知道，也想知道他们是如何知道这些事，以及为什么他们还不知道某些事。你懂吗？"

"不懂。"

"你呢？你想做什么？"

"我不知道，"珍萨娜说，用手在靠近额头的地方比了个不太清楚的手势，"我脑袋里的想法还很混乱，但是总会做些什么的，到时候就知道了。"

这时，三个长得很漂亮、笑容满面的女孩经过他们身边，朝希腊语课的教室走去，阿德里亚看了手表，做了个手势告别珍萨娜，她还在努力消化思想、文化历史学家是什么意思。阿德里亚跟着那些漂亮且笑容满面的女孩们离开了。他进教室之前转头一看，珍萨娜还在思索阿德里亚的未来。几个月后，一个冰冷的秋天，在练小提琴第八级的贝尔纳特让我陪他到音乐宫听亚莎·海菲兹的演奏会，他说那是独一无二的好机会：马西亚老师告诉他，尽管海菲兹不愿意在实行法西斯主义的国家演奏，最后仍为了托尔德拉大师的坚持而接受邀请。当时，阿德里亚对生命中许多事都还十分生涩。在一堂令人疲劳、专门练习单音的课程后，他将这件事告诉曼柳老师。老师思考了几秒钟后说，没见过比海菲兹更加冷漠、自大、可憎、愚蠢、自以为是、使人反感、教人讨厌、高傲的人了。

"但是老师，他拉得好吗？"

曼柳老师看着乐谱但视而不见，手里拿着小提琴，不小心拨到琴弦，他看向前方，停顿了一会儿："他是完美的化身。"他可能注意到自己的表达过于强烈，试图缓和刚才的评论："他是继我之后，现存最好的小提琴家。"接着又用琴弓敲着谱架说："来，再来一次。"

* * *

掌声响彻音乐宫，明显比往常更加热烈。在独裁统治下，人们习惯在字里行间与掌声以间接的姿态表达心声，同时用余光留意带着蝴蝶领结，蓄着八字胡，可能从事秘密情资服务的男士。小心点，你看，他都没有鼓掌。尽管恐惧，人们已经惯于解读这一类对抗恐惧的语言，而我因为没有父亲，本能地了解这些事情。我的母亲不是整天待在店里，就是只关注我小提琴的进展，不过，她是用放大镜追踪的。小洛拉则不想碰触这项议题，因为她一位无政府主义的表兄弟在内战期间被杀害了，所以，她不愿意在日常生活中碰触充满荆棘的政治话题。灯暗了，听众开始鼓掌，托尔德拉走出舞台，不疾不徐地走向谱架。在昏暗中，我看见萨拉写了些东西在节目表上，然后让我拿我的跟她交换，才不会没有节目表。号码，电话号码，我把自己的节目表给她，但是，愚蠢的我，没有写上自己的号码。掌声止息了，我看见贝尔纳特在另一边的椅子上安静地观察我的举动，什么话都没说。

托尔德拉指挥着《科利奥兰纳斯》(Coriolanus)，那时，我从未听过这个作品却十分喜欢。当托尔德拉转身向听众致敬时，他与亚莎·海菲兹携手走到台前，一定是为了表示他对他的支持或其他理由。而海菲兹，以冷漠、自大、可憎、愚蠢、自以为是、使人反感、教人讨厌、高傲的姿态敬礼，毫无兴趣掩饰不可亲近的神情，以长长的三分钟抖掉身上的愤慨。这时，托尔德拉大师站着并面对管弦乐团，耐心等候海菲兹的指示。开始了，整场演奏会我都无法闭上嘴。急板时，小提琴的双重节奏牵引出的感官愉悦与刺激令我毫不害臊地流下眼泪，沉醉在管弦乐团的三连音符里。最后，由小喇叭配合一段轻柔的拨弦作为结尾，多么动听。海菲兹是个温柔、谦逊、亲切、和善、将自己全然托付于音乐、为美奉献的艺术家。他创造出的美虏获我。阿德里亚觉得海菲兹的双眼可疑地闪烁着。我知道贝尔纳特强忍深沉的呜咽，在中场休息时，他站起来说，我一定要去向他致意。

"他们不会让你过去的。"

"无论如何都要试试。"

"等等。"她说。

萨拉站起来做了一个手势,让我们跟着她。贝尔纳特与我不明就里地互看一眼。我们跟着她爬上几阶小梯子,通过一道门,工作人员让我们离开,但萨拉微笑地指着正在跟一名音乐家谈话的托尔德拉大师,他像是感应到萨拉的动作般转过身,看到我们说,你好,小公主,你好吗?你的母亲好吗?

他走过来亲吻她,却没有看到我们。托尔德拉大师告诉她,海菲兹因那些涂鸦深感冒犯,音乐宫的周围似乎都被乱画上这些字眼,所以取消隔天的演出,要离开西班牙了,现在不是打扰他的适当时机,你能理解吗?

我们在演奏会后确认了一下,是的,音乐宫周边的海报都涂满沥青,用西班牙语写着犹太人滚蛋。

"若我是他的话,不会取消明天的音乐会。"对人性的历史一无所知,未来的思想历史学家说。萨拉在他耳边轻声道有急事得先离开,还有,打电话给我。阿德里亚没有回应,因为他的脑海里满是海菲兹,所以他只说了好、好,谢谢。

* * *

"我不拉小提琴了。"我站在被乱涂的海报前,当着贝尔纳特和我自己的面脱口而出。他不当一回事,因为我这辈子都在说不拉小提琴了。

"可是……可是……"贝尔纳特指着音乐宫,仿佛在说服我应该继续拉小提琴。

"不拉了，我永远都没法像他拉得这么好。"

"练习啊！"

"狗屁，我不拉了！不可能的。我学完第七级，考过试，就够了、够了、够了，够了！"

"那个女孩是谁？"

"哪个？"

"这个啊！"他指着还萦绕在我们身边的萨拉的光环，"带我们去见托尔德拉大师，像阿里阿德涅，天啊！那个跟你说阿德里亚什么的，我的国王，叫你打电话给她的那个。"

阿德里亚看着他的朋友张口结舌。

"我说了什么吗？"

"什么你说了什么？你威胁说要放弃小提琴。"

"是啊，完全放下，但不是为了要气你，就是不拉了。"

原来，在普罗科菲耶夫的乐曲演奏结束后，海菲兹蜕变了，显得更加高大，他赠予听众三首犹太舞曲，几乎是带着自大的心态演奏，让我对他高高在上与强大的光环有更深的感触。接着，他收敛了，在为我们演奏了《D小调夏康舞曲》，除了我们自己试着演奏以外，只听过伊萨伊演奏的唱片，那真是数分钟的完美体验。我听过许多场音乐会，但对我而言这是最重要的一场，为我敞开音乐的美丽大门，同时关上小提琴之门，为我短暂的音乐家生涯画下句点的一场音乐会。

"你这个愚蠢的屎蛋。"贝尔纳特表达意见。他看见自己将要独自面对第八级小提琴课，将要独自面对马西亚老师。"你这个愚蠢的屎蛋。"

"不，我要学着开心。我领悟了：苦难结束，从现在开始我要享受真正懂音乐的人所带来的喜悦。"

"你这个愚蠢的狗屎，不，你是个懦夫！"

"是，也许，但现在我可以好好看书，不用承受额外的煎熬了。"

在回家的路上，就在大马路上，承受冰冷空气的路人们见证了我与朋友贝尔纳特三次大争吵中的一次。真是糟糕透顶，他开始用德语、英语、加泰罗尼亚语、西班牙语、法语、希腊语、拉丁语大吼，用指头算着：才十九岁你就会一、二、三四五、六七、八种语言，却怕进入第八级小提琴课？要是我有你的头脑就好了，去你的全部的全部。

* * *

这时，雪花静静地飘降，我从没见过巴塞罗那下雪，从没看过贝尔纳特如此愤慨，从没目睹他如此孤单无依。不知雪是为我还是为他而降？

"你看。"我说。

"我才不在乎雪，你犯了大错。"

"你怕一个人面对马西亚。"

"是，那又怎样？"

"你有当小提琴家的天赋，我没有。"

贝尔纳特低下声说："你别以为很容易，我一直都处在紧绷。我拉琴的时候微笑，不是因为开心，是为了慑服内心的恐惧。但小提琴就像小喇叭一样，如此桀骜不驯，任何时候都会发出错误的声音。即便如此，我仍不放弃，和你们这些狗屎不一样，我要拉到第十级，然后再决定是否继续，等到第十级。”

“贝尔纳特，有一天你会因为拉小提琴而幸福微笑的。”

我像预言里的耶稣基督，知道事情的发展……唉，不知道该说些什么。

“你考过第十级再说。”

“不，六月的考试过了就好，这样数字比较好看。如果你把我逼急了，我现在就放弃，也不管好不好看了。”

* * *

雪仍飘降，我们再度安静地走向我家。他把我留在深色大门外，没说晚安也丝毫不珍视我的祝福就离开了。

这一生中，我和贝尔纳特争执过不少次，这是第一次大吵，第一次留下伤痕的对峙。圣诞假期大半在反常的雪景中度过，在家里，母亲静默无语，小洛拉时时关注所有事情，我每天待在父亲书房里的时间越来越长，使用父亲书房的权力，是通过学期末的成绩慢慢争取到的。对我而言，这个房间的魅力不停地增加。在圣斯德望节 [1] 的隔天，我到雪白的街上散步时见到贝尔纳特。他住在布鲁克路前端，沿着布鲁克路滑雪下来，背着小提琴。他看到我却什么也没说。我承认，那时心头袭来一阵强烈的妒忌，因为我立刻想到，这不知感恩的家伙要去谁家拉琴，竟然什么都没告诉我。那时，阿德里亚应该有十九或者二十岁了，却被幼稚的妒忌心袭击。他开始追

1　圣斯德望节（Sant Esteve），天主教节日。在西班牙，圣诞节公共假日通常只有12月25日，在加泰罗尼亚地区则延长到26日，这一天即圣斯德望节。

逐贝尔纳特，最后还是追不上，滑雪的速度让他一下子变成基督诞生实景重现里的摆设小人像，可能已经到了加泰罗尼亚议会大道了吧。真是可笑，我跑得上气不接下气，透着围巾喘气，看着远远地把自己抛在脑后的朋友。我从来都不知道当时他去哪了，我可以用半条命交换……现在说这种话，已经没有意义了，但又怎样！我还是要说，我可以用半条命交换，我想知道那场罕见的冬雪来临时，巴塞罗那披着一个巴掌高的积雪的那一天，贝尔纳特究竟去谁家拉琴了？

晚上，我绝望地翻找外套、裤子的口袋，找不到抄着电话号码的节目表而非常恼怒。

"萨拉·沃尔特斯－爱泼斯坦？"没听过，你去贝特勒姆教区问吧，那里常做这种活动。

我找了大约二十间教堂，踏着越来越脏的雪，直到波夫莱塞克区（Poble Sec），一家很小的教堂。在一个更小、更简单、近乎无人的小厅中，看见三面墙上挂满不凡的炭笔素描，有六七张人物素描与一些风景画，其中一幅因叔叔人物素描延伸出的悲伤氛围令我印象深刻，还有一只美丽的小狗，一幢滨海的房子，标题是《利加特港的小海滩》。这些画我看了无数次，萨拉。那个女孩的艺术才华如殿堂，萨拉。我足足半个钟头没说一句话，直到听见她的声音在耳后响起，责备我似的说，我叫你别来的。

我的借口卡在嘴里，害羞地解释自己刚好经过，所以……她用一个微笑原谅我。然后你小声且害羞地问："你觉得如何？"

18

"母亲。"

"什么事？"她正在书桌上检查文件，没抬起头。

"你在听我说话吗？"

她贪婪地读着请来负责改善店里财务状况的卡图拉的报告。我发现她无心理会我，可是，如果现在不说就永远都开不了口。

"我不拉琴了。"

"很好。"

她继续看着报告。我想一定是份让人情绪激昂的报告，当阿德里亚带着浸泡在冷汗里的一颗心离开书房时，听见母亲咔咔地摘下眼镜。她把眼镜摘下来了。阿德里亚回过头，没错，她把眼镜拿在手上，另一只手拿着一叠文件看着他。

"你说什么？"

"我说，我不拉小提琴了。我会考完第七级，但考过后就不拉了。"

"你做梦都别想。"

"我已经决定了。"

"你还不到决定事情的年纪。"

"我已经到这个年纪了。"

母亲放下卡图拉的报告站起身。我打赌她一定在想，我父亲会怎么解决这叛逆的袭击。一开始，她说话的声音非常低沉、隐秘并带着威胁。

"你会考完第七级，然后是第八级，直到最高两级。时候到了，你会到纽约的茱莉亚音乐学院，或是我和曼柳老师选择的学校进修。"

"母亲，我不想当音乐演奏家。"

"为什么？"

"它无法满足我。"

"我们来这世上不是寻找满足感的。"

"我是！"

"曼柳老师说你可以做到。"

"曼柳老师根本瞧不起我。"

"他这么做是为了激起你的反应。因为很多时候你就像无血的血管。"

"我的决定不会改变的，就算你不喜欢也得忍受。"我放胆道。

那是宣战，但也别无选择，我头也不回地离开父亲的书房。

"哟！"

"干什么？"

"你在脸上画战斗妆吧，从嘴巴到耳朵，画黑色与白色，然后从上到下画两条黄线。"

"别闹了，我怕得直发抖。"

阿德里亚把自己关在房里，准备连一丁点也不退让。如果需要打仗的话，也会打仗。

大约有两个星期的时间，家里只听得见小洛拉的声音。她是唯一试图维持正常表象的人。母亲总是在店里，我在大学里。晚餐在沉默中度过，每个人看着自己的盘子，小洛拉看着我们，一会儿跟母亲说话，一会儿跟我说话。小提琴的灾难是如此难挨、惨烈，消耗了几天与你重逢的喜悦。

暴风雨在曼柳老师的课堂爆发。早上，母亲在消失于通往古董店的路上之前，这一个星期以来首次对我说话，没有看我，像父亲刚过世时那样，她说："带着斯托里奥尼去上课吧。"

我带着斯托里奥尼到曼柳老师家，在通往书房的走道上，他以诡谲的声调告诉我，我们能试试不同的曲目，找你喜欢的曲子。好吗，孩子？

"练完第七级，我就不拉了。大家都懂了吗？我的生活中有其他更重要的事情。"

"你这辈子往后的每一天都会后悔做出这个错误的决定。"（母亲）

"懦夫。"（曼柳）

"兄弟，别丢下我一个人。"（贝尔纳特）

"黑鬼。"（曼柳）

"你拉的比我好啊！"（贝尔纳特）

"娘炮。"（曼柳）

"那你投注的时间呢？全都船过水无痕了吗？"（母亲）

"好吃懒做的吉卜赛小偷。"（曼柳）

"那你想做什么？"（母亲）

"读书。"（我）

"你可以一边读书，一边拉小提琴，不是吗？"（贝尔纳特）

"你想读什么？"（母亲）

"混账。"（曼柳）

"娘炮。"（我）

"我现在就打死你！"（曼柳）

"你真的知道自己想学什么吗？"（母亲）

"哟！"（黑鹰，阿拉珀霍伟大的酋长）

"听着，我问你，你想学什么？医学吗？"（母亲）

"欺师灭祖。"（曼柳）

"天啊！阿德里亚，拜托，我的大爷！"（贝尔纳特）

"历史。"（我）

"什么！"（母亲）

"怎么了？"（我）

"你会饿死……也会无聊死的。"（母亲）

"历史？"（曼柳）

"对。"（母亲）

"可是历史……"（曼柳）

"就是啊、就是啊！还要您说吗？"（母亲）

"叛徒！"（曼柳）

"我还想念哲学。"（我）

"哲学？"（母亲）

"哲学？"（曼柳）

"哲学？"（贝尔纳特）

"更糟。"（母亲）

"为什么？"（我）

"最糟最糟最糟也得念法律。"（母亲）

"不、不，我受不了规范生命的章法。"（我）

"你真讨人厌。"（贝尔纳特）

"自相矛盾的灵魂。这就是你的问题，不是吗？"（曼柳）

"我想读人类文化演进，以此理解人类文化。"（我）

"讨人厌，我已经说了。我们去看电影吧？"（贝尔纳特）

"好啊、好啊。看什么？"（我）

"去普布利。"（贝尔纳特）

"我真的不懂你，儿子。"（母亲）

"无脑。"（曼柳）

"难道，你不知道历史和哲学都是无用的吗？"（母亲）

"母亲，你别说这种话……让人很惊愕。"（我）

"你不知道历史跟哲学都没有用处吗？"（曼柳）

"您又知道了！"（我）

"自大！"（曼柳）

"那音乐有什么用处？"（我）

"可以让你赚大钱，你想想。"（曼柳）

"你不知道历史跟哲学都没有用吗？"（贝尔纳特）

"你也这么想？"（我）

"什么？"（贝尔纳特）

"没什么。"（我）

"你喜欢电影吗？"（贝尔纳特）

"还可以。"（我）

"还可以还是喜欢？"（贝尔纳特）

"喜欢。"（我）

"甚至连毫无用处都算不上。"（母亲）

"我喜欢。"（我）

"那店呢？你想经营吗？"（母亲）

"我们以后再看吧。"（我）

"哟！"（黑鹰，阿拉珀霍族的伟大酋长）

"不要，不是现在，真烦人！"（我）

"而且我想多学一些语言。"（我）

"会英语就很够用了。"（曼柳）

"什么语言？"（母亲）

"精进拉丁语和希腊语，然后开始学希伯来语、阿拉姆语和梵语。"（我）

"天啊！"（母亲）

"拉丁语、希腊语，还有什么？"（曼柳）

"希伯来语，阿拉姆语跟梵语。"（我）

"孩子，你脑袋坏掉了！"（曼柳）

"不一定。"（我）

"飞机上的女孩们都讲英语。"（曼柳）

"什么？"（我）

"我跟你保证，搭飞机到纽约开演奏会，不需要会讲阿拉姆语的。"（曼柳）

"曼柳老师，我们是两个不同世界的人。"（我）

"可憎！"（曼柳）

"您能不能别一直侮辱人。"（我）

"够了！问题就是，我对你来说是一个难以追上的典范。"（曼柳）

"不！才不是！"（我）

"'不！不是！'是什么意思？啊？你是什么意思？"（曼柳）

"字面上的意思。"（我）

"冷漠、骄傲、可憎、愚蠢、自大、令人讨厌，妄自尊大！"（曼柳）

"很好，随您怎么说。"（我）

"字面上的意思。"（曼柳）

"贝尔纳特。"（我）

"干什么？"（贝尔纳特）

"我们去防波堤散步？"（我）

"好啊。"（贝尔纳特）

"要是你父亲抬起头的话！"（母亲）

我很抱歉，但是，母亲说这话的那天，正值我们冷战期间，我忍不住洪钟般夸张大笑。我知道在厨房里什么都听得一清二楚的小洛拉一定也挂着微笑。母亲脸色发白，很晚才察觉自己说的话有多可笑。我们都相当疲倦，不想再坚持了。那是冷战的第七天。

"哟！"（黑鹰，阿拉珀霍族的伟大酋长）

"听着，我很累了。"（我）

"好的，但是你要知道，你们展开的是一场消耗战，是壕沟战，就像第一次世界大战一样，我只是要你了解，知道自己是三面迎敌。"（黑鹰，阿拉珀霍族的伟大酋长）

"没错，但是我知道不能期望自己成为音乐演奏的菁英。"（我）

"别把策略与战术混为一谈。"（黑鹰，阿拉珀霍族的伟大酋长）

卡尔森警长朝地上吐了一口痰说，你要支持下去，妈的。如果你要的是一辈子念书的话，就尽管跟着你的书吧，叫其他人去吃屎，相信我一次！

"谢谢你，卡尔森。"（我）

"不客气。"（卡尔森警长）

那是第七天了。紧绷的情绪让大家在上床前都疲惫不堪，渴望和平协议。那一晚，是我开始长期梦见萨拉的第一个夜晚。

* * *

就策略观点而言，假使让三方的军队彼此对峙，是相当有益的：土耳其与德国在曼柳老师家对峙，这是对联盟有益的情势。我也因而得到舔舐伤口的时间，能够有建设性地想念萨拉。报纸上说旧联盟国之间的战事非常血腥、冷酷无情，咆哮回响在曼柳老师家的采光天井。这些年来没说的话她都说了，还控诉他不懂得如何留住不凡的智识，想法也过于天马行空。

"好了，您别太浮夸了。"

"我的孩子确实天赋异禀，您不知道吗？我们不也说过上千次了？"

"这座房子里只有一个天赋异禀的人，阿德沃尔夫人。"

"我儿子需要一双能安抚他的手，您过于妄自尊大，曼柳先生⋯⋯"

"曼柳老师。"

"你看，自我意识使您无法看清事实，我们需要再重新调整费用。"

"这不公平，是您的儿子，那位超级天才的错。"

"您别故作风趣了，令人觉得可悲。"

从此开始，他们互相辱骂（一方说："黑鬼！吉卜赛人！懦夫！娘炮！冷血、自大、令人憎恶、愚蠢、自负、讨人厌、可憎、狂妄。"另一方说："可悲。"）。

"你说什么？"

"愚蠢可悲！"她逼近他的脸，"愚——蠢——可——悲！"

"太过分了！这是侮辱！我要上法院提出告诉！"

"把你交给律师处理实在是太大快人心了！下个月起，我一分钱也不会付的。对我来说的话，就当是、就当是……我会和耶胡迪·梅纽因联系的。"

看来，似乎是交到律师手上处理了。他说梅纽因是中庸的活生生例子。要是他的话，收费会高十倍以上。她走向门口，曼柳尊严受损，紧跟在后，并重复说着："梅纽因会教课吗？他知道怎么上课吗？"

当她愤怒地关上曼柳的大门时，卡梅·博施明白让阿德里亚成为世界上最好的小提琴家的梦想已永远消逝了。可惜呀，小洛拉。我告诉贝尔纳特，他会慢慢习惯的。只要他想要，我可以在我家、他家或任何地方陪他拉琴。此后，我如释重负，开始呼吸，毫无阻碍地想着你。

19

Et in Arcadia ego.[1] 虽然普桑[2] 在画这幅画时，想象说话的人是死亡，死亡无所不在，包括在幸福的角落里亦有其踪迹，但我总是倾向于相信这里的"吾"指的就是我：我到过阿卡迪亚。阿德里亚有自己的阿卡迪亚。哀伤、秃头、可怜、大肚腩且懦弱的阿德里亚在自己的阿卡迪亚住了一段时间。我有数个阿卡迪亚，第一个就是你，人格化的阿卡迪亚，虽然我已经永远地失去你了，一名手持火剑的天使驱逐我。阿德里亚遮掩自己的羞耻离去，心想：从此刻起，我得工作养活自己，自己一个人，没有你，我的萨拉。另一个阿卡迪亚是一个地方，托纳，全世界最丑陋也最美丽的小镇。我在那里度过了十五个夏天，在坎卡西克大宅的田园游玩，为了闪躲谢维、基科与罗萨，我躲进成捆成堆的麦秆里，被麦穗弄得全身瘙痒。他们是我在巴塞罗那以外，远离康塞普西奥教堂的钟声、黄黑色的出租车，以及能让人记起学校各种事物的八周期间的意外伴侣。最初几年，是为了远离我的父母，后来是为了远离母亲，远离那些阿德里亚无法随身携带的书籍。我们边跑边爬上城堡，观赏坎杰斯、大房子、打谷场、农家，像耶稣诞生之处的景象。近处有被成捆麦梗覆

1　拉丁文，意为："于阿卡迪亚吾亦常在。"
2　普桑（Nicolas Poussin, 1594—1665），17 世纪法国古典主义画家。

盖的农田以及坎卡西克、小房子、老旧且被蚕食的堆麦场、犹如重现耶稣诞生情景的大门。后面是软木做的山峦、东北边的科利萨卡布拉（Collsacabra）与东边的蒙特塞尼山（Montseny）。我们叫喊着，宛如世界的主宰者，尤其是谢维，大我六岁，在各方面都赢过我，直到他开始帮父亲照顾乳牛才不跟我们一起玩。基科也什么都赢我，但是有一天，我们比赛跑到土坯墙那里，我跑赢了。好吧，因为他绊倒了，但我可是正当地赢了那次赛跑。罗萨长得很漂亮，也处处赢我。在莱奥伯母家里，生活以一种不同的方式流转，没有人忿忿不平，也不会有长时间的沉默，大家面对面谈话。那是莱奥伯母穿着永远干净的淡卡其色的围裙所主宰的大房子。坎杰斯是阿德沃尔家的祖厝，是一栋有十三间房间的大宅子，夏天凉爽通风，冬天则拥有所有都市房子里应有的便利设施；离所有牲口的圈舍距离恰当，房子南面装饰着回廊，是世界上最好的阅读角落，也是练小提琴的最好地点，于是，三个堂亲，自然而然地来听我拉琴，而我，摆着练习不做，反而拉大家比较喜欢的曲目。有一天，一只乌鸦停在回廊的栏杆，在天竺葵盆栽旁，看着我拉的勒克莱尔的《奏鸣曲第二集》的第二号奏鸣曲。其中有许多花式技巧点缀，所以那只乌鸦才会这么喜欢，况且，有一年，特鲁略斯老师让我在布鲁克路上的音乐学院的开幕典礼演奏这首曲子。勒克莱尔舅舅写上最后一个音符，然后向手稿上吹气，因为干燥粉已经用罄。他满意地站起来，拿起小提琴，不看乐谱就开始演奏，想着不可能的后续。他骄傲地弹响舌头，并再度坐下。在最后一页的下方空白处，用他最仪式性的书法，隆重地写下："将本曲在其生日当天，献给我亲爱的妹妹，安妮特之子，我亲爱的外甥，纪尧姆－弗朗索瓦，愿在泪之山谷的短暂停留，对他合宜有利。"他重读了一次，又得再吹口气，同时诅咒家里所有佣人，竟然连随时备齐书写用具都做不到。在坎杰斯，所有人都知道自己该做什么，每个人只要尽自己的义务，都会像我一样被热情款待。在夏天，我唯一的义务就是吃饱，因为城里的孩子都瘦到只剩皮包骨。你瞧，他带着什么脸色来这儿的，真可怜。我的堂亲们都比我年长，最小的罗萨大我三岁，也就是说，我是最受宠爱的幺子，得喝最纯的牛奶，吃最好的腌肉肠，配上淋了橄榄油的面包及撒上酒、糖的面包，还有培根肉。辛托伯父有点担心阿德里亚躲起来看没有圣徒画像只有文字的书，这个有点损害身心的习惯，就一个七岁、十岁、十二岁的孩子而言，有些令人担忧。莱奥伯母温柔地抚摸他的手臂，伯父就换了谈话的主题说，谢维下午得陪他，因为普鲁登西要来看乳牛。

"我也要去。"罗萨说。

"不行。"

"那我呢？"

"可以。"

罗萨生气地离开了，因为阿德里亚是最小的，他可以去，她却不行。

"女儿，那看了会让人不舒服的。"

我跟着去了，看着普鲁登西把拳头与整条手臂塞进小白的肛门，然后不知道跟伯父说了什么，谢维把话记录在纸上，小白对男人们的担忧毫不关心。

"小心、小心，它要尿尿了！"阿德里亚激动大叫。

男人们闪开并继续交谈，但我站在最前排，从这么近的距离看一头母牛排泄是当时托纳生活中最精彩的节目之一。我也看帕罗特尿尿，它是坎卡西克的驴子，非常值得现场观看。所以，我认为伯父与伯母对罗萨真的很不公平。还有其他精彩节目，像是到玛塔蒙杰斯洼地附近的河里抓蝌蚪，把八九只受害者放在玻璃瓶里带回家。

"可怜的小东西。"

"不会啦，伯母，我每天都会喂它们东西吃。"

"好可怜哦。"

"我会给它们面包，真的。"

"真是小可怜。"

我想看它们怎么变成青蛙，或者，比较一般的情况是，怎么变成死的蝌蚪。因为我们不知道要换水，什么东西都丢到瓶子里喂它们。还有屋檐下的燕子窝、突如其来的阵雨，以及晒谷场上麦子脱粒，尽管已不再需要簸扬，而是使用机器除去糠秕，同时也会发酵干草垛，整个村子漫天干草梗的灰尘，就像我记忆里的那样。于阿卡迪亚吾亦常在，阿德里亚·阿德沃尔。没有人能夺走这些回忆。现在我觉得莱奥伯母与辛托伯父应该是非常好的人，因为两兄弟大吵一架后，仿佛什么事都没有发生过。那是好久以前的事，在阿德里亚出生以前，他会知道这件事是为了不与母亲单独留在巴塞罗那。在满二十岁的夏天时，我决定到托纳镇待上三四个星期。如果你们接纳我的话。还有，因为萨拉的关系，他有些伤感，他们瞒着双方家人偷偷交往了一段时间，后来她不得不跟着父母去卡达克斯（Cadaqués），让我变得比孤单更寂寞。

"什么如果我们接纳你的话？以后别再这么说了，"莱奥伯母生气地说，然后问，"你什么时候来？"

"明天。"

"你堂兄姐都不在。哦，谢维在，但他整天都在农舍那边。"

"我想也是。"

"坎卡西克的乔塞普和玛丽亚去年冬天走了。"

"哦！不会吧！"

"紫罗兰也因为太哀伤而过世了，"电话的另一头静默着表示安慰，"它们都很老了，乔塞普驼背到几乎都要对折了，真可怜，那只母狗也很老了。"

"真遗憾。"

"记得带小提琴来。"

而我对母亲的说辞是，莱奥伯母邀请我，没法拒绝。母亲没说好，也没说不好。我们非常疏远也很少说话。我整天读书、阅读，而她整天都在店里。在家的时候，还继续用眼神控诉我任性地断送小提琴演奏家的大好前程。

"母亲，你听见了吗？"

店里好像有些问题，但她不想告诉我，她总是这样。所以，她没看我，只说了记得带上一些礼物给他们。

"什么礼物？"

"不知道，就一份礼物，你想想吧。"

我一到托纳，就双手插在口袋走到镇中心去贝尔达格店里去找礼物。到了主广场我看见她坐在拉科餐厅的桌子一边喝欧恰塔[1]，一边看着我微笑，好像专程在那里等我似的。也就是说，她在等我。一开始我没认出她，但是后来，哎呀！我认识她，她是……她是、她是谁，我认得这个笑容。

"你好。"她对我说。

---

1 欧恰塔（orxata），原产于西班牙巴伦西亚的一种饮品，原料包括扁桃、大米、大麦和油莎草的块茎。

于是我认出她了，她已不再是天使，却仍有着天使般的笑容。现在她是成熟的女人了，非常美丽。我照着她的指示在她身旁坐下。

"我的加泰罗尼亚语还是不太好。"

我对她说可以用意大利语交谈，她便问我，Caro Adrià, sai chi sono, vero?[1] 最后我没有在贝尔达格店里买任何东西给莱奥伯母。一开始，她喝着欧恰塔，阿德里亚吞着口水。她告诉阿德里亚许多他不知道的事情。虽然满二十岁了，家里从来都不会谈论任何事情。那时候，我的天使在托纳的大广场告诉我，我们是姐弟。

我有些讶异地看着她。那是第一次有人把事情一五一十地告诉我。我想，我茫然了。

"是真的。"她重申。

"好像小说哦。"我企图掩饰。

她神色未变，接着说，虽然是同父异母的姐姐，但看年纪的话，她简直可以当我的妈妈了。她让我看一份出生证明或类似的文件，上头写着我的父亲承认他是达妮埃拉·阿玛托的父亲，她也让我看了护照，根据护照这人是她没错。也就是说，她在等我，而且已经准备好要跟我说这些话，也把文件都带在身边。所以，我当时所知道的事实只对了一半，这个天资聪颖的独子有个姐姐，一个大他很多的姐姐。突然觉得大家都在欺骗我：父亲、母亲、小洛拉，还有这许许多多的秘密。也为了卡尔森警长从未暗示过而感到遗憾，至少一点点。一个姐姐，我再次看她，还是像那天，以天使的形式出现在我家时一样漂亮。事实上，她已是位四十六岁的女士，而且还是我的姐姐。星期天的无聊下午应该也不会一起玩乐，她应该会和

1　意大利语，意为："亲爱的阿德里亚，你知道我是谁，对吗？"

小洛拉的那群女朋友一块出去，每次一有男人看她们就掩着嘴笑。

"可是，你和我母亲同年。"我随口说。

"我比较小一点。"我感觉到她话里有些动怒。

她叫达妮埃拉，她说她的母亲……然后说了一个美丽的爱情故事。我无法想象父亲恋爱的模样，不发一语地仔细聆听她的故事，努力想象一切，不知为何，她开始跟我说起俩兄弟的关系。因为父亲在进入比克修道院前，学会如何簸扬、脱谷粒，也会摸星星的肚子看它是不是终于怀孕了。阿德沃尔爷爷教导两个儿子如何正确地将驮鞍放到驴子上，辨识云朵，若是从科尔苏斯皮纳（Collsuspina）那边来的，就只会飘过，一滴水也不会落下。辛托伯父因为是长子，对农庄里的大小事都很感兴趣。他珍视土地，对收成与工作日有兴趣，不像我们的父亲，总是飘在云端，在思考或躲在角落看书，像你一样。无论如何，尽管没有兴趣，他也开始成为半个受过教育的农民，他们有些失望地将他送到比克修道院。从那时起，他才开始对学习产生浓厚的兴趣。他开始学拉丁语、希腊语，以及一些由大师传授的课程，修道院里还飘着贾辛特·贝尔达格尔的新鲜影子，因此每三个修士就有两个致力研读诗文。但是，我们的父亲恰恰相反，他希望深入研究哲学与神学领域。

"你怎么知道这么多？"

"我母亲说的。我们的父亲年轻时非常健谈。后来，你也知道，他成了一本合起的书本，包在木乃伊里。"

"还有呢？"

"因为他相当聪明，所以他们送他到罗马念书。但是，他让我母亲怀孕后逃走了。他很懦弱，然后我就出生了。"

"天啊！好像小说哦。"我又说了一遍。

达妮埃拉没有生气，而是亮出迷人的微笑，继续说故事。她告诉他，你的父亲和他哥哥大吵了一架。

"辛托伯父吗？"

"你，还有让我跟这种歪瓜裂枣结婚的想法，随便滚到哪里去吧！"费利克斯生气地把照片还给辛托。

"可是你什么都不用做，这个农庄已经可以自主运作。我特地注意所有细节，这样你就可以专注在书本里了。妈的，你还要求什么？"

"为什么让我结婚呢？"

"父母让我这么做的。他们说，要是有一天，你脱下教袍的话，就让你结婚，一定要让你结婚。"

"但是你都还没结婚。为何这么……"

"我要结婚了，我留意了一位……"

"像在说乳牛一样。"

"不要没大没小！母亲早就知道要说服你很不容易。"

"我想结婚的时候就会结，如果我最终会结婚的话。"

"我可以帮你找一个更漂亮的。"辛托边说边把布曲家长女的灰色相片收起来。

父亲冷酷地要伯父支付他那部分的遗产，因为他想要移居到巴塞罗那。然后他们互相咆哮，用语像石头阵仗般。兄弟俩仇恨地怒目相视，但终究没到拳脚相向的地步。父亲拿走属于自己的遗产，他们疏远彼此许久，多亏莱奥伯母的坚持，父亲才让步，出席哥哥的婚礼。尽管如此，他们还是相当疏远。一个用遗产买邻接的土地、养殖牲畜、生产饲料；另一个用遗产在欧洲各处进行秘密旅行。

"什么秘密旅行？"

达妮埃拉喝光剩余的欧恰塔，不再开口。阿德里亚结帐回来时说，我们一起散步，好吗？这时拉科餐厅的托里已经开始用抹布清洁桌子，表情似乎是说，这个法国女人应该一小口一小口地啃咬、吞下，哦，真不成体统。

还没走出广场，达妮埃拉便停在他面前，戴上看起来有些时髦且不可宽恕的外国人形象的黑色墨镜。好像在他们俩之间塞进了一份亲密的信赖感，她靠近他，解开他衬衫的第一颗钮扣。

"借口。"她说。

拉科餐厅的托里将她的丰姿绰约看在眼里，心想这样一个毛头小子怎么可以勾搭到这样的法国妞。他摇摇头，感叹迅速变化的世界。此时，达妮埃拉的视线落到圆牌项链上。

"我不知道你是信徒。"

"不是因为信仰的关系。"

"帕尔达克的丘芙圣母。"

"是纪念品。"

"谁的纪念品？"

"我不知道。"

达妮埃拉微笑地搓了搓圆牌，然后放回阿德里亚的胸口。他将圆牌藏起来，觉得隐私被侵犯有些不悦，因此加了一句：关你什么事？

"很难说哦。"

阿德里亚不甚明白，两人安静地走了几步。

"是一条很漂亮的圆牌项链。"

亚基亚姆从脖子上把项链摘下来给珠宝商看，告诉他是金子做的，链子也是金子做的。

"不是偷来的吧？"

"才不是！这时我瞎眼的小妹贝蒂娜给我的，让我不要孤单一人。"

"那为什么要卖掉？"

"您觉得奇怪吗？"

"当然······家人给的纪念品······"

"家人······我好想我父亲，帕达克的穆雷达，还有穆雷达家的每一个人，阿尼奥、延、马克斯、埃梅斯、约瑟夫、特奥多尔、米库拉、伊尔瑟、埃丽卡、卡塔琳娜、玛蒂尔德、格蕾琴、还有小盲女贝蒂娜。我也很想念帕尔达克的景色。"

"为什么不回去呢？"

"因为有人恨我，我家人给我消息说目前还是谨慎点，不要······"

"嗯······"金匠低下头，仔细地看着圆牌项链，丝毫不想了解帕尔达克穆雷达家的困难。

"我寄了很多钱给我父亲，好帮助兄弟姐妹们。"

"嗯。"金匠仍盯着项链，然后把它还给主人。

"帕尔达克是普雷达佐吗？"金匠问道，并看着他的眼睛，好像突然想到什么事情。

"平地人叫那里普雷达佐，没错，就是帕尔达克······你不想买吗？"

珠宝商摇摇头。

"我需要钱。"

"你这个冬天就在我这儿工作吧，等冰融的时候，爱上哪就去哪。但是别卖了你的项链。"

于是接下来的几个月，亚基亚姆学会熔金，然后制成戒指、圆牌项链与耳环。直到有一天，金匠摇了摇头，重拾旧话题似的对他说："你把钱托谁带去的？"

"什么钱？"

"你要寄回家里的钱。"

"一个可以信任的人。"

"是奥克人吗？"

"对，怎么了？"

"没有，没什么⋯⋯"

"到底是怎么一回事？"

"不，因为我听到人家说⋯⋯算了，没有啦。"

"您听到什么？"

"这人叫什么名字？"

"我叫他布朗。他叫布隆·德卡齐亚克，因为他发色很淡的关系。"

"好像他们没让他过去⋯⋯"

"什么意思？"

"他被杀了，钱也被抢走了。"

"谁干的？"

"山上的人。"

"莫埃纳的人吗？"

"我想是的。"

那天一早，亚基亚姆的口袋装着一个冬天的工作酬劳，以及珠宝商的祝福，他往山上走，要去追查他寄回穆雷达的钱，以及可怜的布朗究竟发生了什么事。亚基亚姆带着满腔的怒火上山，无法维持一丝警戒。第五天，他抵达莫埃纳，在广场上大吼，布罗恰家的人出来！布罗恰家的某人听到后，通知他的表兄弟，这个表兄弟又通知其他人，凑足了十个人后，就到广场上把亚基亚姆抓起来押到河边。惊恐的哀嚎没有传到帕尔达克，丘芙圣母圆牌项链却被布罗恰家第一个看到的人当作战利品取走了。

"帕尔达克在特伦蒂诺—上阿迪杰自治区。"

"我的母亲总是告诉我，那是一个我不认识的，在当水手的叔叔从非洲带回来的。"达妮埃拉若有所思地回答。

他们走到了小镇的墓园，一语不发地走向鲁尔德斯小教堂。那是个宜人的午后，非常适合散步。半个钟头的沉默之后，两人坐在小教堂花园的石椅上，阿德里亚鼓足勇气，比着胸口问，你要吗？

"不，那是你的，别弄丢了。"

太阳按照轨迹迁移，转化了花园里的影子。阿德里亚又问，你说父亲在欧洲的秘密旅行，究竟是什么？

他在博尔戈区的一家小旅馆住下，离梵蒂冈的圣彼得教堂只有五分钟距离，就在帕塞托大道边上。一家低调、简单、经济实惠的旅馆，叫作布拉曼特，店主像一尊罗马圣母像，面容犹如铁腕的养鹅人，又像是来自恺撒时代与奥古斯都时代之间。房间面朝狭窄潮湿的帕利内小巷，他安顿好后，第一件事就是去见莫尔林神父。莫尔林神父看到他，站在圣撒比纳堂（Santa Sabina）的回廊看了他几秒钟，努力回想眼前这名男人是……不会吧！

"费利克斯·阿德沃尔！"神父大叫，"Il mio omonimo! Vero？"[1]

费利克斯·阿德沃尔点点头，亲吻神父厚重教袍里出汗的手。莫尔林看着他的双眼，迟疑了几秒钟，他没有邀请他到圣殿或中庭，

1　意大利语，意为："和我同名的人！是你吗？"

而是带他到一条无人、白色墙壁的走道，走道很长，挂着几幅不值钱的画作装饰，也没有太多门。他本能地放低音量，就像往日般，他问，你想做什么？费利克斯·阿德沃尔回答，我要人脉，只要人脉，我要开店了，我想你可以帮我找到最高品质的好货。

他们沉默地向前走了几步。奇怪的是，那地方虽然空空荡荡，但两人的脚步声、谈话声都毫无回音。莫尔林神父一定知道这是个隐蔽的地方，走了两幅画的距离，他们在一幅现代主义的画作前停下脚步。他擦干前额的汗水，看着他的眼睛。

"你是怎么离开西班牙的？现在不是正值内战。"

"我有我的办法，也有一些人脉，可不受阻碍进出。"

莫尔林神父作态说这些事情的细节，他不方便知道。

他们谈了很多、很久。费利克斯·阿德沃尔的想法很清楚，希特勒困扰许多德国、奥地利、波兰市民的生活已好几年了，这些人必然想远走他乡，另寻出路。

"你想找富有的犹太人。"

"逃难对古董商而言是大好时机。带我找到有意出走去美国的人，其他就是我的事情了。"

他们来到走廊的尽头，有扇窗户能够看到小而俭朴的中庭，地上只有几盆血色的天竺葵装饰。费利克斯很难想象，一个多明我会神父往一排排的花盆里浇水。小中庭的另一边有个类似的窗户，窗框完美，远处就是圣彼得大教堂的穹窿，仿佛是刻意营造的构图。费利克斯·阿德沃尔想了短短几秒钟，如何把那扇窗与视野带走。回到现实中，他确信莫尔林是刻意带他到这里，让他看见那扇窗户的。

"我需要三四个人的地址，也要清楚掌握这些人的处境。"

"亲爱的阿德沃尔，为什么会认为我知道你感兴趣的这些事呢？"

"我有我的消息来源。我花很多时间工作，知道你一直在扩充人脉。"

莫尔林神父确实如他所言，却不愿回应。

"怎么突然关心别人的事情了？"

费利克斯差点就脱口而出，因为我热爱我的工作，因为只要找到一个有趣的物件，世界就会围绕着它旋转，不论是一尊小雕像、一幅画、一张纸或一块布。而这世界上充满各种物品，本身无需任何佐证，有些物品则……

"我在当收藏家，"他说，"我是收藏家。"

"收藏什么？"

"收藏家，"他张开双臂，像圣多明我布道般，"我在寻找美丽的物品。"

他确信，莫尔林神父，朋友之间的共同朋友，对讨厌的人来说是个危险人物，拥有各路门道，是世界上唯一一个不需要离开圣撒比纳堂就能对一切了如指掌的人。阿德沃尔是他从前的朋友，因此不久便达成共识。虽然如此，阿德沃尔还是不得不承受一顿说教。他说，我们身处在一个动荡的时代，不是任何人愿意的。他们为了不让人起疑，做出从远处看来像在祷告的模样。欧洲当时的动荡岁月迫使许多人开始向往美洲。于是，通过莫尔林神父的协助，费利克斯·阿德沃尔在战争前夕旅行欧洲各地，试图在各种可能的大震荡爆发前抢救各式家具。第一个卖家在维也纳的老城区，拥有一幢美丽的房子，只有几米宽，但内部相当深长。他按了门铃，一位带着些许疑虑与诚挚微笑的女士开门。他向第一位卖家买了房子里的所有家具，并在尚未离开维也纳，几乎还没跨出环城大道就以两倍的价格售出，只保留最有价值的五件。如此惊人的成功使他志得意满。但是费利克斯·阿德沃尔非常精明且聪慧，做事相当谨慎。他在纽伦堡拿到一套 17、18 世纪的画作：两幅弗拉戈纳尔、一幅华铎，还有三幅里戈的作品。我想他会留下黄栀子花的静物画。在费拉拉（Ferrara）旁边的彭特格拉代拉（Pontegradella），他第一次取得高价乐器，是把中提琴，由那不勒斯的尼古拉·加利亚诺所制。在他斟酌是否买下乐器的同时，也遗憾从未学过弹奏这类乐器。他一直保持沉默未答复，直到一位叫作大卫·费欧达里索的卖家因新颁布的种族法而被迫离开维也纳爱乐乐团，最近在费拉拉的一家咖啡厅拉提琴维生。"Due milioni per un sorriso."[1] 卖家声音低沉地说。他盯着拿放大镜欣赏这把琴足一个钟头的阿劳先生。阿劳先生以视线代替点头，费利克斯·阿德沃尔知道是时候以鄙视的模样把乐器还给主人，并且开出荒谬的低价。虽然这种作法冒着失去这把琴的风险让他相当心痛，使他必须坐着思考下一步。头脑冷静地做买卖是一回事，如果决定开店的话，又是另一回事了。他用二十万里拉买到中提琴，而且没有接受卖家双手颤抖送上的咖啡。战争教导我们别看受害者的双眼，懦夫。阿劳先生说虽然自己不是乐器专家，但是，只要放出风声，不急着卖出的话，应该可以用三倍高的价格卖出。如果愿意的话，他可以介绍一个同乡，叫作贝伦格尔，能非常精准地估价，相当有担当的年轻人，当西班牙内战结束后，总有一天会结束的，他想回到家乡。

1　意大利语，意为"两百万元博一笑"。意大利导演马里奥·索尔达蒂（Mario Soldati）与卡洛·博尔盖西奥（Carlo Borghesio）1939 年曾执导同名电影。

在无所不知的神父莫尔林的建议下，他在苏黎世附近的一个小镇租了一个仓库，把沙发、长椅、摇椅、弗拉戈纳尔、齐本达尔家具与华铎的画作都放在里头，还有那把加利亚诺中提琴。他万万没想到有朝一日，竟然会因为一个外形相似的乐器而溃败。他非常明白的是，古董店里的商品是一回事，个人的收藏是另一回事，这将是他收藏目录中最顶级的物品。

他偶尔会回罗马，到布拉曼特旅馆与莫尔林会面，聊可能的客户与未来。莫尔林让他明白，西班牙的战争是永远不会结束的，因为欧洲时局震荡，将造成许多不便。要绘制新的世界地图，最快的方式就是使用弹药与枪炮。他以令人讶异的无可奈何冷淡地说着。

"你怎么知道这些事？"

我不知道还要问什么，达妮埃拉和我从巴里路爬上城堡，仿佛有老人家同行般，而不走另外一条较陡峭的路。

"好辽阔的视野！"她说。

从城堡的小教堂望向整个普拉纳，阿德里亚短暂地想着他的阿卡迪亚。"你为什么知道父亲这么多事情？"

"因为他是我的父亲。最后面那座山叫什么名字？"

"蒙特塞尼山。"

"真像耶稣诞生的场景。"

我心想，你又知道我们家里从不摆设的耶稣诞生的场景是什么样子？但是达妮埃拉是对的：托纳看起来比任何地方还像耶稣诞生的场景。阿德里亚指着下方："坎杰斯。"

"对，还有坎卡西克。"

他们继续走向阿拉伯人的碉堡，里头已成了臭气冲天的小便盆。外头风很大，风景优美。阿德里亚为了不错失美丽的景色坐在悬崖边，直到此刻，才想起关键问题："为什么跟我说这些？"

她坐在他的身边，没有看着他说，我们是姐弟，必须了解彼此。而且她是坎卡西克的主人。

"我知道，母亲跟我说过。"

"我想把房子拆了，把脏污、储水池、粪肥还有腐烂的稻梗全都清除，然后盖新房子。"

"你想都别想。"

"你会习惯的。"

"紫罗兰难过得死了。"

"谁是紫罗兰？"

"养在坎卡西克的母狗，深肉桂色，黑色的嘴，垂垂的耳朵。"

达妮埃拉肯定不知道，但是她什么也没说。阿德里亚静静地看了她几秒钟。

"为什么跟我说这些事？"

"你必须知道我们的父亲是什么样的人。"

"你讨厌他。"

"我们的父亲已经过世了，阿德里亚。"

"但是你讨厌他。为什么来托纳？"

"为了避开你的母亲，好跟你单独说说话，讲讲那家店的事。等你拥有古董店的时候，我希望能够加入做合伙人。"

"但是，你跟我说这个有什么用？应该去跟我母亲商量……"

"我跟她完全没法对话，你知道的。"

太阳落在科尔苏斯皮纳山后方已有一会儿了，心里顿时冒出一股虚空感，光线就快没了，仿佛听到蟋蟀的叫声，苍白的月亮从科尔苏斯皮纳山探出头，真早。她刚说，等我拥有古董店的时候？

"按照生命的定律，那家店迟早会成为你的，早晚的问题。"

"去你的。"

我用加泰罗尼亚语说最后一句，虽然她没有太大的反应，浅浅的笑容让我明白她完全理解这句话的意思。

"我还有很多事情要跟你说。对了，你带了哪一把琴来？"

"我不想练太多。事实上，我已经不拉了，是为了莱奥伯母才带的。"

马上就要天黑了，因此他俩开始往下走。他报复似的选择较陡的路，他跨着大步伐，不在意耗费体力。她虽然穿着窄裙却轻松地跟在他的后头。到了墓园附近邻接树木的地方，月亮已在天空升了一段高度。

"你带哪一把琴来的？"

"练习琴，怎么了？"

"就我所知，"诺塞克先生站在街上，接着说，"除了斯特拉迪瓦里外，没有任何小提琴手曾经有系统地拉过这把琴，懂吗？"

"不懂。"阿德沃尔不耐烦地说。

"我的意思是，这把琴因此更有价值了。这把琴制作完后就在纪尧姆－弗朗索瓦·维亚尔的手中销声匿迹，很可能从那时起到现在没有人拉过这把琴，没有任何记录，琴突然就出现在这里。这是一把无价之宝。"

"亲爱的博士，这才是我想知道的。"

"真的是他制作的第一把琴吗？"贝伦格尔先生好奇地提出这个问题。

"没错。"

"我不会买的，阿德沃尔先生，这是好大一笔钱。"

"琴值这个价吗？"费利克斯·阿德沃尔看着诺塞克先生。

"如果有的话，我会毫不迟疑地付这笔钱。听起来好听极了。"

"我才不在意琴的音色。"

"它具有非凡的象征意义与价值。"

"这才是我在意的。"

这时下起了雨，于是阿德沃尔当街支付诺塞克的专业服务，然后告别。战争除了造成百万人丧生、摧毁无数座城市外，也让人们习惯免去客套话，在任何角落都能站着解决各种可能影响一生的重大问题。在费利克斯·阿德沃尔答应会采纳贝伦格尔先生的决定后，他们正式告别。事实上，五十万美元是一笔大钱，他非常感谢两位先生的协助，有机会的话，希望下次再见。在走到下一个路口前，贝伦格尔再次回头看了阿德沃尔，假装点燃根本没拿出来的烟，以仔细观察目标。费利克斯的后脑勺觉得有人在注意他，但并未回头。

* * *

"谁是法莱尼亚米先生？"

阿德沃尔又来到圣撒比纳堂，再度身处那条没有回音的隐秘走廊。莫尔林神父看了一下手表，神采奕奕地走向阿德沃尔，要他去街上。

"可是在下雨，真是的，莫尔林。"

莫尔林神父打开一把乡下用的巨大雨伞，抓着阿德沃尔的手臂，走往圣殿旁的人行道，像一位多明我会的神父安慰一个由于悔恨而中毒致命的可怜虫。他们漫步在圣撒比纳堂周围长长的人行道，好像在谈论不忠、不伦的背叛、嫉妒与愤怒的罪恶情绪，我有许多年没有告解了，神父。看在街上行人眼里非常具有感化意味。

"他是司法与和平办公室的看门人。"

"这我知道了,"阿德沃尔踏着湿淋淋的两步,"他是谁?说吧。怎么会有这么贵重的小提琴?"

"真的很贵重,是吧?"

"你会拿到一部分的费用作为酬劳。"

"我知道他要多少钱。"

"我想也是,但你不知道我会付多少。"

"他不叫法莱尼亚米,他叫齐默尔曼。"

他斜眼看着他,沉默地走了几步后,莫尔林神父试探道:"也就是说,你不知道他是谁,是吧?"

"我确定他也不叫作齐默尔曼。"

"你最好还是继续称他为法莱尼亚米。你可以出他要价的四分之一。但是,尽量不要像是因为……"

"因为他是危险人物。"

"对。"

一辆北美军用吉普车高速驶过科利索路,把他们的教袍与长裤下摆都溅湿了。

"他妈的瞎子,不长眼睛!"阿德沃尔依旧低声地说话。莫尔林不悦地摇摇头。

"亲爱的朋友,"他用心不在焉的微笑看着未来说,"你这种个性早晚会让自己吃亏的。"

"什么意思?"

"你得知道自己没有想象中那么强大,尤其在这样的时候更是渺小。"

"谁是齐默尔曼?"

费利克斯·莫尔林挽起朋友的手臂，雨水的絮语打在伞上，使旁人听不见他们的谈话。

街道很冷，雨水接着带来一场安静的大雪。房子里，他看着高脚杯里闪着光摇晃的红酒说，是的，我生在一个还算富裕、信仰非常虔诚、道德要求严格的家庭。这使得个人能力有限的我能够遵从元首的命令，并落实海因里希·希姆莱[1]的具体指导，使我加入持续对抗祖国内部敌人的有生力量。医生，这酒真是太棒了。

"谢谢，"福格特医生说，有些受不了这种过于文绉绉的发言，"您能够在我的临时住所感到宾至如归，真是太荣幸了。"他随口说说，越来越排斥这些没受过基本教育的荒唐人物。

"临时的，但很舒适。"集中营指挥官说。

喝下第二口时，外头的雪已经用羞愧且厚重的冰覆盖了土地所蒙受的耻辱。鲁道夫·赫斯[2]接着说："命令，无论看起来多么艰难，对我而言都是神圣的。因为作为党卫队的一员，我要做好牺牲个人与人格的准备，完成国家给我的任务。"

诸如此类的长篇大论。

"当然了，集中营的领导者，赫斯指挥官。"

然后，赫斯大声地告诉他布鲁诺大兵的可悲之事，用的是迪特马尔·克尔曼在柏林剧院演出的风格，最后以那句有名的"把尸首搬走"作结。就福格特医生所知，他至少跟二十个人说过这件事，

1　海因里希·希姆莱（Heinrich Luitpold Himmler, 1900—1945），法西斯战犯、纳粹德国的重要政治人物，曾任纳粹党卫队首领、纳粹德国秘密警察（盖世太保）首领等职，对诸多战争罪行负主要责任。

2　鲁道夫·赫斯（Rudolf Höss, 1894—1987），德国纳粹党二号人物，第二次世界大战后被判处终身监禁，最终在柏林一处军事监狱内上吊自杀，但后人对其死因仍有争议。

总是用同样的结尾。

"德国人不是路德教派就是加尔文教派，我的父母都是热情的基督徒，他们热切地期望我成为神职人员，有段时间我也在考虑这件事情。"

真是可悲的善妒者。

"你肯定是个很好的神职人员，赫斯指挥官。"

"我想是的。"

而且自以为是。

"我相当肯定，不论什么事情您都会做得非常出色。"

"诚如您所言，我这个优点可能也会是让我吃亏的一点，尤其现在我们正准备迎接希姆莱长官的访视。"

"怎么说？"

"作为集中营的指挥官，我要对整个体系的缺失负责。比方说，最后一次运送齐克隆[1]，只剩下两次的用量，顶多三次，但是，军需部长却没想到要告知我，也没有想到要再申请。就这样，所以我才在这里请您帮忙，我还带来了几部卡车，这些卡车可能还有别的任务，不但如此，我还得忍着不对军需部长发火，就是这样。在奥斯维辛，每个人都处在能力极限。"

"我想达豪集中营的经验……"

"从心理学的角度而言，是有天壤之别的，达豪有囚犯。"

"我知道那里死了很多人，而且还持续增加。"

这个医生是个白痴。赫斯心里想，什么事情都要讲得清清楚楚

1　齐克隆（Zyklon），氰化物化学药剂，原本用作杀虫剂，在第二次世界大战期间被纳粹德国用于实施种族灭绝。

才明白。

"是的，福格特医生。但是达豪是一个囚犯集中营。然而，奥斯维辛则是设计、算计如何灭鼠的。幸好犹太人不算人类，否则我可能会误以为自己身处地狱呢。地狱的大门就是毒气室的门，目的地就是焚化炉或森林里那几个露天乱葬岗。这都是因为我们收到的材料实在不足，只好把剩下的肢体烧掉。医生，这是我第一次对营外的人提起这些事情。"

他以为他是什么？这个像屎一样的白痴。"偶尔宣泄一下是好的，赫斯指挥官。"

赫斯心想，虽然跟一个愚蠢、自以为是的医生谈话，但能够尽情宣泄还是挺舒坦的。

"我可要仰赖您专业保密的责任感，党卫队的领袖……"

"这是当然的，你，是基督徒……总归一句，心理医生就像告解神父，你原本可能当上的。"

"我的手下必须要非常坚强才能执行任务。前几天有一个刚满三十岁的士兵，你看，也不是小毛头了，在棚里当着所有同袍的面前嚎啕大哭。"

"他怎么了？"

"布鲁诺！布鲁诺！醒醒！"

虽然集中营的指挥官感到难以置信，在喝了第二杯之后，他再度详细地描述这件事情的来龙去脉。喝到第四杯、第五杯时，他的双眼湿润起来，开始说些不得体的话。不小心，他说出了自己看上一名犹太女孩。医生非常震惊，试图掩饰，心想万一落难，这可是非常有用的信息。因此，隔天，他和三等兵汉希谈话，非常有教养地请教他指挥官说的女孩是哪位。这很简单，是他的佣人。他将这件事记在秘密笔记簿里。

* * *

几天后，又得再去做讨厌的选样工作了。福格特医生观察士兵们如何费力说服女人丢下孩子，看着布登医生遵照他的命令选择的十位男孩与女孩。然后，他注意到一个边哭边咳嗽的老太太，并走向她。

"这是什么？"

他用手摸摸盒子，老太太却往后退了一步。他心想，这个老废物以为自己是谁？老人家紧紧抓住盒子使人无法拿走。因此，福格特少校拿出手枪指着女人花白衰老的脑袋，开了枪。在一片哭泣声中，几乎听不见枪响。这猪一般的东西把小提琴的盒子喷溅得到处都是。医生命令埃马努埃尔把盒子清干净后立刻拿到他的办公室。他把手枪放回枪套并转身离开，身后跟随着许多目睹残酷场景的恐惧眼神。

"东西清好了。"几分钟后，埃马努埃尔将盒子放在桌上。这是好东西，所以福格特医生才会注意到它，好的琴盒里通常不会放太差的乐器，花钱做精美乐器盒的人，一定在乐器上花了更多钱。而且，若真的是把好乐器，无论去哪里，都会带在身边，就算是要到奥斯维辛也一样。

"把锁撬开。"

"怎么撬开？少校？"

"随便你，"少校突然跳了起来，"但可别开枪！"

助手用一把规定不能使用的小刀开锁，少校将这小细节也记在秘密笔记簿里。随后作势要助手离开，然后有些激动地打开小提琴盒，里头有一把乐器，是的，乍看之下并不怎么样……不，等等，他拿起来看着琴里的标签：Laurentius Storioni Cremonensis me fecit 1764。真是有眼不识泰山！

* * *

低能的赫斯，第三四流的草包，在三点钟召见他，大胆地皱着眉头对他说，福格特医生，作为拉格的客人，您没有权力在营内收容与选择的地方上演骇人听闻的剧码。

"她不听我的命令。"

"她带着什么？"

"一把小提琴。"

"我可以看吗？"

"没什么价值，指挥官。"

"没关系，我想看看。"

"完全没有价值，相信我。"

"这是命令。"

福格特医生打开医药柜，阿谀地微笑低声道："给您，指挥官。"

鲁道夫·赫斯检视着琴，看着琴身上的伤痕说，我不认识任何音乐家可以告诉我这把琴的价值。

"我得提醒您这琴是我发现的吗？指挥官。"

鲁道夫·赫斯抬起头，对福格特异常冷酷的语调感到意外，沉默了几秒钟让医生理解应该领悟的事情。虽然他也不清楚究竟是什么。

"您刚刚说这东西没有任何价值？"

"没有价值，但是我有兴趣。"

"我要这把琴，福格特医生，当作补偿……"

赫斯不知道如何结束这个句子，因此就把话悬着，同时将乐器收回盒子并盖上。

"真恶心，"他一边看，一边伸展双臂，"这是血，不是吗？"他将盒子靠在墙上。

"都是因为你太放肆，现在我得换盒子了。"

"我会换的，因为这是我的。"

"你错了，我的朋友：这是我的。"

"不，指挥官。"

鲁道夫·赫斯拿起琴盒上的把手，现在他非常明白这乐器是有价值的，就凭医生胆敢因这琴冒犯他，肯定价值非凡。他带着微笑，但是听到福格特医生的责难不得不卸下笑容。福格特当着他的面，口气直冲他的大鼻子："你不能拿这把琴，否则我会揭发你。"

"用什么理由揭发我？"赫斯困惑道。

"理由是六一五四二八。"

"什么？"

"伊丽莎白·梅列瓦。"

"什么？"

"第六一五四二八单位的，六、一、五、四、二、八，伊丽莎白·梅列瓦，您的佣人，党卫队全国领袖希姆勒要是知道您和一个犹太女人发生关系，肯定会判您死刑的。"

赫斯的脸红得像辣椒般，小提琴砰地一声放在桌上，

"说什么告解交心，狼心狗肺的东西。"

"我不是神父。"

不过是途经奥斯维辛，理应严格审查布登医生所做的实验的福格特医生拿走了小提琴。吞了一把小刀的自大营长，还没取出刀子，另外三个医生中尉也不得轻松，那是他筹划的一项研究，要深入研究从未做过的事——了解痛苦的最大极限。赫斯痛苦地度过了几天，心想那个娇滴滴的娘炮小偷福格特是不是个大嘴巴。

"五千美元，法莱尼亚米先生。"

男人受到惊吓的视线越发透明地定在费利克斯·阿德沃尔身上。

"你疯了。"

"不。您要不接受这个价，要不……我想当局应该会希望知道阿里伯特·福格特医生，也就是福格特少校还活着，躲在离梵蒂冈一公里之处，也许与梵蒂冈有影响力的人物勾结，还想用奥斯维辛集中营带出来的小提琴做生意。"

法莱尼亚米先生从客厅里拿出一把女用手枪，紧张地指着他。费利克斯·阿德沃尔一动也不动，露出一个装出来的勉强微笑，看似非常不悦地摇头："您一个人要怎么处理我的尸体？"

"面对这个问题将是我的荣幸。"

"那您会需要面对另一个更大的问题。如果我没有自己走下楼的话，在街上等我的人知道该怎么做的，"阿德沃尔严厉地指着枪，"现在，我只付两千元。您难道不知道自己是联军的十大通缉犯吗？"他的口气像责备叛逆孩子般，即兴地补上这句。

福格特医生看着阿德沃尔拿出一叠钞票放在桌上，眼睛瞪如盘大，并放下枪。

"这里只有一千五百美元！"

"别让我失去耐心，福格特少校。"

就这样，费利克斯·阿德沃尔拿到了古董买卖的博士文凭。半个钟头后，他拿着小提琴走在街上，心脏还快速地跳动着，踩着迅速的步伐，对自己的工作非常满意。

* * *

"你刚刚逾越了外交关系里最重要的规矩。"

"什么？"

"你的做法就像是波希米亚琉璃店里的大象。"

"这是什么意思？"

费利克斯·莫尔林神父的表情与声音充满愤懑地回答："我没有权力批评任何人，但是，保护法莱尼亚米先生的人是我。"

"他不就是个野蛮的贱人。"

"是我保护他的！"

"你为什么要保护一个杀人凶手？"

费利克斯·莫尔林当着费利克斯·阿德沃尔的面甩上门。他仍不明白为什么他会如此反应。

离开了圣撒比纳堂后，他戴上帽子，立起外套的领子，不知道永远再也见不到这位如此惊讶的多明我会神父了。

"我不知道该说什么。"

"我还有更多关于父亲的事情可说。"

已经入夜了，他们走在没有路灯的街上，试着不让泥路上牛车、马车轮压出且已变硬的轨迹绊倒。到达坎杰斯时，达妮埃拉在他的额头上亲吻了一下，几秒之间，阿德里亚想起天使之前的模样，现在，她没有翅膀也没有光环。这时，他才发现店家都关门了，莱奥伯母没有礼物了。

20

那是一张画满悲剧皱纹的脸庞，最令我印象深刻的是眼神，清澈、穿透，仿佛在指控我。若以不同的方式观看这幅画，他的眼神又像在祈求原谅。在萨拉什么都没告诉我之前，我就明白他经历许多不幸，全流露在白色厚纸上的炭笔线条中。

"这是最震撼我的一幅画，"他说，"真希望有机会认识他。"

我发现萨拉没有表达任何意见，她只是把卡达克斯的风景画放在上面。我们安静地欣赏，整间房子都很安静。萨拉一家住在一个很大的公寓里，是个像我家一样的富裕家庭。我们几乎都是趁她父母不在时偷溜进去的。就像天主审判日，像小偷一样溜进你家。

我不敢问为什么要趁她父母不在的时候。阿德里亚想知道这个女孩的一切。一天又一天，看着她令人眷恋的微笑，以及不曾在别人身上见过的细致姿态，心里越好奇。萨拉的房间比我大两倍，而且很漂亮，墙上的壁纸画有鹅与乡村房子，不是托纳坎卡西克大宅的农舍，而是更漂亮、更光洁优雅，没有苍蝇、臭味，像绘本里的那种。那是为小女孩贴的壁纸，却一直留到现在……我不知道你几岁了，萨拉。

"我十九岁，你二十三岁。"

"你怎么知道？"

"看你的脸就知道了。"

接着，她又放了一张画在卡达克斯风景画之上。

"你画得很好，让我再看看那幅老人画像。"

于是她再次把画着海因叔叔、他的眼神、皱纹，还有悲伤光环的画像放到最上面。

"这是你的叔叔吗？"

"对，已经过世了。"

"什么时候？"

"事实上，他是我妈妈的叔叔，我不认识他，我还很小的时候他就……"

"那，你是怎么……"

"看照片画的。"

"你为什么画他的肖像？"

"不想让他的故事消失。"

大家排队走向浴室。加夫里洛夫一路在货运火车上照顾两个孤苦无依的小女孩，他转头向爱泼斯坦医生说，他们要带我们去死。爱泼斯坦医生耳语答道，这是不可能的，你疯了。

"不！医生，是他们疯了！看清事实吧！"

"所有人都进去，像这样，男人在一边，孩子可以跟女人们一起，可以！"

"不、不，把衣服整齐放好，记下衣架号码，洗完澡后好拿自己的，知道吗？"

"你是哪里人？"海因叔叔看着下指令的人们问道。

"不准跟我们说话。"

"你们是谁？你们也是犹太人，是吧？"

"不准跟我们说话！妈的！不要把我的处境搞得更糟，"他大叫，

"记住衣架的号码！"

当所有的男人缓慢地往已经有一批女人进入的浴室前进时，一个留着细胡须且干咳的党卫队军官走到更衣室说："这里有医生吗？"海因·爱泼斯坦医生往浴室又走了一步，身旁的加夫里洛夫对他说，你别傻了，眼前不就有个机会。

"听着！你！别说话。"

加夫里洛夫转过身，指着海因·爱泼斯坦苍白的背影说："报告中尉，他是医生。"[1]这时，爱泼斯坦先生咒骂不幸的同伴，眼里却带着几分雀跃，用口哨低声吹奏罗饶沃尔吉[2]的《查尔达什舞曲》，继续往浴室前进。

"你是医生？"军官站在爱泼斯坦面前问道。

"是的。"他不得不屈从回答，语气格外苍老。当时他不到五十岁。

"穿上衣服。"

爱泼斯坦穿上衣服，其他人像绵羊般，按照集中营那位有着灰色沧桑眼神的管理员的指示进入浴室。

在犹太医生重新着衣时，军官不耐烦地来回踱步，接着又咳嗽了。可能想掩饰从浴室传来被掩盖的惊恐叫声吧。

"这是什么叫声？怎么了？"

"快！走吧！"军官看见男人拉上裤子盖住还未扣上钮扣的衬衫时，立即不耐烦地催促。

他被带到室外，走入奥斯维辛无情的寒冷之中，一直走到一个

1　原文为德语。

2　马克·罗饶沃尔吉（Márk Rózsavölgyi，1787—1848），匈牙利作曲家、小提琴家，被称为"查尔达什舞曲（Csárdás）之父"。

驻守亭里，军官赶走两名在里头偷懒的哨兵。

"帮我听诊。"军官把听诊器放到他的手中命令道。

爱泼斯坦过了几秒后才意识到这个正在脱衬衫的人要他做什么。慢慢地，他把听诊器放到耳朵里。那是自从他离开德朗西（Drancy）后，第一次看起来有几分威严。

"坐下。"他变回医生后立即下达命令。

军官坐在戍守亭的椅子上，海因仔细地聆听。他依听见的声音，想象胸腔里充满痰，非常疲惫。医生叫他换姿势，听胸口与背部的声音，然后要他再次站起身。但这次只是为了对一个党卫队军官发号施令。一个想法快速地闪过脑海，只要帮他听诊，他们就不会要他到充满嚎叫的浴室里，确实如此。

医生看着病人的双眼说需要做比较完整的检查时，不懂如何掩饰自己的快感。

"什么意思？"

"需要检查你的性器官，触诊腰部……"

"好、好、好……"

"你这里有莫名的疼痛吗？"他用铁一般的指头用力按肾脏的位置。

"天啊！小心点！"

爱泼斯坦医生摇头装出担心的模样。

"怎么了？"

"您患了肺结核。"

"确定吗？"

"毫无疑问，而且已经中期了。"

"这里根本没人管我，严重吗？"

"很严重。"

"该怎么办？"军官问，并把听诊器从医生手里拿走。

"要是我的话，一定会要您住院的。这是唯一的机会，"他指着军官的黄色指头，"还有香烟，看在老天的份上，最好连闻都不要闻。"

军官叫了哨兵，命令他们把囚犯带回浴室，其中一个却回答洗浴已经结束了，最后一轮也结束了。于是他披上外套，走到建筑物那边时，一路咳个不停，大叫："带他到二十六号小屋。"

就这样，他逃过了一劫。虽然后来他总是说，那是比死亡更糟的惩罚。

"我从没想到会这么糟。"

"你还不知道其他事情呢。"

"告诉我。"

"不，不行。"

"真是的。"

"来，我带你看客厅的画作。"

于是，她领着他看客厅里的作品，也给他看家人的照片，耐心地回答画像里每一个人的身份。告别的时候，可能是因为有人要回来了吧，她说，你得走了，但是，知道吗？一部分的我会伴随你。

就这样，我认识了你的家人。

21

没有任何艺术像演说术一样，能以诡辩且有系统的方式耕耘、发展。萨拉，在演讲学里，诡辩可说是掌控人们最理想的工具。萨拉，为什么不想要孩子呢？拜诡辩及修辞学所赐，公开演讲得以跻身文学，并被认为是艺术作品，值得以书面形式保留。萨拉，从那时候起，演讲教育就成为大学政治系的必修学分，然而修辞学影响的范围涵盖了散文写作及历史编撰法，尤其对后者影响更甚。萨拉，对我而言，你是一道谜。因此，我们知道，在四世纪时，位居文学领导地位的是散文而非诗文。这很奇特，但合乎逻辑。

"天啊！大爷，真是的，你躲到哪了？到处都找不到你。"

阿德里亚从内斯特[1]著作的第十五章"伊索克拉底及新教育"里抬起头。沉溺在书里的他像无法集中焦距的人。花了好几秒才看清楚被学校图书馆绿色灯罩放出的锥形灯光切成好几个区块的脸。这时有人要他们安静。贝尔纳特一边在桌子对面的椅子坐下，一边低声说，阿德里亚，你已经有一个月不见人影了，他离开了，不知上哪儿去了。阿德里亚呢？整天都不在家，天啊，你真是的……连你家里的人都不知道你去哪儿了……

"你看到了，我在看书。"

1　威廉·内斯特（Wilhelm Nestle，1865—1959），德国语言学家、哲学家。

"狗屎，我在这里通常一待就是好几个钟头。"

"你？"

"是啊，跟漂亮的女孩交朋友。"

要从公元前4世纪跳脱出来已经非常困难了，加上面对的是贝尔纳特的责难就更不容易了。

"一切都好吗？"

"我听说了，那个黏着你的女孩是谁？"

"谁说的？"

"大家都在说，连珍萨娜都形容给我听了：黑色的直发，很瘦，黑色的眼瞳，美术系的学生。"

"真是，那你全知道了……"

"是音乐宫的那个女孩吗？那个称呼你阿德里亚什么的？"

"你有完没完？"

"天啊，原来你在谈恋爱啊。"

"你们可以安静吗？"

"对不起，"他对贝尔纳特说，"我们出去？"

* * *

他们走到中庭，阿德里亚第一次坦承自己确确实实、绝对地、臣服地、无条件地爱上你了，萨拉。你可别对我家里说一个字，啊？

"啊，也就是说，这是连小洛拉都不知道的秘密。"

"希望如此。"

"但迟早……"

"就等迟早到了再说。"

"照这情况看来，是不可能帮你到目前为止最好的朋友了。因为现在你最好的朋友不过是个熟人而已，你的世界只剩下如此完美，叫作……她叫什么？"

"米雷娅。"

"骗人，她叫作萨加·沃尔特斯-爱泼斯坦。"

"那你为什么还要问我？还有，她叫萨拉。"

"那你为什么要骗我？你还隐瞒了什么？难道我不再是贝尔纳特了吗？啊？还是怎么着？"

"哎，你别这样。"

"我会这样是因为好像在萨拉出现后，我们的交情都不算数了。"

贝尔纳特把手伸向阿德里亚。虽然他觉得莫名其妙但还是握住了贝尔纳特的手。

"您好，阿德沃尔先生，我叫贝尔纳特·普伦萨·蓬索达，直到几个月前，一直都是您最好的朋友。您愿意接见我吗？"

"真是胡闹！"

"怎样？"

"疯疯癫癫的。"

"不，我是不满你。一句话，朋友第一。"

"礼貌与勇气是不相抵触的。"

"这你就错了。"

在伊索克拉底身上，我们不会找到任何哲学体系，因为他凭借的是自己所知的有利之事，而非任何哲学系统，他是纯粹的调和论者。萨拉。贝尔纳特站在他面前，盯着他，不让他往前走。

"你在想什么？"

"不知道，我整个脑袋都……"

"谈恋爱的人是坨屎。"

"我不知道自己是不是谈恋爱了。"

"你刚刚不是才说自己确确实实、绝对地、臣服地、无条件地爱上了吗？唉，真是的，你说这话都还不到一分钟呢。"

"但是，到头来我还是不知道自己是怎么了。我从来都没有感觉这么……这么的……啊，我不知道怎么说。"

"让我来告诉你，兄弟。"

"你要说什么？"

"你谈恋爱了。"

"你又没谈过恋爱。"

"你又知道了？"

他们坐到中庭角落里的一张长凳上，阿德里亚想着像伊索克拉底这种诡辩家会对哲学的哪些方面有兴趣：只有具体的问题吧，比如说色诺芬尼关于文化进展的想法（我得读些色诺芬尼的书），以及他对马其顿的菲力感兴趣，使他发现人格特质在历史中的重要性，真有趣。

"贝尔纳特。"

贝尔纳特假装没听见，看着另一边，阿德里亚继续说："贝尔纳特。"

"干什么？"

"你怎么了？"

"我很郁闷。"

"为什么？"

"六月就要检测第九级了，但是我比青麦子都还生—生—生涩。"

"我会去听演奏的。"

"你确定这个占有欲强的女孩不会让你忙不过来？"

"如果有需要的话，你到我家或我去你家，我们来彩排。"

"我可不想要因此耽误你追求梦中的米雷娅。"

伊索克拉底的雅典学院所教导的与其说是哲学，不如说是人文，也就是在今日，我们称之为普遍文化，被柏拉图与其学派晾在一旁的学说。唉，真是的，多希望能透过钥匙孔看看他们，也看看萨拉及她的家人。

"我发誓会去看你的，如果要的话，她也会来。"

"不，只要朋友来就好。"

"真是不识抬举。"

"哟！"

"干什么？"

"可以确定了。"

"确定什么？"

"你谈恋爱了。"

"你怎么知道？"

阿拉珀霍族的伟大酋长严肃地沉默，这家伙该不会想要开始高谈阔论它的经验与感情？卡尔森往地上吐了一口痰说："即使到骑马一个钟头远的地方都能看得出来。肯定所有人，包括你母亲都发觉了。"

"我妈眼里只有店里的事。"

"相信我一次。"

伊索克拉底，色诺芬尼，萨拉，贝尔纳特，调和论，小提琴检测，萨拉，马其顿的菲力，萨拉，萨拉，萨拉。

　　萨拉，每一天、每一周、每个月在你身旁，品味总是萦绕着你的古老沉静。你是眼神悲伤却出奇静谧的女孩。我的欲望越来越强烈，我就快要见到你了，就能看着你的双眼融化。我们总是在街上碰面，在圣乔莫广场吃热狗，或在城堡公园散步，徜徉在我们秘密的幸福里。为了要隐瞒双方家人，所以从不在我家或你家碰面，除非确定没有人在家。我不晓得为何要隐瞒，你知道，但我没问，只是一天天随着不间断的幸福往前走。

22

阿德里亚希望自己能写出像《希腊思想史》(*Griechische Geistesgeschichte*)的书，这本书可能是未来的典范。希望自己像威廉·内斯特一样思考、写作。还有很多事情，因为那几个月是活着、想着萨拉的紧凑、开创、生机蓬勃、英雄、不可重复、史诗、伟大及清醒的几个月，让他学习的精力与渴望倍增，只想看书，且无感于警察的日常压迫。当时，一切听起来与学生相关的都与共产党、共济会、加泰罗尼亚主义与犹太人划上等号。都是法西斯主义企图用棍棒与子弹连根拔除的四大弊端。这些黑暗对我们而言不存在。我们整日看书，看向未来，深深地看着你的双眼，对你说我爱你，萨拉，我爱你，萨拉，我爱你。

"哟！"

"干什么？"

"你重复了。"

"我爱你，萨拉。"

"我也爱你，阿德里亚。"

现在、永远都爱你。阿德里亚满意地叹口气。我满意吗？甚至经常自问生命是否满足我？在等待萨拉的那几个月，我不得不承认，是的，我很满意，对生活充满憧憬，因为再过几分钟，那个纤瘦、黑色直发、黑色眼瞳，美术系的女学生就会出现在面包店的转角，穿着让她看起来非常可人的苏格兰短裙，带着香甜的微笑对我说，你好，阿德里亚。接着，两人犹豫是否在大街上亲吻。因为我知道，世界都会看我，看我们，对我们指指点点，会说你们就像那些离开巢穴、偷偷谈恋爱的人……天色阴霾灰暗，对我来说却十分明亮。八点十分。真是奇怪。通常她和我一样准时，但现在已经等她十分钟了。病了吗？喉炎？被出租车撞了？肇事者跑了？还是盆栽从六楼掉下来砸到她了？天啊，我得去巴塞罗那所有医院找她。看！来了！不，是个瘦女人，黑色直发，眼睛却是淡色的，嘴唇涂着口红，比她多了二十岁吧，大剌剌地走过路面电车车站，她的名字肯定不是萨拉。我努力想些其他事。一抬起头，加泰罗尼亚议会大道上的法国梧桐冒出了新芽，往来的车辆一点也不在意，对我而言就不同了！这是生命的循环！春天的新叶。又看了手表，不可思议，迟到二十分钟，三四班电车经过，预兆般的感觉无可避免地侵入思绪。萨拉。¿Qué pasa ó redor de min? ¿Qué me pasa que eu non sei?[1] 虽然有不好的预感，阿德里亚还是坐在议会大道车站旁的石凳，等了两个钟头，眼睛盯着面包店的转角，脑海里想的不是《希腊思想史》，而是各种可能发生在萨拉身上的不幸事件。不知道该怎么办。善良国王的女儿，萨拉病了，医生与其他人要去看她。再等下去也没有意义，但是他不知道该怎么办。萨拉没有出现，他不知道自己该怎么办。尽管内心严格禁止，双腿还是把他带到萨拉家。他希望当救护车带走她时，自己能够在场。大楼的大门紧闭，门房在里头，分送住户的信件。一个矮个子女人用吸尘器清理入口中央的地毯。门房发完信件打开大门，吸尘器的声音辱骂般地传到阿德里

1　加利西亚语，意为："我身边发生了什么事？还是我做了什么事却不知道？"

亚耳边。门房穿着可笑的工作裙，斜眼望着天空，观察是否会继续下雨，还是乌云会含住雨水，或者在等待救护车……女儿，我的女儿啊，你很痛吗？母亲，我的母亲啊，我想您应该知道的。我不确定究竟哪个阳台是……门房注意到这个盯着他们大楼几分钟的游手好闲的年轻人，并开始怀疑他，阿德里亚假装在等出租车，等的可能就是撞到萨拉的那一辆吧，然后往下条街走了几步。Teño medo dunha cousa que vive e que non se ve. Teño medo á desgracia traidora que ven, e que nunca se sabe ónde ven. Sara, ónde estás.[1]

* * *

"萨拉·沃尔特斯？"

"哪位？"一位声音笃定、高雅，衣着得体的女士问道。

"我这边是教堂，她的画的教堂，展览画作的教堂。"

要编故事时，开口之前得先想过，不能踏出第一步后就张口结舌地卡住，真是的！低能！她的画的教堂，真是可笑。让人傻眼的可笑。那位笃定、高雅女士的声音理所当然地说我想您打错了，接着轻柔、有教养地挂上电话。我诅咒自己竟无能应对这种情况。一定是她的母亲，您们下了毒，母亲，您想杀了我。女儿，我的女儿，我会坦白说出实情的。阿德里亚顿时觉得自己彻底可笑，家里则完全不是这么一回事，小洛拉正翻天覆地更换所有床单。父亲书房的桌上有一堆书，然而，阿德里亚不是在看书，只是盯着电话，无用、

---

1 加利西亚语，意为："我惧怕存在却不可见的事物，我惧怕叛徒般的不幸来临，不幸从来都不知从何而至。萨拉，你在哪里。"

无能为力的对着电话问萨拉在哪里。

美术系！他从未去过那里，甚至不知道这个系的存在以及位置。我们总是在她指定的最中立地点碰面，他只是等着日光从地平线上发亮。从地铁海梅一世站出来时开始下雨了，他没带伞。因为我在巴塞罗那从来都不带雨伞，于是只能可笑地立起西装外套的领子。我走到维洛尼卡广场，一栋特殊的新古典主义建筑前，直到这一天为止，未曾注意过这栋建筑物。没有萨拉的影子，内外都没有，走道没有，教室里没有，工作室里也没有。接着又去了略贾（Llotja）大楼，但是没有人能告诉我略贾艺术学院与美术系的确切位置。真是冷到骨里了。这时候，我又想到可以去马萨纳（Massana）艺术学院看看。就在学院的入口处，几支防卫性的雨伞张扬着，我看见她背对我与一个男孩谈笑，戴着一条非常适合她的橘色领巾，出人意料地踮起脚尖亲吻男孩的脸颊。顿时，阿德里亚第一次被强烈的妒忌侵袭，以及无法忍受的窒息感。然后，男孩走进建筑里，她转过身走向我，我的心脏快跳出胸口了，它想跳进别人的身体里，因为几个钟头前的幸福在此刻已与绝望的泪水融在一起。她没对我打招呼，也没有看我。不是萨拉，是一个纤瘦、黑色直发的女孩，眼睛是淡色的。她不是萨拉。在雨中湿透的我再次变回全宇宙最快乐的人。

* * *

"是这样的，我是她美术系的同学……"

"她在外面。"

"什么？"

"她在外面。"

是她的父亲吗？我不知道她是否有哥哥，或是除了海因叔叔的记忆外，还有别的男人在她家里？

"外面是什么意思？"

"她去巴黎了。"

电话挂上时，全宇宙最快乐的人看见自己的双眼被无法抑制的泪水淹没，泪水不问意愿便自动涌出。我不懂，萨拉怎么会什么都没有告诉我，在一夕之间就……萨拉，星期五，我们见面时……还约在路面电车车站碰面的，四十七号车站，老地方。从一开始就……她去巴黎做什么，啊？为什么她逃走了？我对她做了什么？

那之后的十天，无论雨天、晴天，阿德里亚每天都到车站赴早上八点钟的约会，渴望奇迹出现。萨拉没有去巴黎住，而是……总而言之，我又回来了。或者，那不过是个试探，看你是不是真的爱我，或其他的，什么都好。她会不会在五班路面电车经过之前出现。直到第十一天，一到车站，他心想，够了。看够了来来回回，再怎么看他俩也不会一起搭乘的电车，于是再也没有踏入这个车站一步，萨拉，再也没有。

* * *

在音乐学院里，我四处行骗才拿到卡斯特利斯老师的地址，他曾在音乐学院任教。我想既然他们是亲戚，他应该知道萨拉在巴黎的地址，如果萨拉还活着，而且真的在巴黎的话。卡斯特利斯老师家的门铃听起来是 Do—Fa，焦急驱使着我再次按下 Do—Fa、Do—Fa、Do—Fa，我抽离手指被自己失控的情绪吓到，也或许不是这样，更准确一点是，我怕卡斯特利斯老师生气，然后说我不告诉你萨拉的事了，谁叫你这么没教养。没有人，没有人开门告诉我萨拉的地址并祝我好运。

"Do—Fa、Do—Fa、Do—Fa"

没有反应。他又坚持了几分钟，然后，不知如何是好。阿德里亚四下环顾不知如何是好，于是按了对面的门铃。邻居的门铃声一点也不人性化，非常难听，就像我家一样。门马上就打开了，仿佛窥伺良久。一位臃肿的妇人穿着天蓝色的罩袍和一条肮脏到伤人视力的花围裙前来应门，手臂像茶壶般叉着腰，挑衅地问："请说。"

"请问您知不知道……"他指着后方卡斯特利斯老师家。

"你找那位钢琴师？"

"是的。"

"谢天谢地他死了，多久了……"妇人朝房子里大吼，"泰奥，他死多久了？"

"六个月十二天又三个钟头！"远处一道沙哑的声音回答。

"六个月十二天又……"妇人再度朝家里大喊："几个钟头？"

"三个！"沙哑的声音回道。

"又三个钟头！"女人重复道，"谢天谢地，我们现在轻松多了，终于没有妨碍地听收音机。你简直想不到他怎么能每天弹那架自动钢琴，什么时候都可以弹。"然后，好像想起什么事情一样："你找他做什么？"

"他有没有……"

"家人吗？"

"对。"

"没有，他自己住，"妇人再次往家里头问，"他没有家人，是吧？"

"没有，只有那一架圣母钢琴。"泰奥沙哑的声音说。

"那巴黎呢？"

"巴黎？"

"在巴黎的亲戚……"

"不知道，"妇人不确定地说，"这人在巴黎有亲戚？"

"对。"

"不知道，"妇人总结道，"对我们来说他死了，埋了。"

当他独自与颤抖的灯泡被留在楼梯间时，才领悟到许多门都关上了。他回到家里，开启荒芜悲惨的三十天。夜晚，梦见自己到了巴黎，在大街上呼喊萨拉的名字，往来车辆的轰隆巨响淹没他绝望的呼唤，而满身大汗并哭泣地清醒，完全无法理解不久前充满幸福的世界究竟是怎么一回事。他好几个星期没踏出家门一步，演奏斯托里奥尼时，尽管琴音控诉指法的懈怠，他终于能拉出悲伤的哀鸣。即使想重读内斯特的书也办不到，欧里庇德斯从修辞学到真实世界的旅程让他初次阅读就悸动不已，现在却显得索然无味。欧里庇德斯就是萨拉，他说对了一件事：人的理智无法征服不理智情绪的强大力量。不，我无法看书，无法思考，我必须哭泣。贝尔纳特，快来！

贝尔纳特从未见过他的朋友如此颓丧，震惊心痛竟会如此深刻。虽然在情感疗愈方面没有太多经验，但很想帮助他。他说，阿德里亚，你就这么想吧。

"怎么想？"

"她没有说理由就离开了……"

"什么？"

"真是个轻……"

"别侮辱她，知道吗？"

"好、好，随你的意，"他看了书房一眼，敞开双臂，"你看看，你没发现她把你变成什么样子吗？连一句话都没有，她可以告诉你，阿德里亚，孩子，我认识比你更帅的人。真是的！你不知道没有人会这样做的吗？"

"她认识了更帅、更聪明的人。是的，我想过。"

"比你帅的有很多，但比你聪明的……"

沉默。阿德里亚不时摇头，不懂究竟发生了什么事。

"我们到她父母家，对他们说，沃尔特斯－爱泼斯坦先生与夫人，这他妈的是怎么回事，究竟瞒了我什么事？萨拉到哪里了？怎么样？"

两人在父亲以前的书房里，那时已经是我的了。阿德里亚站起来走到墙壁旁，几年后，那面墙会挂上你的自画像。他撑在那里，好像在替未来挠痒般，摇着头。贝尔纳特的想法不太合他的意。

"我拉《夏康舞曲》给你听，好吗？"贝尔纳特试探问道。

"好啊，用维亚尔拉。"

贝尔纳特演奏的很好。虽然心痛得煎熬难耐，阿德里亚依然仔细聆听朋友的演奏。结论是，虽然偶尔会遇上一些障碍，但演奏得还算可以：他触碰不到事物的灵魂，有个莫名的原因使他无法真诚；而我，虽然悲伤，仍无法不去分析这个美学主体。

"你好多了吗？"贝尔纳特拉完后问道。

"好多了。"

"喜欢吗？"

"不喜欢。"

我应该要闭嘴的。我明知却无法控制自己,从这一点看来,我像极母亲了。

"为什么不喜欢?"他的声音变了,听起来尖锐许多,好像在防卫,眼睛也瞪大起来。

"算了。"

"不,我很有兴趣。"

"很好,好吧。"

小洛拉在公寓的另一端,母亲在店里。阿德里亚一头栽进沙发,脚对着他,手拿着斯托里奥尼。贝尔纳特等待裁决。阿德里亚说,在技巧上,演奏的方式很完美,或者近乎完美。但是,你走不进事物的根本,我觉得你好像害怕真实。

"胡言乱语,什么是真实?"

面对彼拉托的审问时,耶稣没有回答,闭上嘴不耐烦地走出房间。虽然不清楚究竟什么是真实,但眼下的情况,我必须回答:"我不知道。听见真实时,我能辨识出来,但是你演奏的时候,我没有听到。我在某些音乐与诗里头发现过,还有文章、乐谱,但只是偶尔感觉到。"

"你嫉妒。"

"对,我承认我嫉妒你,因为你可以拉到这个境界。"

"现在才来试着弥补我。"

"可是我不是羡慕你拉琴的方法。"

"妈的,你一开枪就要人命。"

"要捕捉到真实,然后传达真实。"

"再补一枪。"

"至少这可以是你的目标，我什么目标都没有。"

朋友间会面的结局，朋友安慰朋友，最终却以关于美学的真实、去吃屎，并以沉默的争吵作结。搞清楚状况，你，去吃屎啦！现在我知道萨拉·沃尔特斯－爱泼斯坦为什么要离开了。贝尔纳特离开时重重甩上门。几秒钟后，小洛拉探头进书房关心。

"没什么，贝尔纳特急着离开，他老是这样，你知道的。"

小洛拉看着阿德里亚，他定定地看着小提琴，不让自己的视线迷失在伤痛之中。小洛拉都张开口了，却还是把话吞下去。阿德里亚发现她还站在那里，似乎有话要说。

"干什么？"他问，一脸不想说话的模样。

"没什么，你知道吗？我要做晚餐，你妈快到家了。"小洛拉说完便离开。我开始清洁小提琴的树脂，悲伤的感觉都渗进骨髓了。

23

"孩子，你像只疯山羊。"

母亲坐在喝咖啡的大椅子上，阿德里亚用最糟糕的方式和她说话。有时候我自问，他们怎么没有叫我滚蛋？因为我不是好好地说，母亲，我决定在蒂宾根（Tübingen）继续我的大学教育。然后她也不会说，德国？这里不好吗，儿子？相反我是这么说的，母亲，我有事要告诉你。

"什么事？"她坐在喝咖啡的大椅子上，有些戒备，因为我们一起生活这么久，已经有好几年不谈太多事情了，尤其是用"母亲，我有事要告诉你"作为开头的谈话。

"很久以前我和一个叫作达妮埃拉·阿玛托的人说过话。"

"谁？和谁？"

"我的姐姐。"

母亲如弹簧般跳起，在后续的对话里把她说成与我对立的人。蠢驴，比蠢驴更蠢。你不知道如何面对生活！

"你没有任何同父异母的姐姐。"

"你们瞒着我不代表没有。达妮埃拉·阿玛托，罗马人，我有她的电话和地址。"

"你在谋划什么？"

"你在说什么？为什么这么说？"

"你别太相信这个小偷。"

"她说想当古董店的股东。"

"你知道她把坎卡西克从你这里偷走了吗？"

"如果没有理解错的话，那是爸爸给她的。她没从我这里偷走任何东西。"

"她是吸血鬼，她想要把店也拿走。"

"不，她只是想要参与。"

"你这么想吗？为什么？"

"不知道，因为那是父亲的？"

"现在古董店是我的，我对这个化浓妆婊子的所有提议一律都回答：不！"

哇，我们谈话开头的第一步就相当精彩。她没加强开头的子音是因为现在她把婊子当名词用，而非形容词。和上一次我听她说婊子时正好相反。我喜欢母亲在用字遣词时细腻且精准地拿捏语意上的差异。她依旧站着，在客厅里沉默地来回踱步，想着是否该在补充些咒骂的词汇或换个话题，她选择后者。

"这就是你想告诉我的事？"

"不，我想对你说的是，我要搬出去。"

她回到椅子上坐下。

"孩子，你像只疯山羊，"她沉默、紧张道，"你在这里要什么有什么，我对你做了什么吗？"

"没有。为什么一定是因为你对我做了什么？"

她揉着紧张的双手，直到用深呼吸平复自己，然后把手放在腿上，手心朝下。

"古董店呢？你不想要经营这家店吗？"

"我不感兴趣。"

"骗人，那是你最喜欢的地方。"

"不，我喜欢的是店里的东西。但是，工作的话……"

我想她怨恨地瞪了我。

"你就是想跟我唱反调，总是这样。"

为什么母亲和我从来都不爱对方？对我而言是道不解之谜。我这辈子都羡慕别的孩子，他们可以说，唉，妈妈，我膝盖受伤了，好痛。然后他们的妈妈只用一个吻就治愈疼痛了。我的母亲没有这种能力，当我难得有勇气对她说膝盖弄痛了，她从不想办法展现相同的奇迹，而是让我去找小洛拉，然后不耐烦地等着我智慧的天赋再次展现另一个奇迹。

"你在这里不好吗？"

"我想要去蒂宾根继续念书。"

"去德国？这里不好吗？"

"我想要跟内斯特上一年课。"

说实话，我当时不知道内斯特是否还在蒂宾根执教，甚至不知道他是否仍健在。事实上，在我提到他的那一刻，他已过世八年了，然而，他曾在蒂宾根执教是事实，所以我才想去那里读书。

"他是谁？"

"一位哲学历史学家，我也想认识科塞留[1]。"

这是真的，据说他的个性令人无法忍受却是一位天才。

"这又是谁？"

"语言学家，本世纪最伟大的语言学家之一。"

---

1 欧金·科塞留（Eugeniu Coşeriu，1921—2002），罗马尼亚语言学家。

"学这些不会让你幸福的，孩子。"

仔细想，如果考量前瞻性的话，不得不承认母亲是正确的。除了你，没有任何事物给我完整的幸福。然而，你也是让我最受煎熬的人。我和许多幸福擦身而过，也有过快乐的片段，享受过平静的时光，接触过一些美丽的事物与概念，这让我对大家、对某些人心怀无限感激。有时候我渴望拥有珍贵物品，因此能够理解父亲的不安。总归一句，在我当时的年纪，也算经常微笑，认为没有人说幸福是必要的，于是心满意足地闭嘴。

"真是愚蠢。"

我厌恶地看着她，这四个字彻底击溃我，于是展开恶意的反击。

"我变成这样是你们造成的，无论幸福，我都想要读书。"

阿德里亚·阿德沃尔非常讨人厌。如果生命能重新开始，我首要追寻的就是幸福的国土，虽然不抱期望，但如果可能的话，我会努力配上装甲守护一辈子，让幸福永远为我所有，陪伴在侧。而且，要是我的儿子像我这样对母亲回嘴的话，我肯定早赏他一记耳光了，但是我没有子女。这辈子只当过人家的儿子，为什么？萨拉，为什么你从未想要一个孩子？

"你就是想离我越远越好。"

"不是，"我说谎，"我为什么要这样？"

"你就是想逃走。"

"哪有！"我又说谎了，"为什么要逃走？"

"你为什么不说说看，究竟是为什么呢？"

就算喝得烂醉我也不会告诉她关于萨拉的事，还有多想融化自己重新开始，多想把全巴黎翻过来寻找萨拉；或者告诉她，我去过沃尔特斯－爱泼斯坦家两次，直到第三次，她的父母才接见我，非常有礼地告诉我，他们的女儿是出于自愿搬到巴黎的。他们是这样说的，她想离开您，因为您伤透了她的心，也就是说，非常有逻辑地，这个家不欢迎您。

"但是我……"

"年轻人，别再坚持了，我们对你没有任何意见，"他在说谎，"但是，希望你理解我们有保护女儿的义务。"

我在失望之余什么都无法理解。沃尔特斯先生站起来示意我也站起身，我慢慢地照做，因为是个爱哭鬼，眼泪不自禁落下，流淌的泪像硫酸般刺痛受辱的脸颊。

"一定是误会。"

"我们不认为是误会，"萨拉的母亲用喉音很重的加泰罗尼亚语说，"萨拉不想知道任何关于您的事情，什么都不想知道。"（她很高，梳着旧式深色发型，头发已有些花白，有一双深色的眼睛。看着她就像在看萨拉的照片，却多了三十岁。）

沃尔特斯先生的姿态让我不得不走出房间，但我突然停了下脚步。

"她没有留下任何书信或字条吗？"

"没有。"

我离开在萨拉还爱着我的时候，曾偷偷去过几次的公寓，且没有向这两位很有教养却不通人情的先生、女士告别。我忍着不哭出声地离开，门在身后悄悄合上后，我在楼梯间待了几秒钟，仿佛这样离萨拉比较近。终于，还是无法遏止地大哭。

"我不想逃走，我没有理由这么做，"我停顿了一会，以此强调刚才说的话，"你懂了吗？母亲。"

那是我第三次向母亲说谎。我发誓，我听见了公鸡警告的鸣啼。

"我完全明白了，"她看着我的双眼，"阿德里亚，你听我说。"

这是第一次，她不叫我儿子，而是阿德里亚。这辈子第一次，那是一九七几还是六几年的四月十二日。

"请说。"

"如果你不想要的话，就不需要工作，可以专注于小提琴与书本，等我去世后，找个店长经营古董店就好。"

"你别说什么死不死的。还有，小提琴早已结束了。"

"你说要去哪？"

"蒂宾根。"

"是哪里？"

"德国。"

"你把什么东西忘在那了吗？"

"科塞留。"

"谁？"

"你不是整天都在系里追求女生吗？体制、法规、语言。"

"够了。那是谁？"

"罗马尼亚的语言学家，我想上他的课。"

"听你这么一说，我好像听过。"贝尔纳特陷入沉默、阴沉，却忍不住说："可是你不是在这里修课吗？都修一半了，而且都拿最高分，不是吗？"

我没有说希望上内斯特的课，因为在系里那家咖啡厅的嘈杂、推挤、急躁与咖啡加牛奶之间碰面时，我已经知道内斯特去世好几年了，要是说出口，便是做假的注脚。

贝尔纳特一直没有我的消息，两天后，他到家里来练习小提琴检测，仿佛我是他的老师般。阿德里亚打开门，贝尔纳特伸出控诉的手指作为招呼。

"你想过在蒂宾根是用德语上课吗？"

"Wenn du willst, kannst du mit dem Storioni spielen."[1] 阿德里亚一边关上门，一边用冰冷的微笑回答。

"我不知道你说了什么。不过，好啊！"

贝尔纳特一边集中地在琴弓加上一点点树脂，避免过度操作乐器的同时，愤愤地责难我说这种事应该要先讨论的，对他而言，是诚意的问题。

"为什么？"

"啊，因为我们是朋友。"

"所以我现在跟你说了。"

"是推心置腹的好友，真是不知好歹！你应该跟我说你脑袋里有个疯狂的想法，想去蒂宾根几个星期。你觉得怎么样呢？好朋友。这种说话方式是不是似曾相识呢？"

"你一定会叫我忘了这件事，这不是我们第一次意见不合了。"

"但这次不全然一样。"

"你就是想让我随传随到。"

贝尔纳特把乐谱放在桌上开始拉贝多芬演奏会的第一部分作为回答。我完全略过前奏，直接挑战管弦乐的部分，省略了钢琴，甚至还模仿某些乐器的音质。拉完后累坏了，但非常开心、兴奋。因为贝尔纳特的演奏十分精湛，比完美更美好，仿佛是要让我明白他不喜欢我最后说的那句话。结束时，我没打破他的沉默。

"怎么样？"

1　德语，意为："如果你想要的话，可以用斯托里奥尼开始拉了。"

"很好。"

"就这样？"

"非常好，令人耳目一新。"

"耳目一新？"

"耳目一新，如果我有没错的话，你刚交融在音乐里了。"

我们沉默下来，他坐下擦汗，看着我的双眼："你想逃走，我不知道你想逃离谁，但你就是想逃。希望不是我。"

我看着他带来的其他琴谱，问道："我觉得马西亚的其他四首曲子也是不错的想法，谁帮你伴奏钢琴？"

"你有没有想过念思想这些东西可能会无聊到爆？"

"马西亚的曲子很值得拉，非常优美，我最喜欢的是生气蓬勃的快板。"

"而且，如果你喜欢的是文化历史的话，为什么要去上语言学家的课？"

"注意《夏康舞曲》，很容易拉坏。"

"混蛋，你别走。"

* * *

"对，"他说，"美术系的。"

"那，这是什么？"

沃尔特斯－爱泼斯坦太太冰冷、狐疑的样子吓坏他了，他吞吞口水说，要迁移学籍还需一个手续，所以需要她的地址。

"不，什么都不需要了。"

"当然有，重犯保险。"

"这是什么？"她显得非常好奇。

"没什么，一个小手续，但要有当事人签名，"他看着纸张，无关紧要地强调，"要当事人签名。"

"把文件交给我，我……"

"不、不，我没有权力。如果您告诉我她在巴黎念哪所学校……"

"不。"

"美术系没有资料，"他更正道，"我们没有资料。"

"你是谁？"

"什么？"

"我女儿没有迁学籍，您是谁？"

"然后就当着我的面啪一声甩上门了！"

"她察觉到你的意图了。"

"对。"

"真糟。"

"对。"

"谢谢，贝尔纳特。"

"我……肯定能做得更好的。"

"不、不，能做的都做了。"

"这让我很气恼，你知道的。"

过了一段沉重的静默，阿德里亚说，不好意思，但是，我想要哭一会儿。

＊　＊　＊

贝尔纳特的检测最后演奏《夏康舞曲》第二组曲。我听过他拉这首曲子无数次……每次总会给些意见，好像我才是懂音乐的人而他是学生。他在我们去音乐宫听海菲兹演奏后才开始练的。他拉得还可以，或说很完美，但有同样的老毛病，缺少灵魂。可能是紧张造成的，没有灵魂，就像不到二十四小时前，最后一次在家里排练时一样，简直就是那时的翻版。贝尔纳特只要在观众面前演奏，就会流失创造的勇气。他企图用意志与练习取代缺少的神圣。检测的结果很好，但可预见性太高。没错，我最好的朋友在演奏时是完全可预料的，所有他会做的点缀都可预见。

检测结束时他满头大汗，觉得应该过关了。两个钟头下来一直带着难看脸色的评审团终于解放了几秒钟，一致决议给他特优，三位评审委员也一一亲自恭喜他。特鲁略斯老师在观众席中，就像许多老师一样，等贝尔纳特的母亲拥抱过他——做了除了我母亲以外所有母亲都会做的事情以后——才开心地亲吻他的脸颊。我听见她以先知的能力说，贝尔纳特，你是我教过最好的学生！你的未来肯定是一片光明灿烂。

"不同凡响！"阿德里亚对他说。

正在松琴弓的贝尔纳特停下动作，沉默不语地看着他的朋友，然后把琴弓放进琴盒里。阿德里亚又说，太惊人了，恭喜、恭喜！

"昨天我才跟你说你是我的朋友，你曾经是我的朋友。"

"对，不久前你还说了是好朋友。"

"没错，一个会被你欺骗的好朋友。"

"你在说什么？"

"你很明白我只是完成演奏而已，我不敢突破。"

"你今天做得很好啊。"

"你也能拉得一样好。"

"但是，我两年没拉琴了！"

"如果我他妈的好朋友连对我说实话都做不到，宁愿和别人说一样的话……"

"你在说什么啊？"

"阿德里亚，请你永远、永远都不要骗我，"他擦拭额上的汗水，"你刚刚的意见让我非常愤怒、愤慨。"

"可是，我……"

"但是，我知道你是唯一说实话的人，"他对他眨眼睛，"Auf Wiedersehen。"[1]

* * *

当我手上拿着火车票，才发现去蒂宾根念书的决定不止是设想未来。那是为童年画下句点，离开我的阿卡迪亚。是的，没错：我是一个孤单、不快乐的孩子，父母对所有与我聪明智识无关的事情都冷漠无感，他们不管我是否想到蒂比达博山看看那些只要投币就会像真人般动起来的机器人。作为孩子，那意味着能够能嗅出毒泥土中的闪耀花朵，能开心地玩女士帽盒做成的五排轮轴大卡车。在买票到斯图加特时，我领悟到无知的时代业已告终。

---

1 德语，意为："再见。"

第四章

古名家手稿

没有任何组织能够抵御一颗沙粒的侵袭。

——米歇尔·图尼埃

24

　　很久以前，在地球还是平的，所有旅人都恐惧未知旅程时，想要抵达世界的尽头，必须冲撞冰冷的迷雾或纵身幽暗的悬崖。那个时候，有一位圣徒希望献身上帝、我们的主，他叫作尼古劳·埃梅里克，加泰罗尼亚人，一度是赫罗纳市多明我会修道院中重要的神圣神学教师，对宗教的狂热趋使他以强硬的手腕主持宗教法庭、对付加泰罗尼亚地区及巴伦西亚王国的异教徒。尼古劳·埃梅里克，1900 年 11 月 25 日出生于德国巴登－巴登（Baden-Baden），很快晋升为武装党卫队的最高领导，在奥斯维辛集中担任指挥官后度过第一个光辉灿烂的时期，在 1944 年重新掌权，解决匈牙利问题。1367 年 7 月 13 日，他在赫罗纳市签署一份文件，其中声称顽固的拉蒙·柳利[1]的著作《哲学之爱》（*Philosophica amoris*）是异教邪说，同时指控在巴伦西亚、阿尔科伊（Alcoi）、巴塞罗那、萨拉戈萨（Saragossa）、阿尔卡尼伊斯（Alcanyís）、蒙彼利埃（Montpeller）等地以及其他地方阅读、散播、教导、抄写、思考拉蒙·柳利的著作，进而引发如瘟疫的异说教义者，也触犯同样的罪行。文件里指控柳利的思想并非源自基督，而是来自恶魔。

1　拉蒙·柳利（Ramón Llull，约 1235—1316），中世纪神学家、作家、逻辑学家，生于马略卡王国。他是最早使用加泰罗尼亚语创作的作家之一。

"你们继续，我有点发烧。但是在你写完前，我不想躺回床上休息……"

"阁下，请您放心地休息吧。"

尼古劳拭去前额的汗水，发烧与闷热让他不停冒汗，他看着年轻的书记，米克尔·德苏斯克达修士以精雕细琢的书法完成判决书后，才离开走到街上。街道上炙热的曝晒，让他几乎无法喘气，只好躲到圣亚加大神殿阴影下较凉爽之处，他进入神殿，谦卑地低下头并跪下，在圣像跟前说，哦！主啊！请赐给我力量，别允许凡人的脆弱让我倒下；别允许诽谤、谣言、妒忌与谎言在我的勇气中造成缺口。主啊！现在竟然是国王，他胆敢批判我捍卫真正且唯一信仰的行动，请赐予我力量，让我永远都别卸下严谨捍卫真理的任务。在吐出几乎像是思绪的叹息的"阿门"后，尼古劳神父继续跪了一会儿，等着少见的炙热太阳落到西边山脉。他的脑中没有任何思绪，以祝祷的姿态直接与真正的上帝沟通。

当透过窗户射进神殿的阳光开始削弱，尼古劳神父带着进入神殿时的精力离开。到了外头，他贪婪地闻着百里香与土壤散发出的干草味，在经历所有年长者公认最热的一天的曝晒后，空气直到此时都还是温热的。他再一次擦干额上的汗水，走进巷子底端由灰色石块砌成的建筑物，到了入口处，正好有个女人背着一袋比她的个子还大的萝卜。缓慢地走向宫殿，他不耐烦地停下脚步，让她先通过。老是这个女人，旁边跟着时而充当她丈夫的萨尔特斜眼人。

"她不能用另一道门吗？"他非常不悦地问出来迎接的米克尔修士。

"阁下，菜圃那边的另一个入口被封闭，无法使用。"

尼古劳神父一边大步地走向厅内，一边用冷峻的声音问，是否都准备好了。心里想着：主啊，我所有的精力都投注在日夜捍卫你的真理，请给我力量，因为到最后，是你审判我，而非任何凡人。

* * *

我死定了，乔塞普·夏洛姆心想。他的目光无法与恶魔般的宗教裁判所审判官的黑暗眼神对峙，审判官突如其来地进门后，立即大声提问，并不耐烦的等待答案。

"什么圣饼？"过了好一会儿，夏洛姆医生才用因恐惧而精疲力竭的声音问。

审判官站起身，自从进入审问室后，第三次拭去额头上的汗水，又问了一次：你用多少钱向乔莫·马亚买那些圣饼？

"我对这事毫不知情。我不认识叫作乔莫·马亚的人，也不知道什么圣饼。"

"也就是说，你是犹太人？"

"这……是的。您知道的，我是犹太人，国王庇护我的家人如同庇护所有犹太家庭。"

"别忘了，在这四面墙里头，唯一能给予庇护的是上帝。"

至高无上的主啊，您在哪里？我正在寻找您呢！备受敬重的医生乔塞普·夏洛姆心想，知道自己的罪是不信奉至高无上的上帝。漫长的一个钟头里，尼古劳神父以极大的耐心，不顾头疼及体内情绪的热度，试着侦查检举书里巨细靡遗提到这个可恶的迷途羔羊如何对圣饼犯下卑鄙罪行的所有细节与秘密。然而，乔塞普·夏洛姆却只是重复说过的话：我叫作乔塞普·夏洛姆，在犹太社群中成长，也一直住犹太社群里。学习医药手艺后，不仅帮助许多犹太社区的人，也帮社区外的人接生。这就是他的职业，别无其他。

"还有到犹太会堂去参加安息日。"

"国王没有禁止。"

"国王没有资格评论关于灵魂根基之事。有人检举，指控你对圣饼犯了卑鄙的罪行。你要如何替自己辩护？"

"谁检举我的？"

"你不需要知道。"

"需要，我需要知道。这是诽谤、中伤，只要知道检举人是谁，我就可以证明他的动机……"

"你是说一个善良的基督徒撒谎吗？"尼古劳神父相当震惊、讶异。

"是的，审判官。有的甚至能扯出漫天大谎。"

"这让你的处境更令人忧虑了。侮辱基督徒就是侮辱你用双手杀死的主。"

至高无上、慈悲的主，独一无二，唯一的上帝、真主。

宗教裁判所审判官尼古劳·埃梅里克神父的手掌滑过担忧的前额，对在场的刑吏说，对这个顽固的家伙用刑，一个钟头后把他和供书带来给我。

"用什么刑？审判官。"米克尔修士问。

"以唯一上帝之名的倒吊刑。需要钩子的话，就用两个起吊钩。"

"审判官……"

"重复到他恢复记忆为止。"

审判官靠近低垂视线已好一会的米克尔·德苏斯克达修士，几乎是在他耳边命令道，还有，要让乔莫·马亚知道，如果他再卖圣饼或送圣饼给犹太人，我会要他好看。

"我们不知道这个叫乔莫·马亚的人是谁,"他吸了一口气,"可能根本就没有这个人。"但是圣徒没有听见他说的话,他专注自己的头疼,仿佛把身体的受苦当作给予上帝,我们的主,作为忏悔、赎罪的奉献。

* * *

在用了审讯台及屠夫的钩子后,被告皮开肉绽,肌腱也断了。来自赫罗纳的乔塞普·夏洛姆医生终于坦承:是、是、是,至高无上的主啊,是我做的,是我跟你们所说的这个男人买的。看在上帝的份上求你们住手吧。

"那么,你对买来的饼做了什么?"坐在审讯台前的米克尔·德苏斯克达修士问道,避着不看一道又一道的血所泛成的细流。

"我不会知道。您说我做了什么就做了什么吧。但是,发发慈悲吧,不要再拉……"

"小心点,要是他昏倒了,供书就没得写了。"

"有什么关系,他已经招供了。"

"很好,那等会你去告诉尼古劳神父。对,就是你,红头发的。你跟他说囚犯在审讯期间都在睡觉,等着看他亲手把你绑上审讯台,告你妨碍神圣法庭进行审讯,你们两个都是,"他气急败坏地说,"你们还不知道审判官吗?"

"但是,先生,我们……"

"信不信我说的?到时,我会亲自做你们的供书。快!继续!"

"好吧,抓着他的头发,这样。再一次。说!你把那些圣饼怎么了?听见了吗?啊?听见了吗?夏洛姆,操你妈的!"

"在神圣的宗教裁判所里可不允许说粗话，"米克尔修士非常不开心，"表现出点良善基督徒的样子。"

* * *

最后一道光线消失了。火把照亮审问室，夏洛姆的灵魂像风中烛火般颤抖，在半清醒的状态下，听见尼古劳洪亮的声音念出决议：所有在场证人的见证之下，判处火刑。行刑日在圣乔莫日前夕。由于罪人拒绝悔过，拒绝成为教徒，因此不但无法避免肉体的消亡，其灵魂亦无法救赎。尼古劳神父在判决书中签署自己的名字，并告诉米克尔修士："别忘了，行刑前记得割下犯人的舌头。"

"塞嘴布不行吗？审判官？"

"要先割下他的舌头，"尼古劳用天大的耐心重复道，"不容许留任何情面。"

"但是，审判官……"

"大家都知道，他们会咬塞嘴布……我要所有的异教徒都哑口无言地赴刑场。如果到了那时他们还能说话，吐出来的咒骂与诅咒会严重地伤害在场观刑者慈悲的心。"

"这里从未发生这种事……"

"莱里达（Lleida）发生过。在我任内绝对不允许这种事情发生。"黑暗到足以刺伤人的视线盯着米克尔修士，更低沉地说："我永远都不会允许这种事情发生。永远不准！"然后他提高音调，"我和你说话时，看着我！米克尔修士。永远不准！"

接着站起身，不看书记官、罪犯与其他在场的人们，匆忙地离开审问室。因为他迟到了，主教邀请他到主教宫共进晚餐，况且，一整天窒息的闷热、头疼与发烧让他非常不舒服。

外头有些冷，雨水带来一场安静的大雪，看着荡漾闪光的高脚酒杯，向邀请他的东道主说，是的，我生在一个还算富裕，信仰非常虔诚，道德要求严格的家庭，这一点帮助个人能力有限的我承担元首的命令，以及落实党卫队全国领袖海因里希·希姆莱的具体指导，使我成为国家内战中持续对抗敌人的势力，医生，这酒真是太棒了。

"谢谢，"福格特医生说，对过度文绉绉的发言有些受不了，"您能够在我的临时住所感到宾至如归，真是太荣幸了。"他随口说说，越来越排斥这些没受过基本教育的荒唐人物。

"临时的，但很舒适。"集中营指挥官说。

喝下第二口时，外头的雪已经用难为情且厚重的冰覆盖土地所蒙受的耻辱。酒的热度使集中营指挥官鲁道夫·赫斯说，他生在赫罗纳1320年多雨的秋季，在那个遥远的年代，地球是平的，恐惧的旅人受到好奇心与想象的鼓动，竭尽所能探勘世界尽头时，无不大开眼界、目眩神迷。能够与声誉卓著、影响力广大的福格特医生共享红酒，感到格外荣幸，同时摆出一副不稀罕的模样，却急切地想把这殊荣告诉同袍。生命多么美好，尤其是现在，地球再次变回平的。他们仰赖领袖庄严的视线，向全世界展现拥有力量、权利、真理与未来，证明若要完美达成理想，就要舍弃各种妇人之仁，帝国的推动没有边界。相较之下，史上所有像埃梅里克这种人的作为不过是儿戏，借着酒力，他想到一句崇高的话："无论命令看起来多么艰难，对我而言都是神圣的，因为作为党卫队的一员，必须要有牺牲个人人格的准备，以完成国家给予的任务。因此，在1334年，年满十四岁时，进入出生的城市赫罗纳的多明我会，一辈子致力于将真理发扬光大。人们说我残酷,佩德罗国王[1]讨厌我。他嫉妒,想要歼灭我,我则展现了丝毫不退却的姿态。因为不论是国王或是亲生父亲,只要背弃信仰,我绝不护短,不会承认自己的母亲,也绝不顾及血缘关系,因为我超越了一切,只为真理服务。您只能从我的嘴里听到真理,主教阁下。"

主教亲自为尼古劳神父斟酒,他喝了一口,未留意自己喝下什么。因为,他正愤愤地继续冗长的谈话:我被佩德罗国王下令流放、革除宗教裁判所审判官的职务,原本我被选为赫罗纳多明我会的副主教,没想到该死的国王竟影响教宗的意愿,导致我的任命未批准。

"我不知道有这件事。"

主教大人虽然坐在舒适的椅子上,背却直挺挺的,五种感官都专注地听对方演说。他安静地看着宗教裁判所审判官用教袍的袖子拭去前额的汗水,祷告了两遍"天主,我们的父啊"。

"您还好吗,阁下?"

"还好。"

主教不再说话,喝了一口酒。

"但是,阁下,您现在又当上副主教了。"

"这都是因为我对上帝坚定的信仰与天主圣洁的慈悲所赐。他们让我复职,并且给予我出任宗教裁判所审判官的荣耀。"

"一切都否极泰来了。"

"是的,不过,国王又再次威胁要流放我。有些友善的声音告诉我,这次的流放将是我的死期。"

---

1 佩德罗一世(Pedro I de Castilla, 1334—1369),卡斯蒂利亚王国国王(1350—1369在位)。

主教深沉地思量，最后，这位尊贵的主教终于举起害羞的指头说，国王认为您坚持审判柳利著作一事……

"柳利！"埃梅里克惊呼失声，"主教阁下读过柳利的著作吗？"

"呃……这……嗯，是的。"

"觉得如何？"

尊贵的主教看着埃梅里克黑暗、穿凿灵魂的眼神，吞了吞口水。

"我不知道该说些什么。对我来说，即便读了……但总归一句，我不知道……"最后，他屈从道："毕竟我不是神学家。"

"我也不是工程师，但是也得以让比克瑙（Birkenau）的焚化炉不损坏地运作二十四小时，也得让集中营里管理鼠辈的特遣队[1]不至于发疯。"

"敬爱的赫斯指挥官，您是如何办到的？"

"不知道，传布真理吧。向所有饥渴的灵魂证明福音教条只有唯一一道。我的职责就是避免错误与罪恶腐化教堂的精髓，所以致力于终结异端邪说，而灭绝异端邪说最有效的方法就是无论新旧，一律歼灭。"

"然而，国王……"

"从罗马来的宗教裁判所审判官暨多明我会副主教就完全理解我的想法。他们知道佩德罗国王对我怀抱敌意。即便如此我仍然继续坚持对卑鄙且危险的拉蒙·柳利的所有著作判处刑罚是件非常值得称许的事情。"

他没有对我到目前为止展开的所有工作提出质疑，况且，在一次令人动容的弥撒，他还不顾巴伦西亚、加泰罗尼亚、阿拉贡、马

---

[1] 特遣队（Sonderkommando），在集中营里负责监督囚犯、处理尸体，队员由犹太人组成。

略卡国王的说法，特别强调在下的工作足以作为所有集中营指挥官的表率，这让我感到非常幸福满足。我一直赤胆忠诚地实践自己许下最神圣的誓言，并在有生之年确实做到。要说有任何瑕疵的话，就是那个女人了。

"有件事情……"主教在迟疑了一会儿后，谨慎地举起指头："听好，我可不是说他不该死。"他看着杯子里如火的红酒，又说："但我们不能……"

"我们不能什么？"埃梅里克不耐烦地问。

"必须死于火刑吗？"

"是的，阁下。在教会实际判刑的案例中，最受认可且最为广泛的就是火刑。"

"这种方式非常恐怖。"

"当时我还发着高烧，却毫不自怜，依旧继续为圣母的教堂工作。"

"不得不说，死于火刑是非常骇人的。"

"他们死有余辜！"宗教裁判所审判官阁下爆怒，"更骇人的是亵渎圣灵与不断犯错，不是吗？阁下。"他迷失在思绪之中，而我看着空荡荡的中庭，发现只剩下自己一人，又看了四周，科内利亚去哪了？

游客群聚在贝本豪森教堂中庭的角落，耐心且有序地等待，但是没见到科内利亚的身影……啊，在那里，总是如此无可预测。她正一个人在中庭中央若有所思地散步。我带着几许贪婪观察她，我想她应该察觉了，停下脚步背对我，然后转过身对着我们这群等待凑齐人数以展开导览行程的游客。我向她招手，她没看到，或者是装作没看到。科内利亚突然出其不意地停在喷泉旁，喝了一口水，接着发出动人的歌声。阿德里亚不禁打了个冷战。

圣乔莫日前夕的黄昏时分，乔塞普唯一的慰藉就是不用再看到尼古劳神父的眼神。这名教堂的捍卫者正被持续高烧俘虏而躺在草垫上，然而，相对温凉的宗教裁判所审判官的书记官米克尔·德苏斯克达修士也没有为他省下任何痛苦、煎熬或恐惧。圣乔莫日的凌晨姗姗来迟，因无情的太阳连日烧烤。在已温热的晨光之中，两女与一男带着三头驴子负载干粮、家当、满满的回忆，以及五个正在熟睡的孩子离开犹太社区，沿着特尔（Ter）河岸，循着前一天先行离开的两个家庭的逃脱路线，将身后夏洛姆·梅尔家族第十六代的历史留在崇高又忘恩负义的赫罗纳城。因为不知名告发者的嫉妒，不幸的乔塞普沦为受难者。在邪恶不公冒着烟之际，五个孩子里唯一的女孩，多尔萨·夏洛姆及时醒过来，得以看到星空下大教堂骄傲城墙的剪影，她在驴子的背上无声地为这一夕之间逝去的许多人、事、物哭泣。尘间仅存的一点信赖感，以船的型态在埃斯塔蒂特等待这群人。这艘船是可怜的乔塞普·夏洛姆和马索特·邦塞纽尔几天前租来的，他们不知为何、也不知是如何察觉到邪恶正伺机而动。

借着温暖的西风，他们航离了恶梦。隔日夜晚，停靠在休塔德利亚德梅诺卡（Ciutadella de Menorca），又有六个人上船。三天后，他们抵达西西里岛的巴勒莫。休息了半个星期，从辽阔的第勒尼安海带来的晕眩中恢复过来，重新储存体力后，再次顺着风势穿过爱奥尼亚海，最后停靠在阿尔巴尼亚的都拉斯（Durrësi）。逃离泪水的六个家庭在都拉斯下船，一路上他们低调地在安息日祷告，不冒犯任何人，都拉斯的犹太聚落兴高采烈地欢迎他们，于是他们在此定居。

逃难的小女孩多尔萨·夏洛姆在都拉斯有了儿女、孙子、曾孙。

八十岁时，还顽固地记得赫罗纳犹太社区里安静的街道与雄伟的大教堂在星空下泪水湿透的剪影。乡愁固然浓烈，但是夏洛姆·梅尔家族在都拉斯生活，繁衍了十二代，时间如此地无坚不摧，淡化了他们祖先被不信教、不仁的非犹太人判处火刑的记忆，就像亲爱的赫罗纳这个城市的名字一样，几乎从他们的子孙的子孙的子孙的记忆里抹去了。创世纪先祖纪年 5420 年，基督纪年则是不幸的 1660 年，一天，多尔萨第八代子孙，埃马努埃尔·梅尔被黑海的繁荣商业吸引，搬到热闹的保加利亚城市瓦尔纳（Varna），那时候这一地区仍由奥斯曼朴特[1]统治。

"德国人不是路德教派就是加尔文教派，我的父母都是热情的基督徒，他们热切地期望我成为神职人员，有段时间我也在考虑这件事情。"

"你肯定是个很好的神职人员，赫斯指挥官。"

"我想是的。"

"我相当肯定，不论什么事情您都会做得非常出色。"

这个名副其实、中肯的称赞使他骄傲起来，想要更严肃地谈论这个话题："诚如您所言，我这个优点可能也会是让我吃亏的一点，尤其现在我们正准备迎接希姆莱长官的访视。"

"怎么说？"

"作为集中营的指挥官，我要对整个体系的缺失负责。比方说，最后一次齐克隆的运送，只剩下两次的用量，顶多三次，但是，军需部长却没想到要告知我，也没有想到要再申请。就这样，所以我才在这里请您帮忙，我还带来了几部卡车，这些卡车可能还有别的

1　朴特（Porta Sublim），指奥斯曼帝国的中央政府。

任务，不但如此，我还得忍着不对军需部长发火。在奥斯维恩辛，哦，抱歉，在奥斯维辛，每个人都处在能力极限。"

"我想达豪集中营的经验……"

"从心理学的角度而言，是有天壤之别的，达豪有囚犯。"

"我知道那里死了很多人，而且还持续增加。"

"是的，福格特医生。但是达豪是一个囚犯集中营。然而，奥斯维辛则是设计、算计如何灭鼠的。幸好犹太人不算人类，否则我可能会误以为自己身处地狱呢。地狱的大门就是毒气室的门，目的地就是焚化炉或森林里那几个露天乱葬岗。这都是因为我们收到的材料实在不足，只好把剩下的肢体烧掉。医生，这是我第一次对营外的人提起这些事情。"

"偶尔宣泄一下是好的，赫斯指挥官。"

＊＊＊

"我可要仰赖您专业保密的责任感，党卫队的领袖……"

"这是当然的，你，是基督徒……总归一句，心理医生就像告解神父，你原本可能能当上的。"

既然掏心挖肺了，一度，赫斯指挥官脑海中还闪过顺便提起那个女人的念头。在迟疑许久之后，终究没说出口，像是千钧一发之际脱险的感觉，喝酒应该要更谨慎的。最后他只说，我的手下必须要非常坚强才能执行任务。前几天有一个刚满三十岁的士兵，你看，也不是小毛头了，在棚里当着所有同袍的面前嚎啕大哭。

福格特医生看了他一眼，掩饰着诧异，在他几乎气也不喘地再喝了一杯酒、又等了好几秒钟后，才问出了期待已久的问题："他怎么了？"

"布鲁诺！布鲁诺！醒醒！"

但是，布鲁诺没有醒过来，他吼叫着，嘴巴、眼睛都溢出痛苦。马特霍伊斯组长不知所措，命人去找上级过来。三分钟后，指挥官到了，鲁道夫·赫斯指挥官赶到时，士兵布鲁诺·吕布克拿着枪塞进嘴里，还不断地叫骂，党卫队的士兵！好个党卫队。

"镇定！士兵！"赫斯指挥官大喊，士兵仍继续嚎叫，并把枪管塞进喉咙。上级作势要制止，布鲁诺·吕布克开了枪，希望直接下地狱，永远忘了比克瑙集中营，忘了那天下午他不得不强推一个小女孩进毒气室，忘了与他女儿乌苏拉同年的小女孩的眼神。后来，他看见一个特遣队队员在焚化炉前剃掉小女孩尸首的头发。

赫斯轻蔑地看着摊在地上血水中的懦弱士兵，他趁机对惊愕的士兵们发表即兴演说，告诉士兵们，对于以上帝之名所从事的活动要保持绝对的信心，对抗敌人保卫天主教与罗马教皇的神圣信仰是内心更大的慰藉与精神享受。米克尔修士，在完全灭绝之前，他们是不会休息的。如果有一天你迟疑了，或者再次当众与我争执割去已招供的罪犯的舌头是否合宜，无论我再怎么认同你的工作，我向你保证，一定会向最高宗教裁判所提告你的疲乏与懦弱，而不配当神圣宗教裁判所的官员。

"我是出于仁慈才这么说的，阁下。"

"你把仁慈与懦弱混淆了，"尼古劳·埃梅里克神父因为一直忍耐着愤怒而开始颤抖，"若你坚持的话，就是犯下严重的抗命罪。"

米克尔修士低下头，害怕地发抖。当听见他的上司说，我开始怀疑你的疲乏无力不是软弱的结果，而是因为你和异教徒共处的关系，他的灵魂破碎了。

"我的天啊，阁下！"

"不要没事呼天喊地。你要明白，我非常清楚软弱会让人成为真理的叛徒与敌人。"

尼古劳神父双手捂住脸，深深地祷念许久，从省思深处发出低沉的声音：我们是见证罪恶唯一的眼睛，是天主教正统的守护者。对异端邪说的处罚，无论是对他们的肉体还是书籍，无论看起来有多骇人，都只是行使权利与正义，这不是过失而是重要的成就。我得提醒你，我们只对上帝负责，不是对人类负责，如果坐得正、行得直且承受饥渴的人是快乐的，那么，行使正义的人就更快乐了。要清楚地了解，我们的任务是由敬爱的领袖明确设想出来的，因为他知道可以完全信赖党卫队队员的爱国情操与精神力量。难道你们之中有任何人怀疑领袖的主张吗？他安静地踱步，强势、挑衅地看着每位士兵。难道你们有任何人怀疑我们党卫队全国领袖希姆莱的决策？等他后天抵达这里时，你们要如何向他交代？啊？在哗众取宠、持续了五秒钟之久的停顿后，他咆哮：把这堆烂肉拖走！

由于这个英雄般的回忆所带来的喜悦，他们再喝了两杯，或者四五杯吧。他又告诉医生更多事情，一些他记不太清楚的事情。

* * *

鲁道夫·赫斯非常振奋也有些晕眩地离开福格特医生的住处。他担心的不是比克瑙这个炼狱，而是人的软弱。无论这些男人、女人立下的誓言有多么庄严崇高，他们都无法承受离死亡过近，他们没有钢铁般的灵魂，因此，才会经常犯错，最要不得的就是因为种种缘故而重复同一件事。真是恶心。幸运地，他完全不用影射到那个女人的事情。我发现自己不自觉地用眼角观察科内利亚，看她是不是对别人微笑，或……我不喜欢吃醋，我想，但她是一个如此……的女孩。太好了！我们这个团终于凑足十个人，可以开始参观了。导游走进中庭说，本修道院是蒂宾根的鲁道夫一世在 1108 年建立的，1806 年还俗。我用视线寻找科内利亚，这时，她在一位帅气、笑容可掬的男人身旁。她终于看了我一眼。贝本豪森好冷。一位秃头的矮个子男人问，还俗是什么意思？

那一晚，鲁道夫与黑德维希·赫斯未行婚姻之义务，他有太多事情要思考，与福格特医生的对话不断在脑海重现。万一我说太多了呢？如果在喝下第三杯、第四杯，或第七杯酒时，我说了永远都不该说的话呢？他想要建构完美组织的执念在最近几个星期因属下接二连三铸下大错后已彻底瓦解了。无论如何，都不能让党卫队领袖希姆莱认为他不可胜任。因为，一切开始从进入绝对信仰首领的多明我会，在安塞尔姆·科彭斯神父指导的见习修士期间，学习以铁石心肠面对人类的悲惨，因为党卫队全体都明白，必须牺牲个人的所有人格奉献、服务于绝对首领，尤其，布道神职人员最根本的任务即在于：为真实的信仰彻底杜绝所有内在的危险，异端邪说的存在比信仰不忠诚更危险千百万倍。邪说滋生于教义，寄生其中，同时又用足以引发瘟疫的有毒体质腐化神圣机构里的神圣要素。为了一劳永逸，从 1941 年开始，他决定将圣职落实到初学者的程度，开始计划灭绝所有犹太人。如果恐怖是必要的，就让恐怖毫无止境；如果残酷是必要的，就彻底残酷。毕竟，最后评论的是历史。通常，拥有铁的心、钢的意志的英雄才能达成如此艰难的目标，完成如此价值非凡的壮举。我作为布道神父忠诚且遵守戒律，直到 1944 年，只有几个医生与我收到党卫队领袖的最新命令：从病患与孩童开始。

这纯粹是为了经济考量，得善加利用那些还能工作的人。我凭着早已对党卫队宣示的忠诚着手工作，因此，教会认为犹太人不是不忠诚，而是生活在我们之间的异端邪说，会妨害我们。从他们将我们的主基督钉在十字架时就开始了，而且无时无刻、无所不在地继续。他们顽固偏执、不放弃虚假的信仰、不断犯下牺牲天主教徒作为奉献的罪，发明一些违背圣事的卑劣仪式，像之前提过的，不忠的乔塞普·夏洛姆糟蹋圣饼一案。因此我才会——对附属于奥斯维辛的所有集中营指挥官下如此严峻的命令：道路很狭窄，取决于焚化炉的容量，收获可观，数百万计的老鼠，解决的方法操纵在我们手上。事实上，我们从未接近过理想数据，一号、二号焚化炉的功率是每二十四小时两千单位，为了避免故障，不能超出此标准。"其他两座呢？"福格特医生在他喝下第四杯前提问。

"第三和第四座是我的十字架，每日布道一千五百个单位，挑选的型号让我非常失望，如果上级能考虑真正懂这些事的人的意见……你可别误以为这是对上级的抱怨，医生。"他在吃晚餐或是喝下第五杯时说。工作量非常大，让我们忙不过来，因此任何类似同情的感觉都必须从党卫队队员的脑海拔除，不然就应该以国家利益为前提，处以严格惩罚。

"那么，这些……送到哪去？这些残余物。"

"残余物用卡车载走，倒在维斯瓦河（Vístula）里，河水每天把好几吨的灰烬……就像安塞尔姆·科彭斯在赫罗纳的见习课教导的拉丁经典里所说，死人冲到海里了。"

"什么？"

"我只是替代书记官，阁下，我……"

"你刚刚念什么？数典忘祖的家伙？"

"就……乔塞普·夏洛姆在火刑前诅咒您。"

"他们没有割掉他的舌头吗？"

"米克尔修士以您授予他的权利，不准他们割。"

"米克尔修士？米克尔·德苏斯克达修士？"不到一眨眼的工夫，他接着说，"把这个垃圾给我带来！"

* * *

抵达柏林的党卫队全国领袖海因里希·希姆莱非常善解人意。他是一位睿智的人，高雅地安抚了鲁道夫·赫斯承受的压力，完全不在意折磨我的低效率。他说每天的清除数字很好。虽然如此，我还是在他的前额看到忧虑的阴影。据我所知，我们要尽早解决犹太人，工作却只进行到一半。他对我主动进行的各项工作毫无质疑，而且，在集中营一次令人动容的集会中，他特别指出敝人的作为足以成为所有宗教裁判所里所有官员的典范，让我觉得非常骄傲、满足。我对自己许下最神圣的誓言。一向赤胆忠心，在有生之年也做到了。要说有任何瑕疵的话，就是那个女人了。

星期三，当黑德维希·赫斯夫人与一群女士到镇上采买时，集中营指挥官赫斯在护卫的监视下，等着她来到家里。她的眼睛、甜美的脸蛋、完美的双手，看起来就像真人般。他假装书桌上有许多堆积的工作，实际上却在观察打扫地板的她，这片地板，即使一天擦两次，还是铺着一层薄薄的灰。

"阁下……我不知道您在这里。"

"没关系，继续。"

接连几天以热烈的眼角观察，越来越强烈且无法压抑的邪恶想象，肉体的恶魔终于征服了尼古劳·埃梅里克神父钢铁般的意志，纵使他穿着神圣的教袍，够了！他从背后抱起女人，双手揉捏着诱人的乳房，将自己德高望重的胡子贴在她散发万千柔情的后脑勺。女人吓得不知所措，手上一捆干柴掉落地上，瑟缩在黑暗走道的角落，不知该大叫还是拔腿逃跑，或者为教会提供无价的服务。

"撩起裙子来。"埃梅里克一边解开束着教袍的一百五十颗念珠串，一边命令。编号六一五四二八，如小鹿般被恐惧俘虏。1944 年 1 月，来自保加利亚的 A27 号货物，因为觉得她可以做家事服务，所以在进入毒气室的最后一刻被救出来。她不敢看纳粹军官的双眼，心想，又一次，不要，至高无上慈悲的主啊。集中营指挥官赫斯，不动声色，善解人意地重复命令，女人却毫无反应，因此，与其说是粗鲁，不如说是不耐烦地将她推倒在大椅子上，撕破她的衣服，抚摸她的双眼、脸庞、甜美的眼神，进入时深深被她源自娇弱的野性之美及目瞪口呆的惊愕所吸引。他知道，六一五四二八将永远地贴在他的皮肤上；六一五四二八将是他生命中最严密的秘密。他急忙站起来，再次掌控情况，穿上教袍说，六一五四二八，穿上衣服，快！接着非常清晰地告诉她，这里什么事也没有发生过，而且他发誓，如果她把事情泄露出去，他会囚禁她的丈夫，萨尔特斜眼人、她的儿子与母亲，她会被控告使用巫术，因为你就是一个使用邪恶力量诱惑我的女巫。

这项行动在接下来几天不断重复，囚犯六一五四二八跪着，赤裸身躯，集中营指挥官赫斯进入她的身体。尼古劳·埃梅里克阁下记得她的喘息，如果你告诉萨尔特斜眼人的话，就轮到你以巫术罪名接受火刑，你用巫术迷惑我，六一五四二八号一语不发。因为她只能害怕地哭泣。

"你看见我绑教袍的念珠串了吗？"阁下问，"若是你偷走的话，就等着瞧吧。"

连愚蠢的福格特医生都对他的小提琴感兴趣，逾越了裁判所审判官都无法容忍的界线，尽管如此，福格特仍在赛事中胜出了，而集中营指挥官埃梅里克不得不砰地一声把琴放在桌上。

"说什么告解交心，狼心狗肺的东西。"

"我不是神父。"

福格特贪婪的双手拿起小提琴，赫斯夸张地甩上门离开，匆匆地走到宗教裁判所的神殿，长跪了两个钟头，为自己面对肉欲的软弱而哭泣，直到因为没见到他的出席而担心地四处寻找的新任书记官在这里发现审判官宛如置身圣境、处于慈悲的感人境界。尼古劳神父站起身，对书记官说不用等他了，明天再说。说完，便走向记录室。

"六一五四二八。"

"等等，指挥官，是的，保加利亚 A27 批，1 月 13 日。"

"叫什么名字？"

"伊丽莎白·梅列瓦。哇，是少数几个有档案资料的。"

"写什么？"

汉施下士看着档案夹，拿出一张资料卡，念出：伊丽莎白·梅列瓦，十八岁，拉萨尔与萨拉·梅列瓦的女儿，他们是瓦尔纳地区很有名的家族，百万商人，原籍阿尔巴尼亚的都拉斯。没有其他资料了，有什么问题吗，指挥官？

伊丽莎白，甜美、天使却拥有巫术魔力的双眼，如苔藓鲜嫩的双唇，可惜太瘦了。

"有什么不满吗？指挥官。"

"不、不……只是，今天把她送走，用紧急程序处理。"

"她的家事服役还有十六天……"

"这是命令。"

"我不能……"

"你知道什么叫作上司的命令吗？下士？我和你说话的时候站好。"

"是！指挥官！"

"立刻处理。"

* * *

"以天父、圣子、圣灵之名，我宽恕你的罪，集中营指挥官。"

"阿门。"尼古劳神父回答，在告解的圣礼之后，他的灵魂受到庇护而更加轻松，谦逊地亲吻庄重的告解神父以金线绣在圣带上的十字架。

"天主教有告解这件事真是太轻松了。"科内利亚在中庭里说，同时伸展两只手臂，沐浴在春天的阳光之下。

"我不是天主教徒也不信教，你呢？"

科内利亚耸耸肩，一句话也没说，像平常一样没有合适的答案。阿德里亚明白她不喜欢这个话题。

"作为外人，"我说，"我比较喜欢你们的路德教派，承受自己的罪恶直到死亡。"

"我真的不想聊这个。"科内利亚说，感觉很紧绷。

"为什么？"

"让我想到死亡，我不知道，"她挽住他的手臂，离开贝本豪森修道院，"快走！巴士要跑掉了！"

巴士上，阿德里亚看着风景却视而不见。他总是这样，一放松就开始想念萨拉，她的脸庞逐渐在记忆中淡去，这令他汗颜。她的眼睛是深色的，是黑色的还是深栗色？萨拉，你的眼睛是什么颜色？萨拉，为什么离开？科内利亚牵起他的手，阿德里亚哀伤地微笑。下午，他们会去蒂宾根的咖啡馆晃晃，先喝啤酒，再点杯很热的茶，接着到德意志之家吃晚餐。因为在蒂宾根，除了读书与音乐会，阿德里亚不知道还能做什么。读荷尔德林的书，听科塞留愤慨地评论蠢货乔姆斯基[1]和他的生成语法，并咒骂他祖宗八代。

下车后，在布雷希特包（Brechtbau）图书馆前，科内利亚附在他耳边说，今晚别来家里。

"为什么？"

"我很忙。"

她说完便离开了，也没有亲吻阿德里亚。顿时，他觉得灵魂中心有股类似晕眩的感觉。一切都是你不好，虽然才在一起几个月，但你剥夺我活下去的理由。萨拉，和你在一起，像在云端里，是生命中最美好的事情。阿德里亚到了离伤痛的记忆非常遥远的蒂宾根，度过四个月绝望且仅有读书的生活，他试图注册科塞留的一门课不果，只好偷偷去旁听。他出席所有的研讨会、课程、座谈会，也参加在布雷希特包图书馆向公众开放的每一场会议。冬天突然来临时，房里的电暖炉不够，他还是不断地读书，为了不再想起萨拉、萨拉、萨拉，为什么一句话都不说就离开了？当悲伤过量令人痛苦时，便出门去内喀尔（Neckar）河岸散步，带着结冻的鼻子走到荷尔德林

1　乔姆斯基（Avram Noam Chomsky, 1928—　　），美国语言学家、哲学家、政治评论家。

大楼时，心想，再找不出任何方法，他就快要为爱发疯了。一天，雪开始融化，景色逐渐复苏，他希望自己不再难过，能尽情欣赏各种绿色色调。他想到夏天回家探望疏远的母亲的情景，决定改变生活，笑一笑，与宿舍里的学生去喝啤酒、去系里的俱乐部、没有来由地笑、去看剧情无聊且不可思议的电影，尤其是，不要害上相思病而死，于是在素昧平生的无趣中，开始用不同的眼光看其他学生。现在，所有人开始脱去厚重的雪衣与帽子，他发现人们都非常友善，就这样，逃犯萨拉的脸庞在记忆中轻柔地晕开。然而，这辈子一直自问的问题却未因此消失，像是：你回答我，你一边哭着逃走，一边说又来了，不要，怎么又这样？是什么意思？在美学史的课堂上，阿德里亚坐在一名有着波浪黑发的女孩后方，她叫作科内利亚·布伦德尔，来自奥芬巴赫（Offenbach）。因为看起来遥不可及，所以他注意到她，对她微笑，她回应了。不久，他们一起到系里的咖啡厅喝咖啡，她很意外：你竟然一点口音都没有，你知道吗？真的！然后，他们一起到春天绽放的公园散步，科内利亚是与他上床的第一个女孩。萨拉，我抱着她，假装是……是我的错[1]，萨拉。虽然她偶尔会说些听不懂的话，我仍全心地开始爱上她；虽然我会避开她的眼神，但我喜欢科内利亚。我们就这样在一起度过了几个月，我像抓着浮木般，绝望地紧抓着她不放。因此，在进入第二个冬天时，她说今晚不要到家里来，令我不安。

"为什么？"

"因为我很忙。"

然后就离开了，没有吻别，阿德里亚灵魂的中心感到晕眩，他

1　原文为拉丁文。

不知道是否可以对女人说，等等、等等，很忙是什么意思？最好还是谨慎一些，她的年纪已经够大了，无须给你任何解释，不是吗？她是你的女朋友，是吧？科内利亚·布伦德尔，你接受阿德里亚·阿德沃尔·博施为你的男朋友吗？科内利亚·布伦德尔可以拥有秘密吗？

　　阿德里亚让科内利亚在威廉街附近无须解释地离开，因为，他也对她隐瞒了一些事情，比方说，他没有告诉她任何关于萨拉的事情。好吧，但是，两分钟后他就后悔这么轻易让她离开。他没有在希腊语课见到她，经验哲学课也没有，连她从不缺席的道德哲学的开放讲座也不见踪影。我非常不好意思地来到雅各布街，更丢脸的是，我还躲躲藏藏地在雅各布街与施密特街的交叉口，一副在等十二号公交车的样子，十二号公交车过了十或十二班吧，我仍站在那里，脚冷到快要冻坏了，仍企图揭发科内利亚的秘密。

　　下午五点，我心脏以下的躯体都冻僵了，科内利亚与她的秘密出现了。她穿着平时外出的外套，如往常般美丽，秘密是她在贝本豪森修道院中庭认识的高大、金发、帅气，笑容满面的男孩，在一起进入大门前，他吻了她，比我吻得更好。这时问题来了，不是因为监视她，而是因为她拉上客厅窗帘时，看见阿德里亚在她家对面的街角冻僵地等待十二号公交车，难以置信地看着她，眼睛瞪得都快掉出来了。这一晚，我在街上流下眼泪，回到家里，收到贝尔纳特的信，好几个月没有他的消息了，信里他拍胸脯说自己幸福到爆，她叫作特克拉，无论如何他都要来见我。

　　自从我到蒂宾根以后，与贝尔纳特的关系就疏离了些。我不写信，也就是说，从年轻时就不写信了。第一封来自他的消息是从帕尔马（Palma）寄出自杀式的明信片，写着：我奉管制上校的命令吹短号，被罚不准外出散步，只好摸摸鼻子认栽，练小提琴时候故意惹人厌，我讨厌这样的生活，讨厌军人，讨厌管制，还有生下他们的女人，全都讨厌。你呢？你好吗？文字直接裸露在法西斯军方的审查目光下，他没有给我任何地址，于是阿德里亚写信到他父母家里。我好像曾经对他提到科内利亚的事，只是笼统描述。夏天时，我回到巴塞罗那，用母亲存入我账户的钱，付给托蒂·达尔毛一大笔钱，那时他已经在当医生了。他建议我在军医院做两项体检，结果我有严重的心肺呼吸疾病，因此无法为国家服务。阿德里亚按下了贪污的按钮。但我不后悔，没有任何独裁政府有权要人奉献一年半或两年的生命，阿门。

25

他想和特克拉一起来看我，我告诉他只有一张床。真蠢，他们大可以去外面投宿，后来因为特克拉突然接下很多工作，无法一起来。不过后来他向我坦承是因为她的父母不准她和这个高大、长发，看起来总是很哀伤的男孩一起到这么远的地方旅行。相反地，我很开心他们没有一起来，否则我们就无法畅所欲言了。也就是说，若非如此，嫉妒将会吞噬阿德里亚、使他窒息，他也会纯粹因为嫉妒与绝望说，和这个女孩在一起干什么？应该把朋友摆第一啊！你知道我的意思吧？朋友第一！因为亲爱的，我和科内利亚之间的心血管问题，将我俩带往相同的道路。但是，科内利亚有一个胜出之处：我知道科内利亚的秘密，很多个秘密；但是你……我还在自问为什么你要逃到巴黎？总归一句，贝尔纳特独自前来了，带着练习琴与强烈的聊天瘾。我觉得他好像又长高了一些，比我高出一个手掌，开始用事不关己的眼光看世界，甚至偶尔会没来由地微笑，何乐不为呢？生活嘛。

"你谈恋爱了。"

他脸上的微笑更加深刻。是的，他恋爱了，盲目地爱上一个人，因为正处在体验世界的年纪，稍不注意就爱上别人的科内利亚让我盲目地乱了方寸，我羡慕贝尔纳特平静庄严的微笑，但也为一个小细节不安，当他在我房间里安顿下来，打开小提琴盒时，一个近乎专业的小提琴手的琴盒里通常不会只有乐器，还会有大半辈子的家当：两三支琴弓、琴弦用的树脂、照片、侧袋放着琴谱，只会在当地杂志出现的唯一一则评论。贝尔纳特只带着练习琴与一支琴弓，哦，还有一个文件夹，这是他第一个拿出来的：他从文件夹拿出一叠纸并递给我。拿去看。

"这是什么？"

"一篇故事，我是作家。"

他说话的方式让我不太舒服。事实上，他这辈子说话的方式都让我不太舒服。他以一贯不懂待人处事的作风让我立刻阅读。我接过来看了标题与厚度说，喂，这个要花时间慢慢看的。

"当然、当然，那我去逛一下。"

"不，我要等晚上的阅读时间再看，和我说说特克拉吧。"

他说，她是如此如此、这般这般，脸颊上有两个酒窝，他们是在利塞乌音乐学院认识的，她弹钢琴，他则是舒曼五重奏的第一小提琴手。

"好笑的是，她弹钢琴，然后名字叫作特克拉[1]。"

"她会克服这个问题的。她弹得好吗？"

要是照他的意思，我们是出不了门的，我拿起雪衣说，跟我来。我们去了德意志之家，那里和往常一样，人多到快溢出来了。我用眼角查看科内利亚是否正和她的某个"新体验"待在这里，所以没太注意贝尔纳特的话，他为了避免吃到难吃的食物，点了跟我一样的餐点，并开始说他很想我，但是他不想到欧洲念书。

"你错了。"

1　特克拉（Tecla）在加泰罗尼亚语中意为"琴键"。

"我比较想做内在旅行，所以才开始写作。"

"这就是天马行空，不切实际。旅行对你有益处，去找找可以唤醒记忆的老师。"

"这是什么东西？真恶心。"

"怎么会恶心，这是酸菜。"

"什么？"

"就是德国酸菜，你会习惯的。"

科内利亚的踪影暂时还未出现，香肠吃了一半，我已放松许多，几乎没想到她了。

"我想放弃小提琴了。"他说，像在挑衅我似的。

"不准。"

"你在等人吗？"

"没有啊，怎么了？"

"没有，你好像有点……不知道，你好像在等谁的样子。"

"为什么要放弃小提琴？"

"你当时为什么放弃？"

"你知道的，我拉不好。"

"我也拉不好，不知道你还记不记得：我的演奏缺少灵魂。"

"你继续练习就会找到灵魂的。去上克雷默或帕尔曼的课，不然请斯特恩听你拉琴，天啊，拜托，欧洲到处都是伟大的小提琴老师，只是我们不认识罢了。把肉全放到烤肉架，把自己烤一烤，试炼试炼吧。不然去美洲啊！"

"我不可能成为小提琴独奏者。"

"说什么傻话？"

"闭嘴，你不懂！我无法超越现在的水准了。"

"好吧，那你可以当最优秀的管弦乐团小提琴手。"

"我还想拥抱世界呢！"

"你下决心吧。要不赌一把，要不就撤离。而且，在谱架上也可以拥抱世界啊。"

"不行，我失去憧憬了。"

"在小音乐厅演奏的时候呢？不开心吗？"

贝尔纳特迟疑了一会儿，游移不决，看着墙壁，我任他继续游移，因为这时科内利亚挽着新体验走进餐厅，我整个人都粉碎了，我的视线追随着她，她假装没看到我，两个人在我身后坐下，我觉得背后出现了恐怖的空洞。

"可能吧。"

"什么？"

贝尔纳特看着我的反应不解，耐心地说："在小音乐厅演奏的时候还算开心吧。"

这时我可一点都不在乎贝尔纳特在小音乐厅演奏的感觉了，眼下首要的是背后的空洞、瘙痒。我转过头假装要找金发的女服务生，科内利亚笑着看菜单上的香肠，她的新体验留着引人侧目、彻底讨人厌、不合时宜的大胡子，与十天前高大金发的秘密大相径庭。

"怎么了？"

"我？你希望我怎么了？"

"不知道，你好像……"

那时，阿德里亚向经过的服务生微笑，要了一些面包，看着贝尔纳特说，不好意思，你说，我刚在……

"我说，在小音乐厅演奏的时候还算开心……"

"看吧，如果你和特克拉一起合奏贝多芬的曲子呢？"

背后的瘙痒异常强烈，让我不知道是否该说些傻话。

"是，可以吧。但那又如何呢？谁会希望我们在一个厅里一起演奏或录制一张黑胶唱片呢？啊？"

"大爷……只是录制的话……不好意思，失陪一下。"

我站起来走向厕所，经过科内利亚和她的新体验，我看向她，她抬起头看见我说，你好，然后继续看香肠菜单。你好。好像再正常不过，在和我上床，对我发誓会永远爱我或几乎永远爱我后，去寻找别的体验，在巧遇时说声你好后继续看菜单。我几乎脱口而出：小姐，我的香肠很好吃哦。走到厕所的途中，我听见她的新体验操着浓厚的巴伐利亚口音问，这个点香肠的家伙是谁？为了让拿着满满餐盘的服务生先通过，我闪到厕所里，没听见科内利亚的回答。

* * *

晚上，进入墓园时，我们不得不跳过带着尖刺的栅栏。天气很冷，但恰到好处，因为我们不仅吃了饭，也喝了点酒。他不停地想着小音乐厅的演奏，而我，在认识这些新的体验。我谈了一些希伯来文课与穿插在语言课程中的话题，还有我决定一辈子念书，如果可以在大学里上课的话，就太完美了；如果不行，就自学。

"那你怎么养活自己？"

"你的餐桌上一定会有一碗饭给我吃吧。"

"你现在会说几种语言了？"

"你别放弃小提琴。"

"我快要放弃了。"

"那为什么还带琴来？"

"练指法啊，星期天我要在特克拉家里演奏。"

"很好，不是吗？"

"吼，对啊，令人意气昂扬，得让她的父母对我留下好印象。"

"你们要演奏什么？"

"塞萨尔·法朗克的曲子。"

我确定接下来的那一分钟，我们的脑海里都回响起法郎克的奏鸣曲，两种乐器间优雅的对话，一场听觉飨宴的伟大进场。

"我很遗憾放弃了小提琴。"我说。

"恭喜你，死娘炮。"

"我这么说是因为不希望你在几个月内感到后悔，然后咒骂我没有警告你。"

"我觉得自己想当作家。"

"你想写作我觉得很好，但不需要放弃……"

"不要一副长辈的样子，天啊！"

"你去吃屎吧！"

"你有萨拉的消息吗？"

我们沉默地走到尽头，直到弗朗茨·格吕贝的坟墓前。我不想聊关于科内利亚以及其他难受的事情，这阵子我很在意自己投射给别人的观感。

贝尔纳特用眼神重复问题，但不再坚持。我的双眼因寒冷而泛着泪水。

"我们为什么不回去呢？"我说。

"格吕贝是谁？"

阿德里亚若有所思地看着硕大的十字架。弗朗茨·格吕贝，1918—1943年。洛塔尔·格吕贝用受尽屈辱而颤抖的手将一束留在坟上作为辱骂的欧洲黑莓拨开时被划伤了，他无法想着舒伯特的《野玫瑰》，因为宿命论从很久以前就掌控了他所有的思绪。他轻柔地放下一束白色玫瑰花，仿佛放下儿子的灵魂。

"你是自取灭亡，"赫塔说，却想要陪伴他，"这些花太张扬了。"

"我没有什么可以失去了，"他坐起身，"相反地，我得到英雄般的儿子，勇敢的烈士。"

他看了四下，呼出的气息形成一团浓郁的云。他知道傍晚时，白色玫瑰不但看起来桀骜不驯，还会被冻住。弗朗茨被埋在这里一个月了，他答应安娜每个月的十六号都会拿一束花放在儿子坟前，直到自己走不动为止。至少这是他能为英雄儿子、勇敢的烈士所做的。

"格吕贝是重要的人吗？"

"什么？"

"为什么停在这里？"

"弗朗茨·格吕贝，1918—1943年。"

"是谁？"

"不知道。"

"天啊，蒂宾根好冷，这里一直都这样吗？"

从希特勒掌权以来，洛塔尔·格吕贝就沉默、愤愤不平地生活，他对邻居们大肆埋怨，他们都充耳不闻，只说这个人早晚会自讨苦吃。他一个人在公园散步时，愤愤地对他的安娜说，不会吧，不会吧，怎么无人反抗呢？弗朗茨在大学里浪费时间，读着将被新秩序消灭的法律。然而，当弗朗茨从大学回来时，洛塔尔的天塌下来了，因为弗朗茨双眼散发激动的光芒，告诉父亲他将追随首领的指示与期望，他刚申请进入党卫队，而且非常有可能准许入党。因为我证明家族五六代以前的身份都是清白的。洛塔尔迷惘困惑、目瞪口呆：他们对你做了什么？儿子，怎么可能……

"父亲，我们开启了力量、能量、光明及未来等等的新时代！父亲，我希望您为此感到欢喜。"

但洛塔尔在满腔热情的儿子面前流下眼泪，儿子责难父亲软弱的泪水。晚上，他告诉他的安娜，对不起，安娜，是我的错，是我让他离开家去外头念书的，结果染上法西斯主义，亲爱的安娜。洛塔尔·格吕贝接下来有很多时间哭泣。年轻的弗朗茨不想面对父亲不认同的眼神，所以他离开家里，只寄给父亲一封热情洋溢的电报：武装党卫队第三旅的不知道什么鬼东西。爸爸，我要前往南方的前线了。句号。终于能把生命奉献给首领。句号。如果因此牺牲了，请不要为我哭泣。句号。我会永远活在瓦尔哈拉神殿[1]。句号。洛塔尔哭了，他想偷偷藏起电报，这样晚上就无须告诉安娜，他收到了弗朗茨的电报，上面满是可恶的大写字体。

* * *

因春天雪融而急速向下奔流的萨瓦多林卡河（Sava Dolinka）附近，德拉戈·格拉德尼克不得不将庞大的身躯往前倾，好听清楚耶塞尼采（Jesenice）邮政分局负责人贫血的声音。

"他说什么？"

"这封信无法送达目的地。"

1　瓦尔哈拉神殿（Walhalla）位于德国巴伐利亚州雷根斯堡以东的多瑙河畔，是一座纪念德国历史上知名人物的名人堂。

"为什么？"

邮局的老爷爷戴上眼镜，大声念道，费利克斯·阿德沃尔，二百八十三号，巴伦西亚路，巴塞罗那，西班牙。信又回到巨人手上。

"道路会不见的，队长。袋子里的信都是要寄往卢布尔雅那（Ljubljana）的。"

"我是中士。"

"都一样、都一样。信就是会不见，我们在打仗，你难道不知道？"

格拉德尼克一反常态，没有对公务员摆出威胁的姿态，而是将声音压得更低，用他所有剧目里不甚愉快的语调说，您舔一张五十分的邮票，贴到信封上，然后盖章，并把信放进布袋里。我要把袋子带走，送出信，懂了吗？

尽管外头的同袍大声吆喝，格拉德尼克仍等着沉默不悦的男人完成衰老多病的战士的命令，然后将信封放进布袋。袋里并无太多信件要寄到卢布尔雅那，身形硕大的中士拿起布袋，走入街上的太阳里，卡车上十多个男人不耐烦地叫嚣，一看到他出来立刻发动引擎。在卡车的箱子里还有其他六七个类似的布袋，弗拉多·弗拉迪克躺着抽烟，看着表说，妈的，中士，不过就是拿个布袋也要这么久。

卡车载着十五名战士与邮局的布袋却无法发动。这时，一辆雪铁龙停在他们跟前，三名战士下车告知他们的同志：上次棕枝主日[1]，克罗地亚与斯洛文尼亚纪念耶稣骑驴进入耶路撒冷的日子，党卫队第二师的三个旅决定仿效天主之子，成功地攻入斯洛文尼亚，

---

[1] 棕枝主日（Diumenge de Rams）是复活节前的星期日，纪念耶稣进入耶路撒冷城。

不过他们是乘着汽车进入的。当纳粹空军摧毁贝尔格莱德 (Belgrad) 与皇家政府时，国王奔跑逃离第一线了。同志们，是时候为自由奉献生命！你们要到克拉尼斯卡戈拉 (Kranjska Gora) 迎击武装党卫队！德拉戈·格拉德尼克心想，死亡来临了，天主保佑，我将在克拉尼斯卡戈拉抵挡所向披靡的武装党卫队而牺牲。他这辈子从无任何遗憾，但挂起教袍时，他知道自己错了。他联系他们那一区调度士兵的指挥官，他志愿为国家服役，因为帕维里奇的乌斯塔沙[1]，或恶魔的党卫队，邪恶已逼近眼前，神学应为值得怜悯的紧急需求让步。到了克拉尼斯卡戈拉的路上，他们没遇见任何妖魔，所有人都猜想消息是否错误。但是，在他们准备离开波罗夫斯卡时，一个操着克罗地亚口音且二十天未刮胡子，没有戴阶级章的指挥官告诉他们，已经到了见真章的时候，以送死的决心对抗法西斯主义吧！你们是争取自由、对抗法西斯的战士，别对敌人仁慈，因为对方是不会仁慈任何敌人的。德拉戈·格拉德尼克会在句尾加上数个世纪长的阿门，但是，他忍住不作声。因为没有佩戴阶级章的指挥官还在详细地说明每组机关枪掩护者该如何行动。格拉德尼克得以有时间思考，他这辈子第一次这么想：没有退路，得杀人了。

"走！全速冲上山丘！弟兄们！祝好运！"

抵御敌军的主力带着机关枪、手榴弹与迫击炮，各自占据安全地点，枪手如老鹰般匍匐在山丘顶端。十二名枪手灵活地就位，除了格拉德尼克神父以外，他像鲸鱼般喘气。在防卫的位子上，每个人拿着自己的长枪与十三发子弹，如果子弹用完了，就丢石头；如

1　乌斯塔沙 (Ustaša)，克罗地亚独立运动组织，1929 年 4 月 20 日在保加利亚成立。1941 年，轴心国入侵南斯拉夫，乌斯塔沙借机成立"克罗地亚独立国"并加入轴心国阵营，实施种族迫害和屠杀政策。

果他们靠近了，就勒死他们。无论如何，别让他们进村。枪法准的人配带有望远瞄准镜的纳甘长枪，必须盯住、追踪、观察并与目标互动，最后，终结目标。

就在快被自己的呼吸噎着时，一只手帮他抵达最后的台阶，是已经匍匐在地上，瞄准无人的马路转角的弗拉多·弗拉迪克，他说，中士，要好好照顾自己。从山丘的高处听见受到惊吓的黄鹂鸟在他们上空飞舞，仿佛向德军告密他们的位置。无声无息的两分钟后，当格拉德尼克的呼吸慢慢平复下来。

"中士，您在打仗前是做什么的？"

"我是面包师傅。"

"胡说，您是神父。"

"知道的话，为何还问？"

"神父，我想要告解。"

"我在打仗，已不是神职人员了。"

"您是。"

"不，我已经背叛希望，犯了罪，我才是要告解的人，我要放……"

突然，他闭上嘴。无人的转角出现了一辆坦克油槽车，后面跟着二、四、八、十二辆，妈的，我的天啊！是三十或上千部载满士兵的装甲车，后面跟着三四个旅的步兵，阵容庞大，黄鹂鸟继续喧闹，对仇恨与恐惧都漠不关心。

"神父，等会开始时，您打中尉右边的那个，我打左边的。不要把您盯着的人弄丢了。"

"比较高瘦的那个人，是吗？"

"嗯，跟着我做。"

这真是绕着死亡跑。格拉德尼克想着，心脏纠结成团。

* * *

在最后一部车子驶过后，年轻的党卫队二级突击队中队长弗朗茨·格吕贝站在军旅前方，看向左边的山丘，一只从未见过的鸟飞舞的山头，他没有看见敌人的踪影，而在想象全欧洲都将受到我们有远见的德国首领指引的荣耀时刻，欧洲将会成为理想社会的典范，内陆的城镇将受到关注，尤其是左边的山头，几乎是对着克拉尼斯卡戈拉最前面的几户人家，数百位搞不清楚状况的战士置身风景之中，等待克罗地亚指挥官与他们约定的指示：机关枪朝车辆射击的第一枪。1895 年 8 月 30 日出生在卢布尔雅那的德拉戈·格拉德尼克，决定为上帝奉献生命，进入卢布尔雅那市的基督学院求学，充满热情的他又进入维也纳的神学院，后来因为他的聪明才智，被选中送到宗座额我略大学攻读神学，同时也到天主教圣经学院修习圣经论注学。他以为自己的命运就是在圣母教堂的海报中推展大型活动。在长长的一分钟里，他透过长枪的瞄准镜看着令人憎恶的党卫队军官以征服者的姿态看着上方，同时为他的旅队？师队？班队？阵营开路，我们要抵挡的就是他们。

混战开始了。一时之间，士兵们仿佛在讶异离卢布尔雅那这么远的地方就遇见抵抗势力，格拉德尼克冷静地用瞄准镜跟随目标的动静，心想：如果你扣下扳机，德拉戈，就没有权利进入天堂了，你正与最终要杀害的人共生。汗水有意模糊他的视线，但他拒绝让自己瞎了眼，他已经下定决心，应该要将受害者维持在瞄准镜内。最后，所有士兵的子弹都上膛了，不确定要射向何处，总之是要朝装甲车与车上的人射击，他们将遭受最悲惨的命运。

"发射，神父！"

所有人同时发射，格拉德尼克的目标军官正面对着他，长枪已上膛却不知道该射向何方。党卫队的军官靠在路堤，突然他的枪掉了，一动也不动，对周遭发生的事情毫无反应，脸上沾满鲜血，年轻的党卫队二级突击队中队长弗朗茨·格吕贝来不及思考以死换取的光荣战役、新秩序或灿烂的明日，因为他一半的脑袋飞了，无法想那些不知名的鸟儿，或子弹是从哪来的。这时，格拉德尼克承认，天堂大门关上了也无妨，因为他做的是正确的事。他将纳甘再度装上子弹，瞄准镜扫过敌人的行列。一名党卫队中士大喊，企图重新组织，他瞄准他的脖子，让他不再喊叫，接着发射，冷静、毫不紧张，重新上膛，又击毙了几个副官。

在太阳还未下山之前，武装党卫队决定撤退，丢下牺牲的战士及损坏的车子。战士们如秃鹰般俯冲而下翻查尸体，偶尔传来指挥官冰冷的枪响，面目狰狞地将重伤敌军送上路。

根据严格的军令，存活下来的战士应该要搜查阵亡的尸体，拿回他们的武器、子弹、军靴与皮衣。德拉戈·格拉德尼克恍若受到神秘力量的驱使，寻找他的第一个受难者。那是一张看起来很善良的青年脸庞，看着前额的双眼满是鲜血，撑在路堤上，损坏的钢盔，淤红的面容，不留一丝存活的机会。他说，孩子，对不起。他看到弗拉多·弗拉迪克和两个同伴拿走身份识别牌。他们总是如此故意混淆敌人，搜到他的第一位受难者时，他们无情地扯下他的牌子，格拉德尼克做出了反应："等等，给我。"

"神父，我们得……"

"我说给我！"

弗拉迪克耸耸肩，把牌子给他。

"您的第一个，是吧？"

接着，弗拉迪克继续工作。德拉戈·格拉德尼克看着牌子，弗朗茨·格吕贝，他第一个杀死的人叫作弗朗茨·格吕贝，一位年轻、金发的党卫队军官，眼睛可能是蓝色的。他想象自己去见他的遗孀或双亲，跪着告诉他们，是我，是我干的，我忏悔。希望借此给他们一些安慰。他把牌子收进口袋。

我们还站在他的坟前，我缩起肩膀又说了一遍：喂，走了！天气冷得都能削皮了。贝尔纳特说：随便，听你的，我这辈子总是听你的。

"去吃屎吧！"

我们都冻僵了，裤子在跳过墓园栅栏时被刮破，我们让死者留在黑暗中，在他们永恒的故事里安息。

我没有读贝尔纳特写的故事。他头一靠到枕头上就睡着了，应该被旅途累坏了吧。等待进入梦乡时，我宁愿想着罗马帝国没落时遭受的文化冲击，但是，萨拉、科内利亚突然闯入我甜美的思绪，因而深感哀伤。你没有勇气告诉你最好的朋友。

* * *

最后，贝本豪森修道院这个选项胜出了，因为阿德里亚那天觉得非常有历史性。

"不是今天，是这辈子，对你来讲，什么都是历史。"

"你的意思是所有事物的历史，因为它解释了一切的现况，今天具有历史意义，我们就去贝本豪森修道院。就像你说的：都听我的。"

天气冷得难以想象，系所前方威廉路上的树，光秃秃地不留一片叶子，人们耐心地忍受，心知好天气迟早会到来。

"我可无法在这里生活，手一定会冻僵，不能拉琴……"

"有什么关系？如果你放弃小提琴的话，就可以住下来了。"

"我和你说过特克拉的样子吗？"

"说过啊，"他跑了起来，"快！公交车来了。"

公交车像街道一般冷，不过乘客都解开了外套领子，贝尔纳特开始说她脸颊上有两个酒窝，看起来就像……

"肚脐，你说过了。"

"喂！如果你不想听……"

"你没有她的照片吗？"

"啊，没有，我没想到要带着。"

事实上，贝尔纳特没有特克拉的照片，因为他没有拍下她，因为他还没有照相机，而且特克拉也没有照片可以给他。可是，没关系，描述她的长相一点也不累人。

"我会，我都听累了。"

"你这么讨人厌，我真不知道为什么要和你说话。"

阿德里亚打开已经是他身体一部分的包，拿出一叠纸张，给他看。

"因为我要读你的胡言乱语啊。"

"重点来了！你读了吗？"

"没有。"

阿德里亚看了标题后就不再翻页，贝尔纳特用余光观察他。没有人发现，笔直的公路已进入山谷，满是覆盖着灰白的冷衫。过了无止境的两分钟后，贝尔纳特心想，如果连看个标题都得花这么久的时间，那表示……他可能联想到别的事情，也可能抽离故事了，就像我写第一页时。然而，阿德里亚看着标题的五个字心想：不知道为什么我没去跟科内利亚说，我们分手，结束了。你的行为像个放荡的浪女，你知道吗？从现在起，我要专注地只想着萨拉。但是他知道这不是真的，因为面对科内利亚时，他又会心软、张口痴呆、予取予求，就算她只是因为在等待下一个体验，所以找他去散散步打发时间也一样。天啊！我怎么如此没有魄力！

"你喜欢吗？很不错，是吧？"

阿德里亚回到现实世界，他吓了一跳，并站起身。

"喂，到了！"

他们在马路旁的巴士站下车，眼前就是冰天雪地的贝本豪森村庄，一位白发女士一起下车，向他们微笑。阿德里亚突然心血来潮，请她用相机帮他们拍照："您看得到吗？"女人将藤篮放在地上，问要按哪里。

"按这儿。您人真好，女士。"

两个朋友站好，让覆盖着薄薄一层冰，看起来不太安全的村子在照片上一览无遗。女士按了快门后说好了，阿德里亚拿回相机并帮忙提篮子，用手势示意女士先走，他们三人开始走向通往村子的上坡路。

"小心，"女士说，"冰冻的柏油路很容易滑倒。"

"她说什么？"贝尔纳特问话的同时踏出一步，却一屁股摔倒。

"她说的就是这个。"阿德里亚放声大笑。

窘迫的贝尔纳特一边站起来，一边咒骂着，同时却不得不摆出好脸色。到了上坡路顶端，阿德里亚把篮子还给女士。

"游客？"

"学生。"

他向女士伸出手说，阿德里亚·阿德沃尔，很高兴认识您。

"赫塔。"女士说，然后一手拿着篮子，小心翼翼地离开。无论是出于谁的建议或煽动，她都不想摔倒。

* * *

这里比蒂宾根更冷，冷得不成体统。他们得等到十点开始导览参观，中庭安静无声，其他游客在较御寒的玄关等待。

"好漂亮。"贝尔纳特非常敬佩道。

"我很喜欢这个地方。我在春天、夏天、秋天都来过，来了六七次，非常令人放松。"

贝尔纳特满意地呼吸，接着说，中庭的美丽与宁静氛围，真是难以置信。

"住在这里的人崇拜的是爱复仇、爱记恨的上帝。"

"放尊重点。"

"我是很不满，不是在开玩笑。"

他俩安静下来，中庭里只听见每个脚步踩碎地板薄冰的声音，没有一只鸟儿想冻僵自己。贝尔纳特深呼吸着，呼出浓浓一团像火车头般的云雾，阿德里亚接续刚才的对话："基督教的上帝爱报复、爱记仇，若你犯错也不认错的话，就处罚你下地狱。我觉得这种反应是不对的，我不想跟这样的上帝打交道。"

"但是……"

"但是什么？"

"祂也是爱的上帝。"

"什么爱！要是你没去望弥撒，或是偷邻居的东西，就会在地狱里承受炙烤，我看不出来哪里有爱。"

"这样的想法很偏颇。"

"我承认，我不是这方面的专家，"他突然停顿下来，"而且我也不明白其他事情。"

"像什么？"

"邪恶。"

"什么？"

"邪恶，为什么你的上帝允许恶的存在？为什么不避免？就只是用地狱之火处罚犯错的人，而不是避免人犯错呢？有答案吗？"

"没有……嗯……上帝尊重人的自由。"

"是精明的神职人员让你这么认为的。上帝放任他们，而非对犯错者发挥职能。这件事也是不可解释的。"

"做错事的人就会受罚。"

"那可好了，在让他们做了所有的荒唐事后才被处罚。"

"妈的，我不知道，阿德里亚，实在无法跟你说话啊。你知道，我没有任何论据……就是相信，就这样。"

"对不起，我无意冒犯。可是，是你开始聊这个话题的。"

一道门打开了，导游领着一群小小探险队进来，游客都准备好要开始参观。

"贝本豪森修道院的导览现在开始。本修道院是蒂宾根的鲁道夫一世在1108年建立的，1806年还俗。"

"还俗是什么意思？"一个穿着大外套，戴着塑胶镜框，镜片很厚的女人问。

"这么说吧，就是不再作为修道院使用。"接着，导游用优雅的方式奉承团员们：大家都是有文化的人，情愿看 12、13 世纪的建筑，而不是去喝啤酒或是松子酒。又告诉他们，在本世纪不同的时期，这里曾经作为各级地方、区域政治单位召开各种会议之处。邦联政府最近的一项协议是未来修道院会重修，让参观者可以完全看到这里最初作为修道院时，为一大群修士提供庇护的最忠实面貌。这个夏天重建工程就要开始了。现在劳烦各位随我过来，我们进入修道院的教堂。小心阶梯，注意，抓这边，女士，要是你劈开了一条腿，后果可是会严重到错失我精湛的解说。百分之九十的参观者都笑了。

快要冷死的游客们谨慎地踩着阶梯进入教堂，贝尔纳特进入室内才发现阿德里亚不在其他九位冻僵的参观者行列里。白发导游说这个教堂保存许多晚期哥特式建筑元素，像是我们头顶上的圆顶穹窿。与此同时，贝尔纳特走出教堂回到中庭，看见阿德里亚坐在覆盖白雪的石头上，背对着他在读……是！在读他的故事，他焦急地看着他的心灵与智识的导师、生命中最信任的人专注地读着他无中生有的虚构故事，一时间觉得自己是重要的，而不再感到寒冷。他回到教堂里，游客们已经走到一扇窗户下，窗户因未知的缘故有些破损，那时，一位冻僵的参观者提问，最兴盛时，这里有多少僧侣？

"这里在 15 世纪时，曾高达上百人。"导游回答。

与我故事的页数一样，贝尔纳特心想。他想象自己的好友这时看到第十六页，正好是艾莉莎说她唯一的选择就是离家出走的段落。

"但是，你要上哪去呢，孩子？"阿玛德乌激动问道。

"不要叫我孩子。"艾莉莎愤愤地抗议，猛地把头发向后甩。

她生气的时候，脸颊上会出现两个酒窝，像两个肚脐似的。阿玛德乌看着，仅仅看着，说不出话，思绪也飞到九霄云外。

"你说什么？"

"您不能一个人留在这，请跟着大家走。"

"好的。"贝尔纳特回答，举起上臂做出不知情的样子，把他的角色丢给专注阅读的阿德里亚，跟上队伍末端。参观团开始走下阶梯。小心阶梯，现在这个温度，阶梯会很滑的。阿德里亚继续待在中庭，不顾天气寒冷阅读着。有那么一会儿，贝尔纳特觉得自己是世界上最幸福的人。

* * *

他选择再付一次钱，与脸上写着寒冷的新参观团重复参观路线。中庭里的阿德里亚一动也不动地阅读着，头都没抬起来。要是他冻僵了呢？贝尔纳特激动起来，没有注意到让他觉得最悲伤的是，若阿德里亚冻僵了，也是因为无法读完故事的关系。但是，他一边听导游说贝本豪森修道院的导览现在开始，一边用余光看着阿德里亚。本修道院是由蒂宾根的鲁道夫一世在 1108 年建立，1806 年还俗。

"还俗是什么意思？"一个年轻、高大、裹着靛蓝色雪衣的人问。

"就是不再作为修道院使用的意思。"接着，导游用优雅的方式奉承大家是有文化水准的人，因为他们宁可选择参观 12、13 世纪的建筑，而不是去喝啤酒或松子酒。在向他们介绍了二十世纪几个政治单位用这里作为召开地区及区域政治会议后，最近一个邦联政府的协议，要重建这里，让参观着可以忠实地欣赏曾收容庞大修士的修道院面貌。"这个夏天重建工程就会开始。现在劳烦各位随我过来，我们要进入修道院的教堂。小心阶梯，抓住这里。要是您脚滑了，可就会错过我精湛的解说了。"百分之九十的参观着笑了。贝尔纳特听着导游说这座教堂保存许多晚期哥特式建筑元素，好比我们头上的圆顶穹窿。这时他又偷偷摸摸折回中庭，躲在一根柱子后面。没有，阿德里亚没有冻住，而且正在翻页，他打了个冷战，然后又专注于阅读之中。贝尔纳特估算是第四十或四十五页吧，阿德里亚努力地阅读，不让萨拉或科内利亚变成艾莉莎，虽然很冷，但是他不想动。第四十或四十五页，正当艾莉莎甩着一头长发骑脚踏车爬上坎托（Cantó）的上坡路。现在，贝尔纳特心想，这时她应该无法甩着长发吧？骑脚踏车上坡太累人了，我得修改稿子，好，就改成从坎托下坡，甩着长发骑脚踏车下坡，他应该很喜欢吧，因为天气这么冷他都不在意了。他小心地走路免得出丑，并再次回到参观团。这时，他抬起头，仿佛是唯一一个瞻仰这些工艺的人，多么精雕细琢的镶嵌工艺啊。一个发色如干草的女人说，wunderbar[1]！并看着贝尔纳特好像要他做出美学评论似的，贝尔纳特充满感情地点了三四次头，但是他不敢依样画葫芦说"wunderbar"，要是开口就会露馅，被发现他不是德国人了。至少在阿德里亚告诉他读后感，让他高兴地大叫、手舞足蹈前，不想暴露自己的身份。干草发色的女人大概很满意贝尔纳特模棱两可的表情，又小声地说了"wunderbar"，这次是自言自语。

在第四次参观后，雄辩的导游狐疑地注意贝尔纳特好一会儿。他靠近他，看着他的眼睛，仿佛在调查这名哑巴游客是在捉弄他，还是真的被贝本豪森修道院或他的解说魅力所慑服。贝尔纳特热忱

1　德语，意为："太了不起！"

地看着因激动而皱巴巴的双折页解说单，导游摇摇头，弹了舌头说，本修道院是蒂宾根的鲁道夫一世在 1108 年建立的，1806 年还俗。

"Wunderbar，太神奇了。还俗是什么意思？"一名年轻、漂亮，穿得像爱斯基摩人，鼻子被冻得红红的女人问。

* * *

赞叹了圆顶穹窿的精湛工艺后，从中庭出来时，贝尔纳特躲在一个个像冰柱的游客之间，证实他读到第八十页了。艾莉莎早已弄干水，让十二只红色的鱼死在干涸的水槽里。这是她为了处罚两个年轻男孩刻意营造出如此充满情绪的一幕，但是她并非惩罚他们，而是要惩罚他们的感情，一条鱼都不给他们。这是迎接不可预料、谦逊且令人骄傲的结局的伏笔。

* * *

没有参观团了，贝尔纳特毫不遮掩地在中庭盯着阿德里亚。这时，他折起第 103 页的上角，看着眼前的黄杨树篱，突然站起来，这才看见贝尔纳特。他看着我像看到幽灵，表情怪异地说，我以为你被冻僵了。我们安静地离开，贝尔纳特羞涩地问我是否想走一次导览参观路线，我对他说不用了，导游说的我都记得。

"我也是。"他回答。

离开时，我说得赶快喝杯热茶来暖暖身子。

"喂，这个，怎么样？"

阿德里亚不解地看着他的朋友，贝尔纳特用下巴指着他朋友手里的那一叠纸，过了安静的八或十秒钟，不然就是一千秒的难捱沉默。阿德里亚没有看着贝尔纳特的眼睛说，很糟、糟透了，没有灵魂，人物的情绪也不可信，完全不可信，不知道为什么，但是我觉得很糟。这个阿玛德乌不知道是谁，最糟的是，我根本一点也不在意，更别提艾莉莎了。

"你在开玩笑。"贝尔纳特像母亲告诉我父亲上天堂时一样面容苍白。

"才不是，我问你，为什么突然执着于写作，而不是音乐？"

"你真他妈的婊子养的。"

"那么就别给我看啊。"

* * *

第二天，因为蒂宾根的车站有些问题，他们转搭巴士到斯图加特车站。他们在车上望向各自的风景，贝尔纳特沉浸在固执且充满敌意的沉默，从贝本豪森修道院的导览后就挂着同一张臭脸，完全没变。

"记得你以前跟我说过，好朋友不能欺骗对方，记得吗？贝尔纳特，不要一副被冒犯的样子了，真是够了，"他大声地说。因为从蒂宾根到斯图加特的巴士里说加泰罗尼亚语，有种孤立且逍遥法外的感觉。

"不好意思，你在跟我说话吗？"

"对，而且你还说，如果我他妈的好朋友也像其他人一样对我说谎的话，你就……贝尔纳特，这下好了，你说的这么义愤填膺。作品缺少魔力般的火花，而你用不着骗我，阿德里亚，你永远都不要骗我，否则我们就不要当朋友了。你还记得自己说过这些话吧？你还说过，你知道我是唯一一个会对你说真话的人。"

他用余光瞄了他一眼。

"我永远都会这么做的，贝尔纳特，"他看向前方，又补了一句，"只要我还有力气。"

巴士又在迷蒙潮湿的雾中向前驶了几公里。

"我演奏是因为不会写作。"贝尔纳特看着车窗。

"这个想法很好！"阿德里亚大声说，看着座位前的太太，仿佛在询问她的意见。太太将视线移至把他们送往斯图加特的灰色、下雨、悲伤的风景上，心想：爱大呼小叫的地中海人，肯定是土耳其人。漫长至极的沉默，直到两个土耳其男孩中个头比较高的表情缓和下来，斜眼看着他的同伴说："你说什么想法很不错？"

"真正的艺术生于挫败，幸福不会让人更有创意的。"

"才不是这样，我是他妈的超棒的艺术家。"

"喂，别忘了，你在谈恋爱。"

"没错，唯一还在正常运作的只剩下我的心脏了，"凯末尔·贝尔纳特强调，"其他都不值一提。"

"要不，我跟你交换。"伊斯梅尔·阿德里亚真诚地反驳。

"好啊，但是我们无法如愿，我们注定一辈子羡慕对方。"

"坐在我们前面的这位太太会怎么想？"

凯末尔看着前方专注欣赏景色的女人，这时公交车已经进入市区，天色仍旧灰暗，仍旧下着雨。凯末尔很高兴终于能换个脸色了，即使深感冒犯，一直摆着臭脸也真的很累。他像在过滤一个伟大的想法："不知为何，我觉得她叫作乌苏拉。"

"而且有个跟我们同年的儿子。"伊斯梅尔补充。

车子开始爬上陡坡，发出呻吟，车夫使劲地在马背上抽着长鞭，负载二十个人重量的上坡确实过于陡峭。但是，赌注就是赌注。

"你可以搜刮口袋了，中士！"驾驶兵说。

"我们还没抵达顶端呢！"

士兵们希望品尝中士输掉赌注的喜悦，屏息静气仿佛在帮助可怜的畜生攀爬到维特镇入口的房子。这段路的进程相当缓慢，终于抵达最高点时，车夫笑着说，我和我的驴子都是非常伟大的！您觉得呢？中士？

中士给车匠一个铜板，凯末尔与伊斯梅尔强忍笑意。为了摆脱羞辱，中士大声地吼出命令："全部下车！亚美尼亚杀手已经在准备了！"

车夫点燃一根小雪茄，非常满意，看着连牙齿也武装的士兵下车，做好万全的准备，走向维特镇的第一幢房子。

"阿德里亚？"

"是！"

"你刚刚去哪了？"

"啊？"

阿德里亚往前看，乌苏拉穿上外套后又转头看风景，显然不在乎年轻土耳其人的一举一动。

"说不定她叫作芭芭拉。"

"什么？"他努力地回到巴士上，"对，或乌莉柯。"

"早知道会这样，我就不来看你了。"

"知道什么？"

"你不喜欢我的故事。"

"你再写一次，这次要进入阿玛德乌的身体里。"

"主角是艾莉莎。"

"你确定？"

两个土耳其小伙子安静下来，过了一会儿："好吧，你看，你是从阿玛德乌的角度来说故事的，而且……"

"好了、好了，我会重写，可以了吧？"

贝尔纳特与阿德里亚在站台上互相拥抱。乌苏拉女士看在眼里，心想这些土耳其人真不害臊，便继续走向离站台有一段距离的 B 区。

两人仍拥抱着，贝尔纳特对我说，婊子养的，谢谢，真的。

"是真的婊子养的，还是真的谢谢？"

"不满意是真的。"

"贝尔纳特，欢迎你随时再来。"

因为不知道要到站台 C 区候车，他们不得不拔腿奔跑，已经坐在那里的乌苏拉女士看见他们的模样，心想：天啊，我的妈啊，真是夸张。

贝尔纳特大口喘气跑上车厢，过了一分多钟，我看见他还站着，比手画脚似乎在和某人说话，接着他放下背包，比着车票。我不知道该上车去帮他，还是让他自己解决，免得他不愉快。贝尔纳特弯下腰看向车窗外，我对他笑了一笑，他坐下来时，摆出一副累坏的样子，再度看向我。当你到车站与灵魂之交送别，朋友上车后，送别的人就该离开了。但是，阿德里亚任时间流逝，挚友还以微笑，他们不得不错开视线，两人同时看了时间，三分钟。我鼓足勇气，挥手告别，他几乎没动，于是我头也不回地离开了。在同一个车站等待回程巴士时，我买了《法兰克福汇报》翻看，希望可以让我转移注意力，不要去想贝尔纳特闪电拜访蒂宾根。第十二版，有一个简单的标题及短短的一栏文字——班伯格心理医生遇害。班伯格？

巴伐利亚。为什么？天啊，怎么会有人去杀害一位心理医生？

"阿里伯特·福格特先生？"

"我是。"

"抱歉，我没有预约。"

"没关系，请进。"

福格特好意地邀请死神进门，初来乍到的访客坐在等候室一张椅子上。医生说马上就接待您后转身进咨询室，拿取纸张、打开资料夹并关上的声音传到等候室，最后，医生探头进等候室，邀请死神进入咨询室。访客坐在医生指示的地方，医生坐在自己的椅子上。

"请说。"医生说。

"我是来杀您的。"

福格特医生连反应的时间都来不及，访客旋即站起身，拿起星牌手枪指着医生的太阳穴，医生因枪管所迫而低下头。

"您无路可逃了，医生，您也知道，死亡说到就到，不会预约时间。"

"您是诗人吗？"医生的头离桌面只有一个手掌的距离，他一动也不动却开始流汗。

"法莱尼亚米先生、齐默尔曼先生、福格特医生，我以奥斯维辛集中营在您没人性的双手下枉死的所有受害者之名取你性命。"

"若我说您搞错人了呢？"

"最好还是别说，我会笑死的。"

"我付你双倍的钱。"

"我不是为钱杀人的。"

医生无话可说，几滴汗水从鼻尖落下，像与布莉吉塔去桑拿浴一样。死神认为应该要说明几个概念："我为钱杀人，但不收你的。

福格特、布登以及赫斯，是死在你们手下的亡魂来索命的。"

"请饶了我。"

"笑死人了！"

"我可以提供找到布登的线索。"

"哼，好个叛徒，说！"

"让我活命就说。"

"门都没有。"

福格特医生噎下啜泣，努力克制自己，却徒劳无功。他闭上双眼，悔恨不已，开始愤怒地哭号。

"好了！给我个痛快吧！"他咆哮道。

"您很急吗？我倒是不急。"

"你想怎么样？"

"换你来尝尝当初在那些老鼠与孩子们身上所做的实验吧。"

"不。"

"由不得你。"

"你究竟是谁？"医生想要抬起头，手枪却抵住他。

"朋友，别担心，"死神不耐烦地弹舌头啧了一声，"给我布登的线索。"

"我什么都不知道。"

"啊，难道您想救他？"

"我才不在乎布登，只是很后悔自己所做的事。"

"头抬起来，"死神抓着他的下巴，无情地强迫他，"你记得什么？"

幽暗无声的黑影在他眼前展开，像教区中心的布告栏：双眼爆出眼眶的男人、一个膝盖如石榴般炸开的男孩在痛哭、没有麻醉就剖腹的孕妇，还有两张认不出的影像。

　　福格特医生又开始痛哭，大声地喊：救命，谁来帮帮我。他不断大吼大叫直到枪响。"阿里伯特·福格特医生在巴伐利亚的班伯格诊所被处决，头部一枪击中毙命。"他不久前还住在蒂宾根，大概是1972年至1973年左右，我不太确定。然而，确定的是科内利亚让我在天寒地冻的这几个月受尽煎熬。因为当时我还没有读过那份阿拉姆语的古手稿，所以对福格特一无所知，不像现在知道那么多事情。那时也不写信。两个星期后开始考试了，每天我都得知科内利亚的某个秘密。你可能没看过这则新闻，但是萨拉，就是在这段期间，一名心理医生在班伯格被谋杀了，我却浑然不知此人与我生命的关联，比科内利亚和她那些秘密更为紧密，萨拉，生命是多么奇异啊。

26

　　我怪自己没有为母亲的离世留下更多泪水，一心只想遇见把我的偶像乔姆斯基批评得一无是处的另一位偶像科塞留。稀奇的是，他竟未提到布龙菲尔德[1]，我知道他这么做是故意要引起我们的兴趣。在他嘲弄《语言与心智》[2]的那天，阿德里亚·阿德沃尔对生活与一切略感不耐烦，开始失去耐心，小声用加泰罗尼亚语说，够了，教授。够了，不用一直重复。那是科塞留从讲桌向我投射出他这辈子最恐怖的眼神。班上的其他十一名同学也默默无声。

　　"什么东西够了？"教授用德语挑衅问道。

　　我像懦夫般闭上嘴，被他的眼神以及在全班面前被碎尸万段的可能吓呆了。尽管有一天他惊讶地发现我在读《神话与融合》（*Mitul reintegrarii*）并表示嘉许：埃利亚德[3]的思考算是非常优秀，读他的东西很好。

　　"等会到我办公室。"他用罗马尼亚语低声对我说，接着继续上课，好像什么事都没发生过一样。

　　当我走进科塞留的办公室，很奇怪地，阿德里亚的双脚没有紧张得发抖。那时，正逢他与科内利亚的继任阿古丝塔分手一周。科

1　伦纳德·布龙菲尔德（Leonard Bloomfield，1887—1949），美国语言学家。

2　《语言与心智》（*Language and Mind*），乔姆斯基的著作。

3　米尔恰·伊利亚德（Micrea Eliade，1907—1986），罗马尼亚哲学家、宗教历史学家、作家。

内利亚没有给他分手的机会，没有任何理由就和新体验跑了，一个刚与斯图加特重要篮球队签约的两米高的球员。阿德里亚与阿古丝塔的关系非常委婉平静，在几次愚蠢的争吵后，阿德里亚宁可保持距离。因此，现下他的心情很差，而且科塞留的眼神令他非常害怕，觉得相当羞耻。正因如此，去见他时，我的双腿反而没有发抖。

"请坐。"

有趣的是，科塞留说罗马尼亚语，阿德沃尔却用加泰罗尼亚语回答，继续从第三天开始就挑衅彼此的对话路线。当时，科塞留问，怎么了？这是怎么一回事？都没有人问问题。阿德沃尔是第一个提问的，他问语言的内在性。教授的回答却加乘了十倍，占据剩余的课堂时间。他把教授的答复视为珍宝收藏。那是一位优秀却难相处的老师的慷慨赠与。

两人的对话非常有趣，因为他们都毫无困难地理解对方的语言；非常有趣，因为两人碰巧都觉得教授上这门课，在某程度上犹如最后的晚餐，基督与十二门徒，除了自行其是的犹大以外，所有人都专注倾听导师的话，甚至注意他最不经意的表情。

"谁是犹大？"

"自然就是你啊。你在修什么课？"

"有什么就选什么。历史、哲学、语言学、神学、希腊语、希伯来语…在布莱希特楼[1]和布尔瑟[2]两边跑。"

一阵沉默后，阿德里亚坦言：我很，很……很不满足，因为什么都想学。

1　布莱希特楼（Brechtbau），杜宾根大学现代语言系所在的建筑。该校学生都以建筑名称指称院系。

2　布尔瑟（Burse），杜宾根大学哲学系所在的建筑。

"什么都想？"

"是，什么都想。"

"是啊，我想我了解。你目前学位的状况呢？"

"一切顺利的话，九月就可以拿到博士学位。"

"论文主题是什么？"

"维柯的研究。"

"维柯？"

"维柯。"

"我喜欢。"

"嗯……我也喜欢，但总想再加点东西，不断在修改，不知如何结尾。"

"当系里通知论文交件期限时，你就会知道了。"接着他像往常般举起手，你能将维柯身上的灰尘拍掉很好。还有，多读几个博士学位，相信我。

"如果可以在蒂宾根待久一点的话，我会的。"

但是我无法久留，因为回到宿舍后，一封小洛拉发来的电报告诉我：孩子。句号。阿德里亚，孩子。句号。你母亲过世。句号。我没有哭，我想象没有母亲的日子，明白一切都不会有变化，于是回复：小洛拉，别哭。句号。怎么回事？她没有生病，不是吗？

我提出这个问题觉得有些羞耻。我对母亲不闻不问已好几个月了，偶尔通电话也都是很短、简洁的对话。都好吗？你好吗？工作不要太累，多照顾自己。我心想，古董店究竟有什么魔力？在那里工作的所有人都被吸进去了。

是的，孩子，她在几个星期前生病了，她说除非情况恶化，否则不准我们告诉你。什么都还来不及对你说就……一切都太突然了，她还很年轻啊。是啊，她今天早上过世的，阿德里亚，看在老天的份上，马上回来吧，孩子。句号。

我错失两堂科塞留的课。为了尊重往生者的意愿，主与几位亲人，莱奥伯母、谢维、基科，以及他们的妻子，一同主持葬礼。罗萨说她的丈夫无法赶来，因为……拜托，罗萨，真的不用解释，完全不需要。塞西莉亚一如往常，打扮得非常得体，捏了我的脸颊，好像我只有八岁，口袋里还带着卡尔森警长。贝伦格尔先生的眼睛闪烁着悲伤及迷惘，我当时是这么认为的，后来才知道他的闪烁是狂喜。小洛拉站在好几个不认识的女士后方，我抓住她的手臂带到家人席，她哭了。这时我才开始为死者感到哀伤。有很多我不认识的人，很多。我相当意外母亲竟然认识这么多人。而我的祷词：母亲，你还没告诉我，为什么你和父亲对我如此疏远？还没告诉我，为什么你没有认真追查父亲的死？这一切都没有告诉我，哦，母亲，为何你从来都没有全心全意地爱我？我想着这样的祷词，因为我还没看到遗嘱。

* * *

阿德里亚好几个月没踏进家门了，他觉得这里从未如此沉静。我费了一番力气才走进父母的房间，里头如往常一样昏暗，但是床已经拆掉了，床垫立在一侧，其他的家具：柜子、梳妆台、镜子，都和我这辈子看到的完全一样。不过父亲和他的坏脾气不在，母亲和她的沉默也不在。

小洛拉还穿着丧服，坐在厨房的餐桌边，眼神空洞。我没问她就到橱柜里翻找泡茶用具，她难过到没有站起身，也没有说孩子，放下，放下，告诉我你要什么，我来准备。没有，小洛拉盯着墙壁，以及墙壁后方更远的无尽之处。

"喝点茶，你会觉得舒服一些的。"

小洛拉机械地接过茶杯。在我看来，她不知道自己在做什么。我安静地走出厨房，背负小洛拉的沉重，替代我对母亲过世所缺乏的凝重。阿德里亚很难过，是的，但伤痛没有击倒他，而是压着他，正如父亲的逝世撬开他内在的恐惧大门，尤其是深重的罪恶感。现在，他对又一个突如其来的死亡感到事不关己，仿佛死者与自己毫无关系似的。他来到客厅，拉起阳台的百叶窗让日光照进室内，橱柜壁上的乌尔杰利从容地迎接日光，几乎像画作中的光线。杰里的圣母修道院的钟楼因为阳光的关系，黄昏时闪着血一般的亮光，这座三层楼高口挂着五口钟的钟楼，曾帮助他在漫长、无聊的星期天下午做白日梦。太惊人了，他在桥的正中央停下脚步看向钟楼，从未见过这样的钟楼，才明白之前听过这所修道院拜盐所赐，直到不久前仍是非常财大势大的机构，为了能够自在地欣赏画作，他脱下帽子，躲在特雷斯普伊山后的太阳，以相同的光线照亮他高尚、光亮的前额。他估算这时修道院的僧侣应该已在享用晚餐的点心，确认朝圣者不是伯爵派来的间谍后，他们展现本笃会的热情，没有大惊小怪，而且很实在地接待他。他们直接带他去食堂，大家正安静地享用粗茶淡饭，听着一口不甚完美的拉丁语诉说长眠在圣玛利亚修道院的圣欧特，乌尔杰利主教典范的一生。三十多位僧人脸上映照的悲伤可能来自于对那个甜蜜时代的思念吧。第二天，天尚未亮，两名修士就动身向北，走两天就能抵达布尔加尔的圣佩雷修道院迎接圣盒。唉，无尽的遗憾。那座与圣玛利亚修道院依傍着同一条河流，位于更高处的小修道院因为衰败而没有僧侣了。

"您为何到此？"用过点心后，神父与访客在中庭间散步时出于礼貌问道。中庭丝毫无法抵御冬季从诺格拉山脉袭来的寒冷北风。

"我要找你们的修士。"

"我们这里的吗？"

"是的，神父，我带来他的私人信息，从他家里送来的。"

"哪一位？我们请他过来。"

"米克尔·德苏斯克达。"

"这里没有这位修士，先生。"

神父觉得骑士有点激动，于是，以推托的姿态说，这个春天非常寒冷，先生。

"米克尔·德苏斯克达修士以前是多明我会的。"

"我向您保证这里没有这个人，先生。您要带什么口信给他呢？"

阿拉贡、巴伦西亚、马略卡与加泰罗尼亚公国的宗教裁判所审判官，高贵的尼古劳·埃梅里克神父，躺在即将迎接他的死亡的赫罗纳修道院病床上，一对双胞胎执事彻夜照顾他，用湿毛巾试图降低高烧，窸窣念诵祈祷词。门开启时，病人坐起身，显然他虚弱得连将视线对焦的力气都没有了。

"拉蒙·德诺利亚吗？"神父忐忑问道，"是您吗？"

"是的，阁下。"骑士在病人床前俯身作礼时回答。

"你们出去。"

"但是，阁下……"两位执事异口同声。

"我说了，出去！"他没有咆哮，但吐出的精力依旧令人畏惧。两位执事不再吭声，难过地离开房间，埃梅里克半坐起身，看着骑士："您有机会借由苦行彻底赎罪。"

"赞美主！"

"您要发挥作为神圣裁判所臂膀的功用。"

"您知道，无论您吩咐我做什么，只要能得到宽恕，一定都会做到的。"

"如果您完成我的嘱托，上帝会宽恕您的，您的灵魂将得到净化，不用继续受折磨了。"

"阁下，这是我唯一的愿望。"

"是以前的书记官。"

"他是谁？住在哪里？"

"他叫作米克尔·德苏斯克达修士，因为严重背叛神圣裁判所而被判死刑。这已是好几年前的事了，但是我的使者没有一个找到他。因此，我才想到像您这样的骑士。"

病人一阵大咳，肯定是这件事引起焦虑。其中一位照护修士打开门，但是拉蒙·德诺利亚面无表情地看着他。尼古劳神父说逃犯并非藏身于苏斯格达，有人在卡多纳附近看见他，甚至有裁判所的专员说他已进入本笃会，但不清楚是哪间修道院。接着，神父开始叙述神圣任务：无论我死了或过了多久的时间，只要你见到他，告诉他，这是我对他的处罚。将短剑刺在他的心脏，把他的舌头切下来，带给我。如果我死了，就放在我的坟上。在这里、在我们的主，上帝的旨意下腐烂。

"我的灵魂就可以摆脱所有罪过了吗？"

"阿门。"

"这是个私人信息，神父。"访客沉默地走完圣玛利亚修道院的中庭时，仍坚持道。

基于本笃会的礼仪，也因为没有任何危险的迹象，修道院院长亲自接待骑士，骑士再度说自己要找一位这里的修士，院长。

"哪位？"

"我找米克尔·德苏斯克达修士，院长。"

"这里没有任何修士叫这个名字。您找这位修士有什么事？"

"这是非常私人的事情，是家事，十分重要。"

"您真的白走一趟了。"

"他进入本笃会之前曾是多明我会的修士。"

"啊，是，我知道您说的是谁了，"院长打断他，"他就在……布尔加尔的圣佩雷修道院，在埃斯卡洛附近。朱利亚·德萨乌很久以前是多明我会的修士。"

"赞美主！"拉蒙·德诺利亚激动道。

"不过，他可能过世了。"

"什么？"高贵的骑士有些震惊。

"布尔加尔的圣佩雷修道院只剩两位僧侣，昨天传来消息说其中一位过世了，不知道是院长还是朱利亚修士，送信的人也不清楚。"

"那么……要如何……"

"虽然我们很难过，但依规定，我们得关闭只剩下一位修士的修道院。"

"了解。但要如何……"

"要等时机好转。"

"是的，院长。但是，要如何知道活着的修士是不是我在找的人？"

"我刚刚派两位修士去接回圣盒与活着的修士，他们回来时，您就知道了。"

两人各有心思地沉默，院长神父说："太悲哀了，一家修道院七百年来在每日祝祷时刻赞颂上帝，却落到不得不关闭的地步。"

"非常可惜。院长，我要出发了，看是否能赶上那两位刚出发的修士。"

"不用，您还是在这里等吧，也就两三天的时间。"

"不，院长，时间很紧急。"

"就随您的意了，先生。他们会带您到祥和的港湾的。"

他用双手取下餐厅墙上的画作，走向阳台的微弱光线，莫德斯特·乌尔杰利的《杰里的圣母修道院》，就像《最后的晚餐》复制品常出现在许多地方，我们家的厨房则有乌尔杰利的油画坐镇。我拿着画作，走到厨房说，小洛拉，你不能拒绝，留着这幅画吧。

小洛拉还坐在厨房的餐桌旁想着墙壁，她看向阿德里亚。

"什么？"

"给你。"

"你不知道自己在说什么，你的父母……"

"没关系的，现在是我做主了，我送给你的。"

"我不能接受。"

"为什么？"

"这幅画价值连城啊，我不能接受。"

"不，你怕我母亲不愿意。"

"不重要。总之，我不能接受。"

于是，我拿着被拒绝的乌尔杰利，放回从未移动过的原处，厨房再度恢复了平时的模样。我在家里打转，走进父亲与母亲的书房，漫无目的地翻箱倒柜，直到箱子乱七八糟。阿德里亚开始思考。在毫无动静的两个小钟头后，他站起身走到熨衣间。

"小洛拉。"

"怎么了？"

"我得回德国了，还要六七个月才能回来。"

"别担心。"

"我不担心，你住下来吧，拜托，这个家是你的。"

"不。"

"这里与其说是我的家，不如说是你的。我只要有书房……"

"我三十一年前到这里照顾你母亲，现在她过世，我也无事可做了。"

"小洛拉，你留下来吧。"

* * *

五天后，我才读到了遗嘱。在揭晓事实的那一刻，由卡塞斯公证人为莱奥伯母、小洛拉与我宣读。他用刺耳的声音说，我希望将莫德斯特·乌尔杰利的作品《杰里的圣母修道院》赠予忠诚的朋友——多洛雷丝·卡里奥，我们都称呼她为小洛拉——答谢她这辈子给我的支持。听到这里，我笑了而小洛拉哭了，莱奥伯母莫名其妙地看着我们。遗嘱的其他部分比较复杂。此外，一封闪着珠光的信封是给我的，声音如女人的公证人将信递给我，信的一开头写着，阿德里亚，我真心挚爱的儿子。这辈子，她从未如此唤我。

阿德里亚，我真心挚爱的儿子。

这便是遗嘱中流露的全部情感，其余都是关于古董店的指示与我应该接手古董店的义务。她详细叙述与贝伦格尔先生之间的异常关系，他因亏空公款而拖欠的债务还差一年才能还清。你父亲的所有希望寄存在店里，现在我不在了，你不可以再对古董店视而不见。
我知道你向来我行我素，因此不确定你是否会按照我要求的，卷起
衣袖到店里把一切处置得当，就像我在你父亲过世后所做的。我不
想批评他，但是，他过度天真浪漫，使我不得不为古董店理出秩序，
把经营合理化，使其成为你和我可以维生的生意。你也知道，我只
增加了两份薪资。若你不留下古董店是件憾事，但至少我不用亲眼
看到，所以没有关系。然后，母亲提出对待贝伦格尔先生的详细指
示。接着，回到个人领域。她说，我在1975年的今日，写下这封
信，因为医生判定我可能不久于世。我要求身边的人除非到了逼不
得已的时刻，否则不要让你从课业上分心。而且，写这封信给你，
除了到目前为止，我告诉过你的事情以外，还希望你知道两件事情。
首先，我又开始上教堂了。与你父亲结婚时，我还是个不经世事的
年轻女孩，不太清楚自己究竟要什么。当你父亲告诉我上帝非常有
可能不存在，我心想，这样啊，好吧。后来的日子，我非常想念祂，
尤其在我父亲及费利克斯过世后，还有也因为孤单吧，也就是说，
我不晓得该拿你怎么办。

"你不晓得该拿我怎么办？爱我就好了啊。"

"从很远的地方。"

"我们家的人向来没什么情感。冷淡。当然，这并不是坏人的
同义词。"

"母亲，爱我，看着我的眼睛，问我想要什么。"

"你父亲的死毁了一切。"

"你还是可以尝试的。"

"我永远都无法原谅你放弃小提琴。"

"我永远都无法原谅你总是逼我成为最优秀的。"

"你是啊！"

"不！我是聪明，顶多有些天赋，但无法什么都做到，也没有义务要做到最优秀的。父亲和你，都错看我了！"

"你父亲没有错！"

"我就要完成博士学位了，我不想读法律，也没有学俄语。"

"还没有。"

"是的，到目前为止还没有。"

"不要再争论了，我已经死了。"

"好吧，那么另一件事是什么？对了，顺便问一下，母亲，上帝存在吗？"

"我是带着许多心结离世的。第一个就是，直到现在都不知道是谁、为了什么要杀害你父亲。"

"你做了什么调查？"

"我现在知道你会躲在沙发后面监视我，你知道一些我以为你不知道的事情。"

"那可未必，我只查到什么叫妓院，没有查到是谁杀了我父亲。"

"注意！注意！黑寡妇来了！"督察员奥卡尼亚惊慌地将头探进警察局局长办公室。

"你确定？"

"你不是彻底打发她了吗？"

"真是烦人的女人。"

普拉森西亚局长将吃到一半的三明治放进抽屉里站起身，看着窗外柳里亚路往来的车辆，直到有位女士抵达门口才转过身。

"真是意外。"

"午安。"

"很久不……"

"好久不见。我请人调查这事，然后……"

桌上的烟灰缸里一根抽了一半便压熄的雪茄使整间办公室臭味冲天。

"怎么样了？"

"阿里伯特·福格特，局长，这是商业上的报复。如果你高兴的话，也能说是个人恩怨。但是，这中间没有妓院也没有被强暴的少女。不知道你们为什么要编织这种不可信的故事。"

"我一直是奉命行事。"

"我不用奉命行事，局长。我准备告您掩盖事……"

"别让人笑掉大牙了！"警察不客气地打断她，"幸运的是，西班牙并非一个民主国家，这里是大富大贵的人当家。"

"您很快就会收到传票的。若是上头的过错，我也会揪出元凶的。"

"什么元凶？"

"让杀手任意行凶，又放任他逍遥法外的人。"

"别傻了，你揪不出来的，元凶根本不存在。"

局长拿起烟灰缸里的雪茄，以火柴点燃雪茄，浓郁的青烟一下子就藏起他的面孔。

"为什么您没有告他呢，母亲？"

普拉森西亚警长从嘴巴、鼻子向外吐烟，母亲继续站在他的面前。

"有！有元凶。"母亲说。

"夫人，我还有工作要做。"警长想起吃到一半的三明治。

"一个纳粹，如果还没死的话，也太过逍遥了。"

"名字呢？没有名字，一切都是浮云。"

"一个纳粹，阿里伯特·福格特，我刚刚告诉您了。"

"祝您安好，女士。"

"我丈夫受害的那天下午，他说去阿塔内乌见一个叫皮涅罗……"

"母亲，为什么你没有告他？"

"……实际上却不是，他没和皮涅罗约，他是去赴一名警察的约。"

"名字，夫人，巴塞罗那有很多警察。"

"但那是陷阱，阿里伯特·福格特在西班牙警方的掩护下行动。"

"你说的话可能会让你坐牢的。"

"母亲，为什么你没告上法院？"

"那个人被激怒，要伤害我丈夫，想吓他吧，我想。最后却杀了他，还把他分尸了。"

"夫人，这都是胡说。"

"但是你们没有逮捕他，只将他驱逐出境，是这样吧？普拉森西亚局长。"

"夫人，您看太多小说了。"

"没有。"

"如果您再继续骚扰我或侮辱警方，日子就会非常难过。不只您，还有您的情人与孩子，就算躲到天涯海角都一样。"

"母亲，我没听错吧？"

"听错什么？"

"你有情人。"

局长靠向后方，观察他刚才的威胁所产生的效果，接着补充：

"对我来说，在您常走动的圈子放风声是件相当容易的事，夫人。祝您安好。别再来了。"局长打开放着吃到一半的三明治的抽屉，不悦地关上。这一次，是直接在黑寡妇的面前关上。

"是、是，好的，母亲。不过，您怎么知道妓院与强暴未成年少女的事是骗人的？"

虽然死了，她仍如往常沉默，我热切地等待答案，经过了一个永恒后："我就是知道。"

"这和没说一样。"

"好吧。"她像制造效果似的停顿了一会儿，我猜是为了鼓足勇气。"在我们几乎是刚结婚的时候，就在怀了你不久，你父亲就完全失去性能力了。从那时起，他不再勃起。这不但影响他一辈子，也影响我们两人。看医生没有用，找专业的女士们也是枉然。以你父亲的情况，即使他想要，无论如何也无法强暴任何人。因为到最后，他开始厌恶性以及所有和性有关的事物。我想正是因此，他才躲进那些神圣的珍稀古物里。"

"这样的话，为什么不告他们呢？他们威胁你吗？"

"是啊。"

"因为你的情人？"

"不。"

信的结尾写了一些广泛的建议，并在最后的告别中流露羞涩的情感：再见了，我亲爱的孩子。最后一句话则是：我会在天上跟着你的。对我而言，这句话也沾染些许威胁的意味。

"喂，你……"贝伦格尔先生慵懒地开口，拍着干净裤管上一颗不存在的沙粒，"最后，你还是卷起袖子来工作了。"

他坐在母亲的办公室，一副好不容易收复失土的姿态，面对闯入的小阿德沃尔，一脸不知所措又心不在焉的样子，压抑着这孩子竟未敲门就走进他的办公室的念头。所以他才说，喂，你……

"想谈什么？"

阿德里亚什么都想谈，但在此之前，他以惯常的专长将基础建立在良好的理解之上："我首先想做的是解除您与古董店的关系。"

"什么？"

"您听到了。"

"你知道我与你母亲的约定吧。"

"她过世了。还有，是的，我知道。"

"我不相信，我有一份双方签署的协议，必须在这里工作，还差一年。"

"我免除你这一年的债务。我要你离开。"

"我真搞不懂你们这一家人是怎么了，但你们的性格真的很差。"

"请不要对我说教，贝伦格尔先生。"

"不是说教，是提供信息。你知道你父亲是名掠夺者吗？"

"差不多，而您是企图偷走残余腐肉的鬣狗。"贝伦格尔先生一听开怀大笑，露出一颗金色门牙。

"你父亲是一个对所有擦身而过的人都冷酷无情的掠夺者，他操作采购的利润，有时候还是一笔厚颜无耻的佣金。"

"好，无耻的佣金。您今天就收拾东西，不准再进入店里了。"

"哇……"贝伦格尔以奇怪的笑声试图掩饰因幼犬阿德沃尔的话所造成的迷惘，"胆敢说我是鬣狗，你以为你是谁……"

"我是丛林之王的儿子，贝伦格尔先生。"

"你和你母亲一样，天生的坏胚子。"

"祝您安好，贝伦格尔先生。明天新的经理会打电话给您，有需要的话，知道所有情况的律师会陪同他与您联络。"

"你知道你的命运建构在多么扭曲的基础上吗？"

"你还在这里啊？"

幸运的是，贝伦格尔先生以为我像岩石般坚固，如同母亲。他无法分辨我是迁就宿命或是深沉的冷漠，使他卸下武装，也让我显得更加强势。他静静地收拾不久前还是母亲在使用的办公桌抽屉，然后走出办公室。我看到他在角落里翻找东西，直到塞西莉亚引起我的注意，她假装在整理目录，其实是好奇地观察鬣狗的举动。她立刻明白了，绽放出开心的笑容，整张脸几乎都明亮了起来。

贝伦格尔先生用力甩上大门，企图震碎大门玻璃，却没有得逞。我感觉这两名员工，对我来说几乎是谜。工作三十年后，贝伦格尔先生在不到一个钟头的时间从店里消失，也从我的生命中消失。我把自己锁在父亲与母亲的办公室里，没有向员工索取资料或寻找丛林之王的英雄事迹，而是选择哭泣。隔天，同样没有索取资料或寻找丛林之王的英雄事迹，我将古董店移交给新的经理后就回蒂宾根了，因为不想再缺席科塞留的课，漏听他的资料或英雄事迹。

27

在蒂宾根的最后几个月，我开始怀念这座城市，怀念巴登－符腾堡州（Baden-Württemberg）、黑森林，以及美丽的景色。因为阿德里亚与贝尔纳特一样，对遥不可及流口水时比珍惜拥有的事物还要幸福。他心想：回到巴塞罗那后，看不到这样的景致该怎么活下去？哎呀，不得了。虽然他正在结束关于维柯的论文；虽然这几乎成了一种储存思想的电池。但这将使我更有智慧，如思绪的堆砌般，一辈子将受用无穷。亲爱的，或许这可以解释，为何我不想被这些足以使生命变调的资料与英雄事迹分散注意力，我努力不去想，直到习惯且不再想这些事情为止。

"这⋯⋯不，不是高明而是深沉，非常令人崇敬。而你的德语，完美，"科塞留在论文口考的隔天这么说，"继续做研究，无论如何都不要停止。如果你偏好语言学的话，告诉我。"

阿德里亚不知道科塞留花了两天一夜，几乎没有合眼地读所有审核论文中最出色的一篇。直到几年后，他通过卡梅内克博士才知道这件事。但是这天，阿德里亚唯一能做的就是站在走廊，看着科塞留慢慢走远，不理解他的拥抱、对他表示的敬佩，嗯，敬佩，是因为他写的评语，科塞留承认了什么？

"阿德沃尔，怎么了？"

他已经在走廊上站了五分钟，没看到卡梅内克从后面走过来。

"我？什么？"

"你还好吗？"

"我？好……还好。刚刚……"

他比了一个不太明确的手势……让他了解……不太确切的事情。然后，卡梅内克问他是否会继续在蒂宾根念书，他回答有很多推不掉的责任。这并非事实，因为他一点也不在意古董店的经营，唯一想念的就是父亲的办公室，同时也开始思念蒂宾根冰冷的景色，此外，他也想要离记忆中的萨拉近一点。我承认，没有你，我仿佛是被阉割的男人。这一切让我开始了解，我再也找不到幸福了，肯定没有人可以找到幸福，幸福就在人的眼前，看似触手可及实则遥不可及。是的，肯定对所有人而言都一样遥不可及。虽然有时候生命会带来一些喜悦，就像那天贝尔纳特打电话来，好像我们在六个月前没有正式闹翻，他对电话另一头的家伙说，喂，你听得到吗？那头猪终于死了！全世界都从冰箱拿出香槟庆祝呢！你知道吗？他又说，西班牙重新振作的时候终于到了，我们自由了。同时承认所有应该道歉的历史事实。

"唉。"

"怎么了？我说错了吗？"

"没有，只是，觉得好像不认识西班牙了。"

"到时候你就知道了，到时候你就知道了，"他用同样的精力说，"啊，对了，我有个惊喜很快就可以告诉你了！"

"怀孕了吗？"

"不，不是，我是认真的。你马上就会知道的，再等几天。"

贝尔纳特说完便挂上电话，因为打到德国的电话费贵到可以让话筒两端的人都倾家荡产，而且他是从电话亭打来的。他欣喜若狂，心想佛朗哥已经死了，吃人妖怪死了、豺狼死了、毒虫死了，毒液也没了。有些时候，善良的人也会因为别人的死亡而感到开心。

贝尔纳特没有骗人：除了隔天报纸头条确认独裁者的死亡，五天后，他收到一封简短的信，里头写道，亲爱的博学鼠，还记得你说过那个"很糟糕很糟糕，不知道为什么但是我觉得很糟不知道谁是阿玛德乌最糟的是我根本就不在乎这个角色是谁更别说艾莉莎了"的故事？记得吗？这篇没有真实情感的故事刚获得布兰斯文学奖，由一名非常睿智的评审颁奖。我很开心。你的朋友贝尔纳特。

我真是太高兴了。阿德里亚回复道，但是记住，不修改的话，还是一样糟糕。你的好友阿德里亚。贝尔纳特回复一封紧急电报：去你的混球。句号。你的好友贝尔纳特。句号。

* * *

回到巴塞罗那后，巴塞罗那大学聘请我教授文化与美学史的课程，虽然不需要这份工作，但我连想都没想，毫不犹豫地接受了。这件事非常有趣，在国外待了四年后，回到故乡，在自己居住的街区找到工作，从家里出发，只要十分钟的路程。第一天到系里了解工作细节时，我认识了劳拉。就在第一天。金发，小个子，亲切，笑容满面。当时我不知道她的心里是悲伤的。她注册了五门课程，来找某位教授，好像是瑟尔达，她的论文指导教授，论文是关于科塞留的研究。蓝色的眼睛、甜美的声音，紧张的双手有些粗心，以及不知道是古龙水还是香水——至今我仍不确定其中的差别——是个有趣的人。阿德里亚微笑着，她说，你好，你在这里工作吗？他回答：我不是很确定，你呢？我巴不得在这里工作！

"你不该回来的。"

"为什么？"

"你的未来在德国。"

"叫我不要去的人不正是你吗？你的小提琴呢？"

"我要去参加巴塞罗那管弦乐团的公职考试。"

"很好呀。"

"是啊，你看，我要当公务员了。"

"不，你是一个非常有前途的乐团小提琴手。"

"如果考过的话，"他迟疑了一下，"我要跟特克拉结婚，你愿意当我的伴郎吗？"

"当然，什么时候结婚？"

这段时间发生了许多事，我得戴眼镜看书了，头发没有太多理由就开始离我而去，我独自住在扩展区一个相当宽敞的公寓里，身边环绕着从德国寄来的箱子，里头装着书。我不想把书拿出来分类摆放，没有书架是原因之一，关键是我说服不了小洛拉。

"再见，阿德里亚，孩子。"

"我真的非常遗憾，小洛拉。"

"我想过自己的生活。"

"我了解。这里永远是你的家。"

"找个帮佣吧，听我的。"

"不、不，如果不是你的话……我不要。"

我该为小洛拉离开而哭泣吗？不。我买了一架直立式的钢琴，摆在父母的房间，原本这里要作为我的卧房。走道很宽敞，也慢慢习惯书本箱子所造成的障碍。

"但是……不好意思，嗯？"

"你说。"

"你有家吗？"

"当然，虽然我已经有千百年不住在那了。我在小巴塞罗那有一套公寓，才刚重新粉刷。"

"小洛拉。"

"嗯？"

"请不要觉得是冒犯，但是，我……我想要送你点礼物，作为答谢。"

"我在这个家的每一天都有收到酬劳。"

"我不是这个意思，我的意思是……"

"不必了。"

小洛拉抓着我的手臂，把我带到客厅，让我看着光秃秃，没有莫德斯特·乌尔杰利画作的墙壁。

"你母亲已经送我一个不配收下的礼物。"

"我不能为你做些什么吗？"

"把书整理好，这样是没法住人的。"

"好了，小洛拉，告诉我能为你做些什么？"

"让我安心地走吧，真的。"

我拥抱她，发现……这很惊人，萨拉，但是我觉得比起母亲，我更爱小洛拉。

* * *

小洛拉离开家里，路面电车也不再因经过柳里亚路制造出噪音。因为佛朗哥独裁末期的市政府选择污染，以公交车替代所有的路面电车却没有拆掉轨道。这里是诱使摩托车摔车的理想地点。我在家里茧居，准备做研究、准备遗忘你。我搬进父母的卧房，睡在我 1946 年清晨 6 点 34 分出生的那张床上。

贝尔纳特与特克拉非常深爱着对方地结婚了，眼里充满憧憬。我是婚礼的伴郎。婚宴上，两人穿着礼服，为大家献上勃拉姆斯的《第一奏鸣曲》，倾注心意而无须看乐谱，令我非常嫉妒……贝尔纳特与特克拉将厮守一世，我很开心也嫉妒我的朋友，我想念萨拉，想念她没有理由就不告而别，而再次对贝尔纳特产生妒忌。我祝福他们有最幸福的人生。他们离开了，笑容满面，热情满溢地去度蜜月。然后，慢慢、慢慢地，每天专注、持续、一点一滴地制造不幸。

* * *

任职后，耗费两个月适应课程、适应学生对文化史的意兴阑珊、习惯扩展区没有树林、习惯风景丑陋糟糕的同时，我与一位就算拿枪抵着特鲁略斯，她也不会推荐的女士上钢琴课。即便如此，这位女士却相当有效率。总之我还剩下许多空闲的时间。

"hād."

"hadh."

"trēn."

"trén."

"tlāt."

"tláth."

"arba."

"árba."

"arba."

"árba."

"arba!"

"arba!"

"Raba taua!"

学习阿拉姆语是很好的缓冲。一开始贡布赖尼博士抱怨我的发音，后来就停止了，不知道是我的发音正确了，还是她厌倦了。

星期三很漫长，于是他报了梵语课，开启一个新世界。尤其是因为菲格拉斯博士谨慎地在语源学中探勘，在不同的印欧语系中建立联结网络。我在家里的走廊以 Z 字型滑雪步伐避开箱子，我对它们的位置了如指掌，即使走在黑暗中也不会被绊倒。看书看累了，就连着拉斯托里奥尼好几个钟头，直到全身被汗水湿透为止，就像贝尔纳特考试那天。日子过得很快，准备晚餐时，因为卸下心防，几乎只想着你，我带着一丝悲伤上床，带着那没有答案的问题入睡：萨拉，为什么？我只见过古董店经理两次，他是个相当积极的人，很快就掌握状况。第二次见面时，他说塞西莉亚快退休了，虽然与她很少接触，我还是难过起来。虽然像是骗人的，但塞西莉亚捏我脸颊的次数比母亲还多。

我第一次觉得指尖有瘙痒感，是在父亲的旧识莫拉尔带我到圣安东尼市场的旧书摊时，他说，博士，您应该有兴趣去看一件东西。

阿德里亚看着一堆从第一册到西班牙内战期间发行的"四面迎风"[1]系列书籍，一些书中还有陌生人写给另一个陌生人的赠语，看

---

1 "四面迎风"书系（A tot vent）于 1928 年开始出版，涵盖加泰罗尼亚文学与世界文学经典作品，至今已出版超过五百本。

起来饶富趣味。他抬起头，和气地问："您说什么？"

　　书贩已站起身，示意阿德里亚跟他走，接着用指头敲了隔壁摊位的小贩，意思是他要离开一下，请他看在老天的份上帮忙照看一下摊子。他们一语不发地走了五分钟，直到进入空德波雷尔街上一栋很窄的建筑，楼梯间幽暗不明，房子里黑漆漆的，他打开一盏昏暗的灯泡，灯光微弱到无法照亮地板。在狭窄的走道走了四步左右进入一个房间，一个巨大却窄长、充满抽屉的家具占据房间，好像是画家收藏画纸的柜子。他首先想到的是怎么把这粗重的家具从窄小的走道搬进房里的？房内的灯比入口的灯稍亮，阿德里亚看到中间有一张桌子与一盏桌灯，莫拉尔打开灯，打开一个抽屉，拿出一叠折起的纸卷并放在桌灯的光晕下，接着他感到心跳、内脏与指尖的瘙痒感。他俩从头开始查看这份珍宝，是早期的纸张，他戴上眼镜免得错失细节。我花了一些时间才适应手写稿的字体，并念出声。Discours de la méthode. Pour bien conduire la raison & chercher la vérité dans les sciences.[1] 我不敢碰那份纸卷，只说不可能。

　　"可能。"

　　"不可能。"

　　"你有兴趣，对吧？"

　　"你从哪弄来的？"

　　莫拉尔没有回答并打开第一页，过了一会儿才说，我知道你一定有兴趣。

　　"您又知道了。"

1　法语，意为《科学中正确运用理性和追求真理的方法论》》，是法国哲学家笛卡尔在1637年出版的哲学论著。

"您和您父亲一样，我知道您喜欢。"

在阿德里亚眼前的是 1637 年《方法论》(*Discours de la méthode*)出版前的手稿。该书出版时还收入了光学、气象学与几何学的短篇论文作为附件。

"这是完整的？"他问。

"完整的。呃……差几页，没什么，就少两页。"

"我怎么知道这是真的。"

"你看价格就知道不是骗人的。"

"不。我只会知道很昂贵，但不知道您是否骗我？"

书贩翻找着一个靠在桌脚的文件包，从里头取出一份文件，递给阿德里亚。

"四面迎风"系列前八年到十年的出版物只好等下次了。阿德里亚·阿德沃尔整个下午都埋首于文卷，对照真品证书，询问珍宝是来自何处，同时心想：也许最好不要问太多。

除了文件真伪的相关问题外，我没有提出任何疑问，在迟疑了几个月与直接磋商后，最后，我付一大笔钱。那是我二十件手稿收藏的第一件。在家里，有父亲努力寻来笛卡尔《探求真理》(*Recherche de la verite*) 的二十页手稿、乔伊斯《往生者》(*The Dead*) 的完整手稿，还有几页在巴西自杀的茨威格的手稿，以及由德利加特院长亲自签署的布尔加尔的圣佩雷修道院创立文件。从这天开始，我才知道，我与父亲被同样的恶魔附身。指尖与肚子的瘙痒、干燥的口腔……面对文件真伪的疑惑、手稿的价值、失去拥有它的机会、担忧付太多金钱、担忧付不起只能看着这些珍宝从生命里消失。

《方法论》是我巨塔的第一粒沙。

28

巨塔的第一粒沙是眼里的一粒沙，然后成了指间的障碍物、胃里产生的灼热、荷包里的小小乱流，假使运气不好的话，就会成为良心上的重负。亲爱的萨拉，生命与故事，一切的开端只因一颗毫无威胁、被疏忽的沙粒。

我就此进入收集手稿的圣殿，或者说是迷宫，甚至是地狱。自从把贝伦格尔先生赶到街上的浓雾后，我还未去过店里。永远不更换的铃声与塞西莉亚关注的眼神一同迎接他。她一如往常站在柜台后方，仿佛从未离开，像一件待售物品等待藏家，一如往常打扮得体，头发梳理整齐，纹丝不动，好像已在等他好几个钟头了，就像跟十岁的他索取一个吻，并问道，你好吗，孩子？他回答：很好，很好，你呢？

"我在等你来呢！"

阿德里亚看看两侧，最后方有一名不认识的女孩在清理铜器。

"他还没进办公室，"她拉起他的手，像小洛拉一样，"你的头发开始白了。"

"对。"

"越来越像你父亲了。"

"是吗？"

"有女朋友吗？"

"可能有吧。"

她打开一个抽屉后合上，不发一语，可能在掂量问题的分量。

"怎么不翻翻看有什么呢？"

"你准我这么做吗？"

"你是老板啊。"她说话的同时张开双臂。有那么一瞬间，阿德里亚以为她也献上自己了。我在店里的宇宙做最后漫步，即使品项不同了，店里的气氛与味道还是一样。他看见父亲在文件里翻找、贝伦格尔先生看着对街的门，思考伟大的点子、塞西莉亚梳着整齐的头发，化着完美的妆，比现在更年轻些，笑着招待企图拉低一张精致的齐本德尔书桌价格的客人。突然听见父亲请贝伦格尔先生进办公室，俩人关起门来谈了许久，无人知晓谈论内容。我回到塞西莉亚身旁，她正在讲电话，挂上时，我站到她的面前："什么时候退休？"

"圣诞节。你不想经营这家店，是吧？"

"不知道，"我说谎，"我在大学里有工作。"

"不冲突啊。"

我觉得她好像想告诉我一些事，萨格雷拉先生却在这时进来了，为迟到道歉，他跟塞西莉亚打招呼然后用头指向办公室。我们关在办公室里，经理向我报告店里的状况与现є。虽然你没问过，但我还是想说，这是一个还不错的生意，相当有前景，唯一的绊脚石是贝伦格尔先生，不过你也亲自擦掉他，重新开始了。他靠在椅背上，让说出口的话更具分量："这是一项运营得很好、很有前景的生意。"

"我想要卖掉，不想当店主。"

"有什么问题吗？"

"萨格雷拉先生……"

"你决定就好，但确定吗？"

我不知道是否确定，不知道自己想做什么。

"是的，萨格雷拉先生，我确定。"

萨格雷拉先生站起身，打开保险箱。对于他有钥匙，我却没有感到相当意外。接着，他取出一个信封。

"这是你母亲要给你的。"

"给我的。"

"她告诉我，如果你到店里就拿给你。"

"但我不想……"

"她是说如果你来的话，而不是你决定要经营。"

那是一个密封的信封，我当场就打开了。信的开头不是我真心挚爱的儿子，也没有阿德里亚，你好吗？只是一连串冰冷却相当实用的指示。她提出许多建议，对我有很多帮助。

* * *

不论我的意愿为何，在几天或几个星期之后，我去一个神秘的拍卖会。圣安东尼市场的莫拉尔神秘兮兮地给我地址，或许他的神秘是不必要的，因为那里显然没有经过任何过滤。拍卖会在奥斯皮塔莱特（Hospitalet）的一个工业区，按门铃之后，门立刻开启，然后就是一座仓库，里头有一张珠宝店的玻璃橱柜桌摆放着拍卖物品，灯光非常合宜。在我观赏拍卖品时，那股瘙痒感又回来了，类似流汗的感觉。每当即将要取得某些东西时，就会产生的感觉。我心想坐在电动游戏机前方的玩家也是这种感觉吧。我跟你说过那些属于父亲的东西，其实大多是我买的。比方说面值五十达克特[1]的 16 世纪金币，现值百万，就是在那里买的。当时为了买下这些金币，我花了不少钱。后来在其他拍卖会或疯狂的交换会，简直像高空弹跳，面对面，鬼迷心窍的收藏家们面对面，换来五个马略卡海梅三世时期在佩皮尼昂地区制造的佛罗林，拿在手里听着叮当作响是多么愉快的事情。当金币拿在手里时，感觉像父亲告诉我维亚尔的故事，还有曾经拥有的人们如何伺候它，尝试用它拉出最动人的声音，尊敬它、崇拜它；或是那十三个路易士金币，完美璀璨，直至今日，我把玩时，发出的叮当声响与纪尧姆－弗朗索瓦·维亚尔年老时感受到的平静是一致的。虽然明知与维亚尔共存的危险，却产生深厚的感情，不愿分离。当他知道拉吉特放出风声说一把洛伦佐·斯托里奥尼的名琴可能与好几年前杀害勒克莱尔的凶手有关，自此，这把珍爱的琴不再是个人收藏，摇身成为梦魇，烧烫他的双手。他决定在巴黎之外脱手，回到安特卫普后，他用很好的价格连同沾着讨厌的让－马里舅舅血渍的琴盒一起卖掉，乐器成了令人安心、装满路易士金币的羊皮袋。多么悦耳的声音啊，使人不禁想着，里头装的是他的未来、他的庇护，他击败低俗又傲慢的舅舅，再也没有人会将他与安特卫普的阿尔坎爵士买走的小提琴联想在一起。我手里的路易士金币发出的声响就是如此。

---

1 达克特（ducat），欧洲中世纪后期至 20 世纪作为流通货币使用的金币或银币。

* * *

"你要去罗马吗？"

劳拉困惑地看着他，他们在系里的中庭，四周都是学生，他双手插在口袋，她提着一个鼓鼓的公文包，看起来像是将要出庭解决困难案件的执业律师。而我看着她湛蓝的眼睛，劳拉不再是当时对知识如饥似渴的学生了，而已经是非常受学生欢迎的老师，她的眼睛还是一如往常地湛蓝，内心也一样悲伤。阿德里亚不确定地看着她，她的影像与萨拉的影子混淆了。据他所知，她在感情方面的运气不太好。

"什么？"

"我得去办一些事……最多五天吧，下星期一回来，这样就不会缺课了。"

事实上，阿德里亚是突然冒出这个想法的。几天前，他发现自己不知道如何接近蓝色的眼睛，想跨出重要的一步又不知如何是好，害怕一说出口就背叛了记忆。于是，他才想到这个不登大雅之堂的方法。蓝色的眼睛微笑了，阿德里亚想着劳拉会不会有不再微笑的时候，并讶异她竟然说，好，走吧。

"走，什么？"

"我和你一起去罗马，"她觉得他不明白，"你刚才不是问我要不要去罗马吗？"

他们俩都笑了。他心想，你又自找麻烦了，除了蓝色，根本不知道劳拉是什么样的人。

起飞时，她第一次握住他的手，羞涩地微笑，坦承有些害怕搭飞机。他说，小姐，早说嘛！她做了个表情要他明白有什么办法呢？而他的诠释是，她为了能与阿德沃尔去罗马，值得经历一瞬的恐惧。亲爱的萨拉，虽然她是一个大有前程的年轻老师，我还是对自己的号召力感到骄傲。

* * *

罗马不是滑溜溜、顺畅无比的城市，而是一团混乱、庞杂的交通盘根错节地纠缠，领军的是成群的自杀式出租车，司机像创纪录般载着他们到科利索路上的旅馆，那条路备受乱糟糟的交通折磨。阿玛托水果行则备受上帝的祝福，除了有看起来美味可口的水果盒，良好的照明也吸引着路过行人的注意力。他向一位留着大胡子、正在帮挑剔的客人打包的男人自我介绍，男人给他一张名片并指着前方通往人民广场（Piazza del Popolo）方向的路。

"可以知道我们要做什么吗？"

"你马上就知道了。"

"这样说吧，我想知道自己为什么在这里。"

"陪我。"

"为什么？"

"因为我会害怕。"

"太好了，"她得小跑步才跟得上阿德里亚迈开的步伐，"喂，至少说清楚在演什么戏，不是吗？"

"看，到了。"

过了三个门牌后，他按了门铃。过一会儿，门发出一个小声音通知门开了，仿佛正在等待他们一样。楼上的公寓里，我的天使一只手还扶在门上，她已不如往昔，笑容有些疏远，阿德里亚亲吻她，用熟悉的语气指着她对劳拉说："这是我同父异母的姐姐，达妮埃拉·阿玛托女士。"

接着向达妮埃拉介绍劳拉："这是我的律师。"

劳拉的反应快速，非常快速，一根睫毛都没动一下，她俩互看了几秒钟，达妮埃拉邀请他们到客厅坐。客厅的摆设非常雅致，有一张雪里顿风格的书桌，我很确定曾在店里看过。桌上有一张相片，是很年轻的父亲与一位长得有点像达妮埃拉的女人，我想这就是传说中的卡罗琳娜·阿玛托，父亲浪漫的爱，阿玛托水果商的女儿。照片里的她相当年轻，双眼炯炯有神，皮肤细致。而眼前是相片中年轻女士已五十多岁的女儿，我同父异母的姐姐丝毫无意遮掩脸上的皱纹，仍如昔日美丽、高雅。在开口前，一个拿着托盘与咖啡的纤瘦、浓眉少年走进客厅。

"我的儿子，蒂托。"达妮埃拉宣布。

"Piacere di conoscerti。"[1] 我把手伸向他。

"没关系，"他小心地将托盘放到茶几上，"我的父亲来自佩内德斯自由镇（Vilafranca）。"

劳拉用杀人的目光看着我，她可能觉得压力太大了。我让她披着律师的长袍，还让她跟一些与自己无关紧要的我的意大利家人谈话。我对她微笑，把手放在她的手上，试图让她冷静下来。我做到了！我从未成功安抚任何人。可怜的劳拉，我好像亏欠她千万个解释，但恐怕已经来不及了。

咖啡非常香醇，出售古董店的条件也很好。劳拉闭着嘴不作声，

1　意大利语，意为："很高兴认识你。"

我提出价格，达妮埃拉看了劳拉几次，她则低调且非常缓慢地摇头，十分专业。即便如此，她仍试着议价："我不同意这个价格。"

"不好意思。"劳拉终于干预了。我很惊讶地看着她，她用疲倦的口吻说："这是阿德沃尔先生的唯一价格。"

她看了手表，好像很急的样子，又沉默下来，表情严肃。阿德里亚等了几秒后才有所反应：这价格包括在你接手以前，可以赎回这些物品的权利。达妮埃拉谨慎地看着清单，我则盯着劳拉，对她眨眼睛，她却没有反应，非常认真地扮演律师的角色。

"你们家那幅乌尔杰利的作品呢？"达妮埃拉抬起头问。

"那是我们的私有财产，不属于古董店。"

"小提琴呢？"

"也是啊，都有文件证明。"

劳拉举起手好似征求发言权，以讲究的疲惫态度看着达妮埃拉说，您知道我们说的是一家无形的店吗？

天啊，劳拉。

"请说。"达妮埃拉说。

你最好还是闭上嘴。

"物品是一回事，价值是另一回事。"

我真不该邀请你来罗马的，劳拉。

"很好，所以呢？"

"店的价值每一天都在提高。"

别搅局了。

"然后？"

"您们协商同意的价格是一回事。"劳拉开口时，连看都不看我，仿佛我不在场。我心想：闭上嘴，别毁了这局，真的的。她说无论您们协议的价格为何，永远不及真正的价值。

"但我只是好奇，您可以告诉我这家店的真正价值吗？律师。"

我也想知道，劳拉，但你最好别继续搅局了，好吗？

"没有人知道官方价格是多少比塞塔[1]，若要计算真实价值，就必须加上历史分量。"

客厅里一阵沉默，仿佛正在谈论非常睿智的话题。劳拉拨开前额的发丝放到耳后，倾身向达妮埃拉，用我从未听过的笃定语气说，我们在谈的不是苹果或香蕉，阿玛托女士。

又是一阵沉默。我知道蒂托一直躲在门后面，因为一道浓眉的身影泄露他的踪迹。我马上知道这些物品对他也有同样的吸引力，就像父亲传染给我的母亲，我也是，达妮埃拉也是……这是家族癖好。沉默是如此凝重，令我觉得我们都在计算历史的分量。

"好吧，让律师们完成协议吧。"达妮埃拉决定，吐了一口气，讽刺地看着劳拉，加上几百万里拉[2]的历史价值说，律师，改天心情不错时，再好好聊聊吧。

* * *

直到面对面坐下来后我们才开始说话，长达四十五分钟无法评估的沉默，因为蓝眼金发的女孩令他困惑迷惘。他们沉默地坐下、点餐、等待上菜。直到第一道菜上桌了，劳拉卷了一叉立刻滑落的意大利长面。

1 比塞塔（peseta），19世纪成为西班牙的法定货币，2002年被欧元取代。
2 里拉（lira），1861—2002年间意大利使用的货币，后被欧元取代。

"你真是个王八蛋。"她的身体倾向盘子，用嘴吸残留在叉子上一根长长的意大利面。

"我？"

"就是在说你，你。"

"为什么？"

"我不是你的律师，你也不需要律师，"她把叉子放在盘子上，"我猜你们是卖古董的。"

"嗯。"

"为什么之前不告诉我？"

"因为你不应该开口的。"

"谁可以有点担当，给我这次旅游的说明指南吗？"

"对不起，是我的错。"

"是的。"

"不过，你做得非常好。"

"我刚刚是想要破坏你的好事，然后立刻走人，因为你真是不知好歹。"

"你说得对。"

劳拉钓起另一条意大利面，我没有担心她说的话，而是担心依她现在的进食速度，这盘面永远也吃不完了。我想对她解释之前没有说清楚的事情："若我想要把店卖给达妮埃拉的话，我的母亲留给我一些指示，让我一步步按着做，包括我应该如何看她，应该摆什么姿势。"

"也就是说，你刚刚都在演戏。"

"某种程度，是的。不过你完全超越我的剧本。"

他们看着各自的盘子，直到阿德里亚放下叉子，用纸巾捂着塞满的嘴巴。

"历史分量的价值。"他开怀大笑道。

晚餐继续沾着大块大块的沉默，他们尽量不看彼此的眼睛。

"也就是说，你母亲写了一本手册给你。"

"对。"

"然后你照着做了。"

"对。"

"我觉得你……说不上来……不太一样。"

"那里不一样？"

"跟平常的你不一样。"

"平常的我是什么样子？"

"心不在焉，你的心思总是在别的地方。"

等待甜点时，两人安静地吃着橄榄，不知道该说些什么。直到阿德里亚说，我不知道她这么会洞察人心。

"谁？"

"我母亲。"

劳拉把叉子放在桌上，看着他的眼睛。

"知道吗？我觉得你在利用我，"她强调，"懂了吗？我说了那么多。"

我专注地看着她，看到蓝色的眼睛湿润了，可怜的劳拉，才说出她生命中最深刻的真相，我却努力否认。

"对不起，我真的没法一个人完成。"

＊＊＊

这天晚上，劳拉与我用很温柔的方式做爱。非常小心，怕弄痛对方似的。她好奇地看着阿德里亚颈上的圆牌项链，却没有说话，然后哭了。这是第一次，笑容可掬的劳拉向我流露自己无止境的悲伤。她没有说出自己的情伤，我，也沉默不语。

我们参观梵蒂冈博物馆、安静地对圣彼得大教堂的摩西像献上景仰达一个多钟头。长老手里拿着十戒的石板向前跨出步伐，在靠近他的子民时，看见他们崇拜着金牛犊，在它的四周跳舞，他愤怒地拿起耶和华用神圣文字刻着与他的村子最新协定的条文的石板砸向地上，石板就地粉碎。亚洛蹲下捡起一片不大也不小的尖锐碎片留做纪念。摩西提起嗓子说，你们这帮懒散的人，明明有我的支持，妈的，为什么崇拜假神，太不知好歹了。上帝的子民们说，原谅我们吧，摩西，不会再犯了。他回答：要原谅你们的不是我，而是你们因为崇拜偶像所背叛的慈爱的上帝，仅仅因此，你们全都该被石头砸死。当中午令人盲目的罗马太阳现身时，除了想着石头与破碎的石板，我想到一件与故事无关的事情：就在一个世纪前，在伊斯兰教纪元 1290 年的希斯瓦村（al-Hisw），一个爱哭的女娃诞生了，她的脸庞如月亮般晶莹，她的母亲说，这孩子是慈爱的安拉的祝福。商人父亲阿齐扎德看到妻子的身体状态，强掩忧心问，我们帮她取什么名字呢？我的妻子。她回答，就叫她阿马妮吧，希斯瓦村的人会叫她美人阿马妮。开口说这些话犹如榨取她剩余的精力，她的丈夫阿齐扎德乌黑的双眼充满苦涩的泪水。在确认一切没问题后，他给助产妇一个白银币与一篮海枣，他忧心忡忡地看着妻子，一团黑色的云飘进他的思绪，母亲用破碎的声音说，阿齐扎德，如果我死了，留着这个黄金珠宝当作纪念。

"你不会死的。"

"听我的，当美人阿马妮第一次月事来临时，替我将这个黄金珠宝送给她作纪念，我的丈夫，纪念一个母亲没有足够的力气……"她咳了起来，坚持道，"你发誓。"

"我发誓，我的妻子。"

助产妇又回到房间说她需要休息，阿齐扎德摇摇头，回到帐篷，处理刚才到货的开心果、黎巴嫩核桃。然而，即便刻在石板上，阿齐扎德也无法相信十五年后美人阿马妮悲伤的命运，就像摩西为那些不忠的子民刻在石板上的律法一样。

"你在想什么？"

"你说什么？"

"看吧，你总是心不在焉。"

我们搭火车离开，直到星期三才回到巴塞罗那。劳拉这辈子第一次缺了两堂课，也没有事先通知，巴斯塔德斯主任大概有预知能力，也没有责怪她。而我，在罗马的行动后，知道可以看任何想读的书，教最少时数的课，不要在学术界销声匿迹就好。撇开心脏的问题，顿时觉得天空开阔起来了。虽然身边没有任何有趣的手稿。

29

　　阿德里亚在母亲的协助下放下心中的大石，死去的母亲牵挂他处理实务的薄弱能力，即使已成为亡魂仍为儿子彻夜难眠，就像世上所有的母亲一样，除了我的以外。想到这里，我的情感受到牵动，算计着也许在某些时刻，母亲也爱过我吧。现在，我知道父亲曾佩服我，但确知他从未爱过我，我像是他广泛藏品中的一件。这件收藏品从罗马回到家以后，突然想要整理家里。因为总是被从德国运来还未打开的纸箱绊到脚。打开灯，他找来贝尔纳特帮忙构想一个理想的秩序。仿佛贝尔纳特是柏拉图，他是伯里克利 [1]，扩展区的公寓是喧闹的雅典。就这样，两位智者决定，书房放手稿、即将购入的名家手稿、易碎物、父母的书、唱片、乐谱以及常用的字典。他们在混沌之中将水分成上与下，用云铺成苍穹，就此与水分离；父母的房间，现在终于成为他的卧房，摆放诗与音乐相关的书籍。他们将下面的水再分开，隔出一些干燥之处，称为陆地，有水之处叫作海洋。他小时候的房间，他们在卡尔森警长与亘古以来一直守护床头柜的勇敢的黑鹰旁清空所有小时候陪伴他的书架，摆放记忆诞生以来至今日的历史书籍，地理书籍也在这片土地中生出树木，生

1　伯里克利（Pèricles, 约前495—前429），雅典黄金时代极具影响力的政治家、演说家、军事家。苏格拉底、柏拉图等一批知名思想家均活跃于他的时代。

出种子，萌生、绽放花与草。

"这些牛仔是什么？"

"别动。"

他不敢说不关你的事，贝尔纳特可能会觉得这句话不太公允。他没说什么，只说，我改天再丢掉。

"哟！"

"干什么？"

"我们让你觉得丢脸。"

"我现在有很多事要忙。"

我听见警长跟在伟大的阿拉珀霍领袖后方不屑地往地上吐痰，但他宁可不趟浑水。家里三条长长的走道摆着与普拉纳斯订制的书架，按照语言种类放置文学书籍：房间的走道摆拉丁语系，玄关的走道放斯拉夫语系及北欧语系，在后方宽阔的走道则是德语及英语书籍。

"但是，你怎么能读像这种全是子音的语言？"贝尔纳特突然问道，挥动达尼洛·基斯[1]的《沙漏》（*Пешчани*）。

"耐心看就会懂了。如果懂俄语的话，塞尔维亚语就不会太难。"

"如果懂俄语……"贝尔纳特很受冒犯地念叨，把书放回位置上，喃喃自语，"当然了，所以也没什么了不起的。"

"餐厅放文学论文及艺术相关的理论书。"

"拆了玻璃器柜或餐具柜吧。"他指着墙壁，没注意到餐具柜上的白色色块。阿德里亚垂下眼睛说，我把所有的玻璃器具都捐给店里了，让他们卖了开心一下，我也赚到三面很大的墙壁。我们在那

1　达尼洛·基斯（Danilo Kiš, 1935—1989），塞尔维亚作家、诗人。

里创造出鱼、海洋生物与所有的海怪，而《杰里的圣母修道院》留下的空白则由韦勒克、沃伦、凯泽、柏林、施泰纳、埃科、本雅明、英伽登、弗赖伊、卡内蒂、刘易斯、富斯特尔、约翰逊、卡尔维诺、米拉、托多洛夫、马格里斯，以及其他的喜悦替代。

"你会几种语言？"

"不知道，不重要。其实要是懂了部分语言就能懂得比自己想象中更多的语言。"

"是啊，就是啊，我刚刚正要这么说。"贝尔纳特有点生气。过了一会儿，当他们在清理一个家具时候，他说："你没说你在学俄语。"

"你也没说你上巴托克第二年了。"

"你怎么知道？"

"我有眼线。这个放在熨衣间吧。"

"不要动熨衣间，"贝尔纳特理性的声音说，"你得找人来帮忙打扫、熨衣服还有其他家事，不管是谁都需要空间来做这些事的。"

"我都自己做。"

"那又如何，请个人来做吧。"

"我会煮蛋、煮饭、煎蛋、做番茄酱面和所有的面食，以及马铃薯煎蛋堡、沙拉、水煮蔬菜和马铃薯。"

"我们说的是更高一级的家务，像是熨衣服、缝衣服、洗衣服、做肉酱面卷或者烤阉鸡。"

真懒，不过最后我还是照贝尔纳特的话，聘了一位年轻且积极的女士来帮忙，她叫作卡特丽娜，每个星期一出现，留下来吃饭，打扫、熨衣服、缝衣服。是我迷雾里的小太阳。

"嗯，你最好别进书房，好吗？"

"好，会听您的吩咐，"她原本要进来以专家的目光检视，却被我拒绝，"可是，这是灰尘的温床。"

"不会的，别这么夸张……"

"灰尘的温床、成群的小虫子，都是书里来的。"

"别这么夸张，小洛拉。"

"是卡特丽娜。要不然，只要把旧书上的灰尘拍掉就好。"

"想都别想。"

"至少让我扫地、拖地。"卡特丽娜想通过协商找到一些转圜的余地。

"好吧，但是桌上的东西都不要碰。"

"我做梦也不会碰。"她谎称。

尽管我留给她工作的空间，但卡特丽娜后来还是不得不与放满美术书籍与百科全书的柜子共处，任她眉头皱得再怎么明显也没有用。

"没有其他地方了呀。"阿德里亚央求道。

"真是的，这房子也不小，要这么多书干什么？"

"吃呀。"

"可惜这房子了，这么漂亮，却一面墙也不剩。"

"你看看熨衣间都成了什么样子？"卡特丽娜说，"我得习惯和书一起工作。"

"别担心，小洛拉，大白天的，书不会自己乱动。"

"卡特丽娜。"她边说边看往旁边，不知道他是故意开玩笑还是脑袋有问题。

"这些从德国带回来的是什么东西啊？"那天，贝尔纳特匪夷所思地用指尖捏起一个纸盒的盖子。

"大部分是语言学、哲学的书，还有一些小说，伯尔、格拉斯、福克纳、曼、略尔、卡普马尼、罗斯，以及其他类似的书。"

"你想放哪里？"

"哲学书、数学与天文学放在玄关，语言学在小洛拉的房间，小说在各自的走道。"

"那就动手吧。"

"你要跟什么乐团一起拉巴托克的曲子？"

"我的。我想要申请一场试演会。"

"哇！太好了，不是吗？"

"看看能否一鸣惊人。"

"你是想说一'拉'惊人吧。"

"对。你得多定做几个书架。"

他又定做了几个书架。看到阿德里亚整理的干劲还未止息，普拉纳斯可开心了。创世纪的第四天，卡特丽娜取得了重要的胜利，主准许她把书房之外书上的灰尘都擦掉，同时决定星期四的上午也过来，只增加一笔小小的酬劳。这样，每本书至少一年可以拍一次灰尘。阿德里亚说，随你吧，小洛拉，你比……我更清楚。

"是卡特丽娜。"

"客房还有空间，所以宗教、神学、风俗学、希腊拉丁世界研究等书籍就进驻了。"

当上帝把水分开，弄出土地与海洋时。

"你得……你喜欢什么？猫还是狗？"

"不喜欢，"他干巴巴地说，"都不喜欢。"

"你不想要它们在你身上拉屎撒尿吧，啊？"

"不，不是这个意思。"

"当然，如果你……"贝尔纳特一边把一堆书放在地上，一边讽刺地说，"养只宠物对你应该挺好的。"

"我不想处理它死掉后的事情，懂吗？"他用斯拉夫语的散文塞满洗手间书架的第二层。创造了家居宠物与小猛兽满布在地球上，发现这主意其实相当不错。然后，他们坐在一号走道的昏暗地板，怀旧地翻看着："哇，卡尔·迈，我也有这一版。"

"你看，萨尔加利。十本，不，是十二本。"

"还有凡尔纳，我的版本有多雷的版画。"

"收在哪里？"

"不知道。"

"还有伊妮德·布莱顿，她的文句很浅显，我读过三十多次了。"

"《丁丁历险记》怎么办？"

"我什么都不想扔，可是不知道要放哪里。"

"好，有很多空隙。"

主说，没错，还有很多空隙。我大概会不断买书来填补这些空隙。问题是，我要把卡尔·迈和凡尔纳放哪，你知道吗？朋友回答，我知道。他们发现洗手间的柜子到天花板之间还有空间。普拉纳斯非常热衷地建造了一个很坚固的双层书架，收纳所有青少年时期阅读的书籍。

"不会塌吧。"

"要是塌了，我就亲自过来扛着书架。"

"就像阿特拉斯[1]。"

---

1 阿特拉斯（Atlant，英文为 Atlas），希腊神话中的泰坦神之一。因反抗宙斯失败，被罚用头和手支撑天空。

"谁？"

"像女神柱一样。"

"哦，不知道。不过我向您保证这不会垮的，放心吧。哦，不，您大可放心。"

"杂志就放马桶上吧。"

"可以。"贝尔纳特在罗曼语族散文的走道里回答，同时将二十公里的古代历史移到阿德里亚小时候的房间。

"烹饪书放厨房里。"

"你煎蛋也要参考书本吗？"

"这是我妈的，不想丢掉。"

正要说我会成为一个符合自己形象或类似的人时，我想起萨拉。想到劳拉，不，是萨拉。不，是劳拉。不知道，就是想到了。

到了第七天，阿德里亚和贝尔纳特休息了，他们邀请了特克拉来看他们的成就，绕了一圈后，他们坐在书房的大椅子。那时特克拉已怀了略伦斯，非常佩服我们的工作，对自己的丈夫说，你是不是哪天也来整理一下家里的东西？他们喝了穆里亚店里的茶，非常好喝，贝尔纳特突然站起来，好像被刺到般。

"斯托里奥尼在哪里？"

"在保险箱里。"

"拿出来啦！要让它透透气，偶尔也要拉一下，不能让它的声音变沉。"

"偶尔会拉，我试着恢复往日的水准。不仅拉得有点沉迷，也开始爱上它了。"

"这把斯托里奥尼不用拉就让人爱不释手了，"贝尔纳特喃喃道，"那声音令人如痴如醉。"

"你也弹钢琴吧？"特克拉好奇问道。

"基础而已，"阿德里亚仿佛在为自己辩解，"一个人住，多的是时间做自己的事。"

七二八零六五，维亚尔是保险箱里唯一的住户。像在地牢里关了太久，颜色都被吃掉了。

"好可怜，为什么不把它和古籍一起放在柜子里？"

"这主意不错，可是，保险公司的人……"

"别理他们，谁会偷你呢？"

阿德里亚以隆重的姿态把琴拿给他的朋友，说，你拉几首曲子吧。贝尔纳特调了音，Re 音差很多。他拉了贝多芬的两首《幻想曲》，似乎听到整个乐团的演奏了。我觉得，至今仍这么觉得，他拉得实在太精彩了。似乎，远离我的生活让他成熟了。要是特克拉不在的话，我一定会跟他说，好家伙，干脆别这么努力写作了，你写得很糟，不如专注投入另一个专业，看！你拉得多棒！啊？

"不要故意闹我。"八天以后，当我终于有机会告诉他这席话时，贝尔纳特如此回答。主看着他的创作说，非常好。因为家里的宇宙几乎是照世界十分位所整理的，他对书本说，你们就在家里四处成长、倍增、散布吧。

* * *

"我从没看过这么大的公寓。"劳拉崇拜地说，外套还未脱下。

"给我，脱了外套吧。"

"也没看过这么暗的公寓。"

"因为我老是忘了拉起百叶窗。"

我带她欣赏房子最别致的地方，进入书房时，无法避免地感到骄傲。

"看！是小提琴吗？"

阿德里亚把琴从橱柜拿出来，放到她手上。看得出来，女孩不知该如何是好，于是，把琴拿到放大镜下并打开灯。

"看这里。"

"克雷莫纳的洛伦佐·斯托里奥……"她很困难但兴致高昂地念着，"……制作于1764年。哇！"她抬起头，很钦佩的模样："这个一定价值不菲吧！"我心想，这可价值连城。

"是吧，我不知道。"

"你不知道？"她张口结舌，好像乐器会烫手般还给主人。

"我不想知道。"

"阿德里亚，你很奇怪。"

"是啊。"

他们沉默了一段时间，不知该说些什么。我喜欢这个女孩，但是在她身边总让我想起你，萨拉。然后，开始思考为什么我们的爱，那份永恒的爱会遇到这么多阻碍，直到那时我仍不明白。

"你会拉小提琴吗？"

"是的，会一点。"

"拉给我听。"

"哎呀。"

我以为劳拉应该不太懂音乐，结果我错了，她是完全不懂。那时我还不知道，便拉了《泰依丝冥想曲》，效果非凡。我会背诵这首曲子，再加上些自由发挥，因为指法记不太清楚，需要非常集中注意力，于是闭上双眼演奏。当阿德里亚睁开眼睛时，劳拉的蓝色眼泪不可抑止地滴落。她看着我，仿佛我是天神或怪物。我问她怎么了？她说，不知道，但是我好像很感动，因为我觉得这里有个东西。她用手在胃上画圈。我说，这是因为小提琴的声音很好听。她无法停止地哭泣。直到那时我才知道，她化着淡淡的眼妆，因泪水的关系，眼线有些晕开了，真可爱。这一次，我不像在罗马那样利用她。那天早上我问她：今天是我家的乔迁之喜，要不要来？她好像刚上完希腊语课，问我：你搬家吗？不是。你要办派对吗？也不是，只是因为重新布置……

"有很多人会来吗？"

"很多。"

"谁？"

"你和我。"

她来了。在难以克制的落泪后，若有所思地发愣了一段时间。她坐在沙发上，刚好在从前卡尔森警长与它勇敢的友人陪我当间谍的秘密基地前方。

黑鹰在摆放历史及地理书的床头柜上守夜，我们进房时，她把它拿起来，看着它（勇敢的阿拉珀霍族酋长毫无怨言），转过身想对我说些什么，阿德里亚假装没注意到并亲吻她。我们亲吻了，非常温柔地接吻。然后我陪她回家，心知我可能会伤害到她。但是，当时我还不知道为什么。

或者知道吧，因为我在劳拉蓝色眼睛里寻找逃亡的黑色眼睛，不会有任何女人愿意容忍。

30

楼梯相当狭窄、黑暗，越往上走越糟糕，像玩具，像没有灯的娃娃屋。在三楼的一号门，门铃模仿着小挂钟的声音，响了"叮"，接着是"咚"，然后安静下来。房子坐落在小巴塞罗那狭隘、无日光照射的街上，孩子们喊叫的声音传到耳边，我开始觉得自己可能走错时，听见另一边出现窸窸窣窣的声音，又安静下来，门轻巧地开了。我从未对你说过，但这肯定是我这辈子最重要的一天。她一手扶着门，憔悴、衰老，却如往常干净、挺直，看着我的双眼好几秒钟，犹如在问我为什么来这里，然后才有所反应，她把门往里头拉，让我能够进去。关上门后才说，你快要秃了。

我们走进一个很小的房间，是餐厅及客厅，一面墙上挂着乌尔杰利的《杰里的圣母修道院》，与平时一样，在西落的夕阳余晖下躲在特雷斯普伊山这边，阿德里亚像找借口般说，听说你病了，所以……

"你怎么知道的？"

"一位医生朋友说的。你觉得怎么样？"

"看到你很意外。"

"不，我是说你的身体。"

"我快死了。你要茶吗？"

"好。"

她消失在走道，厨房就在旁边，阿德里亚看着这个小房间，仿佛和老友见面的感觉。都这么多年了，她丝毫没有变老。他呼吸着、感觉画中春景的芬芳气息，甚至听到河流潺潺的水声，以及拉蒙·德诺利亚寻找猎物时所忍受的春寒。他看着画，越走越近，直到察觉小洛拉在他的背后，端着一个托盘与两个茶杯。阿德里亚看着空旷公寓里的简约家具，不需花费任何力气就可以直接放进他的书房。

"为什么不留下来和我一起住？"

"我很好，这里是我的家，是去照顾你母亲以前和离开以后的家。没什么好埋怨的，知道吗？我非常满意，都七十多岁了，比你父母年纪多了一些，也体验过自己想过的日子了。"

他们坐在桌旁，阿德里亚喝了一口茶，缄口不言，过了一会儿才说："我没有变秃。"

"因为你没法从后面看自己！活像个方济各会修士。"

阿德里亚笑了，她还是老样子，这世界上唯一一个没有因为不开心而皱眉的人。

"这茶真好喝。"

"我收到你的书了，真不容易读。"

"是啊，但我希望你有一本。"

"除了写作与读书，还做了些什么？"

"拉小提琴，一连好几个钟头，已经好几天、好几个月了。"

"恭喜……当初为什么不拉了？"

"我都快窒息了。那个时候，我和小提琴不是你死就是我亡，于是我选择救自己。"

"你快乐吗？"

"不快乐，你呢？"

"快乐。没有每个时刻都是快乐的，但相当快乐。"

"我能为你做些什么吗？"

"可以啊。你为什总是这么郁闷？"

"因为……我无法停止思考。如果你卖掉画，就可以买一套比较大的公寓了。"

"你什么都不懂，孩子。"

他们静默不语。他看着乌尔杰利画作的方式泄露出自己经常看这幅画的习惯，而未意识到米克尔·德苏斯克达修士逃离神圣裁决的威胁，前往布尔加尔寻找庇护所时感觉到的寒冷也渗进骨子里。他们长达五分钟没有交谈，各自喝着茶，回想生命的片段。最后，阿德里亚·阿德沃尔看着她的双眼说，小洛拉，我很爱你，你是个非常好的人。她喝下最后一口茶，低下头，久久不语：不是的。因为你母亲说，小洛拉，你要帮我。

"卡梅，你要做什么？"她有一点被夫人吓到。

"你认识这个女孩吗？"

夫人把一张照片放在厨房的桌子上，照片里的女孩非常漂亮，黑头发、黑眼睛。你看过她吗？

"没有，这是谁？"

"一个想要欺骗阿德里亚纯真感情的人。"

卡梅坐到小洛拉身边，牵着她的手。

"你要帮我一个忙。"她说。

她让我跟踪你们，验证她聘请的调查员的报告。是啊，你们在加泰罗尼亚大道上的第四十七号车站牵手了。

"他们相爱啊，卡梅。"她说。

"这很危险。"卡梅坚持。

"你的母亲知道这个女孩想要利用你。"

"我的天啊，"阿德里亚·阿德沃尔问道，"想要利用我是什么意思？"

小洛拉迷惘地看着卡梅，再问了一次。

"她怎么会欺骗他的感情？卡梅，我不是告诉你，他们相爱吗？"

那时她们站在阿德沃尔先生的书房，卡梅说，我找人去调查这女孩的家庭背景了，他们姓沃尔特斯－爱泼斯坦。

"所以呢？"

"他们是犹太人。"

"啊，"她停了一下，"所以呢？"

"我不是讨厌犹太人，不是的。但是，费利克斯……唉，我不知道该怎么说。"

"说说看啊。"

卡梅走了几步，虽然很清楚阿德里亚还未到家，仍开门确认，关上门后小声地说，费利克斯曾接触过一些沃尔特斯－爱泼斯坦家的人，而且……

"而且什么？"

"就是……他们有过争执，闹得很难看。"

"卡梅，费利克斯已经过世了。"

"这个女孩出现在我们的生活里是存心搅局，我肯定她想要我们的店，"她几乎以耳语说，"阿德里亚才不在乎。"

"卡梅……"

"他很脆弱，因为他的脑袋在云端上，要操纵他其实是很容易的。"

"我肯定那个女孩不知道这家店。"

"别这么笃定，她渗透进来了。"

"这你无法知道吧？"

"当然可以，十五天前她和一位妇人来店里，我猜是她的母亲。"

她们就像许多客人一样，决定询问前先环顾店里的商品，一点也不急躁，仿佛在评估这家店的情况与营运状况。卡梅从办公室里看到她们，立即认出这是与阿德里亚秘密约会的女孩，所有的拼图都拼凑在一起了。她明白为何这个女孩如此隐秘，在在暗示着一个污浊、隐藏的意图。后来，塞西莉亚告诉卡梅，她们是外国人，可能是法国人，从"伞架"和"镜子"的发音就能猜到，看得出来她们并未找到特别中意的商品，倒像是只来店里逛逛的。阿德沃尔夫人，你明白我的意思吧？这天晚上，卡梅·博施打电话给埃斯佩列塔公司的老板，给他一个新任务。她不愿意让别人利用儿子的感情达成不可告人之目的。是的，的确有可能。那位侦探如此回复。

"怎么会……我的母亲……但是，没有人知道我们在一起啊！"

"这……"小洛拉低下头，看着桌上的橡皮桌垫。

"她怎么会怀疑……"

"是曼柳老师。你跟他说要完全放弃小提琴的时候。"

"你说什么？"不安、愤怒的曼柳老师两撮乱七八糟的白眉毛如暴风雨的云，在昏花的两眼上方盘旋。

"上完这个学期，考试结束后，我就要完全放弃小提琴了，永远放弃。"

"这个女孩吸干了你的脑浆，是吧！"

"什么女孩？"

"不要装傻了，你看过哪个人牵了整首布鲁克纳《第四号交响曲》的手吗？啊？”

“这，可是……”

“几百公里之外就看到你们了。一副傻样，在剧院那边，活像两只蓝黑色斑鸠。”

“但这和我的决定没有任何关系。”

“当然有关系。这个坏女人有坏影响，你要与她彻底断绝来往。”

面对如此放肆的言辞我完全瘫痪了，他乘机追击：“要跟你结婚的应该是小提琴。”

“不好意思，老师。这关系到我的生活。”

“随你怎么说，大学者。但是，我告诉你，不可以放弃小提琴。”

阿德沃尔用力地盖上琴盒，站起身面对面地看着天才小提琴老师。现在他已经比他高出半个手掌。

“曼柳老师，无论如何，我都要放弃小提琴，今天就会告诉我母亲。”

“哦！亏你还如此周到，竟然先告诉我。”

“没错。”

“不要放弃，孩子。两个月后，你又会夹着尾巴回来。到时，我会跟你说不好意思，我已经没有空当，然后你只能生闷气，”他充满怒火的双眼瞪着他，“不是要走了吗？”

曼柳丝毫不浪费时间，立刻通知他母亲有个女孩从中搅局。卡梅因而视她为眼中钉，把所有罪过都推到她身上，把她当成敌人。

“我的天啊。”

“因为……我刚讲的爱泼斯坦家，结果……”

“我的天啊。”

“我告诉她别这么做，她还是写了一封信给萨拉的母亲。”

"她写了什么？你看过吗？"

"她胡乱编造一些事情，我猜是你的坏话吧。"一阵漫长的沉默。小洛拉仿佛对橡皮垫产生浓厚的兴趣般，一直盯着看。"我没有看过那封信。"

她看了阿德里亚一眼，他的眼睛瞪得斗大、困惑、泪光闪闪，于是她又将视线移回桌垫上。

"你母亲希望从你的生命里、从店里支开这个女孩。"

"这个女孩叫作萨拉。"

"对，不好意思。萨拉。"

"我的天啊。"

街上孩子们的喧闹开始减少，外头的光线也缓缓减弱，几千年以后，当饭厅已近乎昏暗了，阿德里亚看着小洛拉把玩茶杯。

"为什么现在才告诉我？"

"为了忠诚于你母亲。真的，孩子，阿德里亚，我真的很抱歉。"

最清楚的感觉是，我悲痛欲绝地离开小洛拉家，几乎没有告别，没有说：小洛拉，很遗憾你病了。只给她冷淡的一吻后，再也没有见过她。

31

第八区，拉博德路48号。一栋寒酸的住宅，建筑物的立面是各式各样熏黑的痕迹。按了门铃，门如预兆般乍然开启。他通过信箱确定得爬楼梯到六楼。他宁可走楼梯也不要搭电梯，免得消耗掉制造惊恐的多余精力。抵达时，他花了整整两分钟喘息，恢复正常呼吸与心跳，按了门铃，门铃吡吱吡吱作响，宛如保守秘密般。楼梯间相当昏暗，没有人应门，却依稀听到轻轻的脚步声？是的，门开了。

"找谁？"

你目瞪口呆，表情都冻结了。你不知道，看见你的时候，我的内心有多慌张。萨拉，你变成熟了，我不想说变老，而是变成熟了。如昔日美丽，如此安适的美丽，于是我想，无人有权剥夺我们的青春，就像她们对我做的那样。你身后一张玄关桌上有一束美丽的花，颜色却令我觉得哀伤。

"萨拉。"

她还是哑然无言，也认出我了。然而，我是名不速之客，在不适当的时候不请自来，自然未被好好地接待。我走了，改天再来，我爱你，我想和你谈谈……萨拉。

"你要做什么？"

我像百科全书销售员，明白自己只有三十秒来释放魔幻的信息，使抱持怀疑态度的客户不要关上门。阿德里亚张开嘴，在说我们被骗了以前浪费三秒钟。她们骗了你，你会离开是因为她们说了很多关于我的坏话，全是谎言，虽然关于我父亲的事是真的。

"那封信里你说我是恶心的犹太人，让我躲在我狗屎家人的庇荫下。这怎么说？"

"我从来没有写信给你，你不了解我吗？"

"不了解。"

就所有对文化感兴趣的家庭而言，就像夫人您的家庭，百科全书是很有用的工具。

"萨拉，我就是来告诉你的，那都是我母亲一手编造导演的。"

"还真是时候，都多久以前的事了。"

"很多年了！可是我五天前才知道实情！我花了五天找到你。消失得无影无踪的人是你！"

像这样的书籍非常实用，无论对您先生还是子女来说都很好。夫人，你有孩子吗？你的先生呢？你结婚了吗？萨拉？

"我以为你是因为自己的问题才逃走了。没有人告诉我你到底在哪里，你的父母也不愿意……"

可以二十四期付款，非常轻松。今天就可以开始享受这十本丰富的内容。

"你的家人讨厌我父亲，因为……"

"这些我已经知道了。"

你留下一半的书参考参考吧，夫人。我可以明天再回来，可别生气。

"我什么都不知道。"

"你写的信……是你亲自交给我母亲的，"她握住门的手紧绷起来，好像随时都准备当着我的面甩上门，"懦夫！"

"我从来都没有拿过信给你！那是一连串的骗局，我什么都没有拿给你母亲，你甚至没让我看过信。"

撤退前绝望的一击：唉，夫人，你可别说自己不是有文化的女性，对这世界的问题漠不关心！

"给我看！你不认得我的字迹吗？你没有发现被骗了吗？"

"给我看……"她语含讥讽，"我早把信撕成千万张碎片烧掉了。"她流露出憎恶。

我的天啊，真想杀人，怎么办，我该怎么办？

"我们的母亲操控了我们。"

"我是为我儿子着想，保障他的未来。"阿德沃尔夫人说。

"我也是为了我女儿。"沃尔特斯－爱泼斯坦夫人冰冷地回复。"我完全不希望她和你儿子有任何瓜葛。"她露出干涩的微笑：我们知道他父亲是什么人物，单凭这点，我们就不希望与他有任何关联。

"那就不用多谈了。您能把女儿送出城外一段时间吗？"

"你没有资格要求我做任何事情。"

"很好，那么我恳请您，将我儿子写的这封信交给收件人。"

她交出了密封的信，拉谢尔·爱泼斯坦迟疑了几秒，最后仍收下了。

"想要的话，可以先看过。"

"你没有资格告诉我可以做什么、不可以做什么。"

她们冷淡地告别了，完全明白对方的心意。沃尔特斯－爱泼斯坦夫人把信交给萨拉之前，也先拆开看过了。不要怀疑，阿德里亚。

"不是我写的……"

沉默无语。两人在拉波德歌本路四十八号的楼梯间一动也不动地站着。一位邻居拉着一只可笑的狗下楼，有气无力地向萨拉打招呼，她心不在焉地点头回应。

"为什么不告诉我？为什么不打电话给我？为什么不跟我争论？"

"我是哭着离开的，心想不要又这样了，不可以！"

"又一次？"

我不认识你的过往，湿润了你的双眼。

"认识你以前的一段不愉快经验。"

"我的天啊！我是无辜的，萨拉。你就这样逃走了，让我受了许多苦，一直到五天前，我才知道你离开的原因。"

"那你是怎么找到我的？"

"通过以前监视我们的那家公司。我爱你。这么多年来，没有一天不思念你的。我去找你的父母想得到解释，他们什么都不愿意谈，不肯告诉我你在哪，也不说你离开的原因。真是糟透了。"

他们仍站在四十八号的楼梯间，微敞的门投射出光线，但是她没有邀请他进门。

"我爱你。她们想要摧毁我们的爱，你知道吗？"

"她们达成目的了。"

"我不懂你怎么会相信。"

"我当时太年轻了。"

"你那时已经十七岁了！"

"阿德里亚，才十七岁，"她迟疑着，"……他们说该怎么做，我就照做。"

"那我呢？"

"对。但是，真的很糟，你的家人……"

"什么？"

"你的父亲，做了一些事情……"

"我不是我的父亲，生为他的儿子不是我的错。"

"这我很难理解。"

夫人想关上门了，她微笑地拒绝推销员。忘了百科全书吧，夫人。于是，他最后的法宝出现了：百科字典。只有一册的套书。可以帮助您的孩子做功课，生活这么辛苦，您一定肩负教养孩子的重担。

"为什么那时你不打电话给我？"

"我已经有新生活了，我要关门了。"

"新生活是什么意思？你结婚了？"

"阿德里亚，够了。"

夫人关上门，最后看到的影像是悲伤的花朵。在楼梯间，销售员划掉失败的客户，诅咒了这份充满失败、挫折，偶尔才有零星成功的工作。

门关上了。我一个人留在灵魂的黑暗中。没有心情在城市闲逛，一切都无所谓了。阿德里亚·阿德沃尔回到旅馆，躺到床上，放声痛哭，短暂地思考是要打破柜子上的月面镜反映他的伤痛，还是从阳台跳下去。最后，他决定打一个电话，湿着双眼，双唇含着绝望。

"喂？"

"喂。"

"你在哪里？我打电话去你家里，你……"

"我在巴黎。"

"啊？"

"对。"

"这次不需要律师吗？"

"不用。"

"怎么了？"

阿德里亚让几秒钟的时间溜走，发现自己正把水与油混在一起。

"阿德里亚，怎么了？"沉默拉得太长，于是断了，"你在法国有同父异母的姐妹吗？"

"没有、没有。没事，我没事，我好像有点想你。"

"什么时候回来？"

"明天早上的火车。"

"我可以知道你去巴黎做什么吗？"

"不可以。"

"啊，很好！"劳拉的语气非常地愤慨。

"好吧……"阿德里亚的声音变为依从，"我来看《论公众的幸福》（*Della Pubblica Felicità*）的正本。"

"这是什么？"

"穆拉托里的最后一本著作。"

"哦。"

"怎么了？"

"没有，没什么，你是个骗子。"

"对。"

劳拉挂断电话。

他打开电视，肯定是为了抹去脑袋里被骂的感觉。

是比利时电视台，他没有转台听着新闻播报，想测试一下自己的荷兰语。他非常清楚地理解新闻内容，一些可怕的照片也帮了不少忙。做梦也没想到的是，这则新闻竟与他有关。一切都与我有关。

我想，包括人类社会选择如此不令人向往的发展方向也是我的过错。

比利时电视台援引当地媒体的消息，根据目击者的说法，图鲁·姆布拉卡（托马斯·卢班加·迪洛，刚果民主共和国金沙萨，马通格，永布永布地区人士）本月十二号因剧烈腹痛住进贝本贝勒克医院，由米斯医生诊断为腹膜炎，将命运交托给上帝以后，医生在医院简陋的手术室为病患进行紧急手术。所有人，包括病人的三个妻子、长子，无论是否携带武器，一律不准进入手术室。另一方面，医生强制摘掉病患的太阳眼镜，以进行手术。同时也强调，不是因为他身为地方部落的酋长才进行手术，而是因为病患有死亡的危险。新闻表示，图鲁·姆布拉卡对医生咆哮，命令停止治疗，他快痛晕了，痛晕而失去意识的人会卸下防备，他不能让敌人有机可乘。

下午一点零三分，图鲁·姆布拉卡卸下防备，由医院唯一的麻醉师施行麻醉。手术持续了一个钟头。两个钟头后，病人被转移到普通病房（贝本贝勒克医院没有加护病房），当麻醉药药效开始退去，他终于能不用咬着舌头说肚子痛死了，你对我做了什么？米斯医生不理会病人的威胁，他这辈子听得可多了。他禁止所有人进出病房，所有人必须在医院入口处的绿色长椅等待，因为图鲁·姆布拉卡唯一需要的就是休息。酋长的三位妻子赶紧带了床单、扇子以及用电池的电视，她们把电视放在床脚。尽管病人手术后五天都不能进食，她们仍带了许多食物。

米斯医生不断地在看诊处为一般病患看病直到工作时间结束。因为年龄的关系，每天的负担越来越沉重，但是他假装没有察觉，仍以惯常的效率工作，他命令除了值班护士以外，所有护士都去休息，就算还未到换班时间也无妨。他经常这样告诉护士。他希望她们充分休息，才有体力面对隔天的工作，因为永远都不知道未来会发生什么事情。大概就在这个时候，他接待了一位外国人，两人关在看诊室一个多钟头，不知道在谈些什么。天开始黑了，一只躁动的母鸡拉了屎掉进窗户，当月亮从莫洛瓦（Moloa）探出鼻子时，听见一声暗沉的巨响，可能是枪响。犹如受到发条的驱动般，两名坐在绿椅子抽烟的保镖同时站起来，脱下枪套，面面相觑，你留在这里，我去看看。快，你去，我守着在这里，以防万一，好吗？

"削了芒果皮。"图鲁·姆布拉卡在枪响或其他声响之前，吩咐第三个妻子。

"医生说……"病房里几乎什么都听不到，听不到可能的枪响也听不到对话，因为酋长把电视音量转得很大声，一个参赛者不会回答问题，观众们笑得下巴都要掉了。

"医生懂什么？他就是要让我不舒服，"他看着电视做出不屑的表情，"一群什么都不懂的家伙。"他批评完参赛者后，又对第三个妻子说："削了芒果皮，快！"

就在图鲁·姆布拉卡咬下禁果的第一口，悲剧发生了：一个持枪的男人走进昏暗的病房轰了病人，打碎了芒果，在可怜的图鲁·姆布拉卡身上开了一个大洞，旁边的手术伤口相较之下仅是个不足为外人道的小点缀。杀手沉着地一一射杀三个手无寸铁的妻子，持枪巡视整间病房，可能在寻找长子，接着走出病房，二十个等待病床的病人等着屈就于不幸的子弹之下，死神的鼻息仅从他们身上掠过而未夺取。根据一些目击者的说法，杀手戴着黄色手巾，有些人说是蓝色的。不管是什么颜色，杀手的脸捂着手帕，灵活地消失在黑夜之中。有些人信誓旦旦地说听到车子的马达声，有些人什么都不想知道，想到都还会发抖。根据金沙萨的媒体表示，杀手或杀手们杀了图鲁·姆布拉卡两名无用的随从，一个在医院的走道，另一个在沾满了鲜血的绿色椅子上，还有一位基孔果（Kikongo）的护士以及贝本贝勒克医院的米斯医生，他受到声响的惊吓，到大厅查看，肯定就是在此与歹徒对峙或不顾危险试图阻止攻击，他对杀手说病人才刚接受手术，或者，就只是一枪击中头部毙命，完全没有开口说话的时间。不，根据一位目击者的说法是，一枪击中口腔。不，是胸口。不，是头部。尽管无人见到，但每一位病人都对这桩悲剧的每一个章节有不同的版本。我发誓，杀手的手巾一定是绿色或黄色，我发誓一定是的。同时，一位未成年的病人受到对图鲁·姆布拉卡酋长击发的流弹。这就是与欧洲利害关系不大的区域所发生的攻击事件，VRT电视台播放了八十六秒的报导。因为展开非洲之旅的前法国总统季斯卡·德斯坦爆出在执政期间双手沾满博卡萨皇帝[1]赠送的钻石后，变更预定的行程，绕道拜访贝本贝勒克医院。虽然只为了工作而活的医院创办人行事低调、话语保守，这里的名声依然越来越响亮。季斯卡总统与老是低头思考还有什么工作未完成的米斯医生、贝本贝勒克的护士们，以及参访官员身后一帧牙齿非常洁白、无声无息微笑的孩童合照。这些都是最近发生的事。阿德里亚关掉电视，这时候，就差这种新闻让心情彻底陷入谷底。

两天后，法国媒体与比利时媒体将贝本贝勒克医院的屠杀事件进行更深入的报导，发现几项事实：在中非地区令人敬爱、憎恶、畏惧，声名狼藉的酋长图鲁·姆布拉卡刺杀事件中，共七人遇害。五名党羽、一名护士，以及在贝勒克与基孔果地区奉献三十年而闻

1　让·贝德尔·博卡萨（Jean-Bédel Bokassa，1921—1996），1966通过政变成为中非共和国总统，1976年自封为中非帝国皇帝。被推翻后流亡法国，复辟未果，1996年死于心脏病。

名的医生欧根·米斯。他在五十年代建立的医院是否能继续运作产生了疑虑。新闻最后不太重要的结论是：对应图鲁·姆布拉卡刺杀事件，乃因永布永布地区在比利时殖民政权撤离后的混乱，导致这位充满争议，半军阀、半部落领袖的人物，因反对者与支持者的互相攻击，已造成数十人身亡。

* * *

阿德里亚在下榻的旅馆幻想萨拉来看他，提议重新开始。他问她：你怎么知道我在这里？她回答：因为我跟你聘用来找我的公司联系了。但是，她没有出现，他没有下楼也没有吃早餐、晚餐，没有刮胡子，没有梳洗，什么也没做。他只希望自己能死去，因此不停地哭泣。在痛苦的阿德里亚的北方三百四十三公里外，《安特卫普公报》从一双颤抖的手中滑落，报纸掉在桌上，边上放着一杯椴树花茶，面前的电视机播报同一则新闻，报纸被他拨开掉到地上，他看着不停颤抖的双手，捂住脸哭泣。三十年来，这是第一次，我们灵魂的每一个角落时时刻刻都等待被拖入地狱。

晚上，同一则新闻如回音般，在 VRT 电视台又播放了一次。这次的重点放在医院创办人身上，并且告知晚上十点钟会播放两年前院长拒绝接受比利时博杜安国王提供给贝本贝勒克医院营运的补助奖金所制作的专题报导。他不打算到布鲁塞尔接受奖项，因为医院更需要他留在这里。

晚上十点，一只颤抖的手按了故障的电视开关，听见悲伤的叹息，屏幕出现六十分钟的画面，接着出现偷拍米斯医生在医院回廊行走的画面，他一边疾走过一张涂成绿色、没有任何血迹的长椅前，一边说不需要做报导，医院里有很多工作，他不能分心。

"报导会为医院带来许多好处的。"安蒂·伍斯特霍夫倒着走，用针孔摄影机对着医生，显得有些激动不安。

"如果你们要捐款，我们会非常感激，"医生比着身后，"今天我们要注射疫苗，工作很多。"

"我们可以等。"

"麻烦了。"

新闻画面接着打出标题：贝本贝勒克。医院简陋的设施呈现在画面上，忙碌的护士们几乎没有抬头，专注沉浸在几乎是仙人般的工作精神里。米斯医生在很后方，旁白介绍医生来自波罗的海一个小村落，从三十年前就住在贝本贝勒克，他步履艰辛，一砖一瓦地盖起医院。如今，虽然仍供不应求，至少可以为奎卢河（Kwilu）附近地区提供最基本的医疗照护。

双手颤抖的男人站起来关掉电视。他记得这个专题报导，叹了口气。

这个专题报导两年前就播放过几次。他平常很少看电视，但那一天电视开着。他很清楚地记得米斯医生因为急着往前走，对记者说没有时间接受采访……这个充满机动性的开头引起他的注意。

"我认识这个人。"双手颤抖的男人心想。

他专注地看着报导，完全没听过贝本贝勒克、贝勒克与基孔果这些名词，但是那张脸，医生的脸……一张与痛苦连结在一起的脸，与他最深刻的唯一苦楚连结在一起，但是他想不起来。他想起痛苦的回忆，妻子与小特鲁德，失去小特鲁德，阿梅莉切控诉他什么都不做的眼神，怀里抱着贝尔塔、尤丽叶切还有全世界的恐惧，不停地咳嗽、紧抓着小提琴的岳母、应该要救所有人的……这名医生与许多的伤痛究竟有什么关系？他逼自己看完报导，了解在政治不稳定的特殊区域，贝本贝勒克是方圆几百公里内的唯一医院。贝本贝勒克医院与容貌尖锐地刺痛他的医生。在报导最后的字幕里，他想起是在哪里认识米斯医生的：是米斯修士，一位目光温柔的特拉普会（Trappist）[1]修士。

一位修士在罗伯特院长耳朵边报告状况时，警报响了。修士说，神父，我实在不知道怎么办才好，他只剩下四十九公斤，瘦得像面条一样，眼神也失去光彩，我……

"他的眼神从来都没有光彩。"院长不小心脱口而出，自责怎么可以对会里的修士缺乏慈爱。

"我实在不知道还能做什么。给病人喝的鱼汤、肉汤，他尝都不尝一口，全浪费了。"

"用服从戒律要求他喝呢？"

"他尽力了，但实在无法做到。他好像不想活了，好像急着想……如果我必须直说的话，愿上帝原谅我。"

"您说，修士，遵守服从的戒律，您务必要说出口。"

"罗伯特院长，"修士用手帕擦去额头的汗水后，声音颤抖地说，"他想死，而且，院长……"

他一边把手帕收进教袍的褶皱，一边告诉院长一个秘密。受人尊敬的马尔滕神父原本要把这个秘密带进坟墓里，正是他签字同意罗伯特神父进入阿谢尔（Achel）西多会修道院，成为新修士。阿谢尔修道院位于清澈的通厄里普河（Tongelreep）边，是个田园诗般的地方，对一个因他人罪恶和自己的软弱而犯错并遭受责罚的灵魂

---

1 特拉普会（Trapenc，英文为 Trappist），天主教西多会的一个教派。

来说，是平息痛苦的理想地点。在那里，马蒂亚斯·阿尔帕茨——未来的罗伯特修士——学会耕作，在粪肥旁呼吸纯净空气、制作乳酪、塑铜、清扫中庭铺满灰尘的各个角落、清扫任何部门。他总是观察新加入的同修兄弟，二十四小时严格遵守静默的西多会修士们。对他而言，每日清晨三点钟起床并不困难。那是夜里最冷的时候，穿着不温暖的凉鞋，用冰冻的双脚走路去作早祷，更新前一天的期许或许下新愿望。然后回到房间读《圣经》。此时，经常是心里最煎熬的一刻，因为所有的记忆影像栩栩如生地侵袭他已破碎的灵魂。上帝日复一日沉默无语，就像他们从前在地狱里的日子。因此，呼唤祷告的钟声听起来就像是希望。接着是六点钟的修道院祷告，在戒律允许的范围内，他不停地观察这些活着、虔诚的兄弟们，并陪同他们一起祷告，祈求上帝永远不要再这样了，永远不要。在农庄劳动的四个钟头或许让他接近了幸福。挤牛奶时，对着乳牛碎念自己可怕的秘密，它们用热切的目光回应，充满慈悲与理解。很快地，他学会用香料做乳酪，一种香味浓烈的乳酪，梦想在冰冻的千里内发送乳酪，告诉人们这是天主的圣体。而他无法举行圣餐礼，因为他请求修道院尊重他连教团最低位阶都无法接受的意愿，因为他什么都不是，只想要下半辈子有一个角落可以跪着祈祷，就像五个世纪前，另一个逃犯米克尔·德苏斯克达修士申请进入布尔加尔的圣佩雷修道院时一样。在粪肥之间劳动、搬运干草捆四个钟头。第三个钟头时，中断工作祈祷，然后洗手、洗脸，洗掉不好的味道，免得冒犯其他修士。他像逃离邪恶的犯人进入教堂，陪同修士们在第六时，亦即正午，一起祈祷。上级不只一次禁止他洗碗，这是会里每一个成员都要做的工作。而他，为了服从戒律，必须克制服务的愿望。下午两点钟，他们再次回到教堂这个避风港里做第九时祈祷，这时候还差两个钟头的工作，但不是和牛一起，而是在保禄神父挤牛奶时，整理边地、烧野草。他必须再清洗自己一次，不像在图书馆的修士们，工作结束时只须把沾满灰尘的手指浸湿。或许，他们也同样羡慕从事体力劳动，不用损耗视力与记忆的修士们吧。下午的第二次圣言诵祷，是傍晚六点钟唱圣诗前漫长的高潮。晚餐时，他假装进食，整整一个钟头，整间教堂黑沉沉的，唯一的照明是忠诚地照亮圣母的两盏大蜡烛。当圣贝尼特修道院敲响晚上八点的钟声，他与其他修士们就寝，期望翌日就像前一天一样，后天也是，如此一世纪一世纪地重复直到最后。

院长神父看着照护修士瞠目结舌，尊敬的曼佛列德院长为什么偏偏在这时缺席了！为什么总会会议正好在罗伯特神父萎靡、沮丧到照护他的修士无计可施的这天举行？为什么？宇宙的主，为什么这时要承受此职位的负担？

"但是他还活着，不是吗？"

"是的，神父，我想他有些抑郁。你要他站起来，他会站起来；要他坐下，他就坐下；如果你要他说话，他便开始哭泣。"

"那就不是抑郁。"

"神父，您知道的，我可以治疗伤口、抓伤、断骨、脱臼，还有感冒伤风肚子痛。但是，心灵方面……"

"那么，您建议该怎么做呢，修士？"

"神父，我……"

"是的，您建议该怎么做？"

"请一位真正的医生来看看他吧。"

"吉尔医生也不知道该如何处理。"

"我指的是真正的医生。"

幸运地，在第三次总会会议时，曼佛列德院长神父忧心地在其他神父面前提议，他惊恐地转达从远方打来的电话里所听见的消息，玛利亚瓦尔德修道院（Mariawald）院长提议，如果您认为合适的话，他的修道院里有一位修士医生，虽然他极度谦虚，然而，他的名声却与其意愿相违背，获得院里院外的高度肯定，他能处理身体的疾病与心理问题，米斯修士很乐意为您服务的。

* * *

这是从 1950 年 4 月 16 日，马蒂亚斯·阿尔帕茨接受阿谢尔修道院院长的入院许可，以罗伯特修士之名进入修道院后，十年来第一次跨出修道院。他放在两腿上张开的双手夸张地颤抖，恐惧的双眼看着雪铁龙肮脏的车窗玻璃外飞扬的土尘，颠簸着将他带离避风港，前往他希望永远逃离、充满风暴的尘世。他发现照护修士偶尔侧目观察他，但他尽力专注盯着沉默驾驶的后脑勺。前往海姆巴赫（Heimbach）的四个半钟头的路程中，为了打破固执的沉默，照护修士得到自言自语的时间，伴随汽车化油器的鼾声，经过第三、第六与第九时，他们抵达玛利亚瓦尔德修道院，与阿谢尔截然不同的钟声，召唤修士们晚祷，主啊。

隔天的赞祷结束后，他们请他在宽敞、明亮的走道角落的一张白色长椅上坐着等候，照护修士敬重、精简的德语在他耳中听来像残酷的命令。米斯修士的助手在阿谢尔护理修士的陪同下消失在一扇门后。他们需要事先报告。留下他与他的恐惧。接着，米斯修士请他进入安静的办公室，他们各据桌子一侧。修士以相当标准的荷兰语请他说出内心的煎熬，罗伯特修士观察他的双眼，发现其中蕴含的温柔，伤痛于是爆发出来，他开始说，您想想，当我在家里与妻子、岳母，还有三个女儿为了庆祝大女儿阿梅莉切的生日一起吃饭。岳母有些着凉。我们换上崭新的蓝白色方格桌布。说出这些话之后，罗伯特修士不喘气、不喝水、目不转睛地盯着擦得光亮的桌子，对欧根·米斯变得悲伤的目光视而不见地说了一个钟头。说完事情的原委后，还补充道，我就此抬不起头，为自己的懦弱哭泣，为自己的罪恶寻找弥补的方法，直到发现可以把自己藏到回忆永远找不到的地方。我需要重新和上帝对话，于是想办法进入遁世的修道院。然而，他们说这不是一个好办法。从那时起，我开始说谎。我在所有期盼能够入院的地方，不说也不表露自己的痛苦。每一次面谈，我都学到什么事该说，什么事不该说。就这样，我一路走到阿谢尔修道院的大门，知道不会有人阻碍我晚成的宗教热忱。同时，我央求他们在不违背服从戒律的情况下，让我永远做院里最谦卑、低下的工作。然后，我才重新开始说话，和上帝说一些话，也发现乳牛其实在我身上投注许多关注。

米斯医生握住他的手。两人沉默了约莫十分钟或二十分钟之后，罗伯特修士才开始缓和地呼吸并说，在修道院静默地生活几年之后，回忆又再度袭击我的脑海了。

"您得准备好迎接记忆不时的袭击。"

"我无法忍受。"

"可以的，上帝会帮助你的。"

"上帝不存在。"

"罗伯特修士，我是西多会修士，您这么说不是要吓我吗？"

"我请求上帝的宽恕，但是我不明白祂的旨意。为什么？如果上帝爱世人，为什么……"

"身为人，生命中最大的支柱就是清楚自己从未犯错、行恶，不行像现在正在侵蚀您灵魂的恶行，不做像他们对您做的那些事。"

"不是对我，是对特鲁德、阿梅莉切和小尤丽叶切，对我的贝尔塔还有岳母所做的恶事。"

"没错，但他们也对您造成伤害，真正的英雄要能以德报怨。"

"若始作俑者就在我面前的话……"他呜咽，"我不知道该怎么做，修士，我发誓我真的认为自己无法原谅他们……"

欧根·米斯修士在一本册子上写下几个字，罗伯特，并看着他的眼睛，米斯修士回应他，就像他在不知道被拍摄的状况下看着针孔摄影机，对记者说没有时间可以浪费的目光。于是，马蒂亚斯·阿尔帕茨明白了，他必须去贝本贝勒克，去天涯海角，去和这个能够给予他内心宁静的目光重逢。因为这些记忆再度席卷他的脑海已经好多天了。

* * *

他抵达贝本贝勒克发现的第一件事情是，贝本贝勒克不是任何地方的名称，只是这家医院的名字。医院坐落在基奎特（Kikwit）北方数公里及永布永布南方数公里之间的荒芜，离贝勒克与基孔果都非常遥远。医院周边被几间病人搭建的茅屋环绕，当患者需要住院时，供病人家属使用。慢慢地，小茅屋越建越多。其中一部分是与医院不太相关，或完全无关的人遮风避雨所用。久而久之，贝本贝勒克村就此成形。米斯医生觉得很好，也不反对医院周边安营扎寨的母鸡群，虽然他禁止，偶尔还是有几只会跑进医院。贝本贝勒克是一个因伤痛而形成的村子，在往吉罗（Djilo）方向离医院半公里之处，过了白岩石后，就是被病魔击败者的墓园，也是米斯医生铩羽的指标。

"我在那之后的几个月退出教会，"马蒂亚斯·阿尔帕茨说，"我进入教会时，以为这是解决的办法。离开时，也相信那是最好的办法。但是，回忆依旧鲜明，无论在修道院里或院外都一样。"

米斯医生请他坐在入口涂着绿色油漆的长椅上，那时椅子还未沾上血渍。他握住他的手，就像三十年前在玛利亚瓦尔德修道院的看诊间里。

"米斯修士，谢谢您愿意帮助我。"马蒂亚斯·阿尔帕茨说。

"很遗憾我未能提供足够的帮助。"

"米斯修士，您帮了很多。现在我知道了，在回忆来袭时，可以更好地面对。"

"经常发生吗？"

"米斯修士，发生的次数比我希望的还频繁，因为……"

"别再叫我米斯修士，我已经不是修士了，"米斯打断他的话，"上次和您见面不久后，我就向罗马申请豁免了。"

前罗伯特修士的沉默源源不绝，使得前米斯修士不得不打断说，自己是为了赎罪而退出教会。愿上帝宽恕我。我相信帮助毫无援助的人比将自己关起来定时祷告更有用。

"我理解您的想法。"

"这不是批评修道院生活，而是我的情志，我的上级能够理解。"

"您是藏身在沙漠里的圣人。"

"这里不是沙漠，我也不是圣人。我是医生，旧日是教会修士。我行医施药，尽可能对抗疾病，如此而已。"

"窥伺我的是罪恶。"

"我知道，但是我只会对抗疾病。"

"我想留下来帮您。"

"您年纪太大，已经七十多岁了，不是吗？"

"没关系的，我还可以做事。"

"不可能。"

米斯医生回答的语调突然转为生硬，仿佛他被深深地冒犯了。马蒂亚斯·阿尔帕茨的双手开始颤抖，他把手藏到口袋，不让医生看见。

"从什么时候开始的？您的手什么时候开始颤抖的？"米斯医生指着他藏起的手，马蒂亚斯故作出不高兴的表情，将夸张颤抖的双手伸到医生面前。

"回忆来袭的时候就会颤抖。有时候我会想，无须意志使唤就能抖成这样，真的很不可思议。"

"你抖成这样，是没法帮我的。"

马蒂亚斯·阿尔帕茨看着他的双眼，别的不说，光这道评语就非常残酷。

"我有很多办法可以帮您的忙，"他感到被冒犯了，"比方说，在菜园里耕作。我在阿谢尔修道院学会许多粗活。"

"罗伯特修士……马蒂亚斯……请别再坚持了，您必须回家。"

"我无家可归。我在这里派得上用场。"

"不行。"

"我不接受您的拒绝。"

于是，米斯修士挽着马蒂亚斯·阿尔帕茨的手臂，带他去用晚餐。就像每天晚上一样，医生唯一的餐点就是用小火炉加热黏糊糊的小米粥。他们在看诊间里久坐。在看病的办公桌上，米斯医生打开一个柜子，拿出两个盘子。马蒂亚斯看见几个塑胶杯后藏了某样东西，也许是什么见不得人的秘密吧。两人不饿但还是吃着晚餐时，米斯解释为何拒绝接受他即兴提出要当护理员、当园丁、厨师或耕作这片不懂得结果，只会流血如汗的土地。

半夜，当所有人都睡着时，马蒂亚斯·阿尔帕茨走进米斯医生办公室。双手平稳。他打开窗户旁边的柜子，在小手电筒的协助下发现所要寻找的东西。他在微弱的光线下看着布团，迟疑了长长的一分钟，还是认不出来究竟是什么东西。全身的颤抖都集中到心头，几乎快要从喉头脱逃而出时，他听见公鸡啼叫，将布团放回原处，觉得指尖有些瘙痒，就像费利克斯·阿德沃尔那股不是滋味的感觉，也和我在无可选择远离某些物品时所体验的感觉。手指间的瘙痒与不是滋味是一样的，虽然马蒂亚斯·阿尔帕茨的病不同于我们的病。

他在日出前，跟着从基孔果带来的药物、食物，以及病患许下在广阔奎卢河流域沾湿双脚的希望的卡车离开。

32

我夹着尾巴垂头丧气地从巴黎返家。在这个时期，阿德里亚·阿德沃尔教授当代思潮与历史课程，许多出席的学生都保持些许怀疑的态度。他在大学同事之间开始有了不友善－爱皱眉头－知识渊博－只想着自己－从不去喝咖啡－从不去中庭－超越一切善恶的评语，此外，还近乎秘密地出版两本书，《法国大革命》与《马克思？》因挑衅的内容招引不少崇拜者与挞伐者，算是小有名气。

我不再想起你了，小洛拉。我的脑海里都是萨拉，直到你的一个亲戚打电话给我说，我表姐过世了，她留下几个地址让我们联系。他告知葬礼的时间与地点，我们客套地说了几句哀悼的话。

大约有二十个人出席葬礼，我对其中三四张面孔勉强有些印象，但无法打招呼，连打电话通知我的那位表妹也认不出来。多洛雷丝·卡里奥·索勒吉贝特，小洛拉（1910—1982），生、殁于小巴塞罗那。我母亲的朋友，一位善良的女性，同时也把我的生活搞得一团糟。她唯一真正的家人是我母亲，也可能是她的情人，纵然如此，我还是无法用你应得的情感道别。

"等等，等等，你们分手已经……多久了？二十年了吗？"

"……二十年！太过分了，我们没有分手，是被拆散的。"

"她肯定都有孙子了。"

"你以为我为什么不再找其他女人？"

"我真的不知道。"

"你看，因为每天……好吧，几乎每天，我要上床睡觉时，你知道我想的是什么吗？"

"不知道。"

"门铃可能会响，叮咚。"

"你的门铃声是铃铃铃。"

"好，铃铃铃。我打开门，萨拉站在门口，告诉我离开的原因，然后问，阿德里亚，你希望我再次成为你生命的一部分吗？"

"好了、好了，老兄，别哭，别再想着她了。听见没有？换个想法，现在这样其实更好，不是吗？"

阿德里亚独特的夸张让贝尔纳特很不舒服。

他指着柜子，阿德里亚耸耸肩，贝尔纳特对这动作的解释是：随便你。于是他取出维亚尔，演奏两首泰勒曼的《幻想曲》。演奏完毕时，我觉得好多了。谢谢，贝尔纳特，我的朋友。

"如果你还想哭就哭吧，啊？"

"谢谢你的许可。"阿德里亚微笑道。

"你现在柔软到快融化了。"

"两个母亲联合反对我们的爱情，我们都落入陷阱，使我彻底消沉了。"

"是，不过，她们都过世了，你可以继续……"

"你让我怎么继续？"

"不知道，我这么说是因为……"

"我非常羡慕你有稳定的感情生活。"

"只是表面。"

"本来就是，你与特克拉一拍即合。"

"我无法理解略伦斯。"

"他几岁？"

"他有叛逆的灵魂。"

"他不想学小提琴？"

"你怎么知道？"

"我觉得很耳熟。"

阿德里亚思考了一会儿，摇摇头，说出结论：我觉得自己人生的布局都错了。接着，像酗酒般，他在星期天又到圣安东尼市场，低调地走向莫拉尔，对他比了个手势，要他跟着去。然后，给他看了龚古尔兄弟《勒内·莫普兰》（*Renée Mauperin*）前十页的手稿。字体整齐，页缘有一些修正。根据莫拉尔的说法，此手稿出自朱尔·德·龚古尔。

"您懂文学吗？"

"我是卖东西的。书、卡片、手稿以及巴祖卡口香糖，你懂我的意思吧。"

"但是，你是从哪里弄来这些东西的？"

"口香糖吗？"

莫拉尔非常谨慎，不说出自己的网络。沉默是最好的保全，保障客户永远需要他的中介服务。

* * *

他买了龚古尔的手稿。在短短几个星期内，我找到几页奥威尔、赫胥黎与帕韦塞的手稿。虽然尽量遵循有所保留、不要为买而买的原则，阿德里亚还是全买单了。他无法不在某年的 2 月 8 日买走那一页《生活的手艺》(*Il mestiere di vivere*) 纸稿，上面讲述古图索的妻子，也讲述跟一个女人一起生活的愿望，这个女人等待他、陪他睡觉、给他温暖与陪伴、让他活力充沛。我的萨拉，我不但已经失去也永远无法拥有你了，怎么可能拒绝这一页手稿呢？莫拉尔肯定注意到了我的颤抖，他一定是根据我颤抖的程度为每件商品定价。我相信，拒绝拥有文字飞扬的手稿是非常困难的事情。纸上写着的文字、涂鸦、姿态、墨水，那是性灵的想法投胎转世为物质的元素，最终成为艺术品或思潮，再以文字的形式进入读者，并转化升华。怎么可能拒绝这样的奇迹。因此，当莫拉尔作为中介人，把这位陌生人介绍给我的时候，我没有一丝迟疑。他有两篇价格昂贵的翁加雷蒂 [1] 诗作，《士兵》(*Soldati*) 和《卡尔索的圣马提诺镇》(*San Martino del Carso*)。后者描写一座备受战火摧残的村镇。È il mio cuore il paese più straziato.[2] 亲爱的翁加雷蒂是何其惆怅、何其哀伤。能够拥有作者将最初直觉转化为创作的纸张的我，又是何其喜悦。因此几乎没有讨价还价便付了钱。阿德里亚听见吐痰在地上的声音，四下张望。

"卡尔森，你说。"

"哟！我也有话要说。"

"你们说，尽管说。"

"我们有问题了。"两人异口同声道。

---

1 翁加雷蒂 (Giuseppe Ungaretti, 1888—1970)，意大利诗人、作家、记者。意大利隐逸派诗歌代表人物之一。

2 意大利文，《卡尔索的圣马提诺镇》的最后一句，意为"我的心灵是最悲伤的坟墓"。(吕同六译)

"什么问题？"

"你没有发现吗？"

"我不想发现。"

"你没注意到，这几年买手稿花了多少钱吗？"

"我爱萨拉，她离开是因为被我们的母亲骗了。"

"这已经没有转圜的余地，她有新生活了。"

"拜托，再一杯威士忌，双倍量。"

"知道你花了多少钱吗？"

"不知道。"

办公室里一台计算机的按键声响起，不知道是阿拉珀霍族伟大的领袖在按计算机，还是眉头深锁的牛仔警长。经过几秒钟的沉默后，他们告诉我惊人的结果。

"好、好，我不会再犯了，就此停止。可以吗？"

"您看，博士，"前几天，莫拉尔说，"尼采的手稿。"

"尼采的？"

"五页的 *Die Geburt der Tragödie*，我不知道这是什么意思。"

"《悲剧的诞生》。"

"我猜也是。"莫拉尔因为刚吃饱，还咬着一根牙签。

然而，我没想到这书名可能是预言。我花了足足一个钟头，专注地看着那五页手稿。阿德里亚抬起头问，你究竟是从哪弄来的？莫拉尔第一次回答他的问题："我有人脉。"

"是啊，人脉……"

"对，人脉。如果有买家的话，手稿就会如雨后春笋般冒出来，尤其是像我们这样能够证明东西是真品的话。"

"你们是谁？"

"您有没有兴趣？"

"多少？"

"这么多。"

"这么多？"

"这么多。"

"真是。"

唉，指尖、脑海里又开始发痒了！

"尼采，五张 *Die Geburt der Tragödie*，意思是悲剧的破裂。"

"是诞生。"

"我就是这意思。"

"你是从那里弄到这么多著作前几页的手稿？"

"整份的可能无法拿到。"

"表示这是被拆下来的……"他非常震惊，"如果我要更多呢？如果是整本书呢？"

"我得先知道价格。但是我想，如果从手边有的作品开始会比较好，感兴趣吗？"

"当然！"

"你已经知道价格了。"

"这么多再减这么多。"

"不、不，就这么多。"

"那就，少这么多。"

"这样我们就懂对方的意思了。"

"哟！"

"唉，现在没空！"

"你说什么？"

"没有，没什么，自言自语。那我们同意了？"

阿德里亚·阿德沃尔付了这么多、又减去这么多的钱，带走尼采的前五页手稿，与莫拉尔协商，并设法安置拿到整本书的迫切感。如果真的能得到，他想，或许就是得问萨格雷拉先生帐户还有多少存款的时候了。不知道卡尔森与黑鹰的念叨有没有道理，但是萨格雷拉告诉他放手投资比把钱存在户头里更好。

"我不知道如何投资。"

"买房子。"

"房子？"

"对，也可以买图，我的意思是画作。"

"这样……我买的都是手稿。"

"是什么？"

我给他看了我的收藏。萨格雷拉先生皱着眉头仔细查看，思考了一段时间后，结论是这项投资风险很大。

"为什么？"

"纸张会烂、被老鼠啃、被银色的书虫咬。"

"这里没有老鼠，小洛拉会负责处理书虫。"

"哟！"

"怎么了？"

"是卡特丽娜。"

"对、对，谢谢。"

"我再强调一次，如果你想投资，买坚固的房子，才不会贬值。"

但是，阿德里亚·阿德沃尔想略去这段对话，不再和萨格雷拉先生聊房子或老鼠，也不提喂养书虫花了多少钱。

过了几个夜晚，他哭泣了。这次不是因为爱，也许是为了爱。他在家里的信箱看到一封来自巴塞罗那公证人卡拉夫的通知信函。他完全不认识这个人，猜想可能是古董店的出售有问题，可能是亲戚的问题。他从不相信任何公证人。虽然公证人在我的生活中不断出现，我刚在说……啊，对了，公证人卡拉夫，一个素昧平生的人毫无理由让我在一间相当俗气的候客室里白白等了半个钟头。他迟到半个钟头才出现，不正视我，也不为迟到道歉。他摸着浓厚的白色山羊胡，跟我要身份证，然后用一种令人不愉快、像是失望的态度还给我。

"玛丽亚·多洛雷丝·卡里奥女士要您继承一份遗产。"

我？小洛拉的继承人？她是百万富翁，却一辈子在像我们这样的家庭当帮佣？太夸张了，我的天啊。

"继承什么？"

公证人用眼角盯着我，他一定很不喜欢我，但是我心里仍满是巴黎的苦涩，那句：阿德里亚，我已经有新生活了。眼睁睁看着她关上门的不是滋味。我才不在意公证人是怎么看我的。公证人又摸了自己的白胡子，摇摇头，用鼻音非常重的声音说，读一下您前面的文件。

"一幅莫德斯特·乌尔杰利的画作，画作日期为 1899 年。"

小洛拉，你比我还固执。

* * *

阿德里亚完成继承程序、缴完税后，再次挂上乌尔杰利的画作，那幅《杰里的圣母修道院》挂在从未想以别的画作或其他东西盖住的墙面上。往特雷斯普伊山方向西沉的太阳光线有些哀伤。阿德里亚拉开一张椅子坐下，看着画好许久，仿佛想要感受到画里太阳的动静般，回到杰里的圣母修道院里。他哭了。

33

大学、教书、阅读、书写的生命整体。最大的喜悦莫过于在家里的藏书中发现原本毫不起眼而被忽略的书籍。大部分时间都非常忙碌，还不至于察觉寂寞的沉重。出版的两本书受到少数几个读者的严厉批评，《加泰罗尼亚邮报》（*El Correo Catalán*）对阿德里亚的第二本书发表了一篇酸溜溜的评论。他剪下来保存在资料夹里，对于激起如此激烈的反应，心底其实感到非常骄傲。虽然风风雨雨，但一切都不重要，真正令他感到沉重的并非这些，况且，这两本书不过就是牛刀小试，磨磨笔尖罢了。为了不让琴音暗沉，也为了看清生命的起落在皮肤所留下的伤痕，偶尔我会拉拉心爱的斯托里奥尼，有时甚至会做特鲁略斯以前教的技巧练习。在这个时候，就会有些思念她，想着如果……的话，一切又是如何？我们又会有什么不同？特鲁略斯老师又会如何？

"她过世了，"现在，他们偶尔会碰面。贝尔纳特说完又补上一句，"你该结婚的。"就像阿德沃尔爷爷在托纳当媒人一样。

"过世很久了吗？"

"你单身一个人不好。"

"我一个人很好。可以整天阅读、研究，也可以拉小提琴、弹钢琴，有时候会在穆里亚店里买一些乳酪、鹅肝或葡萄酒来享受。还求什么呢？生活上的大小事，小洛拉都帮我打理得好好的。"

"是卡特丽娜。"

"对，卡特丽娜。"

"听你说的好像很完美。"

"这就是我想要的。"

"那打炮呢？"

打炮？啧！心灵才要。所以他鬼迷心窍，毫无余地爱上二十三个学生、两名中庭里的同事。虽然没有任何进展……好吧，除了劳拉以外，都无疾而……

"特鲁略斯怎么过世的？"

贝尔纳特站起来比了比橱柜，阿德里亚示意他自便，于是贝尔纳特拉了悦耳动听、充满魔力的《查尔达什舞曲》，迷人得连手稿都舞动起来。接着，他又拉了一曲柔情的《华尔兹》，稍嫌华丽但演奏得非常好。

"太动听了，"阿德里亚有些羡慕、崇拜，他拿起小提琴说，"哪天你又去小音乐厅演奏时，这把琴借你。"

"哇，这责任太重大了。"

"好吧，说吧。到底是什么事情这么急？"

贝尔纳特希望阿德里亚能读他写的故事。让我觉得我们之间又要产生歧义了。

"虽然你一直叫我别再写了，我还是一直写个不停。"

"很好。"

"但恐怕你是对的。"

"什么事情是对的？"

"就是，我写的东西没有灵魂。"

"为什么没有灵魂？"

"我要是知道就好了……"

"也许是因为这不是属于你的表达方式。"

贝尔纳特从我手里抢走小提琴，拉了萨拉萨特的《巴斯克随想曲》，犯了六七个明显的错误。演奏完毕后，他说，看，小提琴才不是属于我的表达方式。

"你是故意的，别以为我不认识你，好吗？先生。"

"但我永远都无法成为小提琴独奏家。"

"不需要啊，你是音乐家。你拉小提琴，而且能靠拉小提琴过好日子。真是的，已经这么好了，还要求什么？"

"我想要得到人们的崇敬与尊重，而非过好日子。在演奏会里拉小提琴帮衬是无法让人留下永恒的回忆。"

"但管弦乐团会啊。"

"我想要独奏。"

"你不行啊，你自己刚刚都说了。"

"所以我才想写作。作家永远都是独奏者。"

"可是，这不是投身文学的理由吧。"

"是我的理由。"

总而言之，我不得不收下他写的故事，实际上是故事集，我在看完的几天后告诉他，其中最好的应该是写流动摊贩的第三篇。

"就这样？"

"嗯，是啊。"

"你没读到灵魂或圣饼吗？"

"没有，没有灵魂也没有圣饼。可是，你早就知道了！"

"你这么尖酸刻薄是因为自己的文章被人批评，我可是很喜欢你的书啊。"

　　这次原则性表露之后的很长一段时间里，贝尔纳特不再征询阿德里亚的文学品味。他出了三本书，并未引起加泰罗尼亚文学界太大的兴趣，可能也没有激起任何读者的兴趣。然而，与其留在管弦乐团追求幸福，他情愿在另一个领域寻找些许的苦涩。这段期间，我像是这方面的专家，教他如何找到幸福。仿佛幸福是一门必修学分。

＊　＊　＊

　　教书的状况普普通通，也可以说还不错。他谈到莱布尼兹时代，让学生们置身汉诺威莱布尼兹大学，放布克斯特胡德的音乐给学生听，具体而言，是歌剧咏叹调《随想曲》的大键琴变奏曲。我问学生，这曲子是否让他们想起后来更知名的音乐家的作品（注意，并不多）？一片静默。阿德里亚站起来，将录音带倒带，又播放了一分钟大琴键演奏家特雷弗·平诺克的演奏。

　　"你们知道我指那一个作品吗？"仍是一片沉默，他问，"不知道吗？"

　　几个学生看向窗外，几个目光直盯着笔记，一个女孩摇头说不知道。为了给他们一点线索，他提到了那个时代的吕贝克（Lübeck），又再问了一次，真的不知道？提示这么明显却还是无人知晓，便改口了，不用说出作品名称，只要告诉我是哪位作者就好。这时，一个我从未注意过，坐在中间的学生没有举手就发言，是约翰·塞巴斯蒂安·巴哈吗？语气像在提问般。阿德里亚说，完美！他的作品结构与此非常相似，旋律就像我刚才放给你们听的这样，仿佛在发展一首变奏曲……那么，在星期三上课前，你们尽量去查出是哪一首作品，听个几遍吧。

"如果我们没猜出是那一首作品呢？"刚才摇头回答不知道的女学生问。

"是他作品曲目第九八八号，满意了吗？还需要任何协助吗？"

虽然对学生的要求一直在下降，但在这段期间，我迫切希望一堂课有五个钟头，也希望学生们对上课内容感兴趣、不停发问，让我不得不花时间寻找答案好在下一堂课答复他们。不过，阿德里亚对现况已非常满足，除了猜对答案的学生以外，所有的学生依序从阶梯座椅走下来离开教室。在阿德里亚一边把录音带拿出来，一边对回答问题的学生说，我好像没看过你。学生没有回答。阿德里亚抬起头才发现他安静地微笑着。

"你叫什么名字？"

"我不是你的学生。"

"那你来做什么？"

"听你的课，你没认出我吗？"

他站起身走下来，没有书包，也没有笔记本，一直走到教师讲台，阿德里亚已将所有东西，包括录音带都收进公文包了。

"没有。我应该认得你吗？"

"先生……技术上来说，你是我的舅舅。"

"我？你的舅舅？"

"蒂托·卡沃内利，"他边说边伸出手，"我们在罗马见过，在我母亲家里，你把古董店卖给她的时候。"

阿德里亚认出他了：寡言的年轻人，顶着一对浓厚的眉毛，在门后面好奇地看着，姿态稳重。

阿德里亚问，你的母亲好吗？他说，很好，她让我代为问候。很快地，对话变得枯燥乏味。这时，他问："你为什么来上这堂课？"

"我想要在向你提议前，多认识你一些。"

"提议什么？"

蒂托确认教室里没有别人后才说，我想跟你买斯托里奥尼。

阿德里亚惊愕地看着他，过了一会儿才有所反应。

"它是非卖品。"阿德里亚终于说。

"如果告诉我我开的价，你就会卖了。"

"我不想卖，也不想知道你的开价。"

"二十万杜罗。"

"跟你说了，不卖。"

"一百万比塞塔 [1] 是很大一笔钱。"

"给两倍的价钱也不卖，"阿德里亚靠近他的脸，"这是非——卖——品。"他挺直身子："懂了吗？"

"很好，两百万比塞塔。"

"你在注意听别人说话吗？"

"有了两百万，你可以过上好日子。不用给这些对音乐一窍不通的人上课。"

"你叫蒂托，是吗？"

"是的。"

"蒂托，我不卖。"

他拿起公文包准备离开教室。蒂托·卡沃内利一动也不动，阿德里亚可能在等他阻止自己离开吧，发现去路通行无阻，又折返回来。

---

1 一杜罗为五比塞塔，二十万杜罗即一百万比塞塔。

"为什么这么有兴趣？"

"是为了古董店。"

"嗯，为什么你母亲没买下古董店？"

"她才不管这些事。"

"哈，也就是说，她什么都不知道。"

"随便你怎么说吧，阿德沃尔教授。"

"你几岁了？"

"二十六。"他说谎，但是过了很久才被拆穿。

"你对古董店的利润有所谋？"

"我最后的开价：两百一十万比塞塔。"

"你应该跟你母亲说的。"

"两百五十万。"

"不卖、不卖。你没注意听别人说话，是吧？"

"我想知道你不卖的理由……"

阿德里亚开口又闭上，不知道要回答什么。他不知道为什么不想卖掉维亚尔，这把琴与许多不幸密切相关。但是我已经习惯每天拉它，而且每天拉它的时间越来越久。可能是因为父亲跟我说过的事情吧，或者抚摸它的木材时，激发我想象出那些生命……萨拉，有时候只要用指头抚摸小提琴的皮肤，我就能回到那棵树丝毫不知自己有朝一日会成为一把小提琴的那段岁月，成为一把斯托里奥尼，成为维亚尔。虽然这不是借口，但是维亚尔是想象的透视镜。如果萨拉在这里的话，如果她每天都看到这把琴的话，也许一切都会不一样。当然……多么希望那时就把琴卖给蒂托了，就算只有可怜的一百杜罗也好。但是，我那时还未怀疑他。

"请告诉我，"蒂托·卡沃内利耐心地坚持，"为什么不想卖？"

"这恐怕与你无关。"

我离开教室时，后脑勺感到一股冰冷，仿佛叛徒随时会出乎意料地从背后开枪似的。蒂托·卡沃内利没有从我的背后开枪，我为侥幸逃过一劫而感到开心。

34

家里根据创造世界的十进位系统布置藏书至今已两千年了，我却还未完全深入父亲的书房。阿德里亚将书桌的第三个抽屉用于收藏父亲无法分类的文件。阿德沃尔先生详细记录着私人收藏的文件。这或许是那些日子，或是那几年里，他享受拥有这些珍稀物件的方式。但是，抽屉里的文件既与店里的生意无关，也未出现在父亲的收藏记录里，仅用几个大信封袋简单地分放在抽屉里，家里的东西除了这些不可分类的文件，几乎全数整理好了。虽然没有分类，至少一起放在第三个抽屉里，阿德里亚真心承诺，有空时一定得仔细看过这些文件。

这堆不可分类的文件也包含一些信件。井井有条的父亲会将信件放到不可分类文件里，实在是件怪事；寄出的信件也未留下副本，只保留收到的信件，且简单地收存在两个老旧、拥挤到快爆开的文件夹里。里头有几封来自莫尔林的回信，我猜应该答复了一些父亲业务上所咨询的问题。另有五封来自格拉德尼克，他以非常标准的拉丁文书写，信里充满难以理解的影射。他是卢布尔雅那人，一直对父亲诉说这些年如何承受透不过气的信仰危机。就他所言，他应该是父亲在宗座额我略大学的同学，急切地询问父亲关于神学方面的意见。他最后一封信里的语气彻底改变了。那是 1941 年秋天，从耶塞尼采寄来的，开头写着，你可能收不到这封信，但我无法忍住不写，你是唯一一个回信的人，包括我在卡姆尼克[1]附近的小镇担任教区神父，同时也负责掘坟的那段最孤单的日子。我试着永远遗忘这个小镇的名字。或许这是最后一封信了，我可能随时都会死去。我脱下教袍已经一年了，其中没牵扯任何女人。纯粹是因为我失去信仰，一点一滴地失去信仰，不知如何保有信仰。我承认，这全是我的责任。在写上一封信给你时，读了你那些让我非常振奋的鼓励话语后，我才能够像现在这样，用最客观的角度来说这件事情。渐渐地，我发现自己所做所为没有任何意义。当初，你不得不在无法抗拒的爱情与神职生涯之间作选择，我没有机会认识任何令我丧失理智的女性，所有的问题都是思考方向的问题。我做这个重大决定已有一年了，现在，全欧洲陷入战火之中，我发现自己是对的，没有任何事情有意义，上帝不存在，人必须尽己所能自保，才可避免被时代碾压。挚爱的朋友，希望你知道，我多么肯定自己将要踏出的这一步。我在几个星期前已付诸行动：投身军戎。不妨这么说吧：我把教袍换成步枪，试图从罪恶中拯救自己的同胞。这让许多疑虑顿时消失无踪。阿德沃尔，我的朋友，几年前我谈论邪恶，探讨邪恶的本质与恶魔……却无法理解邪恶的本质，我编造错误的邪恶、悲惨的邪恶、形而上的邪恶、形而下的邪恶、绝对的邪恶与相对的邪恶，尤其是，邪恶存在的有效因素等各种论调，在如此大量的研究与反复思考后，最终只能在教区倾听女教徒们告解，而她们口中的重大错误不过就是在半夜与黎明前，应该空腹的时间对自己不够严格。我的天啊，我心里呼喊，不是吧！德拉戈，如果你想对人类有所贡献的话，你所做的只是在葬送生命的意义。当一个母亲问我，

---

1 卡姆尼克（Kamnik），位于斯洛文尼亚北部的城市。

神父，为什么上帝要让我幼小的女儿承受这么大的痛苦而死，祂为什么不管、不停止这一切？令我惊讶的是，我没有答案。我随口说了关于罪恶存在的成因，直到自己汗颜地闭上嘴。我恳求她的原谅，坦言自己的无知。我告诉她，安德列雅，请你原谅我，我真的不知道。也许你会笑我，亲爱的阿德沃尔，在你那封长信里说自己正过着犬儒主义的生活。疑虑之所以让我窒息，是因为在泪水面前，丝毫无法辩解、开脱。然而，现在不再如此。现在我知道邪恶身处何方，甚至知道绝对的邪恶在哪。它叫作希姆莱。它叫作希特勒。它叫作帕维里奇[1]。它叫作卢布里奇[2]，还有他发明的令人毛骨悚然的亚塞诺瓦茨（Jasenovac）集中营。它叫作党卫队。它叫作阿勃维尔[3]。战争展现人性最野蛮的一面，但是邪恶存在于战争之前，且不依存死亡，而是依存于人。几个星期前，由于指挥官认为我是出色的枪手，一把配有望远瞄准镜的步枪意外成为我的伙伴。很快地，我们就要上战场了，愿上帝赦免我，到时只要镜头中出现任何一个纳粹，或是乌斯塔沙，我将一枪一枪地废了邪恶。这个想法并未令我不安。邪恶利用恐惧与绝对的残酷。指挥官告诉我们敌人的各种恶行，我想他是为了让我们愤恨，让我们所有人都希望与敌人当面对峙。很快地，有一天，我就要杀人了。我希望自己不要有任何同情、怜悯。我加入的军团里大部分是克罗地亚的塞尔维亚人，他们因为恐惧乌

1 帕维里奇（Ante Pavelić, 1889—1959），克罗地亚独立运动组织乌斯塔沙的创建人、"克罗地亚独立国"领导人。第二次世界大战期间，帕维里奇实施法西斯统治，建立集中营，屠杀了大批塞尔维亚人与犹太人。

2 卢布里奇（Vjekoslav Luburić, 1914—1969），乌斯塔沙民兵与武装部队的将军、亚塞诺瓦茨集中营指挥官。

3 阿勃维尔（Abwehr），1921—1944 年间纳粹德国的军事情报机构。

斯塔沙不得不逃离克罗地亚。塞尔维亚人大概只有四个。我们也仰赖这些相信自由的克罗地亚人。我没有军阶，因为我很显眼，还是一样高大，所以有些人称我为中士，斯洛文尼亚人叫我神父，因为有一天我喝醉了，可能说太多话吧，算我活该。我已经准备好在被杀害前先下手为强，不带任何悔恨，更不会后悔自己要做的事。从现在开始，随时可能爆发冲突，听说德国的军队已往南方了，你我都知道，任何军事行动都会造成死尸遍野的景况，其中也会有自己的同袍。人们在战争期间都避免建立友谊，然而我们是一体的，我们彼此互相掩护。我为昨天在我身边吃早餐的同袍哭泣，还来不及问他叫什么名字。好吧，我就脱下面具吧：要杀人让我非常恐惧。我不确定自己究竟会不会杀人。但是邪恶正附身在人的身上。希望我能勇敢、希望我能扣得下扳机，也希望心脏不会过度颤抖。

　　我是在斯洛文尼亚一个叫作耶塞尼采的村子写信给你的。我会当作没有战事般寄出信。今天我们开着军用卡车运送邮件布袋，因为他们不希望我们在没有战事时吃饱撑着没事干，所以派我们去做一些有用的事。等会卡车就要把信运送出去，我会把信交给杨萨尔，他是唯一一个能把这封信交到你手上的人。希望我不再相信的上帝可以帮助他，也希望你像以前一样，回信到马里博尔[1]邮局。如果没有被杀死的话，我会很期待收到你的回信。亲爱的费利克斯·阿德沃尔，我觉得非常孤单。死亡让人寒冷，我越来越常打冷战。德拉戈·格拉德尼克，前神职人员、前神学家，你在卢布尔雅那或在罗马放弃主教法庭光明前程的朋友。你的朋友现在可是最前线的战士，等不及要将罪恶的头颅连根割下。

1　马里博尔（Maribor），斯洛文尼亚第二大城市。

文件夹里还有八到十封来自欧洲各地的古董商、收藏家、旧货商的回信，答复父亲业务上某些具体要求，有几封信来自上海的吴安博士，用不正确的英语表示自己没有任何幸福的手稿（没有其他参考资料），并祝福父亲非常快乐长寿、业务兴隆、无论在家庭、心灵、人际关系都能丰富快乐成长，吴安博士还有许多其他信件，但我实在看不懂。

在一个无聊的下雨午后，我趁着改完学校考卷，也无心思考语言哲学，便决定待在家里，不想看书，舞台剧几乎没有什么好选择，也不想看音乐剧，而且已经有好多年没踏进电影院一步了，更没兴趣去查看电影是否仍为彩色。总而言之，我打起哈欠，想着这是整理父亲那堆文件的好时机，所以在唱盘上备好四联剧[1]后，便开始动工。首先，我拿了一封莫尔林的信，他住在罗马，好像是一位神父。那时，我还不知道，就是在那时冒出想了解父亲生活琐事的念头，虽然不是为了查清他的死因，但是每次发现他的私人文件都会有些小惊喜影响到我。可能也是因此，我才会连着几个星期勤奋地写信给你，这辈子从未如此。显然，在背后追逐的狂犬就快要咬到我了。也许为此，我才努力拼凑记忆的拼图。假若时候真的到了，这一切很难体面地统整出来。总归一句，我继续选看他的文件，花了两个钟头——完整地听完四联剧的开场（就是从开头到沃坦[2]与洛戈[3]非常愤怒地偷走戒指的部分，尼伯龙根咒骂偷窃戒指的人将遭受悲惨与不幸。）——信件里还有一些古董的绘画，应该是父亲画的。

1　这里的四联剧为瓦格纳的《尼伯龙根的指环》（*Der Ring des Nibelungen*）。

2　沃坦（Wotan），《尼伯龙根的指环》中的主神。

3　洛戈（Loge），《尼伯龙根的指环》中的火神。

一个半钟头后，当布伦希尔德¹不听从沃坦的命令，协助可怜的齐格林德²逃跑时，我发现一份以希伯来文，用墨水写在两张泛黄的荷兰格式信纸上，我认出是父亲的字迹。他希望在信中能发现千万个能激起好奇心的事物而开始读信，发现自己的希伯来文有些生锈，未能充分理解。在充满挫折的五分钟、枉然地查询几次字典后，惊喜出现了。原来这封信不是用希伯来文写的，而是用希伯来文的字母写成阿拉姆语。当我开始以阿拉姆语阅读时，不到一分钟，就发现了两件事：首先，贡布赖尼博士教得很好，因为我的阿拉姆语还不错。第二，这不是古老文书的誊本，是父亲写给我的信，给我的信！我的父亲，这辈子直接对我说话的次数不超过五十次，几乎都是说"你大呼小叫的在吵什么？"的人，竟然写了一封信给不太理会的儿子。同时，证实他的阿拉姆语比我更好。在我仔细阅读这封信时，齐格林德英武的儿子齐格菲，带着英雄特有的残忍，为了避免受到背叛而杀害抚养自己长大的尼伯龙根。在英雄的丛林里、阿拉姆语的字里行间，都暗示了腥风血雨。阿德里亚埋首文字，却看不见预兆。他思索自己读到的可怕事实，花了近半个钟头才把唱片翻面，唱片在转盘上转着，没有任何声音，仿佛故事人物伴随着唱针近乎无声的窸窣，无限地重复动作，就像齐格菲为揭露的事实所震惊、愕然。信里写着：我的儿子阿德里亚，我偷偷写这封信给你，不确定地期待在很多年以后的某一天，你可以知道究竟发生什么事情。不过，很可能这些文字就随着时间慢慢地被总是在图书馆与老旧书籍之间出没的大胃口银色书虫啃食而消失无踪。如果你读到这

1　布伦希尔德（Brünnhilde），《尼伯龙根的指环》中的女武神。
2　齐格林德（Sieglinde）《尼伯龙根的指环》角色之一，沃坦之女。

封信的话，表示你保留了我所有的文件，也完成了我为你安排的命运，学习希伯来语及阿拉姆语。儿子，如果你学了希伯来语和阿拉姆语，表示你成了我一直期待的知识渊博之人，我也战胜了你的母亲，她希望你成为一名堕落的小提琴家（事实上，父亲用阿拉姆语写堕落的玩具琴演奏者。由此可见父亲的偏执）。要知道，如果你读到信的话，是因为我无法回家毁掉这封信。不知道官方说法是不是我发生了意外，但我希望你知道，我是被杀害的。凶手是阿里伯特·福格特，一名昔日的纳粹医生，参与过许多惨无人道的行动，这些就不说了。他想要拿回以前我用一些不光彩的手段，从他手里取得的斯托里奥尼小提琴。我把他引到离家较远的地方，要他别迁怒到你们身上，犹如小鸟假装自己受伤，引诱猎人离自己的巢远一些。你别去找杀人凶手，当你读到这封信时，凶手肯定已去世多年。你也别去找小提琴，不值得。你也不要去探寻我在收藏、拥有这些珍品时所感受到的满足感，别这么做，因为这终将使一个人殒没，这是一个永不止息的渴求，而不得不做一些令人懊悔的事。假若你的母亲还活着，我写的这些别告诉她，再见。下方接了一个很长的备注：我给你带来不幸。备注写着：是阿里伯特·福格特杀了我。我从他的手里夺走维亚尔；上头还沾着之前的血迹。我知道他们放了他，他最终会来找这把琴的。福格特是邪恶，我也是，但福格特是绝对的邪恶。若我横死了，别相信是意外事故，是福格特。儿子，我不要你报复，就逻辑而言，你无法报仇。当你读这封信时，如果有天你真的读到这封信的话，福格特应该也在地狱腐烂多年了。如果我被杀了，维亚尔应该也从我们家消失了。假使有朝一日，福格特或我们的小提琴，任何一个名字公之于世，我要你知道，我追查了这把琴在福格特之前归谁所有，是内特耶·德波耶克，一个比利时女人。我希望福格特死于非命，也希望有人能使他的余生都睡不安稳。但这个人不应该是你，我不希望这件事牵扯到你身上。但是，这件事确实牵扯到我，父亲，阿德里亚心想，我患上家族疾病了，希望拥有某个物品时，手指尖感到瘙痒……阿拉姆语的书信以简短的"儿子，再见"作结。也许这是父亲最后的书写，没有任何字写道，儿子，我爱你。也许，他就是不爱他吧。

父亲道德上狰狞嘴脸的表露对自己并未产生更大的影响。这点让他有些困惑。唱片伴随阿德里亚的迷惘，无声地旋转，过了许久，他的心里才开始浮现一些问题。为什么他不希望别人知道自己是被福格特这样的纳粹杀害？难道是为了掩盖其他事情吗？遗憾的是，我认为这就是真正的原因。萨拉，你知道我的感受吗？我觉得自己像个笨蛋，这辈子都自以为是、不顾他人期许、按照自己希望的方式生活。到头来，我却分毫不差地应验了权威的父亲在最初所构想的算盘。为了缓和如此不寻常的感受，我放了《诸神的黄昏》(*Götterdämmerung*)：埃尔达的女儿们，三名灰发的命运女神聚集在布伦希尔德的岩石上，编织命运的丝线。犹如父亲不询问我、也不问母亲的意见，独自耐心地编织我的命运。父亲在死后留下的疑点之一破解了，也确认我最深的恐惧：造成父亲横死的罪人，果真是我。

"等等！你说三天！"我从未听过贝尔纳特如此愤慨，"我才拿了三个钟头！"

"对不起，原谅我！我发誓，现在，你一定要现在还给我，不然我就死定了，我发誓。"

"你不守信用。我教会你拉颤音了，不是吗？"

"颤音会自己出现，不用学的。"我绝望地回答他。十二岁的我真的不太会说话，还吓得失魂落魄地加了一句："要是你不还我，我父亲肯定会发现，然后把我关进牢里，你也会跟我一起进去。我以后会告诉你原因的，我发誓。"

两人同时挂上电话。然后我不得不跟小洛拉或母亲说要去贝尔纳特那里拿小提琴练习作业。

"你就站在人行道上。"

"废话！"他非常生气。

他们在巴伦西亚路与柳里亚路口的索拉糕饼店前碰面，两人直接在地上打开琴盒换回小提琴，毫不理会路面电车费力地滋嚓爬上最后一条马路。贝尔纳特把斯托里奥尼还给他；他则一边把安古莱姆女爵小提琴还给贝尔纳特，一边说父亲突然冲进书房，连门也没关。阿德里亚非常害怕，看着父亲打开保险箱，拿出琴盒，再关上保险箱，也没检查里头是不是斯托里奥尼就走了。我发誓我说的是真的，我不知道该怎么办，要是我跟他说琴在你这里的话，他一定气得直接把我从阳台丢下去，你知道吗？我不知道会发生什么事情，但是……

贝尔纳特冷冷地看着他。

"全是你编出来的。"

"不！是真的！我放了一把练习琴到琴盒，免得他起疑。万一他打开……"

"告诉你，我可不是傻瓜。"

"我发誓，是真的！"阿德里亚绝望地说。

"你是一个说话不算话的垃圾。"

我不知道还能说什么，无力地看着愤怒的朋友。那时他已经高出我一个头了；那时在我眼里他像个复仇巨人，但是，我更害怕父亲。巨人开口了："你想，当他回来打开琴盒，看到不是斯托里奥尼，会放过你吗？"

"那你让我怎么办？啊？"

"我们逃到美洲吧。"

我喜欢，我喜欢贝尔纳特突如其来的同袍情谊。我们俩一起逃去美国，真是太好了！但是，我们没有逃到美国。阿德里亚没有时间问，喂，贝尔纳特，斯托里奥尼拉起来怎么样？你注意到有什么不同吗？拉古董小提琴值得吗？也没机会知道他的父母是不是发现有什么不同的地方，或是……我只说了他会宰了我，我发誓他一定会宰了我，还给我。贝尔纳特沉默地离开，一脸不相信这个听起来很反常的故事。殊不知就是在这时，一切变得复杂。

就像黑夜里的小偷，末日终将无声无息地到来。六一五四二八，阿德里亚将斯托里奥尼放回保险箱后关上，抹去鬼鬼祟祟的足迹后离开书房。他的卧房里，卡尔森与黑鹰各自看往旁边，假装没事，它们肯定因东窗事发而六神无主了，而他拿着空琴盒，好死不死，小洛拉还探进头来两次，母亲要她问我今天是否练琴。小洛拉第二次探进头时，他回答：我手上长茧，很痛，就在这根指头那边……看见了吗？我今天无法练琴了。

"我看是哪根指头。"母亲意外地出现，当他正在黏贴三张星期日上午在圣安东尼旧货市场买来的纸卡。

"我看不出来你怎么了。"她残酷地说。

"痛的人可是我。"

母亲东看西瞧，很难相信我没有说谎，一语不发地走开了。幸运的是，她没有打开琴盒。现在就等父亲宇宙般浩瀚无垠的责难了。

是我的错。他被杀害都是因为我。虽然他无论如何都会死在福格特手里，出租车在公路三公里处放下他，便折回巴塞罗那。那时是冬天，天黑得很早，他一个人在公路上，身陷埋伏。父亲，难道您没有察觉吗？您可能觉得只是个低劣的玩笑而已。费利克斯·阿德沃尔最后一次看着巴塞罗那在他的脚下延展，耳边传来汽车马达声，一辆车子亮着车灯从蒂比达博山下来，停在他面前。一名男子从车上下来。法莱尼亚米先生。他变得更瘦、更秃，鼻子还是一样大，眼睛炯炯有神。还有两个块头壮硕的男人陪同，司机也下车加入阵容，全都一脸恶心的模样。法莱尼亚米先生直接问他要小提琴，阿德沃尔交给他，他把琴盒拿进车里打开，然后拿着小提琴走出车外。

"你当我是白痴吗？"

"怎么回事？"我想象父亲不爽多过惊吓的情绪。

"斯托里奥尼在哪里？"

"妈的，不就在你手里！"

福格特将小提琴举起来，往排水沟上的石块猛然砸烂，作为回应。

"你在做什么！"父亲惊愕不已。

福格特把砸碎的小提琴拿到他眼前，乐器的标签为：卡门街帕拉蒙乐器行。父亲茫然无头绪。

"不可能！是我亲自从保险箱拿出来的！"

"那就是你被偷了，白痴。"

我想象父亲回答：是的，没错，法莱尼亚米先生。但我不知道是谁偷了琴。然后，不小心泄露一丝微笑。

福格特扬起一边眉毛，其中一个男人往父亲的肚子狠狠抛出一拳，使他烧灼的腹部凹了下去，肺里头一滴空气也不剩。

"好好地想一想，阿德沃尔。"

而他确实无从得知。那时维亚尔在巴塞罗那市立音乐学院特鲁略斯老师最看重的学生，贝尔纳特·普伦萨·蓬索达的手上。父亲完全没有头绪，为了以防万一，他说，我发誓，我真的不知道。

福格特从口袋里掏出携带方便的女用手枪。

"我想我们有得玩了，"他一边指着手枪，一边说，"还记得吗？"

"怎么会不记得。结果你的小提琴还不是飞了。"

又一记重拳打在胃上，他再度弯下腰。又一次瞪大双眼，吸不进空气。提早来临的冬季日暮旋即让道给夜晚与无辜的受害者。最后他们用我无法想象的方式将父亲整得体无完肤。

"哟！"

"天啊，你们跑哪去了？"

"就算你父亲把维亚尔交出去，他们还是会了结你父亲的。"

"黑鹰说的没错，"卡尔森接着说，"如果您允许我这么说的话，你父亲，他注定要死的。"他吐了口痰。"这点他出门时就知道了。"

"那为什么没有打开琴盒？"

"他紧张到没发现自己带的不是维亚尔。"

"谢谢你，我的朋友。但无法安慰我。"

虽然福格特凌虐我的父亲，仍旧按照在大马士革与莫尔林的君子之约，没有碰父亲一根头发，因为他秃得像颗鸡蛋。这已是注定的了，就像布伦希尔德浑然不知自己向敌人泄露齐格菲弱点的同时，也将他送往死神的手中；而我，在交换小提琴时，也造成不爱我的父亲的死亡。为了纪念像齐格菲—阿德沃尔这样的无耻之徒，无法被爱的布伦希尔德发誓这把琴将岁岁年年、一个世纪接着一个世纪地保留在家里。是的，他以对父亲的记忆发誓。然而，我必须承认，一想到要与这把琴分开，手指尖就会产生一股烧灼感，这也是保留它的原因之一。阿里伯特·福格特、齐格菲、布伦希尔德，天啊，我承认自己的过错。

35

"铃铃铃……"

阿德里亚在马桶上读着《内容的形式》[1]，清楚地听到门铃，心想为何信差总是这么会挑时机？应门前又听到一次铃声，心想应该换个较具现代感的铃声，也许换个叮咚声吧，听起来悦耳多了。

"铃……"

"来了！妈的。"他咕哝着。

他用手臂夹着埃科打开门。看见你在门口，我的爱，站着在楼梯间，一脸严肃，带着不小的旅行袋，黑幽幽的双眼看着我。我们俩呆站长达一分钟。她站在楼梯间，而他站在室内扶着门，消化这个惊喜。在无止境的一分钟的最后，他只想到说，萨拉，有什么事吗？我简直无法相信！我竟然只想到问你，萨拉，有什么事吗？

"我可以进去吗？"

你可以进入我的生活，随便你要做什么都可以，亲爱的萨拉。

她只是走进房里，行李袋放在地上。我们几乎站着面对面又重复了漫长的一分钟，但这次是在玄关。就在这时，萨拉说她很想喝杯咖啡，我才发现她拿着一朵黄色玫瑰。

---

1 《内容的形式》(*Le Forme del contenuto*)，意大利作家翁贝托·埃科 (Umberto Eco, 1932—2016) 的著作。

歌德也说了，中年时投注于完成年轻的愿望是错误的，不知道何谓幸福，或者未在适当的时间与幸福际会的人，就算再努力也无法改变事实。因为，幸福列车已经错过了。在中年重新寻得的爱情里，存活下来的顶多是幸福片段的温柔重演。爱德华与奥蒂莉坐在客厅喝咖啡，她优雅地将玫瑰花放在桌上。

"这是好咖啡。"

"是啊，是穆里亚店里买来的。"

"还在呀？"

"当然。"

"你在想什么？"

"我不希望……"说真的，萨拉，我不知道该说什么，于是开门见山地说，"你要留下来吗？"

刚从巴黎来的萨拉与二十年前在巴塞罗那的萨拉已不是同一个角色了。人都会经历蜕变，角色也会，这是歌德告诉我的；阿德里亚是爱德华，萨拉是奥蒂莉，时间从他俩身上溜走了，同样也是他们双亲的过错。吸引力还有效的时候就是有效。

"我有一个条件，请原谅我。"奥蒂莉看着地板。

"把你父亲偷来的东西都还回去，对不起。"

"我父亲偷的东西？"

"对，你父亲在战前、战时，还有战后利用、糟蹋了许多人。"

"但是，我……"

"你以为他是怎么做起生意的？"

"我把古董店卖了。"

"真的？"她一脸难以置信，甚至像有点偷偷失望了。

"我不想当店东，也从未认可父亲做事的方式。"

萨拉沉默无语地喝了一口咖啡，她看着他的眼睛，用目光检视他，使阿德里亚不得不回应。

"听我说，我卖了古董店，也不知道有哪些东西是父亲用诈骗取得的。但是大部分的东西都是合法的。而且，我也和这勾当划清界线了。"我说谎。

萨拉沉默不语地看着眼前的阿德里亚，思索了近十分钟。我深怕她想提出无法满足的条件作借口，再一次逃走。黄色玫瑰花躺在桌上，留意我们的对话。我看着她的眼睛，但是她毫不在乎地沉溺在思绪里，仿佛我不在场。萨拉，这是我未曾见过的新举动，你只在一些很特殊的时刻会这么做。

"好吧，"一千年以后，你终于有所回应了，"我们可以试试看。"然后又喝了一口咖啡。我紧张得一口气喝了三杯浓得晚上睡不着的咖啡。这时，她看着我的眼睛了，足以让我感到些许痛苦。她说你看起来有点惊慌失措。

"是的。"

阿德里亚牵起她的手，带她走进书房，直到摆放手稿的书桌。

"这张书桌是新的。"你说。

"你记性真好！"

阿德里亚打开上面几个抽屉，拿出会让手指头颤抖的手稿与珍宝：我的笛卡尔、龚古尔兄弟……我说，萨拉，这些都是我的，是我用自己的钱买的，因为我喜欢收藏、拥有，或是买……怎么说都好，是我的，没有糟蹋任何人而买的。

虽然明明知道自己可能在说谎，但我还是这么告诉她。她严肃的沉默犹如一团黑雾笼罩，害我不敢看她。然而，沉默延伸太久，使我不得不抬眼看她，她无声地哭泣着。

"怎么了？"

"对不起，我不是来批评你的。"

"没关系、没关系……我也想把事情说清楚。"

她轻轻擤了鼻涕，我又笨拙地说，但是谁知道莫拉尔是从哪里、用什么方法把这些东西弄来的。

我打开下方的抽屉，《追忆似水年华》、斯蒂芬·茨威格，还有布尔加尔的圣佩雷修道院创立的羊皮纸文件。当我正要告诉她这些文件是父亲的，可能是……她却关上抽屉说，原谅我，我没有资格批评你。到了这时，我才像死人般闭上嘴。

你坐在书桌上有些愕然，桌上摊着一本书，我想是卡内蒂的《群众与权力》（*Masse und Macht*）。

"斯托里奥尼是合法买来的。"我比着放乐器的柜子又说谎了。

她双眼挂着泪水看着我，很希望相信我。

"好了。"你说。

"我不是我父亲。"

你微弱地笑着说，原谅我、原谅我，原谅我这样走进你家里。

"萨拉，如果你愿意的话，这里是我们的家。"

"但是，我不知道你是不是有……是不是有……我不知道，你是不是有情感关系……"她吸了一口气："是不是有别的女人。我不想破坏……"

"我都去巴黎找你了，不记得吗？"

"记得，可是……"

"没有别的女人。"我像圣保罗一样，第三度说谎。

我们就在这样的基础重新开始。我明白自己不够谨慎，然而，无论如何我都想留下她。那时，她四下环顾，视线移到墙上的画作并走过去，伸出手。就像我小时候，轻轻地用指头摸了亚伯拉罕·米尼翁的小幅画作，一个陶土盆栽里的黄色栀子花。我没跟她说眼睛看到哪儿手就摸到哪儿，而是幸福地微笑着。她转过身，叹口气说，一切都没变，就像我记得的这段日子，我所记得的每一天一样。她站到我面前，平静地看着我：为什么来找我？

"让事实归回原处。我终究无法接受在你离开这么长的时间里，一直想着我如何辱骂你。"

"我……"

"还有，因为我爱你。你呢？为什么来了？"

"不知道，但我也爱你。也许我来是为了……不、没有，没事。"

"告诉我。"我牵着她的双手，鼓励她说出口。

"就是……弥补二十岁时的软弱。"

"我没资格批评你。过去的事都过去了。"

"还有……"

"还有什么？"

"因为我无法忘怀你在我家楼梯间的眼神，"她微笑地想着自己的事情，"你知道像什么吗？"

"百科全书的销售员。"

她笑了起来。你的笑容，萨拉笑着说，对！对！对！一点也没错。但是，她马上停止笑容说，对，我回来是因为我爱你，如果你愿意的话。我不再去想那天早上说了多少谎话，也无法坦诉在巴黎第八区，你的手扶着门，仿佛随时都要当着我的面甩上门，让我很惶恐。我从未告诉你，在那里，我佯装成销售技巧高超的百科全书销售员，然而，在心底深处的深处，我去巴黎，去拉波德歌本路四十八号，是为了要听你说，你不想知道任何关于我的事，不想和我联络。然后将生命的那个篇章画下句点，不必再背负沉重的十字架。同时，也为了有理由好好地痛哭一场。但是，在巴黎，她说了"不"之后，又出现在巴塞罗那说想喝杯咖啡。

* * *

阿德里亚坐在轮椅上，从门隙看进书房，双手抓着一块脏抹布，任谁也无法拿走。他看着书房长达一分钟，对所有人来说都很漫长的一分钟，然后深深叹口气说，我们随时可以动身了。那一分钟对他而言相当短暂，乔纳坦无法掩饰不耐烦，强壮的手推起轮椅走向大门。阿德里亚指着谢维说，谢维。指着两眼泪光的贝尔纳特说，贝尔纳特。指着谢尼娅说，特克拉。指着卡特丽娜说，小洛拉。卡特丽娜第一次没有回嘴说我不是。

"他会受到很好的照顾，请你们别担心。"其中一个幸存的人说。

陪同的人安静地下楼，斜眼看着电梯的指示灯。电梯里是坐着轮椅的阿德里亚与乔纳坦，当他们抵达楼下，贝尔纳特走出电梯，再度看到所有人时，发现阿德里亚已经认不出他了。一种令人恐惧的电击。

十天后，警铃触动了。当阿德里亚在自己家里迷路时，卡特丽娜敲响警铃。他在斯拉夫文学区恐惧地环顾四周。

"你要去哪里？"

"我不知道。我在哪里？"

"在家里。"

"在谁家里？"

"你的家里。知道我是谁吗？"

"知道。"

"我是谁？"

"你是……就是……"他停顿许久，惊愕不已，"不是吗？你不是直接宾语，就是主词，不是吗？"

那个星期，他不停在冰箱里翻找。每一次翻冰箱都更加焦虑、咕哝咒骂着。那几天负责夜间照护的乔纳坦问他，这个时间在冰箱找什么？

"袜子啊，不然你让我找什么？"

乔纳坦告诉普拉西达，而她告诉卡特丽娜时还加了一笔：阿德里亚要她把书放进水里煮沸。他好像有点疯癫，是吗？

卡特丽娜在斯拉夫文学区继续问："阿德里亚，你知道我是谁吗？"他回答你是直接补语。她才惊觉事情不对劲，立刻打电话给达尔毛医生和贝尔纳特。达尔毛医生非常紧张打电话给养护院的瓦尔斯医生说，我想时候到了。接着就是好几天令人疲惫的检查、测试、检验，还有斜眼看着结果、沉默、无语。间接补语，现在！最后，达尔毛医生找来贝尔纳特与维柯的几个堂兄弟。贝尔纳特招待他们住在自己的家里，留意水杯里总是斟满塔斯马尼亚岛的矿泉水。达尔毛医生告诉他们接下来的做法。

"但是，他是个……"谢维对命运愤恨不平，不停抗议，"他是一个能说八种语言的人！"

"十三种。"贝尔纳特纠正。

"十三？一不注意他就又多学了好几种，"他的眼睛亮了起来，"您听见了吗，医生？十三种语言！我是个乡下人，年纪比他大，到了这岁数也只会一国半的语言。这不是很不公平吗？啊？"

"加泰罗尼亚语、法语、西班牙语、德语、意大利语、英语、俄语、阿拉姆语、拉丁语、希腊语、荷兰语、罗马尼亚语还有希伯来语，"贝尔纳特一一列出，"他还能毫不费力地看懂其他六七种语言。"

"听到了吗？医生！"谢维提出不可抗辩的医学论据，开启另一个令人绝望的论点。

"您的堂弟显然不是泛泛之辈，"医生很有礼貌地打断他，"我非常清楚这点，因为我一向很关注他。如果不介意的话，我自认是他的朋友，但现在一切都结束了，他的脑子已经干涸了。"

"多可惜！真是太可惜了！真可惜……"

继续无效地抗议了一会儿后，大家都确信最好把阿德里亚的生活安排地井然有序，接受他在还有思考能力时为自己做的安排。贝尔纳特也想为自己离开时发落后事，一切必须说出来、写下来是多么悲伤。我在巴塞罗那的公寓留给堂亲们：谢维、基科以及罗萨·阿德沃尔，由他们三人均分。我的全部书籍，在我无用之后，由贝尔纳特·普伦萨决定留下或询问蒂宾根大学与巴塞罗那大学的意愿，将书捐给这两所大学。如果他接受的话，这件事就由他决定，因为在很久以前，创造世界时，是他帮我整理家里的藏书。

"我完全不懂。"谢维和律师会面那天相当困惑。

"这是阿德里亚的一个玩笑，我想只有我懂吧。"贝尔纳特说。

"我希望卡特丽娜·法尔格斯女士能领到等同两年薪水的金额。最后，这份遗嘱里没有载明、指定归属的任何物品，皆由贝尔纳特·普伦萨决定去留，亦可留为自有。与其说这是一份遗嘱，不如说是一份指南。其他物品，除非他认为应该捐赠给前面提到的两所大学，否则，都由他决定去处。这里指的都是一些价值连城的收藏，像是一系列的钱币或名家手稿。建议可参照蒂宾根大学约翰内斯·卡梅内克教授的意见处理。萨拉·沃尔特斯—爱泼斯坦的自画像，请交给她的哥哥，马克斯·沃尔特斯—爱泼斯坦；我希望将挂在餐厅墙上的莫德斯特·乌尔杰利画作《杰里的圣母修道院》送给临近修道院——布尔加尔的圣佩雷修道院的朱利亚修士，因为所有责任皆归咎于他。

"什么？"谢维、罗萨与基科异口同声。

贝尔纳特张开又闭上。律师再看了一遍说，对，没错，这里写着布尔加尔的圣佩雷修道院的朱利亚修士。

"妈的，这又是谁？"托纳镇的基科狐疑地问道。

"什么责任？"

"所有责任。"律师在看过文件后回答。

"之后再查吧。"贝尔纳特说，并示意律师继续。

"如果找不到他，或是他拒绝收下，恳请你们把画作交给在乌普萨拉的劳拉·拜利纳女士，若她也不接受，则委托贝尔纳特·普伦萨先生做出最好的决定。此外，知名的贝尔纳特·普伦萨先生应该将我交给他的书递交给出版社。"

"新写的书？"谢维问。

"是的，我会负责这件事，请各位放心。"

"你们认为他在写遗嘱时，脑袋是清楚的吗？"

"我们设想是的，没错，"律师说，"但我们无法请他多做说明。"

"乌普萨拉那位女士是谁？"罗萨问，"有这个人吗？"

"是的，有这个人。请别担心，我会找到她。"

"最后，我要和诸位以及愿意参与这次聚会的人分享一些简短的想法：他们说我不会想念书本，不会想念音乐，这点我很难完全相信。他们告诉我，我会认不出你们，所以希望你们别对我太残酷。

他们说这病不会让我受苦，所以希望你们也别为我受苦，希望你们宽容我逐步且持续的退化。"

"很好，以上。"律师念完阿德里亚·阿德沃尔题为《生命临终阶段的实务指南》的文件。

"还有一小段。"罗萨勇敢地指着文件说。

"是的，不好意思，这是一段告别的结语。"

"他写些什么？"

"他说，精神方面的指示，则另外收录。"

"在哪里？"

"在他的新书里，"贝尔纳特说，"我会处理好的，别担心。"

* * *

贝尔纳特像小偷般，小心翼翼地打开，试图不发出任何声音，他摸着墙直到发现开关，按下开关，灯却未亮。妈的。他从包里拿出一把手电筒，像小偷般的感觉更加浓厚了。保险丝的箱子或是现在叫作什么的盒子依旧在玄关那里。开关终有反应了，玄关的灯亮了，最底端的日耳曼语系以及也许是东方语系散文的灯也亮了。他停下片刻，品味公寓里的宁静，然后走到厨房，冰箱的插头拔掉了，门仍敞开着，里头没有袜子，冷冻库也空着。他跟着光线的指引走过斯拉夫语系及北欧语系的散文区，来到灯光较亮之处，放美术类书籍与百科全书的地方，萨拉的工作室，之前曾是小洛拉的房间。画架还站在里头。仿佛阿德里亚一直相信萨拉有一天会再回来，再一次待在房里画画，再度把指头染上淡淡的炭笔灰。一叠硕大的档案夹与检查报告被框起来或单纯放着，像祭台般，在《哈德良于阿卡迪亚》与《布尔加尔的圣佩雷修道院》。萨拉送给阿德里亚的两幅风景画，因为没有具体的指示，贝尔纳特决定把它们交给马克斯·沃尔特斯—爱泼斯坦。他让灯继续亮着，看了一下宗教与世界经典文学，然后从罗曼语族折回来。看了一下诗集的部分，他打开灯，一切完好如初，然后走进文学论文，又开了灯，客厅一如往昔，太阳仍旧从特雷斯普伊山照耀在杰里的圣母修道院。他从口袋里拿出照相机，搬开几张椅子后，站到莫德斯特·乌尔杰利画作的前方，开启闪光灯拍下几张照片，再关掉闪光灯拍了几张。离开文学论文后，他走进书房。与他离开时一样，他坐在一张椅子上，回想起无数次走进这房里的片段，阿德里亚总是待在身边，他们讨论音乐、文学，也聊政治与生活。无论年轻或孩提时期，他们在那里幻想的神秘事件。他打开立灯与悬挂在天花板的灯，几年前挂着萨拉画像的地方现在空着，令他觉得晕眩，脱下外套，就像阿德里亚那样，用两手的掌心搓揉脸颊，然后说，来吧！他走过书桌后方，蹲下来，试了六一五四二八。不开。再试七二八零六五，保险箱静静地开启了，里头空空如也，不，有几个信封，他拿出那些信封，放在桌上，以看得轻松点。他打开第一个信封，查阅了几页，一张一张地看，是一张角色列表，他也在其中：贝尔纳特·普伦萨、萨拉·沃尔特斯—爱泼斯坦、我、洛拉、莱奥伯母，以及其他人……是啊，人名与出生日期，有一些人名旁标注了过世日期。还有其他纸张，像大纲被划掉般被排除；另外有一张表列了更多人名。就这样，这些就是所有文件了，阿德里亚源源不绝地书写，随着剩余的记忆一会儿统治这里，一下子想到那里。他把文件重新放回信封袋并收到公文包，深呼吸几次，直到平复为止，才打开另一个信封，里头有几张照片：一张是萨拉对着镜子自拍。真是漂亮。他到现在都不想承认自己其实对她怀有些许爱意；另一张是阿德里亚坐在他现在坐着的地方工作，我的朋友，阿德里亚。还有一张画着一名个子很小的女孩轮廓的画纸，几张维亚尔正面与背面的照片。贝尔纳特将照片放回信封袋，全收进公文包。他想到消失的维亚尔，脸上多了一分不悦。他盯着空空的保险箱，关上保险箱却未转密码锁，接着又走回历史与地理书籍区，床头柜上的卡尔森及黑鹰忠诚地为无人站岗，他拿起它们与那匹马，也放进公文包，然后走回书房坐下，就坐在在阿德里亚平常看书的大椅子上。他看着空洞一个多钟头，翻阅记忆与对一切的眷念，偶尔让几滴泪水从脸庞滑落。

过了许久，贝尔纳特·普伦萨·蓬索达清醒了，他看着周围，再也无法压抑，两手遮住脸，从内心深处的深处哭了出来。在情绪平复一些后站起身，穿外套时，再一次用检视的眼神看了书房。Adéu, ciao, à bientôt, adiós, tschüss, vale, dag, bye, αντίο, Поká, la revedere, viszlát, head aega, lehitraot, tchau, maa as-salama, puix beixlama.[1] 我的挚友。

---

1 各种语言的"再见"。

36

　　就像第一次一样，你甜蜜地进入我的生活，我不再思考爱德华、奥蒂莉或我的谎言，只想着你平静、令人慰藉的存在。阿德里亚告诉她，愿意的话，把这里当自己的家，把我也当作自己的。并让她在两个房间里择一作为画室、放书、放衣服也放进你的生活。但是，亲爱的萨拉，我知道就算阿德里亚给你所有他能给的置物柜，也不够放进你全部的生命。

　　"很好，比我在巴黎的画室还宽敞。"你从小洛拉的房门往里头看。

　　"光线很好，也很安静，因为没有对外窗……"我说。

　　"谢谢。"她转过身对我说。

　　"不用谢我，应该是我要向你道谢。"

　　她很快地转身走进房间。靠近窗户角落的墙上挂着米尼翁的黄色栀子花欢迎着她。

　　"但是，怎么会……"

　　"你很喜欢这幅画吧？"

　　"你怎么知道？"

　　"喜欢还是不喜欢？"

　　"这是我在这个家里最喜欢的东西了。"

　　"那么，从现在开始它是你的了。"

她道谢的方式是站在黄色栀子花那幅画面前许久。她的下一步，对我而言宛如仪式，她把自己的名字——萨加·沃尔特斯－爱泼斯坦——写在楼下大门的信箱上。一个人独居十年以后，在阅读或写作之间，再次听见人的走动声音、茶匙碰到玻璃杯的声音，或是从画室传来悦耳的音乐时，我以为我们会很快乐。然而，阿德里亚没有发现得合上另一个未关好的开口：一个没有收好的资料夹会带来许多不愉快。他确实明白这点，无奈热切的期盼媚惑了行事的谨慎。

面对新情况，对阿德里亚而言，最困难的莫过于接受萨拉圈出禁域，并强加于两人的生活中。这是当他邀请她去见托纳镇的莱奥伯母与堂兄姐时，从她的反应发现的。

"还是别牵涉到家人吧。"萨拉回答。

"为什么？"

"我想避免发生不愉快。"

"如果他们来家里的话，我会想把你介绍给我的莱奥伯母还有堂兄姐认识。没有要让你觉得不愉快。"

"我不想要太多复杂的事情。"

"不会的，怎么会复杂呢？"

当她的画作、未完成的画作，还有画架、炭笔、色笔送达时，她送给我一张炭笔画的米尼翁的黄色栀子花，作为画室正式落成的仪式。我把它挂在原作所在的墙上，直到今天那幅画仍在那里。你立即开始画画，因为几间法国出版社聘请你画的系列童话故事已拖稿一阵子。然后是几天的缄默与平静。你画画，我阅读或写作。我们在走廊擦身而过，上午偶尔碰面，一起喝咖啡、看着对方的眼睛不说只字片语免得破坏这个易碎、意外收复的幸福。

想必上帝费了许多精力帮忙。当萨拉完成比较紧急的工作之后，终于搭着阿德里亚开的二手西亚特六百来到托纳镇，这是他第七次路考通过后买来的。到了加里加（Garriga）时，不得不更换轮胎；到了艾瓜夫雷达（Aiguafreda），萨拉去一家花店采购，不久后拿着美丽的小花束出来，默默地把花放到后座；到了圣安东尼，申提耶斯的上坡路，车子的散热器开始发烫。除了这些琐碎小事，一路上没有别的插曲。

"这是世界上最美丽的小镇。"当西亚特六百抵达四条道时，阿德里亚满是憧憬地说。

"这世界上最美丽的小镇还挺丑的。"萨拉在圣安德鲁街上停下来时回嘴，阿德里亚过度兴奋地拉上手刹。

"用我的眼睛看这里。你在我的阿卡迪亚。"

他们下了车，他说，亲爱的，你看那个城堡，这边！在上面！很漂亮，不是吗？

"嗯……我不知道该说什么。"

他发现她有些紧张，一时不知如何是好……

"你得用我的眼睛看。你看到那个很丑的房子还有另一个有老鹳草的房子吗？"

"看到了。"

"那是坎卡西克大宅。"

他说话的同时仿佛大宅就在眼前，好像乔塞普就在他身旁，叼着烟屁股、驼着背，在磨刀石上磨刀，茅草房环绕着他，就像苹果肉包覆果核般。

"看见了吗？"阿德里亚指着驴厩那儿一只被称为星星的驴子，它穿着马蹄铁，只要一跺脚赶走苍蝇，满是粪便的石头便飞扬而起。连紫罗兰的叫声也传到耳朵了，它生气地拉着链子，想教训鬼鬼祟祟、走得太近、在它眼前炫耀自由的无名野猫。

"屎帝！小偷！滚到别处去玩！妈的屎帝。"

小猫小狗轰然而散，猫儿溜到白色的岩石后方躲着。在这里，生活就是紧张刺激的冒险，与严肃的羊皮纸不一样。粪肥的气味、木屐的声响，还有玛丽亚穿着木鞋走进坎卡西克大宅粪肥间的回音。坎卡西克大宅的狗向来都叫作紫罗兰，用一根短短的绳子绑着，使它相当羡慕自由自在的小动物。

"屎帝是'我他妈在上帝头上拉屎'的修饰版本。"

"哇，你们看，听！阿德里亚说在上帝头上拉屎！"

"是啊，但他说的话没有人听得懂。"谢维怂怂道。一路行走上坡，他还在喘气，路上满是车轮凹陷与巴斯图斯的屎，它是负责扫除工作的驴子。

"他老是说些听不懂的话。"谢维走到最下面时仍念着。

"不好意思，我是在用嘴巴思考。"

"得了，我可不……"

他不拍去裤子的灰尘，因为父母离托纳镇相当遥远，他想做什么都可以，就算膝盖磨破了也没关系，虽然会很痛。

"坎卡西克大宅，萨拉……"他想总结一下，右脚仿佛站在巴斯图斯刚撒尿的石头路上，这条路现在已铺上柏油了，他也没想到那只驴子早已不是巴斯图斯了，而是一辆依维柯的柴油拖车，漂亮且无须吃下一根干草，干干净净，没有驴腥尿骚味。

这时，你拿着花，突然踮起脚尖，出乎意料地给了我一吻。我心想，我在阿卡迪亚、我在阿卡迪亚、我在阿卡迪亚，专注地像一串水晶珠链般连贯地想着，萨拉遗忘了恐惧，在那里，在我身边，你是安全的，爱怎么画就怎么画。与此同时，我会继续爱你，我们会学习如何一起建造我们的阿卡迪亚。在敲响坎杰斯大宅门前，你把花束交到我手里。

* * *

在回家的路上，阿德里亚说服萨拉去考驾照，因为他确信萨拉能更稳当轻松地掌控方向盘。

"好吧。"在沉默了一公里后，她说："我很喜欢莱奥伯母，她年纪多大了？"

感谢上帝，不到一个钟头前他们还在坎杰斯大宅，阿德里亚发现萨拉卸下武装时内心暗自窃喜。

"不知道，八十多了吧。"

"她好硬朗，不知道哪来这么多精力，都停不下来。"

"她一向如此，所有大小事都处理得当。"

"任我再怎么拒绝，她还是塞给我一罐橄榄。"

"她可是莱奥伯母呢，"他借着好气氛开口，"何不哪天也去你家？"

"想都别想。"她回应的语调干涩，令人结舌。

"为什么？萨拉？"

"他们不会接受你的。"

"莱奥伯母二话不说就接受你了。"

"如果你母亲还活着，她连一步也不会让我踏进你家门的。"

"是我们的家门。"

"我们的家门。莱奥伯母对我马上就很亲热，但这不算数，你母亲才是重点。"

"她已经过世，都过世十年了！"

他们一路沉默到了菲格罗（Figueró），阿德里亚就是不懂得闭嘴，气氛再度紧绷，他问萨拉："他们是怎么说我的？"

沉默无语。孔戈斯特河（Congost）对岸有一辆火车驶往里波利（Ripoll）方向，而我们几乎要因此对峙起来。

"谁？"

"你家里的人，因为他们的话你才逃走了。"

"没有什么。"

"那么，那封有名的信里写了什么？"

车子开得相当缓慢，紧跟在一辆达能乳制品公司载运优格的卡车后头，阿德里亚想超车，反复犹豫了很多遍，推敲是要超车还是继续对话。他放弃超车，选择继续问，啊？萨拉，他们对你说了什么谎话？他们怎么说我的？

"别再问了。"

"为什么？"

"别问。"

这段路相当笔直，他马上反应过来，仍不敢超车。

"我有权知道……"

"我也有权遗忘。"

"我可以问你的母亲吗？"

"她还活着时，你最好别想见到她。"

"哇。"

让别人超车吧。阿德里亚是无法超过一辆开得很慢、装满奶酪的卡车的，尤其在他双眼都湿了，也没有雨刷的时候。

"对不起。但这样是最好的，对我们都好。"

"我不会再坚持了，我想我不会再坚持了……但是，我希望能问候你的父母，还有你弟弟。"

"我母亲就像你的母亲一样，我不想逼她，她已经伤痕累累了。"

到了博依拉，在莫利德布兰卡佛特附近，载奶酪的卡车开往加拉里加，阿德里亚觉得好像是自己超车似的。萨拉继续说："就你和我，过我们自己的生活，如果要一起生活，就不要打开这个盒子，你就想象这是潘朵拉的盒子吧。"

"就像蓝胡子的故事：广阔的花园，满是花果，唯独一个紧锁的房间不能打开。"

"对，差不多就是这个意思，就像失乐园的禁果，你可以忍住吗？"

"可以的，萨拉。"我第无数次说谎，以免你脱逃。

* * *

系所办公室里有三张桌子供四位老师使用，阿德里亚没有桌子，因为第一天上班时，他说不用，他无法在家里以外的地方工作，所以他只有一个地方放公文包，还有一个柜子。后来他承认了桌子有其必需，拒绝桌子的决定过于冒失，所以当尤比斯老师不在时就用他的桌子。

他做好心理准备走进办公室，不巧尤比斯在办公室里批改一些作业，他谨慎地抬起头看到他，便说自己要去喝咖啡，又谨慎地从战地消失。我坐到同事的椅子上，面对劳拉及她的打字机。

"我想跟你说一件事。"

"你要说明事情？"

劳拉讽刺的口气使对话不愉悦地开始了。

"我们可以谈谈吗？"

"先生……你好几个月不接我的电话，避免在这里见到我，如果在路上巧遇了，你也只说不行，我现在不行……"

两人陷入沉默。

"不用了，我还要谢谢你今天出现在这里呢！"她语调苦楚地补了一句，目光令人非常不舒服。突然，劳拉推开打字机，仿佛它挡到我们两个人似的，她豁出去般地说："你有别的女人，是吗？"

"没有。"

这是怎么回事？我不懂，我也永远不会懂自己为何从未与斗牛面对面，一鼓作气抓起牛角，坦承面对真实的勇气，顶多只能抓住牛尾巴。就因为如此，我注定要被猛兽狠狠顶上一角。我就是学不乖，因为我说没有、没有，天啊，劳拉，没有别的女人……是我自己，总归一句，我不希望……

"荒谬！"

"别骂人！"

"荒谬不是骂人的话，"她激动地站起来，"把话说清楚，说你不爱我！"

"我不爱你。"阿德里亚这么说的时候，帕雷拉正好开门进办公室，劳拉哭着说，你这婊子养的、婊子养的、婊子养的，帕雷拉已经关上门，办公室内再度只有他们。

"你把我当成擦眼泪的手帕。"

"是，对不起。"

"去吃屎！"

阿德里亚离开办公室，帕雷拉已经在中庭的栏杆边抽着平静烟一阵子了，也许他在不了解细节的情况下玩着选边游戏，经过他面前时，他连再见都无法脱口而出。

回到家里，萨拉奇怪地看着他，好像争执与不快黏在他脸上般。但你什么都没说，我肯定你全都知道了，只是很理智地不把事情搬到台面上。当你说你得跟我说一件事时，阿德里亚觉得另一个风暴又要降临了。但是，她没有说我什么都知道了，而是说，我们要换一家面包店了，这家面包和橡皮筋一样，你觉得呢？

* * *

直到有一天，萨拉接到一个电话，她在客厅的电话边低声说话，我探头时，发现她安静地哭泣，电话已挂上，但她的手还放在上头。"怎么了？"她没有回答。"萨拉？"

她看着我，心不在焉，把手从电话上挪开，像是会烫手般。

"我母亲过世了。"

我的天啊！不知道为何我想起某天父亲说家里的宝贝越来越多了，我却听成家里的死人越来越多了。虽然现在我已成人，还是不懂为何死亡可以如此打击我们的生活。

"我不知道……"

她含着泪水看着我。

"她没有生病，很突然，我可怜的妈妈……"

我满心愤懑，不知如何解释，但非常愤懑。我痛恨身边的人逝世，我感到生气，尽管时光总在流逝，从未好转。当然，我无法接受生命的本质，所以才毫无用处、危险地抗议，也对你不忠，就像小偷般、像主一样，偷偷地溜进神殿里，坐在会堂最后方的长椅上。

我偷偷见了你的父亲。当你消失得无影无踪时，我与他们有一次糟糕的谈话之后，未曾再见。阿德里亚看着马克斯越发稀疏的头顶，心里竟有几分快意。他比妹妹高两个手掌，或者说和贝尔纳特差不多高。萨拉夹在几位男士与许多因为你不希望我认识而从未见过的家人之间。而我，是父亲罪恶的血脉，他的过错在我的血液以及他的子子孙孙的血液里流淌至第七代。萨拉，我希望能和你生儿育女，我是这么想的，不计代价都要有孩子。然而，至今我还不敢告诉你。当你让我最好别去葬礼，阿德里亚了解爱泼斯坦家对费利克斯·阿德沃尔先生的记忆与排斥是如何延绵至今。

同时，与劳拉的疏远也慢慢稳定下来。虽然我总是想，可怜的劳拉，这一切都是我的错。不过，当她在学校中庭告诉我，她要到乌普萨拉完成论文，之后也可能留在那里时，我确实感到轻松许多。

唰！蓝色的目光控诉般地盯着我。

"希望你一切顺利，劳拉，这是你应得的。"

"烂人。"

"我是说真的。一切顺利，劳拉。"

然后，我有一整年的时间没见到她，没有想到她。这期间穿插了沃尔特斯－爱泼斯坦夫人过世的伤痛。你无法想象，要称你的母亲为沃尔特斯－爱泼斯坦夫人有多令我难过。在葬礼过后的几个月，一天我和沃尔特斯先生约在大学的咖啡厅碰面。亲爱的，这件事我从未告诉你，我不敢。为什么没有说？因为我不是我的父亲，因为很多事情都是我的错，虽然有时候会出现这种感觉，但是生为我父亲的儿子，无论如何都不是我的错。

他们没有握手，就只是点头示意，便安静地坐下，避免接触到对方的视线。

"非常遗憾您的妻子过世了。"

沃尔特斯先生点头感谢他的致哀。他们点了茶后等待服务生离开以继续保持沉默。

"有什么事吗？"沃尔特斯先生过了半晌才开口。

"我想，我还是希望你能够接受我，我希望能出席海因叔叔的追悼会。"

沃尔特斯先生不可思议地看着他。阿德里亚无法忘记当她说，我要去卡达克斯。

"我和你一起去。"

"不行。"

很失望，与你家人之间的藩篱又一次令我失望。

"明天不是犹太赎罪日，不是光明节也不是任何人的成年礼。"

"是海因叔叔逝世纪念日的追悼会。"

"哦。"

沃尔特斯－爱泼斯坦家族虽不信教，但他们总是聚集在波尔维尼尔路上的会所奉行安息日的箴言、庆祝犹太新年与住棚节，要身在异乡的族人莫忘根源。我们永远都是犹太人，没有别的原因。有一天，萨拉告诉我，我父亲不是犹太人，他却像个十足的犹太人，三十九岁时被流放，什么也不信，只是尽量不伤害任何人。

沃尔特斯先生坐在阿德里亚面前用汤匙搅拌着糖，他盯着阿德里亚的双眼，使他不得不做出反应说，沃尔特斯先生，我是真心爱您的女儿。他停止动作，静静地把茶匙放到盘子上。

"萨拉从没跟你提过他吗？"

"海因叔叔？"

"对。"

"提过一些。"

"她说过什么？"

"就……一个纳粹在他进毒气室前把他抓出去，替那名纳粹看病。"

"海因在 1953 年自杀了。我们到现在都还在问为什么。好不容易撑过来了，为什么？好不容易忍受一切，终于和家人团圆，与生还的家人团聚……"

阿德里亚对这出乎意料、推心置腹的话感到与有荣焉，回答：也许，海因叔叔自杀是因为无法承受自己幸存下来，为自己没有死去感到罪恶。

"你知道些什么？难道他这么告诉你了？难道你认识他？"

为什么你就是学不会在适当的时候闭上嘴，该死的。

"抱歉，我无意冒犯。"

沃尔特斯肯定是为了帮助思考，拿起小匙子再次搅拌茶。当阿德里亚开始觉得这次的会面大概就此结束时，沃尔特斯先生继续以无高低起伏的语调，仿佛在念经般，好像他说的话是追悼会的一部分。

"海因是一位有文化的人、知名的医生，战后，他从奥斯维辛集中营回来时，不瞧任何人一眼。他来家里是因为我们是他唯一的家人。他单身，他的哥哥，也就是萨拉的爷爷，1943 年在一辆货运火车上过世了。那辆火车是维希政府配合世界性种族灭绝行动而安排的，他的哥哥与姐姐因为承受不了这种耻辱，在启程前就死在德朗西¹的牢里。很久以后，他回到法国与剩下的家人团聚，但他

1　德朗西（Drancy），位于巴黎郊区。第二次世界大战期间曾设有纳粹德国的集中营。

不愿继续行医。我们结婚时，要求他过来同住。在萨拉三岁时，海因告诉拉谢尔他要去奥贝格吃个蛋糕，他抱起萨拉亲了一下，也亲了刚从幼稚园回来的马克斯，然后戴起帽子，吹着贝多芬《第七号交响曲》的口哨出门。半个钟头后，我们得知他从巴黎新桥跳到塞纳河了。"

"我很遗憾，沃尔特斯先生。"

"我们追悼所有在灾难中去世的亲人。我们在这天追悼是因为在这十四个为了创造新世界而被杀害的亲人里，只知道这一个确切的死亡日期。"

沃尔特斯先生喝了一口茶，看着前方，看着面前的阿德里亚却视而不见。也许，他眼里只看到海因叔叔的回忆。

两人沉默许久，不发一语，直到沃尔特斯先生站起来说："我得走了。"

"好的，谢谢您来赴约。"

他的车正好停在咖啡厅前，打开车门并迟疑了几分钟后说："你要去哪里？我可以送你一程。"

"不用了，我……"

"上车。"

那是命令。他上了车。他们在巴塞罗那扩展区扰攘的交通漫无目的的兜圈子，在按下一个按钮后，埃内斯库的小提琴与钢琴奏鸣曲轻柔地响起，不知是第二还是第三奏鸣曲。我们突然在一个红灯前停下，他再次开始诉说。这些话，在他心里肯定不曾中断过。

身为医生这事把他从毒气浴救了出来。他在二十六号营待了两天，里头睡着六十个无语、枯瘦、眼神涣散的人，这些人去工作时，他一个人与罗马尼亚头子留在营里。他带着怀疑，远远地看着、想着，该拿这个新来的、看起来还很健康的人怎么办。第三天，一个显然喝了几杯酒的指挥官帮他解决了问题。这家伙探头进来，看到坐在床上，试图让自己变成透明人的爱泼斯坦医生。

"你在这里做什么？"

"巴尔贝尔队长的命令。"

"你！"

你。就是在指他。他慢慢转过头，看着军官的双眼。

"我和你说话的时候站好！"

"你"站直身子，因为一个集中营指挥官朝他走来。

"我把他带走了。"

"但是，长官，"头子脸红得像番茄一样，"巴尔贝尔队长说……"

"告诉他，我把他带走了。"

"但是，长官……"

"去他的巴尔贝尔队长，懂了吗？"

"是，长官。"

"喂！你，过来，我们去玩玩！"

游戏非常有趣，非常有趣，很有趣。指挥官告诉他，有几个朋友要来家里玩。他才知道那天是星期日，他把带他到一个军官家里，把他关进酒窖或类似的地方，里头还有八或十双恐惧的眼睛，他问："他妈的这是怎么回事？"没有人听懂他在说什么。他突然知道这些人是匈牙利女人，但是他只会说 köszönöm[1]，可是没有人对他微笑。突然，地下室的门开了，这里应该不是地下室，因为有一道很长很窄，与后院高度一样的走道，一个红鼻子的集中营指挥官在他耳旁

1　匈牙利语，意为"谢谢"。

一巴掌的距离咆哮"你"！我叫你们跑的时候，你们就拼命跑到后面的墙，跑最后的是娘炮。现在，跑！

那八个、十个女人和"你"开始像在竞技场上的武士般没命地奔跑，后头听见昂扬的笑声。女人们与"你"跑到最后头的墙壁，只有一个老奶奶还没到，于是听到一声喇叭或类似的声音，接着一阵枪响，匈牙利老奶奶应声倒地，中了五六发子弹，跑最后一名的处罚。可怜的老奶奶，可怜的老婆婆，唉，就因为没跑到终点，最后也没抵达，他们要这种捣蛋鬼受点教训。"你"恐惧不已地转过身。一座高出的阳台上，三名军官正在为来福枪上子弹，第四个也上好了，等着一个明显喝醉的女人为他点雪茄，在一阵面红耳赤的争执，一个男人猛地对红鼻子副官下命令，再由他负责把命令大声宣布：工作还没结束，大家慢慢回避难所。九名匈牙利女人和"你"抱怨地转过身走回去，尽量不踩到老奶奶的尸体，恐惧地看着手拿长枪瞄准他们的军官走到地下室。他们等着挨子弹的时候，另一个军官猜中瞄准他们的军官的心思，就在他对一个很瘦的女孩开枪时，打了他一掌，子弹从"你"的耳际擦过。

"现在，往墙壁那里跑，"他推着海因，"你，妈的站这里。"他看着野兔群，用类似同袍荣耀的口气喊着："没跑Z字型的人是到不了终点的，懂了吗？跑！"

他们醉得只打到三个女人，"你"跑到另一头，活着、背负没有用自己的身体保护躺在途中的那三个女人的罪恶感，其中一个还未断气，"你"医生立刻看到她的颈静脉被子弹割断，女人在地上一动也不动，流淌的鲜血迅速铺成一张大床，心想这都是我的错。

他还跟我说了很多事。我没有勇气告诉孩子们或拉谢尔。他再也受不了，于是大声骂那些纳粹是可悲的魔鬼，最严肃的一个魔鬼露出笑容，瞄准看起来最年轻的一个说，闭嘴，不然我一个一个毙了她们。"你"闭上嘴，当他们再回到地下室时，猎人群的一个吐了，另一个伙伴对他说，你看看，就是因为你混了太多不同的酒，一堆甜酒，蠢货。他们好像中断了休闲游戏，因为地下室的灯熄了，只剩下恐惧的呻吟陪伴他们，外头还有愤怒的对话、紧张的命令，"你"完全听不懂，原来是俄国人突如其来地全速抵达了。隔天他们紧急撤空集中营，在匆忙之间，没有一个人想到要去释放地下室的六七个囚徒。在了解状况后，"你"用俄语说，红军万岁！一个女人听懂了，告诉其他人情况，她们停止恐惧的呻吟响起希望。就这样，他幸存下来。然而，他经常觉得活下来是比死亡更残酷的责罚，懂吗，阿德沃尔？所以，我是犹太人，虽然我的血统并非犹太人，但意志上是。就像很多加泰罗尼亚人一样，我们在自己的土地上，却有身陷囹圄的感觉。我们非常清楚，只因为身为加泰罗尼亚人就得尝尝被迫颠沛流离的滋味。从那天起，我知道自己也成为犹太人了，萨拉。一个思想上、历史上的犹太人，没有上帝的犹太人。在我看来，就像沃尔特斯先生一样，活着要造福人群未免太自命不凡，我也无法做到。

"希望你不要让我女儿知道今天的谈话。"下车时，沃尔特斯先生最后对我说。所以，萨拉，直到今天写下这件事之前，我从未向你提起。因此我不忠于你，然而，我很遗憾未能在沃尔特斯先生活着时再见一面。

如果没有弄错的话，在我们同居前两个月，莫拉尔打电话给我，他手上有《没有人给他写信的上校》（*El coronel no tiene quien le escriba*）的原稿。

"不可能。"

"可能。"

"你保证？"

"阿德沃尔先生，别侮辱我。"

接着他用正常的声音说，我出去一下，萨拉。萨拉的声音从画室里传出来，就像笑蛙的故事般说，去哪里？

"到民众活动中心（我发誓，我想都没想就这么说了）。"

"啊（她又怎么会知道呢？小可怜）！"

"是的，我马上回来（说谎专家）。"

"今天换你做晚饭哦（天真无邪的天使）。"

"好、好，你放心，我马上就回来（叛徒）。"

"怎么了（富有同情心）？"

"没事，哪有怎么了（骗子、骗子、骗子）。"

* * *

阿德里亚大步离开，没有注意门关得太用力了，就像父亲当年赴死亡之约一样。我在莫拉尔做生意的小公寓里仔细查看手稿：出众非凡。最后一部分是用打字机完成的。莫拉尔保证，这是加西亚·马尔克斯手稿惯有的风格。多么耐人寻味。

"多少？"

"这么多。"

"够了。"

"随便你。"

"这样。"

"别笑掉我的大牙了！而且，坦白告诉您，阿德沃尔博士，我冒了些危险才拿到的。这么说吧，风险也是要有回馈的。"

"是偷来的吗？是因为这个缘故吗？"

"这是什么话……我保证这些文稿没有留下任何痕迹。"

"这样的话，这个数吧。"

"不行，这个。"

"好吧。"

这样的买卖向来都不能以支票付款。我必须很不耐烦地等待几天。到了晚上，我梦见马尔克斯亲自来家里告我偷窃，我佯装不知情，但他拿着一把罕见的大刀，绕桌子追着我跑，我……

"怎么了？"萨拉打开灯问。

那是清晨四点多，阿德里亚在他父母的床上坐起身，这张大床已经是我们的了。他喘着气，像跑了很久的样子。

"没事、没事……做梦而已。"

"什么梦？"

"不记得了。"

我再次躺下来，等你关灯后，我才说自己梦见马尔克斯在家里追着我跑，拿刀要杀我。

沉默，不，床上一阵微弱的颤动，直到萨拉爆出大笑。然后，她温柔地乱拨我秃顶上的头发，就像母亲从未做过的那样，我这肮脏的罪人竟然欺骗她。

隔天吃早餐时，两人沉浸在静逸的晨光之中，仍睡眼惺忪……直到萨拉再度发出爆笑。

"怎么了？"

"连你梦里的怪物都是高知识分子。"

"我真的吓死了！唉，今天要去学校（大骗子）。"

"可是今天是星期二（天使）。"

"是啊，就是……我不知道帕雷拉要干什么，他请我去一趟……啧……（卑鄙）。"

"有点耐心吧（天真）。"

* * *

一个接着一个的谎言。我去了凯克萨银行，领出"这个"金额，然后带着前天晚上起火的焦虑走到莫拉尔家。我怕他改变想法，或找到出手更阔绰的买家……或者被逮捕了。

没有，都没有。上校耐心地等待。我轻柔地拿起它，现在是我的了，我不会再受苦了，是我的。

"莫拉尔先生。"

"什么事？"

"尼采的完整手稿呢？"

"啊哈！"

"告诉我多少钱。"

"我对这种不着边际的妄想是不会动任何一根手指头的，您可别因此觉得不痛快。"

"可以的话，我想要买下来。"

"十天后打电话给我，如果还没卖掉，我会跟你说的。"

"什么？"

"是啊，难道你以为这世上没有其他买家？"

"我想要。"

"十天。"

我在家里无法跟你分享这些宝藏。这是我为了平衡你的秘密所持有的秘密。手稿就藏在抽屉最后方，我还想买一个档案夹双面安置手稿，将整部作品如此收藏。但是我必须偷偷地做，而且，黑鹰说："怎样，你要做什么？"

"你才刚跨过河界。"

"你背着你的斯瓦屋¹大把大把花钱。"

"就像你背着她偷人似的，"卡尔森结论，"就算拿着枪逼你也不能这么做。"

"我没有别的办法。"

"很快地，我们就要跟这个收留我们一辈子的白人朋友决裂了。"

"或者是向萨拉告密。"

"想都别想，小心我把你们从阳台丢下去。"

"勇敢的战士不怕脸孔苍白、懦弱又爱骗人的家伙的威胁。况且，你也不敢这么做。"

"我也这么想，"卡尔森又说，"病人是无法评估事情的，心与眼都被陋习蒙蔽了。"

"我对你们发誓，尼采的整部作品是最后一次购买的手稿了。"

"这种骨头你还是去喂给别的狗吃吧。"卡尔森说。

"我问你，为什么要瞒着你的斯瓦乌？"黑鹰说，"你是花自己的钱，又不像拿会吐火的棒棍的白人去压迫犹太人，也不是偷来的。"

"是偷的，差不多是，亲爱的朋友。"卡尔森纠正。

"但是白脸人的斯瓦乌不需要知道。"

---

1 原文为 Squaw，北美印第安语言，有"女人、妻子"之意。

我让它们继续讨论战略，没有勇气告诉它们，因为我没有勇气向萨拉摊牌，没有勇气告诉她我无法自拔。

"是吗？"卡尔森质疑。

"不，但也差不多了，"我对萨拉说，"我好像不太舒服。"

"可怜的阿德里亚，去睡一觉吧，我去拿温度计（富同情心又天真）。"

我发了两天高烧，最后和自己达成协议（因为卡尔森和黑鹰不肯签署）。根据协议，也为了我们友好的关系，我允许自己不用说出维亚尔具体的历史故事及细节，因为我只知道一些片段，但我告诉她家里收藏品的不洁出处，因为我怀疑它们是来自残忍的打压；我也向她坦承，卖掉古董店时，我因父亲许多罪过收下一笔不小的钱财……这你应该也知道了。我没有勇气告诉你，你手里拿着黄色花朵从巴黎过来说想喝杯咖啡的那一天，我骗了你。

37

"这个风格让我想到海明威。"米雷娅·格拉西亚判断。

贝尔纳特为这个评语感到欣慰而谦虚地低下头，一时间没想到自己贫瘠的号召力，波尔斯书店只来了三个人。

"我建议不要办发布会。"包萨说。

"为什么？"

"最近有太多活动了，没有人会来的。"

"这是你说的，还是你给作家分等级？"

包萨宁愿略过答案也不肯说出口，他以无力的语调对着贝尔纳特的笑容说："别再说了，告诉我日期，还有想要邀请的人。但是，到时候如果没人来的话，不要怪我。"

邀请函上写着：埃里韦特·包萨与作者贝尔纳特·普伦萨诚挚邀请您参加《普拉斯玛》（*Plasma*）新书发布会。地点位于波尔斯书店，由米雷娅·格拉西亚教授主持。作者及出版社人员将携手出席。现场提供卡瓦起泡酒。

阿德里亚把邀请函放在桌上，思考了一会儿。关于这本书，米雷娅·格拉西亚会说些什么，这是一本无力的书吗？还是会说贝尔纳特没有表达情感的能力？这是一本浪费纸张与树木的书吗？

"这次我不会碰壁的。"贝尔纳特要求他帮忙推荐这本书。

"我怎么知道你说的是真的？"

"因为你会喜欢的。如果你不喜欢，我年纪也大了，快四十了，也成熟许多，不会这些事情生气，好吗？帮我推荐这本书吧？下个月在波尔斯书店，一家气氛独特的书店……"

"贝尔纳特，不。"

"你这家伙，至少先看过再说。不是吗？"他相当受到冒犯、惊愕、兴致败坏。

"我工作很多，读是一定会读，但不知道是什么时候，别这样。"

贝尔纳特张口结舌无法理解朋友的话。然后我说，好，好吧，我现在就读，如果不喜欢的话，我会告诉你，当然也就不会介绍这本书了。

贝尔纳特确信我这次一定会喜欢，他敢说这次一定会。你真是太让我震惊了！我读到海明威的力量、博尔赫斯的才华、鲁尔福的艺术、卡尔德斯[1]的讽刺。贝尔纳特是世界上最快乐的人。三天后，我打电话给他：还是老样子，人物不可信，我不在乎他们发生了什么事。

"你说什么？"

"文学不是游戏，或者说是游戏也好，却完全引发不了我的兴趣，懂吗？"

"没一个可以吗？最后一个故事也不行吗？"

"最后一个故事是最好的，对盲人来说……"

"你真的很残忍，就爱糟蹋我。"

"你说过，你已经四十岁了，不会生气，就算我不……"

"我还没四十！何况你说话的方式让人非常不愉快，叫人很

---

1 卡尔德斯（Pere Calders i Rossinyol，1912—1994），加泰罗尼亚作家、漫画家。

不……"

"我不会用其他方式说话。"

"就说我不喜欢，这样就好了啊！"

"我以前就是这样说的。你的记忆力真差，要是我只说不喜欢，你一定会说就这样？就这样？然后我就要想对你解释，还不能骗你。我说过，你没有创造人物的才能：他们只是名字不同而已，每个人说话的方式都一样，没有一个人物能引起我的注意，没有一个人物是必要的。"

"妈的，没有一个人物是必要的是什么意思？没有比耶尔就不会有《鼠辈》这篇故事了。"

"你不想听懂。这里头没有必要的就是故事。你的故事没有转变我，没有丰富我，没有让我……没有，什么都没有！"

然而，现在这个笨蛋米雷娅说普伦萨有海明威的力量，当阿德里亚听到她拿博尔赫斯与卡尔德斯做比较之前，就躲到展示柜之后，他不想让贝尔纳特发现他在书店。十七张折叠椅空着，只来了三个人，其中一个男人明显是跑错活动的样子。

他心想，你真是胆小鬼，同时也想着，这样吧，既然自己喜欢从历史的观点来看这个世界及思想，那么也把他与贝尔纳特的友谊史拿来检视，如此一来，不可避免地会得到这个不可能的结论：贝尔纳特如果将让自己快乐的力量专注在小提琴上，他会得到幸福。他安静地走出书店，在附近转了一圈，思考下一步，特克拉和他儿子怎么没来？

"妈的，为什么你不来？这是我的新书发布会啊！"

特克拉喝完碗里的牛奶，等略伦斯回房间去找书包时，低声道："如果要出席你每一场演奏会与新书发布会的话……"

"说的好像每个星期都有安排活动一样，我已经六年没出书了。"

沉默。

"你不想支持我。"

"我不过是想让一切维持该有的秩序。"

"你不想来。"

"我不能去。"

"你不爱我。"

"地球并非绕着你转。"

"我知道。"

"你才不知道。你没有发觉自己总是在要求、强求别人。"

"这是什么意思？"

"你总是认为身边所有人都应该伺候你，你是家里最重要的人。"

"这……"

她看着他，目光带着挑衅。他几乎都要脱口而出，我当然是这个家里最重要的人了，但第六感或第七感让他及时闭嘴，压下冲动，目瞪口呆。

"你想要说什么？说！说啊！"特克拉要他说。

贝尔纳特闭上嘴，她看着他的双眼说，我们也有自己的生活，你认为你让我们到哪里，我们就得在那里出现；我们必须读你写的东西，还非得喜欢不可，不，不是非得喜欢不可，是非得热爱不可。

"你太夸张了！"

"为什么你要略伦斯在十天内看完？"

"叫儿子看书是坏事吗？"

"我的天啊，你儿子才九岁！"

"那又怎样？"

"你知道他昨天晚上对我说什么吗？"

孩子躺在床上，母亲踮起脚尖正要离开房里，他打开床头夜灯："妈妈。"

"我以为你睡了。"

"没有。"

"怎么了？"

特克拉坐在床边，略伦斯从床头柜的抽屉拿出一本书，她一眼就认出这本书了。

"我开始读了，可是都看不懂。"

"这不是给小孩子看的，你为什么看这本书呢？"

"爸爸说我得在星期天以前看完，因为这本书很薄。"

她把书拿走。

"别理他。"

她打开书，心不在焉地翻着。

"他会问我的。"

她把书还给孩子："收好就好，但是不用读它。"

"确定吗？"

"确定。"

"如果他问我呢？"

"我会叫他什么都别问你的。"

"为什么不能问我儿子，可以告诉我原因吗？"他非常愤怒，拿茶杯敲小碟子，"难道我已经不是他父亲了？"

"你真是自我到不能自拔。"

略伦斯穿着雪衣，背着书包走进厨房。

"你爸爸快好了，先下去吧。"

贝尔纳特站起来，把纸巾丢在桌上走出厨房。

阿德里亚在街区绕了一圈，又回到书店，还是不知道该做些什么。这时候，橱窗的灯熄了，他很快地走远了几公尺。米雷娅·格拉西亚迅速地走出书店，虽然经过他面前，但因为在看手表所以没有发现他。贝尔纳特、包萨和其他两三个人走出来时，他快速走向他们，一副迟到赶时间的模样。

"啊……不会吧！已经结束了？"他摆出失望的样子和语调。

"你好，阿德沃尔。"

阿德里亚以一个手势与包萨打招呼，其他人各自往不同方向离开了，包萨说他也要离开了。

"你不一起吃晚餐吗？"贝尔纳特建议。

包萨说不用了，他晚上还有约而且迟到了，留下了两个朋友独处。

"怎么样，发布会如何？"

"很好，相当好，米雷娅·格拉西亚说得铿锵有力，非常……很好，而且来了很多人，很好，不是吗？"

"真是太好了，我很想来，可是……"

"兄弟，没关系……还有人问问题呢。"

"特克拉呢？"

他们沉默地走路，安静无语说明了一切。走到转角时，贝尔纳特突然停下脚步，看着阿德里亚的双眼："我觉得自己好像在对抗全世界般写作：对抗你、特克拉、儿子，我的出版社。"

"怎么回事？"

"没有人在意我写了什么。"

"哎，你刚才不是说……"

"我现在说没有人在意，一点也不在意我写的东西。"

"你在意吗？"

贝尔纳特怀疑地看着他："你在开玩笑吗？我的命都赔上了。"

"我不这么想，你顾虑太多了。"

"希望有一天能明白你这话的含意。"

"如果你的书写像拉小提琴一样的话，一定能成为巨擘。"

"这真是天大的蠢话，我觉得拉小提琴很无聊。"

"你不想要快乐。"

"按照你以前曾经说过的话，快乐不是必要的。"

"好吧，但如果我和你拉得一样好……我会……"

"你不会，你什么狗屎也不会做。"

"怎么了？你又和特克拉吵架了？"

"她不想来。"

这就棘手许多了，我现在该说什么？

"你想来我家吗？"

"我们去吃晚餐吧？"

"可是……"

"萨拉在等你，是吗？"

"嗯，我跟她说……对，她在等我。"

这就是我和贝尔纳特的关系。将近三十年前开始，我们成为朋友。他几乎从三十年前开始羡慕我，因为他从未真正认识我，而我从三十年前开始崇拜他的小提琴技巧。我们俩偶尔会像一对绝望的恋人般大吵。我很重视他也无法不告诉他，从他给我读的第一本书开始，真的写得很差、毫无意味。他已经出了好几本烂书，虽然他拥有高知识水准，却无法接受没有人喜欢他的书，无法接受这可能不是别人的过错，而是因为他写的故事毫无优点，连半点都没有。我们老是这样，而他的妻子……我不确定，但可以想象和贝尔纳特一起生活应该很困难。他是巴塞罗那市立管弦乐团的小提琴副首席，也和几个志同道合的朋友组小乐团一起演奏。我猜大部分的平凡人都会说，你还想怎么样？但他不会如此自问，就像绝大多数的庸庸碌碌之辈，看不见手上的幸福，因为遥不可及的事物才耀眼。贝尔纳特太入世了。今天因为萨拉心情不好，我无法陪他晚餐。

贝尔纳特·普伦萨·蓬索达，一位非常优秀的音乐家，在文学领域里追寻不幸，没有任何疫苗派得上用场。阿里·巴赫尔看着几个孩子在遮阳棚下玩耍，一面织布分隔起白驴家的菜圃以及从希斯瓦一直通往遥远的毕尔杜尔的小路。阿里·巴赫尔才刚满二十岁，当时他还不知道玩耍的女孩里，一个被膝盖脱皮的男孩追逐而尖叫的女孩就是阿马妮，不消几年的时间，大家都会叫她美人阿马妮。因为她必须在两个钟头内回到家，所以连走在平地时也不停抽打驴子。同时，为了消耗多余的精力，她在路上捡起一颗不大也不小的石头，使劲、愤怒地往前丢，仿佛在为驴子指路。

* * *

贝尔纳特·普伦萨的《普拉斯玛》一书的生命周期可总结为四无：无回响、无书评、无评论、无销售。幸运的是，从包萨、阿德里亚以及特克拉，没有任何一个人对他说，你看吧，早就跟你说过了。当我告诉萨拉时，她回答，你真胆小，你就应该在那里啊，成为观众中的一员。而我说，可是，那情况真的很侮辱人。她说，才不会，有朋友在他心里一定会好很多，结束以后，生活还是要继续。

"他们共谋算计我、架空我，想让我消失。"

"谁？"

"他们。"

"改天介绍我认识，好吗？"

"我是认真的。"

"贝尔纳特，没有人讨厌你。"

"不，他们肯定连我的存在都不知道。"

"这些话你可以对那些在演奏会结束时为你热烈鼓掌的人说。"

"不一样。我们说过不下千百遍了。"

萨拉安静地听着，突然，贝尔纳特看向她，带着轻微的指控意味问，你觉得这本书怎么样？在我看来，这是唯一一个身为作者不能不负追究责任就随便提出的问题，这可冒着别人或许会回答的风险。

萨拉释出善意的微笑，贝尔纳特扬起眉毛让她知道，虽然这个问题有些唐突，但他在等待答案。

"哦，我没有看，"萨拉看着他的双眼回答，持续的对话让她添加一笔罕见的退让，"我还没有读。"

贝尔纳特因为这出乎意料的回答而说不出话。阿德里亚心想：贝尔纳特，你怎么就是学不乖呢？于是也明白了，他的朋友别无选择，注定一辈子都将摔在同一颗绊脚石上，无论几次都一样，就是学不乖。同时，没有留意贝尔纳特时，他已经喝掉半杯杜埃罗河岸的精选红葡萄酒。

"我对你们发誓不再写了。"他把杯子放在一边宣称。我可以肯定他这么做是故意要让萨拉因为自己的怠惰而自责。

"专注于音乐吧，"你带着至今还是能够让我爱上你的微笑说，"一定会更加顺利的。"

接着，你用波隆酒壶[1]喝了一口酒，酒壶里装的也是杜埃罗河岸酒。贝尔纳特张口结舌地看着你，不发一语。他挫败到了极致，要是阿德里亚不在场，他肯定早就痛哭失声了。在一个女人面前可以随意地哭泣，虽然这个女人用波隆酒壶喝酒。相反地，在男人面前，就无法让人轻易有哭泣的冲动了。这一晚，他和特克拉大吵一架。略伦斯躺在床上，眼睛瞪得像盘子一样大。他是父亲暴怒的见证者，他觉得自己是世界上最不幸的孩子了。

"妈的！我要的不多！"贝尔纳特说，"只是要你读我写的东西，这就够了！"他的声音放大到超出应有的音量。"这样也太多吗？啊？啊？"这时，有人从背后攻击他，是略伦斯，他非常愤怒，穿着睡衣没有穿鞋子，在父亲说你们完全都没有陪我从事艺术的追求时，跑进客厅冲到父亲身上，特克拉看着墙壁，仿佛在回顾自己的钢琴师生涯，因为怀孕中断，真的非常令人生气，你懂吗？非常生气！好像她这辈子唯一的责任就是宠爱你。于是，背后的攻击来了，他往父亲的背上砸了几拳，当他是个拳击沙包般。

"我的天啊！住手，你！"

"不准骂我妈妈！"

"去睡觉。"特克拉命令道，一边说一边用头比出暗示。对她而言，这是她和孩子的默契。"我马上过去。"

略伦斯又打了两拳，贝尔纳特瞪大眼睛，心想全世界都造反了，没有人希望我写作。

"别搞错了。"阿德里亚听到这件事情时说。贝尔纳特拿着小提

1　波隆酒壶（porrón）为加泰罗尼亚等地区一种传统的饮酒工具，由人工吹制玻璃制成，外形介于酒瓶和洒水壶之间，壶嘴细长，多用于非正式且多人分享一壶酒的场合，如派对、狂欢节等。

琴，他们走在柳里亚路上，一个正在彩排的路上，一个正要去教思想史的路上。

"搞错什么了？不能抱怨我儿子吗？"

亲爱的萨拉，现在说的是很久以前的事情了，是你充盈我生活的那段岁月。现在我们都老了，你第二度让我孤单一人。如果你听见了，知道贝尔纳特到现在还是一样的话，我肯定你会担心地摇摇头。他还是继续写没有意义的东西，有时候，看着一个像他这样有才华、能拉出完美音色、营造出浓郁氛围的音乐家，不能像天才一样写作就算了，竟然连发觉自己创造的人物与故事根本毫不重要的能力也没有，实在令人觉得难以置信。而且，你知我知，一句话，他的作品还是四无，无回响、无书评、无评论也无销售。别再继续谈贝尔纳特了，让我觉得苦涩，而且在时候到了以前，还有更重大的忧虑。

差不多就在这个时期……感觉好像不久前才说过，但是到目前为止，一直如此杂乱无章，时间顺序的准确性又有何重要呢？事情是这样的，小洛拉开始抱怨，念叨萨拉把所有东西都沾上墨汁、炭笔还有颜料。

"她叫萨拉。"

"她自己说她叫萨拉。"

"她叫萨拉，而且，她的炭笔还有其他用品都放在画室里。"

"想得可美了。她前两天在客厅里照着那幅画作画。您倒是说说看，画些没有颜色的画有什么意思？当然，她把那些抹布弄得……我可是费了天大的功夫才洗干净的！"

"小洛拉。"

"我叫卡特丽娜。还有浴室的毛巾，她的手老是黑黑的……这大概是那些脏法佬的习惯吧。"

"卡特丽娜。"

"干什么？"

"小姐，对待艺术家就是要让他们自由发挥。"

"是呀，你给他们一寸，他们接着就……"她比划着一截手指头，在说进尺以前就被打断了。

"萨拉是这家的女主人，这里她说了算。"

我知道这话让她感到冒犯，但她还是带着挫败感默默地离开书房，把我和一些灵感留在书房里清净。这些结结巴巴的灵感有一天闪现灵光，转变成《美学意志》，成为我最满意的论文作品。

* * *

"你画了客厅的乌尔杰利吗？"

"是啊。"

"可以看看吗？"

"不过还没有……"

"让我看看吧。"

你迟疑片刻，最后还是让步了。我几乎还能看见你带着几许的紧张，打开存放着你的迟疑、无论走到哪就带到哪的巨大文件夹，把画纸放在桌上。画里夕阳没有落在特雷斯普伊山的那一边，但在萨拉的炭笔线条下，杰里的圣母修道院的正面栩栩如生。你掌握了所有伤痕、岁月与古老的皱纹。亲爱的，画得真好！几个世纪的历史、景色、教堂与诺格拉河的源头，都让你在一黑一白与指尖晕染的万千个灰色凝聚在白纸上，美丽且生动的韵味让人毫不眷恋莫德斯特·乌尔杰利原作暗沉、悲伤又魔幻的色彩。

"喜欢吗？"

"很喜欢。"

"你很、很、很喜欢吗？"

"非常喜欢。"

"送给你。"她相当满意地说。

"真的？"

"你老是盯着乌尔杰利的画看上大半天……"

"我？哪有？"

"还说没有。"

"不知道……我没发现。"

"就当是你观察这画所投注的时间的礼物吧。你在这幅画里探寻什么？"

"老实说，我也不知道，只是出于惯性吧，我喜欢这样。"

"我不是问你找到什么，是问你在找什么。"

"我心里总想着杰里的圣母修道院，也经常想着那个小小的布尔加尔的圣佩雷修道院，事实上离这里很近，但我从未去过。你还记得那份羊皮纸卷吗？德·杰里院长的那份？这所修道院的创立文件。它是如此古老。触摸时，它所象征的悠久历史总令我激动不已，让我联想到一连几个世纪穿梭其中，向不存在的上帝祷告的修士们，也让我想起德·杰里的盐田、布尔加尔神秘的高山，更想起那些饿死、病死的农民，遥想那段缓慢却无情的岁岁、月月、年年。这一切都使我非常悸动。"

"我从没听你接连不断地说了这么多话。"

"我爱你。"

"你在这幅画里还找些什么？"

"不知道，我真的不知道，很难说清楚。"

"那，你还看到什么？"

"一些奇怪的事件，不认识的人，想体验、想见识的渴望。"

"为何我们不实地去看看？"

* * *

于是我们开着西亚特六百去找寻杰里的圣母修道院了，才到了科米奥尔斯（Comiols）隘口，车子就闹罢工。一位来自伊索纳（Isona）的过度健谈的技工帮我们更换某个零件，还建议买辆新车避免不必要的麻烦。为了这些琐事，浪费了一天的时间，晚上才抵达杰里。隔天一早，我从山里的民宿看见乌尔杰利画作的自然原貌，激动得快要窒息。我们一整天都在观赏、拍照、描绘这片景色。看着修士、农民与雇农的魂魄进出盐田，直到我感觉到修士们出发去布尔加尔的圣佩雷修道院取回钥匙，关闭那间与世隔绝、绵延数百年未曾中断的修道生涯的小修道院。

昱日，恢复元气的西亚特六百带我们往北走了二十公里到埃斯卡洛。从那里，我们在一条山羊攀爬巴拉翁萨山的向阳面小路上行走，那是到达我梦寐以求的布尔加尔的圣佩雷修道院遗迹的唯一道路。萨拉自己背着大背包，里头有绘图本、画笔与炭笔，不愿让我效劳。那是你的包袱。

走了几分钟以后，我在路上拾起一颗不大也不小，有着切割边缘的石头。阿德里亚看着石头出神，这是他第一次想象美人阿马妮的悲伤故事。

"这颗石头有什么好看的？"

"没什么、没什么。"阿德里亚回答,把石头放进背包。

"你知道这看起来像什么吗?"你在令人上气不接下气的上坡路问。

"啊?"

"就是这个,你不是问我这个像什么,而只是说啊。"

"我不懂。"阿德里亚走在前头,他停下脚步看着山谷、听着诺格拉河从远方传来的淙淙水声。他转向萨拉,她也停了下来,微笑着。

"你总是在思考。"

"是的。"

"但你老是想着离这里很远的事情,总是心不在焉。"

"哎……真对不起。"

"没关系,你就是这样啊,我也有些怪里怪气。"

阿德里亚走近萨拉,极其温柔地亲吻她的前额。萨拉,至今想起这一刻我还是能感到悸动。你无法想象我有多爱你,也无法想象你对我有多大的转变,你才是活生生的艺术品,一件旷世杰作。多么希望你能理解我。

"你?有些怪里怪气?"

"是啊,我有很多情结与秘密。"

"你的许多情结都掩饰掉了,而秘密……是可以立刻解决的,来,告诉我。"

萨拉往后看,看着我们走过的小径避开阿德里亚的视线。

"我很复杂。"

"不想要的话,可以什么都不必说。"

阿德里亚正准备继续往上爬,但又停了下来,转过身:"我只想要你告诉我一件事。"

"什么？"

说来可能难以置信，但是我问她，我的母亲与你的母亲对你说了什么？她们说了什么话而你相信她们。

你光彩的面庞随即转为阴郁，我心想，真是拙劣，哪壶不开提哪壶。你等了几秒钟后，嗓音有些破碎地说，我求过你别再问的，我拜托过你……激动的你拾起一颗石头，掷向后方的山坡。

"我不希望再想起这些话了。我不想要你知道，我是想要保护你不受这些话语的伤害，因为你有权忽略，而我有权遗忘，"你用有趣的动作重新背好背包，"别忘了，这是蓝胡子不允许他人进入的房间。"

她说得如此斩钉截铁，使我不禁认为她从未忘记这件事。我们住在一起有一段时间了，这个问题总是在我的舌尖打转，未曾间断。

"好吧，"阿德里亚说，"不会再问你了。"

* * *

他们继续往上爬。这是羊肠小径最后一段令人精疲力竭的峭壁。终于，在我三十六岁这年，我们来到梦里的布尔加尔的圣佩雷修道院的遗迹，朱利亚·德萨乌修士，也就是在另一段岁月时的多明我会米克尔修士怀抱着圣盒、怀抱死亡，拿着钥匙出门迎接我们。

"兄弟姐妹，愿主的平安跟随你们。"他对我们说。

"愿主的平安也跟随您。"我回答。

"什么？"萨拉困惑地问。

第五章

建构的人生

此处，在车厢中
我，夏娃
与吾子亚伯
如果你看见我的长子，该隐
亚当之子
请传达我在

——《密封火车厢中以铅笔所作》，丹·帕吉斯[1]

1 丹·帕吉斯（Dan Pagis，1930—1986），以色列诗人、犹太人，生于罗马尼亚，童年
在乌克兰的集中营度过，1944年逃离集中营，1946年定居以色列，在希伯来大学获
得博士学位后，成为该校的中世纪希伯来文学教授，出版有多部诗集。

38

"一旦品尝过艺术的美，生命就此不同；一旦听过蒙特威尔第合唱团歌唱，生命就此不同；一旦有幸近距离观赏维米尔的画作，生命就此不同；读过普鲁斯特的作品，不再是同一个人了。但我不清楚其中的原因。"

"写下来。"

"我们就是偶然。"

"什么？"

"如果我们不是我们，一切都更为容易，然而我们却是我们。"

"……"

"一代接着一代，数千万精子疯狂乱舞，紧追着卵子，随机受孕、死亡、灭绝……现在我们在这里，面对面，好像是注定的，好像是代代相传的家谱，只有一个可能的写法存在。"

"是，这很符合逻辑，不是吗？"

"不，这纯粹是偶然。"

"这……"

"而且，你把小提琴拉得这么好，更是天大的偶然。"

"好吧，但是……"沉默，"如果认真想的话，你说这些其实让人有点头晕，不是吗？"

"没错，所以我们试图依靠艺术的秩序在这团混乱里生存。"

"写下来，好吗？"贝尔纳特大胆建议，同时喝了一口茶。

"艺术的能量是存于作品之中，还是存在于对观者所产生的影响之中？你觉得呢？"

"你得写下来，"过了几天，萨拉仍坚持着，"写下来的话，会更清楚。"

"为什么荷马令我瘫痪？为什么勃拉姆斯的《单簧管五重奏》令我屏息？"

"写下来，"贝尔纳特立刻说，"这样也能顺便帮我个忙，我也想知道原因。"

"为什么我无法臣服于任何人，但听了贝多芬的第六号交响曲《田园》，就毫不在乎对他五体投地，献上最高的致敬？"

"《田园》过于浮滥了。"

"这是你说的。你知道贝多芬是从哪冒出来的吗？是从海顿的一百零八首交响曲。"

"也是来自莫扎特的《四十一号交响曲》。"

"没错，但贝多芬只写出九首，这九首作品的层次都在另一个道德情节的台阶上。"

"道德？"

"道德。"

"写下来。"

"如果不了解作品的发展始末，就无法了解作品本身，"他刷牙漱口、用毛巾擦干嘴的同时，对开着的浴室门外大喊，"无论如何都需要艺术家的灵光触动，作品才能进化。"

"这样的话，能量就存于人的身上了。"萨拉从床上回答，毫不遮掩地打哈欠。

"我不知道。范德魏登、莫奈、毕加索、巴塞罗，这些人都是从巴利托塔（Valltorta）岩穴衍生而出的，至今尚未结束，因为人类仍继续存在。"

"写下来。"七天后，贝尔纳特喝完茶，小心翼翼地把茶杯放在碟子上。"不好吗？"

"是美吗？"

"什么？"

"是美的错误吗？但什么是美？"

"我不知道什么是美，但我可以辨识美。为什么不写下来呢？"贝尔纳特看着他的双眼重复问道。

"人类灭绝人类，但人类也写出过《失乐园》。"

"是，这确实相当神奇，你一定要写下来。"

"舒伯特的音乐让我置身更美好的未来。他用极少的元素传达许多事情，作品的旋律充满无尽的力量，充满优雅与魅力，同时也充满能量及真实。舒伯特就是艺术的真实呈现，想要存活就必须牢牢抓紧他。我很意外他不但有梅毒、多病，且身无分文，这个男人究竟拥有什么力量？他驾驭我们的力量又是什么？我在这里，在他眼前，为舒伯特的艺术屈膝折服。"

"太棒了，指挥官，我一开始就知道您是非常敏锐的人。"

他脑海回顾着舒伯特的《降 E 大调钢琴三重奏》并惊人地准确唱出，同时，布登医生抽了一口烟吹出一道细细的烟柱。

"我要是拥有您的耳朵就好了，党卫队中尉。"

"耳朵可没什么用，我在大学主修钢琴。"

"真是太让人羡慕了。"

"也没这么夸张。我在音乐、医学方面都花了一些时间学习，也觉得自己在生命中失去许多事情。"

"现在您可以全数收回了，若您容我这么说的话。"

中尉张开双手，招呼身边的人："现在都年过半百了。"

"当然，也是。全依个人的想法。确实突然，一下就过了大半辈子。"

他们仿佛在看守对方似的保持沉默，直到医生决定开口，才一边将香烟熄灭在烟灰缸里，一边向桌上倾身，低声说："中校，您叫我来有什么事？"

这时候，党卫队中校赫斯好像不信任自家墙壁般低语，我想跟你的上级说话。

"福格特？"

"嗯。"

一阵沉默，彼此应该都在估算风险。赫斯大胆地问对方，觉得福格特是个什么样的人，这件事只有我们俩知道。

"哦，就⋯⋯"

"请您务必要⋯⋯实话实说。这是命令，亲爱的中校。"

"就，我就直说了⋯⋯他很愚蠢。"

听他这么回答，鲁道夫·赫斯满意地坐稳在椅子上，并看着他的双眼，让布登医生知道他正在想办法让愚蠢的福格特发派去其他地方。

"那这些⋯⋯该找谁呢？"

"自然是你了。"

等等，这是⋯⋯为什么不找我呢？

再次沉默。该说的都说了，上帝和祂的子民不需要任何中间人就再次联合，舒伯特的三部曲继续为这段对话提供背景音乐。为了打破令人不自在的沉默，布登医生说："您知道舒伯特是在死前几个月才谱出这首美丽的曲子吗？"

"阿德里亚，我说真的，写下来。"

顿时，一切都搁置了。因为劳拉从乌普萨拉回来了。大学里的气氛，尤其是办公室的气氛又变得令人不自在。她带着愉快的眼神回来，他向她问好，劳拉微笑不语走向十五号教室。阿德里亚觉得这应该就是"好"的意思。她很好，也变得更漂亮。他坐在向别人借来的椅子（这学期他坐帕雷拉的椅子）。阿德里亚好不容易才重新专注于美学的论题里，这个主题令他非常沉迷，也因此，他这辈子第一次上课迟到。劳拉的美，萨拉的美，特克拉的美……别人会陷入这种苦思吗？

"我认为会。"贝尔纳特小心地答话。

女性的美是无庸置疑的，不是吗？

"比万科斯会指控这是沙文主义。"

"这我可不知道，"贝尔纳特无声地沉溺在自己的思绪里，"以前这是中产阶级的想法，现在沦为沙文主义了。"他小声地说免得被任何一位法官听见：可是我喜欢女人，女人很美，我非常清楚这点。

"是啊，但是我不知道这该不该说。"

"顺便一提，你说很美的劳拉是谁？"

"啊？"

"你刚刚说的啊。"

"没有，我刚刚在想彼特拉克。"

"会成为一本书吗？"贝尔纳特问，同时指着放手稿桌上的一堆稿纸，像要拿起父亲的放大镜检查般。

"不知道，目前写了三十页。我一边摸索，一边写，还挺开心的。"

"萨拉还好吗？"

"很好，她让我很平静。"

"我是问她怎么样，不是问她对你有什么影响。"

"她工作很忙，法国的南方行动出版社委托她画十本系列书籍的插画。"

"可是，她到底怎么样？"

"很好，怎么了？"

"她偶尔看起来有些哀伤。"

"有些事情光靠爱也无法解决。"

十或十二天之后，不可避免的事情发生了。我跟帕雷拉聊天时，他突然问我：啊，你的太太叫什么名字？这时，劳拉抱着满满的作业与想法走进办公室，清楚听见帕雷拉的问题，我低下视线屈从地说，萨拉，她叫萨拉。劳拉把东西放到混乱的桌上。

"她很漂亮，啊？"帕雷拉紧追不放，仿佛拿一把刀刺往我心头上，或者应该说是刺在劳拉的心头上。

"嗯。"

"结婚很久了吗？"

"不，事实上我们没有……"

"哦，我的意思是你们住在一起多久了？"

"没、没多久。"

审问就此结束，不是因为克格勃的头目不想再问，而是因为他得去上课了。尤拉列夫纳·帕雷罗瓦走出办公室，关门以前，对我说要好好照顾她，现在的世道……接着轻轻合上门，没有说明现在的世道如何。这时，劳拉站起来，手放在一堆总是占满桌面的作业上，然后把书本、笔记、杂志与档案夹的小山推倒，任由它们掉在办公室中央，制造响亮的噪音。阿德里亚痛苦地看着她，她不看他，坐了下来。办公室的电话响了，劳拉不接电话。电话一直响却无人接听是一件最让我紧张的事情了，我发誓。我走到桌子旁接起电话。

"喂，在，稍等一下。劳拉，是找你的。"

话筒在我的手上，她看着空无的前方，没有任何从接线生手里接过电话的意思。

"她现在不在。"

这时，劳拉才接过电话说，在，喂。接着她说，大美女，你好，最近一切好吗？我趁机拿起还未起标题、关于美学与艺术的文稿逃离办公室。

"我必须做出决定，"布登医生边说边站起身，把完美的制服重新整理，"因为明天有新病患进来。"他看着赫斯中校笑了，虽然知道对方不明白是怎么回事，还是补充了一句，"艺术是无法解释的。"然后指着他："最多，我们只能说这是艺术家爱世人的表现，不觉得吗？"

当他离开中校家后，想着他可能还在慢慢反刍他的话语时，外头依稀还听得到舒伯特天使般的《降 E 大调钢琴三重奏》的尾声，他应该告诉邀请东道主，要是没有这些音乐，生活将糟透了。

事情在我完成《美学意志》初稿后开始扭曲。德语版的排版使我不得不加长原文的版本，而卡梅内克对德语版的评论诱使我再增加论述，甚至重写。这一切使我处于激动的情绪状态。我相当满意即将出版的书，让我非常惊讶。我跟你说了很多次，萨拉，这是我最喜欢的一本书。不晓得这本是不是最好的，却是我的最爱。在这段期间，萨拉安抚且镇定我的生活，劳拉则装作不认识我。阿德里亚·阿德沃尔偏执地投入斯托里奥尼里，以掩饰内心的焦虑。他把跟着特鲁略斯学琴时最困难的部分与曼柳老师教导期间最不愉快的部分复习数回，几个月后，他邀请贝尔纳特一起演奏让－马里·勒克莱尔的第三与第四号奏鸣曲。

"为什么要拉勒克莱尔？"

"不知道，我喜欢，也练过了。"

"这不像看起来的简单。"

"你想试还是不想？"

接着，大概延续了两个月的每个星期五下午，整间公寓充盈着两个朋友的小提琴声。剩下的时间，阿德里亚不是写作，便是练习其他曲目，就像三十年前一样。

"三十年前？"

"或二十年前，但我肯定追不上你了。"

"兄弟，如果追得上就太过分了。我那些年就只有练琴而已。"

"真羡慕你。"

"别再寻我开心了。"

"我很羡慕你。真希望能拉得和你一样好。"

归根结底，阿德里亚其实是想要疏远《美学意志》，希望将注意力转回促使他将美学思索集结成册的艺术作品上。

"是啊，但为什么是勒克莱尔？为什么不是肖斯塔科维奇？"

"我的水准还不够，不然何必羡慕你？"

两把小提琴，斯托里奥尼及图弗内尔，两位巨匠的作品令公寓里充满渴望，仿佛生命可以重新开始，好像要再给他们一次机会。我的机会是拥有更像父母的双亲、不一样的父母亲、更……我不知道一般的父母应该是什么模样，而你的机会呢？是什么？

"什么？"贝尔纳特拿着过紧的琴弓，看着另一边。

"你快乐吗？"

贝尔纳特开始拉《二号奏鸣曲》，我不得不跟着他。但是，当我们拉完时（我犯了三个极大的错误，贝尔纳特只有一个很小很小的瑕疵）。我再度发难。

"喂。"

"干什么？"

"我问你快乐吗？"

"不快乐。你呢？"

"也不快乐。"

第二首奏鸣曲是《一号奏鸣曲》，我拉得更糟。但仍直接拉到结尾。

"你和特克拉怎么了？"

"不错，你和萨拉呢？"

"不错。"

又是沉默。过了一会儿，他开口："嗯……特克拉……不知道，她老是跟我生气。"

"因为你一直活在另一个世界啊。"

"看看是谁在说话？"

"是的，但和特克拉结婚的可不是我。"

然后，我们又试了维尼亚夫斯基的小提琴双重奏。可怜的贝尔纳特拉第一小提琴，结束时满身大汗。而我，虽然被他不客气地骂了三次，就像我在蒂宾根对他那样，内心还是觉得愉快。我真的非常非常羡慕他，除了告诉他，我愿意拿我的书换他的音乐造诣外，不知道还能做什么。

"我接受,非常乐意接受,啊?"

令人担心的是,我们都没有笑开怀,只是斜眼对望了一下,因为时候已经晚了。

是的,诚如医生所预料的,夜晚相当短暂,因为前几批货物早上七点才到,天还一片黑茫茫。

"好了,"布登对中校说,"还有这两个。"然后就进去实验室了,因为他的工作量夸张的多,另一个不为人知的原因:像羊群般整齐排着队,连最基本的反叛都丝毫无存的女人与儿童,看了就心烦。

"不!放开!"一位年长的女人仿佛怀抱婴儿地抱着一个像小提琴盒的包裹。

布登医生不再插手理会这种小争执,当他走远时,看见福格特医生从军官餐厅走向吵闹的源头,康拉德·布登毫不掩饰对这位长官不齿的表情,他总是高度关注吵架事件。医生走进办公室后,听见了鲁格尔手枪的声音。

* * *

"喂,你,你是哪里人?"他用粗糙的嗓音问,原本埋头在一堆文件中,不得不抬起头来。因为小女孩只是困惑地看着他,不停揉着一条脏兮兮的手帕,布登医生逐渐失去耐心。

"你能不能别动?"

小女孩僵住了,但依旧一脸困惑。医生叹口气,再深吸一口气备足耐心。这时,桌上的电话响了。

"喂?/希特勒万岁。/哪位?"他觉得奇怪,"让她接……"/

"希特勒万岁。您好，"他不耐烦地回话，"Ja, bitte?[1]/ 怎么回事？"太令人反感了。/"谁？"他生气地说。/"啊！"他深感震惊，"那个卑劣的弗朗茨的父亲？/你要干什么？/他被谁抓了？/可为什么抓他？/小姐……我、我不……/我有很多事要忙。你想让大家一起去死，是吗？/他一定做了什么坏事！/听着，赫塔，一人做事一人担。"

他定定地看着拿着脏手帕的小女孩。

"听得懂荷兰语吗？"他问，然后继续对着电话说，"我不知道你有什么事，但我真的分身乏术，工作太多了，实在没办法管这种琐事。希特勒万岁！"

他挂掉电话，看着小女孩等待答案。

小女孩点点头，好像荷兰语是她听懂的第一个字。布登医生的声音压得更低沉说好。免得被人听到他不是说德语。他用荷兰语问小女孩来自哪个城市，她说安特卫普。小女孩原本还想说她住在亚伦堡路，爸爸也是，但爸爸被带走了。然而她只是张着口，看着眼前对她微笑的人。

"你只要照我说的做就好了。"

"我这里很痛。"她比着自己的后脑勺。

"这没什么，现在听我说。"

她好奇地看着他，医生又说了一遍："你要听我的，知道吗？"

她摇摇头。

"嗯，不然我就捻下你的鼻子，懂了吗？"

接着，医生很有耐心地看着吓坏而猛点头的小女孩："你几岁？"

---

1 德语，意为："是，什么事？"

"七岁半。"她学着大人夸张地回答。

"叫什么名字？"

"阿梅莉切·阿尔帕茨，亚伦堡路二十二号，三楼。"

"够了，够了。"

"安特卫普。"

"好了，"医生不太开心地说，"不要再揉这脏手帕了，不然我丢了它。"

小女孩垂下视线，本能地将手放到背后，藏起蓝色方格手帕，大概想要保护它吧。她落下一滴眼泪。

"妈妈呢？"她问，声音一样小声。

布登医生折折手指，毫不考虑地向前抓住小女孩。

"把她准备好。"医生说。

"妈妈！"小女孩大叫。

"下一个。"医生说完便低头看桌上的档案。

"荷兰语？"他听见蓝白色方格手巾的小女孩被带到充满药味的房里时问道。我不知道该怎么做，没有辩驳也没有解释，因为劳拉没有要求。她大可对我说，我是个骗子，因为我当初说没有别的女人；她大可对我说，你可以说啊；她大可对我说，我是懦夫，或说我从头到尾都在利用她；她大可对说我很多很多，但是没有。办公室的日子一如往昔，我几乎有好几个月未曾踏进里头一步。几次我们在中庭擦身而过，或在餐厅巧遇，我就假装自己是隐形人。好不容易才习惯了。萨拉，很抱歉之前没有告诉你这件事。

经过一个月繁重的工作后，康拉德·布登医生摘下眼镜，揉揉眼睛，他累坏了。直到听见桌子前的鞋跟声才抬起头来，二级小队长巴拉巴斯挺直地站在他面前。小队长很紧绷，总是随时待命。医生带着疲惫的神态将档案夹拿给他，文件多到满溢而出，上头有阿里伯特·福格特医生的名字。待命者拿起档案夹再度大力地踏出步伐。医生又感到紧绷了，好像步伐是踹在他头上般。巴拉巴斯带着详尽的报告离开办公室。报告说明：非常不幸，活体在开放性切割后，仅敷抹鲍尔医生的药膏且未缝合，观察肌腱复原的实验，无论成人或儿童皆未发生预期成效。在成人的案例中，原已预期药膏将无用，但期待能在成长的器官中见到在鲍尔医生药膏的帮助下，出现强大的修复能力。实验失败表示为人类社会提供奇迹般的药物是不可能的，太可惜了。若有效的话，鲍尔、福格特以及他自己，将获得的成功与利益都不可限量。

他从未因为结束实验而感到可惜。几个月观察呻吟的小白鼠，比如那个皮肤黝黑的孩子或是那个蜷缩在床角，不断喃喃自语"Tëve, Tëve, Tëve"[1]的白化病患者，因不愿离开床位而顽固抵抗，最后不得不直接就地终结他的性命。还有拿着脏手帕的小女孩，没有拐杖就无法站起来，如果不用镇静剂就因疼痛而不停嚷叫，使所有人不得安宁，仿佛他们肩负实验责任、忍受愚蠢上级的压力还不够。他的上级看起来关系还不错，连赫斯都无法把他调到别处喘口气，于是不得不接受：期待比鲍尔药膏的鞭笞更正面的治疗是无用的。二十六只小白鼠，男男女女，没有任何一个人的肌腱组织重生，这令他相当不是滋味，鲍尔医生也很不是滋味。有一天，福格特医生搭邮务飞机离开了，连"你们留在这里腐烂吧"也没说就走了。这非常奇怪，因为他没有指示实验接下来的处理程序。直到当天中午，布登医生才得知红军逼近、德军抵抗软弱的消息。作为集中营最高

---

1 立陶宛语，意为"爸爸，爸爸，爸爸"。

军阶的医生，他决定用漂白水抹去一切。首先，在巴拉巴斯的协助下，花了五个钟头烧毁文件与照片，所有使人怀疑他们把绝望地抓着脏手帕的小女孩拿去做实验的证据全数销毁。绝不能留下让小白鼠遭受巨大痛苦的痕迹。全部烧掉。巴拉巴斯这畜生还不停说，真可惜，真可惜，工作这么久，全化为灰烬了。然而，两个人都没想到，那些将尸体化为灰烟且距离实验室两百多公尺的地方，在卫生部的某个档案夹里，存放着研究部门送过去的文件副本。这种时候保住小命最重要，没有人会故作聪明去翻找那些副本。

顾不得被烟熏黑的双手，他趁着晚间的黑暗，走进小白鼠的宿舍，只有忠诚的巴拉巴斯陪同。每个孩子都躺在床上，他默默地直接将药剂注射在他们的心脏。只有对一个问这是什么的孩子说，这是给膝盖疼痛用的镇静剂。可能其他孩子在临死前知道自己终于可以死去了。拿着又黑又脏的手帕的小女孩是唯一一个完全清醒，眼神带着控诉并接受注射的孩子，她也问了为什么。但她用其他方式表现。她才七岁，就懂得问，做这一切是必要的吗？她看着他的眼睛问，为什么？然后坐在床上，打开衬衫，好让巴拉巴斯在理想的地方打针。她看着布登医生问，为什么？医生狼狈地别开视线。为什么？为什么？她不停地问直到嘴唇涂上死亡的黑色。如果一个七岁的孩子对死亡不感到绝望，是因为她早就极度绝望、消殒了。不然，如何解释她这般冷静地面对死亡？为什么？

妥善处理一切并准备在清晨时与几个没有军阶的士兵一起逃离拉格，那个夜晚是布登医生几个月来第一次无法安稳入睡。因为那句为什么、那双发黑的嘴唇。小队长巴拉巴斯未脱军服直接将针筒刺入心脏，带着发黑的嘴唇微笑地等待死亡，死亡却迟迟不肯现身，因为同样的恶梦仍未在他心中停止。

清晨，趁中校鲁道夫·赫斯尚未发现以前，二十多位军官与副官，包括布登及巴拉巴斯，启程离开集中营了。到哪里都行，离比克瑙越远越好。

* * *

巴拉巴斯与布登医生十分幸运。趁着混乱，他们不但远离工作、红军，也以乌克兰前线士兵的身份投靠英军。如果他们还没死的话，希望战争能早日结束，与妻子、子女再次团聚。布登医生化身为提尔贝特·海恩斯。是的，我是斯图加特人，队长。我没有任何文件证明身份，你也看到了，一投降他们就毁了所有文件，我想回家，队长。

"康拉德·布登医生，您住在哪里？"医生说完辩护词后，审讯的军官立即问道。

布登医生张口结舌地看着他，只说得出："什么？"表情无限迷惘。

"您住在哪里？"英国军官以糟糕的口音再问了一次。

"你叫我什么？你怎么叫我的？"

"布登医生。"

"可是……"

"你从来没有去过前线，布登医生，也没去过东欧。"

"为什么叫我医生？"

军官打开桌上一个档案夹。军队记录。妈的把所有事情都建档完整收存的怪癖好。照片上的他看起来更年轻些，但还是他本人。有着同样的眼神，双眼不是在看人而是劈开人。康拉德·布登医生，

1938 年毕业的外科手术医生，还拥有职业钢琴水准。真是不得了啊，医生。

"一定是弄错了。"

"是的，医生，这是天大的错误。"

* * *

拜最后一刻的奇迹所赐，他被判了五年的牢狱。没有人将他和奥斯维辛－比克瑙牵连在一起。直到第三年，布登医生才开始哭泣，他是少数几个没有人来探监的囚徒。因为他的父母在斯图加特空袭中丧生，他也从不通知其他远亲，更不想让贝本豪森的亲人知道。他不需要探视，整天盯着墙壁，尤其连续几个晚上彻夜未眠时，眼前浮现所有人以及在比克瑙的实验室里，在福格特医生指挥下工作时经手的每一个病人面容，就像喝下一口又一口腐坏发酸的牛奶。他坐在空荡荡的桌子前，连续几个钟头一动也不动，强迫自己尽可能回想大部分人的面孔，忆起他们的呻吟、泪水与惊恐的嚎叫。

"你说什么？"

"你的表妹赫塔·兰道一直要求见你。"

"我说了不想见任何人。"

"她在监狱前绝食抗议，直到你见她为止。"

"我不想见任何人。"

"这次你逃不掉了。我们不想要街上闹出丑闻，你的名字上报了。"

"你们不能强迫我。"

"当然可以。你们两个抓住他的双臂，把他妈的疯女人一次打发。"

布登医生被带到布置为会客室的房间，他们逼他坐在三个表情严肃的澳洲士兵面前，医生不得不呆坐了五分钟。对他而言，这是非常漫长的五分钟。直到门开了，赫塔走进来，她年迈许多。女人慢慢走到桌子前，布登低下视线，她站在他面前，两人的距离只有三个手掌宽。她没坐下只说，我代表洛塔尔与我自己。布登抬起目光，就在这时，赫塔·兰道俯身往他的脸上吐口水，一言不发地转身，踏着比进房时更有精神的步伐离开，好像突然年轻了几岁一样。布登医生没有苦涩地把脸擦干净，只是看着眼前的空无，直到听见有人用粗糙的声音说把他带走。在他耳里，那人就像在说，把这坨腐肉拖走！再度回到孤寂，回到囚房，回到病人面孔的记忆。像是嘴里含着腐败的牛奶，每一个病人，做急速减压的十三个人、因为接肢产生排斥致死的人、那群被用来实验鲍尔医生药膏效用的孩子们。他最常看见的面孔一定是那个不明白为什么会有这么多痛苦而问他的吉卜赛小女孩。坐在空无一物的桌子前，他习惯了，仿佛是一种宗教仪式。他摊开一条肮脏的破抹布，抹布的一边剪得乱七八糟，脱了线，都快看不出蓝白色的方格花纹了。他盯着手帕，眼睛眨也不眨，直到无法承受，内心里的空洞如此令人窒息，连泪水都掉不出来。

　　约莫在被囚禁的第三年，在每天早上、下午重复同样的动作后，良知的毛孔打开了：不仅只是那些身影、厉声尖叫、哭号及恐惧的泪水。他开始忆起每一张面孔的气味，直到夜里再也无法入眠，就像在拉脱维亚，眼睛不断被强光照射几乎快脱落时，连续二十二天不能睡觉，犹如累死之人。一天晚上，泪水抵达了，康拉德·布登从十六岁开始，自从西格丽德不屑地拒绝出游的邀请后，不曾哭过。缓缓流下的泪水，好像非常混浊，好像在这么长时间没涌出过体外而迟疑了。一个钟头后仍无法停止地缓缓流出，直到牢房外晨曦的指头将黑暗的天空染成玫瑰色。当他的灵魂发出为什么的疑问、说出 warum[1] 的同时，无尽的哭号爆发了，怎么会这样，warum，在这些如此悲伤的双眼之前，怎么可能不哭泣？ Warum, mein Gott.[2]

"里尔克说，所有的艺术作品都是无尽的孤寂。"

三十七个学生安静地看着他，阿德里亚教授站起身，从讲台走下来，缓缓地在阶梯教室一步一步往上爬着阶梯问："你们对这句话没有意见吗？"

没有，没有意见。学生们对我刚投掷的里尔克的话锋没有任何意见。那么，如果我说艺术作品不是任何逻辑知识足以定义的迷津呢？

"艺术作品是任何逻辑知识都无法定义的迷津。"走到阶梯教室的中间，一些头颅转过来看他。在佛朗哥死后十年，学生们失去干预所有事情的动力了，虽然他们往日的干预毫无秩序且无用，却充满热情。

"虽然艺术不可理解，事物与生命所隐藏的真实只能稍稍通过艺术的呈现给予解读，"他看着他们，原地转身一圈以看到所有学生，"在谜一般的诗篇里回响着冲突未解的声音。"

一只手举了起来，是个短发女孩。有人举手了！她可能会问刚才说的这些听不懂的话，明天考试会不会考。或许是要求去洗手间的吧。也许是要问通过艺术，我们是否能感受到人类为了创造客观世界，必须摒弃所有一切。

他指着短发女孩说，说吧，你说。

1　德语，意为："为什么。"

2　德语，意为："为什么，我的天啊。"

"很不幸地，您的名字将永远留在这些记录人类堕落的恐怖年鉴里。"他带着曼彻斯特口音的英语像在念稿子，不在乎对方是否听得懂，然后用肮脏的手指头指着文件上的某处，布登扬起眉毛。

"在这里签名啦。"队长不耐烦地用自己发明的德语说，一边用肮脏的手指头敲着确切之处。

布登签名后归还文件。

"你自由了。"

自由。离开监狱后他第二度脱逃，同样没有确切目的地。然而，他停留在波罗的海附近一个冰冻的小镇，住在一个俭朴的加尔都西会信徒的家里。他看着安静的房子与壁火度过漫长冬天，在修道院与村子里做各种工作赚取果腹的面包。他沉默寡言，不想被发现自己富有文化涵养。很快地，那双钢琴师、外科手术医生的手变硬了。他在借住的家里也不开口，因为主人夫妇的日子上压着独子欧根在该死的希特勒对抗俄罗斯的该死战争中去世的沉重包袱。冬天非常漫长，他被安置在令人思念的独子的卧房，以他们要求的大大小小工作作为交换，在那里停留了两年。这段期间，他就像住在附近的修士一样，除非必要或逼不得已，皆不与人交谈。他一个人散步，任凭芬兰湾的冷峻海风使自己更沧桑。没有人的时候，他会哭泣。他不让这些折磨他的影像消逝，唯有记忆存在才有悔过的可能。第二年漫长冬天的尾端，他前往乌泽多姆岛（Usedom）的加尔都西修道院，跪着向守门修士要求忏悔。修士面对这个不寻常的请求犹豫片刻。最后仍替他安排了一位告解神父。他是位老人家、寡言、灰色的目光，每次当他决定说三个字以上的句子时，口音听起来有点像立陶宛人。从第三时的钟响开始，布登低着头，用一成不变的声音不停诉说，没有遗漏任何细节。可怜的神父的震惊目光烧灼他的后脑勺。第一个钟头的告解中，神父只打断了一次。

"你是天主教徒吗？孩子？"神父问。

然后，接下来四个钟头的告解，神父再也没开过口。布登觉得老人家在某些时刻无声地哭泣着。当钟声召唤僧众晚祷时，告解神父声音颤抖地说，我解除你的罪恶。接着颤抖地在空中划出十字并念完剩余的祷词，随后沉默下来，钟声最后的回响缭绕，忏悔者却一动也不动。

"神父，那么，我该如何赎罪？"

"你走吧，以……"他不敢妄用上帝之名，清了清喉咙后说，"没有任何方法……没有任何方法能赎罪，没有办法……你忏悔，孩子，忏悔吧！……你知道这在我看来是什么吗？"

布登抬起头，有些可怜也相当迷惘。告解神父的头颅甜蜜地微微倾斜，从告解室的小窗缝隙定定地看着。

"您觉得是什么，神父？"

布登看着窗棂的小缝隙，当时光线有些微弱，因此看不太清楚。他看到告解神父，却突然吓了一跳。神父！他叫他。神父！他就像是那个蜷曲在床角呻吟"Tëve! Tëve! Tëve!"的立陶宛小男孩。告解神父死了，再怎么求也无法帮他了。于是，这么多年来第一次，他祷告了，以他自己编的祈祷词，祈求他不配拥有的力量的支持。

"事实上，对我而言，无论诗文或歌曲……都不会让我想到这些事。"

阿德里亚非常热切，因为这个女孩不是问今天课堂讲的明天会不会考，他甚至连眼睛都亮起来了。

"好。那有什么会让你想到这些事吗？"

"没有，没有。"

后方有些笑声。女孩转过身，向发出笑声的人示意自己的不高兴。

"安静。"阿德里亚说，并看着短发女孩，鼓励她继续。

"嗯……"她说，"也不是说有什么事情会激发想法，而是……就一些东西，一些不会形容的感觉。"她很小声地说："有时候……"这时更小声了，"会让我流泪。"

没有人笑了，刚才三四个笑出声的人安静下来。这是这学期里，这门课最重要的时刻，却被校工破坏了，他打开门通知大家下课。

"艺术是我的救赎，却无法拯救全人类。"阿德沃尔教授向校工解释，但校工关上门，多少替这疯疯癫癫的教授感到羞耻。

* * *

"艺术是我的救赎，却无法拯救全人类。"他吃早餐时，对萨拉又说了一次。餐厅里放着乌尔杰利的画作，看起来也像刚起床迎接新的一天。

"这是没办法的，人类没救了。"

"亲爱的，别伤心。"

"我无法避免。"

"怎么说？"

"因为我觉得……"

沉默。喝了一口茶。门铃响了，阿德里亚起身去开门。

"小心，让开。"

卡特丽娜走进来，拿着湿淋淋的雨伞冲向洗手间。

"在下雨吗？"

"就算下着尖刺般的冰雹，你也不会发现的。"她从洗手间里说。

"真夸张。"

"我夸张？您的近视还真严重，就算驴背上坐着三个人，您一个都看不见！"

阿德里亚回到厨房里，萨拉已经快吃完了。他把她的手按在桌上，不让她起身。

"你为何无法停止难过？"

她一言不发，用蓝白色方格的餐巾将嘴擦干净后慢慢地折好，我站着等，等着卡特丽娜像往常般忙到公寓的另一头。

"因为我觉得，若是停止悲伤的话……会愧对一些逝去的家人的回忆、愧对叔叔，愧对……很多逝世的亲人。"

我按着她的手坐下来："我爱你。"我对你说。你哀伤、平静、美丽地看着我。

"为什么我们不生个孩子？"我终于鼓起勇气问了。

"为什么不？"

你扬起眉毛说不。

"以生命对抗死亡，你不这么想吗？"

"我不这么想。"你摇头否认，说着，不、不、不、不，不可能。

我在很长一段时间里不断自问，为什么她如此抗拒有个孩子？我最深沉的遗憾就是无法看见一个长得像你的小女孩长大；一个不用听任何人对她说"别动！真是的，不然我就捏掉你鼻子"的孩子；一个永远不用焦虑地把玩蓝白色手帕、也不用惊恐地哭喊"Tëve! Tëve!"的小男孩。

在冰冻的乌泽多姆岛付出如此高代价的告解之后，布登决定离开这座岛屿。为了避免被联军找麻烦，他从信赖他的房东夫妇偷来令人思念的欧根·米斯的身份证，离开波罗的海上的冰冻村落，第三度展开逃亡。仿佛害怕可怜的告解神父会从墓里爬出来，对其他修士控诉他的各种罪过。然而，其实他既不恐惧加尔都西修士，也不害怕他们的沉默，更不畏惧告解神父到死都不愿派给他除罪的功课，他甚至连自杀的资格都没有。他知道应该要修补自己的罪孽，也知道自己应该承受地狱无尽的烈焰炙烤而非幸免。然而，在被审判下地狱之前，他应该把工作做完。"应该是要由你自己来发掘如何……"这是告解神父在升天前，在这个漫长无尽的告解中唯一且简短的发言。"找到方法来修补你犯下的罪恶。"他用更微弱的声音补充，"如果你的罪过有可能弥补的话……"犹豫了几秒钟之后，他继续说："愿上帝无尽的慈爱宽恕我。但是，即便你试图弥补自己的罪过，我也不认为天堂有你的容身之处。"欧根·米斯在逃跑的同时思考如何弥补罪恶。对其他人而言则相对容易，他们只要在逃跑前烧毁档案就好了。但是，他必须将可以作为犯罪证据的躯体掩灭。那些小小的躯体，我的天啊。

三个修道院——两个在捷克，一个在匈牙利——都婉拒了。他在第四所修道院，经过漫长的修士培育后被接受了。不像那个遥远的年代，因恐惧而逃离的可怜修士恳求了三十次入院成为其中一员。布尔加尔的圣佩雷修道院院长看着他的双眼拒绝了二十九次，直到一个飘着雨且幸福的星期五，第三十次恳求，也是最后一次，终被接受。米斯逃离的不是恐惧，而是布登医生的身份。

克劳斯神父除了作为新进修士的指导神父，也和一些希望进修道院修业的人保持联系。他认为这个还算年轻的人渴望性灵、期待念祷词，以及只有特拉普会能满足的赎罪心愿。因此接受他进入玛利亚瓦尔德修道院成为预备修士。

念祷词的日子让他接近上帝，虽然总是在恐惧自己没有资格继续呼吸。八个月后，因为修道院院长要通知所有人作息时间变更的规范，他跟在艾伯特神父身后，行经中庭要到教众会议室时，神父突然昏迷摔倒在地，欧根·米斯修士直觉反应说这是心脏病发，明确指示过来协助的修士们进行急救，救了艾伯特神父一命。修士们惊喜地发现新进的米斯修士并非只有医学知识，而是一位医生。

"为什么要瞒着我们？"

他沉默地看着地板，他想展开新生活。我认为这件事不重要。

"什么事情重要，什么事情不重要是由我决定的。"

他无法抗拒修道院院长以及去探病时艾伯特神父的眼神。最糟糕的是，他相信艾伯特神父在感谢他及时救了自己一命时，猜中他的秘密。

米斯医生的名声短短数月就传开了。在几次投票并依据教派规则改名后，他从原本就不是他的名字的欧根变成阿诺德，作为放弃尘世生活的象征。在此之前，他忘我地以极高的效率解决一桩集体中毒事件，巩固了名声。因此，当很遥远的西方国度的修道院里，罗伯特修士的危机爆发时，院长并未多想，建议由阿诺德·米斯修士为他服务。这时，他的忧伤再次袭来。

"总而言之，我不得不提到一个想法，在奥斯维辛之后，诗是不可能存在的。"

"这是谁说的？"

"阿多诺。"

"我认同。"

"我不认同在奥斯维辛之后没有诗。"

"呃，我的意思是……不一定要有诗。"

"不、不。在奥斯维辛之后，在这么多排犹运动之后，在对清洁派赶尽杀绝之后，在这么多不同时代、不同地区的屠杀之后……残酷在许多世纪前就已经存在了，使人类的历史成为诗篇于此之后不可能的历史。然而，事实却不然，恰恰是因为没有人可以解释奥斯维辛？"

"那些受害者、建立它的人，还有学者啊。"

"是，这些人的说法都将成为文献，也建立博物馆纪念。但是，仍缺少重要的一环：经历的真实性。这是无法通过研究报告传递的。"

贝尔纳特摸着卷起的纸张，看着他的朋友说："所以……"

"只能通过艺术传递，通过文学重现，才可以尽量趋近这些经历。"

"哇。"

"没错，在奥斯维辛之后，诗尤其必要。"

"这个结论很好。"

"是，我想是的，或者不是。然而，我认为这是美学意志一直存在于人类历史的原因之一。"

"喂，到底什么时候会出版？我等不及了。"

* * *

几个月后，《美学意志》的加泰罗尼亚语及德语版本同时出现了。德语版经由我的翻译与圣约翰内斯·卡梅内克耐心地拿着放大镜校稿。这是少数几样令我感到骄傲、珍爱的事物之一。于焉，一度保存在记忆里的历史与景色一一浮现。某天，我又背着你，也背着我自己去找莫拉尔了。

* * *

"多少？"

"这个数。"

"这个数？"

"对，你有兴趣吗，博士？"

"如果是这个数的话就有兴趣。"

"您要杀价到什么地步啊！这个数。"

"这个数。"

"好，好吧，这个数。"

是恩里克·格拉纳多斯亲手写的乐谱《音乐会快板》。有好几天的时间，我闪避着卡尔森警长与勇敢的阿拉珀霍族酋长黑鹰的目光。

39

　　弗朗茨－保罗·德克尔说休息十分钟，因为乐团里好像有急事。乐团管理方面的事情总是比一切都紧急，包括布鲁克纳的《第四交响曲》的第二次排练。贝尔纳特开始同一位寡言、害羞的小喇叭手交谈。德克尔不久前才要求他重复首日的起床号，"Bewegt, nicht zu schnell"[1]。他要让整个乐团都听见完美的喇叭声。指挥要求他重复第三次时，他吹出了所有喇叭手比死还害怕的气音。大家悄悄地笑了。德克尔和喇叭手也笑了，贝尔纳特却觉得不太舒服。这个男的才刚进乐团，总是躲在自己的角落，非常害羞地盯着地板。金发，矮个子，稍胖，好像叫作罗曼·甘斯堡。

　　"我是贝尔纳特·普伦萨。"

　　"幸会，您是第一小提琴手，是吧？"

　　"没错。你好吗？除了被团长要求的那些小地方，进团后觉得怎么样？"

　　很好，他觉得乐团很好。他是巴黎人，想多看看巴塞罗那，也很想跟着肖邦当年在马略卡岛走过的路走一趟。

　　"如果你愿意的话，我可以陪你。"贝尔纳特一如往常，想都没想就自告奋勇地提议。我对他讲过不下万遍了。贝尔纳特，说话之

1　德语，意为"是行进板，别吹这么快"。

前要先想想，不然就说说算了，别认真……

"我答应他了。而且，他一个人在这里，我总觉得……"

"特克拉会生气的，你不知道吗？"

"你太夸张了。她为什么要生气？"

贝尔纳特彩排完回到家里说，喂，特克拉，我要和一个小喇叭手到瓦德莫沙两天。

"什么？"

特克拉从厨房里走出来，在沾满碎洋葱的围裙上擦着手。

"我明天要带甘斯堡去看肖邦之路。"

"甘斯堡又是谁？"

"法国来的小喇叭手啊，我刚说了。"

"什么？"

"乐团里的一个团员，我利用两天的……"

"就这样，都不用说一声？"

"我这不就在和你说吗？"

"那略伦斯的生日怎么办？"

"天啊，我忘记了……糟糕。呃，可是……"

贝尔纳特陪甘斯堡去瓦德莫沙了，他们在一家音乐酒吧喝得烂醉。甘斯堡展现即兴钢琴演奏的功力，贝尔纳特借着马略卡岛金酒的几分酒意，用玛哈莉亚·杰克逊[1]的声音唱了几首歌。

"你为什么吹小喇叭？"这个问题从看见他把乐器护套拿下来时，贝尔纳特就想问他了。

"总得有人吹。"在回旅馆的路上，当太阳从地平线上一抹红云

1　玛哈莉亚·杰克逊（Mahalia Jackson，1911—1972），美国福音歌手。

里露脸时，他回答道。

"但你的钢琴弹得……"

"算了。"

最后的结果，就是建立了一份友谊以及特克拉嘟嘴二十天，并且在他的履历上又添了一笔不良纪律。就在那时，萨拉发现贝尔纳特一直对特克拉的嘟嘴视而不见，直到她的不满囤积为即将爆发的危机。

"你的朋友为什么这样？"有一天，你这么问我。

"不知道，可能想向世界证明什么吧。"

"都这年纪了，还这么想？"

"当然，就算临死前，他还是会想要对这世界证明什么。"

"可怜的特克拉，她的抱怨也不是毫无理由。"

"他是活在自己的世界里，但不算是个坏人。"

"说倒容易，到头来反而她成了泼妇。"

"你现在是要对我生气吗？"阿德里亚有些困扰。

"他这个人很难相处。"

"对不起，特克拉，可是我答应他了。妈的，这也不是什么大事，小姐，别小题大做，不过就是到马略卡岛两天而已。真是的，有完没完！"

"略伦斯呢？他是你儿子，不是小喇叭手的儿子。"

"他已经满九岁还是十岁了，不是吗？"

"十一岁。"

"嗯，对，十一岁。已经不是孩子了。"

"你想让我告诉你，什么是孩子吗？"

"你说。"

母子俩安静地品尝生日蛋糕。略伦斯问，妈妈，爸爸呢？她回答他到马略卡岛去工作了，两人继续安静地吃饭。

"很好吃，是吧？"

"是吧。真讨厌，爸爸不在。"

"你立刻去买礼物，这是你欠他的。"

"可是，你都已经送他礼物了……"

"马上去！"特克拉大叫，几乎要气哭了。

贝尔纳特为略伦斯买了一本很漂亮的书，孩子看着包装好一会儿，不敢拆开包装纸，看着父亲以及快要气炸的母亲，却不知道她是因为一些自己还无法理解的事情感到悲伤。

"谢谢，爸爸，真漂亮。"他说，没有打开礼物。第二天一早，特克拉叫他起床上学时，看见他抱着还未拆封的书。

* * *

"铃铃铃……"

卡特丽娜打开门。门口站着一位衣着体面的年轻人，带着像新型家用去钙自来水机推销员的微笑，非常灵动的灰色双眼，提着一个小公文包。她直直地看着他，没有敞开大门。他擅自诠释这份沉默是疑问而主动开口：是的，麻烦您，我找阿德沃尔先生。

"他不在。"

"怎么会不在？"他非常困惑，"可是……他对我说……"同时看了手表，有点疑惑："奇怪，他夫人呢？"

"也不在。"

"哎呀，这样的话……"

卡特丽娜做了一个好像在说对不起的表情，表示没有办法了。但是这个年轻又友善的年轻人，顺便一提，还很迷人，用一只手指比着她说，就算先生或夫人不在家应该也没关系。

"什么意思，你要做什么？"

"我是来估价的。"

"什么？"

"估价。他们没有告诉你吗？"

"没有啊，估什么价？"

"这样的话……他们什么都没跟你说吗？"神采奕奕的年轻人一脸难过的样子。

"没有。"

"我来为小提琴估价，"他作势要进房里，"我可以进去吗？"

"不行！"卡特丽娜想了几秒钟说，"这件事我什么都不知道，他们什么都没有交代过。"

在她毫无察觉之时，神采奕奕的年轻人两只脚已经踩上门槛了，同时更加灿烂地微笑着。

他的神态几乎是你我都心知肚明的样子。他补充道："阿德沃尔先生真健忘。"接着说："我们昨天晚上才讲过的，只是查看乐器，五分钟就好了。"

"请听我说，您还是改天再来比较好，先生和夫人在的时候……"

"不好意思，但我是从意大利伦巴第大区的克雷莫纳来的。你明白我的意思吗？知道是哪里吗？麻烦你打电话跟阿德里亚先生确认，好让我估价。"

"我不知道要打到哪里才找得到他。"

"这……"

"况且，小提琴是放在保险箱里的。"

"我知道您晓得保险箱密码。"

沉默。没有任何逼迫，年轻人已两脚踏进屋里了。卡特丽娜的无语默认了对方的话，为了帮助她，年轻人打开公文包，拿出一叠五千元的纸钞。

"这对恢复记忆力一向有正面帮助，亲爱的卡特丽娜·法尔格斯。"

"七二八零六五。您怎么知道我的名字？"

"我跟您说过，我是估价师。"

仿佛这论据无可回话，卡特丽娜后退一步，让亲切的年轻人进屋。

"跟我来。"她说。在这之前，年轻人将手上一叠纸钞递给她，她拿在手里紧握着。

在我的书房里，年轻人戴上非常薄的手套。估价师用七二八零六五打开保险箱，取出小提琴。同时，卡特丽娜的声音响起，如果您想把小提琴带走的话，那您可看错人了。而他，看也不看地回道，太太，我说过我是估价师。于是她闭上嘴免得说错话。年轻人把小提琴放在我的放大镜台灯下，仔细查看标签，念出 Laurentius Storioni Cremonensis me fecit 1764。他对卡特丽娜眨眼睛。她看着年轻估价师的旁边，为了证明自己不是尸位素餐，无论估价师再如何善于沟通也不会让他带着小提琴离开。估价师这双灰色，与其说是灵动有神不如说犹如金属般的双眼，看到克雷莫纳下方的两道痕迹，心脏猛地一跳，力道之大相信连身边的笨蛋也听到了。

"很好，很好……"他像医生听诊病人后不说出诊断的反应。他将乐器翻过身，端详木材，看着微小的痕迹与水纹，机械般地说很好，很好。

"这个很值钱吗？"卡特丽娜紧握着该死、折得好好的纸钞问道。

估价师没有回答，他在闻小提琴的亮光漆或木头的味道，或者是古老、美丽的味道。最后，他将小提琴轻柔地放在桌上，从公文包拿出拍立得相机。卡特丽娜立即闪躲，不想在相片里留下任何不检点的证据。五张照片。他从容不迫地一张一张摇晃着让相片干燥。他带着微笑，余光不停地留意这个女人，耳朵也注意各种从楼梯间传来的声音。拍完照片后，他把琴放回保险箱里并关上，手套没有脱掉。卡特丽娜松了一口气，年轻人四周环顾一圈，走向一个书架，注意到放着古版书的架子，点了两次头，过了好一会儿后才看着卡特丽娜的双眼说："我好了。"

"不好意思，您是怎么知道我知道的？"她说，意指保险箱的事。

"我不知道。"

男人安静地走出书房，突然一个转身，卡特丽娜几乎撞上他。他说："但是，现在我知道你知道我知道了。"

他戴着手套安静地离开，在微微向卡特丽娜点头告别后关上门，她虽然被搞得相当紧绷，仍认为他十分优雅。他知道我知道什么，不，他是怎么说的？她一个人被留在屋里后摊开手，一叠五千元的纸钞，不：只有第一张是五千元，其他都是……真是！这个年轻估价师真是个……什么坏女人生的坏东西！她打开门准备要……准备要干什么？笨蛋，去跟这个她刚刚允许他进门的男人吵翻天吗？他堂而皇之地进门像主的日子终将如深夜里的盗贼来临般。这个笃定、年轻、谜样的小偷最后几阶朝着马路走去的脚步声还在楼梯间回响。卡特丽娜关上门，看着这叠纸钞，呆了一会说，不、不、不，这太令人无法相信了。而且，他的眼睛究竟有什么？这么灰，灰到……不知道，都是因为他的眉毛，浓密得像牧羊犬的眉毛，根本看不见他的眼睛。

* * *

我收到一封来自牛津的信，觉得生命都因之而改变。犹如火药引线般逼迫我再次写作，促使我着手撰写一本比无法进食的一天更漫长的作品的维生素。这部作品带给我许多喜悦。我很开心，因为自己写了这部作品——《欧洲思想史》(*Història del pensament europeu*)。这是我的说法，阿德里亚，你看了吗？你写了一部类似《希腊精神史》(*Història de l'esperit grec*) 的作品，你可以相信自己更接近内斯特一些了。当初如果没有这封信，不会有撰写这本书的能量。阿德里亚好奇地看着信封，一封航空邮件。他非常迷惑地查看是不是寄给自己的，本能地看了寄件人——I. 柏林，黑丁顿，牛津，英国。

"萨拉！"

萨拉在哪？阿德里亚像机器人般在创世纪的世界中乱转，呼喊着萨拉、萨拉。他没看见合起的门，一直到走到门口，打开门，看见萨拉狂乱地画着几个面孔及物品的轮廓，像某种病征发作般。她偶尔会这么毫无理智地画满六七张画纸，然后花好几天察看结果，评估哪些该丢弃，哪些该继续发展。她戴着耳机。

"萨拉！"

萨拉转过身，看着神魂未定的阿德里亚，立刻拿下耳机问，怎么了？发生什么事了？阿德里亚举起手里的信好让她看见，有一会儿她想，不！又一个坏消息，不。

"怎么了？"她惊慌问道。

阿德里亚脸色苍白，坐在画画的板凳上，把信拿给她。她接了过来问，是谁寄来的？阿德里亚比了个手势要她把信转过来，她照做并念出 I. 柏林，黑丁顿，牛津，英国。然后看向阿德里亚问，这是谁？

"以赛亚·柏林。"

"谁是以赛亚·柏林？"

阿德里亚走了出去，几秒钟后拿着四五本以赛亚·柏林的书回来，放在试画的纸旁边。

"就是这个人。"他比着这叠书。

"他要干什么？"

"不知道。但是，他会写什么给我？"

那时，你牵起我的手让我坐下来，像是在课堂里安抚小朋友的老师般对我说，想要知道信里写什么的话，你知道要做什么吗？啊？阿德里亚？你得打开信封，对，然后，读信……

"但这是以赛亚·柏林写来的！"

"就算是俄国沙皇写来的也一样。把信打开。"

你给我一把拆信刀，要工整地拆开且不弄坏信封，同时不切到里头的信纸有些困难。

"但是，他想做什么？"我歇斯底里地问。你不说话仅指着信封。打开后，阿德里亚却立马把信纸放到萨拉的桌上。

"你不想读信吗？"

"我吓死了。"

你拿起信封，这时我像孩子般，把信封从你手里抢过来，抽出只有一张手写的信纸，上头写着 1987 年 4 月，牛津，尊敬的先生钧鉴：您的创作深刻地感动了我，等等等等，时过境迁却仍烙印在脑海中。最后写道，请务必继续思考，并不时将想法记录下来。以赛亚·柏林。

"妈呀！妈呀！妈呀！"

"太棒了，不是吗？"

"但是，他在说哪本书？"

"依他的叙述，应该是指《美学意志》。"萨拉边说边拿起信纸。读完后，你把信还给我，微笑地说，现在你好好地告诉我谁是以赛亚·柏林。

"可是，我的书怎么到他手上的。"

"拿去，把信收好，别弄丢了。"你说。

从那时起，我就把这封信收藏在最隐秘的宝库之中。虽然，很快地我将不知它的踪迹何在。没错，这封信敦促我继续写作许多年，除了上课，教大学里允许的最少课堂时数以外，其他的时间都在写《欧洲思想史》。

40

基奎特机场只有一个勉强算铺了柏油的降落跑道迎接飞机。跑道颠簸到让人觉得飞机无法顺利滑行到让旅客下机及领行李的地方。然而机场的确有行李转盘。他假装自己在阅读的同时，为了不辜负面前一脸无聊的年轻女士，他一边想着自己是否记得紧急逃生门的位置。这是他从布鲁塞尔机场登机开始搭乘的第三架飞机了，现在，他是唯一一名白人乘客。他不介意自己过度醒目，他的工作就是如此。飞机将他放在距离一栋小建筑物约一百公尺的地方，乘客们得徒步走过这一百多公尺，还得走快一点才不会被炙热的沥青跑道黏住鞋底。他拿起一个小旅行袋，雇了一名出租车司机。司机很满意收到的车资与小费。出租车是一辆吉普车，车上带着一桶汽油。在他认真学习奎卢语近三个钟头后，司机又以途经危险地区——基孔果为由多要了一些美金。他说，您知道我的意思。他没有抱怨，干脆地付钱，这些都还在预算之中，在预见的计划内。他连司机会说什么谎言也早都知道了。自此又在路上颠簸了一个钟头。随着车子越开越远，树越来越多，且更高大茂密，最后车子停在一个半倾颓的营地前。

"贝本贝勒克。"他的语调坚定不容回嘴。

"那个该死的医院在哪里？"

驾驶用鼻子指向红色太阳的方向，一栋由四片木板建起的小房子，这里不像机场那么热。

"我什么时候来接你？"司机问。

"我会走回去的。"

"你疯了。"

"对。"

他拿起小行李袋走向四片绑得不太扎实的木板屋，也不回头向司机告别。司机朝路上吐了一口痰，开心极了，这么一来他有时间去基孔果看看几个表兄妹，顺便看看能否钓到要去奎卢的乘客，顺利的话，可以四五天都不用工作了。

他没有回头，等出租车的声音消失后，走向附近唯一一棵树。那是一棵奇怪的树，绝对不知道名称的树木。他拿起一个看起来靠着树干已放了一会儿，犹如在睡午觉的军用迷彩帆布大包，绕过屋子的角落，看到一个可能是贝本贝勒克的主要入口，有一条长长的门廊，三个女人无所事事地坐在类似吊床的东西上头，专注地观察时间如何无声地移转。那里实际上没有门，探头看里头也没有接待柜台。只有一条非常昏暗的长长走道，一盏灯泡像发电器般散发颤抖的光线，一只母鸡如在犯罪现场被逮到似的拔腿逃到外头。他又回到门廊，走向那三个女人。

"米斯医生呢？"

其中最年长的一个女人用头向里面比了一下，最年轻的配合着说，在里面，右边。不过他正在看诊。

他走向长廊的右边，直到一个房间里，看到一名穿着白袍的老人家，正在为一个孩子听诊。孩子非常害怕，要母亲站在身旁。

他和两个女人在刺眼的绿色长椅上坐着等待。一些变化影响小镇的日常作息，惊扰了这两个女人，她们嘴里不断念着同样的句子，像是召唤神灵的咒语。他把大包放在脚边，发出金属碰撞的声响。天黑了，当最后一个病患看诊结束，米斯医生抬起头，第一次看到他，目光再自然不过。

"您是来看诊的吗？"他招呼问道。

"我只是想来告解。"

这时，初来乍到的访客才发现，眼前的男人不只老，是非常老，但他的动作像是由发自内在的无尽能量所驱使。这令他感到困惑，他的外表像一名八十岁的老者，而照片里的他应该顶多七十几岁。

仿佛一个欧洲人在夜幕即将低垂之际，出现在贝本贝勒克医院说要告解是再平常不过的事情。米斯医生在洗手台洗手。水竟奇迹般地从水龙头流出来，然后他向这初到的访客示意跟着他走。这时，两个戴着墨镜、态度猖狂的男人把女人们赶走坐到绿色长椅上，医生邀请访客进入一个小房间，可能是他的办公室吧。

"您要留下来吃晚餐吗？"

"不知道，我不做长期计划。"

"随您吧。"

"布登医生，好不容易找到您了。自从在特拉普会修道院失去您的踪迹，就再也追查不到您的去处。"

"那么，您是怎么查到的？"

"我去档案室找的。"

"真是。就是这种什么事情都要归档记录的怪癖好。他们有好好接待您吗？"

"我想他们还没发现我去过那里。"

"您找到什么了？"

"除了一个指向波罗的海的假线索外，还有斯图加特、蒂宾根以及贝本豪森的信息。那个小镇里有位非常和蔼的老人家，因为她的热心帮忙，我才循线找到不少线索。"

"是我的表妹赫塔·兰道，不是吗？她一向健谈，有人给她打开话匣子的理由，她一定很开心。不好意思，请继续。"

"也没什么好说了，我花了好几年才找到您。"

"也好，这样我也才多了点时间弥补犯下的罪恶。"

"我的雇主倒是希望能早一点。"

"为什么不逮捕我，把我送上法庭？"

"因为，我的雇主很老了。他的说法是他活不久，不希望节外生枝。"

"是这样啊。"

"但是在他死之前，希望先看到您死。"

"我明白。那您又是怎么找到我的？"

"啊，我的工作大部分都是技术性的，很无聊。我花许多时间在各个地方侦查，最后锁定线索。只是到后来我才明白，我找的贝本豪森不是在巴登－符腾堡州。有时候我甚至觉得是您故意留下线索，让想找到您的人有迹可循。"

他注意到医生含着一丝笑意。

"你喜欢贝本豪森吗？"

"很喜欢。"

"那是我的失乐园。"米斯医生甩甩手，从记忆回到现实。他终于笑了："花了您许多时间。"

"我刚刚已经说了……当我接受委托时，您躲藏得非常隐秘。"

"是为了工作与弥补过错，"他非常好奇地问，"这种委托是怎么一回事？"

"这是非常专业，非常……冷血的。"

米斯医生站起身，从一个长得像柜子的冰箱拿出一个可能装着食物的碗放在桌上，还摆了两个盘子及两只汤匙。

"如果您不介意的话……我这年纪吃东西得像小鸟一样……少量多餐，不然我可能会晕倒。"

"人们会信赖年纪这么大的医生吗？"

"没有别的医生了。希望我死的时候这家医院不会关门，我还在和贝勒克及基孔果当局协商。"

"真遗憾，布登医生。"

"是啊，"医生指着碗里的不明物体说，"这是小米，相信我，吃这个总比没得吃好。"

他装盘然后把碗递给谈话对象，嘴塞得满满地说："您说您的工作很冷血、很专业，是什么意思？"

"就是，一些事情……"

"拜托，请告诉我，我很有兴趣。"

"比方说，我从来都不知道雇主是谁。当然，他们也不知道我是谁。"

"很合逻辑。不过，是怎么组织起来的？"

"好吧，这就完全是技术了。总有机会碰上中间联系人，但要非常细心，才能确定联系的人是对的，还要学习不留任何痕迹。"

"这也很合逻辑，但是您今天是搭马卡布罗·乔瑟夫的车来的。他可是一个很爱嚼舌根的人，这个时候他一定告诉全世界了。"

"他说的只会是我要他说的。我双手奉上假线索了，不好意思，这就不细说了……您怎么知道是谁带我来的？"

"我在四十年前创立了贝本贝勒克医院，我连这里吠叫的狗的名字、啼叫的是哪只母鸡都知道。"

"也就是说，您是直接从玛利亚瓦尔德修道院过来的。"

"您有兴趣吗？"

"非常感兴趣，我花了许多时间想着您。您一向独自工作吗？"

"我不是一个人工作的，有三个护士在日出前开始照护病人。我也很早起，但不像她们那么早。"

"很抱歉占用您的时间。"

"我想今天中断工作没什么大不了的。"

"除了工作，您还做其他事吗？"

"没有。我全部的力气和时间都用来帮助需要的人，这辈子剩下的日子也将如此。"

"听起来像宗教宣誓。"

"是啊……我还是半个修士。"

"您没有脱离修道院吗？"

"我脱离特拉普会，离开修道院了，但我的想法还是像个修士……没有教派的修士。"

"那您会做弥撒这类的事吗？"

"我不是神职人员。我不配。"

他们利用沉默的空当吞咽小米粥。

"味道很好。"陌生男人说。

"说实话，我吃得很腻了。我很想吃一些别的食物，像德国酸菜，我连它是什么味道都不记得了，却非常想念。"

"哇，早知道的话……"

"我思念这些味道不表示……"他吞下一口小米粥，"我不配吃德国酸菜。"

"您说的可能太夸张了。不过，总归一句，我也没资格……"

"不，这我肯定知道，您是没有资格的。"

他用手背擦嘴，抖抖依旧一尘不染的白袍，没征询他的谈话对象就推开食物托盘。两人面对面坐着，中间隔着无物的桌子。

"钢琴呢？"

"不弹了。我不配。甚至连以前崇敬喜爱音乐的记忆都会令我头晕。"

"太夸张了，不是吗？"

"告诉我您的名字。"

沉默。新来乍到的访客斟酌了一会儿："为什么？"

"好奇而已，对我也派不上用场。"

"最好不要。"

"你说了算。"

无可避免地，两个人都微笑了。

"我不认识我的雇主，如果您好奇的话，他给我一个关键字，可能您会有个方向。您想知道是谁雇用我的吗？"

"不，无论是谁，我都很感激您终于来了。"

"我叫埃尔姆。"

"埃尔姆，谢谢您的信赖。别不开心，但我得请您换个工作。"

"我也没多少委托案了，我快退休了。"

"如果这是您最后一个任务的话，我会更开心的。"

"布登医生，这我无法承诺。我想问您一个敏感问题。"

"问吧，我也刚问了一个。"

"为什么不自首呢？我的意思是，当您出狱的时候，如果自觉还未还清您的罪……那……"

"无论坐牢或死去，都不能修补我所犯下的罪。"

"但是您要修补什么呢？您做的事是无法弥补的。"

"我们是一群同住在岩石上的人，这颗岩石在宇宙间不停地游荡，在迷雾里寻找上帝。"

"我不懂。"

"我想也是。我想说的是，对一个人犯下的错或罪是可能在另一个人身上弥补的，而且也需要弥补。"

"我想您也不希望您的名字……"

"事实上，的确，我确实不希望。虽然自知永远无法弥补所有过错，但自从出狱后，我的生活就是躲藏和修补过错。我从几十年前就一直藏在心里，从未告诉任何人。"

"Ego te absolvo.[1] 不是吗？"

"您别笑我。我试过告解，问题是我的罪恶太深重，无法被宽恕。我花了一辈子弥补，也非常明白当大限来临时，我只能算才刚起步。"

"就我所知，只要悔过便足以……"

"别说傻话了，您知道什么呢？"

"我受过宗教教育。"

"又有什么用呢？"

"看是谁在说话？"

两个人又笑了。米斯医生的手伸进白袍，在衬衫口袋掏着。访客迅速扑到桌上，抓住他的手腕以压制手臂。医生缓慢地掏出一条折叠的脏手帕，访客一看见手帕便放开手。医生把手帕放在桌

1　拉丁文，意为：“我宽恕你的罪过。”

上（看得出来，手帕从中间剪开过，肯定是为了要剪成两条）。以宗教仪式般的姿态打开，手帕还留着形成蓝白色方格的线头，初到的访客好奇地看着，瞄了医生一眼。他闭着双眼，在祈祷吗？在回忆吗？

"您怎么做得出当年所做的事情？"

米斯医生睁开眼睛："您不知道我做过什么。"

"我收集过资料。您是负责验证假设的医生群之一。"

"您不局限于本业，非常多闻。"

"就像您一样。我不想错失对您表达我的不耻与恶心的机会。"

"被杀手瞧不起，算我活该，"他闭上眼，仿佛在念祷词，"就因为一个主义之名，我对人类、对上帝犯了罪。"

"您相信这个主义吗？"

"是的，我承认。"

"那慈爱和怜悯的意义呢？"

"您杀过孩子吗？"米斯医生看着他的双眼问。

"我得提醒您，发问的人是我。"

"是，也就是说，您知道那是什么感觉。"

"看着一个又一个哭泣的孩子，活生生把他们手臂的皮肤扯开，以研究发炎的情况……而且毫无同情。"

"我不是人，神父。"米斯医生告解。

"既然您不是人，又怎么会懊悔呢？"

"我不知道，神父。我罪大滔天。"

"布登医生，您的同伙无人懊悔。"

"因为他们知道自己的罪孽太重，无法请求原谅，神父。"

"他们有一些自杀了，有一些逃走了，像老鼠般躲藏着。"

"我没有资格批评他们。因为我和他们一样，神父。"

"但您是唯一一个试图弥补罪恶的人。"

"这我们无法知道。因为只有我想弥补是没有道理的。"

"我追查得很仔细。顺便一提，阿里伯特·福格特。"

"什么？"

虽然米斯医生懂得自持，但听见这个名字时，仍无法避免剧烈的寒战。

"我们猎捕到他了。"

"他活该，上帝原谅我。神父，我也活该。"

"我们惩罚他了。"

"我无话可说，这一切都太失控了，罪恶太重了……"

"我们已猎杀他好几年了，您不开心吗？"

"我不配。"

"他哭着请求我们原谅，都尿裤子了。"

"我不会为福格特哭泣，但也不想听这些细节。"

初到的访客盯着医生片刻。

"我是犹太人，"最后，他终于说了，"我受委托工作，但我是真心想做这件工作的，您懂吗？"

"我非常了解，神父。"

"您知道我内心深处是怎么想的吗？"

康拉德·布登医生睁开双眼，觉得有些害怕。仿佛害怕看见在告解室窗棂缝隙后方死去的老人。埃尔姆坐在他面前，专注地看着他的眼睛，脸上沾满各种生活起伏造成的皱纹。他没往小缝里看，他看着他的眼睛，米斯回应他的目光。

"我知道您是怎么想的，神父，我没有资格上天堂。"

埃尔姆沉默地掩饰惊讶，康拉德·布登医生接着说："您想的没错，我的罪恶如此深重，真正的地狱是我选择的。承担罪恶，继续活着。"

"您可别认为我能理解。"

"我想都没有想过。我不躲在这个想法的防护下，也不让灵魂冷血以为了自己选择的地狱生活好过些。我不求任何人的原谅也不求上帝的原谅，我只求有机会用可能的方式弥补自己的罪恶。"他用手捂住脸说，对不起，是我错了，每一天我都用同样的痛苦重复同样沉重的罪恶感。

沉默无语。外头，静止的甜蜜慢慢征服了医院，埃尔姆远远听见因距离而减弱的电视声，米斯医生用更细微的声音掩饰悸动："我的死会是一个秘密，还是会公布我的名字？"

"我的雇主希望不要有人知道。付钱的人说了算。"

又是一阵沉默。是的，一台电视，在这地方很不寻常。埃尔姆倾身向桌上："现在，您不想知道谁聘雇我的吗？"

"我不需要知道。您是代表所有有权者而来。"

他的手轻柔且略为庄重地放在脏手帕上方。

"这条手帕是怎么一回事？"埃尔姆问，"是餐巾吗？"

"我也有自己的秘密。"

医生把双手放在手帕上说，如果可以的话，我准备好了。

"那么，麻烦您张开嘴巴⋯⋯"

康拉德·布登医生虔诚地闭上眼睛说，您请便，神父。窗户另一边传来一只被惊扰的母鸡叫声，应该快去睡了吧；远处，传来电视的笑声、掌声。这时，欧根·米斯，阿诺德·米斯修士，康拉德·布登医生张开嘴，准备领取上路的旅费。他听见包的拉链有力地拉开，还有即将把他送入地狱的金属声响。他接受这一切犹如接受赏赐的赎罪机会。他没有闭上嘴也没听到手枪的引爆声，因为子弹比这一切更快。

访客把枪收在腰际，接着拿出一把卡拉什尼科夫机关枪。离开小房间前，小心翼翼地折起手帕收到口袋里，仿佛对他来说，这也是个仪式。死者还端坐在椅子上，嘴巴血肉模糊却未流淌一滴血，连白袍也没有玷污。他一边心想医生太老了，老到无血可流，一边拉开来福枪的保险准备伪装犯罪现场。他掂量着电视声的方向，知道自己必须要往这个方向去。显然医生的死必须被忽视，为了要达到这个目的，势必要让人们讨论其他事情。这是工作的一部分。

41

　　亲爱的朋友和同事，我所说的都是在《欧洲思想史》发行以前的事情。要查询关于人类各种资料主要有两个来源：《加泰罗尼亚百科全书》（*Gran Enciclopèdia Catalana*）以及《不列颠百科全书》。我比较熟悉后者。其第十五版写道：阿德里亚·阿德沃尔·博施（生于 1946 年，巴塞罗那）为当代美学理论与思想史教授。1976 年于蒂宾根大学取得博士学位。1978 年出版《法国大革命》一书，反对以理想为名的暴力行为，同时质疑马拉、罗伯斯庇尔以及拿破仑等人的历史正当性。作者聪颖地将这些人与二十世纪的血腥人物，如斯大林、希特勒、佛朗哥，以及皮诺切特等细腻比较。事实上，在这段期间，年轻的阿德沃尔教授不在乎历史。在写这本书时，还因为他的萨拉·↑沃尔特斯－爱泼斯坦（1950 年生于巴塞罗那。1996 年卒于巴黎）在几年前毫无理由的失踪而意志消沉。那时，他认为整个世界和生活都亏欠他。他无法告诉朋友贝尔纳特·↑普伦萨·蓬索达（1945 年生于巴塞罗那）。相反地，这位朋友经常把他当作用来哭泣一切不幸的肩膀。该作品在法国知识分子间产生一些波动，这群人不再关注他，直到遗忘他。因此，读者对《马克思？》（1980 年）的出版完全无感。既然在加泰罗尼亚没有任何斯大林主义者得知这本书的存在，也就无法挞伐。在一次拜访↑小洛拉（1910 年生于巴塞罗那，卒于 1982 年）时，才意外得知亲爱的萨拉（参考前文）的下落。其中除了因为无法面对劳拉·↑拜利纳（巴塞罗那，1959 年？）这段自己也坦承不公平的关系而发生一些小插曲外，还算是平静。Mea culpa, confiteor.[1] 从好几年前，他就构想撰写恶的历史，却一直对此想法不太确定，所以过了很久，这个想法才真正成为写作项目。恢复内在平静后，终于将精力投注到撰写他认为最成功的作品《美学意志》（1987 年），获得以赛亚·↑柏林（另参考个人出版社，贺加斯出版社，1987 年；第二版，1988年，皮姆利科）的支持。在数年专注于论文写作后，《欧洲思想史》（1994 年）终告大成。这是他在国际间最受重视的作品，也是我们今天聚集于蒂宾根大学哲学暨文学系所布雷希特包图书馆的原因。我非常荣幸能为这次活动做简短的介绍。当然，不受到个人的记忆与主观影响并不容易，因为我和阿德沃尔博士的关系得追溯到好几年前，也是在这所大学里，在这里的教师与走廊间。当时我是初来乍到的新任教授（亲爱的同学们，我也有过年轻岁月），阿德沃尔只是名年轻的学生，因遭遇感情问题而沉迷性行为，不断地与女性交媾，直到与科内利亚·↑布伦德尔（1948 年，奥芬巴赫）有了某种程度的默契。这对他而言无疑又是痛苦的折磨。这个女孩，没有他所想的完美，却必须承认和她总是能达到高潮。她瞎了眼地四处寻找新的性体验，使得阿德沃尔这般热情的地中海情人无法抗拒。当然，就连德国人四四方方的脑袋也无法抗拒。接下来我要说的从来没有人告诉过他。因为他听了可能会很不好受，但是，我承认，在下也是布伦德尔的体验之一。我为各位说明：在体验过一位壮硕的篮球选手、一名芬兰冰上曲棍球员，以及一位头发有跳蚤的画家

1　拉丁文，意为："我承认，是我的错。"

之后，布伦德尔选择了另一种体验，她看上我，好奇地想知道与一名教授上床的感觉。事实上，我必须承认，自己不过就是一座顶上带着学士帽的奖杯，旁边放着鲜红色曲棍球帽一同装饰她城堡里的壁炉。够了，因为我不是今天的重点，阿德沃尔博士才是。我刚刚说到，他与布伦德尔的关系是他人生的十字架，为了克服这点，他遁入研究工作，也因此，值得在内喀尔河畔为科内利亚·布伦德尔竖立一座雕像。阿德沃尔在蒂宾根完成研究及关于维柯的论文。提醒诸位，他受到欧金·科塞留教授的大力赞赏（欧金·科塞留视频，蒂宾根大学存档）。虽然他已非常年长，思绪依旧清晰，身体健朗，在第一排的座位上不断抖脚，看起来相当高兴。我发现阿德沃尔博士的论文是本大学思想与历史相关学科的学生最常查询的书目。我得在这里停止，否则将不断夸赞他。接下来，我要把发言权交给昏庸又自大的肖特博士。他微笑地将麦克风传给肖特博士，并向阿德里亚眨眨眼，然后坐到椅子上。这里约有上百人，老师、学生，很有趣的组合，萨拉则想着他身上的新西装，真帅，真好看。

这是她强迫他买新西装的世界巡回首演，作为陪他到蒂宾根大学参加《欧洲思想史》发布会的条件。阿德里亚与几位知名的介绍人同坐台上，心想，萨拉，我的挚爱，这一切美得像场梦。不是因为有卡梅内克深入、一丝不苟、别具意味且带有轻微、低调的主观介绍，也不是肖特教授热忱的发言，断言《欧洲思想史》是羽翼大展、覆盖远广的省思之作，欧洲所有大学都应该购入，并恳请各位尽早阅读。恳请？我邀请各位阅读本书！此外，卡梅内克教授也提到以赛亚·柏林及他个人对本书的看法（参照前文）。卡梅内克教授，如果你没有意见的话，我们应该补充柏林先生提及的相关情况，

比方说他在与贾汉贝格罗[1]的对话中，还有叶礼庭[2]在柏林的传记中
所描述的……不，这一切都不是奇迹。萨拉，在这之后延续了一个
多钟头的阅读也不是，我确定。但不是，我指的不是这些，而是看
到你在场，在这个我坐过无数次的位置上，你绑着黑色的马尾，垂
悬在肩上，面带微笑看着我，心想我穿着新西装看起来真帅。不是
吗？阿德沃尔教授？

"请再说一次？肖特教授？"

"请分享您的看法。"

我的看法？我的天啊。

"爱也推动那太阳和其他星辰。"

"什么？"教授迷惘地看着观众，又迷惘地看向阿德里亚。

"因为我正在谈恋爱，所以可能会一时分心忘记我们在说什么，
可以再说一次您的问题吗？"

他带着不安的目光、半冻结的兔子般的微笑，在场的数百名观
众不知该笑还是不该笑，直到萨拉爆出一阵大笑，大家才跟着模仿。

肖特教授再说了一次问题，阿德沃尔教授仔细回答，许多人的
目光因为极度感兴趣而闪闪发光。我心想，生命何其美好。接着我
读了第三章，最主观的一章，写的是我在知识历史本质的发现，然
后才读了一行关于维柯的句子，以及因为罗斯教授的指点所发现的
一些观点。遗憾的是，罗斯教授已不在人世了。我一边读，不禁一
边想着二十年前，阿德沃尔逃到蒂宾根舔舐因萨拉无故消失造成的
伤口，而现在，萨拉在他面前开心地笑着。二十年前他在蒂宾根大

1　贾汉贝格罗（Ramin Jahanbegloo, 1956—　），伊朗哲学家。

2　叶礼庭，即加拿大作家、学者、政治家米哈伊尔·伊格纳季耶夫（Michael Grant
　　Ignatieff, 1947—　）的中文名。

学里，就像刚才的介绍，他忙着与各种女性交欢，在教室里找寻各种能让他想起萨拉面容的女孩。而现在，三十七岁的萨拉就在我面前，更加成熟且讽刺地看着他。他合上书本说，一本这样的书得花上数年的功夫，希望在往后的几年里，好几年里，我都不要再写类似的书了。热忱的听众用指节敲着桌子。发布会结束后，他俩与肖特教授、瓦尔腾院长、非常开心的卡梅内克教授以及两位沉默寡言的害羞教授共进晚餐。其中一位，可能是小个子的那位，用很微弱的声音说，卡梅内克总是说我的肖像画让他很感动。阿德里亚再次针对卡梅内克的敏锐与感性大做文章，他则垂下视线，对这意外的赞赏感到惊讶。

晚餐后，阿德沃尔带萨拉到公园散步。夜幕将要低垂，最后一丝日光随着空气弥漫春天的芬芳。她不停地说虽然很冷，但这一切实在太美了。

"听说今天会下雪。"

"下雪也很美。"

"以前要是难过或想你的时候，我就会来这里散步，跳进墓园的围栏里。"

"可以吗？"

"你看，可以啊。"

她不假思索跟着跳进墓园，过了三十公尺后，他们看到墓园开放的入口。萨拉紧张地强忍笑意，好像在死者之家笑出声是件无礼的事。他们走到最底端的坟墓，萨拉好奇地看了名字。

"这些是谁？"没有戴阶级章的指挥官问。

"德国的反抗军。"

指挥官走近为了看清楚。一名中年人，看起来像办公室职员不像士兵，而她，一个平和的家庭主妇。

"你们是怎么来这里的？"

"说来话长，我们需要炸药。"

"你们是从哪里来的？你们以为自己是谁啊？"

"希姆莱必须经过费拉赫[1]。"

"哪里？"

"在克拉根福（Klagenfurt），国界的另一边，我们知道地形。"

"所以？"

"我们想要好好接待他。"

"怎么接待？"

"炸他个满天飞。"

"他不会让你们这么做的。"

"我们知道要怎么做。"

"你们做不到的。"

"做得到，我们准备和他玉石俱焚。"

"你刚说你们是谁？"

"我们还没说。纳粹破坏了反抗军的根本，他们枪决了三十个同袍，领导在监狱里自杀了，我们剩下的人希望死得像英雄，死得有意义。"

"你们的领导是谁？"

"赫伯特·鲍姆[2]。"

"你们是那个组织的？"

1　费拉赫（Ferlach），位于奥地利南部。

2　赫伯特·鲍姆（Herbert Baum, 1912—1942），德国犹太人，反抗纳粹的德国抵抗运动领导者之一。

"没错。"

没有佩戴军阶章的军官与金色小胡子助手目光不安地交换了一下。

"你说希姆莱什么时候会经过这里？"

他们仔细地研究自杀计划。是的，是可行，非常有可能达成。因此，在达尼洛·亚尼采克的督导下，他们拿到数量可观的炸药。因为资源非常有限，决定在五天以后，不管行动成功或失败，达尼洛·亚尼采克都必须回到组织。无论如何，达尼洛·亚尼采克都不会跟着你们进行自杀行动。

"这太危险了。"当大家把任务交给达尼洛·亚尼采克时，他抗议道，完全不喜欢这个提议。

"是很危险，但如果成功……"

"我不觉得会成功。"

"这是命令，亚尼采克，你带几个人掩护你。"

"神父，你来，我需要枪法准的掩护。"

就这样，德拉戈·格拉德尼克掩护同袍穿梭在耶伦道尔(Jelendol)的小径，背包里的炸药都快满到头顶上，他却开心地像背着木制的碗与汤匙一样。背包安全抵达目的地，他与一个瘦得像面条的男人在瓦德萨大街的一座仓库见面。他再次确认希姆莱两天后会抵达费拉赫。

没有人知道如何解释悲剧是如何发生的。赫伯特·鲍姆党团的激进分子也没有解释。就在行动日的前一天夜晚，达尼洛与神父正在准备炸药。

"这个炸药相当不稳定。"

"才不会，这是军事用的，不会不稳定。"

"但我确定它在出水，要是炸药出水的话……"

"我知道，但是这些炸药的状况相当良好。"

"这简直是一堆废铁。"

"我觉得不是，况且也没别的解释。"

凌晨三点钟，当他们把炸药和另外两个零件一起放在准备用来像抱紧舞伴般紧抱希姆莱以炸飞他的背包时，达尼洛非常疲倦、紧张地大喊，不要摸背包，妈的！累坏的神父被士兵的口气冒犯了，过度用力地放下刚装好的背包，顿时震天轰隆，火光并起，黑暗的仓库闪亮了十分之一秒后，玻璃、砖块、达尼洛和神父格拉德尼克的肢体齐飞，一时间全混杂在断垣残壁之中。

军事机关调查时，找到至少两个人的肢体残骸，其中一位的脚像家里刚烤好的面包，卡在破铜烂铁里，周围不是肠子就是喷溅的血迹。其中有一块身份辨识牌绑在一个很粗的脖子上，牌子写着党卫队二级突击队中队长弗朗茨·格吕贝。这个可耻的死者，根据武装党卫队一级突击队中队长蒂莫托伊斯·沙夫的说法，当初武装党卫队在进入克拉尼斯卡戈拉时，就是因为这家伙，一听到几声枪响，就逃往敌人的方向，双手还举得高高地，要求对方饶恕。一名党卫队士兵竟然向游击队求饶！现在我们懂了，这个可耻的叛徒又出现了，还涉及对党卫队全国领袖进行恐怖攻击。这是一起针对党卫队全国领袖海因里希·希姆莱的谋杀计划。

"格吕贝是谁？"

"一个叛国者，背叛领袖、背叛进入党卫队时发下的神圣誓言的无耻之徒，党卫队一级突击队中队长蒂莫托伊斯·沙夫可以提供更多资料。"

"让他永远被众人诋毁、不耻。"

* * *

洛塔尔·格吕贝收到语气生硬且意图明确的电报，告知他，他那卑贱之子犯下令人不齿的行径，竟敢意图攻击党卫队全国领袖，由于其意图制作炸弹行刺，如今已被炸为千百块碎片，此外，他们也逮捕了其余十二名德籍叛徒。这票党羽以及属于可耻的犹太人赫伯特·鲍姆的组织已全数歼灭。您可耻的儿子将是帝国永恒的耻辱。

洛塔尔·格吕贝微笑地哭泣。那天夜晚他告诉安娜，亲爱的，你看我们的孩子重新想过了，我不想告诉你弗朗茨脑袋里塞满了希特勒的狗屎。但是，他好像发现自己错了，我们虽因此蒙受臭名，却是格吕贝家族最大的喜悦。

为了庆祝他们家族唯一一个英勇回报帝国野兽的英雄小弗朗茨的勇敢，他要求君特·拉乌在多年后还他一份人情。是的，君特谨慎评估利害关系后说，好，洛塔尔，我的朋友，但是有条件。什么条件？看在上帝的份上，一定要低调。我会告诉你该给墓葬人多少小费。洛塔尔·格吕贝说，好，可以。五天后，当大家开始传说西方前线有大问题，无人再提及白俄罗斯发生大地母亲吞噬整个军队的大灾难时，在蒂宾根安静的墓园里，格吕贝—兰道家族的坟墓里，一位哀伤男子与他的表亲——贝本豪森兰道家族的赫塔·兰道——的面前，接下了一个纪念勇敢英雄的空棺，用白花荣耀他的灵魂，迎接另一个更好的时代。亲爱的安娜，我以与你团聚的儿子为荣，不久我也将会和你们团圆。我已无所牵挂了。

夜幕已经降临，两人还沉浸在思绪之中，走向仍敞开的墓园大门。她牵着他的手，走到照着公园小径的路灯下。在那里，她说，我认为肖特教授说的没错。

"他说了很多事情。"

"我指的是你的《欧洲思想史》确实是一部重要的作品。"

"不知道,我也希望是真的,但不知道。"

"确实是的。"萨拉坚称。而且,我爱你。

"不过,我有写其他作品的想法很久了。"

"什么作品?"

"不知道。恶的历史。"

走出墓园时,阿德里亚说,问题是我静不下来,无法认真好好思考。我不知道。各种想法不断萌生,却没有任何一个……

"你就好好地静下心,我会陪在你身边的。"

于是,我在萨拉的陪伴下写作,她在我身边画画。我们剩下的时间不多了。一起工作,一起生活,一起向我们的恐惧妥协的时间真的不多了。你待在我的身边,我写作,萨拉为故事做插画、素描。阿德里亚在她身边崇拜每一笔线条,萨拉烹煮犹太洁食并向他点出犹太料理的丰富内涵,阿德里亚则回报以西班牙马铃薯烘蛋、炖饭以及香煎鸡胸肉,偶尔还有马克斯寄来的精选葡萄酒包裹。我们笑着,不时地笑着。或当我走进她的画室时,看她专注盯着画架上空白的画纸长达十分钟,想着她的事情,想着她的神秘、她的秘密以及她不容许我拭干的泪水。

"我也爱你,萨拉。"

她转过身,视线从空白画纸转移到我苍白的面容上(按照勇敢的黑鹰的说法,这是一张白的不得了的脸),因为她所纠结的事情、她的奥秘、秘密与神秘的眼泪太难摆脱,直到三秒钟后才露出微笑。即便如此,我们是幸福的。现在我们走出墓园,在蒂宾根,你说让我专心写作，你会陪在我身边。

天气冷的时候，虽然已是春天，夜里的步伐听起来仍然不同，仿佛是寒冷在打哆嗦的声音。他们安静地走回旅馆时，阿德里亚如此想着，一场幸福的夜间双人漫步。

* * *

"请问你们需要什么？"

"阿德里亚·阿德沃尔吗？阿德里亚？是你吗？"

阿德里亚看着萨拉，脱下雪衣，接着拉起阿姆须罗斯饭店房里的窗帘。

"我们要做什么？你想做什么？"

萨拉刷了牙，穿上睡衣钻进床里。阿德里亚说，好啊，当然，当然，没错，就该这样。直到他决定什么都不说，只要倾听。安静地过了五分钟后，他看着萨拉静静地端详天花板，任由这份谧静安适自己。

"你看，这……是、是，当然。"

三分钟后，我感觉到亲爱的你正想着我们俩。偶尔我的眼角瞄到你藏着满意的微笑。亲爱的，我知道你以我为傲，而我是天下最幸福的男人。

"你说什么？"

"孩子，你有没有在听我说话呀？"

"有，当然有。"

"就是这样，我实在……"

"贝尔纳特，也许您应该考虑分手了。两个人在一起不好的话，

不如分手，没有别的选择，"阿德里亚听着话筒另一端的呼吸声，
"你不这么认为吗？"

"兄弟呀，但是……"

"你的小说写得如何？"

"不怎么样。你觉得还能怎么样？"话筒另一端沉默无语，"我
不会写作，然后，你还让我离婚。"

"我没有要你离婚。我对你没有任何要求，只希望你快乐。"

又过了三分半钟，直到贝尔纳特说，谢谢你听我说话。终于挂
上电话，阿德里亚在电话前呆了几秒钟，才站起身拉开一点窗户纱
帘，外头正安静地飘雪。突然我希望能得到庇护，在萨拉的身边。
萨拉，我想和你一起躲到庇护之中。那时，还无法想象现在，就在
我写作的时候，暴风雨会再度袭击。

42

从蒂宾根回来我像充饱的气球或一只仰首的孔雀。我以高姿态睥睨人文系，以致自忖其他人是如何能够在如此接近尘土之处生活，直到我到系里咖啡厅喝咖啡。

"啊，你好。"

她比以前更漂亮了，我甚至没察觉自己坐到她身边。

"你好，最近忙什么？"

是的，更漂亮了。从几个月前开始，当我们不得不接触时，她极力表现的尖锐变为甜美了。或许是因为无聊？还是因为她身边的事情都逐渐好转了？

"很好。你呢？嗯，德国的发布会很好，不是吗？"

"是的。"

"但是我比较喜欢《美学意志》，更喜欢那本。"

喝了一小口咖啡，我喜欢这道基本立场的声明。

"我也是，但别让人知道。"

沉默。又喝了一口咖啡，现在换她喝一口咖啡牛奶。

"你很优秀。"过了一会儿，她说。

"什么？"

"都说了，你很优秀。"

"谢谢，我……"

"别说了，别破坏气氛。你就好好思考，偶尔写写书吧。但是不要与人接触，连碰都别碰，懂吧？"

她一口气喝完咖啡牛奶，我巴不得请她多解释一下。但是，我发现在这问题上纠结是件傻事，尤其我还没有对你说过劳拉的事情。当然我可以坦诉一切，这不是问题。劳拉没有责难反而夸奖了我。一个月前，因为办公室改装，我终于有了属于自己的办公桌，她选择我对面的位置，我得习惯与劳拉维持一份不同以往的关系。我甚至以为如此一来，就不用告诉你关于劳拉的事情了。

"谢谢你，劳拉。"我说。

她在吧台上敲敲指节便离开。我等了一会儿，避免与她一起走上台阶。但是，劳拉没对我摆出坏脸色是件好事，而且奥梅德斯对我说，劳拉，你知道我在说谁吗？一个金发矮个儿的美人，恨不得吃了她。这种感觉实在很刺激，全世界都拜倒她的石榴裙下，我想，真替她开心，也想着我做了这些对不起她的事情，一定都让她升华了吧。我对奥梅德斯说，这些话我早听别人说过了，偶尔也该有几个不错的教授，不是吗？

* * *

阿德里亚·阿德沃尔站起来，在宽敞的书房里转了几圈。想着那天早上劳拉说的话，在一本敞开的大块头精装书前停下脚步。他想，不知道自己为什么无法停止研究，应该是无尽饥渴地试图了解这个世界吧，谁知道。但是他也没再继续深思了，因为门铃响起，小洛拉开了门，他走回坐下看着刘易斯，读了几行文学现实主义的省思。

"哟！"

"干什么？"

"卡特丽娜。"

"铃铃铃……"

他抬起头，卡特丽娜可能已经走了，他看向时钟，大概是下午七点半，不情不愿地放下刘易斯去开门。是贝尔纳特，拿着一个运动背包，对他说，你好，我可以进来吗？在他还未回答"当然，请进"以前，他就迳自进门了。

过了漫长的一个钟头后，萨拉回到家了，在门口玄关喜悦地高声"格林童话的两个故事！"便关上门。她拿着画纸走进书房里说，你还没把蔬菜放下去煮吧？

"啊，你好，贝尔纳特。"她看着他的运动背包。

"呃，这是……"阿德里亚支吾着。

萨拉一眼便明白情况，邀请贝尔纳特一同晚餐，仿佛是命令般不容拒绝，又对阿德里亚说，每个故事六个插画。接着走出书房去安放画纸，然后把锅子放到火炉上，贝尔纳特害羞地看着阿德里亚。

* * *

"让他住在客房吧。"萨拉打破沉默道。他们三人坐在杰里的圣母修道院的画作前，画里的修道院连在夜里也接收从特雷斯普伊山峦照射过来的阳光。两个男人呆着，从各自的蔬菜盘里抬起头。

"嗯，我想你是要来借住几天的吧，是吗？"

事实上，萨拉，贝尔纳特都还未开口呢。我知道他要借住，但不知为何有点抗拒，也许是因为我不喜欢他没有勇气主动开口要求吧。

* * *

"如果不会不方便的话。"

我总是希望自己像你这么直接，萨拉。相反地，我从来无法直接面对事情，而且，这还事关我最好的朋友。一旦最重大的事情落定了，晚餐在轻松许多的气氛下进行，贝尔纳特不得不告诉我们，他不希望分手。但是，我们吵得越来越凶，我很心疼略伦斯，他……

"他几岁了？"

"不知道，十七或十八岁吧。"

"够大了，不是吗？"我说。

"要看是什么事吧。"贝尔纳特防备地抗议。

"要是你们分手呢？"

"我担心的不是这个，"萨拉说，"而是你不知道自己的儿子几岁了。"

"我都说他大概十七或十八岁了。"

"嗯……"

"他生日是什么时候？"

一阵怪罪的沉默。而你，只要你想在鸡蛋里挑骨头，谁也无法阻止，你继续问："你说说看，他是哪一年生的？"

贝尔纳特想了一会儿说，1977 年。

"夏天、秋天、冬天还是春天？"

"夏天。"

"你看！他十七岁。"

你没有教训他。你原可对一个不知道自己儿子年纪的男人说教。可怜的特克拉，跟一个漫不经心、什么都只想到自己的男人在一起，好像所有人都为了要伺候他而存在似的，不是吗？就是诸如此类的事情。相反地，你只是摇摇头，收起所有的意见，我们平和地吃完晚餐。萨拉很早就去休息了，留下我们兄弟俩。这是鼓励我让他说话的方法。

"你分手吧。"我对他说。

"是我的错，我不知道自己儿子几岁。"

"喂，说真的，你离婚，试着让自己开心吧。"

"不行，罪恶感会侵蚀我。"

"你做错什么了？"

"全做错了。你在读什么？"

"刘易斯的书。"

"谁？"

"克利夫·斯特普尔斯·刘易斯，一位智者。"

"啊，"贝尔纳特翻翻书又放回桌上，看着阿德里亚说，"我仍然爱她。"

"她还爱你吗？"

"我想是的。"

"好吧。但你们在互相伤害，也在伤害略伦斯。"

"唉，可是……算了，不重要。"

"所以你才离家，不是吗？"

贝尔纳特坐在桌子上，双手捂着脸，不可自抑地哭了起来。他哭了好一会儿，我不知道该做些什么，是要过去抱抱他还是拍拍他的背，或是说个笑话？我什么都没做，也就是说，有啦，我拿走克利夫·斯特普尔斯·刘易斯的书，免得被他的眼泪弄湿。有时，我真的觉得自己很无趣。

* * *

特克拉打开门，静静地看着我。她邀请我进去后关上门。

"他还好吗？"

"他很迷茫、颓丧，你呢？"

"我也很迷茫，很沮丧。你是来当和事佬的？"

事实上，阿德里亚从未与特克拉说过太多话。他们很不同。她的目光非常不安，五官相当漂亮。有时像是在叹惜自己太漂亮般。现在，她随性地绑着马尾，诱使人想好好地与她深吻一番。她的双臂交叉，态度谦逊地看着我的眼睛，好像在请我一吐为快，让我说贝尔纳特心痛得支离破碎，跪着要求回家，他知道自己多么令人无法忍受。就算不可能他也会努力……是的，是的，我知道，是他甩上门离开的，是他自己要离开的，不是你……但是他在祈求，跪着祈求，请你准许他回家，他没有你活不下去……

"我是来拿小提琴的。"

特克拉像化石般呆了几秒钟，反应过来时，我想她有些生气。她消失时，我告诉她还有乐谱……在一个很大的蓝色资料夹里……

她拿着小提琴与一个大资料夹回来，放在餐桌上，有些大力。她比我想象的更生气，我觉得对这件事表达任何想法都是不公平的，所以只是来拿小提琴与大资料夹。

"我对这一切感到相当遗憾。"我在离开时说。

"我也是。"她关上门，比平常更用力。这时，略伦斯背着背包从楼梯间两阶两阶地跑上来。在这孩子发现我站在他家门口以前，我就闪进电梯免得尴尬。我知道，我是一个懦夫。

* * *

第二天下午，贝尔纳特开始练琴了。家里的四面墙壁终于重新响起小提琴的乐音。阿德里亚在书房里坐着看向天花板，以听得更清晰。贝尔纳特在房里让楼梯间回荡安奈斯可的《奏鸣曲》。晚上他跟我借斯托里奥尼，悦人地以琴啜泣了二十到三十分钟左右。他演奏了几首勒克莱尔舅舅的奏鸣曲。这次只有他一个人独奏。我想，应该要把维亚尔送给他，他才能好好地善用这把琴。但我及时打住冲动。

或许是音乐帮上了忙，晚饭后，我们三人聊了好一会。非常意外的是，萨拉谈到她的海因叔叔，又聊到平庸之恶，因为我在不久以前才热切读了汉娜·阿伦特，以至于脑海里有些想法不知如何抒发。

"你在想什么？"贝尔纳特问。

"如果罪恶无需遭受惩罚，可就大错特错了。"

"我不懂。"

"如果我因为想要伤害就伤害人，而且不会被处罚，人类就不会有未来。"

"你的意思是说无目的犯罪吗？没有任何原因。"

"毫无理由的犯罪是我们可以想象最不人性的事情了。我看到一个人在等车，就杀了他，太可怕了。"

"但是，仇恨能够当作犯罪的理由吗？"

"不，但可以解释犯罪的动机。不过，无来由的犯罪，除了可怕，还完全无法解释。"

"那么以上帝之名犯罪呢？"萨拉加入对话。

"也是毫无缘由，却不失主观的托词。"

"那以自由之名、进步之名或未来之名呢？"

"以上帝之名或未来之名杀人都是一样的。都是以相同的原理为论据，同情心、怜悯心都随之消失，冷血地杀人不受良心影响，就像精神病患杀人一样。"

三个人都不再说话，没有任何目光交会，仿佛要让谈话的内容泄气般。

"有些事我不知道该如何解释，"阿德里亚声音悲切地说，"残酷，残酷有什么道理？这是我无法理解的，如果不是为了写作的话。"

"你何不试试看？"你看着我的眼睛说。目光依旧能够穿凿我。

"我不会写。"

"别闹，我可不想开玩笑。"

谈话不再精彩，于是我们各自回房休息。亲爱的，我还记得，就是那一天我决定了。我在床上躺了一个钟头，眼睛仍瞪得斗大，便悄悄起床到书房去，拿起钢笔和几张白纸，准备要从很远的地方开始处理这个议题。我想要慢慢地接近方才谈论的话题。我写下：选的石头不能太小。太小的无法打疼人，太大的又会让罪犯的哀求时间缩短。因为，永远别忘了，我们是要惩罚罪犯，所有的好人都举起手，希望参与石刑。他们知道错误需由受苦洗清。正是如此，向来如此。因此，不贞的女人要受伤害，挖去一只眼睛，并对她的哭泣不表露同情，如此无上的真主，唯一的上帝，慈爱的上帝，无尽地慈悲者才会开心。

阿里·巴赫尔不情愿地现身。他是提告人，所以能够拥有投掷第一块石头的待遇。在他面前，声名狼藉的阿马妮被埋在地洞里，只看得见她的脸，一张哭泣的脸，从好久以前不断说着别杀我，你们别杀我，别被阿里·巴赫尔骗了。而阿里·巴赫尔因罪犯的话语感到不自在，他走到长老画的标志线前丢出第一颗石头，试图要妓女闭上嘴。赞颂真主，要让这妓女闭上嘴的石头前进得太慢了……就好像当他走进阿马妮家里时，她一看到男人进门便用手上的厨房抹布遮住脸说，您来这里做什么？您是谁？

"我来卖海枣给商人阿齐扎德·阿尔法拉提。"

"他不在，晚上才会回来。"

这就是他想要确认的事情。而且，他看到她的脸了，比穆拉巴须旅店里的传说还美。所有不正经女人的姿色都格外动人。阿里·巴赫尔将篮子放在地上。

"我们没打算买海枣，"她非常不信任对方地说，"我也没有被允许……"

他向女人走了两大步，张开手臂，严肃地说，我只想揭开你的秘密，小阿马妮。他的双眼闪着火光，严厉地说："我是奉真主之名而来的，你这个亵渎者。"

"这是什么意思？"美人阿马妮惊恐不已。

他更靠近女孩："看来我不得不找出你的秘密了。"

"我的秘密？"

"你的放荡。"

"我不懂你在说什么。我的父亲……他，他会要你交代清楚的。"

阿里·巴赫尔无法掩饰眼底的火光，严厉地说："脱光，放荡的母狗。"

阴险的阿马妮不听话，逃到屋子里，而阿里·巴赫尔不得不追上她，掐住她的脖子，当她尖声大喊救命时，他用一只手捂住她的嘴，另一只手拉扯她的衣服，将罪恶掏出来见光。

"瞧，荡妇！"

他将她颈上的圆牌项链扯断时，扯出一道环绕着脖子并渗出血的伤口。

他看着圆牌，上头是一个人像，一个女人怀里抱着一个孩子，后方是一棵茂盛的不知名树木，另一面有几个基督教的字母。这意味着，女人们谣传关于阿马妮的事情是真的：她崇拜假的上帝，或至少她没有遵从无论在任何情况下，都不得制作、雕塑、绘画、彩画、购买、穿戴、拥有或崇拜偶像的规定，赞美真主。

他把项链收进衣服的褶子里，知道项链一定能卖给途经红海或埃及的商人好价钱。他心安理得，因为他没有制作、雕塑、绘画、彩画、购买、穿戴、拥有或崇拜任何偶像的物品。

他收起项链，看着阿马妮美丽的身躯。真是罪恶的身体啊。在被扯破的衣服下已毫无遮蔽，难怪有些男人说在她暗示性强大的布幔底下，绝对是一副罕见的好身材。

他听见远处传来穆夫提[1]呼唤村民做晌礼。

"敢大叫就杀了你。别逼我！"

他强迫她弯下身躯，扶着放米罐的架子，终于脱光她了。她全身赤裸地啜泣。这个脏女人让阿里·巴赫尔进入她的身体，连上天

1　穆夫提（Mufti），伊斯兰教教职称谓，意为"教法解说人"。

堂都找不到的爽快，要不是因为这女人不停地哭，而且我太放松了，才会闭上眼被无止尽的愉悦浪潮带着走，赞美……

"那时，我感到可怕的刺痛感，便张开眼站起身，尊敬的卡迪[1]，我看这个疯女人压在我身上，还拿着刺痛我的尖锐物。因为疼痛才不得不中断晌礼。"

"那么，她为何要在您专注礼拜时伤害您呢？"

"我猜她想要偷我的海枣。"

"你说这个女人叫作什么？"

"阿马妮。"

"去把她带来。"卡迪对双胞胎说。

十二点的钟声敲响了，接着响起康塞普西奥教堂的钟声。在两个钟头前，路上就已经没有什么车子了，阿德里亚不想起床也不想去上厕所，更不想泡杯菊花茶，只想知道卡迪究竟要做什么。

"首先，你得知道，"卡迪耐心地说，"问话的人是我。然后，记住，说谎的话，可是要付出性命作为代价。回答我。"

"尊敬的卡迪，一个不认识的男人走进我家里。"

"带着一篮海枣？"

"是的。"

"他想把海枣卖给你。"

"对。"

"那么，你为什么不想买？"

"我没有得到父亲的允许。"

"你的父亲是谁？"

1　卡迪（Qadi），伊斯兰教教职称谓，意为"教法执行官"。

"商人阿齐扎德·阿尔法拉提。而且，我也没有钱可以买。"

"你的父亲在那里？"

"他们逼他把我赶出家门，还不准他为我哭泣。"

"为什么？"

"因为我被侮辱了。"

"你却如此平静地说出这件事？"

"尊敬的卡迪，您对我说，如果说谎就得付出性命。"

"你为什么被侮辱了？"

"我被强暴了。"

"被谁？"

"那个要卖海枣给我的人，他的名字叫作阿里·巴赫尔。"

"他为什么这么做？"

"您问他，我不知道。"

"你没有资格告诉我，我该做什么。"

"原谅我，尊敬的卡迪，"她的头垂得更低了，"可是我真的不知道他为什么这么做。"

"你有暗示吗？"

"没有，绝对没有。我是个谦卑的女人。"

沉默。卡迪专注地看着她。最后，她抬起头说，我知道了，因为他要偷我的珠宝。

"哪个？"

"一条项链。"

"给我看。"

"我没法给您看，被他偷走了，然后他强暴了我。"

* * *

当阿里·巴赫尔第二次出现在尊敬的卡迪面前，他耐心地等着女人被带到他面前。双胞胎关上门后，他低声问，阿里·巴赫尔，你偷走项链是怎么回事？

"项链？我？"

"你是不是偷走阿马妮的一条项链？"

"真是个大骗子！"他抬起头，"卡迪，您搜我的衣服吧。"

"也就是说，是骗人的。"

"一个恶心的谎言。她没有珠宝，但是有尖锐的刺。我在她家里中断了我们的谈话，以进行晌礼，还是晡礼，我不记得是几点了。"

"她的尖刺又在哪里？"

阿里·巴赫尔拿出藏在衣服里的尖刺，伸长手拿给卡迪，像是奉献给真主般。

"她用这个刺我，尊敬的卡迪。"

卡迪拿起尖刺，是用来剃羊肉的尖刺。他看着它，用头示意要阿里·巴赫尔出去。他一边思索，一边等待双胞胎将杀人犯阿马妮再次带回来，并拿出尖刺。

"这是你的吗？"他问。

"是的，怎么会在您这里？"

"你承认是你的？"

"是的，我用来防卫那个男人对我……"

卡迪走向站在房间后方的双胞胎。

"把这坨臭肉带走。"他平静地说，对这世间的诸多罪恶感到疲倦。

商人阿齐扎德·阿尔法拉提被威胁不准掉下一滴眼泪。为一个被执行石刑的女儿哭泣是冒犯真主的罪行。他们还不准他流露任何痛楚。赞美慈悲的真主。他们也不准他告别。因为、因为他是好人，他拒绝接受她被强暴。阿齐扎德把自己关在家里，没有人知道他在哭泣还是在和许多年前去世的妻子说话。

* * *

终于，第一块石头掷出了，不太小也不太大，伴随石头而来的还有愤怒，因为腹部被杀人犯刺伤，疼痛不已。石头砸中阿马妮的左侧脸颊。妓女。她哭喊，阿里·巴赫尔强暴我，还偷了我的东西，父亲，我的父亲！卢特，不要伤害我，你和我……救命！有好心人吗？但是，她的朋友卢特投出的石头打中她的太阳穴，她晕过去了，她被埋在洞里，无法保护自己。卢特对自己的准头感到骄傲，就像德拉戈·格拉德尼克一样。石头如雨水般落下，不太小也不太大的石头，从十二个志愿者的手中掷出。阿马妮的脸染成红色，像妓女涂在嘴唇上吸引男人注意，让男人丧失理智的红色。阿里·巴赫尔不再丢掷石头，因为阿马妮已不再喊叫，而是看着他的双眼，她的目光穿透了他，被目光灼烧的他就像格特鲁德般，就像格特鲁德，腹部的疼痛更加剧烈。美人阿马妮已无法哭泣了，因为一块石头打破她的眼睛，另一颗大而尖锐的石头打中她的嘴。女孩吞下被打断的牙齿，然而最痛的是这十二名不停投掷石头的正义男子，虽然投掷的距离很短，但他们没打中时总是一口诅咒，接着努力地丢出下一颗石头。这十二名正义男子分别叫作易卜拉欣、巴吉尔、卢特、马尔万、塔希尔、乌克巴、伊德里斯、祖海尔、侯纳因、另一个塔希尔、另一个巴吉尔，还有另一个马尔万。赞美真主，怜悯、慈悲的真主，阿齐扎德从家里就能听见那些支援者的咆哮，也知道里头有三个人是阿马妮从小一起长大的玩伴，直到有一天她经血来潮，家人不得不把她藏在家里为止。赞美慈悲的真主，当他听见一声长嚎，知道他的阿马妮在受尽野蛮的苦痛后离开人世，于是他的脚踢开凳子，让身体的重量往下坠落，一条绑紧货物的绳子绕着脖子，他在缺氧时抽搐了几下，外头狂乱的喊叫尚未止息。阿齐扎德死了以后去找他的女儿，带她一同与遥远的妻子团聚。屋内的大厅，不幸的阿齐扎德那具无生命的躯体失禁了，尿在一篮海枣上；几条街以外，阿马妮的脖子被一块大石头打断了。说了别用这么大的石头！你们看！死了！是谁扔的？十二名支援者指着阿里·巴赫尔，他受不了这个妓女剩下一只眼睛的目光，仿佛是他的耻辱。无论在白日、夜晚、睡梦中，都无法摆脱、无法遗忘的目光。我还写下：第二天，阿里·巴赫尔毫不迟疑地跑去找要出发到埃及亚历山大港的车队，与基督教的水手做买卖。阿里·巴赫尔走向最有意购买的人，打开双手，免得被村子的人看见。商人端详并拿起项链评估价格。阿里·巴赫尔请商人谨慎低调，商人明白他的意思，一同走到一匹伏着的骆驼身边。纵使法律与神圣的《古兰经》禁止，他还是对买卖很有兴趣。商人笃定地看着项链，用指头抹过圆牌仿佛要擦干净般。

"是金子做的，"阿里·巴赫尔说，"链子也是。"

"我知道，但这是偷来的。"

"你说什么？这是侮辱吗？"

"随便你怎么想。"

他把美人阿马妮的项链还给阿里·巴赫尔，但他不想接下，摇摇头，把手伸出去。这条金链已经开始灼烧他的内脏，他不得不接受商人出的价钱。卖家离开后，商人看着项链，基督教的字母，抵达亚历山大港就可以脱手了。他满意地抚摸这条项链，仿佛要清理上头累积的污垢。他想了一会儿，拿开照明用的油灯，看着年轻的布罗恰说："这条圆牌项链……我知道。"

"嗯，这是……莫埃纳的圣母像。"

"丘芙圣母，"他翻过项链让年轻人看背面，"帕尔达克。看到了吗？"

"真的吗？"

"你不识字？你是穆雷达人吗？"

"是的，先生，"年轻的布罗恰谎称，"我需要钱去威尼斯。"

"你们穆雷达人全是坐坏椅子的烂屁股，"他不停地看着项链说，"你想当水手吗？"

"是的，而且我想去很远的地方，像是非洲。"

"你在避风头，是吧？"

珠宝商把项链放在桌上，看着他的眼睛问："你做了什么？"

"没有，你要给我多少钱？"

"你知道越是属于陆地的人，出海的风浪就越大吗？"

"教父，你出多少钱买这条项链？"

"孩子，留待坏时刻用吧。"

年轻的布罗恰本能地看了奇特的犹太工坊，这里没有其他人。

"我现在就要钱，懂了吗？"

"亚基亚姆·穆雷达怎么了？"普拉纳的老工匠问。

"他和家人在一起，和阿尼奥、延、马克斯、埃梅斯、约瑟夫、特奥多尔、米库拉、伊尔瑟、埃丽卡、卡塔琳娜、玛蒂尔德、格蕾琴，还有小盲女贝蒂娜在一起。"

"很好，我很为他开心。"

"我也是。他们在地下团聚，被虫吞食身躯，接着就会开始吞噬他们的灵魂，"他把项链从他手里抢过来说，"你买下这条项链，不然刀子就要拿出来了。"

这时，半夜三点的康塞普西奥教堂钟声响起，阿德里亚心想，明天我肯定起不来了。

* * *

就像是一粒沙子，一个没有恶意、不重要的姿态也能发展一剧情片。这是阿德里亚在石刑隔天吃晚饭时说的话。他说，嗯，你想过了吗？

"你指什么？"

"就……你是要回家，还是找一家旅馆？"

"喂，别生气，我只是想知道该怎么做……怎么了？"

"你很急吗？"你盛气凌人地问我，完全站在贝尔纳特那边。

"没事、没事，我什么都没有说。"

"你们别担心，我明天就走。"

贝尔纳特看着萨拉说，你们收留我的这几天，我很感激。

"贝尔纳特，我不是要……"

"明天练完琴之后，我就过来拿东西，"他用手势打断我试图解释的姿态，"你说得对，是该有所为的时候了。"接着，他对我们微笑："我确实赖着不走。"

"你打算怎么做？回家吗？"

"不知道，今天晚上会决定的。"

＊ ＊ ＊

贝尔纳特思考着，而萨拉的沉默令阿德里亚觉得相当沉重。她穿上睡衣，然后去刷牙。如果没记错的话，除了这次，我只有一次看见过她生气。于是，我躲进贺拉斯的怀抱，躺在床上读着"solvitur acris hiems grata vice veris et Favoni / trahuntque siccas machinae carinas"[1]。

"你还好吗？嗯？"萨拉像受到伤害般走进房里。

阿德里亚从"ac neque iam stabulis gaudet pecus aut arator igni"[2]中抬起头来，说，什么？

"你在向你的朋友炫耀。"

"怎么说？"

"如果你们是这么好的朋友……"

"我们确实是好朋友，所以我总是对他实话实说。"

"就像他说自己多么崇拜你的智慧，欧洲各大学争相邀请你，他有多骄傲。你的声誉越来越高，他有多开心……"

"我也很喜欢称赞他，像是他的音乐造诣，但他不理会我。"他再次回到贺拉斯，读着"ac neque iam stabulis gaudet pecus aut

---

1　拉丁文，意为："严冬的镣铐正被春日的煦风吹开，绞车正把船拖回大海。"出自贺拉斯《颂诗集》（Carmina）第一部第四首。（李永毅译）

2　拉丁文，意为："牛群已不恋棚舍，耕夫已不恋炉火。"出处同上。

arator igni / nec prata canis albicant pruinis" [1]。

"很好，非常好，merveilleux[2]。"

"什么？"阿德里亚再次抬起头，心中还想着 nec prata canis albicant pruinis，萨拉生气地看着他，好像还想多说什么，最后选择离开房间。她愤怒地合上房门，但没有发出声响。你连生气都如此低调，除了那一天以外。阿德里亚看着紧闭的门，不明就里，因为记忆突如激流般席卷而来，如此久远的过去令他愤怒。

"什么事？"萨拉打开门，手握着门把问道。

"没什么，不好意思，我在自言自语脑袋里的东西。"

她又合上门，可能在门的另一边站着吧。她不喜欢有客人时，在家里穿着睡衣乱转。我知道你是为了忠于承诺而纠结，或是要让我生气，最后她选择遵守自己的诺言，走了进来，钻进床对我说晚安。

* * *

你如此简洁高雅地宣示护卫的忠诚是为了谁？阿德里亚荒唐地想着，困惑地看着背对着自己，不知为何生气的萨拉。她黑色的头发披散在肩上，简单、高雅。他不知道该作何想，决定盖上书本，关上灯。我睁着眼许久。

第二天，萨拉与阿德里亚按时起床，贝尔纳特已经离开了，小提琴、乐谱和衣服也都不在了，只有一张留在厨房桌上的纸条写着：

---

1 拉丁文，意为："牛群已不恋棚舍，耕夫已不恋炉火，原野上已不再有白霜闪烁。"
   出处同上。

2 法语，意为"完美"。

朋友们，谢谢你们，真的非常感谢。用过的床单折好放在床上，他走了，我感觉糟透了。

"哟！"

"干什么？"

"你这次出丑了，猎物都跑光了，我的狩猎伙伴。"

"我没有询问你的意见。"

"但是你实在太丢人了，卡尔森，你说是吧。"

阿德里亚只听见勇敢的警长不愉悦地用鞋跟顿着地板以及冷漠的吐痰声。

奇怪的是，萨拉并未因贝尔纳特的离开斥责我，生活继续踩着自己的步伐，而我过了好多年才铺好路。

43

　　阿德里亚整个下午都在书房盯着墙壁，一行字也写不出来，完全无法专注阅读，目光直直地盯着，仿佛要在墙上寻找迷津的解答。下午都过了一半，他却连十分钟都未能善用，索性起身准备茶水。他从厨房里问你要茶吗？听见萨拉从画室传来"嗯"一声。我当这是"好，谢谢，好点子"的意思。阿德里亚端着杯子走进书房，呆看她的后脑勺。她作画时都绑着马尾。我爱上你的辫子、马尾，不管梳什么发型我都爱。萨拉正在画一幅风景画，可能是一个废弃村落的几间房子。她正画一座在底端的农舍，阿德里亚喝了一口茶，目瞪口呆地看着农舍一点一滴成形，一旁还有半截柏树，一定是被雷劈成半的。萨拉毫无预警地转去画左边最前方的路边房子，框出原本不存在的窗户圆顶。窗子快成形时，阿德里亚不得不问她是如何做到的？萨拉怎会在画纸空白处看见这里有扇窗户的？画好时，那扇窗看起来就像一直在那里，甚至是从泰瑞卡布雷斯店里买来画纸时就存在般。他们卖的画纸肯定原本就画着这扇窗户。同时，他也在想，萨拉的绘画功力是奇迹，她轻描淡写地又折回去抹黑底端农舍入口。至此，原本只是图画的房子出现了生命力，好像炭笔晕开的黑让他得以想象里头的生活，进而赋予这幢房子生命。阿德里亚充满崇拜，又喝了一口萨拉的茶。

　　"你画的这些东西是从哪来的？"

"这里。"她用一只黑色的指头比着额头，留下一道指纹。

接着，她用几道轮胎沟把几十年来从农舍通到村子的小路变老。我羡慕萨拉的创造力，当我喝光她的茶，整个下午无法专注的迷惘突然袭上心头。从妇产科医生那里回来后，萨拉的包开着，丢在玄关，便匆匆跑去洗手间。阿德里亚不想去凯克萨银行领钱，于是翻找她的包，看见安德鲁医生的诊断报告。我无法忍住好奇心，是我不好。是的，因为她不打算让我看。报告里写着：患者萨拉·沃尔特斯－爱泼斯坦的子宫不久前才经历过一次终止怀孕，健康状况良好，除了偶尔血崩。因此，取出最有可能造成出血的子宫避孕器。我就像以前偷偷查找窑子和娘炮的意思般，偷偷地查了字典，想起 metro 在字首时是子宫的意思，而后缀的 ràgia 则是希腊语的 rhegnymi，绽放之意。子宫绽放。黑鹰的某个家人可能叫这个名字。但在报告里却不是那个意思，是她很担心的不正常月经血崩。他忘记萨拉是因为不正常流出经血才去看医生的。她为什么不说呢？阿德里亚重读"才经历过一次终止怀孕"，明白最近过多的沉默，天啊。

现在，阿德里亚在她面前，犹如癞蛤蟆流口水，一边喝着她的茶，佩服她如何只用二维向度创造出具有深度的世界，还有她把所有事情都当成秘密保守的偏执。

一棵无花果树，看起来像是无花果树，农舍旁长着一棵无花果树与一台撑在墙上的推车轮子。萨拉问，你打算整天都盯着我的后脑勺吗？

"我喜欢看你画画。"

"我很害羞的，这样我会不好意思继续画。"

"医生跟你说什么？你今天去看医生，对吧？"

"没说什么，很好，她说我很好。"

"那些不正常出血呢？"

"是子宫避孕器的关系。怕会有问题，已经帮我拿出来了。"

"所以我们可以放心喽。"

"对。"

"嗯，那再看看之后要怎么办吧。"

医生说的你的子宫才刚结束一次怀孕，是什么意思？呃？萨拉？呃？

萨拉转身看着他，额头还留着炭黑指印。阿德里亚心想，我把刚才心里想的话说出口了吗？她看着杯子，皱起眉头说，喂，阿德里亚，你喝光我的茶了。

"啊！对不起！"阿德里亚说。她笑了，这笑声总让我想起小溪的潺潺流水声。我指着画纸说："这个地方在哪？"

"这是我想象你描述的小时候的托纳镇。"

"很漂亮……但是，这像一个被遗弃的村子。"

"因为有一天你长大了，就遗弃这个村子。看到了吗？"她指着道路说，"你就是在这里绊倒，擦破膝盖的。"

"我爱你。"

"我更爱你。"

为什么不告诉我怀孕的事情。孩子是世界上最重要的事情。你的孩子还活着吗？死了？叫什么名字？真的出生了吗？男孩还是女孩？长什么样子？我知道你有权不告诉我生命中发生过的事情，但你不能一个人承受所有伤痛，我希望也能分担。

"铃铃铃……"

"我去开门，"阿德里亚说，"这是为了你的画。拜托，画完让我欣赏半个小时。"他去帮邮差开门时，手里还拿着空杯子。

＊ ＊ ＊

晚餐时，他们打开箱子里一瓶最像马克斯五官的酒。箱子里有六瓶酒，全是高级红葡萄酒，且附有马克斯亲自编制的小书，是他自己撰写的酒评，做得很豪华，有许多好照片。就像一本专门为习惯北美速食味蕾所制作的"轻松品酒"指南。

"你要用品酒杯。"

"用波隆酒壶比较有趣。"

"萨拉，要是你哥怀疑你用波隆酒壶喝他的酒的话……"

"好啦，只是为了品酒才用杯子，"她拿了杯子，"马克斯怎么评价这瓶酒？"

阿德里亚非常严肃地在两个杯子里斟酒，从杯脚取走一杯，庄严地阅读文字，模糊地回忆几次在学校里因为没控制好时间而被罚去听弥撒，看着神父在台上，带着金属平碟、杯子和调味瓶，嘴里喃喃念着拉丁文祷告。他说，我的夫人啊，普里奥拉特（Priorat）的陈年葡萄酒，口感醇厚如丝绒，香味浓郁。喝完后，口腔会留下丁香与碳烤的味道，应该是在橡木桶中存放的缘故。

他对萨拉比了个手势，两人喝了一口，像马克斯教他们品酒的那天所做的，结果他们几乎都要爬到厨房桌上跳舞了。

"你感觉到碳烤味了吗？"

"没有，我只感觉到巴伦西亚路上的车流声。"

"不要管车子了，"阿德里亚命令，他舔舔嘴唇，"我……好像感觉到椰子的味道。"

"椰子？"

萨拉，为什么不告诉我那些秘密？你那些我不知道的生命篇章尝起来又是什么味道？松露或黑加仑？还是像我不认识的孩子？可是……有孩子是很正常的事，全世界都想要有孩子。你对生命究竟有什么不满？

萨拉像是听见他的心思说，你看，你看，你看，你看马克斯怎么说的：这瓶普里奥拉特浑厚、香醇、浓郁、强烈且层次分明。

"哇。"

"简直像在描述种马。"

"你喜欢吗？"

"喜欢。不过，对我来说太浓烈了，我得给它洗礼。"

"真是的，马克斯会杀了你的。"

"他不用知道这件事。"

"我可以揭发你。"

"告发者，吓！"

"开玩笑的。"

我们喝酒、读着马克斯写给美洲买家精致如诗篇的散文，写了普里奥拉特、塞格雷河岸（Costers del Segre）、蒙桑特（Montsant）产区的葡萄酒，还有其他记不住的酒。喝得足够不对外头呼啸而过犹如爆炸般的摩托车声感到不悦，反而令我们狂笑不已。你最后还是用波隆酒壶，也在酒里加了水。马克斯原谅你了，我从未告诉你哥哥，也没有问你的孩子、怀孕中断是怎么一回事。你堕胎了吗？孩子是谁的？这时，该死的电话响了，在最不需要的时候打扰我的生活。我没有勇敢到不接电话。但是，从结果来看，我的生命若没有电话会好很多。噗！真晕，好了，好了，我来了。喂？

"阿德里亚。"

"马克斯吗？"

"对。"

"哇！正是时候，我们正在喝你的酒庆祝呢！我发誓萨拉没有用波隆酒壶，好吗？我们一开始喝普里奥拉特，浓烈、醇厚，然后不记得还有什么美好的滋味，得穿上西装背心才能喝，谢谢你的礼物，马克斯。"

"阿德里亚。"

"你知道吗？真的太好喝了。"

"我父亲过世了。"

"书也写得很好，照片和文字都好。"

阿德里亚吞了吞口水，脑袋还懵懵地问，你刚才说什么？而萨拉，总是事事留心地问，怎么了？

"我父亲过世了，阿德里亚，听到了吗？"

"天啊。"

萨拉站起来走到电话旁，我对萨拉说，是你的父亲。然后对电话说："马克斯，我们马上过去。"

你双亲过世的两次消息都是出乎意料地从电话传来。虽然沃尔特斯先生的健康状况已多年未有起色，心脏总是有问题。我们也知道，已到了随时都可能传来噩耗的年纪。马克斯似乎很难受。虽然他一直在照顾父亲，因为他一直住在父母家里，他没有注意到父亲快不行了，所以当父亲去世时，他不在家里。回到家，护士才告诉他，沃尔特斯先生，您父亲……不知道为何，他感到愧疚。我们两人独处时，阿德里亚对他说，马克斯，你几乎是模范儿子了，总是陪伴在双亲身边。不要责备自己，对你自己太不公平了……他几岁了？八十？

"八十六岁。"

我不敢以赞许他父亲高龄以减轻他良心上的负荷，只敢重复几次八十六岁，不知道该再说些什么。我在沃尔特斯－爱泼斯坦家偌大的客厅来回走动，陪在马克斯身边。他像孩子般不可抑制地哭泣。虽然，他比我高出一颗半的头，但是，是的，我竟然能够给他建议。向别人提出建议真容易！

这次，我得以陪伴他们家人进行追悼会，陪伴到墓园。马克斯说父亲希望能按照犹太人的仪式埋葬。他们替他穿上寿衣，盖上面巾，戴上寿帽。根据传统，马克斯因身为长子而撕裂自己的衣服。他们将棺木葬在巴塞罗那勒哥尔特犹太墓园，在他的拉谢尔身旁，一个不肯给我任何机会去爱的母亲身旁。萨拉，在拉比祷诵时，我心想多么可惜。缄默渡魂时，马克斯与萨拉站到前方，牵着手为帕乌·沃尔特斯念祷词，让我不禁暗自为心里的苦楚哭泣。

萨拉过了一段深沉痛苦的日子。原本我想问你的问题，不再值得一问，因为，接下来发生在我们身上的事，抹去了一切。

44

　　黑丁顿大宅的周围一如我想象中的安静、愉悦。就像阿德里亚想象的那样，按下门铃前，萨拉面带微笑看着他，他必须克制自己，免得佣人来开门时撞见他狂吻萨拉。阿琳·德甘斯堡亮丽的身影伫立在门后，萨拉和她的远房阿姨无言地拥抱，像十几年未见的老友，也像是两个深深敬重对方，同时对彼此也怀有几分敌意的伙伴；或是一位年纪比另一位小很多的有教养的女士们，两人为了某种专业因素必须极其客气相待；也或者像一辈子从未见过的阿姨与外甥女；或是千钧一发逃过阿勃维尔、盖世太保或党卫队，自知若生命的日历使她们生在不幸的年代与地点，可能就不是这样的两个人了。因为邪恶致力侵蚀各种幸福的追寻，即便是再谦卑的追寻都一样。邪恶喜爱造成最大范围的毁灭。精子、卵子、狂舞、早夭、旅行、窜逃、熟识、期望、疑惑、决裂、复合、迁移及横亘其中的各种障碍，使这两名女人不可能出现情谊深重且热络的拥抱。两个已上年纪的女人，四十六与七十多岁，两人静默无语，两人都在我面前，在黑丁顿大宅的门口面带微笑。生命真是太奇怪了。

　　"两位请进。"

　　她继续微笑，并把手伸向我，我们不作声地握手。

　　在黑丁顿大宅的二楼，坐在以赛亚·柏林塞满书本的书房里的两个钟头，令人无法忘怀。壁炉上时钟的时间飞逝，柏林看起来相当疲倦，似乎非常确定自己在六个月后就会离世，他听着阿琳说话，然后像是对自己微笑般说，我的发条就要停了，要继续的人是你们。接着，用更微弱的声音说，我不怕死，而是对死亡生气，生气但不害怕。有人的地方就没有死亡，有死亡的地方就没有人，所以怕死简直是浪费时间。他聊了这么多关于死亡的事情，让我确定他可能不像我这么怕死，但他确实会害怕。他又补充道，维根斯坦说死亡并不是生命的现象之一。阿德里亚问，生命最让他意外的事是什么？

"让我最意外的事？"他想了一下，宛如从远处传来的时钟滴答声征服了书房与我们的思绪，"最让我意外的……"他重复道，接着决定说出来："是的，就是能在人类历史中最糟糕的几个世纪里平静地与这些恐怖事件共生，却可以活得尽兴惬意。这是最恐怖的世纪，而且还不只是针对犹太人。"

他害羞地看着我，仿佛在迟疑着寻找合适的表达方式，最后说，我很幸福，但幸存者的懊悔与罪恶感却总是存在。

"什么？"阿琳与萨拉同时问道。

这时，我才发现最后这几句话他是用俄语说的。我一直看着他，一动也不动地翻译给她们听，因为柏林还未说完，这时他用英语接续思路说，我做了什么才没让这些事发生在我身上？他摇摇头。不幸地，这个世纪大部分的犹太人都活在这块大石头底下。

"还有其他世纪的犹太人。"萨拉说。

柏林说完话，嘴巴却未合上，沉默地点点头。仿佛试图驱散悲伤的思绪，他对阿德里亚·阿德沃尔教授的著作感兴趣，看来他似乎认真阅读了《欧洲思想史》，他很喜欢，不过，仍认为《美学意志》是瑰宝。

"我至今仍无法相信您拿到这本书。"

"哦！这得谢谢您的一位朋友，不是吗，阿琳？一对宝，一个两米，一个只有一米五……"他微笑地望向前方的墙壁回忆，"奇怪的一对。"

"以赛亚……"

"他们坚信我一定会有兴趣，就拿来了。"

"以赛亚，你要茶吧？"

"呃，什么……"

"你们想喝茶吗？"阿琳问了所有人。

"你说的是我哪位朋友？"阿德里亚非常困惑问道。

"一位叫作甘斯堡的。阿琳的家人太多了……有时我会搞混。"

"甘斯堡……"阿德里亚重复却不太明白。

"等等……"

柏林奋力站起身，走到一个角落，我发现阿琳·柏林与萨拉之间交换了一个眼神，让我觉得很奇怪。柏林拿着一本我的著作回来，我很高兴看到书里有五六个标签，他打开拿出一张小纸条说，贝尔纳特·普伦萨，巴塞罗那。

"啊，当然，对！"阿德里亚有些不知所措。

我不太记得其他对话，因为我完全呆住了。而且，这时佣人拿着一个巨大的茶盘进来，上头放着各式各样的杯盘，以及足够如上帝与女王享受喝茶所需的各种用具。我们聊了许多。我不是不记得，而是模模糊糊的。这是多大的喜悦，何其的奢华，能与以赛亚·柏林及阿琳阿姨促膝长谈……

＊＊＊

"我不知道！"萨拉在回程路上第三次回答。阿德里亚问她知不知道贝尔纳特究竟做了什么。第四次时，她答道，为什么不请他到家里尝尝我们买的茶？

＊＊＊

"嗯……太好喝了，英国茶的味道终究不同，不觉得吗？"

"我就知道你会喜欢，不过你别装傻了。"

"我？"

"对，你什么时候去见以赛亚·柏林的？"

"见谁？"

"以赛亚·柏林。"

"这家伙是谁？"

"《思想的力量》、《关于自由》，还有《俄罗斯思想家》。"

"但是……你在说什么啊？"他问萨拉，"阿德里亚怎么了？"接着，对着两人举起杯子说："这茶好喝极了。"他又说了一遍，还搔搔头。

"《刺猬与狐狸》。"阿德里亚开始说柏林较大众所知的作品。

"天啊，你怎么像个神经病一样，"他问萨拉，"他这样很久了吗？"

"以赛亚说是你把《美学意志》拿给他的。"

"你究竟在说什么？"

"贝尔纳特,这是怎么回事?"

阿德里亚看着萨拉,她一直忙着替大家倒茶,却没有人需要茶。

"萨拉,怎么回事?"

"呃?"

"你们瞒着我什么……"他忽然想起来,你和一个很矮的人,很怪的一对。柏林这么形容你们的。另一个人是谁?

"这位先生像神经病一样。告诉你,我从没去过牛津。"

一阵沉默。厨房没有壁炉也没有时钟好发出滴答声,倒是挂在墙上的乌尔杰利画作传出徐徐微风,画里总是被太阳照亮的杰里的圣母修道院与布尔加尔传出淙淙水声。突然,阿德里亚指着贝尔纳特,非常冷静地模仿卡尔森警长说:"你刚刚露馅了,孩子。"

"我?"

"你不知道谁是柏林,也没听说过这个人,却知道他住在牛津。"

贝尔纳特看向萨拉,萨拉则逃避他的目光,阿德里亚看着这两人说:"你也 quoque[1] 吗?萨拉?"

"她也 quoque。"贝尔纳特投降了,低着头说好像有些小事忘了告诉我。

"全吐出来吧,我洗耳恭听。"

"事情是发生在……"贝尔纳特一直看着萨拉,"五六年前吧。"

"七年半前。"

"对,这……时间这事我实在……对我来说……七年半前。"

她到了咖啡厅,他把一本德语版的《美学意志》放在她面前。她看看书,看看贝尔纳特,视线又回到书上,一脸什么都不明白的

---

1 拉丁文,意为"牵涉其中"。

样子。

"这位女士想点些什么吗？"一名从黑暗中现身的秃头服务生露出微笑。

"两瓶水。"贝尔纳特不耐烦地说。服务生离去时毫不遮掩被这家伙挑起的不愉快，嘴里高声念叨着。贝尔纳特更加粗鲁，像他父亲说话的样子，自顾自地继续说："我有个想法，想问问你，但你得发誓一个字都不和阿德里亚说。"

谈判：怎么可以让我发誓完全不知道的事情呢？因为他什么都不用知道。好，可是，你得先告诉我是什么事才能发誓。事情有些疯狂。那我就更不能乱发誓啊，除非有必要否则我不会乱发誓的，真是的！贝尔纳特。我需要你和我一起做才行，萨拉。

"我不叫萨拉，"萨拉忿忿地说，"我叫萨加。"

"哦，不好意思。"

在一收一放之间，他们得出结论：萨拉的发誓只是暂时的，如果贝尔纳特的点子太过疯狂，就不需要发誓。

"你的家人认识以赛亚·柏林，是真的吗？"

"对，嗯，他的夫人好像和我们爱泼斯坦家的表兄妹是亲戚。"

"有没有办法可以帮我联系到她？"

"你想做什么？"

"把这本书带给她，让她看。"

"喂，不能随便……"

"她一定会喜欢。"

"你有病，怎么能让别人看陌生人的书……"

"所以才说是件疯狂的事呀，"他打断她的话，"我想要试试看。"

萨拉想了一会儿。我想象你当时的模样，亲爱的，我知道你想事情时，眉毛会皱成什么样子。我看见你坐在不知何处的咖啡厅的桌子边，看着兴头上的贝尔纳特，无法相信他所说的。我看见你跟他说，等一下。然后在电话簿翻找尚塔尔阿姨的电话。你找到了，在咖啡厅借用电话打给她，是那种用代币的电话。贝尔纳特跟服务生要了一堆代币，当她开口说"喂"，代币就开始掉，她说，allo, ma chère tante, ça marche bien?[1] 对…… 对，对……对……对、对……贝尔纳特坚定不渝地往电话里投下代币，不断地以急事为由跟服务生要更多代币，并把一百比塞塔放在吧台上当作押金。萨拉还在继续说，对……对、对……对、对、对……直到服务生说，没了，您以为我这里是西班牙电信局吗？没有代币了。于是，萨拉才顺便问起柏林一家的事情，并开始在电话簿上笔记，一边说对……对、对……对、对、对……最后道谢时说，亲爱的阿姨，你真是帮了大忙……电话咔一声因为没有代币而挂断了。萨拉无法好好致谢并与亲爱的尚塔尔阿姨道别，非常不开心。

"她说了什么？"

"说她会跟阿琳说的。"

"阿琳是谁？"

"柏林的妻子，"萨拉看着无法辨识的笔记，"她叫阿琳·伊丽莎白·伊冯娜·德甘斯堡。"

"太好了，联系上了！"

"等等，我们有了联系资料，但还缺……"

贝尔纳特抢过她的笔记本："你刚刚说她叫什么？"

---

1 法语，意为："喂，亲爱的阿姨，您好吗？"

她抢回笔记，看着读道："阿琳·伊丽莎白·伊冯娜·德甘斯堡。"

"甘斯堡？"

"对，怎么了？那个家族是……半俄罗斯、半法国，好像是男爵什么的，还有，对，他们很有钱。"

"哇，真他妈的！"

"喂！别说脏话。"

贝尔纳特亲了她一下，两下或三下吧。我一直觉得他有些爱你。我现在说这些是因为你已经不会跟我唱反调了。还有，希望你知道，我认为所有的男人都有些爱你，而我是全心全意地爱着你。

"但是这要让阿德里亚知道才行啊！"

"不用！我都说了，这是件疯狂的事。"

"是疯狂，但他应该要知道啊。"

"不用。"

"为什么不用？"

"这是我送他的礼物。我觉得他不知道的话才像礼物。"

"就是因为如果他不知道的话，就无法向你道谢了。"

应该就是这时候，服务生在吧台的角落里强掩微笑，看着男客人大声地说，谈话结束了，沃尔特斯－爱泼斯坦女士，这是我的意愿，你发誓你做得到？

几秒钟紧绷的沉默之后，男客人跪在女士跟前，几乎跪下来了，以祈求的态度恳请高雅的女士。她眯起眼睛说："我发誓，贝尔纳特。"

服务生一只手摸摸秃头，归结出谈恋爱的人随时随地都能做出荒唐事，但在我看来……这位女士很美，非常美，看了就想吻她。

是的，先生，要是她在我面前，我也会做出各种荒唐事的。

结果，弗朗茨—保罗·德克尔麾下那位害羞、金发、小个子的杰出小喇叭手（私下里也是钢琴家）——罗曼·甘斯堡，就是甘斯堡家族的一员。他当然认识阿琳·伊丽莎白·伊冯娜·德甘斯堡。罗曼是家族里的穷亲戚。如果你需要的话，我现在马上就打电话给阿琳阿姨。

"天啊，阿琳阿姨！"

"对啊，就是和一个重要的哲学家还是什么名人结婚的阿姨。不过他们一直都住在英国，有什么事吗？"

贝尔纳特虽然没有爱上他，也亲了他两下。一切水到渠成了。他们一直等到春天圣周表演。在此之前，罗曼打电话给阿琳阿姨聊了很多，说服了她。在乐团巡演的尾声，抵达伦敦的那天上午，他们从到达牛津的火车下来，按下铃声高尚的门铃，黑丁顿大宅看起来杳无人烟。两人互看对方，带着些许期待，却无人应门。是约这个时间没错啊，没有，有了！利索的脚步声传来，门终于开了，一位高雅的女士甚为惊喜地看着他们。

"阿琳阿姨，您好。"罗曼·甘斯堡说。

"是罗曼吗？"

"是的。"

"你长好大了！"她说谎，"上次看见你，你才这样……"她比着自己腰的高度，然后才意识过来，请他俩进门，享受共谋的甜蜜滋味。

"他会见你们，但不能保证会读这本书。"

"太谢谢您了，女士，真的非常感谢。"贝尔纳特说。

她带着他们到一间很小的会客室，墙上挂着装裱的巴赫乐谱。贝尔纳特用下巴比着复本，罗曼走近看，小声地说："我跟你说过我们是家族里的穷亲戚。"他又对着装裱的乐谱说："这肯定是真的。"

门打开了，阿琳阿姨请他们到另一个较宽敞的房间里。从天花板到地板都是书，这里的藏书大概是阿德里亚家的十倍，桌子上的资料夹塞满纸张，还有一堆夹着小纸条的书本。以赛亚·柏林坐在桌子前一张很大的椅子上，好奇地看着走进他的圣殿的人。

"都顺利吗？"他回来时，萨拉问道。

柏林看起来很累，话不多。当贝尔纳特把《美学意志》的德语版给他时，这位先生接了过去，转到书背看清介绍，接着翻开看目录。那是完全安静的一分钟，阿琳阿姨对外甥眨眨眼睛。当柏林看过书之后，他合上书，拿在手上。

"为什么觉得我应该要看这本书？"

"呃，我……要是您不想看的话……"

"兄弟，别退缩！为什么你让我看这本书？"

"因为这本书很好、非常好，柏林先生。阿德里亚·阿德沃尔是个深沉、有智慧的人，但他过着有些出世的生活。"

以赛亚·柏林把书放在小桌子上说，我每天都阅读，发现该读的东西都还没有看。有时候我需要重读，当然只读那些值得重新阅读的书。

"什么书能有这般殊荣呢？"这时，贝尔纳特觉得自己像阿德沃尔。

"能打开读者眼界的书，能让读者崇拜书里的智慧，或者创造美感的书。当然，在重读时，因为重读的缘故，总会发现书里的矛盾之处。"

"以赛亚，这是什么意思？"阿琳阿姨打断他的话。

"一本不值得重读的书，也就不值得阅读，"他看着两位客人，"你请他们喝茶了吗？"然后看着书，站起身就立刻忘了自己刚提出的建议，继续说："但是在阅读之前，我们并不知道这本书是否值得阅读。生命就是如此残酷。"

他们随口聊了一些琐事。客人们坐在沙发的一边，罗曼告诉阿姨不用麻烦，他们希望好好利用时间，然后也聊了乐团的巡回演出。

"小喇叭手。为什么吹小喇叭？"

"它的声音让我觉得很温暖。"罗曼·甘斯堡回答。

然后他们告诉他，隔天晚上在皇家节日大厅有演出，他保证一定会听广播电台的播出。

音乐会的曲目包括贝多芬的《莱奥诺拉》（序曲III），罗伯特·格哈德的《第二号交响曲》，以及布鲁克纳的《第四交响曲》，以甘斯堡为主的小喇叭手与其余数十位演奏家共同演出。音乐会非常顺利。格哈德的遗孀出席音乐会时，甚为动容，她收到了一束赠予格哈德的花。第二天，在结束了五场欧洲累人的音乐会回家时，乐团对这场小巡回提出了正反意见，是要依上帝的旨意办一场轰轰烈烈的巡回音乐会，破坏所有人的暑期计划，还是什么也不干。人家可是付了我们不少钱，让我们出席所有彩排，不是吗？

旅馆里，前台留给贝尔纳特一则紧急留言，他以为略伦斯发生了什么事。那是他第一次担心自己的儿子，也许是因为他还惦记着那个一直未拆封的礼物。

那是一则请他尽快与以赛亚·柏林先生联系的留言。请他无论如何都要到黑丁顿大宅一趟，如果隔天就去的话更好。

"特克拉吗？"

"怎么样？都顺利吗？"

"很好，格哈德的遗孀出席了，非常好的一个人，八十多岁了，花束比她还要大。"

"你们明天就回来了吧？"

"嗯，可是……我得多留一天，因为……"

"为什么？"

贝尔纳特忠于将自己生命弄得复杂的专长，不愿意告诉特克拉，以赛亚·柏林请他去谈谈我的书，因为他非常、非常感兴趣。他在几个钟头内读完了，然后又重读，因为他发现书里某些观点相当明智且深沉，他想要认识我。若直接告诉特克拉的话，一切都会简单许多。但是，如果不把生活弄得复杂，贝尔纳特就不是贝尔纳特了，他不相信特克拉保守秘密的能力。这我得说他是对的，所以他宁可闭嘴，只说了有紧急的工作。

"什么工作？"

"就是……很复杂的。"

"和一个小喇叭手去找喇叭吗？"

"不是，小姐，我得去牛津一趟。因为……和一本书有关……总归一句，我后天回来。"

"那，你的机票能换吗？"

"啊，说的也是。"

"如果是搭飞机回来的话，最好是能换，如果你想回来的话……"

然后挂了电话。贝尔纳特心想，我又搞砸了。但是隔天他换了机票，搭了火车去牛津。柏林告诉他一些事并托他将纸条交给我：敬爱的先生，您的书让我深深感动，不论是关于美的省思，还是美在各时期的效力，以及美与恶不可解释的不可分割性。我刚将这本书推荐给几位挚交，什么时候会有英语版呢？您诚挚的，以赛亚·柏林。我非常感谢贝尔纳特，不是因为他的导读所带来的结果，当然，这对我而言也非常重要；我感激的是，他一直坚持要为我做些什么，而我回馈他的就是造成他深沉的挫折感，以及关于他的书写的真诚意见。朋友啊，生活真是太难了。

"你再发誓一次，绝对不会告诉阿德里亚，"他发疯般地看着她，"听见了吗，萨拉？"

"我发誓。"过了一会儿，萨拉终于开口。

"贝尔纳特。"

"嗯？"

"谢谢你，我代替阿德里亚还有我自己向你道谢。"

"不用谢了，我一直都欠阿德里亚。"

"你欠他什么？"

"不知道。他是我朋友，他是一个……他是很有智慧的人，却愿意当我的朋友，陪我走过一些危机。这么多年了，始终如一。"

45

　　着实荒废太久，过了五十岁还得重新复习俄语，这都得归罪于维萨里昂·格里戈里耶维奇·别林斯基。为了避免自己徒劳无益地不断探究恶的本质，我转而投向一场自杀式的研究——结合柏林、维柯与柳利的学说。非常出乎意料地，我逐渐发现这竟是可行的。然而，如同所有出其不意的发现一样，我无法确定它不是海市蜃楼的幻象，因此有必要疏远这个想法以验证其真实性。于是我投注几天的时间来阅读别林斯基及其他完全不相关的东西。正是专门研究普希金的别林斯基让我开始鸡飞狗跳地重新整顿俄语，或者应该说是别林斯基谈论亚历山大·谢尔盖耶维奇·普希金的几则评论，而非普希金作品本身。我理解了何谓对他人的文学作品感兴趣，也理解了不懂文学的人在创作之际有哪些要求。在别林斯基热情的照拂下重读普希金的作品，竟然产生当初自己阅读时所没有的震撼，也拜别林斯基在我身上施展的魔力所赐，鲁斯兰、柳德米拉、法尔拉夫、拉特米尔、罗格代还有巫师切尔诺莫尔以及基辅大公[1]，有声有色地重新活了过来。有时，艺术的力量与研究艺术的力量让我非常震惊，同时也无法理解。明明有这么多的事情等待我们去完成，为何人类总要兵戎相见。有时候我想，与其说是诗意，不如说人类是

1　均为普希金长诗《鲁斯兰和柳德米拉》中的人物。

邪恶的，因为我们无法不作恶。问题是，没有任何人的手是干净的，或者说很少有人的手是干净的，非常少。这时，萨拉走进家门，阿德里亚还看着蓝天、情爱、不可分割的俄语诗句，虽然没正眼相看却已察觉到她的双眼闪烁着光芒，他抬起头。

"怎么了？"

她将几个素描样本的资料夹放在沙发上。

"我要办展览了！"

"万岁！"

阿德里亚站起来拥抱萨拉，目光还哀伤地在柳德米拉的悲剧中流连。

"三十幅人像素描。"

"你有几幅？"

"二十八。"

"全是素描？"

"对，对。展览的标题会是'在炭笔中端详灵魂'之类的。他们希望能想出一个更好的标题。"

"请他们提前告诉你，可别想一些乱七八糟的标题。"

"在炭笔中端详灵魂又不是什么乱七八糟的标题。"

"不，我的意思是艺廊的人并非诗人，而阿尔蒂佩拉格艺廊……"他指着沙发上的资料夹，"我真的太高兴了！你就该在这样的地方展出。"

"我还差两幅画像。"

萨拉希望画一张我的肖像。我喜欢的不是这个想法，而是她的热忱。到了这年纪，我开始发现，比起事物本身，我们投注在其上的期待更重要，使得我们更有人味。萨拉正在经历一个分外重要的

时期，她的画作每天都令她倍受瞩目。我只对她提过两次，为何不
尝试上色？她都用温柔而坚定的态度说，阿德里亚，不。我就是喜
欢用铅笔与炭笔作画，我的生命是黑白的，也可能是因为亲人的记
忆吧，他们过着黑白的生活。或许是……

"可能找出原因是多余的。"

"是的。"

如此，在主因不明的情况下，萨拉顶多使用色铅笔，而且只用
来画阴影或是为一些风景、街道、人像素描与建筑等细节增加调性。
她不再多做说明，我也不敢继续追问。

晚餐时，我对她说，你知道剩下的那张肖像画该画谁吗？她问，
谁？我回答，你的自画像。她手上的叉子停在空中，思考我刚提出
的想法。我使你惊讶了，萨拉，你没有想到这个点子，你从未想过
自己。

"我会不好意思的。"你在经过长长几秒钟的沉默后回答，接着
把一口炸肉泥球塞进嘴里。

"克服啊，你也有点年纪了。"

"这样不会显得自大吗？"

"刚好相反，这是谦逊的表现。你在二十八个人面前赤裸展现
自己的灵魂，让所有人观赏。"你放下叉子说，你知道吗？也许你
是对的。于是，今天，在我写信给你的现在，面前就是你非凡的自
画像，挂在大部头书籍旁，主宰我的世界。这幅画是书房里最有价
值的东西；你的自画像，你精心准备，却无法参加开幕的画展的最
后一幅作品。

* * *

对我而言，萨拉的作品是通往沉静内在的窗口，是内省的邀约。萨拉，我爱你，我记得你建议这三十件作品的展示顺序，以及你如何一边躲着，一边勾勒自画像的最初几个轮廓。阿尔蒂佩拉格艺廊词穷想不出别的点子。沃尔特斯－爱泼斯坦，炭笔画——灵魂的窗口。作品精湛不容错过，或直接买下所有展出作品吧。这是你成熟作品之大集，前前后后花了两年时间，不疾不徐，以自然的步调断断续续完成，宛若你一贯的工作方式。

自画像应该是花费你最多功夫的作品。你把自己关在画室不容许任何目击证人，因为羞于让人看见你如何端详镜子与画纸里的自己，然后画下每一个细节：嘴唇甜美的细纹，被微小的挫败掩盖的皱纹，一双让你看起来就是萨拉本人的眼睛，还有其他我无法形容的小细节。就像一把小提琴一样，这些小细节毫不羞耻地反映漫长严冬旅程的美丽风景。我的天啊，就像记录卡车司机生活中各种事故的行车记录器，你的脸画着我们的哭泣与没有我陪伴的泪水，虽然并不清楚这些泪水究竟是为何而流，还有你为家人、亲戚们遭遇的不幸所流淌的泪水；同时，也画出喜悦，透过双眼流露出的目光，照亮我眼前的整张脸庞。我在你光彩夺目的脸庞前写着原本只有两页的长信。我爱你，发现你、失去你，又重新寻回你，尤其是，我们竟有幸一起慢慢变老，直到不幸闯入家门。

＊　＊　＊

那段时间她无法作画，接下的工作史无前例地全延宕了，她的心思全放在将要展出的画像上。

＊　＊　＊

还有一个月，阿尔蒂佩拉格艺廊的画展就要开幕了。在看完普希金与别林斯基后回到维柯、柳利及柏林之前，我潜入霍布斯对人类天生的邪恶总是倾向罪恶的观点之中。在众多著作之间，我停留在他翻译的《伊利亚特》，读了19世纪中叶的美味版本，是的，那个不幸的年代。

霍布斯企图说服我，必须在自由与秩序之间做选择。若不如此，我在翻阅人类历史或是熟识者的历史中，数度看见的恶狼就会出现。我听见钥匙插进门锁的声音，门安静地合上。不是霍布斯说的恶狼，而是萨拉安静的脚步声，她走进书房待在里头静默无语长达数秒钟，我抬起目光立刻察觉有些不对劲。萨拉坐到以前卡尔森与黑鹰陪我躲藏做间谍情报的沙发上，显然她正在找合适的开头，所以费了一会儿还没开口。阿德里亚摘下阅读眼镜说，啊，萨拉，怎么了？试图鼓励她说话。

萨拉站起来，走到放乐器的柜子拿出维亚尔，太过决断地放到桌上，几乎把可怜的霍布斯全挡住了，人家可是无辜的。

"这是从哪里来的？"

"我父亲买的，"我不安地停顿一下，"我给你看过购买证明啊，怎么了？”

“你父亲从哪里弄来的？”

“这是维亚尔，是唯一一把有名字的斯托里奥尼。”

萨拉一语不发，准备听我解释。于是纪尧姆－弗朗索瓦·维亚尔从影子中往前踏出一步，让路过的车子看见他。车夫不偏不倚地停在他面前并打开马车门，维亚尔先生上了车。

“晚安。”拉吉特说。

“拉吉特先生，可以给我琴了，舅舅同意你开的价格。”

拉吉特暗自发笑，对自己的眼光感到非常骄傲。在克雷莫纳晒了这么多天的太阳，总算值得了，同时也再次确认道：“价格是五千佛罗林。”

“五千佛罗林，现金。”维亚尔先生安抚对方剩余的疑虑。

“明天您就会拿到赫赫有名的斯托里奥尼小提琴。”

“别唬我了，拉吉特先生。斯托里奥尼并不有名。”

“在意大利，那不勒斯与佛罗伦萨人的心中可没有别人呢。”

“那么在克雷莫纳呢？”

“斯特拉迪瓦里兄弟对这个工坊的出现可不太高兴。”

“你已经说过了……”萨拉不耐烦地说，她像一名严肃的老师等着笨拙的学生说出借口般站着。

然而，阿德里亚就像听见雨声般毫不在意。我亲爱的舅舅！隔天上午，他在客厅里不停地喊叫，让－马里·勒克莱尔连头也没抬，盯着壁炉的火焰。“亲爱的舅舅。”纪尧姆－弗朗索瓦·维亚尔稍减热情地又叫了几声。

勒克莱尔稍稍转过身，也不看他的眼睛直问，小提琴带来了吗？维亚尔把琴放在桌上，勒克莱尔的手指立即发射向乐器，一个大鼻子佣人拿着琴弓从墙上的画里走出来。勒克莱尔花了一段时间用自己创作的奏鸣曲试探这把斯托里奥尼的各种乐音潜力。

"非常好，"最后他问，"你花多少钱买的？"

"哟！"

"一万佛罗林。您还得多给我五百个钱币作为奖励。奖励我帮您找到这么的好琴。"

"喂，哟！"

勒克莱尔以权威的姿态要佣人离开，一只手放在外甥的肩上，微笑了。我听见卡尔森警长倏地一口痰印在地上的声音，但是没理他。

"真是个混账。不知道你这低贱的个性是从哪里来的，你这个瞎眼狗娘养的，我想应该不是从你不幸的母亲那里遗传的，是你那不幸又不成材的父亲吧。你这个低贱的小偷、骗子。"

"怎么了？我又没……"他的目光如剑，"好吧、好吧，不用奖励了。"

"你以为我会相信你？你让我头痛了这么多年。"

"那为什么委托我……"

"因为我要测试你，你这个得病又癫皮的狗崽子。这一次，你铁定要坐牢了。"停顿了几秒钟以后，为了画下完美句点：你无法想象我等这一刻多久了。

"哟！阿德里亚，你扯远了！看她的脸。"

"您一直巴望我哪天会沦落失败，舅舅，您嫉妒我。"

"混账！臭小子，听黑鹰的！这些她都知道了，你说过了。"

让-马里·勒克莱尔不明就里地看着卡尔森，指着它说："你别跟我说那些牛仔说的粗话，草包！"

"冷静一下，啊，我没有跟您说话，而且，您也应该敬我几分。"

"去散步吧，两位，你和你的朋友，头上戴羽毛像只火鸡般的那个。"

"哟！"

"哟什么！"勒克莱尔显然非常不愉快。

"与其浪费时间交新朋友，不如趁着太阳还未落到西边山下，继续与您的外甥争执吧。"

勒克莱尔一时有些困惑，看着他的外甥纪尧姆－弗朗索瓦·维亚尔，不得不费劲集中注意力，指着他说："我要嫉妒你什么？不知好歹、长满跳蚤的脓包。"

维亚尔气得像红椒般晕了头，无法反应。

"最好还是别说细节了。"他为了不闭上嘴而随口说一句。

勒克莱尔鄙夷地看着他。

"我无所谓，说啊，全说出来啊。是要论外形？身材？人脉？和善？才华还是道德？"

"我们的谈话结束了，舅舅。"

"我说结束时才结束。要论才智？文化水平？财富还是健康？"

勒克莱尔拿起小提琴，即兴拉了一段后，崇敬地看着乐器。

"阿德里亚。"

"怎么了。"

萨拉坐在我的面前，我听见卡尔森微弱的声音说，孩子，小心点，这回可不是开玩笑的，到时候别说我没有告诉你。你看着我的眼睛："你说的这些我都知道，很久以前你就说过了！"

"对、对，因为勒克莱尔说这琴很好，但是我不在意。你知道吗？我要的是把你送进牢里。"

"您怎么如此坏心！"

"你是个混账，我终于可以拆穿你的面具了。"

"勇敢的斗士在经历这么多的战斗后，终于疯了。"乍然的吐痰声打断勇敢而伟大的阿拉珀霍酋长的断言。

勒克莱尔拉了铃铛的缎带，大鼻子佣人从后方的门走进来。

"去通知警察局，让他们尽速赶来，"然后对他的外甥说，"坐下等贝亚警长。"

但还来不及坐下等待。纪尧姆－弗朗索瓦·维亚尔准备坐下，走过壁炉前方时，拿起火钩，插进他亲爱的舅舅头颅里，人称艾内的让－马里·勒克莱尔，连呻吟都来不及便重重摔倒在地，头上插着壁炉的火钩。一滴血喷溅在小提琴盒上，维亚尔急促地大口喘息，虽然手没有弄脏，仍一边在外套上猛擦手，一边说，你无法想象我等这一刻多久了。他四下张望，拿起小提琴，放进被喷溅到一些血的琴盒，从通往露台的阳台离开了。他在大白天之中窜逃，想到应该要去拜访一下大嘴巴拉吉特。我父亲在我出生前，跟一个叫塞维利欧·法莱尼亚米的人买了，他是小提琴的合法拥有者。

沉默。很不幸的，我没有什么可以再多做补充了，也不想再多说什么了。萨拉站起身。

"你父亲是在 1945 年买的。"

"你怎么知道？"

"他从一名逃犯手里买的。"

"是从法莱尼亚米手里买的。"

"他是名逃犯，也肯定不叫法莱尼亚米。"

"这我不知道。"我觉得自己是靠舌头在说谎。

"我知道，"她的两只手插在腰际，像茶壶般，倾身靠向我，

"他是一个潜逃的纳粹，就是因为你父亲的钱，他才能消失得无影无踪。"

谎言或参半的事实，甚至是几个具有一致性且成串的谎言，都能在一定时间内成为可信的事实。可能会是一段持续的时间，但不可能维持一辈子，因为不成文的定律显示，真相都有水落石出的一天。

"你是怎么知道这些事情的？"我试图不露出被击败的样子，而表现出惊讶。

她沉默地像座雕像，冰冷、严肃、傲气，但因为她什么也没说，我有些绝望地继续说话。

"纳粹？琴在我们手里总比在一个纳粹手里好，不是吗？"

"这把琴是这名纳粹从一个不幸沦落到奥斯维辛集中营的保加利亚家庭或荷兰家庭扣押来的。"

"你怎么知道的？"

萨拉，你怎么知道的……你是怎么知道只有我知道的事情？这是我的父亲用阿拉姆语写下来告诉我的事情，写在一张只有我看过的纸上。

"你必须归还这把琴。"

"还给谁？"

"琴的拥有者。"

"琴的所拥有者是我，我们。"

"不要把我扯进来，你必须把琴归还给真正的拥有者。"

"我不认识他们，你说是荷兰人？"

"或保加利亚人。"

"这真是天大的线索。我就这样去阿姆斯特丹，拿着琴在街上问，各位先生、各位女士，这琴是你的吗？"

"别说这些讽刺的话。"

我不知道该对她说些什么，还能再说些什么吗？我一直都知道早晚会有这一天的，虽然没有想过细节，但是，我知道我们正在经历的事情迟早会发生。我坐着，拿着眼镜，我的斯托里奥尼放在桌上，萨拉的双手插在腰际说，去查啊！这世上有很多侦探，我们也可以去被掠夺财产归还中心，肯定有几个犹太人的组织可以帮忙。

"只要一这样做，我们家马上会挤满一堆投机分子。"

"不然也可以让琴的拥有者来找我们。"

"我们说的是五十年前的事情，不是吗？"

"琴的拥有者一定会有继承人。"

"人家根本不在意这把琴。"

"你有问过他们吗？"

你的声音渐渐沙哑，仿佛在控诉我，你嘶哑的声音控诉一个直到当时我都不认为是自己的过错：身为我父亲的儿子，这个可怕的错误。而且，你的声音在变化，音调逐渐尖锐。就像你在谈你的家人、大屠杀，或提到海因叔叔的时候。

"在知道你说的是不是事实之前，我不会有任何动作的。你是从哪里听来的？"

半个小时前，蒂托·卡沃内利就在一辆停在转角的车子驾驶座上等着了。他看见舅舅拿着公文包，比平常更魂不守舍地走出家门，从巴伦西亚路上直接走向巴塞罗那大学。蒂托的手指头不再敲打方向盘，后座传来声音说，阿德沃尔的头发越来越少了。蒂托未添加任何评论，直盯着手表。后座的声音说，别急，我想应该不用等太久。这时一名交通警察看到他们，手举到帽子的高度向他们打招呼，弯下身对驾驶说，先生，这里不能停车的。

"我们在等人，马上就出来了……您看，来了。"他突发奇想地说。

蒂托下车，交通警察因为看到一辆可口可乐大卡车要卸货，挡住柳里亚路的车道达五十公尺而分心一下。蒂托又回到车上，看见了卡特丽娜走进大门，他说，这就是有名的卡特丽娜·法尔格斯。后座的声音没有回应。大概过了四分多钟，萨拉出门上街了，她两边张望，接着看向对面的转角，快速地走到车子的位置。

"上车，警察叫我们别停这里。"蒂托用头比着后车门，她迟疑了几秒钟才上车，坐在后面的座位，像是上了出租车般。

"早安。"后座的声音说。

一个年长、清瘦的男人躲在黑色风衣后面，兴趣浓厚地看着她。老人用手拍拍空着的位置，邀请她坐在自己旁边。

"您就是鼎鼎大名的萨拉·沃尔特斯－爱泼斯坦。"

萨拉还未坐稳，蒂托就开车了，经过交通警察面前时，驾驶对交警表示感谢，然后加入柳里亚路的车流之中。

"我们要去哪里？"她有点恐惧地问。

"放心，只是一个方便说话的地方。"

方便说话的地方是对角线大道上一家豪华的咖啡厅。他们预约了一个角落的桌子方便说话。在他们抵达的这个时间，不会有其他客人听见他们的谈话。他们坐了下来，三个人安静地互看片刻。

"我为您介绍，这位是贝伦格尔先生。"蒂托指着年长清瘦的老人。老人微微点头示意。蒂托接着说，不久前，他亲自去查证了，萨拉家里确实有一把叫作维亚尔的斯托里奥尼小提琴。

"请问你是怎么查证的？"

"这把琴价值不菲。但是很不幸的，这是五十年前从小提琴合法拥有者那里偷来的。"

"琴的主人是阿德里亚·阿德沃尔。"

"十年前，这把琴的合法拥有者展开寻找了。看来，我们总算找到了。"

"凭什么我要相信你们说的？"

"我们还知道，这把琴的拥有者是 1938 年在安特卫普买到琴的。当时的估价远低于琴的真正价值，后来琴被偷了，又被没收了。合法拥有者正翻天覆地找这把琴，发现琴的下落后，斟酌了几年。显然现在决定要讨回琴了。"

"请他们证明这个怪异故事的真实性，通过司法途径讨回去。"

"中间有些法律问题，我不想用这些烦扰你。"

"我可一点也不觉得。"

"我也不想用无聊的事情消磨你的耐心。"

"那琴又是怎么在我先生手上的？"

"阿德里亚·阿德沃尔先生不是你的丈夫。如果你想知道的话，我可以告诉你。"

"我先生有这把琴的所有权证书。"

"你看过吗？"

"看过。"

"那是假的。"

"我没有理由相信你。"

"那么，谁是原本的拥有者？"

"我怎么记得住？我在很久以前看的。"

"这一切都没头没尾。"阿德里亚没有看着萨拉说，本能地抚摸了琴，但立刻收回来手，仿佛琴会电他。

那时，我很小，虽然家里没有别人，我的父亲还是神秘莫测地让我去书房。他说，你看这把小提琴。当时维亚尔就放在桌上。他说，你仔细看这把琴。我把手放进口袋，里头的卡尔森警长对我说，孩子，注意看，这应该很重要。我放开手，好像卡尔森会烫人般，通过放大镜观察小提琴，小提琴上擦拭的痕迹与细微的刮痕，琴盒上一个小小的缺口以及琴弓上的釉稍嫌不足……

"你看见的一切都是这把小提琴的历史。"

他还告诉过我其他关于小提琴的事情，因此，听见"哟"我不觉得奇怪。这些对我很耳熟。于是我对父亲说，是的，琴的历史。然后呢？

"这是琴经历过许多人家、很多人的手的历史。我们不认识也永远都不会认识他们，你想想，从 1764 年到现在了……"

"Hummm... Vediamo... Centonovantatrè anni."[1]

"是的，我想你懂了。"

"父亲，我不懂。"

八个月前我开始学意大利语。

"Uno."

"Uno."

"Due."

"Due."

"Tre."

"Tre."

---

1 意大利文，意为"嗯……看看……有一百九十四年了"。

"Quattro."

"Quattro."

"Cinque."

"Cinque."

"Sei."

"Sei."

"Sette."

"Sette."

"Otto."

"Octo."

"Otttto!"

"Otttto!"[1]

"非常好。"

意大利语只要四堂课就可以学好了，真的。

"但是，费利克斯，这孩子已经学过法语、德语和英语了……"

"西莫内先生是很好的老师，只要一年，我的孩子就可以读彼特拉克了。就这样，不用再说了。"

他的手指头指着我，让我没有任何疑惑："你听到了，明天就开始学意大利语。"

现在，看着小提琴，听见自己说出 centonovantatrè anni[2]，父亲无法掩饰自己的骄傲。我承认，这带来完全的满足感，让我感到非常骄傲。他用一只手比着乐器，另一只手搭在我的肩膀上说，从现

1　分别为意大利语数字一到八。

2　意大利语，意为"193 岁"。

在开始，这把琴是你的了。这琴走过了许多地方，现在是你的了，以后也会是你的，你的孩子的，你的孙子的，曾孙的。这把琴将永远留在我们家。你发誓，一定要做到！

我自问如何用还未出生的人的名义起誓？但是，我知道我以自己的名义发誓了。每次拿起维亚尔，我就想起自己的誓言。几个月以后，父亲因为我的过错而出意外时，我也归结出是这把小提琴的错。

"贝伦格尔先生……"阿德里亚目光惊恐地看着她，"他是我父亲与母亲以前的雇员，也曾是我的雇员。你知道他是个骗子吗？"

"我肯定他不是你喜欢的人，但是他非常清楚你父亲如何买到小提琴，因为他也在场。"

"而且这位卡沃内利是一个远房亲戚，名叫蒂托，还经营着古董店。你不觉得很诡异吗？"

"如果他们说的是真的，诡不诡异都无所谓。这是拥有者的地址，你只要跟他联络，我们就可以厘清所有疑虑了。"

"这是陷阱！他们说的这个拥有者一定是他们的共谋，你不知道吗？"

"不知道。"

"你怎么会如此盲目？"

我想，这句话刺痛你了，但我很肯定，贝伦格尔先生在背后操弄的这件事绝对没有任何纯良动机。

她递给他一张折起的纸条，阿德里亚接了过来却不打开，他拿在手里好一会儿才在桌上摊开。

"马蒂亚斯·阿尔帕茨。"她说。

"呃？"

"你不想看的那个名字。"

"才不是，原本的拥有者是内特耶·德波耶克。"我愤愤地说。

就这样，我像个五岁孩子被你拆穿了。我看着那张写着马蒂亚斯·阿尔帕茨的纸条，再次把它放回桌上。

"太荒谬了。"过了片刻，阿德里亚说。

"现在终于可以修补前人犯下的过错，你却不愿意。"

萨拉走出书房。从此，我再也没听过她的笑声。

46

沉默主宰家里三四天的光景。同居的两个人不与对方说话是件相当可怕的事情。他们不想或不敢说话,不敢说些会伤害对方的事情。萨拉专注在展览上,我则专注当个百无一用之人。我可以肯定你自画像的眼神有些哀伤是因为在创作时,家里过于安静的缘故。但是,我不能让步。因此阿德里亚·阿德沃尔终于去法律系找葛拉乌·波尔达斯教授咨询关于一位朋友拥有一件贵重物品的问题。这物品想必是战时不当取得,这位朋友的家人在许多年前得到这件物品。葛拉乌·波尔达斯教授摸着下巴聆听我朋友的案例,然后离题谈论国际法和纳粹不当获取资产的一般规范。五分钟后,阿德里亚·阿德沃尔明白这位好心的教授并不清楚如何处理此状况。

音乐系的卡萨尔斯博士给了他几个克雷莫纳主要的制琴工坊的信息,同时推荐了一家值得咨询的权威工坊,据称对小提琴历史相当了解。你可以信赖这家工坊,阿德沃尔。然后提出从一打开琴盒就想问的问题:我可以拉这把琴吗?

"你也拉小提琴?"

四个学生伫足在音乐系的走廊,倾听从某间办公室传出谜一般甜美的琴声。卡萨尔斯将琴放回琴盒时说,真是太棒了,和瓜尔内里琴一样好,真的。

在办公室里,阿德里亚把琴放在角落,接待两位试图提高分数的学生，以及另一位想要知道为什么自己只拿到及格的学生。她明明所有的课都有出席。您？好啦，我很多堂课都出席了。啊？是吗？是呀。女孩离开后，劳拉进来办公室，在他对面的办公桌坐下。她真的很漂亮。他说你好却未正视她。她漫不经心地示意，打开满是笔记或考试卷的资料夹批改，她无力地叹口气。有好一会儿，办公室里只有他们两个人，各忙各的，有两次或三次吧，他们同时看了对方，羞涩的目光交接了一会儿，直到第四次，她主动问，你最近好吗？这是她第一次主动跟我谈话吗？我不记得。但是，我知道她开口时带着微笑，这是非常明确的议和声明。

"还可以。"

"就这样？"

"就这样。"

"你可是名人耶。"

"好了，别捉弄我。"

"才没有，我和系里大半的人一样，非常羡慕你。"

"这下你真的在捉弄我了，你好吗？"

"就，还可以。"

俩人微笑地安静下来，想着各自的事情。

"你写作吗？"

"写啊。"

"我可以知道你在写什么吗？"

"我在重写三场讲座的东西。"

她的微笑邀请我继续谈，于是我顺从了，谈起《柳利、维柯与柏林》。

"哇。"

"是的，我正在全部重写，想要出一本书。不是三场讲座，而是……"

阿德里亚比了一个模糊的手势，仿佛陷入两难的情况："一定有什么关联能把这三个人串在一起。"

"你找到了吗？"

"可能，历史的缘由，我还不是太清楚。"

劳拉在整理文件。她总是通过整理文件来思考。

"这就是那把有名的小提琴？"她用铅笔指向角落。

"有名？"

"是啊。你可别把它放在那里。"

"放心，我会带到教室里的。"

"可别告诉我，你当着学生的面演奏……"她笑道。

"不，才不会。"

或者会，为什么不？他突发奇想。就像那天他突然要求劳拉化身为律师陪他到罗马一样，劳拉给了他突发的灵感。

阿德里亚·阿德沃尔厚着脸皮，在巴塞罗那大学第二学期的美学史课堂开始时，演奏巴赫的无伴奏小提琴组曲。他确信三十五个学生里，无人知道他犯下五个无法原谅的错误，也没有人发现他在拉《布雷舞曲》时，忽然不知道拉到哪里，而即兴拉了一段。结束时，他小心地把小提琴收进琴盒并放在桌子上说，你们认为艺术的表现与思想之间有什么关联？无人胆敢发言。唉，谁知道？

"现在，请各位想象我们是在1708年。"

"为什么？"一个坐在最后方，与世隔绝，仿佛担忧被玷污般，留着胡子的男孩问道。

"那是巴赫在创作我刚才拉的那首曲子的年代。"

"想法也要改变吗？"

"至少，你、我，我们都会带着假发。"

"但是这不会改变我们的想法。"

"不会吗？无论男女都带假发、穿丝袜和高跟鞋。"

"那是 18 世纪的审美观，与现在不同。"

"只是审美观吗？在 18 世纪，如果不戴假发、不化妆、不穿丝袜和高跟鞋，就不能出席任何社交场合。但是在今天，如果一个男人化妆、戴假发、穿丝袜以及高跟鞋，可能连问都不问直接被关进牢里。"

"要考虑道德观吗？"坐在第一排，一个很瘦的女孩问道。

阿德里亚在桌子中间，转过身看着她说："很好的问题。"女孩羞红了脸，我无意要让她脸红。"即便审美是多么独断的事，它从不孤单。"

"不是吗？"

"不，它有拉拽其他思想形式的能力。"

"我不懂。"

总之，那一堂课我非常有效地铺陈了后面几个星期需要的理论基础。这让我忘了在家里与萨拉的沉默。回办公室收拾物品时，阿德里亚很惋惜没遇见劳拉。他想对她说，她的点子非常成功。

* * *

制琴师在帕乌·乌利亚斯特雷斯工作室打开琴盒，立刻说，这是一把真正的克雷莫纳琴，闻一闻、看一看就知道了。即便如此，帕乌·乌利亚斯特雷斯并不知道维亚尔的历史，他大概听说过，也认为一把斯托里奥尼相当值钱。您到现在还没估价，未免有些粗心。这得上保险的，知道吗？我过了几秒钟才理解他话中的含意。我被工作室的安静所俘虏，一道温暖、偏红如小提琴木材的光线，使得在恩典区中心罕见的安静变得触手可及。窗外即是后院与一座干燥木材用的仓库。仓库的门敞开。在那里，在这个现在已经是圆球且像个陀螺般偏执地不停旋转的世界，木材以自身的速度缓慢腐化。

我受到了一些惊吓，看着制琴师说，我没听到你说的话。男人笑着重说了一次。

"我从没想过要估价，"我回答，"因为它就像我家家具的一部分，一直都在，从没想过要卖掉。"

"多幸运的家庭啊。"

我没有告诉他，我很怀疑，但这不关帕乌·乌利亚斯特雷斯的事，他也无法阅读当时尚未写下的字里行间之意。制琴师问能不能拉琴。他拉得比卡萨尔斯教授更好，几乎和贝尔纳特一样好。

"这把琴太棒了，"他说，"和瓜尔内里琴一样好，是同等级的好琴。"

"所有的斯托里奥尼小提琴都像这把一样好吗？"

"不，我想不是所有的。但是，这把确实很好，"他闭上眼嗅闻琴，"你一直收着，对吧？"

"是有一段时间没用了。这段时间有些……"

"小提琴是有生命的。小提琴的木材就像葡萄酒一样，慢慢地熟成。弦的张力对琴本身也有益处，经常拉的话，琴音会更好听。它喜欢在适当的温度下生活，能呼吸、不受撞击、总是保持干干净净……最好只有在出游时，才把琴收起来。"

"我想要联系上它之前的拥有者。"

"您有所有权证书吗？"

"有。"

我给他看父亲与塞维利欧·法莱尼亚米以前的交易文件。

"真品证明书呢？"

"也有。"

我给他看了阿德里亚外公及制琴师卡洛斯·克雷莫纳在只要有钱，连假钞也可以做真品证明的时代所做的证明书。帕乌·乌利亚斯特雷斯好奇地看着，不发一语地还给我，他想了一会儿问道："那么，现在您要估价吗？"

"不。我现在只想确认究竟谁是真正的前物主。"我想认识他们。

帕乌·乌利亚斯特雷斯看了所有权证书："这里写着塞维利欧·法莱尼亚米。"

"在这位先生之前的拥有者。"

"可以知道你为什么想联系他们吗？"

"我自己也不知道。对我而言，小提琴向来属于我们家，从未想知道它的物主谱，但是现在……"

"你担心琴的真伪吗？"

"是的。"我谎称。

"如果有用的话，我可以自己来做保证。这把琴确实是洛伦佐·斯托里奥尼在最好的时期所制。不是因为这张真品证明的缘故，而是我相信自己亲眼所见，还有听见与拉过的感觉而判断的。"

"他们说这是他做的第一把小提琴。"

"最好的斯托里奥尼是他制作的前二十把琴，听说是木材的缘故。"

"木材？"

"是的，上等木材。"

"怎么说？"

然而，制琴师抚摸我的琴没有回答。他摸了许久，我都吃起醋了。然后帕乌·乌利亚斯特雷斯看着我："你的目的究竟是什么？您为何而来？"

不对可以帮助你的人说出全盘事实，是很难得到线索的。

"我希望能够做出从最一开始的物主谱。"

"这个主意很好……但会花很多钱的。"

我无法告诉他，我是为了查证贝伦格尔与蒂托是否捏造出一位阿尔帕茨，也想知道父亲说的内特耶·德波耶克是真的，或证实没有任何一个名字是真的，而这把小提琴向来只属于我。我开始了解，如果合法拥有者在纳粹时代前就拥有这把琴，那么无论是谁，我最好得联系到那个人，跪下乞求，让我保有琴到死为止。我一想到家里可能从此不再有维亚尔的踪影，就浑身打冷战，甚至决定就算用骗的也要保有这把琴。

"您听见了吗？阿德沃尔先生？会花很多钱的。"

如果这还不够清楚的话，这把维亚尔是真的。可能我去见帕乌·乌利亚斯特雷斯的目的只有这个：亲耳听见他说出口，确定我是因为一把价值非凡的小提琴跟萨拉起争执，而不是为了随便四片木头放在一起，长得像乐器的东西。不，我终究不知道为什么自己要去找他。但是，自从拜访帕乌·乌利亚斯特雷斯的工作室以后，我开始想着亚基亚姆·穆雷达的顶级木材。

他们给了非常乏味的麦粒粥当午餐。他觉得应该要告诉他们，他不喜欢这破碗装的麦粒粥……他妈的麦粒粥。但是事情没有这么简单，因为他不知道是视力还是别的问题，阅读对他来说越来越困难，也越来越记不住事情。这是什么记性，记住事情啊！记住。

"我的国王，你不饿吗？"

"不，我想看书。"

"你啊，我们应该给你喝文字汤的。"

"是啊。"

"好了，吃一点吧。"

"小洛拉。"

"我是威尔森。"

"威尔森。"

"你需要什么吗？阿德里亚国王。"

"为什么我看不懂？"

"你该做的是吃饭和休息，你工作太多了。"

她喂了他五汤匙的麦粒粥，当作阿德里亚吃完午饭了。

"好了，现在你可以看书了，"她看着地板，"你看，把地板弄得多脏。"她接着又说："想睡午觉的话，告诉我，我扶你上床休息。"

阿德里亚很听话地只看了一会儿的书，断断续续地看了科尔努德利亚[1]对卡尔内尔[2]作品的解读。

他张着嘴看书。可是小洛拉，我是怎么了？他觉得好累。因为卡尔内尔与贺拉斯混在桌上了。他拿下眼镜，用手揉着疲倦的眼睛，

1　科尔努德利亚（Jordi Cornudella i Martorell, 1962—　），加泰罗尼亚诗人、编辑。

2　卡尔内尔（Josep Carner i Puigoriol, 1884—1970），加泰罗尼亚诗人、剧作家、记者、翻译。

不知道是要在椅子上休息，还是在床上睡，或是……我觉得他们好像说错了，他想着，不会是要在窗上睡吧？

"阿德里亚。"

贝尔纳特走进五十四号房，看着他的朋友。

"我要在哪里睡？"

"你想睡吗？"

"我不知道。"

"我是谁？"

"小洛拉。"

贝尔纳特在他额头上亲了一下，看着房间，阿德里亚坐在靠近窗边的一张舒服的椅子上。"乔纳坦？"

"呃？"

"你是乔纳坦？"

"我是贝尔纳特。"

"不，你是威尔森！"

"威尔森是那个很警觉的厄瓜多人吗？"

"不知道，我好像……"他看着贝尔纳特，困惑道："现在我都搞混了。"最后终于承认了。

外头天空乌云密布，风又大又冷。然而，就算现在是艳阳天，风和日丽也无所谓，玻璃非常有效地隔绝了两个世界。贝尔纳特走近床头桌打开抽屉把黑鹰与卡尔森放进里头，好让他们继续忠诚却无用地守卫。就放在那条肮脏却依稀可见深浅色方格，中央有道大伤痕的抹布，一条成为许多医生讨论话题的抹布。因为进住疗养院的头几天，阿德沃尔先生无论如何都不愿意放下这条抹布。一条又脏又恶心的抹布。是的，医生，多奇怪，不是吗？这条抹布是什么？啊？亲爱的？

阿德里亚用指甲抠着椅子扶手上的一道污渍，贝尔纳特又听到抠椅子的声音问："你还好吗？"

"这污渍怎样都弄不掉，"他更用力地抠，"你看。"

贝尔纳特靠过去，戴上眼镜看着污渍，好像那污渍非常有趣，而他无事可做、无话可说似的。接着他收起眼镜说，放心，污渍就在这儿跑不了，然后坐到阿德里亚面前，沉默了一刻钟的时间，完全没有人打扰他们。因为生命就是一连串孤寂的加总。

"好了，看着我。阿德里亚，我的天啊，拜托，看我。"

阿德里亚停止抠椅子，有些惊恐地看着他，像表示抱歉般微笑，仿佛做坏事却被逮个正着。

"我刚刚把你的手写稿打完了，我很喜欢，非常喜欢。也很喜欢手稿背面的东西。我会好好编辑的，你的朋友卡梅内克建议我将它们出版。"

他迷惑地看着他的眼睛。阿德里亚继续一股脑儿地抠椅子扶手上的污渍。

"你不是威尔森。"

"阿德里亚，我在跟你说你写的东西。"

"对不起。"

"不要说对不起。"

"这是好还是不好？"

"我很喜欢你写的东西。我不知道是好还是不好，但很喜欢。这太不公平了，你这个混账。"

阿德里亚看着他的对话者又开始抠污渍，他张开嘴又闭上，举起手臂，困惑地说："我现在得做什么？"

"你听我说，我这一辈子，就是说，我他妈的这辈子都想要写出能搬上台面，能撼动读者的东西。而你从没尝试过，第一次写就把手指搓进灵魂最敏感的地方。至少，搓进我的灵魂里了，这不公平，他妈的。"

阿德里亚·阿德沃尔不知道应该继续抠污渍，还是看着跟他说话的人。于是，他选择看墙壁，有些担心地说："我想您搞错了，我什么都没做。"

"不公平。"

阿德里亚的眼睛开始流泪，不想看面前的男人，他搓着手祈求道："我能做什么呢？"

* * *

贝尔纳特发呆到出神而未回答，阿德里亚看着他，恳求说："先生，先生。"

"别叫我先生，我是贝尔纳特，你的朋友。"

"贝尔纳特，你听我说。"

"不，你听我说。我知道你是怎么看我的，不是抱怨，你发现我不行，是我活该但我还是有一些你从未怀疑过的秘密。"

"我很抱歉。"

两个人都沉默下来。这个时候，威尔森进来问道："亲爱的，一切都好吗？"然后抬起阿德里亚的下巴看着他的脸，仿佛他是个孩子。

贝尔纳特用湿纸巾逝去他的眼泪，给了他一杯水和药片，阿德里亚迅速喝光整杯水。速度之快是贝尔纳特从未见过的。威尔森看着贝尔纳特又问了一次，一切都好吗？贝尔纳特示意都很好，兄弟，非常好。威尔森看着散满地的面，不太高兴地用纸巾拾起一些，拿着空杯子走出房间，用口哨吹着一首没听过的六八拍曲子。

"你让我非常忌妒。"

安静地过了十分钟。

"明天我就会把你的文稿送去给包萨，好吗？我会全部拿去，包括绿色墨水写的。我把黑色墨水写的寄给卡梅内克，还有你大学里一个叫作帕雷拉的同事。你的回忆还有思想都寄出去，好吗？"

"我这里很痒。"阿德里亚指着墙壁，接着看着他的朋友问："怎么墙壁痒，我也痒呢？"

"我会告诉你出版进度。"

"我的鼻子也痒，而且我好累，无法看书，脑子里的东西都混在一起了，我也不记得你刚刚说了什么。"

贝尔纳特看着他的眼睛说："我很崇拜你。"

"我不会再这样做了，我发誓！"

贝尔纳特笑不出来，沉默地看着他的朋友，握着那只偶尔跟污渍缠斗的手，像亲吻自己的父亲与叔叔般亲吻了一下，然后看着他的双眼，阿德里亚与他对看了几秒钟。

"你知道我是谁，"贝尔纳特几近肯定地说，"是吧？"

阿德里亚盯着他，点头说是并带着些许的微笑。

"我是谁？"贝尔纳特惊恐地升起一丝希望。

"知道……你是……就是那个，叫什么，不是吗？"

贝尔纳特严肃地站起身。

"不是吗？"阿德里亚很担心地看着站起身的贝尔纳特，"可是我知道，就是那个，我说不出名字，我不知道您，但我知道另一位，是一位叫作……我现在不记得了，但是我知道，他非常照顾我，非常照顾我，他跟我说……现在我不记得他跟我说什么，但是，您就是这个人。"然后阿德里亚很煎熬地停了一会儿。"是吧，先生？"

贝尔纳特的口袋一阵震动，他拿出手机，是一条信息："你跑哪去了？"他弯下身亲吻病患的前额。

"再见，阿德里亚。"

"慢走啊，有空再来。"

"我叫作贝尔纳特。"

"贝尔纳特。"

"对，贝尔纳特。不好意思。"

贝尔纳特离开房间到走廊，拭去一滴无法自禁的泪水，偷偷看了两边，然后拨了通电话。

"你跑到哪里去了？"谢尼娅的声音传来，有些不高兴的样子。

"没去哪里啊。"

"你在哪？"

"没事，在工作。"

"你没有排练吧。"

"没有，只是有些事要做。"

"你来，到家里来，我想跟你做爱。"

"我一个小时后才会回到家。"

"你还在税务局吗？"

"好了，我得挂了，好吗？再见。"

他在谢尼娅要求更多解释前挂断电话。一名清洁妇推着工具车经过，因为他拿着手机讲电话的关系，非常严肃地盯着他。她让他想起了特鲁略斯，真像呀！妇人一边念叨，一边在走廊里远去。

＊　＊　＊

瓦尔斯医生合着双手像祷告般地摇摇头："目前的医学没有任何办法。"

"但他学识多么渊博，这么聪明，一个天才！"突然有一种似曾相识的感觉，好像他就是托纳的基科·阿德沃尔，"他会说十种或者十五种语言，我哪知道啊！"

"这些已经一滴都不剩了。我们已经跟您说过很多遍，就好像切断一位运动员的腿，他就不可能再破什么纪录了，懂吗？这是类似的情况。"

"他写了五本文化历史方面的重要书籍。"

"我们知道……但是，这个疾病才不管他是谁。就是这样，普伦萨先生。"

"没有回旋的余地吗？"

"没有。"

瓦尔斯医生看了看手表，只是为了提醒贝尔纳特，但是这家伙反应很迟钝。

"您还要做其他咨询吗？"

"事实上，是……"

"他有几个堂亲在托纳镇。"

"他们来这里的时候都很痛苦。"

"大学里也有一些同事，还有一些朋友，但是……他很长时间都是自己一个人。"

"真可怜。"

"就我们所知，他还挺喜欢的。"

"可以活在回忆中。"

"别这么想，他什么都不记得了。只活在当下然后立马遗忘。"

"也就是说，他现在已经不记得我来看过他了？"

"不是他不记得了，应该说他根本不知道您是谁。"

"我看不会吧。如果我们把他接回家，也许他就会记起些什么了。"

"普伦萨先生，这个疾病会造成神经元间的神经纤维结团。"

医生闭上嘴想了一下。"该怎么解释……"他又想了几秒钟，然后说："神经细胞会变成纤维线，然后结成团……"他四下张望，一副寻找支援的模样。"就好像头脑遭受不可复原的侵略一样。您可以把阿德沃尔先生带回家，但是他什么也想不起来，什么都记不得。"

"所以，"贝尔纳特坚持，"他根本不认识我。"

"他的行为很有教养，因为他是一个有教养的人。但是他已经开始不认得人了，甚至连自己是谁都不知道。"

"可是，他还能看书。"

"这也会停止的。很快地他就会忘了怎么阅读。读完却不记得刚才看过的段落，又必须重读。您懂我的意思吗？但是，他无所谓，也不是完全无所谓，只是他会很疲累。"

"如果什么都不记得的话，是不是他也就不再受苦了？"

"这我无法百分之百向您保证，但看起来是不会的。这样的衰退会蔓延到其他生命机能。"

贝尔纳特泪珠盈眶地站起身，这个时代永远结束了，永远。而他，会随着挚友的缓慢离世死去一些。

* * *

特鲁略斯推着清洁工具车走进五十四号房，她用轮椅将阿德里亚推到角落，免得妨碍工作。

"你好，亲爱的，"她看着房间的地板，"我们看看，哪里搞得一团糟了？"

"你好，威尔森。"

"这，你是怎么弄成这样的？"

女人开始一边清理刚才吞食麦粒粥的战场，一边说现在也要教你如何弄得到处都脏兮兮了。阿德里亚有些受到惊吓地看着她。特鲁略斯的拖把抹到阿德里亚的椅子附近，看着因为受到责备而几乎被吓呆的阿德里亚。这时，他的第一颗钮扣松开了，颈子的圆牌金项链露出来，就像达妮埃拉四十年前一样。

"真漂亮。"

"对，是我的。"

"不，这是我的。"

"啊。"他有点困惑，却又无法辩驳。

"你会还给我吧？"

阿德里亚·阿德沃尔看着这个女人，不知道该做什么，她看了一下门口，非常轻柔地把项链从阿德里亚的头上取下来，看了一秒钟后，便放入工作服的口袋里。

"谢谢你，孩子。"她说。

"不客气。"

47

　　他亲自开门，看起来与往常一样清瘦、带着穿透人的目光，只是更苍老些。阿德里亚注意到屋里传来一阵浓烈的气味，无法分辨是好闻还是恶心。贝伦格尔先生开着门，呆了几秒钟，好像无法辨识访客的身份般，他用仔细折好的白手帕擦去前额的几滴汗水，最后终于开口："稀客啊，阿德沃尔。"

　　"我可以进去吗？"

　　他迟疑了几秒钟，最后还是请他进门了。屋内比室外更热，玄关则是比较大的空间，光洁、明净，摆着一个光彩夺目，应该价值连城的 1870 年佩德雷利衣架，还有一个雨伞桶、镜子以及许多雕饰。角落还有一张非凡的齐本德尔条案，摆着一束干燥花。他带他进一间房里，同一面墙上挂着两幅画作——于特里约与鲁西尼奥尔。沙发肯定是从托里霍斯兄弟工坊那场大火中幸存下来的唯一一张。另一面墙上挂着精细框裱的双页手写稿。他不敢近看手写稿的内容，不过，远远看来像是 16、17 世纪初的文字。虽然这里非常整齐无瑕，却少了女性经手的品味，一切过于斩钉截铁，作为居家装饰而言，太专业了。他无法避免地赞赏房间角落一张非常有趣的密谈椅，贝伦格尔先生有些骄傲地让他尽情欣赏。他们坐下了。无用地试图吹散屋里闷热的风扇，却是件不合时代背景的庸俗之物。

＊＊＊

"真是稀客。"贝伦格尔先生又说了一遍。

阿德里亚看着他的眼睛，就是在这个时候，他才忆起这个气味与温度的混合，正是店里的味道，就是每次他在父亲、塞西莉亚，或是眼前的贝伦格尔先生的监督下待在店里闻到的气味。这是一个有古董店味道的住所。显然地，贝伦格尔先生并未退休。

"小提琴的拥有权怎么了？"我冒失地问。

"生命就是这样。"他看着我，毫不掩饰满意的神情。

生命就是怎么样？卡尔森警长吐了口痰。

"生命就是怎样？"

"拥有者出现了。"

"就在您眼前，我。"

"不，是一位年纪很大的安贝雷斯先生。他在奥斯维辛时，小提琴被纳粹拿走了。他是在 1938 年买到的，想知道细节的话，您得问他。"

"他如何证明呢？"

贝伦格尔微笑地闭上嘴。

"你一定拿了一笔优渥的佣金吧。"

贝伦格尔用手帕擦过前额，继续什么也不说地微笑。

"这是我父亲合法买来的。"

"你的父亲是花了几块美金把琴偷来的。"

"您怎么知道？"

"因为我在场。你的父亲是个什么人的便宜都占的土匪。先是那些逃离避祸的犹太人，然后利用组织有秩序的逃难纳粹。他不错失利用任何一个因破产急需用钱的人的机会。"

"可能这种生意就是这样，而且您肯定也帮了不少忙。"

"你的父亲是一个肆无忌惮的人，他毁损小提琴里的所有权证书。"

"告诉您，我不相信您说的话，也不相信您。我知道您是什么事都做得出来的人。我很想知道您是这么弄到这张托里霍斯的，还有玄关的那件佩德雷利衣架。"

"一切都没有问题，不用担心。我的东西都附有所有权证书。我不像你的父亲口无遮拦，说穿了，他的死是自找的。"

"什么？"贝伦格尔先生毫不掩饰，一脸讽刺的微笑看着我，肯定是为了要争取时间思考，卡尔森强迫我说出：贝伦格尔先生，我有没有听错？"

法莱尼亚米从客厅拿出手枪，一把女用手枪，紧张地瞄准他，费利克斯·阿德沃尔纹风不动，露出假笑，摇了摇头，非常不高兴的样子："您一个人要怎么处理我的尸体？"

"能够面对这个问题，将是莫大的荣幸。"

"但是，接着你会有更大的问题。如果我没有自己走下楼，在街上等我的人会知道该怎么做，"他比着手枪严肃地说，"现在，我只会给你两千。难道你不知道自己是盟军通缉的十大要犯之一？"他的口气像在责备孩子。

福格特医生看着阿德沃尔拿出一叠钞票放在桌子上，他瞪大眼睛，放下手枪难以置信地说："这里只有一千五！"

"福格特医生，别让我失去耐心了。"

这就是费利克斯·阿德沃尔博士买卖古董的方法。半个钟头后，他拿着小提琴走上街，心跳有些急促，步伐迅速，非常满意自己的工作。楼下没有人在等他，他为自己的狡猾感到骄傲。但他低估了法莱尼亚米的小册子，彻底忽略他仇恨的目光。那天下午，在无人知晓，神不知鬼不觉的情况下……贝伦格尔、莫尔林神父都不知道，费利克斯·阿德沃尔揭发了阿里伯特·福格特医生，这位武装党卫队军官，揭发他藏在正义和平大楼之中，伪装成平和、肥胖、秃头、双眼无神的办公大楼管理员，没有人知道他的医学经历，免得将他与奥斯维辛集中营的布登医生或福格特医生联想在一起。应该有人烧毁了相关文件，因为所有的询问目光都转向蒙格勒医生与他周围的人，与此同时，还得调查掩灭重要证据，还有混淆的证据，无数的指控名单，以及欧罗尔克士官长的无能。顺带一提，是因为工作过多的关系，使他们无法发现福格特医生的真正身份与工作，也没有记录表明他参与过任何战时的活动，或者是党卫队大多数单位所进行的残酷歼灭活动。于是，他因身为武装党卫队军官而判处五年监禁。

几年以后，在太阳洒落的街上，满是从雄伟的清真寺走出来、谈论这个星期五的苏拉[1]，他们穿着带风帽的斗篷，或许只是在谈论鞋子、茶或蔬果的价格飙涨得多么不像话。和谐咖啡馆与剪刀咖啡馆的露天座位虽然很窄小，却也坐着不少正在抽水烟、从未上过清真寺的面孔。人们尽力不去思考有没有在同一年内出现两次政变的可能。

在两分钟路程之处，由小巷构成的迷宫里，两个男人安静地坐在鹿儿喷泉的石头上。他们看着地板，漫不经心，仿佛在看守太阳

1　苏拉（sura），在《古兰经》里是"章"的意思。

西下，落往地中海，丘比特大门的方向。只要看到他们，就会认为他俩是热忱的信徒，在等着日头落山，黑夜慢慢占领世界，直到青丝与白发都无法区别的魔幻时刻。先知诞辰的庆典开始了，先知的名字将永远地被信徒记住与敬仰。当肉眼无法辨识黑线与白线时，尽管士兵并未察觉任何不对劲，大马士革全城正放任地庆祝先知诞辰。这两个男人坐在石头上，一动也不动，直到他们听见惊惧的脚步声。从走路的方式、过度大声的脚步与气喘吁吁的声音，应该是个西方人。他们默默地站起身。一个大鼻子的男人从苍蝇巷里走出来，用手帕擦拭前额的汗水，好像先知诞辰的晚上很热的样子。他直接走向这两个男人。

"我是齐默尔曼博士。"西方人说。

两个男人不发一言地开始在市场附近的巷子里快步走动。大个子男人很努力地跟上，免得在任何转角者或越来越稀少的行人之间与他们走失了。最后，他们打开一个合起的门。一家放着各种铜器的商店。西方人跟随他们进门，穿过店里堆放各种物品间的唯一一条走道，通往店家的最底端挂着布幔的后方抵达中庭。中庭里点着十二根蜡烛，一个矮个子、秃头，穿着斗篷的男人不耐烦地来回踱步，当他看见他们，不理会两个带路人，仅和西方人握手，对他说我都开始担心了。两个带路人如抵达时一样，安静地消失无踪。

"我在机场海关碰上一些问题。"

"解决了吗？"

男人像是要展现自己的秃头般脱下帽子，以帽子扇风，表示已经解决了，问题都解决了。

"莫尔林神父。"他说。

"在这里我叫大卫·杜哈梅尔。记好了。"

"杜哈梅尔先生，有查到什么吗？"

"很多。但我要先把事情说清楚。"

他们站着低声谈话，费利克斯·莫尔林神父就着十二根蜡烛的烛光，把事情说得一清二楚。男人专注地倾听，仿佛是一个没有告解人的告解。他说费利克斯·阿德沃尔背叛他的信任，利用齐默尔曼先生的处境，几乎是用抢夺的方式得到那把贵重的小提琴，更有甚者，他还向盟军揭发齐默尔曼先生，通报了他的藏匿处。

"这个不公平的告发让我被迫服监五年，就因为我在战时为国家效劳。"

"这是一场对抗共产主义扩张的战争。"

"是的，是对抗共产主义扩张的战争。"

"那么，您现在想怎么做？"

"我想找到他。"

"别再伤害人了，"莫尔林神父说，"您要知道，虽然阿德沃尔善变，也害了您，但他毕竟是我的朋友。"

"我只想要拿回我的琴。"

"我都说别再伤害人了。否则我会亲自向您讨回的。"

"我没有想要动他一根汗毛，我像骑士一样发誓。"

仿佛这话是正当行为，不容争辩的证明般，莫尔林神父表示同意，然后从裤子口袋拿出一张对折的纸条给齐默尔曼先生。他打开纸条靠近一根蜡烛，快速地看过，再将纸条重新折好放进自己的口袋。

"至少这趟没有白费。"他拿出手帕一边擦脸，一边说，真他妈的热，这种国家怎么能住人。

"您出狱之后如何维持生计？"

"自然是做心理咨询师。"

"啊。"

"您在大马士革做什么？"

"处理教派内部的事情。月底我就会回圣萨维纳修道院了。"

他没有说自己正试着重新恢复多年前由贝尼尼先生创建的高尚的情报组织。由于梵蒂冈当权者的盲目，他们未察觉到真正、唯一的危险是正在席卷欧洲的共产主义，因此把他囚禁起来。他也没说，明天就是他进入多明我会的第四十七年，他决心服务教会，就算会付出性命也不足惜。从他在列日申请进入修道院起，已经过去四十七年了，费利克斯·莫尔林于1320年的冬日，出生在赫罗纳。在一个充满宗教热忱与慈爱的环境中被养育成人。他的家人每天在工作结束之后，都会聚在一起祈祷。没有人对年轻的他想进入多明我会的决定感到奇怪。他在维也纳大学学习医学，二十一岁时以阿里·巴赫尔的名字登记成为奥地利国家社会主义党员。他准备经过学习成为优秀的卡迪或穆夫提，因为他在导师身上看到了智慧、谨言慎行与正义。不久以后，他加入党卫队，编号367744，在布痕瓦尔德集中营（Buchenwald）艾瑟尔医生麾下效劳。1941年10月8日，他被任命至波兰的危险前线，奥斯维辛集中营的最高医官。他在那里忘我地为人类福祉辛勤工作。令人无法理解的是，福格特医生不得不数度改名换姓潜逃，像是齐默尔曼或法莱尼亚米。他做足等待的准备，就像被上帝选中的子民，待失土收复、地球再度恢复为平的、伊斯兰教义推行到全世界的时候，只有忠诚的子民有权在慈悲的世界里存活。届时，国界将成为奥秘之雾，而我们将再次掌管奥秘与所有衍生之物，将是如此。

阿里伯特·福格特医生本能地拍了拍口袋，莫尔林神父建议他最好搭火车去阿勒坡¹，然后换乘托罗斯快线到土耳其。

"为什么？"

"您最好避开口岸和机场。如果火车停驶的话，就租汽车与一名驾驶。有钱能使鬼推磨。"

"我知道怎么保护自己。"

"我很怀疑，您是搭飞机来这里的。"

"却是绝对安全的。"

"从来没有绝对的安全，您被滞留了一会儿。"

"但是，我想没有人在跟踪我。"

"我的人已经摆脱跟踪你的人了，您也没有见过我。"

"我是不会让您有任何危险的，杜哈梅尔先生。我对您只有无限的感激。"

直到这时候，他像是突然记起什么般，松开裤子的扣子，从放着许多小物品的衣内腰袋拿出一个小小的黑色袋子给莫尔林。他打开袋子的绳子，三颗硕大的晶莹泪珠在烛光下闪烁着万千个切面光芒。在福格特扣上裤子钮扣的同时，莫尔林将小袋子放进袍子的皱褶里。

"晚安了，齐默尔曼先生。早上六点钟就有火车可以去北方了。"

"真他妈的热。"贝伦格尔先生回应着道。他站起来走到电风扇前方。

他没有忘记以前在沙发后面窥探时，贝伦格尔先生威胁过父亲。阿德里亚低声地说，贝伦格尔先生，我是小提琴的合法拥有者。如果要上法庭的话，请便。但是，如果你们要选择这条路的话，我会

---

1 阿勒坡（Alep），位于叙利亚北部的古城。

扯出所有事情，您的屁股可是会见光的。

"随你便，你的个性和你妈一样。"

这我倒从没听人这么说过。我当时也不相信。我对这个人感到深沉的厌恶，就是他让萨拉对我生气的，随便他爱说什么疯话。

现在该是展现强硬姿态的时候了。我站起身让自己的话看起来更像是认真的。但是这么一做，我立即后悔自己说过的话，也后悔自己处理这件事情的方法。然而，一看见贝伦格尔先生嘲笑的眼神，我宁愿继续，纵然害怕也要继续。

"您最好别再提到我的母亲。据我所知，她把你治得服服帖帖的。"

我开始走向玄关，心想自己实在有些愚蠢。我这趟的目的究竟是什么？没得到半点信息，只是单方面地宣告一场无意开打的战争。但是，跟着我走向玄关的贝伦格尔先生却帮了我一把："你母亲是个存心让我的日子不好过的贱人。她过世的那天，我开了一瓶凯歌香槟。"我们走过长廊时，我感受到他的气息。"我每天喝一口，都已经没有气泡了。却能逼我想起你他妈的让人不得安宁的阿德沃尔夫人，"他叹了口气，"不喝到最后一滴，我是不会安心死去的。"

到了玄关时，贝伦格尔先生作势告别："每一天，我都喝下一口，庆祝这个贱人终于死了，而我还活着。要怎样你才会明白呢？你的妻子不会改变想法的，犹太人对某些事情还是非常敏感的……"

打开门。

"你父亲还能讲理，为了生意他愿意放手让我做。而你的母亲像所有女人一样讨人厌。而她，又特别坏心……而我，咯愣！每天一杯喝下肚。"

阿德里亚走到楼梯间转身试图回嘴还击，像是"你要为这些羞

辱之言付出惨痛的代价"之类的。然而，他眼前已不是贝伦格尔先
生讽刺的微笑，而是贝伦格尔先生刚才用力甩上的暗色亮光漆大门。
那天晚上，我一个人在家里，没看乐谱地拉了奏鸣曲与几首曲子。
拉小提琴这么多年了，仍希望自己拥有他人的手指。到了第二首奏
鸣曲时，阿德里亚悲伤地哭泣。这时，萨拉走进屋里，看到是我而
不是贝尔纳特又离开了，连一声招呼也没有。

48

在拜访贝伦格尔的十五天后，我的姐姐过世了。我连她生病都不知道，就像当年母亲生病一样。她的丈夫告诉我，没有人知道，连她自己都不知道。她才刚满七十一岁，虽然很久没见到她，虽然她躺在棺木里，我依旧觉得她是一位高雅的女士。阿德里亚不知道这是什么感觉，悲伤、距离，一个奇怪的综合。他不知道自己体验的是什么感觉。他担心萨拉绷紧的脸更胜自己写给达妮埃拉·阿玛托·德·卡沃内利的追悼词。

我没有说，萨拉，我的姐姐过世了。当蒂托·卡沃内利打电话给我说他的母亲过世时，我更在意的是，他是否会提到小提琴。我迟疑片刻才明白他的话。如果我想去的话，是在勒哥尔特的停尸间，明天举行葬礼。如此简单明了。我挂上电话没有说，萨拉，我的姐姐过世了。因为我觉得你会问，你有个姐姐？或者什么都不会问吧。我们已经好几天没有说话了。

有许多人出席葬礼，到蒙特惠奇山（Montjuïc）的墓园时，大约有二十人。达妮埃拉·阿玛托的墓穴是一处望海的绝佳视野，封上墓穴时，我听见后面的人说，有什么用呢？塞西莉亚没有来。不是没有通知就是她已经过世了。在整场葬礼贝伦格尔先生从头至尾都假装没见到我。蒂托·卡沃内利则站在他身旁，仿佛在宣示他们是同一阵线的。唯一为这位女性的死亡感到困惑与悲伤的人是阿尔韦特·卡沃内利。他还没有时间思考突如其来的孤寂，就展开了全新的鳏夫生活。阿德里亚这辈子只见过他两次。这个显然在一夕间老了许多的男人的凄凉模样，着实让他感到些许遗憾。当我们从墓园的漫漫长路走下山时，阿尔韦特·卡沃内利走向我，牵着我的手臂，为我的出席致谢。

"别客气，这实在太让人伤心了。"

"谢谢。也许你是在场唯一一个伤心的，其他人都在算计吧。"

我们安静不语。送葬队伍在土地上步行的声音配合喃喃的耳语，加上抱怨巴塞罗那闷热天气的咒骂，以及一些无法控制的咳嗽声，持续至我们走到停车处。这时，阿尔韦特·卡沃内利利用机会，几乎贴在我耳边说，小心贝伦格尔这只老狐狸。

"他在达妮埃拉的店里工作？"

"只有两个月。达妮埃拉把他踢出去了。从那时候开始，他们就彼此恨不得对方离开人世，也从不错失表达这份厌恶的机会。"

对话又停了一会儿，好像一边说话，一边走路非常吃力似的。我依稀想起来，他似乎有气喘，还是只是我的幻想？他继续说贝伦格尔是只乌鸦，他有病。

"什么意思？"

"就是他脑袋有问题，还讨厌所有的女人，受不了任何比他还聪明的女人，也不允许女人凌驾其上。这让他很痛苦且坐立不安。你要提防他，别让他伤害你。"

"你觉得他会这么做吗？"

"你永远都不知道贝伦格尔会做出什么事。"

我们在蒂托的车子前告别，紧紧地握手。他告诉我，保重，达妮埃拉跟我提到你好几次，情谊深重。可惜你们后来没有联系了。

"小时候我曾经爱上她整整一天。"

他上车时，我这么告诉他，不知道他是否听见了。他坐在车内作势告别，从此以后，我再也没见过他，不知道他是否还活着。

直到在包裹着厚厚一层忙着拍照的游客的哥伦布雕像的旧港附近被车阵困住，我才发现阿尔韦特·卡沃内利是唯一一个不称呼贝伦格尔为"先生"的人，在回家的路上，我反复思索是否要告诉你。

* * *

当我打开家门的时候，萨拉可以问我，你去哪里了？而我可以回答，去为我的姐姐送葬。然后她说，你有个姐姐？我说，对，同父异母的姐姐。然后她说，你大可以告诉我。然后我说，因为你没有问我，而且，你知道的，我们也没有什么联络。那你为什么不告诉我？说她过世了？因为这么一来，就必须得跟你那个想要偷走我的小提琴的朋友蒂托·卡沃内利说话了，我们可能会因此又吵起来。但是，当我打开家门时，你没有问我去哪里了，我也没有回答去为我的姐姐送葬，所以你也不会问你有个姐姐？那时，我发现你的行李袋放在玄关。阿德里亚不明白这是怎么一回事。

"我要去卡达克斯。"萨拉说。

"我也去。"

"不用。"

她一言不发地离开了。速度快到我没时间察觉这对彼此而言是多么重要的事情。萨拉离开后，阿德里亚仍情绪激动、不明就里地打开她的衣橱，才放下心来：你的衣服都还在。我以为你只是带走一些内衣裤。

49

阿德里亚不知所措，于是无所行动。萨拉又一次抛下他，但是这次他知道原因，应该只是一时的逃脱，一时的？为了不让自己钻牛角尖，他沉溺于工作，却难以专注撰写《柳利、维柯与柏林：三位思想的组织者》的定稿。这是一个厚重的标题，却是他个人书写的需求，以远离《欧洲思想史》。也许因为在这本书上投注了很多年，使他有些喘不过气，或者是因为他已经向几位崇拜者提到这本书……有个部分，书的几个部分是陈述历史的变动，他将三篇论文从头开始重写，几个月以前就开始重写了。亲爱的，我在电视上看到俄克拉荷马州一栋大楼因蒂莫西·詹姆斯·麦克维[1]设置的炸药成了倾颓的瓦砾堆，那影像令人毛骨悚然。从那天开始，我什么都没有告诉你，因为有些事情应该着手开始处理，如果有机会的话再说。我开始书写。我一直认为，以任何名义杀人者都无权玷污历史。麦克维不仅造成一百六十八人丧生，还有未统计出的上千人的不幸、哀伤与痛苦，蒂莫西，这是为了不可妥协的名义？不知为何，我猜想另一个不同主义的不可妥协主义者，我问他，如果上帝是爱，你破坏的理由何在？

1　蒂莫西·詹姆斯·麦克维（Timothy James McVeigh, 1968—2001），1995 年 4 月 19 日策划俄克拉荷马爆炸案，导致 168 人丧生，600 余人受伤。2001 年被执行注射死刑。

"叫美国政府去吃屎。"

"蒂莫西，孩子，你信什么？"维柯问道。

"叫那些让国家沉沦的人都去死。"

"这与宗教无关，"耐心的拉蒙·柳利说，"宗教只有三种，蒂莫西。犹太教，请柏林原谅我这么说，一个可怕的错误；接着是伊斯兰教，是不信教会者的错误信仰。最后是基督教，唯一的、真正的、公平的宗教。因为这是好的上帝的宗教，是爱的宗教。"

"老爷爷，我不懂你的话，我杀的是政府。"

"你夺走的那四十个孩子是政府吗？"柏林用手帕擦拭眼镜问道。

"这是两败俱伤。"

"换我听不懂你的话了。"

"一比一"

"什么？"

"一比一。"

"上校没有阻止屠杀村里的女人与孩子，"维柯宣告，"应该判刑。"

"如果是杀男人呢，就不用判刑？"柏林戴上眼镜，戏谑地对他的同伴说。

"你们为什么不全都去吃屎？啊？"

"这位年轻人对屎这个字有特别的爱好。"柳利非常惊讶地说出自己的观察。

"蒂莫西，刀可伤人亦可伤己。"维柯提醒他，免得他不知道，也准备确实说明马太的诗句，但是他不记得了，那是好久以前的事了。

"你们可以他妈的帮个忙，别再烦我吗？尿失禁的老狗，妈的。"

"蒂莫西，他们明天就会杀了你。"柳利回想起来。

"168：1。"

然后就开始模糊。

"他说什么？"

"你们听得懂吗？"

"听见了，他说一百六十八，两点，一。"

"听起来像犹太教神秘哲学。"

"不，这孩子从没听过犹太教神秘哲学。"

"他说一百六十八比一。"

《柳利、维柯与柏林》是一本狂热的著作。写得很快，也让我非常疲累。因为每天起床与上床时，我都会打开萨拉的衣柜，衣服都还在。这样写作很困难。有一天我写完了，不代表真正的完成。阿德里亚想把所有的纸稿丢到阳台外，然而，他只说，萨拉，你在哪里？沉默了几分钟后，他没有走到阳台，而是将稿纸推成一堆，放到桌子的角落说，小洛拉，我出门了。他没注意到卡特丽娜已经不在了，他走去大学，宛如那里是让他分散注意力的理想地点。

"你在做什么？"

劳拉转过身，走路的样子像在丈量回廊的尺寸。

"我在思考。"

"啊，你呢？"

"我来散心的。"

"你的书写得怎么样？"

"我刚写完。"

"太棒了！"她很开心地说。

她牵起他的双手却立刻放开，仿佛他的手带电般。

"我不是很确定，将这三个性格强烈的人串在一起是不可能的。"

"你究竟写完了没？"

"嗯，写完了。不过得全再看过，一定会发现很多问题的。"

"也就是说，你还没有完成。"

"没有，只是写完了。现在要完成。我实在不知道这种书能不能出版。"

"不要投降，胆小鬼。"

劳拉对他微笑，她的眼神使他有些困惑，尤其称他为"胆小鬼"真是对极了。

过了十天，大约是七月中，托多用一贯的慢条斯理问，喂，阿德沃尔，你还在写那本书吗？他俩在二楼从上头往下看洒落一地阳光的中庭，只有寥寥可数的学生。

我写得很吃力，因为萨拉不在家。

"我不知道。"

"不会吧，如果你不知道的话……"

她不在，我们为了一把破小提琴吵架了。

"要把他们串在一起，很吃力……这些大师们……"

"这么决断，是啊，这是大家都知道的官方说法。"托多打断我。

你们可不可以不要烦我？妈的。

"官方说法？大家怎么知道我在写……"

"你是明星啊，孩子。"

你妈的！

一阵长长的沉默。根据可靠的消息，与阿德里亚长篇对话总是充满沉默。

"柳利、维柯与柏林。"托多说，思绪从很远的地方回来。

"是的。"

"哇，柳利、维柯都还好，但是柏林？"

不，不要，不要，拜托，别烦我，烦人的家伙。

"他们希望通过研究世界整理出一个秩序的意愿是一致的。"

"哇，这会很有趣。"

所以我才写啊，烦人的蠢蛋，害得我一直出口成脏。

"但应该会拖很久吧。我不知道是否能完成，这个也可以作为官方说法。"

托多撑在石栏杆上。

"你知道吗？"停顿了许久以后，托多说，"我非常希望你能写出来。"托多斜眼看着阿德里亚。"若能拜读这本书，对我应该很有帮助。"

托多在他的手臂上敲了一下表示支持，然后就回办公室了。楼下，一对情侣牵着手穿越中庭，仿佛尘世的其他一切都很遥远，令阿德里亚相当羡慕。他知道托多说能拜读这本书，对他应该很有帮助不是为了吹捧他，更不是真的读了一本把不可能联系在一起的事情串联起来，并努力证明伟大的思想家们——比方托尔斯泰——都在做同一件事的书，如何有益于他的灵魂。当然，连结这些思想家的是想法。托多的灵魂重量很轻，如果他想要拜读尚未存在的书，是因为好几年前，他就执迷地想要削减巴萨斯博士在系里与大学的地位。最好的方法就是创造新偶像。无论什么专长都好。如果不是因为你，我可能会被他们哄着让其他人利用我来玩权利斗争的游戏了。小提琴是我们家的，萨拉。我不能背叛我父亲，他为了这把小提琴而死的，现在你让我把它送还一个号称是拥有者的陌生人？若你不明白，因为身为犹太人让你如此固执，而被蒂托与贝伦格尔先生这种恶人哄骗，我的神，我的神，为什么离弃我？[1]

他独自待在书房里，突然心血来潮，更准确地说，是因为几乎写完书稿的狂喜而拨了号码，他耐心等待，想着：在！在家！在家！在家！不然的话……他看向时钟，快一点了，他们一定正在吃饭。

"喂？"

"马克斯，我是阿德里亚。"

"请说。"

"可以请她接电话吗？"

他迟疑了一下。

"请稍等。"

这意味着她在那里。她没有去巴黎第八区，没有去以色列，我的萨拉还在卡达克斯，我的萨拉没有想走得太远……电话的另一头，还没有声音，没有脚步声，也没有喃喃的对话声……漫长的好几秒钟，然后传来马克斯的声音："她说……不好意思，兄弟……她问小提琴还了吗？"

"没有，我想跟她说话。"

"可是……她说……她不想听电话。"

阿德里亚紧紧握住电话，突然口干舌燥，不知该说什么，马克斯大概猜到了，他说，很抱歉，阿德里亚，真的。

"谢谢你，马克斯。"

挂上电话时，办公室的门正好开启。劳拉看见他在发楞，觉得

1　出自《马太福音》。

奇怪，安静地走向自己的办公桌，花了几分钟在抽屉翻箱倒柜。阿德里亚毫无动静，茫然看着前方。萨拉哥哥委婉的话语，对他像死刑判决般。几分钟后，他大声叹了口气，看了劳拉一眼。

"还好吗？"她一边整理几个总是拿来拿去，塞得满满的资料夹，一边问道。

"当然，我请你吃饭。"

我不知道为什么提出邀约，不是为了报复，而是想要向劳拉展示，向全世界展示，没事，一切都很好。

* * *

阿德里亚坐在劳拉那双蓝色的眼睛、完美的肌肤面前，他的盘子剩下一半的面条。实际上，两人都没有开口说话，劳拉往他的杯子里加满水，他也没开口道谢。

"还好吗？一切都好吗？"阿德里亚摆出和善的样子问。仿佛开放打猎禁区来说话般。

"很好，我要去阿尔加维（Algarve）十五天。"

"太好了。托多有些鬼迷心窍，是吧？"

"怎么说？"

几分钟以后，他们得出结论。实际上他是有些受伤，最好别谈我的书，我那本还不存在的书。想到全世界都在等着看你能否将维柯、柳利还有其他一切写在一起，实在是没有比这更不舒服的事了。

"我说太多了，我知道。"

为了证实这一点，她说自己认识了一个很棒的人，他们约在阿尔加维，一起骑自行车环伊比利半岛，而且……

"你骑自行车？"

"我年纪太大了，我要去那里吃饱了撑着，把系里乌烟瘴气的事情都忘了。"

"也钓个帅哥。"

她没有回答。但是，她给了他一眼健谈的目光。女人，你们就是什么事情都知道，让我一直非常羡慕。

萨拉，我不知道该怎么说，但就是这么一回事。劳拉的公寓很小，空间非常善加利用，有点乱，乱中有序，尤其是卧室，毫不混乱的乱法，就像每个要出门旅游的人的房间，一小堆一小堆的衣服、整排的鞋子、几本旅游书和一台相机，像是猫和狗，他们开始假装。

"是电子的吗？"阿德里亚拿起相机不太确定地说。

"是呀，数码相机。"

"你总是用最新的东西。"

劳拉没有坐下脱鞋，直接穿上像夹脚拖或其他的东西，看起来很可爱。

"你肯定是用徕卡相机。"

"我没有相机，从来都没用过相机。"

"那你的回忆呢？"

"放这里，"阿德里亚比着头，"这里不会不见，随时都可以看。"我不是存心语带讽刺的，因为我无法预知任何人的未来。

"这里能存两百张相片。"她拿起相机作势掩饰不耐烦，把它放在床头桌的电话旁。

"这么棒。"他没什么热情，敷衍地说。

"然后可以存到电脑里，就可以从一个相簿里看所有的相片。"

"真是太棒了。但是，这样就得要有电脑。"

劳拉站到他面前，姿态挑衅地说："怎么？"她的手插在腰际，像茶壶一样。"你现在要开一场数码影像的讲座吗？"

阿德里亚看着她湛蓝的眼睛，抱住她。他们维持这姿势好一会儿。我哭了一下，很幸运地，她没有发现。

"你为什么哭？"

"我没有哭。"

"骗人，你为什么哭了？"

* * *

下午，他也为卧房里的混乱贡献了自己手中的一粒沙。他们躺了很久，看着天花板，劳拉看着阿德里亚的圆牌项链问："为什么你一直都戴着这条项链？"

"为戴而戴。"

"你又不信……"

"这能帮我记住。"

"记住什么？"

"我也不知道。"

这时，电话响了，劳拉躺的那侧床头桌上的电话响了。他们带着罪恶感互看彼此，想着是谁打来的。劳拉一动也不动，她的头靠在阿德里亚的胸口，俩人听着电话响了好一会儿。阿德里亚看着劳拉的头发，等她接电话，她却没有任何动作，电话继续响着。

第六章

圣母悼歌

我们所害怕的都是被赐予的。

——埃莱娜·西克苏[1]

1　埃莱娜·西克苏（Hélène Cixous，1937—　），法国女性主义作家、诗人、哲学家、文学评论家。

50

两年后，电话突然响了。阿德里亚一如往常吓了一跳，看着电话呆了一会儿。整间屋子除了书房的台灯亮着，其余角落都是暗的，悄然无声。一个没有你的家，只有响个不停的电话声。阿德里亚在卡尔[1]的书中做标记后合上，看了电话几秒钟，它还是不断响着，仿佛可以解决所有问题般。电话又响了几声，最后，不知名的致电者展现不动如山的坚持，阿德里亚·阿德沃尔揉揉脸，接起电话说，喂。

* * *

他的眼神哀伤，充满泪光，大约八十岁吧，疲惫得像操劳过度到难以康复般。他在楼梯间焦虑地喘气，紧紧抓着一个小小的行李袋，好像得牢牢抓着才能继续活下去。他听见阿德里亚慢慢爬上楼的声音而转过身，彼此对看片刻。

1　卡尔（E. H. Carr, 1892—1982），英国历史学家、记者、国际关系理论家。

* * *

"Mijnheer Adrian Ardefol?"[1]

阿德里亚打开家门，邀请他进门。老人家勉强地用英语表明自己是早上打电话与他约见面的人。他非常确定自己被扯进一个悲伤的故事了，而且别无选择。他关起门，免得秘密泄露到楼梯间与大楼。两人仍站着。他说，如果你需要的话，可以用荷兰语交谈。这位老人家作势感激并接受提议，他的眼睛闪烁着泪光，阿德里亚不得不拍掉荷兰语上头的灰尘，询问这位陌生人来访的缘由。

* * *

"说来话长。所以才问你是不是有时间好好地谈。"

他领着他到书房，注意到陌生人进入书房后无法掩饰的崇拜神情，就像游客无意中进入罗浮宫般，突然置身于充满惊喜的空间。初到的访客站在书房中央，羞涩地转了一圈，瞻仰摆满书的书架、乐器柜、两张书桌、你的自画像、桌上还未读毕的卡尔的著作，放大镜下方的一张手写稿是最近购入的乔伊斯《往生者》手稿第 63页，页缘写着奇特的评论，可能是乔伊斯亲笔所写。观赏书房一圈后，他安静地看着阿德里亚。

阿德里亚请他在桌子的另一边坐下，花了几秒钟探究负荷在这名陌生的老人家脸上并刻写下永恒的痛苦轮廓的原因？他有些吃力

1　荷兰语，意为："阿德里亚·阿德沃尔先生？"

地打开旅行袋的拉链，拿出了一个用纸谨慎包裹的东西，专注地打开。阿德里亚看见里头是一条脏手帕，被许多脏污弄得黑黑的，还可依稀看到深浅色的方格纹。老人家拿开纸，将手帕直接放在桌上，几乎是以宗教仪式般的姿势，小心地打开手帕，仿佛里头藏着珍宝。他犹如神职人员站上祭坛，在桌上摊开手帕，一条撕扯的痕迹如国界般将手帕一分为二。我不知道有什么回忆附在手帕上。这时候，老人家摘下眼镜，拿纸巾擦着自己的右眼，他发现阿德里亚存有敬意地保持沉默而未直视他的眼睛说，我不是在哭，这几个月有点过敏，很不舒服，会如何如何如何的，然后像在道歉般地微笑。他张望四下，把纸巾丢到垃圾桶里，接着以仪式般的姿态，指着那条又老又旧、摊在双手前方的手帕，仿佛在邀请我先开口似的。

"这是什么？"我问。

陌生的老人家双手放在手帕上几秒钟，像在脑海里非常虔诚地念着祷词，用已变调的声音说，现在想象一下，你在家里和妻子、岳母，还有三个女儿一起吃晚餐，岳母有点咳嗽，突然间……

陌生的老人家抬起头来，我看见此刻他的眼睛充满泪水，不是喜悦，而是他仍未拭去痛楚的泪水。他盯着前方，重复他在家里和妻子、咳嗽的岳母与三个小女儿吃晚餐的画面，桌上铺着新买的的蓝白色桌巾，因为今天是大女儿也就是小阿梅莉切的生日。突然，没有任何敲门声，大门直接被撞开，一个连牙齿都武装起来的士兵走进屋内，后头跟着五个士兵，踩着大声的步伐，不停地大叫"schnell, schnell, schnell"[1] 还有"raus, raus"[2]。晚餐才吃到一半，你就

1　德语，意为"快点，快点，快点"。
2　德语，意为"出去，出去"。

永远被拖出家门，一辈子，连回头的机会都没有。那条庆祝用的新桌巾，是我的贝尔塔在两年前买的。什么都不能拿，所有的东西都放在桌上。小阿梅莉切问，爸爸，raus 是什么意思？我没有挡住不耐烦地说着"raus"的枪托往她的头上重击，因为德语是不用解释就可以理解的语言，不懂德语的人是因为思想有问题，必须付出代价，Raus！

两分钟后，我们全走在大街上，岳母还在咳嗽，手里抱着小提琴的盒子，因为女儿练完琴回来就把琴就放在门口。三个女儿眼睛瞪得斗大，我的贝尔塔脸色苍白，紧抱怀里的小尤丽叶切。我们在街上几乎是用跑的，因为士兵们显然很急促。邻居无言的目光从窗户里看出来。我牵着刚满七岁的阿梅莉切，她因为后脑勺挨了枪托一击而哭泣，也因为德国士兵很令人害怕。可怜的特鲁德，才五岁，她要我抱，我把她抱了起来，阿梅莉切只能跟上我们的脚步继续奔跑。我们一直走到韦德雷广场，一辆卡车停在那里。我没有注意到自己的手里还握着蓝白色的餐巾。

一些士兵稍有人性，告诉我们可以带上二十五公斤的行李。你们有半个钟头去收拾，schnell，啊？那时候，你才开始思考所有家当，要带什么？带去哪里？一张椅子？一本书？装满照片的鞋盒？杯子、盘子？灯泡？床垫？妈妈，schnell 是什么意思？二十五公斤是多少？最后，你拿了挂在家里玄关的无用的钥匙圈，要是活下来也不必用它去换发霉的面包，它会成为幸福生活的象征。在这之前，自然是要活在不幸之中。妈妈，为什么要拿这个？你闭嘴。岳母回我。

在士兵步伐声的陪同下，我们永远地远离家门、远离惧怕到面容苍白的妻子、三个恐惧到汗毛直竖的女儿，以及濒临昏厥的岳母，我却什么都不能做。我们是被揭发的，是的，我们住在一个基督教社区，为什么？他们是怎么知道的？怎么嗅出我们是犹太人的？在卡车上，为了不看到女孩们失望的神情，我心想是谁、怎么会以及为什么。我们被逼着搭上一辆卡车，塞满恐惧不已的人们，我与勇敢抱着小婴儿的贝尔塔待在同一侧，特鲁德在我旁边，岳母带着她的咳嗽离我们稍远。突然，贝尔塔开始大喊，阿梅莉切，你在哪里？女儿！阿梅莉切，你在哪里？别走散了，阿梅莉切。这时，一只小手伸出人群中，抓住我的裤管，小阿梅莉切因落单一会儿，而更加害怕，抬头看着我求救，她也想要抱抱，但没有要求，因为她知道特鲁德的年纪更小。我永远都忘不了她的眼神，这辈子永远都忘不了。当你的女儿向你祈求协助，你却没有发觉，也无法做到。你在女儿需要的时候无法帮助她，所以你应该下地狱。我只能把那条蓝白方格的餐巾给她，她紧紧抓着，感激地看着我，仿佛得到什么珍贵的珠宝，一个无论她到哪里，都不会丢失的护身符。

这个护身符一点用处也没有。因为在两天、三天或四天颠簸、恶臭且令人窒息的旅途中，卡车紧紧地密封着。他们不理会我绝望地反抗，硬生生把特鲁德从我手中强行带走，他们狠狠递给我一棒，令我完全呆掉时，阿梅莉切也不见了。这感觉就像被一群不停狂吠的狗追逐般，小尤丽叶切在贝尔塔的怀里……但我不知道她们在哪，贝尔塔和我连最后一眼都没有见到，就算只能无言地传达我们的失望与费了许多力气才得到的幸福的终结也好。而贝尔塔的母亲，不停地咳嗽，紧抓着琴盒。特鲁德，特鲁德在哪里？我竟容许他们把她从我的手里带走，我再也没见过她们了。被赶下火车后，我就永远地失去身边的女子了。铃铃铃。他们推着我，在我耳边咆哮，我绝望地回头寻找她们可能出现的地方。我看到两个叼着烟的士兵，把像尤丽叶切那样仍在襁褓中的孩子，从母亲怀里硬生生扯开，用木棒押进卡车，让他们妈的乖乖听话。那时起，我决定不再和亚伯拉罕的神与基督的神说话。

"铃铃铃……铃铃铃……"

"不好意思……"阿德里亚不得不打断老者。

老人家不明白地看着我，有些出神，肯定忘了自己正坐在我面前。仿佛已经重复说过上千次正在诉说的过往，以平复伤痛。

"有人在按门铃……"阿德里亚说，起身时，看了一下时钟，"是一位朋友……"

老人家尚未反应过来，他就走出书房了。

"我来了，我来了，很重……"打破气氛的贝尔纳特走进门，拿着一个很大的包裹，"放哪里？"

他已经到了书房里，没料到有陌生访客。

"啊，不好意思。"

"放在桌上吧。"走在后面的阿德里亚说。

贝尔纳特将包裹放在桌上，对陌生人腼腆地微笑。

"你好。"他说。

老人家没有开口，仅点头示意。

"看你会不会帮我。"贝尔纳特一边说，一边拆开电脑的外包装。阿德里亚拉下箱子，机器就露了出来，由贝尔纳特两手捧着。

"我正在……"

"我看到了，晚点再过来？"

我们说加泰罗尼亚语，所以我就多解释说，是个意外的访客，而且好像还需要一些时间。如果可以的话，约明天吧。

"没问题，"他意指这名突如其来的访客，"重要的事？"

"不，不是。"

"那就好，明天见，"他指着电脑，"我来以前别乱摸。"

"想都不会想的。"

"键盘和鼠标在这里，我把大箱子带走，明天拿印表机过来。"

"喂，真是谢谢。"

"你向略伦斯道谢吧，我只是中间人。"

他又看向陌生人说，祝您日安。老人家以同样的头部动作答复。贝尔纳特走出书房说，你不用陪我了，去忙吧。

他走出书房，发出关上大门的声音。我再度坐到客人面前，为短暂的中断表示歉意说，真抱歉。他没有回应，我请他继续，好像贝尔纳特没有想用略伦斯的旧电脑测试我是否会放弃手写的旧习惯而打断我们。更正确来说，应该是我用打字机写稿的习惯。贝尔纳特的赠予还包括几堂电脑课程，课程的价值取决于学生与授课者的耐心。不过，我最后终于愿意亲身体验电脑这玩意，有什么能让全世界都赞不绝口的魔法，只是尚未施用在我身上。

老人家继续说，好像中断完全没有妨碍到他，仿佛接续着存放在脑袋里的文字稿般说，我一连着好几年不断自问，问自己一些问题。实际上有很多问题，但最后都混成一个：为什么我活了下来？为什么是我，我不是最无用的一个吗？我连一点反抗都没有表现出来。我没有反抗那些带走我的女儿、妻子及咳嗽岳母的士兵，连一点点抗争都没有，为什么是我活下来？为什么？我到那时为止过的一无是处。豪瑟尔公司的会计，在布罗尔过着无聊的生活，唯一的贡献是生了三个女儿，一个有着乌黑的头发，一个如森林树木的棕发，一个像蜂蜜般的金发。为什么？而且，最大的惩罚、最大的郁闷是我无法百分之百确定她们是否都死了，我的三个女儿、我的妻子和咳个不停的岳母。战争结束后，我找了两年，不得不接受法官的判决，凭依他所谓的证据及所有的消息显示，她们肯定都死了，而且一定是在她们到达奥斯维辛的那天就死了。根据从拉格征收的文件显示，那几个月，他们将所有女人、小孩与老人带进毒气室，只留下有工作能力的男人。我为什么存活下来？当他们把我与妻孩分开时，以为有危险的人是我，不是女人。然而，对他们而言，女人与孩子才是危险的，尤其是小女孩。因为经由她们，该死的犹太族群可以继续延伸；透过她们成为未来的大复仇。他们的任务完全配合这种想法，所以我才活下来，多么荒唐。现在奥斯维辛成了博物馆，我在里头仍闻到死亡的鼻息。也许我能活到今天，还在这里跟您说这些，全是因为在阿梅莉切生日那天我是个懦夫，或是因为我从来自维尔纽斯的老莫什斯那里偷了一块发霉的面包，也许是因为一位宿舍长想要用枪托打我们的时候，应该落到我身上的一击被我侧身闪掉而落到身旁，打死了一个从不知道他的名字的年轻人，但他来自匈牙利的高地，头发比煤炭还黑，比我可怜的阿梅莉切还要黑；或者是因为……我不知道……兄弟们原谅我，女儿们，还有你，贝尔塔，以及母亲，原谅我，原谅我活了下来。

他不继续探究事情的因果，目光依旧注视着前方，视而不见，因为无法看着人的双眼述说这么多的痛苦。他吞下一口口水说：水，我竟没想到这位老人家可能需要喝杯水，可是，他好像不需要喝水似的继续故事。他说，就这样，我这辈子再也抬不起头，只能为自己的懦弱哭泣，找寻弥补的方法。直到我想到可以葬在一个回忆再也找不到我的地方，于是开始寻找避风港。我肯定错了，但我需要一个庇护所，我试着接近不再相信的上帝。我不再相信是因为祂连一根指头都没动以拯救成千上万的无辜之人。我不知道你是否能够理解，但是彻底的绝望会让人做出奇怪的事情。我决定进入加尔都西会的修道院，在那里，他们说我提出的不是好办法。我向来不信教。我出生时是基督徒，虽然宗教在我们家里只是社交习惯，父母也没让我觉得他们对宗教有任何热忱。我与心爱的贝尔塔结婚，我勇敢的妻子，她是犹太人，但是他们家也不信教，因为爱情，她毫不犹豫地与一名非犹太教徒结合，她让我打从心底成为犹太人。被加尔都西修道院拒绝后，我到其他地方申请入院时说谎，不愿透露进修道院的真正原因。我学会什么该说，什么不该说。直到敲响第四家修道院的大门，就是圣贝尼托的阿谢尔西多会修道院。那时，我已经知道他们无法阻挠我迟来的宗教热忱。

我请求他们，如果服从是唯一的纪律，那么请让我进入修道院生活，做院里最谦卑的工作。那时候开始，我才重新和上帝对话，也学到向牛只告解。这时候，我发现电话已响了一会儿，但我不想接，这还是两年来第一次电话响，我却没被吓到。这位已经不再陌生的陌生老人家叫作马蒂亚斯，有一段时间叫作罗伯特修士，他看着电话，又看向阿德里亚等他有所反应。既然主人家没有任何兴趣接电话，于是他继续说。

"这就是所有事情？"他说，为了让他再次开口。也许这就是他想说的，因为他开始把脏餐巾折起来，像在收拾卖东西的小摊子般。他折得很专注，五感都投注其中，最后把折好的餐巾放在面前说，Dat is Alles[1]。仿佛是再多的解释都是多余的。这时，阿德

1　德语，意为"这是全部了"。

里亚打破长长的沉默问，为什么告诉我这些？我和这一切有什么关系？

两人都没发现电话已受不了无用的呼叫，停止一会儿了，只剩下巴伦西亚路上传来非常微弱的车流声。两个人安静无声，仿佛想注意聆听巴塞罗那扩展区的交通。直到我注视老人家的双眼，他，没有看着我的眼睛说，这一切，说出这一切是想向你告解，我不知道上帝在哪里。

"可是我……"

"有好几年的时间中，上帝曾是我生命的一部分，在修道院的时候。"

"这段经验对您有用吗？"

"我不认为有用。但是他们想教导我，痛苦不是上帝的作为，而是人类自由的结果。"

这时，他才看着我，然后继续说，他加大了一些音量，像在做一场政治演说。那么地震呢？水灾呢？为什么人作恶的时候上帝没有加以阻止？啊？

他把手放在折好的旧餐巾上："在我当劳作修士时，经常对牛说话，得到的结论总让人绝望，都是上帝的错。因为，不能说罪恶只存在坏人的意志里，这太简单了，甚至允许我们杀死坏人：上帝说疯狗死了，狂犬病就没了。才不是这样。没有疯狗，狂犬病仍在我们心里蔓延了几个世纪。"

他看看两侧，对于刚进入书房时，让他大开眼界的书墙毫不在意，再次接续刚才的对话脉络："我归结出全能的上帝容许罪恶的存在。上帝是一个没有品味的发明，我的内心于是粉碎。"

"我了解，我也不相信上帝。罪恶永远是有名有姓的，他叫佛朗哥、希特勒、托尔克马达 [1]、阿马尔里克 [2]、伊迪·阿明 [3]、波尔布特 [4]、阿德里亚·阿德沃尔，都有名有姓。"

"别这么想，罪恶的工具有名有姓，但是罪恶，罪恶的本质……这我还未参透。"

"难道说您相信有恶魔？"

他安静地看了我几秒钟，仿佛在掂量我的话，让我有些自豪。但不是，他的心思在别处，肯定也没有心情辩论哲学："红棕色头发的特鲁德、乌黑发色的阿梅莉切、如太阳般耀眼的小尤丽叶切、不停咳嗽的岳母，还有我生命的支柱，我的妻子，贝尔塔。我必须相信她在五十四年又十个月前就死了，不能因为独自存活就不再提起我的悔恨与煎熬。总是因为想着我让她们失望而醒来，每一天都一样……现在，我已经八十五岁了，还不知道如何离开人世，还带着像第一天同样的痛苦活着。非但如此，我还不相信宽恕，因此我尝试报复……"

"什么？"

"……但我也发现报复永远无法解决问题，只能对几个不懂藏匿的笨蛋泄愤罢了。只要想到还有很多人逍遥法外，就无法心满意足。"

"我了解。"

1　托尔克马达（Tomás de Torquemada，1420—1498），天主教多明我会僧侣、西班牙宗教裁判所首任大法官。

2　阿马尔里克（Amalric，1136—1174），耶路撒冷国王（1163—1174 在位），曾与拜占庭帝国结盟侵略埃及。

3　伊迪·阿明（Idi Amin，约 1923—2003），乌干达独裁者。

4　波尔布特（Pol Pot，1928—1998），1976—1979 年出任民主柬埔寨总理，执政期间发动"红色高棉大屠杀"。

"你不了解，"他直接打断我，"报复会产生更多的痛苦，完全无法带来任何满足。于是我问，如果我们有办法宽恕，为什么报复也不能令我痛快？啊？"

他闭上嘴，再次沉默。我向谁报复过吗？肯定有的。肯定在日常生活中的上千万个恶意之中。我看着他的眼睛，坚持道："在您的故事里，我出现在何处？"

我有些迷惘地对他说。因为不知道是否该期待自己在如此痛楚的生命中占有一席之地，或只是想加速面对自己所恐惧的事情。

"您正要出场了。"老人家几乎是藏着微笑回答。

"您想要什么？"

"我是来索回贝尔塔的小提琴。"

电话声又像全场爆发的如雷鼓掌，如同众人起立向演说者致敬般响起。

* * *

贝尔纳特把电脑插上电源并开机，等待屏幕出现影像。我对他说前一天发生的事情，他一边听，嘴巴一边茫然地掉下来。

"你说什么？"他难以置信。

"你没听错。"我回答。

"但是……你……老兄，你疯了！"

他将鼠标及键盘接上电脑，生气地拍了桌子，在书房来回踱步，走到乐器柜用力地打开柜子，再次表明怒气后又愤怒地关上柜子。

"小心，别打破玻璃。"我警告。

"去他的玻璃，去你的，妈的！为什么没跟我说？"

"说了你一定会让我改变主意。"

"那还用说！可是，你怎么可以……"

"很简单啊。那位老人家站起来，走到柜子，打开，拿出斯托里奥尼。"阿德里亚带着好奇与狐疑看着他抚摸琴。老人家从柜子里拿起一把琴弓，弄紧琴弓，看着我好像在问能否演奏，然后就开始拉琴了，听起来不是很好听，不，是一点都不好听。

"我不是小提琴手，她才会拉，我只是有兴趣。"

"贝尔塔呢？"

"她是位伟大的女性。"

"是的，但是……"

"她是安特卫普爱乐管弦乐团的第一小提琴手。"

他拉起一首我听过不只一次却记不清楚旋律的犹太曲子，然而，因为他实在拉得不好，索性用唱的，我都起了鸡皮疙瘩。

"我也起鸡皮疙瘩了！都是你，怎么把小提琴送他了！天啊！"

"很公平啊。"

"他是披着羊皮的狼，笨蛋！你看不出来吗？去他妈的所有的鬼，天啊！我们的维亚尔白白送给人家了。这么多年了，结果……你父亲会怎么说？啊？"

"别这么荒唐了，你从没想要用它。"

"我很想！该死的！你不懂如何理解别人的'不'吗？你不知道每次你说拿去拉，或带它去巡演，贝尔纳特就害羞的微笑，一边摇头一边把把乐器放回柜子里说，不行不行，这责任太大了。啊？"

"这就是不要。"

"不，是在说'好'！怎么就是不懂！这是想得要死的意思！"贝尔纳特的目光看起来几乎想要咬我，"这么难理解吗？"

阿德里亚闭上嘴，沉默了好一会，仿佛人生哲学令他难以消化。

"你看，老兄。你实在是个混账，"贝尔纳特继续，"你被一个说催泪故事的人骗了。"

他比着电脑："我还来帮你……"

"我们最好改天再弄吧？今天有点……"

"妈的，老兄。你真是个傻子，竟白白把小提琴给第一个找上门的爱哭鬼！我简直不敢相信，竟然！"

老人家哼完曲子把小提琴与琴弓放回柜子，回到椅子上坐好，害羞地说，到了我这年纪，不可能再拉琴给自己以外的人听了，什么都做不好，指头早就不听使唤，手臂也没有力气拿乐器了。

"真遗憾。"

"老了就不体面，衰老也真是不体面。"

"我明白。"

"你不明白。我情愿在妻子与女儿死之前离世。但是，我现在却像个还想抓紧生命不想死去的凋零老人。"

"您把自己照顾得很好。"

"傻瓜，我的身体到处是毛病，而且我在四十五年前就该死了。"

"那么，如果这个愚蠢的家伙那么想死，为什么还要一把小提琴？不是很矛盾吗？"

"贝尔纳特，这是我做的决定，而且都已成事实了。"

"你个笨蛋，告诉我这个郁闷的猪头在哪里，我要去说服他……"

"够了，我没有斯托里奥尼了。我打从心底觉得自己做了件公道事。我觉得很好。这是迟来两年的正义。"

"我可是觉得糟透了，但也弄清楚了，不幸的猪头是你。"

他坐下，又站起来，难以置信地看着阿德里亚："迟来两年的正义是什么意思？"

老人家坐了下来，手有些颤抖。他把手放到仍在桌上折得好好的肮脏餐巾上。

"您没想过自杀吗？"我用医生问病人是不是喜欢喝菊花茶的语气问道。

"你知道我的妻子怎么买得起这把琴吗？"老人家回答。

"不知道。"

"马蒂亚斯，亲爱的，没有这把小提琴也无所谓，我可以继续……"

"当然，你可以继续用原来的小提琴，没有关系。但是，听我说，这努力是值得的，我父母要借我一半的钱。"

"我不想欠你家人情。"

"我的家人就是你的家人啊，贝尔塔！为什么不接受……"

这时，我的岳母介入了。当时，她还没有咳嗽；当时，在一场又一场战争，愤怒地恢复正常生活。音乐家们得以投入音乐，而非腐烂在满街的战壕中。就是在这段期间，贝尔塔·阿尔帕茨试拉了买不起的斯托里奥尼无数个钟头。这把琴的音色优美，笃定且深沉。尤勒斯·阿尔坎想以完全不合理的价格卖给她。就在二女儿小特鲁德出生满半年的那天，那时尤丽叶切还未出生。那天是自从我们一起住之后，岳母第一次不在家，下班回家后，贝尔塔和我正简单准备晚餐，她的母亲回来了，把一个非常漂亮的黑色盒子放在桌上，一阵厚重的沉默，我记得贝尔塔看着我，寻找我无法回答的答案。

"打开吧，女儿。"我的岳母说。

她的母亲鼓励着，仿佛贝尔塔不敢打开般。

"我从尤勒斯·阿尔坎那儿回来的。"

这时，贝尔塔靠近盒子并打开了。所有人惊艳地盯着，维亚尔对我们眨了一只眼睛。我的岳母做了这个决定，因为她在我们家被照料得很舒适，而且，她的积蓄也能满足女儿的愿望。可怜的贝尔塔被惊呆了足足两个钟头说不出话，无法弹奏，也无法拿起乐器，好像她配不上一样。直到阿梅莉切，我们的大女儿，那时还很小，头发乌黑的那个，对她妈妈说，妈妈，去啊，去拿啊，我想听看看它的声音。我的贝尔塔拉出来的声音多好听……多好听啊！这是岳母毕生的积蓄，所有的积蓄，甚至包括一些她从未告诉我们的秘密。我想，她把斯霍滕（Schoten）的公寓也卖了。

老人家不再说话，视线迷失在书墙深处，然后归结道，我花了好多年才找到你，才找到贝尔塔的小提琴，阿德沃尔先生。

"这不是理由，阿德里亚，妈的。这可能全是凭空杜撰的，你无法分辨吗？"

"您是怎么找到这里？"阿德里亚好奇地问。

"耐心以及别人的协助……侦探提供你父亲的踪迹，无论他去哪里都留下许多线索，他做事挺张扬的。"

"这是很久以前的事了。"

"我哭了很多年了，直到现在还有许多事都还未做好心理准备去完成。比方说，拿回贝尔塔的琴，尽管我知道在哪里，仍迟了两年才来拜访你。"

"我想大概就是两年前，有几个投机分子跟我提过您。"

"我没有请他们，我只想要调查琴的下落。"

"他们想要做买卖琴的中介。"阿德里亚坚持。

"神让我从中介之中解脱。我跟这些人有很不愉快的经验，"他盯着阿德里亚，"我从未想过买卖。"

阿德里亚纹风不动地看着他，老人走向他，仿佛要移除两人之间的中介。

"我不是来买琴，是来请你归还。"

"你被骗了，阿德里亚。你竟然被一个诡计多端的骗子骗了，像你这么聪明的人，竟然……"

阿德里亚不作声，男人继续说："我找到琴的时候，想先认识您。毕竟我的生命走到这个地步，已经不着急了。"

"为什么想这么做呢？"

"好知道您这么做的原因。"

"我想告诉您，我一直觉得一切都是自己的错。"

"来见您之前我已经先研究您了。"

"这是什么意思？"

"我读过《美学意志》，还有另外一本，厚的那本，《历史》的……什么的历史。"

他敲着指头以帮助自己年迈的记忆。

"《欧洲思想史》……"阿德里亚完美地隐藏起骄傲。

没错，还有您的一系列文章，但我不记得标题了……这几个月来，我非常着迷地重复读着。但希望您别强迫我跟您谈这些文章，因为……

他摸着前额，让对方了解自己的脑袋已不太灵光。

"但是，为什么？"

"不知道，我不是很确定。总之，最后，我对您产生敬意。而且根据我的调查，您跟这件事没有关系……"

我不想戳破他，我跟这事情没有关系，但是跟我的父亲非常有关系。要是说出来，场面可能不太好看，所以我闭上嘴，只重复问他为什么研究我，阿尔帕茨先生。

"我有的是时间，也想弥补自己的过错，我犯了很多错。首先，以为藏起自己，恐怖就会消失。最严重的就是，无法预料自己的其他行为产生更多的恐怖。"

他跟我谈了好几个钟头，我就是没想到要给他一杯水。我明白如此深沉的苦痛是一连串失序与困惑所造成的结果，并导致痛苦变得更深沉、血腥。

马蒂亚斯·阿尔帕茨是在午饭过后，大约下午两点半才到我家，除了上厕所打断几次以外，直到晚上九点钟，我们都待在书房里，窗户映着街上的黑暗与往来的车灯已有数个钟头。我们注视彼此。我发现自己几乎要饿晕了。

时候已经不早了，关于晚餐的协商进行地非常迅速：水煮绿豆荚、马铃薯洋葱，以及煎蛋。在我做饭时，他再度要求上厕所，我为招待不周而向他道歉，马蒂亚斯作势说别在意，便快步进入厕所。压力锅在发出警告声时，我走回书房，将小提琴放在桌上。我很仔细地看着它，用古老的相机拍了十几张照片，直到没有底片为止。琴面、琴底、侧边、琴头、调音柄、把手与滚边等细节。正在拍照时，马蒂亚斯·阿尔帕茨从厕所出来，安静地看着我。

"您还好吗？"我没看他，同时试着从琴孔拍下洛伦佐·斯托里奥尼的小提琴签名标签。

"到了我这年纪，做什么都得全心全意，没什么特别的。"

我把小提琴放回柜子，看向马蒂亚斯·阿尔帕茨的眼睛。

"我怎么能确定您说的都是真的？我怎么知道您就是马蒂亚斯·阿尔帕茨？"

老人家从袋子拿出印有照片的身份证给我看。

"我就是我，这您也看得到，"他拿回身份证，"我对你说的事情是真是假，恐怕也没有其他方式可以证明。"

"请您了解我有确认真假的义务。"阿德里亚说，同时心里想着，萨拉，要是我有足够的勇气归还小提琴的话，你会有多高兴。

"我不知道还能给您什么证明……"阿尔帕茨把身份证放回袋子，有些激动地说，"我叫马蒂亚斯·阿尔帕茨，而且很不幸地，是这把小提琴唯一幸存的拥有者。"

"我不信。"

"我没有其他好说了，您也知道，家里没有证明……我回到家，连家人的照片都找不到了，他们毁了一切，毁了我所有的回忆。"

"请容许我怀疑你。"我不小心脱口而出。

"您有权怀疑，"他回答，"但是我会不计一切代价拿回小提琴的。这是我和我的故事、我身边的女人们仅存的联系了。"

"我了解，真的。但是……"

他看着我却仿佛沉浸在自己的回忆之井里，苦痛沁入所有的毛孔。

"我为了告诉您这些故事，又回地狱走了一遭。我很希望这些努力没有白费。"

"我明白。但是，我手上的文件的拥有者没有你的名字。"

"没有吗？"他看起来很惊讶、困惑，连我都觉得有些可怜。

他们俩安静地呆站一阵子，锅子里煮蔬菜的味道从厨房传了过来。

"啊！当然！"他突然说，"一定是我妻子的名字，当然，我这是什么脑袋！"

"那您的妻子叫什么名字？"

"她生前，"他对自己非常残忍地纠正我，"叫作贝尔塔·阿尔帕茨。"

"不，先生。文件上也没有这个名字。"

沉默。我甚至因为要跟这个失望的老人家讨价还价而感到遗憾。但是，阿德里亚保持着沉默。这时候，马蒂亚斯·阿尔帕茨轻轻地叫了一声，当然、当然，是我岳母买的！

"您的岳母叫什么？"

他想了几秒钟，好像要记起如此简单的事情非常吃力。他双眼发亮地看着我说，内特耶·德波耶克。

内特耶·德波耶克。内特耶·德波耶克……就是我父亲写下的名字，我因为良心不安而从未遗忘的名字。原来是那位总在咳嗽的岳母。

"你被骗了！"

"别说傻话了，贝尔纳特。对我而言，就是这样了。"

"大笨蛋！"

内特耶·德波耶克。访客重复说了这个名字。我只知道，小提琴像我们家的成员一样，到了奥斯维辛集中营。当载送我们的火车抵达那里时，我才发现总在咳嗽的岳母抱着小提琴，仿佛是她另一个孙女般。天气冷到连思绪都冻住了，我非常费力才走近老人家坐着的角落，阿梅莉切的小手紧抓着我的裤管，卖力地跟随我穿过塞满饱受痛苦的人的车厢。

"妈妈，你为什么把琴带来了？"

"我不想让他们把琴偷走，这是贝尔塔的。"内特耶·德波耶克是位性格强烈的女性。

"妈妈，但是，你没看……"

这时候，她黝黑的眼睛看着我，对我说，马蒂亚斯，你不知道这是个不幸的时代吗？我连拿珠宝首饰的时间都没有，但是这把小提琴决不能让他们偷走，谁知道会不会……

她的视线又重新回到前方。岳母大概是想说，谁知道会不会有一天，这把琴能让我们有饭吃？我不敢把小提琴从她手上拿走并丢在腐烂的车厢地板上。阿梅莉切仍一直抓着我的裤管不想放开。我手里抱着特鲁德，贝尔塔抱着尤丽切，而我再也没看过她俩，因为她们在另一个车厢。我为什么要骗您？阿德沃尔先生。在另一个车厢里，前往不明确的死亡之路，我们知道，我们是要赴死的。

"爸爸，我后面这边好痛哦。"

小阿梅莉切摸着后脑勺。我把特鲁德放在地上，好好地看阿梅莉切的后脑勺，肿了好大一个包，中间还有一个已经开始发炎的大伤口，我只能为她敷上一个充满爱意却毫无用处的吻。小可怜不再抱怨了，我又抱起特鲁德，过了一会儿，特鲁德抓着我的脸，让我看她并对我说，爸爸，我肚子饿了，我们什么时候会到？于是我告诉小阿梅莉切：你是姐姐，所以你要帮我，好吗？她回答：好的，爸爸。好不容易把特鲁德放下来，我向她姐姐要来餐巾，向一位留着胡子、很安静的男人借小刀，仔细地将餐巾切半，分给两个女儿，可怜的小特鲁德不再喊肚子饿了。阿梅莉切与她靠着我的腿站着，安静地抓着奇迹的魔法餐巾。

最残忍的是，我知道自己是带着我们的女儿赴死的。我牵着她们的手，我是杀死女儿的共犯。她们抓着我的脖子或腿。车厢里的空气冰冷得让人无法呼吸，没有人的目光相对，因为同样的念头侵蚀所有人，只有小阿梅莉切与小特鲁德有餐巾，别人都没有。马蒂亚斯·阿尔帕茨走近桌子，手放在折好的肮脏餐巾上。这就是我大女儿的生日记忆，就停留在那里了。我才刚满七岁就被杀害的大女儿，特鲁德只有五岁，尤丽叶切两岁，贝尔塔三十二岁，咳个不停的内特耶七十多岁。老人家拿起餐巾端详，目光热烈，几乎在朗诵。我不知道是什么奇迹让我拿回阿梅莉切的这一半餐巾。接着，他把餐巾放回桌上，再一次，如圣职人员在祭坛上摊开、折回圣餐巾的神圣姿态。

"阿尔帕茨先生。"我略微大声地说。

老人家看着我，不理解我为何打断他。仿佛他有一会儿不知自己身在何处。

"我们吃点东西吧。"

我们在厨房一起用餐，犹如熟人。虽然有这么多沉重的包袱，阿尔帕茨吃得津津有味，并好奇地看着油罐子。我教他如何使用，他把水煮蔬菜泡在橄榄油里，我看到他这么乐中，于是拿出你的波隆酒壶，自从你死了以后，已经好久没用了。我害怕打破，一直小心收着。我想这段插曲也从未告诉你。我倒了一点葡萄酒进去，示范给他看。这是第一次也是最后一次，马蒂亚斯·阿尔帕茨开心地笑了，他用波隆酒壶喝酒，弄脏自己却仍呵呵大笑，没头没脑地说了 bedankt heer Ardefol[1]。可能是想感谢我让他即兴大笑吧。我也不想探究。

我从未百分之百确定马蒂亚斯·阿尔帕茨是否真的经历了他所说的一切。我的心底清楚知道，但不完全确定。无论如何，我想着你，想着你的希望。我向一则征服我的故事投降了。

"你糟蹋了自己的资产，我的朋友。如果我们还是朋友的话。"

"小提琴是我的，你为什么如此牵肠挂肚？"

因为我一直都想着，如果你比我早离世的话，我就有机会继承

1　荷兰语，意为"谢谢您，阿德沃尔先生"。

这把琴。

"因为我们不知道这个家伙说的是真是假。还有，就算我们此后不再是朋友了，我还是要教你怎么用电脑。"

"他告诉我，如果你从琴孔看进去的话，阿德沃尔先生，你会看到'洛伦佐·斯托里奥尼于 1764 年制'。旁边还有两个像星星的小记号，然后在克雷莫纳的字母 m 到 n 下方，有条粗细不一的划痕，如果我没有记错的话，毕竟已经这么多年了。"

阿德里亚拿起小提琴看，他从未注意过。果真如此。他看着马蒂亚斯，张开嘴又闭上，然后把琴放在桌上。

"是的，没错，确实是如此。"贝尔纳特说。这我也知道，但很不幸地，小提琴不是我的。

阿德里亚再次把琴放到桌上，做决定的时候到了。我打从心底知道归还并非难事。我们在告别前，又聊了大约两个钟头。我给他原本的琴盒，有暗色污渍、无论如何都弄不掉的那个盒子。

"您真是个彻底的王八蛋。"

"这都是因为不堪忍受的痛苦，从他失去一切的那天开始，他就忍受所经历的痛苦，正是这份痛苦让我信服的。"

"他的故事征服了你。不，是他说的故事征服了你。"

"或许吧。但又如何？"

老人家用指腹轻柔地抚摸琴面，他的手开始颤抖，害羞地藏起手，转头向我："当受苦的人是个毫无防卫能力的人，痛苦便会强化，而且在事后坚信自己若能如英雄有所行动，就能避免这些痛苦的想法，使人在余生都饱尝懊悔的折磨。为什么我没有怒吼？为什么我没有勒死那个用枪托打小阿梅莉切的士兵？为什么我没有怒吼？为什么我没有阻止火车前进？为什么我没有杀死那个叫我们：

你到右边，喂，听见没有？你到左边的那个党卫队员？”

“我的女儿们在哪里！”

“你说什么？”

“我的女儿们在哪里？你们把她们从我手里强拉走了！”

马蒂亚斯张开双臂站出来，瞪大眼睛，站在刚才他称呼长官的士兵面前。

“你在说什么鬼话！走，跟上队伍！”

“不！阿梅莉切，黑头发的小女孩；特鲁德，森林木头色的头发。她们刚刚还跟我在一起的。”

“叫你跟着走，去右边。别捣乱。”

“我的女儿们！还有尤丽叶切，被抱着的金发女孩！很小、很聪明的女孩！她们跟我一起坐火车来的，您听我说！”

士兵厌烦了纠缠，朝他前额赏了一记枪托。他半晕摔倒在地时，看见其中一条餐巾，像是看到他的女儿们般，捡起来紧抓不放。

“你看得到吗？”他把头倾向阿德里亚，拨开稀疏的头发。头上有个奇怪的东西，像旧伤口，疼痛却像是新生的。

“去排队，否则打破你的脑袋！”那位军官，布登医生喊道，握着放在枪套的手枪。那时已比平常更晚了，他有些不愉快，尤其是在跟福格特医生谈话之后，医生与他要求的各项工作成果。做出来啊，又没有多困难，爱找麻烦。而马蒂亚斯·阿尔帕茨无法看着那双禽兽的眼睛，因为眼镜几乎盖住他整张脸。他乖乖地排到右边的队伍里，而不是进入毒气室的那一边。当然他并不知道，自己排的队伍是去除虫的那边，他会成为光荣的帝国的免费劳力。布登就像是哈梅尔的吹笛人，可以选择自己要的是小男孩或小女孩。在距离他所排队的几公尺之处，福格特一枪轰爆内特耶·德波耶克的头。

我从那时候起，就认为我的女儿们、妻子贝尔塔以及永远都在咳嗽的岳母，都是因为我没有反抗而死的。从我们上火车开始，就再也没有见过贝尔塔与尤丽叶切了，可怜的贝尔塔，我们连对方的最后一眼都没能看到，我的天啊，只是一眼，哪怕是远远地看一眼也好……亲爱的，是我抛弃你们，我无法报复那些让阿梅莉切、特鲁德与尤丽叶切深感恐惧的丑陋怪兽。假使这般懦弱值得被宽恕的话，请原谅我。

"别这样折磨自己。"

"我那时候已经三十三岁，可以反抗的！"

"他们会打烂您的脑袋，你们全家都会无声无息地死去，至少现在她们还活在您的回忆里。"

"傻话，这是磨难，我唯一的抗争就是刚才告诉您的可笑抗议。"

"我明白您所说的。肯定没有任何方法能让您不这么想。"这就是我相信马蒂亚斯·阿尔帕茨的原因：今天、明天、后天直到死亡，他都背负沉痛的包袱，因为他闪开一记枪托造成一个孩子的死亡、没有分享同伴一片面包，这些天大罪过都痛苦地侵蚀他的灵魂。

"就像勒维表哥一样。"这是整个下午贝尔纳特第一次没有侮辱我。我惊讶地张口看着他，他则总结道，我想说的是，他直到年迈时才自杀。其实，他可以早一点这么做的，从恐怖之中逃脱时就这么做。还有保罗·策兰，迟了许久才跳河。

"他们不是为经历过的恐怖自尽，而是在写下他们的经历后才自杀。"

"我不懂。"

"一旦把事情写下后，就可以离开了。我是这么理解的。但是，他们也发现，写下这些经历就是重新到地狱走一遭，令人无法忍受。

他们是因为写下经历过的恐怖才离世的。何其多的痛苦，何其多的恐惧……浓缩在一千页或两千行的诗句之中。然而，将如此厚重的沉痛判决在半个手掌高的纸张上，非常讽刺。"

"或者，是像这样的磁碟片里。"贝尔纳特一边说，一边拿出盒子里的磁碟片。"一辈子的悲惨不幸都在里头。"

那时，我才发觉马蒂亚斯·阿尔帕茨把餐巾留在我的书房桌上。或者，他遗弃了这条餐巾；也许，他把餐巾送给我。我发现了，却不敢碰这条餐巾。一生的悲惨不幸都在这条肮脏的餐巾里，像一片电脑磁碟片或一本经历了奥斯维辛之后所写的书。

"是啊，你看……嗯……贝尔纳特。"

"怎么了？"

"我没心情学电脑了。"

"很典型啊。你光看到屏幕就全皱起来了吧。"

贝尔纳特忐忑地坐下，用双手揉着脸。我一直以为只有自己才会这么做。这时，电话响了，吓了阿德里亚一跳。

51

"贺拉斯说:'Tu ne quaesieris (scire nefas) quem mihi, quem tibi / finem di dederint, Leuconoe, nec Babylonios / temptaris numeros.' [1]"

一阵沉默,几个学生看着窗外,几个看着地板。

"老师,这是什么意思?"一名绑着大辫子的女学生大胆发问。

"嗯,你们没学过拉丁文吗?"阿德里亚很意外。

"先生……"

"你呢?"他问一位总是坐在窗边的男学生。

"我,呃……"

鸦雀无声。阿德里亚很惊讶地问全班同学:"有人学过拉丁文吗?上美学史的各位同学,有人学过拉丁文吗?"

几个费劲的回合之后,全班只有一个戴着绿色发带的女生学过拉丁文。阿德里亚深呼吸几次以平静下来。

"老师,但是贺拉斯说的这些究竟是什么意思?"

"这几句话是《使徒行传》,圣保罗的第二封信以及《启示录》里头要说的。"

教室的沉默更加浓厚,直到有更挑剔的学生说,那《使徒行传》

1　拉丁文,意为:"你别问,知道便是罪,对于我对于你／诸神给了何种终点,琉科诺厄,别去,试巴比伦星数／最好承受!"

还有这些什么里头要说什么？

"《使徒行传》与其他作品讲的是，主的日子终将如深夜里的盗贼般来临。"

"这里的主是指什么？"

"有人读过圣经吗？就算只看过一次也没关系。"

实在不想再次忍受浩瀚无际的沉默，于是他说，好，今天就说到这里吧；或者他说，星期五的时候，请从一部文学作品中摘取一句跟今天提到的论述架构相关的句子。

"老师，论述架构是什么意思？"

"星期五以前请你们读一首诗，去看一部戏。然后报告所有的细节。"

这时，他看着学生们困惑的模样，他的眼睛瞪得斗大，才发现这不是一场梦，而是上一堂课的记忆，突然很想哭，才惊觉自己因电话声从恶梦中惊醒，亘古不变的该死的电话。

* * *

电脑在书房桌上开着。从不相信有这么一天。他俩专注盯着屏幕，屏幕的光线让略伦斯与阿德里亚的脸显得更苍白。

"看到了吗？"

略伦斯移动鼠标，光标跟着在屏幕上移动。

"来，现在换你。"

阿德里亚吐出舌尖，移动光标。

"你是左撇子？"

"对。"

"等等，我放到你习惯的这边。"

"喂，会跑到小垫子外面，太小了。"

略伦斯在心里偷笑，但是阿德里亚听到了。

"不要笑，是真的，对我来说太小了。"

几个动作练习克服了移动障碍后，阿德里亚·阿德沃尔接受创建文字档案的奥秘入门。实在是无止境、非凡、魔幻的麻烦。电话响了，但阿德里亚完全当作耳边风，毫无动静。

"嗯，我懂了、懂了……"

"你说什么？"

"这个应该非常实用，但我真的懒得……"

"接下来你要学怎么使用电子邮件。"

"哦！不，不行、不行、不行，我还有工作得做。"

"很简单的，而且电子邮件是基本，一定要会的。"

"我会写信，楼下有信箱，而且，我有电话。"

"我爸说你不想要手机，"难以置信的沉默，"是真的吗？"

电话无用地响累了，便闭上嘴。

"用不上啊。我有只很好用的电话。"

"可是电话响了你也不接啊！"

"不，"阿德里亚打断他，"你是在浪费时间教我用这个破铜烂铁写东西，而我……你几岁了？"

"二十，"他比着对话框说，"这里告诉你储存文字需要怎么做，这样你输入的东西就不会不见。"

"或许会不见吧，可能会烧掉。"

"你知道我还记得你出生两天时，在医院里的样子吗？"

"啊，是吗？"

"你爸开心得快疯了，没人受得了。"

"现在也是。"

"呃，我的意思是……"

"看到了吗？"略伦斯比着屏幕，"这样文件就存好了。"

"我没看到你怎么弄的。"

"这样，看见了吗？"

"太快了。"

"来，你拿鼠标。"

阿德里亚有些害怕地拿着，仿佛鼠标会咬他似的。

"拿好，这样，然后把箭头移到这里。"

"为什么你说没人受得了他？"

"受不了谁？"

"你爸爸。"

"哈……因为……不，不是，是往左边。"

"它不想过去。"

"在鼠标垫上拉。"

"妈的，比看起来难多了。"

"不难，这个练习几分钟就好了。来，现在点击。"

"点击是什么意思？"

"用鼠标点击，像这样。"

"天啊，你怎么弄的？唉，不见了！"

"好吧……我们重新开始。"

"为什么没人受得了你爸？"他暂停下来，万分艰难地移动鼠标，"啊？略伦斯？"

"你也知道，就是那些事。"

"他逼你学小提琴，可是你不想？"

"不，不是。"

"不是吗？"

"好吧，有一点。"

"你不喜欢小提琴？"

"喜欢，我喜欢。"

"你在第几级？"

"按照我们原定计划，应该是第七级了。"

"不错啊。"

"我爸说我应该要在专家级了。"

"每个人的速度不一样。"

"我爸说我不是真的喜欢。"

"他说的是真的？"

"先生……不，他希望，但是……我们继续吧。"

"他希望怎么样？"

"他希望我像帕尔曼。"

"那你像谁？"

"像略伦斯·普伦萨。我想他不明白这一点。"

"你妈呢？"

"她非常理解。"

"你爸是很好的人。"

"我知道，你们是很好的朋友。"

"尽管如此，他真的是个好人。"

"嗯，是啊，可是极度烦人。"

"你学什么？小提琴吗？"

"才不是！我注册建筑系了。"

"很好，不是吗？"

"不。"

"那你为什么去念建筑？"

"我还没去念，只是注册。"

"为什么不念？"

"这是我爸开的条件，"他模仿贝尔纳特说，"对你的未来有点用处。"

"如果不学建筑的话，你想学什么？"

"我想当老师。"

"很好！不是吗？"

"哦，是吗？那你去和我爸说。"

"他不喜欢吗？"

"对他儿子来说这太微不足道了。他希望我是全世界最好的小提琴家、全世界最好的建筑师、全世界最好的什么什么什么的。这很累人。"

阿德里亚用力握着鼠标，沉默了一会儿，这小东西无法抗议。他发现时，赶紧松手并专注呼吸以平静下来。

"为什么不跟他说你想当老师？"

"说过了。"

"然后呢？"

"老师？你？老师？我的儿子当老师？"

"怎么了？你对老师有什么不满吗？"

"没有，我哪有什么不满。为什么你不能当工程师或其他的，啊？"

"我想教人读书、写字、乘法。很美好啊。"

"我觉得很好。"特克拉挑衅地看着她的丈夫。

"我觉得这主意不好。"贝尔纳特非常严肃，拿着餐巾擦拭嘴巴然后放在桌上。他看着空盘子说，当老师的生活很辛苦，自讨没趣，赚的钱也不够生活。他摇摇头说："不好，这个想法不好"。

"可是我喜欢。"

"我不喜欢。"

"喂、喂，要读大学的人是他不是你，好吗？"

"好，很好，随便，随便你们想怎么样就怎样。你们总是想干什么就干什么。"

"这是什么意思？"特克拉被激怒了。

"没有，没有，没事。"

"你说啊，来啊，说啊。我们除了按照你的意思做事以外，什么时候自己想干什么就干什么了？"

这时，略伦斯拿着盘子站起来走到厨房，然后回到房间里把自己关起来。特克拉和贝尔纳特互磨着战争斧头的锋刃。你刚才说我总是想干什么就干什么，才不是这样，绝对不是这样，从来都不是！

"但是，最后你注册建筑系了。"阿德里亚加重语气道。

"我们为什么不谈别的事情？"

"说的也是，来，我还能用电脑做什么？"

"你要试试看写篇文章吗？"

"不，我想今天这样就……"

"你写一个句子并存下来，当成是有用的档案。"

"好吧。你知道你很适合当老师吗？"

"你去跟我爸说吧。"

阿德里亚写下略伦斯·普伦萨正在教我怎么样使用这部机器，谁会先失去耐心呢？是他还是我？或是这部苹果电脑？

"哇！这简直可以当成小说了。现在你看怎么储存下来，然后在想要的时候随时可以打开。"

阿德里亚让富有耐心的贝阿特丽切引导。这辈子第一次为了要储存档案、关上档案夹、全部储存，然后关上电脑，他做了所需的每一个步骤。略伦斯说，好了，我想我该回家了。

"这个，你做的这些实在……"

"别告诉我爸，好吗？"

"不，不会的。但是在这之前，你得找个地方住吧。"

"我会分租公寓。"

"这样好麻烦。如果你和其他人住的话，怎么练小提琴？"

"怎么说？"

"你可能会打扰别人。"

"那我就不带小提琴。"

"至少你是跟女朋友一起分租吧？"

"我没有女朋友。"

"我这么说是因为……"

略伦斯有点不耐烦地起身，阿德里亚试图弥补自己说错话。

"对不起，这不关我的事，你有没有女朋友不关我的事……"

"我已经告诉你，我没有女朋友，好吗？"

"我听见了。"

"我有男朋友。"

阿德里亚困惑了几秒钟，比平常的反应慢了一些。

"很好，你爸爸知道吗？"

"想都别想。这也是问题之一，如果你告诉他这件事的话，他会杀了我……也会杀了你……"

"放心吧。还有，做自己想做的。听我的没错。"

略伦斯在结束为一个脑袋特别笨拙、不灵光的学生上完第一堂电脑使用课程后，从楼梯间离开了。阿德里亚心想，建议别人的孩子该做些什么真是件容易的事。这也让我疯狂地希望与你有个孩子，这样我就能和他谈谈他的生活，就像几分钟前，我和略伦斯聊天那样。我和贝尔纳特，我们两个好友能谈的话题也太少了。在这之前，我对略伦斯一无所知。

他们在客厅里，电话不停地响着。阿德里亚没有按着头，表示他没有不耐烦。因为贝尔纳特在跟他说一个自己的想法。为了忽略电话声，他打开阳台的门，车子的声音混合着孩子的声音，还有停在楼上阳台的肮脏鸽子的咕噜声瞬间流进屋里。他走出阳台，贝尔纳特跟随在后，屋内几乎是在黑暗中，依靠杰里的圣母修道院受着来自特雷斯普伊山方向的夕阳映照。

* * *

"你什么都不用办，你在音乐界占有一席之地已超过十年了……"

"我已经五十三岁了，这不是什么光彩的事情。"

"你可是在加泰罗尼亚的巴塞罗那交响乐团拉小提琴。"

"所以呢？"

"你可是在加泰罗尼亚的巴塞罗那交响乐团拉小提琴啊！"

"那又怎样？"

"你也在科马四重奏拉小提琴。"

"只是第二小提琴手。"

"你总是爱与人比较。"

"什么？"

"你总是……"

"我们为什么不进屋里？"

贝尔纳特跟着阿德里亚走进客厅，电话仍在响着。他们关上阳台的门，街上的喧嚣声减弱至可被遗忘的衬底。

贝尔纳特问："你刚才说什么？"他因为电话响个不停而有些不安。

阿德里亚很想说他应该重新经营和略伦斯的关系，略伦斯过得很不好，他们两个都过得很不好，没错吧。

"我说你总是跟别人比较。"

"我不这么认为。不过，就算是真的，又怎样？"

你的儿子很难过，你对他就像当时我父亲对我的态度一样。简直是地狱。

"这让人感觉你好像竭尽所能要让自己和幸福快乐完全沾不上边。"

"你到底想说什么？"

"比方说，要是安排这场讲座的话，注定会失败，你就会不高兴，然后让你身边所有人也不高兴。根本没必要这么做啊。"

"当然有必要，否则我就不是我了。"

"随便你吧。"

"为什么你觉得这个点子不好？"

"太冒险了，因为可能没有人会来。"

"你真是恶毒，"他看着玻璃窗外的车流，"喂，你为什么不接电话？"

"因为我正在和你说话。"阿德里亚说谎。

他看着杰里的圣母修道院视而不见，坐在一张大椅子上看着他的朋友，发誓现在就要跟他谈略伦斯的事情。

"如果我安排座谈会的话，你会来吧？"贝尔纳特继续说自己的事情。

"会。"

"还有特克拉和略伦斯，这样就有三个观众了。"

"对，特克拉、略伦斯和我三个人，加上那位学问很高的就四个人，还有你，五个人了！宾果！"

"别这么恶毒。"

"你和特克拉还好吗？"

"不是很好，但就继续啊。"

"我真替你开心。那略伦斯呢？"

"很好，很好，"他继续开口之前想了一会儿，"特克拉和我，我们维持着一种不安定的稳定关系。"

"这是什么意思？"

"其实好几个月前，她暗示了分手的可能。"

"天啊。"

"然后略伦斯找尽千百个理由不待在家里。"

"真遗憾，略伦斯还好呢？"

"对他，我每一步都走的非常小心，避免犯错，而特克拉，虽然和我有分手的可能，也还是努力练习耐性。这就是我说的不安定的稳定关系。"

"略伦斯还好吗？"

"还算可以。"

沉默。看来电话的铃声只骚扰到贝尔纳特。

现在就告诉他，最近我经常见到略伦斯，他很难过。贝尔纳特会说，是他的样子看起来难过而已。我说，才不是，贝尔纳特，是你不好，你没有问过他的意见就安排他的生活。贝尔纳特会断然说，你别管。我会说，我当然要管，我觉得他很可怜。贝尔纳特就会一个字一个字地说，与——你——无——关，懂了吗？我就会说，好吧，但是他很难过。他想当老师。为什么不让他做自己想做的事情呢？贝尔纳特会愤怒地站起来，好像我又把我们的斯托里奥尼送给别人了，他嘴里会咀嚼各种咒骂，从此再也不和我说话。

"你在想什么？"贝尔纳特感兴趣地问。

"我在想你得准备的很好，至少保证有二十个人来，然后选一个能容纳二十五人的场地。这样就算成功了。"

"相当聪明的规划。"

沉默。我有勇气告诉他，不喜欢他写的东西，却不知道该如何跟他谈略伦斯的事情。电话铃声再次侵犯我们，阿德里亚站起来接电话又挂上，贝尔纳特一个字都不敢问。阿德里亚再度坐下继续他们的对话，好像什么事都没发生过。

"此外，你不能期待会有很多人。因为巴塞罗那每天至少会有八十到一百个文艺活动。而且，大家只知道你是音乐家，不知道你是作家。"

"音乐家？我才不是音乐家。不过就是在舞台上拉小提琴的那群人里头的其中一个。但相反地，身为一个作家，我却是五本书的唯一作者。"

"这几本书加起来还卖不到一千本呢。"

"光《普拉斯玛》就卖了一千本了。"

"你知道我的意思。"

"你和我的编辑真像，总是这么鼓励我。"

"那谁会来介绍书？"

"卡洛塔·加里加。"

"很好。"

"很好？是非常好！光她一个就能招来许多人了。"

一直到贝尔纳特离开时，关于略伦斯的事情，我连一个字都没有说，他也没有放弃要办一场关于他的文学作品这个等同于自杀的文学座谈会。邀请函上会这么写：贝尔纳特·普伦萨，叙事的轨迹。这时，电话又响了，阿德里亚一如往常吓了一跳。

* * *

阿德里亚决定把美学史变成不同的课程，因此把学生召集到另一个地方、另一个不同的时间上课，就像有一次他们到巴塞罗那大学地铁站大厅上课，或者像是让他们做一些疯狂的阿德沃尔发明的事情，例如，有一次他们在巴塞罗那市中心的迪普达尚路的公园中，在来往行人之间上课，他却非常从容。

"有人的时间不行吗？"三个人举起手，"那么，我就当其他人都能准时到了。"

"我们要做什么？"

"只要听就好了。想要的话，也可以发言互动。"

"但是我们要听什么？"

"到那里就知道了，这也是课程的一部分。"

"几点结束？"坐在中间的金发男学生问，课堂里两个忠诚的崇拜者利用这个问题热烈地看着他。

"会列入考试内容吗？"留着大把胡子总是坐在窗边，与其他人隔开的男学生问。

"需要做笔记吗？"绑着大辫子的女孩问道。

在一一回复这些问题后，我同样要求他们要读诗篇、要去看一场戏的课就结束了。

回到家里，我发现一封约翰内斯·卡梅内克发来的电报，邀请我明天到大学办一场座谈会。句号。明天？句号。卡梅内克疯了。

"约翰内斯。"

"啊！终于！"

"怎么了？"

"你一定要帮我。"卡梅内克的声音听来相当激动。

"怎么这么紧急？"

"你的电话肯定没有挂好或坏了。"

"呃，不是，因为……如果你早上打来的话，有个女士会接……"

"你好吗？"

"先生，在收到你的电报前很好。你叫我明天去开一场座谈会，是搞错了吗？"

"不、不是，是要请你来救火，因为乌尔丽克·霍尔楚普不能来了，拜托你！"

"糟糕，主题是关于什么？"

"你想说什么都行。观众是一定有的，因为都是系列讲座的参与者。讲座一直进行得非常好，却在最后一刻……"

"霍尔楚普怎么了？"

"高烧三十九度，连门都出不了。你在天黑以前会拿到机票。"

"一定要明天吗？"

"下午两点钟。拜托你一定要来！"

我说不行，我都不知道要讲些什么。妈的，约翰内斯，别这样整我。他说随便想说什么都行，请你一定要来，拜托。所以我只能答应。机票很神秘地送达家里。翌日，我飞到斯图加特，前往心爱的蒂宾根大学。在飞机上，我思考自己要说些什么，准备草稿。到了斯图加特，一位收到非常仔细吩咐的巴基斯坦出租车司机等着我，司机蔑视交通规则飙过令人晕眩的几公里路后将我丢在大学门口。

* * *

"你真的帮了我一个大忙，不知道该怎么报答你。"约翰内斯在系所大楼的入口接我。

"因为是帮忙所以不用报答，我想谈科塞留。"

"不会吧，今天才谈过他。"

"太巧了。"

"应该还有其他主题可以谈……真是，很抱歉，那就……我也不知道。"尽管有些疑虑，约翰内斯仍抓着我的手臂，带我走向会议厅。

"那……就即兴的讲吧，给我几分钟，我好……"

"我们没有几分钟。"卡梅内克紧抓我的手臂不放。

"真是。可以上厕所吗？"

"不行。"

"结果人家都说地中海人多随性，德国人做事如何一板一眼，事前准备多有方法，多有系统……"

"你说的没错，但是乌尔丽克已经是备案了。"

"天啊！所以我是第二个备胎。为什么不延期？"

"不可能，我们从没延期过。从来没有。而且有很多外国学员……"

我们在会议厅门口停下脚步。他非常不好意思地抱着我说，谢谢，谢谢你，我的朋友。然后就让我进入会议厅。里头有二百多人，其中百分之三十是语言学界及思想领域的相关人士。他们奇怪地看着这位秃头、大肚腩，一点也不像女性的乌尔丽克·霍尔楚普教授。阿德里亚在脑海里准备当时还未成形的演讲大纲，与此同时，约翰内斯·卡梅内克告知在场学员，乌尔丽克·霍尔楚普教授因健康问题不克前来，他们非常幸运能够邀请阿德里亚·阿德沃尔教授，来跟大家分享关于……呃，现在就由他来和大家分享。

卡梅内克说完就坐到我身边，仿佛为我站台般。我感觉到他整个人泄气般放松下来，可怜的卡梅内克。为了厘清一些想法，我慢慢地用加泰罗尼亚语念了一篇佛许[1]的诗：

> 透过性灵，大自然开启
> 贪婪的双眼因之窥见不朽，
> 秩序伴随罪恶，超越罪恶，
> 时间为一，因着秩序延绵。

1　佛许（Josep Vicenç Foix i Mas，1893—1987），加泰罗尼亚作家、诗人、评论家。

我直译了诗句的意思，接着谈当代思想的重要性、美的意义以及从几个世纪以来人类追求美的动机。阿德沃尔教授开启许多问号却不知如何回答或不想回答。当然，他也无可避免地谈到罪恶，还有海，黑暗的海；他也谈到对知识的热爱且不在意这个主题是否切合语言学与思想系列讲座的主轴；关于语言，他谈得少，却说了许多关于生命本质的思考，死亡也牵扯其中。这时，萨拉的葬礼如闪电般出现，卡梅内克一时间非常迷惘地保持沉默。过了一会儿，他说，所以佛许用这些诗句作为诗的结尾："于是我在几个世纪中缓缓更易，如同朝向幽暗大海的岩石。"就这样结束了五十分钟的讲座。接着他立刻离开会场到洗手间，撒下比一整天的雨还多的尿。

在讲座委员会邀请共进晚餐以表谢意之前，阿德里亚想要在蒂宾根做两件事，毕竟隔天也还不用搭回程飞机。真的，我想要自己去，拜托，约翰内斯，我想要自己去做这些事。贝本豪森修道院已经整修过了，虽然仍接待游客导览，却没有人问导游还俗是什么意思了。他远远地想着贝尔纳特和他的书，过了二十多年却毫无变化。贝本豪森没变，贝尔纳特也没有变。天色开始暗了下来，他走进蒂宾根墓园，就像以前一个人或是和贝尔纳特或是和萨拉一起在里头散步……他听见自己脚步的絮语，枯燥而生硬。步伐不知不觉将他带到最后一个坟墓，弗朗茨·格吕贝的空坟。洛塔尔·格吕贝与侄女赫塔·兰道站在他的坟前，是贝本豪森的赫塔，好心与贝尔纳特合照的那位。坟前还放着白色玫瑰就像他们英勇的儿子与侄子的灵魂般，赫塔·兰道听见他的脚步声，转身查看，并试图掩饰惊吓。

"洛塔尔……"她震惊到窒息。

洛塔尔·格吕贝转过身，党卫队的军官就站在那里，一语不发地安静等待，等着这两个受到惊吓的人开口解释。

"我在清扫坟墓。"格吕贝说。

"身份证拿出来。"党卫队中尉阿德里安·哈特博尔德—博施站在老人与稍微年轻一点的女人面前。赫塔非常害怕，无法好好地打开袋子。洛塔尔惊骇到本能地包裹一层冷漠、漫不经心的外衣，犹如终于能够死在安娜还有勇敢的弗朗茨身边。

"哎呀……"他说，"我忘在家里了！"

"我忘在家里了，中尉！"党卫队中尉阿德里安·哈特博尔德—博施责难道。

"我忘在家里了，中尉！"洛塔尔看着态度不明的军官的双眼。

中尉比着坟墓说："你们在这里做什么？在一个叛徒的墓前做什么？啊？"

"这是我儿子，中尉，"洛塔尔回道，然后指着赫塔，全身惊吓到僵硬的女人说，"我不认识这个女人。"

"跟我来。"

阿德里安·哈特博尔德—博施亲自审问这名老人，这名叫作洛塔尔的老人家，尽管年纪很大了也要查证是不是赫伯特·鲍姆的党羽。但他是个老人（米克尔神父说）！老人与小孩对帝国的治安都具有同样的威胁性。遵命（米克尔神父说）。要他吐出所有信息。怎么做？怎么做都行。从他的脚底板开始打吧。打多久？好好念三次圣母祈祷文，接下来念 credoinunumdeum[1]。是！尊贵的阁下。

赫塔·兰道奇迹似的没被逮捕。她绝望地花了半个钟头才与柏林通上电话。柏林告诉她如何联系奥斯维辛集中营，奇迹似的一个钟头后，她听见康拉德的声音。

---

1 拉丁文，意为"我们只相信一个神"。

"希特勒万岁，"他的语气很不耐烦，"哪位？"

"康拉德，我是赫塔。"

"谁？"

"赫塔·兰道，你的表姐，如果你还当自己有家人的话。"

"又怎么了？"

"洛塔尔被抓了。"

"谁？"

"洛塔尔·格吕贝，你的舅舅，不然还有谁？"

"啊！那个卑劣的弗朗茨的父亲？"

"对，弗朗茨的父亲。"

"你想怎么样？"

"你可怜可怜他，去说说情吧。他们会拷问他，最终会杀了他的。"

"他被谁抓了？"

"党卫队的人。"

"为什么抓他？"

"因为他放花在弗朗茨坟前，帮帮忙吧。"

"小姐……我、我不……"

"看在老天爷的份上，拜托！"

"我有很多事要忙。你要让大家一起去死，是吗？"

"他是你的舅舅！"

"他一定做了什么坏事！"

"康拉德，别这么说！"

"听着，赫塔，一人做事一人担。"

听得懂荷兰语吗？赫塔听见康拉德问，又对着话筒说："我不知道你有什么事，但我真的分身乏术，工作太多了，实在没办法管这种琐事。希特勒万岁！"接着听见康拉德·布登一边咒骂，一边挂上电话。她放声嚎啕大哭。

洛塔尔·格吕贝，七十二岁，不是危险人物。然而，他的死可以作为警惕。在卑劣叛徒坟前放花纪念的父亲，就像在纪念心中的反抗纪念碑，一座坟墓……

党卫队中尉张着嘴巴想着，当然！他对撑着墙的一对双胞胎说："掘开这叛徒的坟！"

卑劣叛徒弗朗茨·格吕贝的坟是空的。老洛塔尔在一个什么都没有的地方放花嘲讽当局，一个空坟比一袋尸骨更危险：空无使这个坟墓产生通性，使这个坟墓成为一块纪念碑。

"陛下，我们该拿这个囚徒怎么办？"

阿德里安·哈特博尔德-博施深吸口气，闭着眼睛低声颤抖说，用屠宰场的挂钩把他吊起来，就像惩罚帝国的背叛者那样。

"确定吗……不会太残忍吗？不过是一个老头子。"

"米克尔神父……"中尉语带威胁。他注意到了沉默，看着下属低垂着头，于是补充："把这堆烂肉带走！"

洛塔尔·格吕贝恐惧不已地等待死亡。他被带到刑房。毕竟对叛徒用刑并不常见，他们不得不搭建特殊装置，上头挂着刻意磨利的钩子。当他们用绳子将他捆起来时，他开始冒汗，被呕吐出的恐惧呛到，但仍有时间说，安娜，没关系。在他们用需要的愤怒刺穿洛塔尔的身体——就像刺穿叛徒那样——的半秒钟前，他就死于恐惧了。

"安娜是谁？"其中一位双胞胎大声问道。

"已经不重要了……"另一个回答。

52

　　一个周二晚上，将近七点四十五分，乌云笼罩。巴塞罗那文化中心的萨格拉厅安放的五十张椅子上坐了几个年轻人，听着过度讨好的背景音乐直流口水。在无限的犹豫后，一位有点摸不清楚状况的老人选了最后一排的椅子，仿佛害怕被问到上课内容。第一排的两个老太太因为连一点会后小点心的踪影都没有看见，显得非常失望，她们像熟人一样大方地摇着扇子。贝尔纳特·普伦萨的五本著作摆在一旁的桌子上。特克拉出席并坐在第一排，令阿德里亚非常惊讶。特克拉往后看，像在留意有哪些人来了。阿德里亚走过去打招呼并亲吻她，从上次他无效介入要当和事佬而有所争执后，她第一次对他微笑说，好久不见！

　　"很好，不是吗？"阿德里亚扬起眉毛意指萨格拉厅的出席状况。

　　"我没想到会这样，而且年轻人还不少。"

　　"啊哈。"

　　"跟略伦斯学得怎么样？"

　　"很好。我已经会储存文字档案到磁碟片了，"阿德里亚想了一会儿说，"但我还是无法直接在电脑上写作，我是个用纸的人。"

　　"会有这么一天的。"

　　"如果真得有这么一天的话。"

这时电话响了却无人理会。阿德里亚抬起头与眉毛，没有人在意，好像没有电话在响一样，喂。

在主持人的桌上也有贝尔纳特出版的五本书，以大家都可以看到封面的方式摆放。甜蜜的背景音乐停止了，电话依旧小声地响个不停。接着，贝尔纳特在卡洛塔·加里加的陪同下出场。阿德里亚觉得贝尔纳特手上拿的不是小提琴很奇怪。这个念头让他觉得很有趣于是微笑了。这时，作家与主持人都坐了下来。贝尔纳特对我眨了眼睛，有一会儿我觉得他摆这么大的阵容全是为了我，因此努力专注听加里加博士的介绍。

日常的生活场景、无法勇敢去爱，或在绝口不提的沉默之间抉择，极其不快乐的人物等，都以卓越的塑造能力呈现，成就另一个层次，稍后我也会和各位分享。

半个钟头后，加里加博士已谈了各种主题，包括作品的影响。阿德里亚举手提出一个问题：请问作者为什么前四部作品的人物在生理与心理特征都非常相似？但他一提问就立刻后悔了，贝尔纳特思考了秒钟后说，对、对，没错，这位先生说得对，这是刻意的，强调这些角色是我正在写的人物的前身。

"您正在写一本小说？"我非常惊讶地问。

"是的，还差很多，但我正在写一部小说。"

大厅最后面有人举手了，一位绑着辫子的女孩，她问您是否可以谈谈如何发想这些故事。贝尔纳特满意地叹了一口气说，好问题，我不知道是不是回答得出来。但是，他花了五分钟侃侃而谈。接着，大胡子学生鼓足勇气问什么是他的文学模式。

我很满意地看了后排的观众。当我看到劳拉进来时，全身都僵硬了。因为她去了瑞典的某个地方，好几个月没见到她。我不知道她回来了，对，她很漂亮，但是，她在那里做什么？班上两个女孩所崇拜的金发男孩站起来说，请问作者或这位女士。

"是加里加博士。"贝尔纳特说。

"是的，加里加博士，"拥有两个崇拜者的金发男孩更正，"刚才提到您也是音乐家，我不明白的是，如果您是音乐家又怎么会写作呢？我想说的是，可以同时间进行各种不同艺术创作吗？还有，您私底下是不是也画画或雕刻呢？"在座的女性崇拜者因这位崇拜者的天真而发笑。贝尔纳特回答，这都是从灵魂深处的不满足所迸发的。这时他与特克拉视线交错，我感觉到一丝丝、非常细微的迟疑。贝尔纳特快速地补充：请听我说，我的意思是艺术作品是从不满中诞生的，吃饱撑着的肚子是无法创造杰作的，因为吃饱了就该睡午觉。在场的几位观众微笑了。活动结束时，阿德里亚去和贝尔纳特打招呼，贝尔纳特说，看到了吗？座无虚席。阿德里亚说，是啊，兄弟，有你的。恭喜恭喜。特克拉吻了阿德里亚一下，显然放松许多，好像放下沉重的包袱般，她在加里加博士走过来前说，没想到会有这么多人。阿德里亚不敢问为什么我的朋友略伦斯没有来。加里加博士加入谈话，因为还不认识阿德沃尔博士，她想和他打声招呼。贝尔纳特建议一起吃晚饭。

"不行，我没有办法，很抱歉。你们去庆祝吧，真的！你们该好好庆祝。"

我离开时萨格拉厅里已经没有人了。劳拉还在入口大厅，假装对后续的活动信息有兴趣般，她听到阿德里亚的脚步声时转过身。

"你好。"

"你好。"

"我请你吃晚饭。"她很严肃地说。

“不行。”

“好啦！”

“是真的，不行，我得去看医生。”

劳拉瞠目结舌，所有想说的话仿佛全堵在嘴边。她看向时钟，有点生气地说，好吧，那好吧，算了。然后勉强微笑说，你好吗？

“不好，你呢？”

“也不好，我可能会在阿普萨拉住下来。”

“这样啊，如果这样对你来说比较好的话。”

“我不确定。”

“我们可以改天再聊吗？”阿德里亚举起手腕用手表当借口。

“好，去看医生吧，去吧。”

阿德里亚在她侧边脸颊亲了一下后，便快步离开了。他没有回头，但在离开前，依稀听见贝尔纳特轻松的笑声。我很开心，真的，因为贝尔纳特值得拥有这一切。外头开始下雨了，一些雨滴溅到眼镜上，他开始招怎样都招不到的出租车。

* * *

“兄弟，不好意思。”他在门口清理湿答答的鞋子。

“没关系，”他邀请他往左边进来直接到看诊间，“我还以为你忘记了。”

房子的右边是餐具与家庭日常生活的声音。达尔毛医生等他进房后合上门，原本想将挂着的白袍取下，想想后便作罢。他们各自坐在桌子的一角，沉默地看着对方。医生的背后是一幅有着许多黄色的莫迪利亚尼画作复制品，屋外春雨乒铃乒铃地响着。

"告诉我，你怎么了？"

阿德里亚抬起一只手请医生注意听。

"听到了吗？"

"什么？"

"电话。"

"听到了。马上会有人去接，一定是找我女儿的，然后全世界会有两个钟头都联系不上我们。"

"这样啊。"

确实，公寓最底端的电话不再响了，一个女孩的声音说："喂，就是我……不然还会有谁啊？"

"还有呢？"达尔毛医生说。

"就是这个，电话声。我一直听到电话在响。"

"可以再说清楚一点吗？"

"我无时无刻都听到电话在响，在心里控诉我、啃噬我。一直在我脑海里，无法摆脱。"

"从什么时候开始？"

"大概两年或更久以前，快三年了，从 1996 年 7 月 14 号开始。"

"7 月 14 号。"

"对，从 1996 年 7 月 14 号开始。"电话在劳拉的床头桌开始响。他们罪恶地看着彼此，无声地问对方是不是在等电话。劳拉一动也不动把头枕在阿德里亚的胸口，两人听着一成不变的电话声响个不停，阿德里亚盯着劳拉的头发，等她去接电话，但电话仍继续响。最后奇迹似的沉寂无声，阿德里亚也放松下来，发觉电话响时自己多么可笑。他抚摸劳拉的头发，一时间又僵硬了，因为电话又开始响起。

"唉，真烦人。"她一边说，一边更紧靠到阿德里亚身上。

电话又响了好一会儿。

"去接电话。"他说。

"我不在，我和你在一起。"

"去接。"

劳拉心不甘情不愿地坐起身，接起话筒，声音非常暗沉地说喂，沉默了几秒钟后转过身，完美地掩饰困惑。

"找你的。"

阿德里亚觉得不可思议，但仍接过话筒，同时赞叹这部机器竟不需要电线。大概是他第一次使用无线电话。直到今天，与达尔毛谈起这事时竟然还想到这个细节，让他觉得相当有趣，几乎是三年前的事了。

"喂？"

"阿德里亚？"

"我就是。"

"我是贝尔纳特。"

"你是怎么找到我的？"

"说来话长，听我说。"

我发现贝尔纳特的迟疑是非常不好的预兆。

"你说。"

"萨拉她……"

就这样，一切都结束了，亲爱的，一切都结束了。

53

　　那些日子何其短暂，我在你身边替你擦洗、穿衣、开窗透气、祈求你的原谅，那些我为了减轻自己造成你的痛苦的日子，那些苦难的日子，你的苦难，对不起，我不想冒犯你，这也是我的苦难，让我成了另一个人。以前我还有兴趣及嗜好，现在已毫无动力。每天都在你面前想着，你似乎正舒服的休息。你为什么回到我们家？是回来拥抱我，还是回来骂我？是回来找我，还是想要拿走更多衣服回巴黎第八区？你应该记得我打电话找你，但马克斯说你不想接。是的，是的，抱歉，劳拉，是的。这一切显得非常可怜，事实上你根本不必回来，你不必离开，我们根本不应该为了那把破小提琴争执。我发誓一旦知道谁是原来的主人，立刻物归原主。我会以你之名做到的，亲爱的，听见了吗？你给我那张写着小提琴主人名字的纸条就在家里某个角落。

　　"阿德沃尔先生，您去休息吧。"戴着塑胶框眼镜的多拉护士说。

　　"医生让我跟她说话。"

　　"您说了整天的话都没停过，可怜的萨拉肯定早就一个头两个大了。"

　　护士看着点滴调整流量，静静看着仪器屏幕而没看他的双眼问："您跟她说些什么？"

　　"什么都说。"

"您不停地跟她说话已经两天了。"

"难道您所爱的人毫无回应，不会觉得痛心吗？"多拉四下看了一圈，帮帮大家的忙，您回去睡觉，明天再来吧。

"你还没回答我。"

"我们没有答案。"

阿德里亚·阿德沃尔看着萨拉。

"如果她醒来时，我不在呢？"我们会通知您的，别这么担心，她不会跑掉的。

他不敢说，如果她死掉了呢？因为这是连想都不能想的，况且现在是九月，萨拉·沃尔特斯－爱泼斯坦的画展就要开幕了。

在家里，我还是继续跟你说话，那些已经告诉过你的事情，以及几年后，赶在自己离开前写下这些事，免得你完全消逝。你也知道这世间都是谎言，而无人能戳破最广大且深沉的事实，就是你和我，和你在一起的我，我生命的阳光。

"今天马克斯来了。"阿德里亚说，萨拉毫无回应，仿佛无所谓般。

"你好，阿德里亚。"

他正专注地盯着她，转身看向门口，马克斯·沃尔特斯－爱泼斯坦荒谬地带着一束花。

"你好，马克斯。"他指着玫瑰："不需要……"

"她最喜欢花了。"

同住十三年，我竟然不知道你最喜欢花了，我为此感到羞愧。十三年来，从未发现每个星期玄关花瓶里的花都会更换，康乃馨、栀子花、百合、玫瑰。现在所有影像仿佛控诉般在脑海发射。

"放在那里吧，对，谢谢。"我不明确地指着外头："我去要一个花瓶。"

"我下午可以留在这里，如果你想休息的话，我已经安排好……"

"不行。"

"你的脸色……很难看，你应该去睡一下。"

他们俩待在那里看着萨拉一阵子，各想各的心事。马克斯想，为什么我没有陪她去？否则就不会发生这件事了。我怎么会知道？我怎么会知道呢？阿德里亚固执地觉得要是他不在劳拉的床上，而是在家里修改《柳利、维柯与柏林》的话，就会听到门铃声，就会去应门，你就会把旅行袋放在地上，当你发生他妈的脑溢血时，当你发生该死的脑栓塞时，我可以把你从地上扶起来，把你带到床上，然后打电话给达尔毛、红十字会、世界国际医疗协会来救你。是我的错，脑溢血发生时，我不在你身边，邻居们说你走到楼梯间，因为旅行袋在屋内，当他们来救你时，你可能摔了三四个台阶。雷亚尔医生说第一步就是要抢救你的性命，现在会检查是否扭伤、肋骨断裂等。真可怜。至少他们保住你的命了。有一天你会醒来，就像你第一次回来时，告诉我你想喝杯咖啡。在医院陪你度过第一个晚上后，我回到家里，皮肤还留着劳拉的余味。我在玄关看到你的旅行袋，所有带走的东西都带回来了。于是我一厢情愿地认为你打算回家，我发誓，我听见你的声音说想喝杯咖啡。他们说你醒来时什么都不记得，也不会记得在楼梯间摔得多重，楼下的邻居听见你摔倒，打电话求救，而我正跟劳拉云雨，听见电话响不想接。一千年后阿德里亚回过神来。

"她跟你说要回家吗？"

"不知道，她什么也没说，突然拿起包就走了。"

"那之前都在做什么？"

"画画、在花园散步、看海、看着海，不停地看海……"

马克斯没有重复说话的习惯，这表示情绪受到很大的波动。

"看着海。"

"对。"

"我只是想知道她没有说要回家，还是……"

"现在这个重要吗？"

"很重要，对我而言很重要。因为我觉得她是要回家的。"

是我的错。

阿德里亚和马克斯安静地度过下午。马克斯非常迷惘，无法理解究竟发生什么事情。第二天，我回到你以及你喜欢的花朵旁。

"这是什么？"多拉一到便皱起眉头问。

"黄色栀子花，"阿德里亚迟疑地说，"她最喜欢的花。"

"这里有很多人进进出出的。"

"这是我能为她带来最好的花了。这些年当她工作时，黄色栀子花一直陪伴在她身边。"

多拉专注地看着这幅画。

"谁画的？"

"亚伯拉罕·米尼翁，17世纪的。"

"这很贵重吧？"

"是的，很贵重，所以才带过来。"

"放在这里不安全，你还是带回家吧。"

但是罗齐教授不理她，直接把黄色栀子花放在花瓶里面，并倒了一些水。

"我会留意的。"

"您太太必须待在医院里好几个月。"

"我每天都会来，我整天都会待在这。"

　　我无法整天待在这里，但是我待的时间很长。我明白沉默的目光比锋利的刀子更伤人，格特鲁德的目光多么可怕。我喂她吃东西，她看着我的双眼，听话地吞咽食物，同时以眼睛控诉我，却不吐出只字片语。

　　没有安全感是最糟的，最可怕的就是不知道是不是。她看着你，你却无法猜透她目光的含意，她在控诉我吗？她想诉说自己无限的哀伤却无法办到吗？她想告诉我，她有多恨我吗？又或许她想要告诉我，她爱我，让我救她？可怜的格特鲁德陷在一口井里，我却无法救她。

　　亚历山大·罗齐每天都去探望她，花许多时间盯着她，任由她的眼神伤害自己，拭去她前额的汗水，却什么也不敢说，以免情况变得更糟。而她，经历了一个永恒后，开始听见"提比略尸首抛台伯河，提比略尸首抛台伯河"[1]的叫喊，这是在进入黑暗前的最后所见，接着她看见一张、两张或三张脸在和她说话，拿着汤匙往她嘴里放，为她擦汗。她问，怎么了？我在哪里？为什么你们什么都不告诉我？她觉得自己在很遥远的地方。在黑夜里。一开始，她完全不明白，或不想明白，充满疑惑，再一次逃到苏埃托尼乌斯那里说，马背上的信使在第一时间替人民传达消息，人们非常高兴他死了，还高喊："提比略尸首抛台伯河！"她大声叫喊。但是脑袋里只关心苏埃托尼乌斯，似乎听不见呼喊，或者，是因为她说拉丁文的关系……不，是的。于是迟了几个世纪后才想起来，那张不断出现在眼前，不知在谈论什么的脸孔是谁。直到有一天，她明白那天晚上

─────────────

1　这是罗马帝国第二任皇帝提比略（Tiberius Claudius Nero，前 42 BC—37）逝世时，罗马人民欢呼的口号。

发生的事情，一切串在一起了，而开始感到害怕。她竭尽气力害怕地喊叫，而亚历山大·罗齐不知道怎么做才是最好的选择，要忍受无法忍受的沉默，还是干脆面对自己所作所为的后果。他不知道自己做得对不对，但是有一天，他问："医生，她为什么不说话？"

"她会说话啊。"

"不好意思，但是我太太从昏迷中清醒后，就不再说话了。"

"罗齐先生，您太太几天前开口说话了，他们没有告诉您吗？不过，我们一个字都听不懂，她说的是一种奇怪的语言，我们听不……"

"拉丁文吗？"

"拉丁文？不，听起来不像，但是，我对语言不是……"

格特鲁德会说话，面对他时却只有沉默，这比刀刃般的目光更令他害怕。

"为什么你一句话都不对我说呢？格特鲁德。"在喂她烦死人、好像医院没有其他菜色的麦粒粥前，他对她说。

女人没有说话，只是用一贯强烈的目光盯着他。

"你听得见我说话吗？听得见吗？"

他用爱沙尼亚语再说一次，然后又用荣耀祖父的意大利语说了一次。女人仿佛一点兴趣也没有，一言不发，只张开嘴巴吃每天都吃的麦粒粥。

"你都跟别人说了什么？"

更多的粥。亚历山大·罗齐觉得格特鲁德掩饰讽刺的微笑，他的手心开始流汗。默默地喂她喝粥，努力不与妻子的目光相对。喂完后，他走向她，近到几乎可以嗅到她的思绪。他没有亲吻她，只在她耳朵旁边问，你对他们说了什么？格特鲁德，你对他们说了什么没有告诉我的话？然后他用爱沙尼亚语又问了一次。

＊ ＊ ＊

她从昏迷中醒来已两个星期了。两个星期以前，他们对罗齐教授说，就像我们所恐惧的，因为脑部受到的创伤造成您的妻子四肢瘫痪。就今日的医学是无法医治的，但是谁知道呢？我们可以期待未来几年能发展出治疗这种创伤的药物。听完后，我默默无言，因为发生了许多事情、非常重大的事情，而我无法了解这个不幸有何其重大，生活的一切都受到影响，而且，我非常焦虑地想知道格特鲁德到底在说什么。

"不、不、不，病人有些微退化的现象是很正常的，她也可能会说出童年时期说过的语言，是瑞典语吗？"

"没错。"

"那真的很抱歉，我们的医院里没有人会……"

"没关系。"

不过奇怪的是，她不跟你说话。

真是他妈的小可怜。

＊ ＊ ＊

过了两个星期，亚历山大·罗齐教授终于把妻子带回家，他聘请多拉为私人看护，医院推荐她是照料瘫痪病人的专家，他只需负责喂粥给格特鲁德并避开她的目光，并思考你究竟知道什么、对我知道的事情你是怎么想的，我不知道你究竟知不知道，但是你最好什么都不要告诉别人。

"奇怪的是她不跟你说话。"多拉回答。

与其说奇怪，不如说令人担心。

罗齐先生，她每天说的话越来越多，只要有人走近，就开始说挪威语。是吗？好像是……您真该躲起来听听她是怎么说话的。

在把格特鲁德的事情当成自己的事的护理师协同下，他躲起来听她说话。这个护士每天都对她说，格特鲁德，你看起来越来越漂亮喽。格特鲁德说话时，她会牵着她麻痹的手说，亲爱的，你说什么我听不懂，你不知道我不懂冰岛话吗？要是我听得懂就好了。

每天的这个时候，亚历山大·罗齐教授应该关在书房里工作，但是这天，他在房间旁等待格特鲁德再次开口说话。下午令人非常慵懒的时刻，护士准时走近她，要替她换姿势时，格特鲁德说了我最害怕的事情，我开始像桦木树叶般颤抖。

上帝，救救我，我不是故意的，无论内心深处何其黑暗也不是刻意怀有这般不可告人的恶毒欲望。那是在黑暗的公路上开了漫长两个钟头的车以后，格特鲁德在副驾驶座上打瞌睡，而我开着车，绝望地想着如何告诉她我想要离开，我非常抱歉，真的非常抱歉，但是，我已经下定决心了。是这样的，生命有时会开我们的玩笑，然而，我不在意家人、同学或邻居会说些什么，因为每个人都有权拥有第二次机会，现在正是我的机会，格特鲁德，我疯狂爱上另一个女人了。

就在这时，我没想到马路突然出现弯道，当下我做了一个不想选择的决定，因为四周非常黑暗，所以显得容易许多。于是他解开安全带、打开车门，跳到马路上，而车子继续往前冲完全没有刹车。最后听见格特鲁德恐惧地惊叫着怎么回事？怎么回事？山德……以及一些我听不太懂的话。黑暗的空无吞噬车子、吞噬格特鲁德，也吞噬她恐惧的惊叫声。从此之后，什么都没有了，只剩下像刀刃般锋利的目光。当多拉把我从医院赶回家时，我一个人在家里想着你，想着我做错了什么，绝望地寻找写着小提琴拥有者的纸条，然后想象拿着沾染血渍的维亚尔琴盒，到布鲁塞尔的根特，到还算富裕人家的门前按门铃，门铃先是"克隆"地响了，接着又高雅地响了"克朗"一声。一位戴着笔挺头巾的佣人打开门问我有什么事。

"我是来归还小提琴的。"

"啊，好的，也该是时候了，请进。"

这个死板的佣人合上门后就消失了，远处听见她的声音说，先生，有人来还维亚尔了，接着一位白发男士立马走出来，穿着红黑色的袍子，紧抓一根棒球棍，对我说，您就是那个可恶的阿德沃尔？

"是吧。"

"你带了维亚尔？"

"在这里。"

"费利克斯·阿德沃尔，是吗？"他边说边举高球棒到肩上。

"不，费利克斯是我的父亲，我是可恶的阿德里亚·阿德沃尔。"

"可以知道为什么过了这么久才来还琴吗？"球棒还指着我的脑袋。

"先生，这说来话长。现在……我很累，我心爱的人还在医院沉睡。"

白发男人气度非凡地把球棒丢在地上，佣人捡了起来，他夺过我手上的琴盒，直接蹲下开启琴盒，并拿开保护的绒布套，将斯托里奥尼拿出来，多么光辉璀璨。这时我后悔了，因为这名白发且富男子气概的人不配拥有这把琴。我在你身边说会尽一切能力，但是找不到那张纸条，不，不，别让我去问贝伦格尔先生，因为我不相信他，他会玷污一切。我们说到哪了？

* * *

亚历山大·罗齐把汤匙放在她的嘴前，格特鲁德迟疑片刻才张开嘴，她只是看着他的双眼。来，张开嘴，他说，以此避免再忍受她的目光，感谢上帝，她终于张开嘴了，我终于能让她吞下一汤匙的粥和四颗小麦粒。我想最好还是当作没有听到她对多拉说的话，那时，多拉以为我已经不在家了。我说，我爱你，你为什么不跟我说话？怎么了？他们说我不在的时候你会说话的，为什么？你好像在对我生气。格特鲁德张开嘴巴回应罗齐教授，又喂了她两汤匙，然后看着她的眼睛说："格特鲁德，告诉我怎么了，告诉我你在想些什么。"

几天后的下午得出一个结论，他不觉得这个女人可怜，而让他感到害怕。我很遗憾，我对你没有同情了，生活就是这样，我爱上别人了，我有权开始新的生活，我不希望你用苦肉计或威胁来阻止我。你一直都是一个很有活力的女人，总是能让别人照你的意思去做。然而现在，你只能张开嘴喝粥、不说话或开口说爱沙尼亚语，你要怎么做才能再次阅读玛尔西亚尔及利维欧斯？那个蠢蛋达尔毛医生说退化是常见的情况，直到有一天，不安的亚历山大·罗齐决定不可以心软，认定这不是退化，而是恶意，是为了要惩罚我……对，只是想要惩罚我，你想害我，我不会允许的。但是，她不想让我知道她在谋划什么，我也不知道如何平息她的伎俩，不知道怎么办。我找到理想的办法，但是，她不让我得逞，虽然非常冒险但那是完美的办法，因为我不知道自己怎么离开车子的。

"你没有系安全带吗？"

"有，我想有的，我不知道。"

"没有被拉扯，也没有坏掉。"

"也许坏了吧，我不知道，当时很……车子大力弹了一下，门就打开了，然后我跳出去。"

"是为了保命吗？"

"不，不是，我是因车子的撞击而弹出去的，摔到地上时，我看见车子沉没，一下就看不到了，她喊着山——德。"

"高度落差大概有三公尺左右。"

"在我看来，好像是风景把她吞没般，然后我就昏倒了。"

"她叫你山德？"

"对，怎么了吗？"

"为什么你觉得自己昏倒了？"

"不知道，我很困惑，搞不清楚。她怎么样？"

"不太好。"

"能活下来吗？"

这时，警官告诉他所害怕的结果。我不知道你信不信教，但确实发生奇迹了，上天听见你们的祈祷。

"我不信教。"

"你的太太活下来了，但是……"

"我的天啊！"

"是啊。"

* * *

"阿德里亚先生，请告诉我，您究竟想要怎么样？"

我花了半晌耙梳无法整理的思绪，帕乌·乌利亚斯特雷斯工作坊的宁静祥和使我平定下来。最后我说，这把小提琴是第二次世界大战时偷来的，应该是来自奥斯维辛集中营。

"哇！"

"是的。然后辗转因为一些我现在不想谈的缘故，好几年前落到我家人的手里。"

"所以你想要归还这把琴吗？"制琴师抢先一步问。

"不、是的，我不知道。我想先知道是从哪里取得以及前一位拥有者，然后再看看。"

"如果前一位拥有者去了奥斯维辛的话……"

"是的，但总会有生还的亲人，不是吗？"

帕乌·乌利亚斯特雷斯拿起小提琴拉了一段巴哈的曲子，我不记得是哪一首了，是《第三号奏鸣曲》吗？我觉得整个人很肮脏，因为我不在你身边已有很长一段时间了，最后我终于到你身边，牵起你的手说，萨拉，归还小提琴的工作正在进行，但还没完成，因为我想要把琴归还给合法的拥有者，不是随便一个投机取巧，想占便宜的人。制琴师非常强烈地建议，阿德沃尔先生，您的每一步都要非常小心，千万别着急，有很多好吃懒做的机会主义者利用这种机会偷琴。萨拉，你懂我吗？

"格特鲁德。"

女人看着天花板，完全不想移开视线。亚历山大等到多拉关上门，只剩他们两人时，才开口："都是我的错。"他轻声细语地说："原谅我，我想我睡着了，是我的错。"

他看着她像从很远的地方回来一样，张开嘴巴想要说什么，过了漫长的数秒钟之后，她只是吞咽口水，并把视线转向别处。

"我不是故意的，格特鲁德，那是意外。"

她看着他，现在换他吞口水了。这个女人什么都知道，从来没有任何一个目光让我这么痛苦，我的天啊，她可能会对任何迎面而来的人乱说话，因为现在她知道我知道她已经知道了，恐怕没有其他方法了，我不想要她成为阻碍我幸福的绊脚石。

* * *

我的丈夫想要杀我，这里没有人听得懂我说的话，请你们通知我的弟弟，奥斯瓦尔德·西克马埃，他在昆达[1]当老师，叫他来救我，拜托，我很害怕。

"不会吧……"

"没错。"

"再说一次。"多拉要求道。

阿加塔迅速看了笔记簿一眼，然后等服务生走远后，才再说一次：我先生想要杀我，这里没有人听得懂我说的话，请你们通知我的弟弟，奥斯瓦尔德·西克马埃，他在昆达当老师，叫他来救我，拜托，我很害怕。然后又加了一句，我在这世上只剩下一个人了，我在这世上只剩下一个人了，有人听得懂吗？你让她继续说，我听

---

1 昆达（Kunda），爱沙尼亚城镇，位于首都塔林以东约一百公里的芬兰湾沿岸。

得懂的。

"但是，你跟她说了什么？从我开始照顾她到现在，还是我们第一次说话。一直到现在，她都只是对着墙壁说话，可怜的女人，你跟她说了什么？"

"太太，您太焦虑、太紧张了……"

"我先生发现我已经知道他要杀我了，我很害怕，我想回到医院，我一个人和他待在这里让我很害怕，你不相信吗？"

"我当然相信，但是……"

"你不相信我说的，他会杀了我的。"

"他为什么要杀你？"

"我不知道，到目前为止我们都很好。我真的不知道，这次的车祸……"

阿加塔翻过一页，继续辨识她快速且难懂的字迹……我觉得这次的车祸……他怎么可能毫发无……她举起手臂，非常激动。

"可怜的女人，净说些毫无相关的事情。"

"你相信她说的吗？"多拉的心里非常煎熬并流下汗水。

"我怎么知道呢？"

她看着第三个女人，默然无声的那个，好像是在问她问题，她第一次开口了。

"我相信她说的，昆达在哪里？"

"在北方的海边，靠近芬兰湾。"

"你呢？怎么会爱沙尼亚语？"多拉非常崇拜地问。

"你也知道……"

意思就是，我认识了阿杜·缪尔，一个体格很好的年轻人，身高一米九，笑容非常亲切，总归一句，我在八年前认识他，立刻像傻瓜一样，死心塌地爱上他。我爱上阿杜·缪尔，那个手表匠，于是我跟着他到塔林生活，就算是到世界尽头我也会跟去，哪怕是去山峦消失、可怕瀑布开端之处。若是在那里滑倒，可是会直接栽进地狱，因为那时相信地球是圆的，所以如果阿杜想要的话，我也会跟他去的。我在塔林的发廊工作，又去一个晚上可以喝酒的地方卖冰淇淋。后来我的爱沙尼亚语说得很好，人们以为我是萨雷马岛(Saaremaa)人，所以才有口音。我告诉他们，我是加泰罗尼亚人时，没有人相信。因为他们说爱沙尼亚语像冰一样冷，但那是骗人的，因为身体只要喝了伏特加就会暖和外放。有一天，阿杜突然不见了，从此以后，我再也没见过他。嗯，好吧，见过，但是想起来就心痛，没有表匠阿杜，在冰天雪地卖冰给快醉倒的爱沙尼亚人，干什么呢？于是我回来了。虽然还没从这个挫折中恢复，但是埃莱娜打电话给我说，看看我们有没有运气，你会说爱沙尼亚语，是吗？我说，会啊，怎么了？她说，我有个叫作多拉的护士朋友，她有个麻烦，她很害怕，因为可能是很严重的问题。当时只要能让我忘了那位将近一米九高、突然有一天不再甜蜜的阿杜，我什么事都愿意做，于是我说，要去哪里？要做什么？

* * *

"不、不是，我的意思是，你怎么会知道这么多？因为我花了好多力气才知道她说的是爱沙尼亚语。在我听来什么语都不像，你知道吗？一直到她不知道说了什么，所以我问她，是挪威语？瑞典语？丹麦语？芬兰语？冰岛语？最后我说爱沙尼亚语？她的眼睛好像闪了一下，就是这样。对，我是猜到的。"

"最有趣的是，我们不知道她的丈夫是不是那个连续杀人犯？还是她受伤昏头了？我们会不会有危险？你知道我的意思吗？"

"我好像也从没见过这么害怕的女人，"埃莱娜第二次插嘴，"从现在开始，我们还是多注意一点吧。"

"你再多问一些其他的事情吧。"

"你们还想让我再跟她说话吗？"

"是啊！"

"如果他来了怎么办？"

* * *

在和情人短暂且激情的约会之后，亚历山大·罗齐决定了。很抱歉，格特鲁德，但是我没有其他办法了，是你逼我的。现在换我快活了。他一如往常从楼梯走出地铁，想着她活不过今晚了。

这时，格特鲁德不停地说爱沙尼亚语，伪装成护士但看到一滴血就会昏倒的阿加塔心脏绷得紧紧，把她说的话全翻译给多拉听，她说，我在黑暗里看着他，看着他的剪影，是的，他怪怪的好几天了，很怪，我不知道是怎么一回事，一直紧咬着下颚不放。可怜的格特鲁德，她想要举手演示，却发现除了想法以外动弹不得，于是她说，这种时候，仿佛他的灵魂向我显现般，他恨我，仅仅因为我活下来，他说结束了，去吃屎吧，对、对，结束了，全去吃屎吧。

"他用爱沙尼亚语说的吗？"

"什么？"

"他用爱沙尼亚语说的吗？"

"我不知道。我就是在那时看到他摸安全带，车子就飞起来了，我说山——德，你这个婊——子——养的，然后什么都没有了，什么都没有了，直到我醒过来，他在我面前说，这不是他的错，这是一桩意外。"

"她先生不会说爱沙尼亚语。"

"他不会说，但听得懂，或者他会说？"

"您会说加泰罗尼亚语吗？"

"我说的是什么？"

这时，她们听见门锁的声音，三个女人的血液瞬间冻结。

"放温度计吧，不然揉她的脚吧。"

"怎么揉？"

"妈的，就揉哇！这个男的不应该在这里的。"

"有访客啊。"他掩饰着惊讶说。

"罗齐先生，晚安。"

他看着她们两个，不，她们三个，匆匆一瞥，不太信任的样子。她们张着嘴，他发现揉格特鲁德右脚的护士好像在玩黏土。

"她是来帮忙的。"

"她怎么样？"他问格特鲁德的情况。

"一样，没什么变化，"然后指着阿加塔说，"这是我一个同事……"

罗齐教授走到房间的最底端，看着格特鲁德并吻了她的额头，捏一下她的脸颊说，亲爱的，我马上回来，我忘了买麦粒。然后就出去了，什么也没对这三个女人解释。他离开以后，三个女人在房里面面相觑。

* * *

　　萨拉，昨天晚上我找到你给我的纸条了，上面写着马蒂亚斯·阿尔帕茨，住在安特卫普。你知道吗？我无法相信你的消息来源，那是一个被复仇侵蚀的消息来源，贝伦格尔先生和蒂托。贝伦格尔先生是一个小偷，他们想要报复我的父亲、报复我的母亲、报复我，为了自己的私利，他们利用你。让我仔细思考一下，我必须知道……不晓得，但是我发誓，在可以的时候，一定会物归原主，萨拉。

* * *

　　我觉得你想要杀我，虽然你喊我亲爱的，帮我买麦粒，但我知道你做了什么，因为我梦见了，他们说我昏迷五天，对我来说这五天是无声的重现，是关于这桩意外非常缓慢的重现：我在暗处看着你，你已经怪里怪气好几天了，有一些鬼祟，一些紧张，总是低着头。当一个男人出现这种行为时，身边的女人首先会想到的是，他的脑海里想着另一个女人，住着另外一个女人的魂魄。是的，这就是第一个想到的事情。但是我不知道该说些什么，因为我无法想象你欺骗我。当我第一天大声叫救命，说我觉得我先生要杀我，救命啊！我觉得他要杀我，因为在车子里，我看见他的脸变得非常狰狞，打开安全带说一切都结束了，我说山——德，你这个婊——子——养的……接着就是一场相当缓慢的梦境，一幕一幕重复直到第五天。我已经不知道自己在说什么了。对，第一次敢大声说出我觉得你要杀我时，没有人理我，似乎没有人相信我说的话，但是他们看着我，还有这个多拉，她对我说，你在说什么呢？我听不懂。但我明明说得一清二楚啊！我说我觉得我先生要杀我。我已经不感到羞耻，却多了一份更深的恐惧，害怕没有人相信我，没有人理我。这是另一种被活埋的方式，真是太可怕了。山德，我看着你的眼睛，你不敢回应我的视线，你究竟在盘算什么？为什么不告诉我？为什么不告诉我你对别人说的话？你想要怎么样？让我当着你的面，对你说我觉得你要杀我吗？你让我跟你说什么？看着你的目光跟你说，我认为、我觉得你想要杀我？因为我妨碍到你的生活，像吹熄一盏蜡烛般除掉我比给我解释更容易，是吧？都到这个时候了，山德，任何解释都是多余。但是，你别熄灭我的火苗，我不想死，我困在这个躯体无法动弹，只剩下微弱的火苗了，别熄灭我的火苗。你走吧，去诉请离婚吧，但不要熄灭我的火苗。

* * *

阿加塔离开房子，走到楼梯间时，双腿还在颤抖，她闻到晚餐腼腆的饭菜香。到了街上，公共汽车的废气迎接着她。她直接走到地铁，看见一个杀人犯的双眼，那股震撼是非常强烈的，如果罗齐先生真的是个杀人犯，而他确实是杀人犯，在走下地铁楼梯时，这个杀人犯用匕首般的眼神看着她，走到她身边说，小姐，麻烦一下。她吓一跳并停下脚步。他羞涩地微笑，拨拨头发说，你觉得我太太还好吗？

"不太好。"还能跟你说什么呢？

"难道没有任何方法可以复原吗？"

"很抱歉，但是……我……"

"但是，他们告诉我，肌瘤是可以复原的。"

"当然，当然可以。"

"也就是说，你觉得这是可以恢复的？"

"是的，先生，但是我……"

"如果你这样可以当护士的话，那我就是罗马教宗了。"

"您说什么？"

"你到我家做什么？"

"不好意思，我现在有急事。"

　这时候该怎么办呢？当一个杀人犯发现有人插手管闲事时，该怎么办呢？如果受害者没有百分之百确定某人就是真正的杀手，又该怎么办呢？两个人支支吾吾地像玩偶般，直到阿加塔灵机一动说祝您日安，然后拔腿跑下楼梯，留下罗齐教授独自在台阶上不知所措。阿加塔跑到站台时，正好一辆地铁来了，她走进车厢转身看门口，没有，那个疯子没有跟来，但是直到车厢的门关上后，她才真正松了一口气。

* * *

　夜里，在黑暗中为了不用看他的眼神；夜里，当他假装睡觉时，格特鲁德看见山德这个懦夫的影子，感觉到以前生命还活着的时候，她舒服地躺在沙发上看电视的抱枕的气味。她还有时间想山德选择了抱枕，就像提比略刺杀奥古斯都大帝那样，不会太费事吧，因为我已经是半个死人了，但是，要知道你除了是个王八蛋以外，还是个懦夫，你没有办法看着我的眼睛说再见，格特鲁德无法想别的了，因为窒息的抽蓄比一辈子都还剧烈，没一会儿时间她就成了完全的死人。

* * *

多拉把手放在他的背上，说："阿德沃尔先生，去休息吧，这是命令。"

阿德里亚清醒过来，有些惊讶地转过身，房里的光线柔和，米尼翁的栀子花散发出魔幻的光芒，萨拉睡着、睡着、睡着。多拉和一名不认识的护士断然将他弄出医院，多拉在他手里塞了一颗药片，帮助他入睡。他惯性走到街上，在巴塞罗那医院站上车。这时，亚历山大·罗齐教授在贝尔达格尔站（Verdaguer）的入口处与一名年纪足以当他女儿的女孩碰面，肯定是一名学生。全世界最好的侦探埃尔姆·贡萨加受那三个勇敢的女人聘用，低调地跟踪他们。他用像劳拉那台数位相机，还是叫什么的相机捕捉到他们亲吻的画面。他们三人站在站台上，直到地铁来了，快乐的恋人与侦探走进车厢。抵达圣家堂站时，尼古劳·埃梅里克神父及阿里伯特·福格特上车了，他们兴高采烈地聊天，谈论脑海里的想法，米斯或布登医生坐在角落，读着肯皮斯[1]、看着窗外隧道的漆黑，车厢的另一边，布尔加尔的圣佩雷修道院的朱利亚修士穿着多明我会的教袍在点头打瞌睡，帕尔达克的亚基亚姆·穆雷达坐在一旁，眼睛瞪得像盘子一样大，眼前的新世界目不暇给，但他心里肯定想着穆雷达的家人，想

1　托马斯·肯皮斯（Thomas à Kempis，约 1380—1471），天主教律修会修士、文艺复兴时期的宗教作家。

着他可怜的盲女贝蒂娜，身旁的洛伦佐·斯托里奥尼相当惊恐，茫无头绪，紧抓着车厢中央的杆子，免得摔倒。车子停靠在圣保罗医院站，几名旅客下车，纪尧姆－弗朗索瓦·维亚尔上车了，顶着一头被虫蛀的假发，与德拉戈·格拉德尼克谈话，他看起来比我想象的更高大，他得低下头才能走进车厢，他的微笑让人想起海因叔叔严肃的表情，虽然在萨拉的画像里，海因叔叔没有微笑。车厢再次启动，这时，我发现马蒂亚斯、坚强的贝尔塔、像森林木栗色头发的特鲁德、黑发的小阿梅莉切，还有头发金黄如太阳的小尤丽叶切，以及勇敢的内特耶·德波耶克，一直咳嗽的岳母，他们在车厢的最底端跟贝尔纳特说话。跟贝尔纳特说话？是的，也在跟我说话。我也在车厢里。他们在说上一次搭车的事，一辆密封的货车，小阿梅莉切给他看后脑勺的伤口，被枪托打到的伤口，看到了吗？看到了吗？鲁道夫·赫斯一人独坐并看着站台，没有心情看小女孩后脑勺上的大肿包。小女孩的双唇已染上死亡的颜色，但她的双亲不太在意，除了马蒂亚斯已年迈、反应迟钝、泪眼模糊外，所有人看起来都很年轻。她们狐疑地盯着他，好像不想接受或不愿原谅父亲的年迈，尤其是贝尔塔坚强的目光，有时看起来就像格特鲁德的视线，或者不像，的确有些不同。到了坎普德拉尔帕站，费利克斯·莫尔林上车，跟我父亲开心地聊天，这么多年没见到我父亲了，几乎都认不出他的容貌了，但我知道是他。卡尔森与忠诚的朋友黑鹰同行，两人非常安静，尽量不看我，我看到卡尔森正要朝车厢的地板吐痰，勇敢的黑鹰猛然一个手势及时阻止。车厢突然停止了，每一节的门都打开了，贝伦格尔先生与蒂托挽着手上车，我好像看到洛塔尔·格吕贝走进车厢时犹豫不决，我的母亲与小洛拉跟在后头，帮他做了决定，门快关上时，阿里·巴赫尔一个人过来了，没有放荡的阿马妮，他推了车门一下才走进车厢。车门关上了，在进入隧道、朝着拉萨格雷拉（La Sagrera）方向行驶三十秒钟后，阿里·巴赫尔站到车厢中央，肆无忌惮地大喊，把他们带走吧，慈悲的真主啊！把这帮腐肉带走！他拉开身上的袍子大喊，真主至大！然后从衣服里抽出一条带子，接着是一片耀眼的白光，没有任何人看到那团……

* * *

有人摇摇他，他睁开眼睛，是卡特丽娜俯身向他。

"阿德里亚，听见了吗？"

他花了几秒钟才搞清楚状况，因为梦境把他带到很远的地方。

她又说了一遍："你听见了吗，阿德里亚？"

"听到了，怎么了？"

但是，她没有说是因为刚刚有电话或医院打电话来，他们说是很紧急的事情，或者更好，直接说有人打电话给你，然后去熨衣服，这是个很好的理由。卡特丽娜总是想坐在最前排，又说了一遍，阿德里亚，听见了吗？我说，听到了，做什么？她说，萨拉醒了。

* * *

她完全醒了，我心里想的不是她醒过来了、她醒过来了，而是我不在她身边、我不在她身边。他从床上爬起来，没注意自己还未穿衣服，卡特丽娜瞥了一眼，立刻批评他下垂的肚子，但是她保留评语给其他场合。

"在哪里？"我迷糊地问。

"电话里。"

阿德里亚接起书房的电话，是雷亚尔医生亲自打来的，她说萨拉睁开眼睛，也开始说话了。

"她说的是什么语言？"

"什么？"

"听得懂她在说什么吗？"我没等她回答就说，"我马上过去。"

"在见她以前，我们必须先谈谈。"

"好的。"我马上过去。

要不是因为卡特丽娜在门口守着，我可能充满喜悦，直接光溜溜地去医院了。我没注意到这个小小的插曲。阿德里亚哭着冲澡、穿衣服时又哭又笑，然后笑着去医院了。卡特丽娜整理好衣服后，关上公寓的门便离开，心想这个男人该哭的时候哭，到了得哭的时候却笑了。

* * *

身形清瘦，有点皱纹的医生带他到一间小办公室。

"呃……我想先跟她打个招呼。"

"请稍等一下，阿德沃尔先生。"

然后她请他坐下，医生则坐在自己的位置上，静静地看着他。

"怎么了吗？"阿德里亚有些害怕，"一切都好吗？"这个时候，医生说出他所害怕听见的事情。她说，我不知道您信不信教 但确实发生奇迹了，上帝听到您的祈求。

"我不信教，"他谎称，"也不祷告。"

"您的太太不会死。那么，现在来看她受的伤……"

"我的天啊。"

"是啊。"

"一方面要观察脑溢血对她有什么影响。"

"当然。"

"但是，还有其他问题。"

"什么问题？"

"几天前出现一些麻痹无力的状况引起我们的注意，您明白我的意思吗？"

"不明白。"

"是的，脑神经医生前几天替她安排了断层扫描，报告里头指出她的第六节脊椎有裂伤。"

"这是什么意思？"

雷亚尔医生不动声色地靠近他，换了个语调说："萨拉的脊髓受到严重的创伤。"

"您的意思是她瘫痪了吗？"

"是的，"在短暂的沉默后，以更低沉的声音说，"四肢瘫痪。"

四肢瘫痪，tetraplejica，前置词 tetra 是四的意思，后置词 plejica 就是 plegé，撞击的意思，同时也表示不幸，表达萨拉的处境。也就是说，我的萨拉遭受四倍的不幸。如果没有希腊语的话，我们怎么办？我们无法定义也无法认识人类的重大灾难。

我无法与上帝决裂，因为我不信上帝，也不能甩雷亚尔医生几个巴掌，这不是她的错，我只能望着天空说，都是因为我不在她的身边，如果我在的话，就可以救她，她就不用走到楼梯间去求救，顶多就是在房里摔倒，撞出一个肿包。然而，那时我正跟劳拉翻云覆雨。

* * *

　　他们让他去看萨拉了，她还插着管子，眼睛都睁不太开，她好像在对他微笑。他告诉她，他非常爱她，非常爱她，非常、非常爱她，她半张着嘴，却什么也没说。过了四五天，米尼翁的黄色栀子花忠心地陪伴她缓缓苏醒，直到一个星期五，雷亚尔医生在脑神经医生及心理医生的陪同下会诊萨拉，且断然不许我在场。他们在萨拉的病房里足足一个钟头，多拉在病房门口守着，像看守冥界的三头犬，而我在病房外的候诊室哭泣。他们出来时仍不让我进去，直到我脸上的泪痕干掉为止。她一见到我，不是说她想喝杯咖啡，而是说阿德里亚，我想死。我像个傻瓜呆住了，拿着白玫瑰花，脸上的微笑瞬间冻结。

　　"我的萨拉。"我终于开口。

　　她看着我，神情严肃，一言不发。

　　"原谅我。"

* * *

　　一言不发。我感觉她困难地吞咽口水，但什么都没说出口，就像格特鲁德一样。

　　"我会归还小提琴的，我已经知道拥有者的名字了。"

　　"我不能动。"

　　"是，但你听我说，这只是现在，我们得看是不是……"

　　"他们告诉我了，我永远都动不了。"

"他们知道什么呢？"

尽管身在这处境之下，当她听到我这么说时，还是挤出一丝迁就的笑容。

"我不能再画画了。"

"但是，你还有一根手指头能动吧。"

"是啊，这一根，其他都动不了。"

"这是很好的征兆，不是吗？"

她没有回答，为了稀释这份沉默的不舒服，阿德里亚用装出来的振奋语调继续说："首先需要跟所有医生谈过，不是吗，医生？"

阿德里亚转身问刚走进来的雷亚尔医生，手里的花都还未放下，好像是要给刚来的医生般。

"当然，一点也没错。"医生这么说，然后拿起花束，仿佛是要给自己的一样，萨拉因为无止尽的疲惫而闭上眼睛。

54

　　贝尔纳特和特克拉是最先来探病的人，他们震惊到不知该说什么，萨拉没有心情微笑也不想开玩笑，只说谢谢你们来看我，然后就不开口了。

　　我不停重复说等可以的时候我们就回家，我会安排好一切，让你在家里可以舒舒服服的。但是她躺着看天花板，连微笑都懒。贝尔纳特刻意夸张地炒热气氛说："萨拉，你知道吗？我和我的小乐团去了巴黎，我们在普雷耶尔音乐厅演奏，中型的音乐厅，就是阿德里亚几千年前演奏的同一个地方。"

　　"啊，是吗？"阿德里亚惊讶道。

　　"对啊。"

　　"你怎么知道我在那里拉琴的？"

　　"你对我说的啊。"

　　我们要告诉他，你和我就是在那里认识的吗？在卡斯特利斯老师和你阿姨的同谋下认识的，我已经不记得这个阿姨的名字了，还是保留这个秘密给我们自己？

　　"我和萨拉就是在那里认识的。"

　　"啊，是吗？那幅画真是太漂亮了。"他指着米尼翁的黄栀子花。

　　这时，特克拉走近萨拉，把手放在她的脸上，静静地抚摸她，就在我和贝尔纳特假装这一切都很好、都很好，一切都非常好。愚蠢的阿德里亚还没有发现，如果他希望她、希望萨拉感觉到他的话，就要触摸她的脸庞而不是那双已经麻痹、死去，不，是已经麻痹的手。

后来当他俩在医院独处时，阿德里亚把手放在她的脸上，但她用不舒服的样子拒绝了，病房里充满沉默。

"你在生我的气吗？"

"我有比生你的气更严重的问题。"

"对不起。"

他们闭上嘴，生活中的地板开始出现碎玻璃，我们都可能被割伤。

晚上回到家里，因为太闷热所以阳台门开着，阿德里亚像游魂般在屋里徘徊，不知道该做些什么。除了无限悲伤外，他也对自己感到非常不堪，心底深处认为自己才是受害者。

我费了很大工夫才发觉这里唯一的受害者只有你，因此在两三天后，我到你身边拿起你的手感受你的麻木，然后又轻柔地放回原处，我用指尖触摸你的脸庞，然后说，萨拉，我在处理归还小提琴一事。她没有回应我这个说了一半的实话，但也没有拒绝我的碰触。过了五分钟无止境的沉默后，她从内心深处发出非常微弱的声音说谢谢，我知道自己的泪水卡在情不自禁夺眶而出的边缘，但及时控制了，因为我明白在这间病房里，我没有哭泣的权利。

"'或是在我的自由意志认为愧对尊严的情况下'，这里是这么写的。"

"说的容易。"

"不，就是这样的，我好不容易写出来的，这是我的遗嘱，而且我现在非常清醒，可以授权这份文件。"

"你不是清醒，是沮丧。"

"你混淆了屁股及天主教的禁食。"

"什么？"

"我很清醒。"

"你还活着，你可以继续活下去，我会一直陪在你身边的。"

"我不要你在我身边，我希望你勇敢执行我所请求的事。"

"我做不到。"

"你真懦弱。"

"没错。"

我听见一些声音说，对，五十四号房就是这里。门打开了，我对在这时打断我们谈话走进房里的人微笑，是一些来自卡达克斯的朋友们，他们也知道玫瑰花的事情。

"萨拉你看，这些花多漂亮！"其中一个女人说。

"的确很漂亮！"

萨拉非常有礼地带着微笑回应，并告诉他们，她很好，请他们放心。这些卡达克斯的朋友过了半个钟头之后，比较放心地离开了。因为来探病时，他们不知道该说些什么，哎，多可怜的女人。

* * *

接下来好几天有许多访客一直打断我们的谈话，我们唯一的谈话。在萨拉醒过来十五到二十天之后的一个晚上，就在我要回家时，她请我把米尼翁的画放到她面前，她认真地看着这幅画几分钟，眼睛连眨也不眨一下，突然开始哭了，肯定是她的泪水给予我勇气。

55

　　画展在你缺席的情况下开幕了，因为接下来两年的档期都已排定，艺廊无法延期，萨拉·沃尔特斯－爱泼斯坦永远都不能亲自去看这场展览，她只说，就开幕吧，真的，你们再告诉我情况就好，还有可以全录下来，不是吗？

　　几天前，萨拉打电话给马克斯和我，让我们去医院，她对我们说："我想要加两幅画。"

　　"哪两幅画？"

　　"两幅风景画。"

　　"可是……"马克斯困惑问，"不是人物肖像展吗？"

　　"我要加两幅风景画，"她又说了一遍，"是灵魂的素描。"

　　马克斯和阿德里亚困惑地看着彼此。

　　"那，是哪两幅风景画？"

　　"托纳镇还有布尔加尔的圣佩雷修道院。"

　　你的沉着让我震惊地像颗石头，因为你继续提出明确的指示：这两幅画在卡达克斯的黑色档案夹里头。托纳的那幅画标题要用《哈德良于阿卡迪亚》，另一幅的标题是《布尔加尔的圣佩雷修道院：梦想》。

* * *

"这是谁的灵魂画像？"对马克斯所有事情都需要解释。

"该知道的人已经知道了。"

"哈德良的灵魂。"我说，不知是泪水充盈眼眶还是欢欣鼓舞，我到现在仍不知道。

"但是艺廊的人……"

"妈的，马克斯，加两幅画就是了！如果没有预算的话，就叫他们别装裱。"

"不，不是的，我是为了画展的概念才这么说的。"

"马克斯，你看着我。"

你吹了一下掉到眼前的发丝，我用手帮你拨开头发，你对我说谢谢，然后向马克斯说，展览要照我的安排，这是你们欠我的，三十幅人像素描以及给我所爱的男人的两幅风景画。

"不、不是，我只是……"

"等等，一幅是诠释阿德里亚失乐园的自由想象，另一幅是不知从什么时候开始就一直盘旋在我脑海的修道院，直到没多久前，我才亲眼见到。你们要这样做，虽然我无法亲眼看到画展，但请你们要为我这么做。"

"我们会带你去看展的。"

"光想到要动用救护车还有担架就……不用了，录下来就好。"

于是，一场没有主角的画展开幕了，马克斯扮演坚强的男人说，我的姐姐虽然不在场，但好像她就在这里。今天晚上我们会让她看今天的照片与正在录制的影像。萨拉半靠在几个大枕头上，第一次看见所有人像画及两幅风景画放在一起的样子，在医院五十四号病房的开幕重播时，马克斯、多拉、贝尔纳特、达尔毛医生和我，还有其他不认识的人，当摄影机聚焦在海因叔叔的画像上，萨拉说停一下，她凝视着冻结的影像几秒钟，不知道在想什么，才继续播放录影带，到了我的画像时，她没有要求暂停，摄影机拍到她的自画像与那双谜般的眼睛，但她也没想要暂停观看。她专心地观看马克斯对在场来宾致词，也看到许多人出席，在重新看影片时，她说，谢谢你，马克斯，你说的话相当令人动容，然后说她看到穆尔特拉、何塞、尚塔尔·卡萨斯，还有安道尔的列拉一家人，所有人都来了，你看，这是略伦斯吗？长这么大了。

"还有特克拉，看到了吗？"

"还有贝尔纳特，真是太好了。"

"啊，这个帅哥是谁？"多拉跳出来问。

"这是我的朋友，"马克斯说，"乔治。"

沉默。为了打破沉默，马克斯又说："作品全都卖掉了，你听到了吗？"

"那这个呢？停下来、停下来！"萨拉奇迹般地几乎坐了起来，"是比拉德坎斯呢！看起来像要用眼睛吃了海因叔叔般……"

"没错、没错，真的，他真的来了。他每幅画像都看了上千个钟头吧。"

"天啊！"

她的双眼发亮，我想她应该恢复生存的愿望吧，心想只要改变路线顺序、只要改变生活形态、只要改变所有事情的价值观，一种新的生命足以成为可能，不是吗？她仿佛听见我的心思，立刻严肃起来，过了几秒钟之后说："但我的自画像是非卖品。"

"什么？"马克斯吓了一跳。

"我说过我的自画像是不卖的。"

"但卖出去的第一幅就是你的自画像啊。"

"是谁买的？"

"不知道，我会去问的。"

"我跟你们说过……"她闭上嘴，有一点困惑。

你什么都没有说，但是你说的事情、你想的世界、渴望的世界，还有一度可能但已经不可能成真的世界，开始混淆成一团。

"我可以在这里打电话吗？"马克斯略微消沉。

"护理站有电话。"

"你不用打电话了。"阿德里亚打断他，好像逮到现行犯般。

我发现马克斯、萨拉、达尔毛医生以及贝尔纳特都看着我。我偶尔会这样，觉得视线或回忆像针一样刺着我。

"为什么？"有人问。

"因为是我买的。"

一片鸦雀无声。萨拉一副难以置信的神情。

"你真是个笨蛋。"她说。

阿德里亚看着她，一双眼睛瞪得大大的。

"我想把画送给你。"他随口胡说。

"我也想要送给你。"她绽放害羞的笑声。这是你生病前我从未听过的笑声。

医院里的开幕就在我们这些出席来宾举杯庆祝后告终，每个人都拿着装满白开水的可怜塑胶杯，萨拉自始至终都没有说真希望我在那里，但是你看着我微笑了。我确定你是因为关于小提琴的一半实话与我和解，然而我不够诚实，全盘托出。

　　你在我的协助下仪式性地喝了一口水后，摇了摇头，没头没尾地说，我想要把头发剪得很短，头发卡在后脑勺很不舒服。

＊　＊　＊

　　劳拉从阿尔加维回来时候晒得很黑，我们在萨拉住院及九月混乱又紧急的考试期间在办公室见面了。她问起萨拉的情况，我说你也知道就这样，她便不再多问。我们待在办公室许久，却不再交谈也假装没见到对方。几天以后，我和马克斯吃饭时，想到用展览的名字编辑一本书，复制所有的人像素描，用 A4 大小装订成册。你觉得这个想法怎么样？我觉得非常好啊，还有那两张风景画也要加进来。当然，那两张风景画也要加进来，这会是一本制作精美、价格昂贵的书，我们不要急。好的，要做得很好、很精致。我们两人准备好要一起投资这个项目，也为此争执片刻，最后我们同意各付一半。于是，在阿尔蒂佩拉格（Artipèlag）艺廊和包萨的协助下，我立刻展开工作。也许我们有能力和你在家里展开另一个不同的生活。这个想法让我充满憧憬，我们会把你照顾得很好，如果你还想和我一起住的话。当时，对于这件事，我还不是很确定，我不确定你是不是愿意跟我一起回家，是不是别再去想一些奇怪的事了。我和所有的医生谈过，达尔毛告诉我，就他所知，萨拉恢复得不是很好，因此最好不要急着把你带回家，因为雷亚尔医生是对的，而且，不要做长远的计划对大家都比较好，因为这是一件长远的事情，我们必须学习活在当下，相信我。有一天在大学里，劳拉把我逼到教师办公室走道的角落，对我说她要回去乌普萨拉了，因为那里的语言史研究所提供一个职位……

* * *

"真是太好了！"

"不一定，我要走了，如果你需要律师的话，我在乌普萨拉。"

"劳拉，我什么都不想要了。"

"你从来都不知道自己要什么。"

"好吧，至少我现在知道，我不会去乌普萨拉见你的。"

"说到做到。"

"你不能期待别人……"

"喂。"

"怎么了？"

"这是我的生活，不是你的，使用指南要由我来写。"

说完她踮起脚尖，吻了一下我的脸颊。我记得从那之后我们再也没说过话。我知道她住在乌普萨拉，也知道她发表了六七篇很好的文章，我很想念她，但是我由衷希望她找到一个比我更完整的人。此时，我和马克斯决定这本肖像画册将是一个惊喜，也是为了避免萨拉让我们打消这个念头。我们希望用憧憬冲击她、感染她，因此我们邀请了乔安·佩雷·比拉德坎斯为这本画册写序，他情意满溢地答应了，并以短短几行文字评论萨拉的艺术。我读了之后，光是想到萨拉的画作里有这么多面向与细节是我所忽略的，瞬间产生强烈的忌妒。她生命中有太多的事情是我不懂得该如何捕捉的。

＊ ＊ ＊

我在医院观察你，渐渐发现一个能够主宰世界的女人，她只要说话、发号施令、建议、要求、祈求，或者以直到今日都还能穿凿我、让我爱得伤痛、让我不知所措的双眼看着，不用动一根手指头，因为我除了良心不安以外什么也没有。你早就把名字给我了，阿尔帕茨，但我不确定他是不是小提琴真正的主人，我只知道父亲的遗书，或者说是他留给我的那封阿拉姆语信里的名字不一样。萨拉，我没有告诉你，但我完全没做任何查证行动，我承认这是我的错。

那个苍白而缓慢的下午没有访客，没有人来探望你慢慢成为惯常，大家都有各自要忙的事情，你让我多留一会儿。

"如果多拉准许的话。"

"她会让你留下来的，我已经安排好了。我有事要告诉你。"

我从一开始就发现，你和多拉无需太多争执就非常了解彼此的心意。

"萨拉，我想这不是……"

"喂，你看着我。"

我难过地看着她，她的头发还很长，相当美丽。你说，拿起我的手，拿起来，像这样，再高一点，让我可以看到，像这样。

＊ ＊ ＊

"你要和我说什么事？"我很怕你又提起同一个话题。

"我有过一个女儿。"

"什么！"

"在巴黎，她叫作克劳汀，两个月大的时候死了，只活了五十九天，我想我应该不是一个好母亲吧，因为我不知道她究竟怎么了。她的眼睛黑的像木炭，无助地哭泣，有一天我不晓得她究竟怎么了，去医院的路上，她死在我的怀里。"

"萨拉……"

"自己孩子的死亡是一个人所能经历的最深伤痛了。所以我才不想有其他孩子。如果有的话，我觉得对克劳汀很不公平。"

"为什么告诉我这件事？"

"这是我的错，我没有权利把这么深的伤痛加到你身上，现在我要和孩子重逢了。"

"萨拉。"

"怎么？"

"这不是你的错，你也不用死。"

"你知道我想死。"

"我不打算让你死。"

"我在出租车上也是这么对克劳汀说的，我不想要你死、你不要死，你不要死，你不要死，听见了没有？妈妈的小宝宝。"

住进医院后，你第一次哭泣，不是为了自己而是为了你的女儿。坚强的女人。你沉默半晌，任由更多眼泪流淌，我静默无语，满怀敬意地用手帕轻柔拭去你的泪水。你鼓足勇气继续说："但是死亡的力量比我们更强大，克劳汀，我的小宝宝死了。"她闭上嘴，气力耗尽，又落下两行泪水，接着说："所以我知道，现在我会再见到她，我都叫她克劳汀，我的小宝宝。"

"为什么说你会再见到她？"

"因为我知道。"

"萨拉，你是什么都不信的。"我承认，有时候我真的不懂适时闭嘴。

"你说得对，但是我知道母亲们会与死去的孩子重逢。如果不是的话，就无法与生命抗衡。"

我闭上嘴，因为一如往常你是正确的。阿德里亚闭上嘴，因为他知道这是不可能的。我也无法告诉你，邪恶的无所不能出乎人的想象。尽管那时我还不知道马蒂亚斯·阿尔帕茨的生命故事，不知道坚强的贝尔塔、总是咳嗽的岳母、黑头发的小阿梅莉切、发色如林中珍贵木材的特鲁德、还有头发如金丝的小尤丽叶切。

当萨拉回到第八区的家时，她翻遍整间公寓寻找碧球，它钻到哪了？去哪里了？它跑哪里去了？究竟在哪里？

猫咪躲在床底下，仿佛本能地察觉到事情不对劲，她哄骗着说，来，可爱的小猫咪，来。当碧球听信主人的声音，从床底钻出来时，她一把抓住它，准备把它从后方的阳台丢出去。我不要这间房子里有任何活物，这样就不会再有任何死亡了。然而，猫咪困惑的叫声救了自己，让她清醒过来。她知道对这个可怜的小动物而言，太不公平了，于是把它带到动物保护协会。萨拉·沃尔特斯－爱泼斯坦哀悼了好几个月，画抽象的黑，沉默地工作，绘制母亲会讲给活蹦乱跳、微笑的女儿听的故事。当她在构想克劳汀我的小宝宝永远看不见的故事时，她努力抗拒，不让伤痛吞噬自己全部的内脏。

整整一年之后，一个百科全书销售员来拜访她。所以你了解为什么我无法直接跟你回来吧？你明白我不想跟任何会死去的人一起生活吗？你知道当时我疯了吗？

我没有说话，我们俩都没有说话。我把她的手放到她的胸口、抚摸她的脸颊，她允许我这么做了。我告诉她，我爱你。我情愿相信她稍微平静下来了。我从不敢问克劳汀的父亲是谁，在孩子死去时他是不是和你在一起。你以轻描淡写的几笔解释自己的生活，像在画素描，覆盖上一层阴影，让一些线条更加明显，强调你保留秘密的权利、保留蓝胡子伯爵那间关闭的房间的权利。多拉违反规章让我在病房里多待了令人发指的一个钟头。

56

你再次拾起这个话题，要求我帮你离开人世，因为你自己做不到。那天我非常难过，因为我期盼你已经忘了这件事。我说，你怎么会想死呢？我们正要给你一个惊喜呢！什么惊喜？一本你的书。我的书、我的书？对，所有的肖像画，我和马克斯一起做的。

萨拉微笑了，她思考片刻后说，谢谢，但是我想要的是结束，我不想离开，但更不想成为负担，也不接受将要面对的生活，每天都看着同一片他妈的天花板。我想这是唯一或第二次听见你说脏话吧。

但是。是的，我懂你的但是。可是我不知道该怎么做。我知道，多拉对我说过，但我需要有人帮我。不要是我。如果我请别人帮忙的话，你无所谓吗？我的意思是，不要要求任何人这么做。这得由我决定，这是我的生活不是你的，使用指南要由我来写。

我张口结舌，仿佛在劳拉与萨拉之间……我很遗憾必须得承认，但我确实是在萨拉的床边伤心痛哭。顺便一提，你把头发剪短看起来真可爱，萨拉，我从没见过你留短发的样子。萨拉因为无法用手抚摸我的头安慰我，只好看着他妈的天花板等我哭完。我想这时多拉带着药进来了，看到这个情况又低调地离开。

"阿德里亚。"

"干什么？"

"你比任何人都爱我吗？"

"是啊，萨拉，你知道我爱你。"

"那就照我说的做，"过了一会儿她又说，"阿德里亚。"

"怎么了？"

"你比任何人都爱我吗？"

"是啊，萨拉，你知道我爱你。"

"那就照我说的话做，"她几乎马上又说，"阿德里亚，亲爱的。"

"你说。"

"你爱我吗？"

阿德里亚感到悲伤，这是她第三次要求了。我可以把命都给你，每一次你这么要求，我只想着……

"你爱不爱我？"

"你知道的，你知道我爱你。"

"那就帮我，让我死。"

* * *

离开医院让我非常良心不安。我在自己创造的世界里徘徊，像机器人般看着书背却未留意，不像以往在罗曼语族书区散步时，为我带来快乐的阅读记忆；到了诗文区时，无可避免地拿起一本书，躲起来随意读两首或专心地读诗，仿佛我创建的是失乐园，而诗是从未被禁的禁果。当我到论文区的时候，可以认出那些曾经耙梳沉思的书本，现在漫步看着这些书，对书背上的书名视而不见、垂头丧气，眼里只有萨拉的伤痛，完全无法工作。我坐在一堆写过的手稿前方，想要重读自己的文稿，你却继续告诉我，如果我爱你的话，就杀了你，不然，你会好几年都在那里，动弹不得，痛苦、平衡，而我每五分钟就要夺房门而出，去叫喊、咆哮、泄愤。你剪头发时，我问多拉，你们有没有留着剪下来的头发？

"没有。"

"真是的！"

"她让我们丢了。"

"哎呀，可是……"

"是啊，很可惜，我也这么想。"

"你们真的照她的话做了？"

"不可能不听你夫人的话呀。"

夜晚变成长长的失眠，使我不得不做些奇怪的事帮助入睡，比方说复习希伯来语，这是我最生疏的语言，因为实在没有什么机会可以使用它。我找了几篇 15 世纪、16 世纪及当代的文章，召唤出可敬的阿孙普塔·布洛东，她和她的夹鼻眼镜与一半的微笑，一开始我以为是在展现亲和力，结果却是，假使我没有错的话，是脸部麻痹。她多么有耐心，而我也是。

"Achat."

"Aixat."

"Achat."

"Ahat."

"很好，非常好，你懂了吗？"

"懂了。"

"Schtajm."

"Xtaim."

"很好，非常好，你懂了吗？"

"懂了。"

"Schalosch."

"Chaloish."

"很好，非常好，你懂吗？"

"懂。"

"Arba."

"Arba."

"Chamesch."

"Hameich."

"很好，先生，非常好！"

这些文字在我眼前跳舞，我根本无所谓，我全部的希望就是留在你身边。我在半夜十二点爬上床，到了早上六点钟，眼睛还睁着完全没合上，昏昏欲睡了几分钟，在小洛拉来家里前就起床、刮好胡子、冲好澡，如果不用上课的话，就准备去医院见证上帝慈爱的奇迹发生。

有一天晚上，我对自己感到非常羞耻，才真正站在萨拉的立场去思考，看看是否能够理解。隔天，阿德里亚故意巧遇多拉。她像我一样有些惊恐，但她显得相当保守，因为那不是迟早都会离世且无法恢复的疾病，可能需要很多年的时间，而且处境有些……我不得不听着自己如何与萨拉的意见辩护，她所有的论据到头来只有一句——爱我就这么做，就这一次。因为你要求我，因为你恳求我，但我真的做不到。一天晚上，我对萨拉说，好吧，我会做的。她对着我微笑，还说如果动得了的话，我会站起来狠狠亲你一口。我明知自己在说谎，却还是这么说出口了，因为我完全不想这么做。总归一句，萨拉，我总是在骗你，在这件事情上我骗了你，在归还小提琴的事情上也骗了你，我的说法是正在进行中，已经快要找到联系的人……仅仅为了争取时间而编织这么多谎言，真是荒诞。然而，是为谁争取时间呢？争取时间来害怕，争取时间来每天想着过一天是一天吧等等这类。

我询问达尔毛，他建议我不要扯进雷亚尔医生。

"你说的好像是犯罪。"

"就是犯罪，就现行的法律而言，确实是犯罪。"

"那你为什么要帮我？"

"因为法律是一回事，法律不敢立法管理的又是另一回事。"

"也就是说你认同我喽？"

"你想要怎么样？你希望我帮你签声明书吗？"

"不是，我……说到底……"

我抓了一把椅子坐下，虽然我们在他的诊所里，家里也没有其他人，我还是降低音量，黄色的莫迪利亚尼像见证人般，听见我们谈论的事情后非常震惊。他给我上了因爱而执行安乐死的小课程，我知道自己未曾想要了解。过了非常严肃的两周，直到有一天萨拉看着我的双眼问，阿德里亚，什么时候？我张着嘴巴，看着他妈的天花板不知道该说什么，我说，我跟……谈过了，有点……

翌日，你自己离开了。我会一直相信你自己离世是因为你了解我是个懦夫，而且你非常想死。我没有勇气帮你走最后这一段路，让你走得轻松些。根据雷亚尔医生的说法，虽然他们对你进行治疗，但是又一次的脑溢血引发这次意外，虽然你在医院里，仍回天乏术。展览还没结束你就走了，马克斯哭着与乔治来看你，他说真遗憾，她不知道我们在为她准备出版画册，我们应该告诉她的。

就这样，萨拉，因为我无能帮你，让你不得不自己离开，匆匆忙忙、偷偷摸摸、头也不回，连告别也没有就走了。你明白我的苦楚吗？

57

"阿德里亚？"光听声音就知道马克斯很沮丧。

"是我，请说。"

"我收到传真了。"

"可以吗？"

"不可以，完全不行。"

"你也知道传真机这东西不太……我一定按了什么不该按的键。"

"阿德里亚。"

"请说。"

"我确实收到传真了，你按了该按的键，我收到文件了。"

"很好，那就没问题啦，不是吗？"

"没问题？你知道自己写了什么吗？"他的语调就像特鲁略斯让我拉十次 G 大调琶音，我却拉成 D 大调一样。

"妈的，就是萨拉的生平啊。"

"是的，没错，你从哪个音开始？"特鲁略斯又问。

"喂，你干什么？"

"你让我把这篇文章放在哪里？"现在听起来像马克斯在说话了。

"画册的最后面啊，满意了吗？"

"不满意，我把你寄来的东西念给你听。"

那不是一个问句而是告示，接着我听到他念：萨拉·沃尔特斯－爱泼斯坦，1950年生于巴黎，在相当年轻时认识一个蠢蛋，这个蠢蛋也爱上了她，虽然没有恶意，但这个蠢蛋不懂如何使她快乐。

"喂，我……"

"要继续吗？"

"不用了，喂。"

马克斯还是全念完了。他非常生气，念完后沉默许久。我吞了一下口水说，马克斯，这个是我寄给你的吗？

他更沉默了，我看向桌上的纸堆，以及尚未批改的美学史考卷，小洛拉肯定翻过了，还有其他纸张，我刚才用传真机传送、用奥利维提打字机打出来的。我迅速地瞄了一眼。

我陷入沉默，然后说："天啊，我真的寄了这个给你？"

"对。"

"对不起。"

马克斯的声音听起来平静许多："如果你不介意的话，她的生平由我来撰写吧。我手边也有展览资料。"

"哦，谢谢。"

"不客气，不好意思，刚才我……太冲动。因为我们得在展览结束前就印好，而印刷公司现在就要拿到文字。"

"如果你要的话，我可以试着…"

"不用了，我来负责吧。"

"谢谢你，马克斯，替我问候乔治。"

"会帮你问候他的，对了，你为什么妈的写两个他？"

我挂上电话。那是第一次的警报，当时我还不知道，继续在桌上翻找，只找到这篇文章。我担心地阅读，上头写着：萨拉·沃尔特斯－爱泼斯坦，1950年生于巴黎，在相当年轻时认识一个蠢蛋，这个蠢蛋也爱上她，虽然没有恶意，但这个蠢蛋不懂如何使她快乐。在几次痛苦的拉扯来去之间，她能接受和蠢蛋同居，并且一起生活了漫长的时间（这时间太短了），成为我生命中最重要也最关键的几年。1996年的秋天，萨拉·沃尔特斯－爱泼斯坦在巴塞罗那逝世。你看看，这是他他妈的什么生命，萨拉·沃尔特斯－爱泼斯坦一生投入绘画，为他人活蹦乱跳的孩子画画，偶尔不情不愿地办展。她只用铅笔与炭笔画素描，仿佛只在意事物的精髓。她是一名非常好的画家，非常优秀，在世时，确实非常优秀。

生活仍然继续，悲伤了一些，却是活生生的。萨拉·沃尔特斯－爱泼斯坦肖像画册的实现，令我充满深远无尽的思念。马克斯写的生平非常简单、完美，就像他做的所有事情一样。后来，一切沉淀下来，劳拉没有如她所威胁的从乌普萨拉回来，我则关起房门书写罪恶，因为脑海里有太多事情在狂舞。但是，任凭阿德里亚·阿德沃尔如何绝望地想填满一张又一张的白纸，他心里明白毫无任何进展，不会有进展的，因为我只听见不断响起的电话声，一道升 Re 的非常不愉悦之音。

"铃铃铃……"这下换成门铃了。

"你介意吗？"

阿德里亚把门全打开来。这次，贝尔纳特直接开门见山，带着他的小提琴和一个很大的包。

"你们又吵架啦？"

贝尔纳特不回答这个显而易见的问题。刚开始的五天，他非常安静，而我则跟索然无味的文字较劲，抗拒响个不停的电话。

从第六天开始，因个性本质的好心使然，他花了几个晚餐的时间，试图说服我把电脑放进生命里，强迫我复习略伦斯教过的东西，但因为从没使用过，几乎全忘光了。

"概念我懂，要使用的话，老实说，我真的没有时间。"

"你没有的是办法吧。"

"我连打字机都还用不好，怎么叫我用这个东西。"

"但你一直都用打字机啊。"

"是啊，因为我没有秘书可以帮我写好稿子。"

"你不知道这会省下多少时间。"

"我是手抄本时代的孩子，不是印刷时代也不是书卷时代的。"

"听不懂。"

"我说，我是手抄本时代的孩子，不是印刷时代的。"

"还是听不懂。我唯一的目的就是让电脑帮你节省一些时间。"

贝尔纳特无法说服我，我也不能告诉他略伦斯的事情或建议他不要实行我父亲对待我的风格。直到有一天，我看到他在收拾行李，那时他来我家避难还不到十天呢。离开前，他说他要回家了，不能继续这样生活。我不明就里。他和特克拉在半和解的状态下离开我家，我又成了一个人，永远一个人。

* * *

这个想法不停在我脑海里打转，直到有一天，我打电话问马克斯是否在家，因为我必须见他，于是我做好万全准备去卡达克斯了。

沃尔特斯－爱泼斯坦的房子很大，很漂亮，并非绝顶奢华，却能享受地中海湛蓝海水的美丽景致。第一次步入这个天堂。我很开心马克斯立刻拥抱我，我明白虽然迟了许久，但那是这家人对我的正式接纳。沃尔特斯先生过世后，最好的房间就成了马克斯的书房，一间令人叹为观止的书房，据说也是全欧洲最完备的葡萄酒相关书籍的图书馆：向阳的丘陵、葡萄园、葡萄树种、葡萄果实、葡萄树疾病、完美的葡萄串。关于卡贝尔内克、田普拉尼优、夏尔冬奈、尼耶斯林、须拉兹和坎帕尼亚等葡萄树种。葡萄酒的历史、地理分布、葡萄酒历史上的危机、葡萄树传染疾病、葡萄根瘤、葡萄园的理想经纬度、雾与葡萄树、寒冷气候下生成的葡萄酒、葡萄、丘陵葡萄酒及高山葡萄酒、面海生长的绿葡萄树、酒窖、气泡式葡萄酒、酿酒桶、维吉尼亚橡木与葡萄牙橡木的比较、亚硫酸盐、葡萄酒陈化年份概论、湿度、黑暗与光线的控制、西班牙栓皮、瓶盖、软木树皮、葡萄酒出口公司。关于葡萄、关于软木、关于酿酒桶的木材、葡萄树生物学史、酿酒家族、斑斓色彩的庄园照片、土壤的种类、原产地证明、原产地证明的管制、葡萄酒品质保证及保护产区的葡萄酒、葡萄酒相关法律、列表、地图、规范以及历史。葡萄酒学家与葡萄酒企业访谈。葡萄酒瓶的世界。香槟、卡瓦、气泡式葡萄酒、美食与葡萄酒、白葡萄酒、红葡萄酒、玫瑰气泡式葡萄酒、新酿葡萄酒、陈年葡萄酒、甜葡萄酒与老葡萄酒、修道院与烈酒、荨麻酒、白兰地、威士忌、波本威士忌、卡尔瓦多斯威士忌、渣酿白兰地、白酒、梗酿白兰地、茴香酒、伏特加。蒸馏的概念、兰姆酒的世界、酒与温度、葡萄酒温度计、创造历史的葡萄酒推荐达人……阿德里亚走进书房时惊叹且钦佩的表情，就像当时马蒂亚斯·阿尔帕茨走进他的书房。

　　"太令人佩服了，"他总结，"你是葡萄酒领域的智者，你妹妹却在葡萄酒里加苏打水，然后用波隆酒壶喝。"

"每个家庭都会有各式各样的人，但得区别一下，用波隆酒壶喝酒可以，但是加苏打水就真的不好了。"

"你留下来吃午餐吧，乔治是很好的厨师。"

我们被怀抱在酒的世界里坐下，被怀抱在我还没有想好的问题里：你要什么？你想谈什么？为什么？马克斯宁可不主动开口。围绕我们的还有一份沉静，是海洋的气息，令人想无所事事，任凭时间轻松愉快地流转，不让任何人、任何对话使生活变得复杂，所以要开门见山不是件容易的事。

"阿德里亚，你想要什么？"他小心翼翼地问。因为我想要知道的是，他们究竟对萨拉说了什么鬼话，让她一夜之间什么也不说就逃离我身边⋯⋯

他沉默良久，只有轻柔、咸咸的微风时不时地打断这份寂静。

"萨拉没有告诉你吗？"

"没有。"

"你有问过她？"

你不要再问我了，阿德里亚，永远不要再问我了。

"如果她这么说的话，那我⋯⋯"

"马克斯你看着我。她已经死了，萨拉已经死了，但我想要知道过去究竟发生什么事情。"

"也许你不需要知道。"

"需要，我要知道。你的父母和我的父母都过世了，但是我有权知道他们到底控诉我什么。"

马克斯站起来，走到窗旁，好像突然要确认那片被窗框框出来的海的某个细节，他站在那里出神了一会儿，或许是在思考吧。

"也就是说你什么都不知道。"过了一会儿，他转过身对我说。

"我不晓得什么是我该知道的，或不需要知道的。"

马克斯如此保守的态度令我感到紧张，我努力让自己平静下来，希望能表达更准确一点："她从巴黎回来后，唯一告诉我的就是，我写了一封信给她，说她是恶心的犹太人，要她躲在她狗屎家人的庇荫下。"

"哇，这我倒不知道。"

"这是她说的，差不多就是这样。但是我没有写过这封信！"

马克斯做了个不明确的表情，走出书房，过了一会儿，拿着一瓶白葡萄酒和两个酒杯回来。

"你喝喝看。"

阿德里亚不得不把持自己的不安，品尝圣埃米利永（Saint-émilion）葡萄酒，努力辨识马克斯说的每一种滋味。就这样，他们小口小口啜饮、谈论香气与滋味，而不是两位母亲究竟对萨拉说了什么，慢慢地喝完第一杯酒。

"马克斯。"

"我知道。"

他倒了半杯酒，不像品酒师而是酒客般一口饮尽，弹弹舌头说，你自己倒吧。接着开始说，这个客人的外貌引起费利克斯·阿德沃尔的注意。亲爱的，我之所以告诉你，是因为按马克斯所说，你只大略知道，但你也有权知道一切细节，这是我的赎罪，所以要告诉你。这个客人的外貌引起费利克斯·阿德沃尔的注意，一名骨瘦如柴的男人，戴着帽子，像一把在活动中心的罗马式花园里的雨伞。

"洛伦佐先生？"

"是的，"费利克斯·阿德沃尔说，"您应该就是阿韦拉德先生。"

男人安静地坐下并拿下帽子，小心地放在桌上，一只乌鸦飞越两人中间到草木更茂盛之处。男人以深沉而矫作的声音说，今天您就会收到了，等我离开半个钟头后，我的客人会把东西送来这里，就是送到这里。

"很好，我有时间。"

"您什么时候离开？"

"明天早上。"

第二天，费利克斯·阿德沃尔搭上飞机，就像平常一样，抵达里昂，租一辆登山车，没过多久就到了日内瓦。杜拉克旅馆里，同一位身形消瘦，声音低沉矫作的男人在等他。他一到就被请上楼进入一个房间。阿德沃尔给他一个小包裹，男人小心地把帽子放在椅子上，慢条斯理地拆开包裹，撕开胶带，花了长长的十分钟细数那五叠钞票，并在一张纸上作笔记、计算，再仔细地记到一本小册子里，甚至连钞票的序号都写下来了。

"过度的熟练令人恶心。"阿德沃尔不耐烦地喃喃自语，另一个男人毫不搭理直到完成工作。

"你说什么？"他把钞票放进小旅行箱时问道，然后收起小册子，将作笔记的纸条撕掉，把小纸屑收到口袋里。

"我说过度的熟练令人恶心。"

"随您怎么说吧。"他站起来，从行李箱拿出一个包裹，轻柔地推向阿德沃尔。

"这是给您的。"

"现在换我数了？"

男人像尸体般微笑，从椅子上把帽子拿起来说，如果您想休息的话，房费是付到明天，然后连回头告别都没有就离开了。费利克斯·阿德沃尔谨慎地数着钞票，对生活感到非常满意。

类似的操作重复了几次，也有些许差异，偶尔有新的中间人加入，包裹渐渐变大，收入也越来越多。同时，他也利用这些旅行观察一些角落，探寻图书馆的书架、资料室和仓库。有一天，这名自称阿韦拉德的消瘦、声如洪钟、说着一口矫作的西班牙语，仿佛喜欢听到自己说话声音的男人犯了一个错误，他没有把计算的碎纸片放在口袋而是留在杜拉克旅馆房间的桌上。费利克斯·阿德沃尔耐心地经过脑力激荡，在夜间完成拼装纸片后，看到计算的另一面上头写着几个字：安塞尔莫·塔沃阿达，以及几个无法解读的图案，安塞尔莫·塔沃阿达，安塞尔莫·塔沃阿达。

* * *

费利克斯·阿德沃尔花了几个月才把这个名字和一张脸联结起来。一个多雨的星期二，他到了司令部办公室，耐心地等待接见，过了许久，见了许多从他眼前经过各个级别的军官、听了一些奇怪的谈话片段后，他们请他进去一个比他的书房大两倍，但里面没有一本书的办公室。桌子的另一端，上校安塞尔莫·塔沃阿达·伊斯基耶多的脸上有些好奇的神情，他说佛朗哥万岁。他们没有太多开场白直接展开一场富含指示、有益的对话。

根据我的计算，上校，这是我汇到瑞士给您的金额，费利克斯一边说，一边在桌上用手指将一张小纸条推到他面前，就像那个自称阿韦拉德的男人把钱推到他面前一样。

"我不知道你的意思。"

"我是洛伦佐。"

"你搞错了。"

"我没有，"阿德沃尔非常从容地坐着，"我正好要去拜访我的朋友，巴塞罗那民政长官，您的办公室正好在途中，所以特地绕过来跟您打声招呼，民政长官是我的好朋友，将军也是，他的办公室就在旁边而已。"

"您是文塞斯劳先生的朋友？"

"很亲近的朋友。"

上校狐疑地重新坐下来时，阿德沃尔把民政长官私人名片放到桌上说，您可以打电话给他，他会亲自告诉您的。

"不用，不用了，您告诉我就好。"

亲爱的，无需太多解释，因为我父亲手段高明，可以轻易地把人困在他的蜘蛛网里。

"哦！"费利克斯·阿德沃尔谄媚地说，其实心里正在咒骂。民政长官从地上拿起三块陶土碎片。

"这很贵重吗？"他问。

"这个价值百万，阁下。"

费利克斯·阿德沃尔努力不在这个笨手笨脚的人面前表露愤怒，文塞斯劳·冈萨雷斯·奥利韦罗斯[1]把三块碎片放在桌上，说着流利的西班牙语却像一名被阉割的斗牛士，他用奇怪的语调说，我会拿去修理的，让他们用最好的黏胶，就像我们处理受到反叛势力伤害的西班牙一样。

1　文塞斯劳·冈萨雷斯·奥利韦罗斯（Wenceslao González Oliveros，1890—1965），西班牙政治家、大学教授、哲学家，在佛朗哥独裁期间曾担任数个重要职位。

"门都没有！"阿德沃尔的热情不小心流露出来，"我会修复的，只要两天，您会在办公室里收到礼物。"

民政长官将一只手放在他的肩上说，亲爱的阿德沃尔，这个异教陶偶就是西班牙因共产主义、加泰罗尼亚主义、犹太主义与共济会而受伤的象征，这使我们不得不展开一场对抗邪恶的必要之战。

* * *

阿德沃尔表现出的深刻反省态度使民政长官非常满意。长官小心翼翼拿起最小一块碎片，也就是陶偶摔断的手臂给他的学生看，然后说，有两个不同的加泰罗尼亚：一个是虚假、欺瞒、愤世嫉俗且投机主义的……

"我来是请你帮我一个非常特别的忙。"

"充满唯物主义，因此，对于宗教、道德以及民族主义，便完全禁欲了……"

"作为交换，我会提供给您一些服务，我的请求对您来说是一件相当容易的事情，只要给我自由出入境许可就好了。"

"另一个加泰罗尼亚则是令人崇敬、健康、充满生命力、自信，同时非常纤细，就像这个陶偶。"

"这是一个迦太基的陶俑，非常昂贵，是我用积蓄向一个急需用钱的犹太医生买的。"

"背信忘义的犹太民族，是圣经告诉我们的。"

"不是的，阁下。这是天主教说的，圣经是犹太人写的。"

"说得好。看得出来你和我一样是个有文化的人，但还是改变不了犹太人背信忘义的事实。"

"当然，阁下。"

"还有，永远别纠正我说的话。"他举起手指强调。

"我不会的，阁下。"他指着三块陶土碎片说，这是迦太基人偶，价值非凡、昂贵、独一无二且古老，罗马时期的迦太基。

"是的，一个充满智慧、充满贵族与高贵民众的加泰罗尼亚……"

"我向您保证会和新的一样，您眼前的这个，有两千多年的历史，非常昂贵。"

"……非常积极，总是彬彬有礼，在情感、行动与直觉上都具有参与性……"

"我只要一个没有限制的护照，阁下。"

"……西班牙最近几年的命运，国家母亲将所有城镇都抱在一起，一个知道令人思念的方言只能在家里低调、谨慎、与亲近的家人相处时使用，以免冒犯别人的加泰罗尼亚。"

"我想出入西班牙这个大国而不用申请与记录，虽然欧洲有战事，但就因为欧洲在打仗，我才能做做小生意。"

"就好像是寻找腐肉的秃鹰。"

"是的，阁下，如果能给我这个文件的话，我回报您浩荡无边的感激之情是比这件迦太基陶俑更昂贵的艺术品。"

"一个充满精神、主动、开创的加泰罗尼亚是西班牙其他地区所需学习的典范。"

"虽然我只是一个商人，但我可以分送喜悦，是的，没错，没有地理限制，就像外交官，不，我不怕危险，我知道该敲哪些门。"

"看向同一个方向，"我们可以这么说，"大船上能够望见若隐若现的新世界。"

"谢谢，阁下。"

"同佛朗哥，我们亲爱的元首一同携手，这些覆盖着脏污的无用过往，散发出光芒的新世界，已经触手可及了。"

"佛朗哥万岁，阁下。"

"阿德沃尔，我比较喜欢现金而不是陶俑。"

"就这么说定了。西班牙万岁！"过了几个星期，在上校安塞尔莫·塔沃阿达·伊斯基耶多没有书的办公室里，他说："要我打电话给民政长官阁下吗？"

安塞尔莫·塔沃阿达迟疑片刻，于是费利克斯·阿德沃尔提醒他，自己与将军也有深厚的交情。现在，您是不是对洛伦佐这个名字稍微有印象了？

中校仿佛只花了一秒钟就绽放出灿烂的微笑，询问道，您刚说的是洛伦佐吗？请坐、请坐，兄弟，请坐。

"我已经坐着了。"

大概只需十五分钟的谈话便足够了，在协商最后，上校失去笑容，不得不让步，而费利克斯·阿德沃尔为了接下来的三桩生意，不得不付出双倍贡献，每年年终还得额外贡献一笔固定的红利作为酬谢。

"就这么说定了，"安塞尔莫·塔沃阿达说，"就这么说定了。"

"佛朗哥万岁！"

"万岁！"

"我就像一座坟墓，上校。"

"最好是，为了你的健康着想。"

那位消瘦，像一把戴着帽子的雨伞，自称阿韦拉德的男人再也没出现了，一定是因为不够专业而去吃牢饭了，相反地，阿德沃尔则通过这位新朋友结识几个合作伙伴，有指挥官、一位将军、后勤部的朋友、一位法官及三位企业家，他们把自己的积蓄交给他，让他带到安全且可以收取优渥利息的地方。

看来，他们就这样，在欧洲战时与战后期间，前前后后操作了四五年。马克斯是这么告诉我的。他也得罪了一帮人，包括军界与佛朗哥政治圈中能进行金融操作的人，此外，可能也为了赚取回扣的怪癖，决定告发四五位大学教授。

亲爱的，真是要不得的情况，他向全世界收钱，然后把所有的钱花在店里的古董及自己收集的手稿上。看来，他似乎拥有很好的预感，知道急着想卖出、保有秘密、留着恐惧的小辫子的人，可以直接掐死他们还不用害怕报复。马克斯告诉我，你们家人对这些事情都相当了解，因为你在米兰的一位爱泼斯坦叔叔就是因为陷入我父亲的骗局，最终不得不自杀。萨拉，这就是我父亲的生平与玩弄的奇迹。萨拉，我的父亲是我的父亲，而且看起来我的母亲对这一切浑然不知，可怜的马克斯费了极大力气才告诉我这些事情。他一泻千里地全盘托出，放下心中的大石。我也一样，把这些秘密全吐了出来，因为在此之前，我只知道这个秘密的一部分。马克斯最后说，所以你父亲才会惨遭横祸。

"继续说，马克斯。"

"据我家人的说法，当他们开始想要铲除你父亲时，原因究竟是什么我们并不清楚，但是佛朗哥的警察完全不想理会。"

他们沉默了一会儿，喝下几口酒，盯着空无，心想最好还是说说别的话题吧。

"可是我……"过了很久，阿德里亚开口。

"是的，没错，这与你无关。但是我父母的一个表兄弟，还有他全家人都因此陷入绝境，是他让他们陷入绝境，把他们逼向死亡。"

"我不知道该说什么。"

"你什么都不用说。"

"现在我能理解你母亲了，但是我爱萨拉。"

"阿德里亚，这就像是凯普莱特与蒙太古家族。"

"我无法以我父亲的名义来修补他的罪孽吗？"

"你可以做的是喝完酒，你想修补什么？"

"但你不讨厌我。"

"我妹妹对你的爱让我无法讨厌你。"

"可是她逃去巴黎了。"

"当时她只是个孩子，我爸妈逼她去巴黎的，二十岁的人没有能力……她三两下就被洗脑了。"

* * *

又一次的沉默……海、海浪的波涛、海鸥的叽叽絮絮、空气里的咸味，全吹进了房里，千百年以后，才打破沉默："我们吵架时，她又跑走，来到这里，来到卡达克斯。"

"她只是一直哭，每天无所事事。"

"你们都没有告诉我。"

"她不让我说。"

阿德里亚狠狠地干杯，心想葡萄酒还是跟食物一起享用比较好。外头传来的钟声听起来像 19 世纪的远洋船，马克斯有教养地站起身。

"我们去露台吃饭，乔治不喜欢让食物等人。"

"马克斯，"他拿着两个杯子及托盘，突然停下脚步，"萨拉在这里的时候有提到我吗？"

"她一个字都不许我说。"

"好吧。"

马克斯走到露台，就在走出书房时，他转身对我说："我妹妹疯狂爱着你。"他把音量放低不让乔治听见："所以她才无法接受你在归还小提琴这件事上无所作为，这是让她崩溃的地方。我们去露台吧？"

我的天啊，亲爱的。

"阿德里亚？"

"什么？"

"你在哪里？"

阿德里亚看着达尔毛医生，眨眨眼睛，将视线聚焦在那里，这么久以来都在那里，一直在他眼前的充满黄色的莫迪利亚尼。

"你说什么？"他有些困惑，想着自己究竟在哪里。

"你刚才失神了。"

"我？"

"对，你有一段时间整个人都在状况外。"

"因为我在想事情。"他推托道。

达尔毛医生非常严肃地看着他，阿德里亚微笑说，是的，我一直都会失神，全世界都说我是个爱分心的智者。他指着医生说，连你也怎么说过。

达尔毛医生露出半个微笑，阿德里亚把话题转了回来。

"智者倒不是真的，但爱分心是真的，而且越来越不能专注了。"

然后他们聊了达尔毛的孩子，那是医生的第二话题，再细分为他的小儿子赛吉，他完全没问题，阿莉西雅就……而我还黏附在仿佛已于诊所聊了好几个月的感觉。离开时，我拿了一本《柳利、维柯与柏林》给他，并在上头签名。给胡安·达尔毛，一个从通过二级解剖学考试就一直替我把关的好友，献上由衷的感激。

"给胡安·达尔毛，一个从通过二级解剖学考试就一直替我把关的好友，献上由衷的感激。1998年春天，巴塞罗那，"他满意地看着，"谢谢你，兄弟，你知道这对我意义非凡。"

我知道达尔毛不会读这本书，我的书都放在诊所的书架，置之高阁，就在莫迪利亚尼的左边。不过，我也不是要他读才送书的。

"谢谢你，阿德里亚。"他摇着书向我道谢，我们站起身。

"不是很急，"他补充道，"但我想帮你做一套完整的检查。"

"是吗？早知道这样就不送你书了。"

两个朋友大笑起来，似乎很难以置信，但是达尔毛青春期的女儿还挂在电话上说，当然，他非常没礼貌，小姐，我早就讲过几千次了……

外头，巴卡尔卡区的街上，迎接我的是一个潮湿的夜晚，行经的车子不多，却喷溅出驾驶的疏忽。我无法把自己的恐惧向朋友诉说，我无法说出口，你回家想跟我谈话却已去世了。已经过了很久，我还是无法接受这一切。我如沉船者抓着腐木，无法划向任何目的地，思念着你，任风飘零，心想，为什么一定是这样，想着那千万个我已经错过可以更加温柔爱你的机会。

* * *

就是这个在巴卡尔卡区的星期二夜晚，没有带伞、淋着细雨，我发觉是我夸大其辞，或者更糟糕，我完全是个错误，从我出生的家庭就是个错误，我知道不能推托给神或朋友。现在，因为有马克斯，除了更了解父亲以外，也知道支撑我活下去的一件事情：你疯狂地爱着我。Mea Culpa, confiteor[1]，萨拉。

1　拉丁文，意为"是我的错，我忏悔"。

...usque ad calcem

第七章

······至尾

让我们设法睁着双眼走入亡魂之地……[1]

——玛格丽特·尤瑟纳尔

1　出自法国作家玛格丽特·尤瑟纳尔（Marguerite Yourcenar, 1903—1987）作品《哈德良回忆录》（*Mémoires d'Hadrien*）。

58

　　这个家里死去的人太多了。父亲喃喃咒骂被他听成这样。在创世纪的宇宙里漫游，对看到的书本视而不见，课堂里也了无生气，他所有的渴望只剩下坐在书房的萨拉自画像前端详你的神秘，亲爱的，或安静地坐在客厅的乌尔杰利画作前，见证不可能西落在特雷斯普伊的太阳如何逃脱，偶尔也毫无欲望地看着文稿上工作记号的折痕。有一天，他拿起文稿，叹了口气，写几行字或重新阅读，感到非常怀疑，前一个星期的工作让他觉得痛苦得无关紧要，问题是他不晓得该如何避免，因为连胃口也离他而去。

　　"阿德里亚，听着。"

　　"干什么？"

　　"你已经两天没有吃东西了。"

　　"不用担心，我不饿。"

　　"我当然会担心。"

　　卡特丽娜走进书房挽住阿德里亚的手臂，并开始拉他。

　　"啊！你做什么！"阿德里亚搞不清楚状况而拉高声音。

　　"就算你像狼一样嚎叫我也不在意，你现在马上跟我过来，去厨房。"

　　"喂！放开我！这位女士！"阿德里亚·阿德沃尔非常不高兴。

　　"不好意思，但是我不会放手的，"她比阿德里亚更不高兴、更大声道，"你难道都没有照镜子吗？"

"我用不着照镜子。"

"好了，走、走、走，走啦。"她的声音显得无情且富威严。

这时，他成了海因·爱泼斯坦，小洛拉成了违背党卫队中尉的命令，把他从二十六号房带走的中校，因为有几个同事发明了非常有趣的猎兔游戏。

卡特丽娜逼他坐在桌子前，这是这几天以来，海因·阿德沃尔觉得有胃口，他低着头吃饭，好像有点害怕中校的责备。

"太好吃了。"他说，意思是汤很好喝。

"你还要吗？"

"要，谢谢。"

卡特丽娜在晚餐时站岗，用帽缘藏着视线的监视，警棍威胁地敲打光亮靴子的鞋跟，不让他逃离厨房。他甚至还要了奶酪作饭后甜点，吃饱后说："谢谢你，小洛拉。"然后站起来离开厨房。

"我叫卡特丽娜。"

"卡特丽娜，这个时候你不是应该在自己家里了吗？"

"是啊，但我不想明天来的时候，在角落发现你硬邦邦地像只被腌制的鳕鱼。"

"真夸张。"

"才不会呢，先生，像只腌制的鳕鱼，比死海还死气沉沉。"

阿德里亚回到书房，因为他认为自己的问题在于文稿上所写的是他自己都不相信的东西。他一个人要背负的事物太多了，日子一天一天、一个月一个月流逝，非常缓慢、无休无止。

直到有一天，他听见朝地上吐痰的声音，才问："卡尔森，你要干什么？"

"也许已经够了，不是吗？"

"永远都不够，要是你⋯⋯"

"你现在还好吗？"

"我不知道。"

"哟！"

"是，请说。"

"如果你们让我插嘴的话。"

"来，黑鹰，你就直说吧。"

"大草原上的风对你生病的灵魂会有帮助的。"

"是啊，我有去旅行的想法，但不知道要去哪，也不知道要做什么。"

"只要接受邀请就可以了。去牛津、雷恩（Rennes）、蒂宾根，还有那个不知道叫作什么的地方。"

"康斯坦茨（Konstanz）。"

"对，就是这里。"

"对，你们说得对。"

"如果高贵的战士献出自己勇敢的胸膛给全新的狩猎或战事行动，结果会很丰硕的。"

"我明白你的意思，谢谢，谢谢你们。"

我听从两位顾问的建议，去欧洲的大草原吹风透气、寻找高贵的战事行动，也许是拜旅行以及那些问道"阿德沃尔，你什么时候要出新书"的人们的鼓励，写作的不安又略为害羞地蠢蠢欲动。

最后，一大堆只写了单面的文稿堆在面前，但是他完全不相信，我失去所有力量了，不知道恶在何方，也不知道如何解释自己对于不可知的迷惘，我缺乏在这条路上继续前进的哲学工具。我固执地寻找罪恶落脚之处，知道它不在一个人的内心，是在许多人的内心吗？恶是人类意志堕落的结果吗？还是来自恶魔？在适当的人身上繁殖，就像泪眼汪汪，可怜的马蒂亚斯·阿尔帕茨所认为的。糟糕的是，恶魔并不存在，那么上帝又在哪里？令人尊敬的亚伯拉罕的神，或是耶稣基督那不可解释的上帝，还有既慈爱又残酷的真主……去问那些罪恶的受害者吧。如果上帝真的存在，祂对这些恶所造成的后果，冷漠到令人觉得不可思议；神学家怎么说呢？尽管读了再多的诗，仍会被其限制绊倒：绝对的恶、相对的恶、形而上的恶、道德上的恶、罪过的恶、可怜的恶……天啊，要不是因为痛苦总伴随恶出现的话，真要笑掉所有人的大牙了。那么，天灾呢？也是恶吗？是另一种恶吗？那么因此而引起的痛苦呢？也是另外一种痛苦吗？

"哟。"

"我被搞糊涂了。"

"我也是，黑鹰。"阿德里亚面对字迹难以辨识的手稿喃喃自语。

他站起来在书房转了一圈，试图活络一下思绪。萨拉，你知道我怎么了吗？我不是在推敲、不是在思考，而是在哭泣或笑，这么做研究根本无法取得进展，于是我想着七二八零六五。

我打开父亲的保险箱，已经好几年没有打开保险箱了。七二八零六五。我非常好奇，因为不记得里头收着什么东西了。我发现几个很大的信封袋，装着不同的文件，这些对父亲和母亲来说肯定毫无用处，有几千年以前的收据与一些在五十年后已失去紧急性的便条纸，另外还有一些股东或类似文件。我把它们整理好，请代书过目，让他评估并给予建议。

蓝色的文件夹只有一封父亲用阿拉姆语写给我的信，一封迟来的信息。如果父亲知道我最后还是脱手小提琴了，他肯定会大声咆哮，并狠狠地甩我一巴掌。在同一个文件夹里还有另外一个护身符，那是因为贝尔纳特介入、运用了一些人脉之后得到以赛亚·柏林写给我的信。谢谢你，贝尔纳特，我的朋友。如果没有发生任何状况的话，你会在所有人之前看到这些文件，也可以删掉最后扩增的部分。

另一边的角落还有其他东西，好奇的手指打开了一个柯达信封：是我把斯托里奥尼还给马蒂亚斯·阿尔帕茨那天拍的照片。我不记得自己在照片冲洗出来后直接塞进保险箱，直到今天才回想起来，自己当时惦记的是一份不确定感，不知道是不是做了天底下最蠢的傻事，是不是被一个凄惨到不像造假的故事给骗了。我一张一张地看着有标注日期的照片：琴面、琴底、琴弓、美丽的琴头、琴轴、还有一张特别靠近琴轴的开孔，但几乎看不到里头 "Laurentius Storioni Cremonensis me fecit 1764" 的字样。翻到下一张照片时，我震惊得合不上嘴，是你利用柜子上的镜子自拍的照片，仿佛是一张自画像，可能是在画画工作展开前拍的，日期是二年前，你把照片忘在这里吗？还是你想等底片用完后再拿去冲洗，结果忘了？我还发现两张照片。阿德里亚的视线有些模糊，费尽力气，才让自己平静下来，那是他埋头在书桌前写作的照片。是我们冷战时偷偷拍下的照片。当时你非常生气，却偷偷拍下我的照片。现在我才发现自己想得不够周全，因为是你引起的争执，对你造成的痛苦应该比我还深，脑血管的问题是因为承受这么大的压力所致？

第三张照片是一张放在你工作室画架上的画，一幅我从未见过的画，萨拉从没提过，一幅保存在照片里的画，真可怜，可能早就被撕成千百张碎片了，我竭尽全力止住眼泪，心想如果哪天找到底片的话，我要冲洗出一张放大的照片。我用桌上的放大镜看这张照片。这是一幅正在寻找一张脸的六个草图，每一次的描绘都越来越完整，逐步形成一个吃奶婴儿的半侧脸。我不知道她是看着模特儿，或是凭记忆还原克劳汀的脸，或者她可以冷漠地看着并画下自己死去的孩子。这张照片一直与其他照片放在保险箱里。这张你的痛苦的照片。不但亲身经历还画下来，也许你并不知道那是无法抗拒的。看看策兰，看看普里莫·莱维[1]，写作就像画画一样，都是重新经历，重新走一遍。正当我要为这勇敢作为鼓掌之时，该死的电话响了，我开始颤抖，比原先更糟，我逼自己执行这个烦人的工作，把电话接起来，顺便一提，这是达尔毛医生的命令。

"喂？"

"喂，阿德里亚，我是马克斯。"

"你好。"

"你还好吗？"

"还行，"五秒钟后他问，"你呢？"

"还可以，你要不要来参加普里奥拉特葡萄酒品酒会？"

"这……"

"是这样的，我想写一本有很多照片的书，不是你写的那一种。"

"关于什么？"

"关于品酒的程序。"

"要描述如此纤细的感觉应该很困难吧。"

"诗人都这么做的。"

现在就问他知不知道克劳汀的事情，以及萨拉的悲伤。

---

1 普里莫·莱维 (Primo Levi, 1919—1987)，意大利作家、化学家、纳粹集中营幸存者。

"马克斯，葡萄酒诗人。"

"你来吗？"

"我想问你一件事。"

他摸着光秃秃的头及时打住念头说："好啊，什么时候？"

"这个周末，在基姆索雷尔中心（Centre Quim Soler）。"

"你来接我吗？"

"好，就这么说定了。"

马克斯挂上电话。我无权扰乱一个如马克斯的好人的生活，也许他什么都不知道，萨拉的秘密可能没有任何人知道，多可惜，我原本可以帮你分担痛苦的。听起来似乎又太自不量力，那么也许我可以分担一部分的痛苦吧，我多希望能成为你的避风港，却做不到，连知道的都远远不够，总归一句，我无法帮你挡住暴风雨，只能遮住两三点雨滴。

* * *

我问达尔毛这疾病发展的速度，以便知道究竟有多快、多紧急，你懂我的意思吗？他噘嘴以帮助思考。

"每个人的状况不同。"

"你应该知道我对自己的状况比较有兴趣。"

"需要做一些检查，现在有的只是一些症状。"

"真的无法恢复吗？"

"就今日的医学，确实无法恢复。"

"真倒霉。"

"没错。"

达尔毛医生沉默地看着坐在看诊桌另一端的朋友，他不愿意把头沉到双肩中间，迅速思考，不让自己一直注意莫迪利亚尼充满黄色的画作。

"目前为止一切还很正常，我可以正常阅读。"

"你自己也承认有一些无法解释的空白，有些时候仅是片段……"

"对、对，但就老年人来说很正常。"

"今天六十二岁不算老年人，何况你还有很多不同症状，有很多你都忽略了。"

"我们就当这是第三个警报吧，"他沉默片刻，"可以给我一个日期吗？"

"不行，没有日期。这过程有自己的节奏，而且每个人不一样，必须要做追踪，但是，无论如何，你应该要……"他闭上嘴。

"应该要怎么样？"

"交代一下事情。"

"你指什么？"

"把你的事情交代清楚。"

"你是说立遗嘱吗？"

"这……我不知道，该怎么……你没有……没有亲人吧？"

"我有朋友啊。"

"所以，你没有继承人喽？没有任何人？阿德里亚，你必须要把所有事情都交代清楚。"

"真是太残酷、太不人道了。"

"是啊，你还要聘请人陪着你，尽量不要一个人。"

"好吧，时候到了我会这么做的。"

　　"好，但是你每十五天就要过来一趟。"

　　"好，就这么说定了。"他学马克斯说话。

　　就是在那个时候，我决定写下在巴卡尔卡区下雨的那天夜里开始思考的事情。我拿起桌上三百多页试着阐述恶，结果却让眉毛烧着的手稿，心里清楚恶如信仰般神秘，无法付诸文字。于是像是要将前人留在纸上的字痕描出来般，开始在这些手稿背面写这封从"自始"到此时此刻正要"至终"的信。尽管略伦斯努力教我，我还是没用委屈地放在书桌角落的电脑来写信。这些手稿实际上是用泪水混着少许墨水写成的一片混沌。

　　几个月来，我看着你的自画像以及两幅风景画疯狂地写信：你眼里的我的阿卡迪亚与布尔加尔的圣佩雷修道院小小的尖拱后殿。我执迷地看着这些画作，对一切细节、笔触、使所有线条彼此相容的阴影，以及这些元素藉由我而生的故事了如指掌。我在这张自画像前不眠不休地书写，仿佛这是座神圣的殿堂，又像参加一场记忆与遗忘的赛跑般。遗忘，将是死亡的开端。我没有思考便直接下笔，将一切倾泻纸上，一厢情愿地相信之后会有某个人，本着古生物学家的精神解读我的文章并付梓。这也可以说是我的遗嘱，虽然非常紊乱，却是我的遗嘱。贝尔纳特不知道是否愿意接受这个任务。

　　我是用这几个句子开始的："直到昨晚走在巴卡尔卡区湿淋淋的马路上，我才了解生在那样的家庭是不可原谅的过错。"下笔后我才有所顿悟，一切必须从头道来，太初有道，道始太初，因此，我再次重读太初："直到昨晚走在巴卡尔卡区湿淋淋的马路上，我才了解生在那样的家庭是不可原谅的过错。"这些经历是好久以前的事情了。写下这些事情开始，我穿越多年的时光。但是，现在不一样，现在是太初的隔日。

贝尔纳特在公证人与律师的办公室处理完大大小小的事情，然后告知阿德里亚在托纳镇的那些堂兄弟、堂姐妹种种处理方式，他们不知如何感谢贝尔纳特——感谢他对阿德里亚的关心以及所做的一切，他甚至亲自到乌普萨拉去见劳拉·拜利纳。

"多么可惜，可怜的阿德里亚。"

"是啊。"

"很抱歉，但我真的很想哭。"

"哭吧。"

"那，他交代我做什么呢？"

贝尔纳特在她吹凉热茶的同时，告诉她遗嘱里一些与她相关的细节。

"乌尔杰利？他客厅里的那幅画吗？"

"你知道啊。"

"是，我去过他家几次。"

所以，就是她了。阿德里亚，你到底瞒着我们多少事情？一直到今天我都还未真正认识她。贝尔纳特心想，我们这两个好友之间究竟瞒着彼此多少事。

劳拉·拜利纳非常漂亮，金发、小个子、相当亲切。她说得考虑一下是否接受这幅画。贝尔纳特说那是礼物，不是陷阱。

因为这要缴税，我不知道收下这幅画，是否付得税金。在瑞典这里，我恐怕得贷款才能缴税继承这幅画，然后可能还要卖了画，才能还清贷款……他留下拜利纳及还冒着烟的热茶思考如何是好，便回到巴塞罗那，向乐团经理以重大家事的名义请假，忍受经理狗一般的臭脸，搭乘飞机到布鲁塞尔。这已是两个月来第二次了。

他来到安特卫普的一家老人安养院，向接待处一名一边使用电脑，一边接电话的大个头女人微笑，等到她讲完并挂上电话时，他扩大微笑问，英语还是法语？接待员回答说英语。他说，我要找马蒂亚斯·阿尔帕茨先生。这名女人好奇地盯着他，更准确一点来说，应该是观察他，至少他是这么认为的，她非常专注地观察他。

"你说你要找谁？"

"我要找马蒂亚斯·阿尔帕茨先生。"

这个女人想了一下并看着电脑半晌，两次拿起电话，准备打电话，又继续盯着电脑，最后她说，啊！当然，阿尔帕茨先生。她按下一个按键盯着屏幕，然后对贝尔纳特说："阿尔帕茨先生在1997年过世了。"

"哎呀，我……"

他原本要离开了，但是，一个疯狂的念头突然浮现。

"我可以看看他的档案吗？"

"你不是他的家人吧？"

"不，我不是他的家人……"

"可以了解为什么您要看他的档案吗？"

"我想从他手里买一把小提琴。"

"我就知道是你！"她大喊，仿佛放下心中的大石。

"我？"

"你是安提戈涅的第二小提琴手。"

一时之间，贝尔纳特·普伦萨沐浴在荣耀光辉的梦境之中，带着微笑、受宠若惊，为了应该说些什么而说了："真是好记性！"

"我很会认脸，"她回答，"而且像你这么高的人……"接着她很害羞地说："但我不记得您的名字。"

"贝尔纳特·普伦萨。"

"贝尔纳特·普伦萨，"她伸出手，"莉莉安娜·摩尔。两个月前我在根特看过你们演奏门德尔松、舒伯特，还有肖斯塔科维奇。"

"呃……总之，我……"

"我喜欢坐在第一排，离音乐家很近。"

"您是专业音乐人士吗？"

"不，只是音乐爱好者。您为什么想要知道阿尔帕茨先生的事情呢？"

"因为一把小提琴。"他迟疑了秒钟后说。

"我想要看看他的长相……他在档案里的照片，"他微笑，"拜托了，莉莉安娜。"

摩尔小姐想了几秒钟，仍以安提戈涅小乐团之名，她将屏幕转向贝尔纳特。屏幕上的人并非当时他拿电脑去阿德里亚书房时，安静地看了三十秒钟的那位眼汪汪、满头白发、有着大象耳朵、引人注目的老人家，而是一个看起来哀伤却非常肥胖的秃头老人，圆圆的墨黑眼睛，就像他女儿的黑发一样。他不记得是哪一个女儿了。操他妈的……

接待员把屏幕转回原来的位置。贝尔纳特心里煎熬地冒汗，心想可能会有用，于是又补上："你知道的，因为我想请他把小提琴卖给我。"

"阿尔帕茨先生一直都没有小提琴啊。"

"他在这里住几年了？"

"五六年吧，"她看向屏幕后更正了，"七年。"

"你确定这是马蒂亚斯·阿尔帕茨的照片吗？"

"非常确定。我在这里工作二十年了，"她非常自豪地说，"我认得所有人的脸，名字就是另一回事了。"

"他有没有家人……"

"阿尔帕茨先生只有一个人。"

"我的意思是，他有没有远亲可以……"

"他只有一个人。他所有家人都在战争时去世了，全都被杀了。他们是犹太人。只有他存活下来。"

"没有任何家人吗？"

"他老是说着自己遭遇到的事情，非常悲惨，可怜的人。我想他最后疯了，不停重复说着同样的故事，说着罪恶……"

"罪恶。"

"对，一直讲，不断告诉所有人。好像那些故事是支撑他活着的动机，他活下来就是为了要讲他有两个女儿……"

"三个。"

"三个？那就是他的三个女儿，叫作什么、什么跟什么的。"

"黑头发的是小阿梅莉切、森林木头发色的是特鲁德，还有头发亮得像太阳的小女儿尤丽叶切。"

"你认识他吗？"她非常讶异，眼睛瞪得如盘子一样大。

"在某种程度上认识。有很多人知道他的故事吗？"

"很多安养院里的客人都知道。当然，是那些还活的客人，因为这已是好几年前的事了。"

"当然。"

"而且，有一位叫鲍勃的人很会模仿他。"

"谁？"

"他是阿尔帕茨先生以前的室友。"

"他还活着吗？"

"当然，他让我们可头大了，"她压下声音，完全信任安提戈涅小乐团像座高塔般的第二小提琴手，"因为，他在安养院秘密组织西洋骨牌牌局。"

"嗯，可不可以……"

"可以啊，反正我已经违反所有规定了。"

"以音乐之名。"

"没错！以音乐之名。"

等候室里有五本荷兰语杂志及一本法语杂志，还有一幅廉价的维梅尔复制画。一个在窗户旁边的女人看起来非常惊讶地盯着贝尔纳特，仿佛他走入画里的房间。

五分钟以后，这个男人出现了，瘦瘦的、泪汪汪的双眼、满头白发，照他的神情看来，并未认出访客。

"英语还是法语？"贝尔纳特微笑问道。

"英语。"

"早安。"

在贝尔纳特面前的就是在那个下午说服阿德里亚的人。他心想，阿德里亚，我早就告诉过你了。他没有直接掐死眼前的人，而是再次微笑对他说，您听说过一把叫作维亚尔的斯托里奥尼小提琴吗？

这男人一听还未坐下就回头走向门口，贝尔纳特挡在门与他之间，不让他离开，他用整个身体挡住门框。

"你从他那里偷走小提琴了。"

"可以知道您是谁吗？"

"我是警察。"

他拿出巴塞罗那暨加泰罗尼亚国家交响乐团的证件说："国际刑警……"

"我的天啊！"那名男人说，然后坐了下来，非常挫败的样子。

他说自己不是为了钱才这么做的。

"他们给您多少钱？"

"五万法郎。"

"哇！"

"但我不是为了钱，而且是五万比利时法郎。"

"那您为什么这么做？"

我跟马蒂亚斯·阿尔帕茨同房的五年，日子相当难过，他每天都给我讲那些烦死人的女儿们、一直咳嗽的岳母，每天都一样，看着窗户一直说，连看都不看我一眼。每天、每天，他妈的每一天。有一天他病了，然后来了两个男人。

"他们是谁？"

"我不知道，从巴塞罗那来的。一个很瘦，一个很年轻。他们听说我很会模仿他。我是演员，虽然退休了，但我是一名演员，而且我会吹萨克风、会拉手风琴，也会弹钢琴。"

"来，看看你是不是真的很会模仿他。"

他们请他吃饭，品尝一点白葡萄酒和红葡萄酒。他不解地看着他们，于是问你们为什么不去找阿尔帕茨本人？他不行了，大概活不了多久。

"那真是松了一口气了，不用再听他咳嗽岳母的故事了。"

"你不同情他吗？那个可怜的男人。"

"马蒂亚斯说六十年前就想要死了，现在他终于可以死了，怎么会觉得他可怜？"

"来，鲍勃，让我们看看你会做些什么。"

鲍勃·莫特尔曼斯开始说，你想想，你和你的贝尔塔、咳嗽的岳母，还有家里的三个小太阳吃晚餐。那一天，大女儿阿梅莉切满七岁，头发如红木的老二特鲁德，还有最小的女儿小尤丽叶切，头发金黄得像太阳一样，就这样，你的家门突然被打破，一群士兵冲进家里喊着"Raus, raus."小阿梅莉切问爸爸"raus"是什么意思。我无法回避，我什么都没有做，没有好好保护她们。

"完美，非常好。"

"嘿，等等，我还会更多。"

"我已经说很好了。你想要赚一笔钱吗？"

我答应了，他们带我搭飞机，我们在巴塞罗那彩排了两遍，每次都不太一样，但都是那个烦人的马蒂亚斯的真实故事。

"你们在朋友卧病在床时这样做？"

"他才不是我的朋友，他是被刮伤的 CD。我回到安特卫普时他早就死了，"为了让这个很高的警官别太把这事看得太严重，他又补了一句，"这样你就知道他有多想我了。您了解我的意思吧？"

贝尔纳特不发一言，鲍勃·莫特尔曼斯再一次试图走近房门，贝尔纳特没有站起来，连一条肌肉也没有动，只说你敢跑我就打断你的背，听见我的话了？

"听到了，很清楚。"

"你这个混账，你把琴偷走了。"

"但是他连琴在别人的手上都不知道……"

"你是个混蛋，为了十万法郎出卖自己……"

"我不是为了钱，而且是五万比利时法郎。"

"你也偷了那个可怜的阿德里亚·阿德沃尔。"

"谁？"

"你在巴塞罗那骗的那位先生。"

"我发誓我不是为了钱才这么做的。"

贝尔纳特好奇地看着他，用头作了个姿势，好像是请他继续说，但是鲍勃闭上嘴了。

"那你为什么这么做？"

"因为⋯⋯那是一个机会，一个我这辈子最重要的角色，所以才接下这个工作的。"

"也是报酬最高的。"

"确实是，但这是我费力得来的，而且我还不得不即兴发挥了一段，因为这家伙开始跟我聊，所以除了独白，还不得不即兴对话。"

"那又怎样？"

"我做到了！"他非常骄傲地说，"我能够完全进入扮演的角色之中。"

贝尔纳特心想，我现在就掐死这个家伙。他环顾四下确认没有目击证人，与此同时，因为这名警察的缘故，鲍勃·莫特尔曼斯回到他最爱的角色里，带点浮夸地诠释："也许我能活到今天，还在这里跟您说这些，全是因为在阿梅莉切生日那天我是个懦夫，或是因为我从来自维尔纽斯的老莫什斯那里偷了一块发霉的面包，也许是因为一位宿舍长想要用枪托打我们的时候，应该落到我身上的一击被我侧身闪掉而落在我身旁，打死一个从不知道他的名字的年轻人⋯⋯"

"够了！"

贝尔纳特站起身，鲍勃以为他要揍他，整个人缩在椅子上，准备回答所有问题，更多问题，这个国际警察想要问他的所有问题。

* * *

贝尔纳特说张开嘴，阿德里亚就像略伦斯一岁时那样乖乖张开嘴。他喂了阿德里亚一汤匙说，麦粒粥，好吃吧？阿德里亚看着贝尔纳特默不作声。

"你在想什么？"

"我？"

"你。"

"我不知道。"

"我是谁？"

"就这个。"

"再喝一汤匙，张开嘴，来，最后一汤匙了。哇，很好。"

"我爱你，阿德里亚。小提琴的事情就不跟你说了。"

他看着他，那是格特鲁德的目光，或是阿德里亚眼中的萨拉用格特鲁德般的目光看着他时的目光。或是贝尔纳特以为萨拉用格特鲁德般的目光看着阿德里亚时的目光。

"我爱你。"贝尔纳特又说了一遍，并拿了一小块苍白而可怜的鸡腿说，哇，好可口，真好吃，来，略伦斯，张开嘴。

吃完晚餐后，乔纳坦来拿餐盘并问，你想要上床睡觉吗？

"我来吧，如果可以的话。"

"好的。如果你需要帮忙的话，吹个口哨就好。"

剩下他们俩。阿德里亚抓抓自己的秃头，吐了口气，茫然地盯着墙壁。贝尔纳特在公文包里翻找，拿出一本书。

"《恶之问题》，"封面上的标题写着，"阿德里亚·阿德沃尔。"

阿德里亚看着他的双眼，然后看向封面，打了个呵欠。

"你知道这是什么吗？"

"我吗？"

"对，这是你写的。你叫我不要出版，但大学里的人说这非常值得出版，记得吗？"

缄默无声。阿德里亚不太舒服，贝尔纳特握着他的手，感觉他的朋友慢慢地平静下来，他告诉他是大学里的帕雷拉教授负责编辑的。

"我想他做得很好。审定是约翰内斯·卡梅内克，他工作的时间比时钟还长，而且非常敬爱你。"

他抚摸他的手，阿德里亚微笑了。他们就这样子好一会儿，安安静静地，像一对恋人，阿德里亚的目光扫过书封，毫无兴趣地打了呵欠。

"我把书拿给你在托纳镇的亲戚，他们很感动，还说会在除夕夜前过来探望你。"

"很好，他们是谁？"

"有谢维、罗萨，我不记得另一个的名字了。"

"啊。"

"记得他们吗？"

每次问他这个问题，阿德里亚就会弹舌头喷一声，好像生气或是被冒犯似的。

"我不知道。"他不舒服地承认。

"我是谁？"这天晚上贝尔纳特已经问第三次了。

"你是你。"

"我叫什么名字？"

"你就是你，叫什么名字都一样。威尔森，我累了。"

"那就睡吧，已经很晚了。我把你的书放在床头柜上。"

"很好。"

贝尔纳特推了一把椅子靠近床边，阿德里亚有些惊恐地半转过身，腼腆地说："我不知道……是该睡在椅子上、床上，还是窗户上？"

"老兄，在床上睡比较舒服。"

"不、不、不，好像是睡在窗户上才对。"

"你想在那里就在那里睡吧，亲爱的。"贝尔纳特把椅子推向窗户，又补充道："原谅我，原谅我，原谅我。"

刺骨的寒冷穿过百叶窗的每片叶扇，将他冻醒。天色还很黑，他敲着打火匣直到点燃蜡烛烛芯，然后穿上教袍，再套上一件旅行袍，走进狭窄的走廊。圣芭芭拉面山那边的一个房间里投出飘忽不定的光线，他带着极度的寒冷与悲走向教堂。照亮圣巴托洛梅的乔赛普神父安息的棺木的圣烛已经燃尽，他以自己的蜡烛替代圣烛。随着清晨的到来，尽管寒冷，鸟儿依旧开始啼叫。他热诚地祈祷，我们慈爱的天父，心想这位仁慈神父的灵魂能获得救赎升天，蜡烛洒落的光线在教堂拱顶画上产生奇异的效果，墙壁上的圣保罗、圣彼得和……其他圣徒与圣母，以及布道的圣子，仿佛随着安静而缓慢的节奏在移动。

达尔文雀、欧洲金雀、乌鸦、麻雀、金翅雀啼唱新的一天的到来，就像修士们几个世纪以来唱诵主的赞美词，达尔文雀、欧洲金雀、乌鸦、麻雀、金翅雀对布尔加尔的圣佩雷修道院的院长神父逝世的消息似乎感到雀跃，还是它们因喜悦而歌唱，因为它们知道他是个好人所以上天堂了；或者天主的鸟儿们不知道这些琐事，它们唱歌是因为其他的都不会。

"阿德里亚修士。"他听见身后的声音而抬起头。朱利亚修士拿着晃动的蜡烛站到他身旁。

"我们应该要在晨祷之后立刻埋葬他。"他说。

"是，当然，埃斯卡洛的修士们到了吗？"

"还没。"

他起身站到僧侣旁边，看着祭坛。我在哪里。他把满是冻疮的双手藏到教袍宽大的袖子里。他们不是达尔文雀、欧洲金雀、乌鸦、麻雀、金翅雀，而是两名悲伤的僧侣，因为这几天是他们在修道院的最后生活了。他们已有好几个月没有唱歌，就让鸟儿与它们无意识的喜悦代替他们歌唱吧。阿德里亚修士喃喃念着几个世纪用以打破黑夜沉默的句子。

"Domine, labia mea aperies." [1]

"Et proclamabo laudem tuam." [2] 朱利亚修士以相同的喃喃音调回应。

这个除夕夜是第一个没有弥撒的除夕夜，两名天主教修士只能做晨祷，神啊，请您帮助我。那是布尔加尔的圣佩雷修道院几世纪的僧侣生涯中最悲伤的晨唱。Domine, ad adiuvandum me festina.[3]

1　拉丁文，意为："主啊，请打开我的双唇。"

2　拉丁文，意为："并且宣唱您的礼赞。"

3　拉丁文，意为："主啊，快来帮我。"

与蒂托·卡沃内利的谈话出乎意料地漫长。点餐时，蒂托承认了自己的懦弱，他已经一年没去安养院探望阿德里亚舅舅了。

"去看看他吧。"

"可是我真的觉得他太可怜了……我不像您的性情，"他拿起菜单对服务生打招呼，"对了，顺便一提，我真的很感激您在他身上投注的时间与精力。"

"这是朋友应尽的义务。"

蒂托·卡沃内利熟练地为他指引菜单上陈列的食物。他们点餐，没做太多评论地吃了第一道菜，吃完餐盘上的食物后，便是令人不太舒服的沉默，直到蒂托决定打破僵局："您找我究竟有什么事呢？"

"谈关于维亚尔的事。"

"维亚尔？阿德里亚舅舅的小提琴吗？"

"没错，几个月前我到安特卫普见了鲍勃·莫特尔曼斯。"

蒂托带着愉悦的微笑听完。

"我还以为您永远不会跟我提起呢！"他回答，"想要我告诉您什么吗？"

他们等待第二道菜。贝尔纳特保持沉默看着他的双眼，因此蒂托说："是的、是的，那是我的主意。很棒，没错。因为我了解阿德里亚舅舅，所以知道有鲍勃·莫特尔曼斯的帮忙会容易些。"他用刀子指着贝尔纳特："我想得果然没错！"

贝尔纳特安静地用餐，一言不发地看着他，蒂托·卡沃内利继续道："是的、是的，贝伦格尔先生把斯托里奥尼卖给出价最高的买家。是的，我们大赚一笔。您喜欢这道鳕鱼吗？是不是您这辈子吃过最好的鳕鱼？就是啊，这么好的小提琴一直锁在保险箱里多可惜？您知道是谁买走的吗？"

"谁？"问题过于明显地从胃里如吼叫般呼出。

"约书亚·马克。"蒂托期待着贝尔纳特的反应，而贝尔纳特竭尽全力克制自己。"看到了吗？小提琴终究回到犹太人的手上，"蒂托笑道，"算是伸张正义了，不是吗？"

贝尔纳特在心里数到十，免得做出任何冲动之举，为了释放心里的一些愤怒，他说，你让我感到恶心。蒂托·卡沃内利完全不在意。

"我才不管马克拿琴做了什么。在这桩买卖里，我只要赚钱。"

"不过，现在我要去告你了，"贝尔纳特双眼充满愤怒地看着他，"不要以为你可以收买我。"

蒂托·卡沃内利咀嚼并专注于嘴里的食物，然后用餐巾擦擦嘴，喝了非常小口的葡萄酒，微笑道："收买您？我？我收买您？"他发出啧啧声，一副不太开心的样子："我可一毛钱都不想付给您的沉默。"

"就算你要给我钱，我也不会接受的。这是为了纪念我的朋友。"

"普伦萨先生，您最好别继续高谈阔论了。"

"我有原则让您感到不舒服吗？"

"不，不是，有原则很好，但是希望您知道，该知道的我都知道。"

贝尔纳特看着他的双眼，蒂托·卡沃内利再次微笑道，我也动用了一些人脉。

"我不懂你的意思。"

"您的出版社大概在一个月前开始制作您的新书。"

"我想这与你无关。"

"当然有关！我还在书里出现呢，虽然是用别的名字，还是个配角，仍是剧中人物。"

"你你怎么知道……"

蒂托·卡沃内利靠到贝尔纳特面前说，这是一本小说还是自传呢？如果是阿德里亚舅舅写的，那就是自传；如果是您写的，就是小说。据我所知，修改的部分非常少……只可惜，您换了所有名字……想知道谁是谁就有些困难了，唯一保留的真名是阿德里亚，真奇怪。不过，就因为您无耻地占据全部文字，所以结论是，这是一本小说。他弹着舌头，仿佛非常担心的样子。结果所有人都是虚构的，连我也是！他拍拍身体，摇摇头。我还能对您说什么呢？这令我相当愤怒……

他将餐巾放在桌上，突然转为严肃："所以，您不用来跟我谈什么原则。"

贝尔纳特·普伦萨留在嘴里的鳕鱼仿佛突然干掉了，他听见蒂托说，卖小提琴的钱只有一半归我，你可是将整本书占为己有，将阿德里亚舅舅的一生占为己有。

蒂托往后靠在椅背上，仔细观察贝尔纳特并继续说："我知道，这本在理论上是您写的书，两个月后就要面市了。您说我们该召开一场记者会，还是不用呢？"

他摊开手臂，邀请贝尔纳特做决定。但贝尔纳特一动也不动。他继续说："您要甜点吗？"然后弹着手指叫服务生。"他们的布丁口感非常好。"

* * *

正当威尔森帮轮椅上的阿德里亚换一双崭新的运动鞋时，贝尔纳特走进五十四号房。

"你看，多好看。"男看护说。

"帅极了，威尔森，谢谢你。阿德里亚，你好吗？"

阿德里亚并不雀跃，看似在微笑。虽然他很久没来了，房间仍一如往常。

"我拿这个给你的。"他说。

他给了他一本厚重的书。阿德里亚有些害怕地接了过去，不知所措地看着贝尔纳特。

"这是我写的，"他说，"刚印好的。"

"啊，真好！"

"你可以留着。还有，原谅我，原谅我，原谅我。"

阿德里亚看着这个陌生人低着头，几乎是在哭泣。他开始掉下眼泪。

"是我不好吗？"

"不，不是，我哭是因为⋯⋯为了一些事情，你也知道，"

"对不起，"他担忧地看着他，"好了，别哭了，先生。"

贝尔纳特从口袋里拿出一个CD盒，拿出CD放进阿德里亚的播放器。他握住他的手说，你听，阿德里亚，这是你的小提琴。普罗科菲耶夫。第二场音乐会。约书亚·马克从阿德里亚的斯托里奥尼拉出的叹息逐渐传到耳际。大约二十七分钟，他俩牵着手，直到现场录音响起最后的掌声。

"我把这片CD送给你，告诉威尔森这是你的。"

"威尔森！"

"不用叫，不是现在。我再和他说好了。"

"孩子！"阿德里亚继续叫着。

威尔森好像在等待这一刻，仿佛在监视他们般地探头进房里。

"怎么了？你还好吗？"

"就只是……我带了这张 CD 和这本书来送给他，好吗？"

"我想睡觉了。"

"大爷，你才刚穿好衣服！"

"我想大便。"

"啊，你真是烦人，"他对贝尔纳特说，"可以吗？五分钟就好。"

贝尔纳特拿着书走到大厅，一边走向露台，一边翻阅。一道影子走到他身边："很好，是吧？"瓦尔斯医生指着书说："这是你的书，是吧？"

"这是……"

"哇！"医生打断他，"我可没有时间看书。"就好像这是威胁。"但我向您保证，我早晚会读的，"他故作和善，"我对文学一窍不通，但我的评论可毫不留情。"

贝尔纳特心想，这我可不担心。他看着医生走远，手机嗡嗡响起，他走到露台的角落接听，因为疗养院里不能使用手机的。

"喂？"

"你在哪里？"

"医院。"

"需要我过去吗？"

"不、不，不用，"他有些着急，"我两点钟就会到你家。"

"你确定不要我过去？"

"不，不，不……不用，真的。"

"贝尔纳特。"

"干什么？"

"我非常以你为荣。"

"我……为什么？"

"我刚看完书，虽然知道的不多，但你捕捉到你朋友的性格……"

"嗯……谢谢，真的，"然后又说了一遍，"我两点钟到你家。"

"你来之前我不会把米放下去煮的。"

"很好，现在得挂电话了。"

"代我给他一个吻。"

他挂上电话的同时迷惑地想着克莱因瓶，这个几乎不可能的形状。威尔森正好用轮椅把阿德里亚推到露台，阿德利亚举起一只手犹如看向远方，太阳大的让人睁不开眼。

"你好，"贝尔纳特对威尔森说，"我带他去有紫藤花的角落。"

威尔森耸耸肩。贝尔纳特便推着阿德里亚到有紫藤花的角落，从那里可以看到巴塞罗那城市的大部分，最底端就是海了。他坐下来，把书打开翻到最后一页，然后读道：这些经历是好久以前的事情了。现在不一样，现在是隔日。那为什么我要谈这些呢？因为如果米克尔修士没有因神圣审判官的残酷行为感到良心不安，他就不会成为朱利亚修士，带着口袋里的枫树种子，纪尧姆－弗朗索瓦·维亚尔就不会用过高的价格把斯托里奥尼卖给阿尔坎家。

"斯托里奥尼小提琴。"

"没听过。"

"您可别说自己从没听过洛伦佐·斯托里奥尼。"

"没听过。"

"他是巴伐利亚与威玛宫廷的供应商。"他随口乱说。

"还是不知道。你有没有切鲁蒂或普雷森达的琴？"

"我的天啊！"维亚尔先生非常夸张地说，"普雷森达是斯托里奥尼的学徒呀！"

"你有施泰纳的琴吗？"

"我手边没有他的琴，"他指着桌上放的琴，"您试试看吧，试多久都没问题，阿尔坎先生。"

尼古拉斯·阿尔坎脱下假发，一脸不愉快，甚至不屑地拿起小提琴，内心却极度渴望试用。他以惯用的琴弓开始诉说，非常灵活的指头及奇怪的演奏姿势，然而，从第一个音符开始声音异常动听。纪尧姆－弗朗索瓦·维亚尔不得不忍受弗拉门哥小提琴手演奏勒克莱尔舅舅的奏鸣曲的羞辱，但他没有表露任何情绪，这可是一桩买卖。一个钟头后，尼古拉斯·阿尔坎的秃顶与前额冒着汗珠，把小提琴还给纪尧姆－弗朗索瓦·维亚尔。他认为这笔买卖谈定了。

"不，我不喜欢。"小提琴手说。

"一万五千佛罗林。"

"我没有要买的意思。"

维亚尔先生起身拿起乐器，谨慎地放进有着不知来源的黑色污渍的琴盒。

"我有位客户离安特卫普只有一个半钟头的距离。不好意思，我就不与尊夫人告别了。"

"一万。"

"一万五。"

"一万三。"

"一万四。"

"好吧，维亚尔先生，"定好价格后，阿尔坎先生承认，"它的声音卓越非凡。"

维亚尔将琴盒放在桌上并再次开启，看到阿尔坎先生夸张的眼神，他自言自语："我只知道一件事，这把乐器将会创造出无限的喜悦。"

尼古拉斯在小提琴身边老死，他的儿子继承琴，又传给著名的版画家侄子内思特尔，内思尔特传给儿子，儿子再传给一个侄子，如此一直传承了好几代。尤勒斯·阿尔坎在股市犯了一些错误，不得不变卖这个资产。一位与阿尔坎一样，住在安特卫普，总是咳嗽的岳母，这声音真好，琴的比例真好，这触感还有形状……这是货真价实的克雷莫纳琴，倘若我父亲有丝毫顾忌，倘若福格特为人高尚些，没有表露他对小提琴的兴趣，如果……我就不会在这里告诉你这些事情。如果我没有斯托里奥尼，不会和贝尔纳特当朋友。不会在巴黎的演奏会认识你。我会成为另一个人，现在也不会和你说这些。我知道，自己说得颠三倒四，因为我的脑袋有些空洞。我正好就写到这里了，没有机会校对自己写给你的信。我无法再回顾了，一方面是因为在写某些部分的时候我哭了；另一方面，我发现脑袋里每天都会少张椅子或聚宝盆，我成了霍普笔下眼神空洞地看着窗外与生命的人，舌头因过多的烟及威士忌而干燥黏腻。

贝尔纳特看着阿德里亚，他似乎兴致浓厚地专注脑袋旁的一片紫藤叶。他犹豫片刻，终于开口："我刚才读的，听起来耳熟吗？"

阿德里亚迟疑了一会儿，有点罪恶感地回答："应该要听起来耳熟吗，先生？"

"我不是先生，是贝尔纳特。"

"贝尔纳特。"

但对他而言，紫藤叶有趣多了。贝尔纳特从刚才暂停的地方继续念，那是正当阿德里亚说，亲爱的，我想告诉你一些令我非常沉迷的事情。在花了一辈子思索人类的文化历史，以及弹奏好一把不太愿意让人弹奏的乐器之后，我想告诉你，我们，我们所有人，我们与我们爱的人都一样，全是他妈的偶然，所有的事都是行为与事件之间的相互关联；我们撞到的人、遇见的人、认识、不认识，或完全忽略的，全是偶然，一切都是随机；或者说，没有任何事情是随机，都是早就画好的。我不知道究竟该选择哪个论点，因为两者都是真的。如果我不相信上帝，就不能相信世上有任何预设好的计划，不论它叫命运或是什么都好。

亲爱的，晚了，夜深了。我看着你的自画像写信，因为你懂得如何捕捉，画像里保留了你的本质。同时也看着我生命里的两幅风景画。有一个叫作卡雷勒斯的邻居，高大且金发，应该是住在三楼吧，正用力地关电梯门，这时候听起来特别大声，再见了，卡雷勒斯。这几个月来我在手稿背面写作，毫无所获地尝试思考罪恶，花费的时间都可惜了。一堆双面写满的纸张，一面是挫败的思索，另一面是我的故事与恐惧。我可以告诉你上千万件不甚精准却是真实的事情。我可以告诉你，我会想象、捏造关于我父母生活的许多事情，我怨恨、批判也轻视过他们，但现在有些思念。

这个故事是为你而写，让你可以继续存活在某处，纵然只是在我的故事里也好，不是为我自己所写，我活不到明天了。我就像波伊提乌，他在公元475年左右出生于罗马，因毕生潜心研究古典巨擘的哲学理论而获得殊荣，我于1976年在蒂宾根大学完成博士学位，随后在离家十五分钟步行距离的巴塞罗那大学教书，出版的几本著作是教学时的省思成果，也一度出任数项公职，使我由荣转辱，并被关进帕维亚监狱，当时那里还不叫帕维亚监狱。我急切地等待法官的判决书，已经知道是死刑，所以撰写回忆录的同时，也将时间倾注于哲学写作中，并等待结局的到来。我所写的就是回忆录，没有其他称呼了。不像波伊提乌，我的死亡是缓慢的，杀死我的不是狄奥多里克大帝，而是阿尔茨海默大帝。

我想，这都是我的错，我的错，我所犯下的天大错误。这是学校教的，是学校这么教导我的，都是因为我没有受洗。他们用这个理论对我洗脑，就像令人难以置信的原罪一样不知道上帝在哪里，我不知道我的神或你们爱泼斯坦家族的神在哪里，亲爱的，我亲爱的，孤独的感觉非常痛苦。

对罪人而言无可救赎，充其量只能获得被害者的谅解。然而，纵使拥有被害人的原谅，也不见得可以继续生活。米斯选择弥补自己的罪恶，不期盼任何人、也不向上帝祈求原谅。我认为自己犯下许多错误，但是我努力继续活下去，我坦承。因为已经出现令人忧心的失智现象，我写作下笔维艰，感觉非常疲惫、漫无目的，就我从医生那里所了解的，这些手稿印出来时，我亲爱的，我会像个植物人，连请人以爱之名让我死去都无法。

贝尔纳特看着他的朋友，而他安静地回应。这中间他被吓到几次，因为看起来像是格特鲁德的目光，尽管如此，他还是继续念，我写这些都是为了留住你，却徒劳无功。我来到记忆的地狱，神允许我将你救回来的代价几乎不可能偿付。现在我理解了罗得的妻子[1]，她也在不对的时候回头探望。我发誓会往回看，让你别被那个

---

1 《旧约》中的人物。在上帝毁灭索多玛与蛾摩拉时，没有听从天使的叮嘱而回头眺望，变成了一根盐柱。

高低不平的台阶绊倒，无情的神，冥王哈迪斯把你拉回死亡的地狱之中，我无法让你苏醒过来，亲爱欧律狄克[1]。

"重音在'律'上。"

"什么？"

"没有，没什么，对不起。"

贝尔纳特安静了几秒钟，冒着冷汗，恐惧不已。

"你懂我在说什么吗？"

"啊？"

"你知道我念给你听的是什么吗？"

"不知道。"

"真的？"

"小伙子子子子！"

"等一下，"贝尔纳特决定，"我马上回来。"他语气中毫无讽刺之意。"别走开，也别叫威尔森，我马上回来。"

"威尔森！"

贝尔纳特的心脏快从嘴里跳出来了。他没有敲门，冒冒失失地直接进入瓦尔斯医生的办公室，冲口而出："他纠正我的发音错误！"

医生从正在阅读的文件上抬起头，花了几秒钟处理信息，好像被护士们的缓慢传染般，他说："这是反射作用。"他看着文件，又看了看贝尔纳特。"阿德沃尔先生什么都不记得了，这完全是巧合，对所有人来说都是不幸的事。"

---

1 希腊神话中俄耳甫斯的妻子，因被毒蛇咬伤而去世。俄耳甫斯向冥王请求将她放回人间，得到冥王允许，但条件是在归途中不得回头。接近人间时，俄耳甫斯回头去看妻子，致使欧律狄克再次坠入冥界。

贝尔纳特回到紫藤花的角落，在他朋友的身边说，对不起，阿德里亚，我有点紧张，因为……

阿德里亚稍稍斜眼看着他。

"这是好还是不好？"他略为惊恐地问。

贝尔纳特心想，我可怜的朋友，一辈子都在推论与思考，现在只能问最简单的问题。好还是不好。仿佛生活都归结于做好事或不做，不知道，也许他是对的。

他们静静地待了一会儿，直到贝尔纳特高声且清晰地继续念，已经到了尾声。这几个月是密集写作、重新检阅生命的时光。我有足够的时间作结，但已无力气把它整理得像一部经典。医生说我的智识会慢慢流失，速度快慢因人而异，无法预估。我们决定，只要我还存在……该怎么说呢，我可以全天工作。他们说得有人看着我，很快就得多请两个人，才能有人全天照顾我……你看到我是怎么花光卖掉古董店的钱了吗？我决定只要自己尚有一丝智识，就不与书分开。到我完全丧失智识时，恐怕已无所谓了。你不在身边照顾我，小洛拉也在好几年前就走了……我只能自己做准备。当我去一个不知是否充满迷雾的世界时，在科利塞罗拉的疗养院，非常接近我心爱的巴塞罗那，他们会照顾我的身体。他们保证我不会思念阅读。这实在相当讽刺，我这辈子都希望清楚自己踏出的每一步、每一个决定；一辈子扛着自己无数的过错、全人类的过错，最后却得在自己都不知道的状况下离开。再见了，阿德里亚，为了以防万一，我先与自己告别。我环顾书房，在这里度过许许多多的时光。哈德良大帝临死前说："我们再看一会儿家人的河岸，这些肯定再也看不到的事物……让我们设法睁着双眼走入亡魂之地。"小天使，温柔、飘忽的天使，萨拉，我的伴侣，你先去了一个苍白、冰冷之处。真是倒霉。我拿起电话停止写作，按下朋友的手机号码，我把自己关起来写信给你，好几个月没跟他联络了。

"喂，我是阿德里亚，你好吗？啊，你在睡觉啊，没有。现在几点？什么？凌晨四点？哎呀，不好意思！……哎呀……喂，我想请你帮个忙，也想先跟你谈两件事。对、对，如果明天你可以过来一趟的话……呃，今天，大哥，你今天过来一趟比较好，对。当然，随你方便，几点都好。我不会出门的，对，好，好，谢谢。"

我刚刚才说出此时此刻正在经历的事情。最后这件事情不得不用现在式书写，使我极度痛苦。我已经到自己文稿的最后了。外头，晨曦粉红的指头画着仍黑沉沉的天空，我的手冷得冻僵了。我收起稿纸、墨水瓶和笔记，并看向窗外，多么冷，多么寂寞。杰里修道院的修士们将循着小路爬上山，我会在晨曦战胜时望见。我看着圣盒心想没有比关闭一家不断唱诵赞美上帝诗歌的修道院更令人悲伤的事了，亲爱的，我无法不去想这个悲剧。这不是我的错，是的，我知道，凡人必有一死……但是你，拜我慷慨的朋友所赐，感谢他这么多年来总是耐心地待我，你将能继续存在书页的字里行间。他们说，有朝一日，我的身体也会溃败，原谅我。但是，亲爱的，我承认，就像俄耳甫斯，我无法再走下去，复活是神的特权，来年回归耶路撒冷，此刻已是明日。

我写给你的长信已到尾声。Je n'ai fait celle-ci plus longue que parce que je n'ai pas eu le loisir de la faire plus courte.[1] 如此漫长的密集书写，休息的时刻到了。刚刚入秋。清晨，结算的终了。此时即是明日成为永恒。我打开电视看见天气播报员困倦的脸，他说接下

---

1 法语，意为："我写了这么长，实际上是我没有时间精简。"

来的几个钟头，温度伴随零星降雨而急速下降，使我想起辛波丝卡曾说，纵然地球上大部分地区都出太阳，对活着的人而言，雨伞还是会派上用场的。对我而言，毫无疑问，已经不需要了。

59

五十四号房的隔壁传来微弱的孩童声音，唱着"fum fum fum"，接着传来女性殷切的声音："爸爸，圣诞快乐。"悄然无声。"孩子们，跟爷爷说圣诞快乐！"

于是掀起声音竞赛，这时有人怔怔地走出五十四号房，大概是乔纳坦吧。

"威尔森！"

"我在这里。"

"阿德沃尔先生在哪？"

"还能在哪？在五十四号房。"

"没有，他不在那里。"

"他在哪里？我的天啊。"

威尔森不安地打开房门说，亲爱的，大爷。然而，既没有亲爱的也没有大爷。他不在床上，不在椅子上，也不在那面会痒的墙壁上。威尔森、乔纳坦、奥尔加、拉莫斯、迈特、瓦尔斯医生、雷亚尔医生，还有几个钟头之后的达尔毛医生与贝尔纳特·普伦萨，以及疗养院里的非执勤人员翻遍了露台、办公室、所有房间的洗手间、工作人员的洗手间、所有的房间与所有房间的衣橱。天啊、天啊、天啊，会在哪里？他去哪了？他们甚至打电话给卡特丽娜·法尔格斯，问她是否知道。接着他们把搜寻范围扩大到疗养院周边。当他们向警方报案后，警方旋即组织搜寻行动，范围涵盖科利塞罗拉公园幽深的树林，靠近泉水的树林后方，野猪出没处的附近？上帝不会这么做的。在湖的深处？上帝不会这么做的。贝尔纳特心想，我恐惧生活因为生活不可见。同时也恐惧叛徒般的不幸逆袭，因为从不知其从何而至。

这一天，在埋葬院长神父后，必须永远遗弃修道院了，留下它孤零零地任由森林里的老鼠处置。纵然修士们居住于此，这些老鼠却早在好几个世纪以前就占据这个地方了。老鼠虽然没穿多明我会教袍，但它们才是这个神圣殿堂的主人、上帝，就像蝙蝠在伯爵们位于圣米格尔后殿里的坟上筑巢，不出几日，山里的野生害虫也定居于此，他们一点办法也没有。

"阿德里亚神父。"

"什么事？"

"您的脸色不太好。"

他环顾四周。教堂里只有他俩，没有别人。大门敞开。没多久前，从埃斯卡洛村来的人们埋葬了院长神父，那时还是夜晚。他看着双手手掌，但没多久就觉得自己的申请太过戏剧化。他看看朱利亚修士低声问，我怎么会在这里？

"和我一样，准备关上布尔加尔修道院。"

"不、不、不……我、我不住这里。"

"我不懂您的意思。"

"什么？怎么会？"

"坐下，阿德里亚修士。不幸的是，我们不急，"他挽着阿德里亚的手臂，硬是要他坐在一张长凳上，"您坐下。"虽然阿德里亚已经坐下了，他还是又说了一遍。

外头，晨曦粉红色的指头画着黑沉沉的天空，鸟儿们开始鼓噪啼鸣，连埃斯卡洛的公鸡也从远处凑上一脚。

"阿德里亚大爷！您怎么能藏得这么好？"他小声地说，"要是你被抓走的话，该怎么办？"

"别说傻话了。"

"那我们现在该怎么办？"

朱利亚修士怪异地看着另一位修士，一言不发，忧心忡忡，阿德里亚又说了一遍，啊？

"那么……来准备圣盒，关闭修道院，保管好钥匙，祈祷上帝原谅我们，"过了一段近乎永恒的时间后，他又说，"等杰里的圣母修道院的修士们来吧。"他再度怪异地看着阿德里亚："您为什么问我这些呢？"

"您快逃走吧。"

"您说什么？"

"我说，您快逃走。"

"我？"

"就是您，他们来杀您了。"

"阿德里亚神父……"

"我在什么地方？"

"我去拿点水给您吧。"

朱利亚修士从通往小房间的门后消失了。屋外，是死神与鸟儿；屋内，是死神与熄灭的蜡烛。阿德里亚修士专注地念诵祈祷词，直到明亮的天色再度主宰平坦的大地。大地神秘的终点永远都无法到来。

"筛查这位先生的全部交际范围，我说全部，就是全部的意思！"

"是的，长官！"

"搜寻行动可别结束，把搜索范围扩大到整个山区、到蒂比达博，还有游乐园。"

"但这位先生行动不便。"

"不管。山里头连一颗石头都不能错过！"

"是的，长官！"

这时他摇摇头，仿佛从深沉的梦里醒来般。他起身走到房里去拿圣盒，以及在待满三十年前夕用以关闭修道院的钥匙，在布尔加尔修道院身为劳役修士的三十年。他巡视每间空荡的房间、食堂与厨房，走进教堂里和小祈祷室，自认是导致布尔加尔的圣佩雷修道院关闭的唯一罪人。他用空着的手捶胸膛说，我忏悔，主啊，我忏悔，是我的错。这是第一次没有在圣诞子夜做弥撒，也没有清晨的祷词。

他拿起装着松树和枫树种子的小盒子，种子是个不幸的女人给他的绝望之礼，她希望这个礼物能让她背弃神圣的希望及受诅咒的自杀行动获得原谅。他望着盒子半响，想起那个可怜的、不幸的女人。他为他的灵魂简短地喃喃祈祷了几句，要是可以使这个绝望之人获得救赎的话。他拿起圣盒和钥匙走进狭窄的走廊，情不自禁地独自绕行修道院一圈。脚步声回荡在走道、会堂、中庭……最后看了食堂一眼，结束行程。一张长凳靠着脏污的墙壁。他出于习惯，搬开椅子，叛逆的泪水流淌而下，他用手拭去泪水并离开修道院。合上修道院的门，转动钥匙的声音在他灵魂深处回响，他将钥匙收进圣盒里，坐着等待即将到此的人们，他们正在攀爬，虽然前一夜在索雷尔过夜休息，但还是非疲倦。天啊，我在这里做什么……

贝尔纳特心想，不可能，但是我想不到任何解释。原谅我，阿德里亚。我知道，是我的错，但是我无法放弃这本书。我承认，是我错了。

在事情的阴影往前挪移一步之前，阿德里亚修士已站起身，抖搂教袍，拿着圣盒从小路往下走了几步。三名修士正走上来。他将泪水含在心里，与修道院道别，并继续往下走，为他的同教兄弟们省去最后这段让人喘不过气的上坡，许多记忆也伴随这个动作而死。我在哪里？再见了，这片景致；再见了，倾颓的断壁残垣；再见了，清凉河水的淙淙水声；再见了，中庭里的修士们以及数世纪以来的祷告与赞美唱诗声。

"兄弟，在主圣诞的这个日子里，愿和平与您同在。"

"也愿和平与您同在。"

三个素昧平生中最高的一个脱下连身帽，露出高尚的前额。

"过世的修士是哪位？"

"是乔塞普·德圣巴托梅乌。"

"称颂天主，那您就是阿德里亚·阿德沃尔了。"

"呃，我……"他低下头，"是的。"

"您的死期到了。"

"我在很久以前就死了。"

"不，您现在才要去死。"

匕首刺穿他的灵魂以前，在晨光下闪耀了一瞬。他的烛光熄灭了，再也看不见，也不能体验任何事物。什么都没有了。再也无法问我在哪里，因为他已经不存在了。

马塔德佩拉（Matadepera），2003—2011

敝人于 2011 年 1 月 27 日奥斯维辛集中营解放纪念日正式宣告本作品未完成。

　　孕育本书的数年间，曾请求许多人的协助与意见，

　　由于人数众多且叨扰诸位的时间已经非常久远，恐怕会将一些名字遗漏在墨水瓶之中，

　　希望诸位慷慨地容许我以此方式提及、感谢。

　　在此致上我由衷、深沉的谢意。

人物表

阿德里亚·阿德沃尔·博施

萨拉·沃尔特斯－爱泼斯坦

贝尔纳特·普伦萨·蓬索达（阿德里亚的好友）

黑鹰（英勇的阿拉珀霍族酋长）

卡尔森警长（罗克兰的警长）

费利克斯·阿德沃尔·吉特雷斯（阿德里亚的父亲）

卡梅·博施（阿德里亚的母亲）

阿德里亚·博施（阿德里亚的外祖父）

比森塔（阿德里亚的外祖母）

小洛拉（多洛雷丝·卡里奥·索莱吉韦特，深受卡梅·博施信任的女佣）

大洛拉（小洛拉的母亲，博施家族的女佣）

安杰莱塔（博施家族的女裁缝）

塞西莉亚（费利克斯·阿德沃尔古董店的雇员）

贝伦格尔（费利克斯·阿德沃尔古董店的雇员）

法莱尼亚米（齐默尔曼，司法与和平办公室看门人）

普鲁内斯（阿德沃尔家的访客）

特克拉（贝尔纳特的妻子）

略伦斯·普伦萨（贝尔纳特的儿子）

谢尼娅（记者，贝尔纳特的朋友）

特鲁略斯（阿德里亚和贝尔纳特的小提琴老师）

乔安·曼柳（阿德里亚的小提琴老师）

卡萨尔斯、奥利韦雷斯、罗梅乌、普拉茨、西莫内、贡布赖尼（均为阿德里亚的语言老师）

安格拉达、巴特里纳、巴迪亚、克利门特（均为阿德里亚在教会学校的老师）

埃斯特万、谢维、基科、鲁利、佩德罗、马萨纳、列拉、托雷斯、埃斯卡约拉、普约尔、博雷利（均为阿德里亚在教会学校的同学）

卡斯特利斯、安东尼娅·马利（钢琴伴奏者）

辛托伯父（费利克斯·阿德沃尔的哥哥）

莱奥伯母（辛托·阿德沃尔的妻子）

罗萨、谢维、基科

欧金·科塞留（语言学家，蒂宾根大学教授）

约翰内斯·卡梅内克（蒂宾根大学教授）

肖特（蒂宾根大学教授）

科内利亚·布伦德尔（阿德里亚的大学同学）

萨格雷拉（律师）

卡拉夫（公证人）

莫拉尔（书贩）

卡特丽娜·法尔格斯（小洛拉的继任者）

珍萨娜（阿德里亚的大学同学）

劳拉·拜利纳（巴塞罗那大学教授，阿德里亚的女友）

帕雷拉、托多、巴萨斯、卡萨尔斯、奥梅德斯（均为巴塞罗那大学教授）

埃里韦特·包萨（出版社编辑）

米雷娅·格拉西西亚（贝尔纳特著作的推荐人）

萨韦里奥·诺塞克（罗马的制琴师）

达妮埃拉·阿玛托（卡罗琳娜·阿玛托的女儿）

阿尔韦特·卡沃内利（达妮埃拉·阿玛托的丈夫）

蒂托·卡沃内利·阿玛托（达妮埃拉·阿玛托与阿尔韦特·卡沃内利的儿子）

亚莎·海菲兹（国际知名小提琴演奏家）

爱德华多·托尔德拉（巴塞罗那市立交响乐团作曲家、团长）

拉谢尔·爱泼斯坦（萨拉的母亲）

帕乌·沃尔特斯（萨拉的父亲）

马克斯·沃尔特斯－爱泼斯坦（萨拉的哥哥）

弗朗茨－保罗·德克尔（巴塞罗那交响乐团及加泰罗尼亚民族乐团团长）

罗曼·甘斯堡（乐团喇叭手）

以赛亚·柏林（哲学家，思想史学家）

阿琳·德甘斯堡（以赛亚·柏林的妻子）

帕乌·乌利亚斯特雷斯（巴塞罗那的制琴师）

达尔毛（医生，阿德里亚的朋友）

瓦尔斯（医生）

雷亚尔（医生）

乔纳坦、威尔森、多拉（护士）

普拉西达（阿德里亚雇佣的女佣）

爱德华·巴迪亚（阿尔蒂佩拉格艺廊总监）

鲍勃·莫特尔曼斯（马蒂亚斯·阿尔帕茨在疗养院的室友）

格特鲁德（事故受害者）

亚历山大·罗齐（格特鲁德的丈夫）

埃莱娜、阿加塔（多拉的朋友）

奥斯瓦尔德·西克马埃（格特鲁德的弟弟）

阿杜·缪尔（阿加塔的前男友）

欧根·米斯（贝本贝勒克的医生）

图鲁·姆布拉卡（部落酋长）

埃尔姆·贡萨加（侦探）

比克、罗马（1914—1918）

乔塞普·托拉斯·巴格斯（比克的主教）

费利克斯·莫尔林（费利克斯·阿德沃尔的同学）

德拉戈·格拉德尼克（费利克斯·阿德沃尔的同学）

福卢鲍、皮埃尔·勃朗、莱温斯基、达尼埃莱·丹杰洛（均为费利克斯·阿德沃尔在宗座大学的老师）

卡罗琳娜·阿玛托（费利克斯·阿德沃尔在罗马时的女友）

萨韦里奥·阿玛托（卡罗琳娜·阿玛托的父亲）

桑德罗（卡罗琳娜·阿玛托的叔叔）

穆尼奥斯（比克的主教）

阿亚茨（比克的主教秘书）

巴塞罗那（20 世纪 40、50 年代）

普拉森西亚（警官）

奥卡尼亚（督察员）

拉米斯（世界上最好的侦探）

阿塞多·科伦加（民政长官）

阿韦拉德（费利克斯·阿德沃尔的客户）

安塞尔莫·塔沃阿达·伊斯基耶多（中校）

文塞斯劳·冈萨雷斯·奥利韦罗斯（民政长官）

赫罗纳、杰里的圣母修道院、布尔加尔的圣佩雷修道院（14、15 世纪）

尼古劳·埃梅里克（宗教裁判所审判官）

米克尔·德苏斯克达（宗教裁判所审判官的书记官）

拉蒙·德诺利亚（宗教裁判所审判官派出的杀手）

朱利亚·德萨乌（布尔加尔的圣佩雷修道院的修士）

乔塞普·德圣巴托梅乌（布尔加尔的圣佩雷修道院院长）

萨尔特斜眼人

萨尔特斜眼人的妻子

毛尔、马特乌（杰里的圣母修道院的修士）

乔塞普·夏洛姆（犹太医生）

多尔萨·夏洛姆（乔塞普·夏洛姆的女儿）

埃马努埃尔·梅尔（多尔萨·夏洛姆的后代）

双胞胎

帕尔达克、克雷莫纳、帕利亚斯（17、18 世纪）

亚基亚姆·穆雷达（寻木人）

穆雷达（穆雷达家族中的父亲）

阿尼奥、延、马克斯、埃梅斯、约瑟夫、特奥多尔、米库拉（亚基亚姆·穆雷达的兄弟）

伊尔瑟、埃丽卡、卡塔琳娜、玛蒂尔德、格蕾琴、贝蒂娜（亚基亚姆·穆雷达的姐妹）

布恰尼耶·布罗恰（莫埃纳村最胖的人）

布罗恰一家（穆雷达家族的敌人）

加夫列尔（拉格拉斯修道院的修士）

布隆·德卡齐亚克（亚基亚姆·穆雷达的助手）

安东尼奥·斯特拉迪瓦里（制琴师）

奥莫博诺·斯特拉迪瓦里（安东尼奥·斯特拉迪瓦里的儿子）

佐西莫·贝尔贡齐（制琴师，安东尼奥·斯特拉迪瓦里的徒弟）

洛伦佐·斯托里 尼（制琴师，佐西莫·贝尔贡齐的徒弟）

玛丽亚·贝尔贡齐（佐西莫·贝尔贡齐的女儿）

拉吉特（乐器商）

让－马里·勒克莱尔（小提琴演奏家，作曲家）

纪尧姆－弗朗索瓦·维亚尔（让－马里·勒克莱尔的外甥）

希斯瓦村

阿马妮·阿尔法拉提

阿齐扎德·阿尔法拉提（阿马妮的父亲）

阿里·巴赫尔（商人）

双胞胎

纳粹德国、第二次世界大战期间

鲁道夫·赫斯（党卫队中校，奥斯维辛集中营指挥官）

黑德维希·赫斯（鲁道夫·赫斯的妻子）

阿里伯特·福格特（党卫队少校，医生）

康拉德·布登（党卫队中尉，医生）

罗伯特（阿谢尔修道院见习修士）

布鲁诺·吕布克（党卫队列兵）

马特霍伊斯（党卫队上等兵）

海因·爱泼斯坦（拉谢尔·爱泼斯坦的叔叔）

加夫里洛夫（被驱逐者）

海因里希·希姆莱（党卫队全国领袖）

伊丽莎白·梅列瓦（615428 号俘虏）

汉施（党卫队下士）

巴拉巴斯（党卫军上士）

马蒂亚斯·阿尔帕茨（来自比利时安特卫普的犹太人）

贝尔塔·阿尔帕茨（马蒂亚斯·阿尔帕茨的妻子）

内特耶·德波耶克（贝尔塔·阿尔帕茨的母亲）

阿梅莉切·阿尔帕茨、特鲁德·阿尔帕茨、尤丽叶切·阿尔帕茨（马蒂亚斯·阿
　尔帕茨的女儿们）

弗朗茨·格吕贝（帝国师的中尉）

洛塔尔·格吕贝（弗朗茨·格吕贝的父亲）

安娜·格吕贝（洛塔尔·格吕贝的妻子）

赫塔·兰道（康拉德·布登和弗朗茨·格吕贝的表妹）

弗拉多·弗拉迪克（游击队员）

达尼洛·亚尼采克（游击队员）

蒂莫托伊斯·沙夫（帝国师的军士长）

双胞胎